闯上海

新徽商成就史

张建华——著

文匯出版社

主要人物

胡家俊　上海新安中医药产业园董事长
冯桂珍　上海兰桂装潢有限公司董事长
吴军淮　东海理工大学机电学院院长
刘宗伟　上海东方焦化厂董事长
王雅琴　宜州市常务副市长
彭水玲　新安中医药研究中心首席科学家
王强辉　上海强辉教育科技有限公司董事长
钱均发　上海均发投资有限公司董事长
陈兰花　上海兰朵劳务公司董事长
彭大志　上海徽远建设有限公司董事长
苏启昌　上海徽远航运有限公司董事长
苏　晴　苏启昌之女，上海晴天投资有限公司董事长
史玉琴　人力资源专家
王　芃　上海钛铝轮毂有限公司董事
舒井儿　上海邻村文化发展有限公司总经理
王　岳　律师，虎啸蛇岛岛主
肖　莉　上海钛铝轮毂有限公司副董事长、总经理
马　鸣　德国坎博医药公司执行董事
彭朵朵　新安生物医药研究中心首席科学家

目录

第一篇　远方有梦

一、谁教育谁 / 003
二、点将台 / 005
三、“小哑巴”开口 / 008
四、吴军淮立功 / 013
五、到哪里去 / 016
六、上不上大学 / 020
七、勤工俭学 / 023
八、到上海去 / 027
九、找工作 / 029
十、奔走 / 033
十一、两个温州人 / 035
十二、码头 / 040
十三、斗殴 / 043
十四、绑架 / 045
十五、调解 / 048
十六、谈判 / 051
十七、合作 / 054
十八、调研 / 060
十九、卫家浜村 / 062
二十、调研报告 / 065

二十一、 真的不识字 / 067

第二篇　奋进有路

二十二、 徐春和苏启昌 / 073
二十三、 等你到十八岁 / 075
二十四、 阳光下 / 078
二十五、 惊涛骇浪 / 081
二十六、 苏晴出生 / 084
二十七、 这次是笔大生意 / 087
二十八、 组建运输队 / 091
二十九、 上岸 / 094
三　十、 贷款买船 / 097
三十一、 不上岸怎么行 / 099
三十二、 春节回乡 / 101
三十三、 卫国请客 / 107
三十四、 到上海人家做客 / 110
三十五、 上海小囡 / 113
三十六、 兼职 / 116
三十七、 天上掉馅饼 / 118
三十八、 第一桶金 / 121
三十九、 触电事故 / 124
四　十、 与谁合作 / 127
四十一、 填水塘 / 131
四十二、 水泵 / 134
四十三、 返工 / 137
四十四、 铺大理石 / 140
四十五、 井儿 / 143

四十六、 桂珍的男朋友 / 147
四十七、 又发生群体事件 / 153
四十八、 疯狂的王强辉 / 155
四十九、 数学天才 / 158
五　十、 合租伙伴 / 161
五十一、 拆到了自己的求职信 / 164
五十二、 史玉琴辞职 / 167
五十三、 急人所难 / 169
五十四、 最后两个知青 / 172
五十五、 求婚 / 176
五十六、 被女人征服 / 179
五十七、 改革的代价 / 182
五十八、 刘宗伟名声大振 / 185
五十九、 教育了贫下中农子女 / 188
六　十、 醍醐灌顶 / 190
六十一、 情感与理智 / 194
六十二、 报销出台费 / 198
六十三、 第一张多米诺骨牌 / 201

第三篇　创业有成

六十四、 奶奶讲的故事 / 207
六十五、 不认为自己趴下了 / 209
六十六、 徽州企业家 / 211
六十七、 不务正业的律师 / 216
六十八、 虎啸蛇岛 / 218
六十九、 生命之源 / 221
七　十、 进军洋山港 / 223

七十一、 成立党支部 / 225
七十二、 礼品生意 / 230
七十三、 好礼嘉年华 / 234
七十四、 小心女人 / 238
七十五、 静观其变 / 243
七十六、 诱惑 / 247
七十七、 留学英国 / 250
七十八、 徽二代的合作 / 252
七十九、 谁当董事长 / 256
八 十、 桂珍离婚 / 260
八十一、 创办装修公司 / 263
八十二、 女儿在哪里 / 266
八十三、 你想要什么 / 270
八十四、 得罪了谁 / 272
八十五、 徐春归来 / 275
八十六、 创意无限 / 279
八十七、 公司转型 / 284
八十八、 收购还是不收购 / 286
八十九、 迂回 / 291
九 十、 成熟还是衰老 / 294
九十一、 打不打官司 / 297
九十二、 看上房子和人了 / 300
九十三、 找到元元了 / 303
九十四、 徽远建设的企业文化 / 307
九十五、 已经结婚了 / 311
九十六、 综合素质管理平台 / 314
九十七、 不像女人 / 317

九十八、 苏启昌获释 / 321
九十九、 自己看不起自己 / 323
一〇〇、 徽州文化园 / 327
一〇一、 文化高端和市场末端 / 330
一〇二、 海岛夜话 / 332
一〇三、“棋眼” / 338
一〇四、 我一直喜欢你 / 342
一〇五、 洋山研究会 / 344
一〇六、 抗风险秘诀 / 346
一〇七、 海岛之魂 / 349
一〇八、 与家国情怀无关 / 352
一〇九、 反弹琵琶 / 355
一一〇、 举一反三 / 357
一一一、 心慈手软 / 360
一一二、 婚礼 / 364
一一三、 这才是上海 / 366

第四篇 创新有缘

一一四、 我反对这个方案 / 371
一一五、 为什么要做实业 / 373
一一六、 工程师方进波 / 376
一一七、 如何盘活机械厂 / 379
一一八、 员工培训 / 383
一一九、 女工打架 / 385
一二〇、 员工抗议 / 389
一二一、 上海音乐厅 / 391
一二二、 推销水泵 / 395

一二三、出现残次品 / 399
一二四、残次品解决方案 / 402
一二五、核心竞争力 / 405
一二六、风险有多大 / 409
一二七、大明的外贸生意 / 412
一二八、疼痛难忍 / 415
一二九、新安医学传人 / 417
一三〇、承兑支票 / 421
一三一、费心 / 425
一三二、回乡考察 / 428
一三三、仿冒“丰都”牌水泵 / 431
一三四、肖莉怀孕 / 434
一三五、有人送钱 / 438
一三六、试验成功 / 442
一三七、村民闹事 / 445
一三八、招工外包 / 448
一三九、流水线事故 / 452
一四〇、都是新上海人 / 456
一四一、不拘一格 / 459
一四二、有困难找商会 / 463
一四三、控股权之争 / 468
一四四、并购坎博公司 / 471
一四五、平移老大洋房 / 475
一四六、减薪与否 / 479
一四七、中医药产业园 / 481

第一篇　远方有梦

一、 谁教育谁

胡家俊在上海成为一个小包工头的时候，有一个念头越来越强烈，就是想找到在村里下放过的上海知青。

他最想见到吴军淮。吴军淮是十几个知青中最有名的一个。

在欢迎知青的会议上大队支书讲话，说到知识青年来接受贫下中农的再教育，要虚心请教、踏实肯干，吴军淮在下面轻声说："谁教育谁？我们是来教育贫下中农的。"坐在吴军淮身边的知青都听见了，忍不住吃吃笑起来。支书见下面有骚动，便停止讲话，问："你们在说什么？"知青们低头不语，支书继续讲话。会后吴军淮说的话就传开了。胡家俊做包工头以后经常喝酒应酬，在半夜酒醒以后再也睡不着了，胡思乱想到小时候的情景，倒觉得吴军淮这话也不无道理，至少在他是如此。他的小学、初中老师多数是下乡知青，基本上接受的是知识青年的教育。

冯家村背靠黛山，黛水河从山后绕过来，注入村东头的水库，再从水库大坝的闸口流到下游，经过彭家村，流到银湾镇，汇入一条直通长江的大河。

冯家村地势高，水田少旱地多，平地少梯田多。雨水正常的年份，从黛山上流下的雨水基本可以满足梯田浇灌，遇到干旱的年份，就需要从水库抽水上去。人民公社的时候用水车分梯次往上抽水，然后沿一条当年学大寨时修的水渠分流到所有梯田里。车水的活虽然不算轻松，但是只用双腿使劲，双手可以闲下来，还可以分神，可以抽烟，边踩水车边聊天，吹牛讲故事开玩笑，知识青年最喜欢干这活。分田到户以后，村里通上电了，家家户户都买一种小型的潜水泵，逢旱年将其往水库里一丢，水便沿着软管抽到不远的梯田里。一条条软管从水库排上梯田，虽有些杂乱，看上去倒也蔚为壮观。

下游的彭家村地势平坦，良田居多，自然没有这些麻烦，却也别有烦恼：旱年怕水库关闸断水，让庄稼枯死；涝年又怕水库开闸放水，淹了水田，让庄稼烂根。因此，这两个村庄每逢灾年就不免产生冲突，冲突的程度也视灾情大小而异。

大队的知青点在冯家村东头的水库边，是一栋专为知青而建的崭新的土墙草房，屋前一人多高的土墙围了两个院子。两院分别住了八个女知青和十个男知青，其中五男三女是上海人，其余的都是省内知青。夏天的时候，冯桂珍和胡家俊一到晚饭后，就牵手往知青点跑。男知青住的院门大开着，桂珍和家俊一边一个，躲在门外探头探脑地往里看。男知青们光着膀子、摇着芭蕉扇坐在院子里乘凉，吴军淮正在吹口琴。桂珍和家俊就是冲着吴军淮的口琴来的。他们从来没有见过口琴，觉得那里面发出的声音太悦耳动听了。吴军淮吹奏的歌曲除了耳熟能详的样板戏和革命歌曲，那些苏联歌曲他们都没有听过，感到既新鲜又好听。

吴军淮吹完一首苏联爱情歌曲《小路》，把口琴在手心砸几下，砸出里面的口水，看也不看门口，叫道："小子，我看见你们了，进来吧。"

桂珍和家俊一起走进去，也不说话，只看着吴军淮摆弄手里的口琴。吴军淮从口琴盒里取出一只手帕，擦拭一会口琴，问家俊："小子，想听什么曲？"

"《莫斯科郊外的晚上》。"家俊知道有这首歌，吴军淮经常吹它。

"丫头，你呢？"

"我想听《让我们荡起双桨》。"这歌吴军淮也吹过。

吴军淮便吹奏《莫斯科郊外的晚上》和《让我们荡起双桨》。吹完以后，也不再问他俩，继续一支接一支地吹下去，他俩便不说话，站在那里一直听。吴军淮吹了十几支歌曲，有的歌曲看样子他自己特别喜欢，反复吹了好几遍。最后他吹累了，把口琴再在手心上猛砸，控干净口水，然后用手帕仔细擦拭，包好，放进盒子里，对他俩说："今天的演出结束。明天再来听吧。"

家俊还不想走，看着知青们拿着印有“广阔天地　大有作为”红字和五角星的搪瓷缸在院子里刷牙，看他们嘴里满是泡沫，像是秋天在田边吐泡沫的螃蟹，然后用清水漱口，再洗干净牙刷，准备关门睡觉了，才拉着桂珍的手，恋恋不舍地走出院门，三步一回头。

家俊问：“桂珍，他们为什么早上也刷牙，晚上也刷牙？”

桂珍说：“讲卫生嘛。”

农村人多数不刷牙，也有少数讲究的，买不起牙膏，早晨就用盐在牙齿上擦几下，然后漱漱口。

“浪费那么多牙膏，怎么那么有钱？”家俊说。

桂珍故作博学，说：“城里人就是这样。你说他傻吧，他比谁都精；你说他聪明吧，他总把钱用在没用的地方。”

二、点将台

家俊和桂珍刚上初中的时候，公社所在地银湾镇逐渐恢复了集市，每月一次大集，每十天一次小集。逢大集桂珍和家俊就缠着吴军淮带他俩赶集。路过彭家村，总要经过村外一座土包，叫点将台。点将台有一人多高，顶部有一张床那么大的平地，证明它叫点将台而不是自然形成的土包是有道理的。当初它应该很方正宽大，只是岁月风雨的剥蚀使它的周边坍塌了。有一次经过点将台，桂珍问吴军淮：“军淮哥，它为什么叫点将台？”

吴军淮看看她，没说话，只是离开小路，绕着点将台转一圈，打量着它，又拣一根树棍，俯身在台脚处挖土，却挖不动，这土太硬了。吴军淮直起身，扔掉树棍，问家俊和桂珍：“你们知道这上面的土为什么这么硬吗？”

两人摇摇头。吴军淮说：“这土是夯土，就是像做房子打地基一样打夯把它砸实，所以这个点将台有一百多年了都没有全塌掉。”

桂珍问：“你怎么知道它有一百多年？”

吴军淮右脚踩到台脚上，左手叉腰，扭头看着桂珍："太平天国知道吗？"

"知道。上历史课老师讲过。我姥姥也说，好多年前我们这里闹过长毛，就是太平天国。"

"一百年前，太平天国占领江南大部分土地，攻占了苏州，眼看着就要打到上海。上海的有钱人害怕，就派人到安庆来找曾国藩求救。曾国藩正准备攻打太平军的大本营南京，分不出兵来，这时李鸿章主动请缨。可是李鸿章手下一个兵也没有。他回到老家合肥一带，招募6 000多人，创建了著名的淮军，就在咱们这里训练。这就是李鸿章的检阅台，出征前，它又叫誓师点将台了。"

桂珍和家俊听得悠然神往。怔了半天，桂珍说："这些老师可没有说。"

吴军淮说："历史书都是歌颂太平天国的，当然不会说卖国贼李鸿章的光荣历史。"

"难道不对吗？李鸿章不是卖国贼？"

"历史事件和历史人物很难说清对错，一百年时间太短了，要几百年以后才能正确评价太平天国和李鸿章。任何人和事都有两面性。就说李鸿章吧，既有正面的也有负面的，比如他对中国现代工业的启蒙贡献就非常大，上海江南造船厂就是他创建的。"

家俊还惦记着出兵上海的事，忍不住问道："后来李鸿章去上海了吗？"

"当然去了。你们知道他是怎么去的吗？"

家俊嘴拙，不爱说话，便摇摇头。桂珍说："坐车，骑马？"

吴军淮说："车马是当官骑坐的，士兵要走着去。可当时江南都是太平军的天下，陆路走过去要打很多仗，李鸿章那些没打过仗的新兵根本过不去。只有从长江坐船过去，可是长江中下游也都被占领了，太平军天天在江上巡逻。"

桂珍着急地问："那怎么办呢？"

"李鸿章带着淮军，乘坐英国商船沿着长江顺流而下。当时长江两岸密布太平军的炮台和营垒，淮军官兵们躲在底舱中，忍受着污浊的空气不敢露头，怕遭太平军攻击。太平军不检查洋船。经过两天两夜的航行，英国商船停靠在上海十六铺码头。淮军将士从船舱里走出来时，身穿芒鞋短衣，布帕包头，满嘴的安徽土话。因为很久没有洗澡身上都臭了，再加上手中的武器简陋，多数是大刀长矛，在上海的英国兵法国兵嘲笑他们是乞丐，叫他们'叫花子兵'。但是很快，李鸿章就率领淮军接连打了虹桥、北新泾、四江口三次恶战，遏制住太平军的势头，缓解了上海的燃眉之急，也让中外人士对淮军刮目相看。从此，淮军就在上海站住脚了。"

桂珍有些狐疑地问："你叫吴军淮，和淮军有关系吗？"

吴军淮拍拍桂珍的脑袋："聪明。我就是淮军的后代，说起来也是安徽人。"

桂珍问："那你的祖先是淮军的大官吗？"

"不知道。不过当时保卫上海的淮军里，有一个大官叫吴长庆，是安徽庐江县人，我爷爷说他的爷爷在上海出生，他爷爷的父亲是庐江人，也许这个人就是吴长庆。"

桂珍坏笑说："就算吴长庆是你的祖先，也是他的小老婆生下你爷爷的爷爷。"

吴军淮拍一下她的脑袋："瞎说。"

"我没有瞎说。李鸿章后来在全国到处打仗，还回安徽平定捻军，又到北京当了清朝的大臣，那个吴长庆这么有名，肯定跟着他到处征战，大老婆当然在安徽老家，你爷爷的爷爷在上海出生，不是小老婆生的还能是什么人生的？"

吴军淮又给她一巴掌："小丫头说得还有点道理，不过不许再这样说了，这是在骂我。"

三、“小哑巴”开口

胡家是冯家村唯一的外来户和外姓户。家俊的祖先是徽州商人，家财万贯。他们村子全姓胡，和大名鼎鼎的胡适是一宗。村里出过五个举人、一个探花，还出了一个投井死节的烈女。村头的一座青石牌坊就是县衙门为这个烈女建的，“文革”中被火烧过却没有毁掉，至今还在。家俊听爸爸说，村里读书人多，规矩也多。他奶奶是县令的千金，和经商的爷爷私订终身，却为双方长辈所不容。那时候商人的地位很低，县官自然不让女儿嫁给这样的人家。爷爷和奶奶便私奔到江北，在银山县银湾镇住下来。那时候的银湾镇是水陆交通要冲，南北干货、木材、耕牛、米油的集散地，名气远大过现在的银山县城。爷爷奶奶把各自带来的银两珠宝首饰凑到一起，开了一个杂货铺。爷爷原就参与经营家族生意，深得其中诀窍，很快生意就做大了，后来银湾镇一半的产业都姓胡。但爷爷天性中的不安分开始冒头。他在外面养妓女，还抽上大烟，把家产败了。就这样，在解放的时候，银湾镇还有半条街道的房产属于他家，被收归国有，全家被迫搬到冯家村种田为生。爷爷被外人瞧不起、被家人嫌弃，加之让女人和大烟掏空了身子，搬到冯家村不久就去世了。毕竟有家族经商传统，加之当地商业文化发达，在“文革”后期地下牛市、木材市场等不断出现，家俊爸开始偷偷地做耕牛中介生意，就是经纪人或叫掮客，当地称“牛经纪”，对牛的牙口、脾性、价格了如指掌，赚钱不难，小日子过得很滋润。然而，徽州商人最大的心结，家俊的爷爷奶奶也都有，就是不管家产如何，子女一定要读书。两个姐姐读书到初中毕业，那时他爸还没有做“牛经纪”，粮食不够吃，读不起书，加上是女儿，迟早要嫁人，便让她们回家种田。现在条件好了，高考也恢复了，奶奶便要求家俊必须考上大学。

家俊爸觉得这有些为难家俊。他到七岁才开口说话，还有些口齿不清，像是嘴里含了个萝卜，看上去憨头憨脑的，家俊爸认为他读书会有困难。

村里孩子们都叫家俊“哑巴”，大人叫他“小哑巴”。农村人家孩子多，都是散养，说话晚点再正常不过，起初家里大人并不在意。除了不说话，他看起来什么都正常，耳朵也没有毛病，说话还不是迟早的事。直到四五岁，没见过这么大孩子还不开口的，他爸妈才开始着急。可是急也没用，天高地远的，农村人命贱，没有大病急病不肯上医院，听天由命吧。经过几年的期望、等待、焦虑以后，终于接受他不说话的事实，认可他这辈子就是个哑巴了。但是奶奶绝不承认他是哑巴。

家俊七岁这年元旦刚过去，一天中午吃饭，奶奶坐在八仙桌上座的唯一一把太师椅上，端起酒盅喝一口酒，指示家俊爸：“你到村小学校去问问，家俊如果真的不开口，能不能上学。”

家俊爸嗫嚅着说：“还没到年龄呢。再说他一个哑巴，不着急上学。”

奶奶把空酒盅往桌上重重一放：“谁说家俊是哑巴？他就是不愿意说话。我说过多少次了，不许你们说他哑巴。”

家俊爸赶紧拿起在热水中暖着的锡酒壶，把酒盅倒满：“好好，我去问问。可那也得明年才到上学年龄。”

“早问清楚了早作打算。免得心里没有底。”

“要是学校不收他怎么办？”

“那我找校长去讲道理。你不要和我打马虎眼，明天就去问。咱们是什么人家？别说他不说话，就是胡家的狗都得认字！”

家俊和两个姐姐坐在桌边埋头吃饭。大人说话，家俊固然有想法也说不出来，姐姐也是不允许插嘴的。但是家俊非常渴望去上学，在心里说了无数遍好奶奶奶奶好。

几天后，家俊妈生病了，又吐又拉，还发烧。他妈得过小儿麻痹症，走路不方便，便请赤脚医生来家里看病。家俊独自在村口老槐树下玩，远远看见大队赤脚医生彭水玲来了，转身就往家跑，中途还停下来，在路边挑选两只小石头放进裤兜。彭水玲走进他家，量过体温，拿听诊器在家俊妈胸前胸后仔细听很久，说要打针消炎，便从药箱里取出一个小煤油炉和一只带支架的铝盒。那铝盒的支架只剩一半，无法放平，水玲正想找什么东西垫一下，小家俊飞快地从口袋里掏出两块石头，一声不吭地放到桌上。水玲吃了一惊，拿石块垫到铝盒下，高低正好。她点着煤油炉，叫家俊爸舀点水到铝盒里，烧开后把针头和注射器放进水里煮，对家俊爸说："你家小哑巴看似傻乎乎，其实好聪明的，将来一定有出息。"

家俊爸不以为然："哪里聪明了？连话都不会说。"

"是真的聪明。你说他怎么就知道我需要两块小石头，还早就准备好了？"

家俊爸看看他，知道问也白问，便摇摇头，转身出门喂猪去了。

彭水玲是全大队唯一的女高中毕业生，从小跟父亲学家传的中医，在公社范围内名气不小，大队选拔赤脚医生，她自然当仁不让。到县医院学习几个月西医后，她回到大队做了赤脚医生。她蹲下身，拉着家俊的手说："你一定看我到别人家看病，用石头垫着消毒的。是吗？"

家俊看着她点点头。

赤脚医生打完针便走了，说明天还要再来打针。家俊看着爸爸送彭水玲出门，便走到在院子里竹躺椅上晒太阳的奶奶身边，双手抓住奶奶的胳膊，一字一顿地说："奶奶，我要上学。"

奶奶浑身一颤。她微睁双眼，睡意朦胧地看着孙子，忽然双眼生光，坐起来问他："你刚才说话了？"

家俊点点头。

奶奶抓住家俊的胳膊："我没听清楚，你再说一遍。"

家俊低下头。奶奶冲着正走进院门的家俊爸说："家俊说话了！"

"是吗？"家俊爸半信半疑地看着家俊，"你说给我听听。"

见家俊不开口，他爸微微摇头，走进家门。家俊冲着他爸的背影大声说："我要上学！"转身跑出院门，往桂珍家跑去。

这次家俊爸听见了。虽然口齿不清楚，但他听得很明白，高兴地转身对奶奶说："他真开口说话了！"

奶奶不忘教训儿子："我说什么来着？他就是不愿意说话。你们不懂孩子。唉，没有文化真可怕！"

奶奶闭上眼睛继续晒太阳。过一会她又睁开眼，大声叫家俊爸的名字："修德！"

胡修德闻声从屋里出来，问："什么事？"

"家俊刚才说什么？"

胡修德想了想："好像是说要上学。"

奶奶问："你去过小学校了？"

"没有。"

奶奶坐起身往两边看，寻找着什么。胡修德知道她是找棍子，赶紧说："我现在就去。"便跑出门。

家俊家在冯家村最西头，孤零零一座低矮的土墙草屋，像是附着在村庄躯体上的一块多余的土疙瘩，一看就是搬迁过来的外来户。离他家最近的是桂珍家，也是一座差不多的茅草屋。家俊不说话，和村里孩子都玩不来。他有自知之明，从不主动找人家玩，只有桂珍愿意和他玩。桂珍家是地主成份，她爷爷和爸爸在村子里走路都是低头弯腰，慢慢地走，像是怕踩死蚂蚁似的，她却天不怕地不怕，打起架来，全村没有几个男孩比她强。如果被激怒了，她会不管不顾不要命，连孩子王冯卫国都让她三分。

家俊跑到桂珍家，桂珍说："我正想找你。咱们到村口去，卫国在放爆竹。"

冯卫国是生产队长冯有才的儿子，和桂珍、家俊一样大，还没到上学的年龄，整天带着一帮孩子在村里村外跑来跑去，和外村孩子寻衅滋事。桂珍拉着家俊的手跑到村口，卫国正从口袋里取出一只爆竹，拿下嘴里叼着的香烟，点燃引信，便追其他孩子。孩子们四散逃开。卫国把爆竹朝几个跑得慢的孩子扔过去，“叭”一声在他们屁股后面炸响，吓得他们跳起来，再跑几步又停下来，转身看着卫国。卫国又从口袋里取出一只爆竹，点着扔过去，他们再转身逃跑。

卫国又点着一只爆竹，趁桂珍和家俊不备，突然扔向他们。他俩猝不及防，爆竹在脚下炸开。桂珍把家俊拉到身后，冲着卫国喊：“冯卫国你干什么？不许欺负人！”

卫国笑嘻嘻地说：“谁欺负你了？”

“不许你欺负家俊。”桂珍俨然是家俊的保护者。

“哑巴？他有什么好欺负的。欺负你我倒有兴趣。”

桂珍双手叉腰，一点也不怕他：“你欺负一下看！”

卫国取出一只爆竹，把烟头凑到引信边，作势要点着：“你要是不躲开，就别怪我欺负你了。”

桂珍拉着家俊转身就跑，爆竹在身后响了。他们站住，见卫国又从口袋里掏，转身再跑。跑一会没有听到爆竹响，却听见卫国哈哈大笑。他们再转过身，见卫国笑弯了腰：“我没有爆竹了，你们怕什么！”

桂珍跑过去，对着卫国的背打一巴掌：“谁让你欺负人了？”

孩子们都被她震慑住，不说话了。

桂珍拉着家俊往家走，家俊一字一顿地说：“桂珍，你真厉害！”

“哼！你才知道。”桂珍突然停下来，扳过家俊肩膀，“家俊，你说话了？”

家俊冲她点点头。

上学以后，桂珍和家俊每天一起上学放学，也经常一起到知青点去玩。村民们天天看他俩结伴走来走去，开玩笑地说，真像一对恩爱小夫妻。

四、吴军淮立功

入冬以后是农闲季节，田里没有什么活，大队、公社或者县里会组织一些冬季会战，比如修水渠、挖河道、清水库淤泥等水利工程。这年冬天，县革委会要在冯家村召开全县大力发展养猪事业现场会。冯家村有一个饲养了上千头猪的养猪场，是大队重点抓的项目，名扬地、县内外，经常有省、地、县各级领导来参观考察、指导工作，各地公社、大队来参观学习的人员络绎不绝。为了开好现场会，大队挪用了国家拨给知青的补助款，从公社架设一条电线过来，让大队部和养猪场率先通了电。当时整个大队所有村庄都没有通电，晚上还点煤油灯呢。

银山县大力发展养猪事业现场会在十二月底的一个上午召开，会场在养猪场外面的空地上，摆一排从大队部拉过来的办公桌算主席台，中间桌子上放一只包了红绸布的麦克风。出席会议人员一早就从全县各地赶来，从早晨8点就陆陆续续有人到场，10点钟基本到齐，县革委会周主任也到了。谁知偏偏这时麦克风不响，电工查了半天才知道是电线断了。

这年气温低，十一月就开始上冻。头天又下了一场雨夹雪，夜里气温下降再上冻，从冯村水库中间经过的电线被冰溜压断了。电不通，扩音喇叭无法使用，势必影响会议效果。水库上已经结一层薄冰，水中间有一块没有露出水面的高地，那里竖了一根电线杆，电线就是在靠近那根电线杆处断掉的。大队长冯长根急得团团转，吴军淮从看热闹的知青中走过来，问道：“大队长，我要是把电线接上了，给我记几个工？”

大队长心中一喜，说：“我做主，让生产队给你记10个工。我还让你立功。”

“你要说话算话。”吴军淮对一边的人说，“你们可都听到了，以后要给我作证。”

吴军淮叫电工确认大队部那端的电源已经断掉，便做操活动腿脚腰身，然后脱掉棉袄棉裤鞋袜，又脱掉内衣，只剩一只短裤，在冬天的阳光下浑身皮肤白得耀眼。他走进浅水，踏破薄冰，撩起水往胸前背后浇一会，便纵身扑进水里。水面薄薄的冰层被击碎，乒乒乓乓互相撞击，在他身后留下一条航迹。他游到水中间的电线杆边，迅速将电线接通，再游回来爬上岸，浑身冻得发紫，雪白的胳膊和全身被碎冰割破许多口子，鲜血直流。其他知青早已准备好军大衣等着，他一上岸便把他包起来，送到养猪场办公室，用热水、炭火增温，他渐渐暖和过来。县革委会周主任眼看着这一切，对吴军淮说："小鬼好样的。"

现场会成功召开，周主任很满意。这次现场会的新闻，连同知青吴军淮勇敢地跳进结满薄冰的水库接通电线的壮举，在省报刊登了，也在全县城乡各家各户的小喇叭里反复地播出，以反面形象闻名的吴军淮一举成为家喻户晓的英雄，并在年底被评为全县上山下乡先进典型。

次年夏天发大水，大队部接到公社电话通知，说上游的洪峰两天内就到达，要求冯村水库把洪峰拦住，然后控制水量，限流放水，不能让大水冲坏下游的农田。生产队长冯有才带领社员们上大坝关闭水闸，偏偏水闸坏了，闸门放不下去。眼看着通过闸孔的水流越来越急，下游不少农田已经被淹了。必须想办法把闸门放下去，或者把闸孔堵住。这天的连夜雨到早上还不停，社员们穿蓑衣、戴斗笠，一早就从坝上往闸口处倒土扔石块，可水流太急，倒下去的无论是土坯还是石块都在瞬间就被冲走。冯有才叫社员回家把挑稻米的稻箩拿来，往里面装满石块和泥土，然后用稻草封住口，用草绳捆好，再喊一二三，几个稻箩一起从闸口处扔下去，一瞬间就没影了，不久在下游看到它们，已开膛破肚，里面的泥土和石块被冲干净，只剩下残破的篾片。天快黑了，闸口的水依然呼啸着往下奔流，大家一筹莫展。天上的雨虽然小了，并渐渐停下来，可上游的洪峰不久就会毫不留情地冲下来。下游彭家村的村民眼见农田已经被淹，等不及了，在生产队长老赖子的带领下，拿着钉耙、锄头等家伙冲上大坝。他们见闸门放不下去，也没有办法堵住闸孔，便怀疑是冯家村为保住自己的农田，故意破坏闸门。两个村的村民手持农具在大坝上对峙起来，一场多年没有发生的恶斗一触即发。

发生这么大的事，自然少不了孩子们不知轻重地看热闹，家俊和桂珍也在。吴军淮正与队长和其他知青商量如何堵住闸孔，反而被彭家村的人来搅乱，眼看着不仅堵不住水闸，而且两个村之间的械斗不可避免，后果不堪设想。吴军淮抬头往下游看去，远远看见彭家村的农田已经淹掉，暮色中一片亮眼的白光，只有村庄及村边的晒稻场地势高没有淹到。如果再不堵住闸口，下游的水排不掉，再泡两天田里正在灌浆的水稻就没救了。吴军淮隐隐看到彭家村外的点将台，其体积和形状都像一栋房屋，似乎和村庄的房子相挨着，可他知道这是视觉误差。他心里一动，回头看见家俊，招手叫他过去，附在他耳朵上悄悄说："你回家拿一盒火柴，去点将台上点一堆火。"

家俊一愣，马上明白了吴军淮的意思。放火原本就是让他高兴的事，况且这还是为了对付彭家村。他转身就跑，吴军淮拉住他的胳膊说："记住，只在点将台上烧，别的地方可不要点。"

家俊点点头。

吴军淮又说："要先从草堆里面抽出干草点着。"

他还没说完，家俊拉着桂珍拔腿就跑。他们摸黑跑到彭家村的稻场上，从比房子还大的草堆里面抽出许多干草，搬到点将台上面堆成一个小草堆。天上还下着细雨，他们头抵头，取几把干草在身前淋不到雨处，家俊取出用油布包好的火柴，划三根火柴才划着，再小心翼翼地点着草堆。

天已经完全黑下来，四周一片漆黑，远近的村庄都看不见灯光。当下游彭家村方向着火时，那火势从小到大，谁都以为是村庄被烧着了。有人惊呼："不好！彭家村起火了。"

彭家村的人惊慌失措，纷纷带着手上的农具赶回去救火。

队长冯有才和社员们商量，要抽一些人去帮助救火，吴军淮拦住说：

“不用，就是草堆着火，烧不到村里。”

大家狐疑地看着吴军淮，问：“你怎么知道是草堆着火？”

吴军淮笑着说：“我们赶紧想办法堵闸吧。这件事更要紧。”

吴军淮带着几个男知青跑到水库对面，把一棵放倒的刺槐树抬进水里，然后泅水把半漂在水面的大树推到大坝不远处。吴军淮和刘宗伟留在水里，叫其他人都上岸。他俩抱住树干，小心地把树根对准水闸口。接近闸口时，湍急的水流把树干直带进去，他们两人也随着被冲往闸口，坝上众人大惊失色，有人失声叫起来。只听“轰”的一声巨响，槐树上两根岔开的树干卡住闸口，便堵在那里了。闸口的水流瞬间减缓，原先强大的吸引吴军淮和刘宗伟往闸口去的力量也消失了。他俩游到大坝边，被拉了上来。

冯有才从别人手里拿过一盏风灯，照见他俩浑身都是血，手臂和胸前的皮肤被树上的刺戳了无数个小洞，赶紧叫其他男知青送他俩回去休息。

家俊和桂珍在点将台上放火以后，又避开从大坝过来救火的人，偷偷跑回到大坝上看热闹。吴军淮看见他，不顾别人的阻拦，拉着他到一边，附在他耳边说：“放火的事谁都不能说。”

这件事成为吴军淮和家俊、桂珍的秘密。

吴军淮因为抗洪抢险再次立功，成为全县有名的典型，还被推荐参加全省上山下乡青年积极分子代表大会，他是银山县唯一的知青代表。

参加大会回来，吴军淮就被抽调到银湾中学当老师。

五、 到哪里去

家俊上初二的上学期，吴军淮成为他们的物理老师兼班主任。

家俊和卫国、桂珍都在初二（2）班。家俊开口讲话以后，孩子们开始接纳他，只是他的话比别人少些，也不主动和别人接触，还是桂珍喜欢找他玩。卫国和桂珍则成为这个班乃至学校最离奇恶劣事件的源头，在他们的外围，还有十几个附近村庄的孩子听从指挥，他们的势力在全校无人敢惹，连初三的大同学都避之唯恐不及。桂珍到哪里都叫上家俊，所以在别的同学眼里，卫国、桂珍和家俊都是头头，其实家俊只是跟在后面跑跑而已，从来不参与打架。每次发生冲突，他都劝卫国和桂珍不要打架，卫国便骂他胆小鬼。打起架来，他就拉架，别人打他也不还手。经历多了，他便知道怎样才能平息冲突，也知道怎样劝卫国不要打架，卫国和桂珍也开始尊重他的意见，减少了一些冲动。

开学报到的时候，卫国知道新班主任是吴军淮，想躲却没处躲，便硬着头皮见他。吴军淮像不认识他似的，公事公办，拿过他的暑假作业，先看数学。卫国的数学作业原本一题都没有做，是昨天拿家俊的作业本抄写的，他没想到物理老师吴军淮会看数学作业。吴军淮把作业本从头翻到尾，往桌上一扔，说："冯卫国，你的数学作业一题都不对。真是难为你了，怎么做到的？就是碰也要碰对一题吧？"

卫国低头不作声。吴军淮没有为难他，让他报上名，领到新书。吴军淮接着看后面家俊和桂珍的作业，边看边摇头。桂珍的数学作业也是抄家俊的，当然也全部不对。对于学生的成绩之差吴军淮原本有思想准备，却没想到差到如此程度。

开学第一课，吴军淮走进教室，大家静默一会，很快便嗡嗡地恢复了通常的气氛。尽管吴军淮现在是先进人物，但他原先的坏名声仍然很有影响力，初二（2）班学生对他既缺少尊敬，又有些都属于后进者的认同感，甚至感到有点亲近，所以还没有出现故意捣蛋的。

吴军淮站在讲台上半天不说话，同学们有点奇怪，便停止悄悄话往讲台上看，课堂上出现了难得的安静。吴军淮这才开口："同学们，你们很多人认识我，不认识的也肯定知道我。我不是一个好社员，也不是一个好知青，但是，我肯定不是一个坏老师。"

从来没有听过老师这样说话，课堂上难得地依然保持安静。

吴军淮继续说："你们有人心里肯定在想，吴老师比我还坏，怎么能教好我们？是的，我相信要是比干坏事，你们比不过我。不过有一个人可以和我比一比，就是冯卫国同学。"

同学们哄笑起来，课堂上气氛开始活跃了。

"我现在是人民教师了，不会和你们比坏。我知道自己该做什么，我也要你们知道自己该做什么。首先你们要明白，别想和我使坏，你们玩不过我。"

吴军淮轻松制服了冯卫国和冯桂珍，这个班便没人再捣乱，学习成绩也逐渐上去，到初三时，成绩竟然超过其他班级，仅次于集中全年级尖子生的初三（1）班。然而，初三下学期刚开学，吴军淮就要走了。他不是回城，是到西北一个大学读研究生。

给初三（2）班上最后一堂物理课，吴军淮下课前留10分钟向同学们告别。

"同学们，和你们相处一年半，我看到你们的进步，你们肯定也感觉到自己的进步。其实我也在进步，和你们一起进步。"吴军淮和同学们说话实在，不说大话空话，这一点让同学们感到亲切而舒服，"当初你们班是全年级最差的班，不但成绩最差，纪律也是最差，虽然没人敢说放弃你们，但谁都知道你们已经被放弃，包括家长和老师。"

吴军淮停顿下来，环视着教室，看同学们的目光都直视着自己，知道都被这个话题吸引住了，便接着说："幸运的是，你们没有放弃自己，作为一个没有经验的老师，我也没有放弃自己，所以我们一起成了不错的学生和不错的老师。我相信将来有一天，当我老了，回忆起来，会觉得这两年是一生中最重要的两年。相信你们也是。"

吴军淮的眼圈红了。他停顿一会，继续说："今天是我最后一次给你们上课，昨天晚上备完课，我就想可能以后和你们见不到面了，要是有缘，或许还能见到个别同学，那应该是在外面的世界相见。我希望有这一天。我一晚上没有睡着，想着能送你们一点什么呢？想来想去，只能送你们几句话。很快就初中毕业了，你们中大部分会回家种田，少数继续上高中。我要送你们的话是，不管是种田还是做什么，都不要放弃自己。你只有看得起自己，别人才会看得起你。”

教育里鸦雀无声，不少同学眼圈也红了。

“有几位同学，我要特别叮嘱一下。”吴军淮的目光落到卫国身上，“冯卫国，你胆大、聪明、自信，希望将来能考上大学。”

他的目光又落到桂珍身上：“冯桂珍，你要是能淑女一点，将来会有前途的。”

桂珍问：“什么样子是淑女一点？”

吴军淮笑了：“这可说不清楚。像王雅琴那样有一点意思，但是她显得精干了点。谈丽茹也有一点意思，但是她显得柔弱了一点。要是她俩中和一下差不多。你以后会明白的。”

王雅琴也是上海知青，没有谈丽茹漂亮，但长得清爽，言谈有度，让人看着舒服。

吴军淮又看着家俊说：“胡家俊，你的祖先不是徽商嘛，知道徽商主要在哪里发达的吗？”

家俊摇摇头。

“是上海、杭州、扬州一带的长江三角洲。你老实，话不多，但是有内秀。送你一句话，要知道自己到哪里去。”

家俊不懂是什么意思，没有回答。吴军淮知道他不懂，继续说：“你就不想和祖先一样，到上海去？”

家俊摇摇头。

吴军淮笑着说：“不要紧，记住我的话就行。人一辈子要知道自己到哪里去。这句话也送给冯卫国和冯桂珍，同时送给所有同学。”

家俊低头不说话。他从来没有想到未来的事，今天让吴军淮提出来，第一次感到了迷茫。

桂珍问："吴老师，我不知道怎么办。"

"不知道就拼命想。想明白了，你就有出路了。"

"我要是想不明白呢？"

"想不明白？"吴军淮也有点迷茫了，"那就再想。你以后要经常问自己一个问题：'我到哪里去？'"

"我到哪里去？"

"对。你读过武侠小说没有？"

"没有。"

"武侠小说里都有武功秘诀，这就是我送给你们的人生秘诀。现在你不懂，以后你不管高兴的时候还是不高兴的时候，都这样问自己。问多了，想多了，你自然会明白。"

桂珍有些领悟了："你就是问自己要到哪里去，才考了研究生。对吗？"

吴军淮笑了："孺子可教也。"

六、 上不上大学

王雅琴接替吴军淮当初三（2）班班主任并教物理课。王雅琴没有回上海，是因为她和县医院的医生蒋承德结婚了，彻底扎根农村干革命。也不算扎根农村，她不是民办教师，而是在县教育局有名额的正式教师，转了城市户口，如果有一天调到县城的中学也是顺理成章的。蒋承德是右派分子，从县医院发配到银湾公社卫生院，现在已经平反，回到县医院做了内科主任。他俩从谈恋爱到结婚，其实一直是从银湾公社到县城里流传的热门话题，不过家俊他们还是学生，对这类传闻不关心，才不大明了。

初中毕业后，家俊、卫国和桂珍都没有考上县里的一中和二中，这在意料中，但是上镇办高中没有问题。别看每次寒暑假卫国和桂珍都抄家俊的作业，其实他们三个成绩最好的是卫国，其次是桂珍，家俊的成绩最差。

家俊知道自己考不上大学，本想高中毕业后和父亲学做“牛经纪”，可奶奶不答应，说徽商家的孩子，只有考不上功名，没有出路了，才做生意。家俊不敢顶撞奶奶，只好努力学习，准备迎考。

农村学校最缺英语老师，家俊最怕的也是英语。按照预考的成绩，如果英语及格，他就能考上大专，可惜他的英语成绩从来就没有及格过，而且差得还不少。高考最后一门是英语，他拿到试卷，勉强答 17 题，就再也不会了。这几天精神高度紧张，他感到很累，心想干脆休息一会，让脑子清醒清醒，也许还能再拿几分。他伏到桌上，没想到睡着了。监考老师一看，心想这孩子考昏过去了？走到跟前时，见他口水都流到桌子上，才知道是睡着了。老师敲敲桌子，转身走了，心想这孩子平时不努力，现在可抓瞎了。家俊惊醒过来，发现自己还在考场上。这时已经陆续有人交卷，看着他们的背影在教室门口消失，家俊知道剩下的时间不多了。他用衣袖擦干口水，拿起卷子，迷迷糊糊地从上往下扫视一遍，突然发现，他不会做的大多数是选择题。他想，我要是出题的老师，肯定不会让答案都是一种选择，要让它们分布均匀，这样看来，要是 A、B 两种选择，我全部选 B，应该就能得一半分数，要是 A、B、C 三种选择，我也全部选 B，至少能得三分之一的分数。他心中大喜，知道肯定还能多考几十分，运气好考及格也未可知。

高考成绩下来，家俊英语真的及格了，考 61 分。其他课也不错，物理满分 120 分他考了 117 分，政治考了 89 分，总分超过本科录取分数线 20 分。他被安徽工学院机械专业录取。

成绩比家俊好的桂珍考上大专，被巢湖师专录取，卫国连大专都没有考上。

拿到大学录取通知书，家俊却发愁了。高考结束的第二天，他爸被请到邻县一个牛集市相牛，回来的路上要走一段山路，不小心跌下山沟，倒在沟里动弹不得，躺了一夜，第二天早晨有人路过，听见沟里有人喊叫，才下沟救他上来，人已经流血过多，生命垂危。眼看到大学报到的日子到了，他爸还没有出院，听医生说，能保住一条命已是万幸，恐怕这辈子都站不起来了。父亲这一倒下，家中便断了经济来源，母亲是残疾，不能下田干活，连庄稼都没有人种。家里虽然有一些积蓄，原打算盖几间砖墙瓦房，在村里好好长一回脸，可现在已经让医院拿去一多半，父亲的医药费还见不到底，坐吃山空，将来的日子怎么过？

奶奶整天坐在太师椅上喝茶，心里却跟明镜似的。这天中午吃饭前奶奶说：“家俊，你陪奶奶喝几盅。”

按奶奶的规矩，家俊高中毕业了才能喝酒，现在父亲住院，正好他能陪奶奶了。他帮助妈妈把菜端上桌，然后从书几上取下奶奶的锡酒壶，打开一瓶“古井玉液”倒满酒壶，给奶奶和自己的酒盅斟满，便坐到桌上，等奶奶开口。他知道奶奶有话要说。

桌上有一碗红烧肉，奶奶拿起筷子，先夹一大块红通通的肥肉塞进嘴里，鼓着腮帮香甜地咀嚼，满脸的皱纹都舒展开来。她最喜欢吃红烧肉，而且只吃肥肉，倒不是吃不动瘦肉，她说肥肉才好吃。她的牙齿很好，冬天还要啃甘蔗。家俊妈烧肉都把肥的和瘦的切开，五花肉是从来不红烧的。过去穷没肉吃，奶奶便在喝酒时回忆曾经吃过的美味佳肴聊以解馋。家俊爸做“牛经纪”以后，能保证每个月让奶奶吃三四次红烧肉。有时奶奶嫌吃少了，还吵着要吃，家俊妈便看家俊爸的眼色，准许了就增加一次红烧肉。

家俊夹一大块瘦肉放到妈妈碗里，然后夹一块小的自己吃，等着奶奶说话。奶奶吃完嘴里的肥肉，喝一口酒，清清嗓子，便开始说：“家俊，你是为难要不要上大学吧？”

家俊不奇怪奶奶的敏锐，她一直是家里思维最清晰的。家俊点点头，也喝一口酒。

“有什么好想的？上！”奶奶说话干净利落，又喝了一口酒。

“可是，家里怎么办？坐吃山空，田都没有人种。”

“这算什么？地可以叫你两个姐夫帮忙种，现在分田到户了，饿不死人。你不要以为徽商天生就是做生意的，他们是没有饭吃，更不可能读上书，走投无路，才成为商人。要是都有书读，就没有徽商了。好多徽商发财后还放弃生意，回乡下读书，考取功名。你一下就实现了徽州人辛苦一辈子以后才能实现的梦想，还想放弃？”

家俊释然了，说：“我去和爸爸商量一下。”

“不用商量。你经过县城去和他告别一下。”

动身那天没人送他，只有大姐志红一早从婆家走来，送给他一个红色印着牡丹花的铁壳热水瓶。家俊乘长途客车到县城，下车后，背着被子、衣服等行李到县医院，告诉他爸奶奶的决定，他爸果然不反对，高兴地说：“这就对了。我就怕你不去上学。”

这两天轮值在医院服侍父亲的二姐志春说：“家俊，你放心去上大学。家里有我和大姐，还有你两个姐夫，没有做不了的事情。”

家俊在学校报到的那天晚上，又做了一个梦，梦见收到家里电报，说他爸的伤病加重，要交很多医药费，叫他退学回家种田，他又吓醒了。此后，每过一段时间，他都会做一次梦，不是说高考成绩不算，就是叫他回家种田，两种梦轮着做。直到有一天他真的退学了，才再也不做类似的梦。

七、勤工俭学

为了减轻家里的负担，家俊参加校团委组织的勤工俭学活动，专拣赚钱多的活干，不管苦累。第一学期快结束时，团委书记找到他，说寒假里有一个运煤的活，要连干一个礼拜，问他干不干。他想也不想就说干，也没问能挣多少钱，只问：“几个人去？”

书记说：“就一个人。还有一个司机，他不上下货，只管开车。”

这时外面已经开始下雪，到他开始干活的那天，飘起了鹅毛大雪，在凌厉的西北风中翻卷。家俊一早就乘公交车赶到地处市郊的储煤厂，一辆“北京130”货车已经在那里等着了。这地方建筑少，也很低矮，西北风毫无阻碍地卷着大雪片掠过，雪被衣服挡在外面，风却从领口直钻进前胸，冷得发抖。家俊没有很多同学都穿的那种带帽子的羽绒服，便拿个毛巾包在头上挡雪，远看像是个陕北老农。装煤工具是一把方形大铁锹，和一只铁畚箕一样大，力气小了都使不动。家俊虽然做过农活，但还是以读书为主，只在双抢忙不过来时下田栽秧，很少干挑秧把之类的重活，这把大铁锹使得非常吃力。一锹煤从地面扬到货车上，不仅需要臂力，还需要腰腿力量，没一会他的腰就受不了，便换手调个方向，让另一边腰受力。很快他就热起来，拿下头上的毛巾，让寒风和雪花在头上降温，头顶像蒸笼一样冒热气，他自己抬头都能看到。这种货车很小，但车厢才装一小半，汗水就湿透了里面的衬衣。他拄着铁锹休息一会，汗水凉下来，寒气从脊背往四肢百骸和内脏钻，受不了，赶紧继续干活。

终于装好一车煤，家俊钻进驾驶室，里面满是烟雾。胖胖的驾驶员嘴里叼着烟，靠在座位上，闭着眼睛听收音机里播袁阔成的评书《三国演义》。驾驶员穿一件蓝色羽绒服，帽子戴在头上，还缩着脖子一副冷得受不了的模样。家俊感到比外面暖和很多，就是湿透的内衣冰冷地贴在后背上很难受。

司机启动汽车，驶出煤厂。家俊浑身散架一般难受，手心尽管有不多的老茧，还是被锹把磨得火辣辣地疼，手背则被风吹得裂开一条条口子。他昏昏沉沉地想睡，却不敢睡，怕睡着了感冒。驾驶室里虽然比外面暖和，温度依然很低。这趟运程十多公里，到达目的地时，湿透的内衣捂干了，卸煤又流一身汗。一天拉四趟，家俊咬着牙坚持下来。

晚上回到宿舍，家俊的鼻孔里、耳朵里、嘴巴里都是煤屑，但是没有地方洗澡，街上的澡堂很远，走到那里肯定关门了。他拿脸盆到水房接小半盆凉水，端回宿舍，用热水瓶里的开水兑热，先脱掉上衣擦上身。他把同学的两只热水瓶的水都用掉，换两次水才擦干净上身，然后穿上棉袄，再擦下身。他冻得发抖，浑身起鸡皮疙瘩。擦干净下身，赶紧钻进被窝坐着。睡他上铺的同学陈然说："胡家俊，你的命就值这几个钱？"

"没事。"家俊笑着说，"就是冷点，不至于要我的命。"

第二天雪停了，但天气依然寒冷。他还是身上汗湿了再干、干了又湿。耳朵也冻肿了，然后破了流脓。他坚持干 7 天，拉完这批煤，每天 5 块钱，一共挣到 35 块。拿到钱，他回到学校宿舍整理好行李，便赶往火车站，直到腊月二十九才回到家里。

家俊爸还不能下床，每天睡累了就叫家俊妈扶他坐起来，坐累了再睡下。大年三十上午，家俊见出太阳了，没有风，便背他爸到院子里，躺到奶奶的躺椅上晒太阳。半年不见，他爸老了很多，以前那个红光满面、挺着肚子意气风发、远近闻名的"牛经纪"，好像一下子就蔫了，瘦成皮包骨头，精神萎靡，眼角总堆着擦不完的眼屎。他看着家俊妈瘸一条腿和回来帮忙的二姐忙前忙后地做年饭，听着村子里孩子们零星的放鞭炮声，轻叹一口气，对家俊说："你爸命苦。苦了半辈子，好不容易熬到一个好时候，可以赚钱了，谁知命不好，成了这个样子。"

家俊安慰道："爸，你还不老，好好养病，好了照样去做'牛经纪'。"

家俊爸微微摇头，闭上眼睛默默地晒太阳，耳朵边放一只小收音机，正播放黄梅戏《女驸马》唱段。家俊坐在一边的竹椅上陪着。

《女驸马》唱完，家俊爸睁开眼睛，问道："家俊，在大学里过得怎么样？"

"很好。我的成绩在班上是第一名。"

"我不是问你学习。你不让家里寄钱了，要勤工俭学，辛苦吧？"

"不辛苦。城市里不比农村，没有什么累活。"家俊下意识地把贴了胶布的手放到身后。

“你是为我受累，这也是你的命。但是不管以后发生什么事，你都要把书读完，千万不要半途而废。”

“爸你说哪里去了，我当然要把书读完。现在我能自己挣到学费，再不会有什么事能影响我读书了。”

坐在堂屋里喝茶的奶奶耳朵灵敏，听见他们的对话，冲着门外说：“今天过年，不许说丧气话！”

志春帮助妈妈把活干得差不多了，便解下围裙走出厨房说：“我回去了，那边年夜饭还等我做呢。”

家俊说：“二姐，你辛苦了。”

志春说：“你书读多了，对家人也客气。农村人不怕辛苦，就怕没活干。对了，家俊，你在大学里勤工俭学，知道哪边找活干方便吗？”

“谁要找活干，是你还是姐夫？”

“当然是你姐夫。现在村里的青壮年都出去找工，他早就吵着要出去，看样子这个年过了我也留不住他了。”

“那我到学校给你打听打听。”

“行，我也就问问，村里有好几个人在省城打工。可你姐夫想到上海去。”

正月十五以后，家俊准备返校了，这天彭水玲来到他家。彭水玲在恢复高考制度不久就考大学走了，是全大队第一个大学生，现在已经毕业，分配到省中医大学当老师。她给家俊爸搭脉、看舌苔，沉吟着说：“胡叔，我给您开些调理的药方，吃了身体会好一些。”

家俊送彭水玲出门。彭水玲悄悄说：“家俊，我只能跟你说了，你要有心理准备。你爸的身体只能越来越差，拖不了多久。”

“那你看能拖多久？”

“不好说。最多一年吧。”

家俊想，一年后自己还没有毕业，该怎么办？

八、 到上海去

大二的时候，家俊凭着优异的成绩获得一等奖学金，加上勤工俭学的收入，完全不需要家里给钱了，过年的时候还能带点钱给家里。可他从小不自信，总是不敢相信现实中发生的好事，怀疑是在梦里。大二下学期快结束时，他拿到帮助一个高中生补习英语的收入，便开始收拾行李。这个暑假不打算勤工俭学了，他要回去参加“双抢”。两个姐夫都在外地打工，平时他们自家的田都种不过来。就算姐夫们回来“双抢”，因为时间紧，也来不及干他家的活。

这天晚上家俊又做梦了。他正在教室里上课，年级辅导员冲进教室说：“胡家俊，急电。”家俊接过电报纸，上面只有四个字：“父病，速归。”他跳起来就往外跑，却被一只桌腿绊倒，惊醒了。他极力让扑通扑通乱跳的心平静下来，心想，这次电报的内容怎么不一样？是父亲真的病了吗？不对。他本来就是病人，要是有情况不会说是生病了，应该是别的词。会不会是一个先兆，预示明天会收到电报？也不对，明天不上课，怎么会在教室里拿到电报呢？

次日上午，家俊在忐忑中度过，没有收到电报。他和陈然到食堂吃饭，买好饭刚坐下来，辅导员从门口冲进来，四处寻找着什么人，大喊：“胡家俊，电报！”

家俊心中一紧：真的出事了！他接过电报纸，比梦中只多一个字：“父病危，速归！”

他放下筷子，起身便往宿舍跑。他把自己所有的东西都整理好，有一捆被子、两个大蛇皮袋，还有一只网兜。他把被子背到背上，拎起蛇皮袋和网兜准备动身，陈然端着他的饭进来了：“老胡，不管出了多么大的事，你先把饭吃了。”

尽管都很年轻，还没有走上社会，他们宿舍里却流行以“老”字相称。家俊说：“不吃饭了。我要赶紧走。”

陈然把他肩上的被子取下来，说：“你着急也没用。学校还没有放假，火车票好买。你现在到火车站，要等三个小时才有车。”

家俊没想到这个。他放下手里的蛇皮袋，坐到床上，拿起饭盒，埋头吃起来，泪水却止不住落到饭盒里。

他知道这封电报的分量。父亲说是在家里养伤，其实是在熬日子，家人都明白，他的命像一根游丝一样细，随时有可能断掉。电报里说是病危，就怕回到家里人都见不到了。这两年做的梦终于成为现实，再也不能上大学了。他要想办法养活这个家。

回到家里，果然父亲已经在一天前去世，连最后一面都没有见到。办完后事，一家人坐在堂屋里发愣，有一句没一句地商量以后的事。两个姐姐和姐夫也在。

奶奶见家俊一直不说话，便问：“家俊，你是怎么想的？”

“奶奶，这次我真的不能读书了。”

奶奶轻咳一下，大家都安静下来。奶奶说：“家俊，你打算怎么挣钱？”

“我还没有想好。但现在只有出去打工这一条路了。”

“凡事不能逆天。既然老天不让你读书，就不读了。看样子胡家终究是难出一个读书人，退而求其次，看能不能做点生意吧。”

“做生意？”志红瞪着大眼睛说，“家俊这么老实，哪里会做生意。”

“也是。”志春说，“生意人哪个不是又尖又滑的。”

奶奶把手里的茶盅往桌上重重一放：“你们见过几个正经生意人？是收鹅毛鸭毛的，还是挑货郎担的？给我听好了，做大生意就得诚实，你们徽商祖先做生意的秘诀，就是诚信为本、以义为利。”

志红摇摇头：“反正我就不信家俊能做好生意。”

奶奶问：“家俊，你说呢？”

家俊心里也没有底："我先出去打工吧。"

奶奶见他没有信心，只好问："你想好了到哪里去打工？"

"没有。不过现在上海浦东刚开发，工地多，去找个小工做要容易些。"

奶奶一锤定音："那你就到上海去。我不要人照顾，你妈就是腿脚不方便，做个饭喂个猪没有问题。"

九、找工作

家俊决定不回学校了，反正东西都带了回来，退学手续办不办无所谓，写封信给年级辅导员就行。"双抢"结束后，他就离开了家。

到县城长途汽车站已经是下午，每一个售票窗口都排了几十米的长队，家俊排到一个队伍的末尾，轮到窗口，售票员说当天到上海的票卖完了，问他要不要明天早晨的票。家俊有点蒙。他没有在县城住一夜的打算，便离开窗口，走出长途汽车站。他走到几百米外的一个十字路口，这是到上海的必经之地，会有一些私人客车揽客。等了一个多小时，才有一辆到上海的长途卧铺客车过来，在路口停下。家俊上车就嗅到一股难闻的臭脚丫味，混杂着汗味和其他说不清的味道。车上人还没满，又等半个多小时，上来十几个人，才关上车门上路。家俊瞟一眼邻铺客人腕上的手表，快到4点了。他很快就适应了浑浊的空气，躺在铺位上时睡时醒，迷迷糊糊地颠簸十几个小时才到上海。这是凌晨4点多钟，天还没有亮。好在是夏天，不冷，家俊扛一只装着被子和几件衣服的大蛇皮袋，在车站外面马路边找个地方坐下，等着天亮。

街边卖早点的摊子最先出现，一些早点店铺也陆续开门。天越来越亮，家俊却不知往哪里去。他站起来四周看看，没法辨别方向。这个长途汽车站叫周浦车站，他想，周浦和黄浦江有什么关系？这里是上海吗？私人客车为了揽客，把他放到江苏一个城镇也有可能。

这里的街道和家乡的县城差不多，车辆也不多。他想这恐怕不是上海。没有他想象中的高楼，路边都是些破旧的老房子和窄小阴暗的店铺，楼房多是两层，偶有一座三层就是高楼了。走出这条街，极目所见是一片田野，像是回到了银湾镇。他走进街边一个卖早点的小店，问里面一位五十岁左右的妇女："大妈，请问这里是上海吗？"

"不是。"那妇女操着很难听懂的普通话，左手指着西北边说，"上海在那边。"

"离这里有多远？"

"远得很。你要坐车去。"

家俊想了想说："我想找工作，你知道哪里能找到？"

妇女往北边一指说："那边。浦东造房子多。"

家俊放心了，知道浦东就是上海。他转身就走，妇女在后面问："你不吃早饭吗？"

家俊摇摇头便离开了。他口袋里只有几十块钱，还不知道能不能找到工作呢，要省着用。早饭自然不能吃，中午和晚上再想办法吃点什么。

他往北边浦东的方向走，走不多远就有一个工地，工人们已经在干活了，家俊想他们和在农村种田一样，在夏天都要趁早晨凉快干活。他见工地门口有个守门的，就走过去，问道："大叔，请问你们工地上需要人手吗？"

守门的上下打量他一下，问："你是哪里人？"

"安徽人。"

"不要。我们老板是温州人，喜欢用浙江人。就是用外省的，安徽人也不要。"

"为什么？"

"看你是刚到上海，什么都不知道。安徽人喜欢打架，还喜欢偷东西、抢东西，工地上都不要。"

家俊继续往前走了一个小时，又有一个较大的工地。他径直走到门口问门卫："大叔，你们这里要人吗？"

门卫同样打量他一下，问："哪里人？"

这回胡家俊留了个心眼，说："江苏人。"

"苏南苏北的？"

"盐城市。"家俊知道江苏的城市不多，随口选了盐城市。

"哦。那是苏北，我们老板不会要的。苏北人喜欢打架偷东西。"

工作不好找，家俊想到了，却没想到难找的原因是这个。他连介绍一下自己的机会都没有，只因为是安徽人就被否决了。他又不能说自己是浙江人，口音不对。

下午经过三个工地，都碰了钉子。太阳已经偏西，热量也减弱了不少，估计有五六点了。

胡家俊继续沿着那条路往北走，可走着走着，感觉方向已经偏向东北，这才发现上海的路是像河流一样弯弯曲曲的，原本向北，却不知什么时候向东了。他想了想，决定再往前走，管他什么方向呢，只要有工地就能找到工作。

现在要考虑的是晚上怎么过，在哪里睡觉。他走到一个看上去比家乡县城都繁华的地方，看样子又是一个什么镇。就在镇中心找个地方对付一夜吧，这里比荒郊野外安全。肚子早就饿了，但得吃晚些，使下一餐尽量往后推迟，夜里时间长，肯定会饿。

胡家俊找到一家看上去最小、最破旧、最不卫生的快餐店，要了 3 块钱一大碗素面条。

"老板，给我下一碗牛肉面。"一个瘦瘦高高、皮肤白净的小伙子走进来，坐在胡家俊对面，一看就是大学生。他的胳膊支到破旧的方桌上，桌子摇晃着往胡家俊这边倾斜，似乎要散架了，小伙子赶紧放下胳膊。

胡家俊的面条来了，他很快吃完，对老板说："给我来一碗汤好吗？"

对面的小伙子正在看手里一份《新民晚报》上的招聘启事，听到胡家俊说话，抬头看他一眼，又看看他身边的蛇皮袋，问道："你是安徽人？"

"是啊。"

"安徽哪里的？"

"银山县。"

"哦。我是蚌埠市的，咱们老乡。"

"你是大学毕业吗？"

"我是华东师大数学专业刚毕业。你呢？"

"我在安徽工学院，才上大二就退学了。"

"为什么退学？"

"家里太穷，再也上不起，不想给家里增加负担，就退学了。"

"哦？"小伙子增加了亲近感，"那你太可惜了。"

小伙子的面条来了，他收起报纸，用筷子挑起面条，边吹边问："刚到上海的吧？"

"是啊，早上到的。你怎么知道？"

"我一眼就看出来了。我还知道你没吃饱，今天晚上没地方住，对不对？"

胡家俊脸红了，点点头。

小伙子又问："你在上海没有熟人投靠吧？"

"没有。"

"那你怎么打算的？想找什么样的工作？"

"我想到工地上找事做。不管什么工作，只要有饭吃就行。"

"那要能吃苦。"小伙子看看地上的蛇皮袋，"这样吧，看你有孝心，咱俩也投缘，晚上和我挤一下，不收你钱。"

胡家俊心想，不会是骗子吧？有这么好的事？

小伙子似乎看透了他的心事，说："放心，我不会骗你的。你身上有钱让人骗吗？你又不是女的，不能卖给人当媳妇。”

胡家俊想也对，他能骗到什么呢，便对他点点头。

胡家俊跟着小伙子走十几分钟，才到一个很偏、很拥挤的地方。这里都是出租屋，房客全是外地来打工、找工作的。小伙子住一间只有几平方米的小房间，一张单人床就占了一半地方。

“晚上你就打地铺睡吧。我也正在找工作。如果我先找到工作，就搬出去住，你可以住这里，房租我交到月底了。”

胡家俊觉得心中不安，不知道这小伙子是什么用意，便鼓起勇气问：“你为什么这样帮我？”

小伙子轻松地说：“缘分吧。你不要以为我喜欢帮人，我找工作大半年了，换了几个工作，从来没有帮过任何人，也没有谁帮过我。”

见胡家俊还不放心，他又说：“我最恨上海人看不起安徽人了。今天心情好，想干点什么出奇的事，正好遇到你了。这不是缘分吗？你放心，如果明天早上你醒来发现自己还活着，就出去找工作，害怕就不要再来了。”

聊起来，胡家俊才知道，小伙子叫王强辉，毕业前半年就开始找工作，一直没找到理想的。难道名牌大学毕业生也不好找工作吗？

“是专业不好。”王强辉说，“哪个单位需要学数学的呢？”

室内蚊子不少，关上灯听见到处都嗡嗡叫。王强辉点着一支蚊香，打开墙角一个沾满油污的破电扇，让它摇头，两人都能吹到，便躺下睡了。胡家俊打开被褥铺到地上，总睡不着，王强辉却发出轻微的鼾声，睡得很香。

十、奔走

早上起来，王强辉帮胡家俊买了两只烧饼，两人就分头各自找工作了。王强辉坐公交往浦西的人才市场去，胡家俊则还在浦东寻找工地。

浦东的工地真多。一眼望去吊车林立，运送渣土的大翻斗车一辆接一辆轰隆隆地从身边驶过，卷起漫天灰尘。家俊天天在报纸上看到浦东开发开放的新闻，现在身临其境，尽管自己如工地上的一块砖一样无足轻重，与浦东也还没有任何关系，却也感到血液加快流淌，心里面蠢蠢欲动。这一天找了十来个工地，甚至混进去找到了工头，但是还没有人愿意要他。有两家表示如果有上海人担保就可以要他。他哪里找到上海人担保？中午又吃两块钱面条，口袋里只剩 35 块钱了。

晚上疲惫地回到镇上，还到那家小饭店吃面条。刚端起碗，王强辉也进来了，径直到他对面坐下，说："看你的样子就没找到工作。"

胡家俊点点头，问："你呢？"

"唉！也没有找到。我这个专业实在不好。"

他安慰胡家俊："放心，工作一定会找到的，只要你坚持足够长的时间。"

一个礼拜后，王强辉找到了工作，在一家机械公司做销售员，卖水泵。王强辉临走前，掏出 50 块钱给胡家俊，家俊不要，王强辉说："借给你。以后有钱就还，没钱不要还了。"

家俊说："以后还不知道能不能再见面呢。"

王强辉说："坚持下去，一定能找到工作。山不转水转，如果有缘，以后我们一定会再见面。"

王强辉指着床上的被褥说："被子就送给你了，我看你的被子太薄太破，天快凉了，你就是找到工作，也需要它。"

"那你怎么办？"

"我奶奶家就在上海，可以住过去，或者取几床被褥。你放心。"

胡家俊感到特别难受。如果一直是一个人还没有这么难受，两个人相处时间不长，却使他们有了患难与共的感觉。分手以后，胡家俊的孤独感更强。

家俊在王强辉租的房子里住六天就到月底了，一个讲着听不懂的上海话的三十多岁女人来收房子，把他赶了出来。

今天一定要找到工作，否则住哪里呢。家俊奔走了一天，还没有工地要他。

日落以后，他又累又热又饿又渴，感到浑身疲软，想就近找个地方在露天睡觉。他找到一座小桥，桥下没有水，便取出被褥铺开，坐到被褥上，取出一个干馒头，咬一口慢慢嚼。再取出一个矿泉水瓶，喝里面装的自来水。吃完馒头，强忍着还想吃东西的强烈欲望，躺下睡觉。他已经习惯忍耐饥饿了。

十一、 两个温州人

半夜开始刮风，越刮越大。应该是台风来了。他没见过台风，但知道上海经常刮台风。不久开始落下豆大的雨点。风中的雨点斜着往桥下扫，家俊收起被褥，挪到桥里面的角落，才能躲开雨，但还是不断地被阵风刮进来的雨水淋到身上。

今夜是无法睡觉了。衣服被淋湿一大半，虽是盛夏，台风中他还是冷得发抖，便用被子裹住身子，坐在一块石板上，感到前所未有的孤独。他想，如果有一个人说说话多好。

可这是在上海，他不认识任何人。要是吴军淮在上海就好了，可在也没用。村里的上海知青都回上海了，却没有联系方式。

要是吴军淮处在我现在的状况，会怎么办？他肯定会有办法，家俊想。但是他怎么可能会处在如此境地。

天亮的时候，风停了，雨停了，天也晴了。家俊迷迷糊糊地坐一夜，似睡似醒，此时睁开眼睛，身上暖和了，软绵绵地还想睡，便把被褥铺开，躺下睡着了。一觉醒来，热得满身大汗，他发现太阳已经晒到半截身子。他坐起来，往桥下阴凉处挪挪身子，从包里取出最后一个馒头和瓶装自来水。吃完早饭，看太阳的高度，现在应该是上午 10 点左右。他收拾好被褥，离开他度过这辈子最难忘一夜的地方，继续找工作。

他沿着一条又长又宽、铺着沥青的公路往北走，看路牌，这条路叫杨高路，在浦东应该是不错的路了。路两边有一些工厂和店铺，大多数是人家的住房，工地不多。路上行人不多，却都行色匆匆，他只能慢慢走，观察两边是否有工作的机会。他尝试着进一些店铺询问是否雇人，都被拒绝了。他走了很长时间，感觉这条路没有尽头，又发现有两个人和他一样走走停停，有时候还走进一个建筑里。他往前再走一会，发现这两个人又跟上来。他们都是中等身材，皮肤黝黑、三十多岁，看上去像农村人，却穿着西服，每人手里都拿个皮包。家俊想，他们可能是推销什么产品。

眼看太阳已经移到路边的屋顶，又到吃饭时间了。他忍着饥饿，再坚持走一会，便在路边找一家面馆，要一大碗 3 块钱素面。

那两个人不知道什么时候又出现了，坐到家俊这张桌子上。

“老板，来两大碗牛肉面。”坐在家俊右边的人放下包，大声说。

这人的普通话很不标准，如果不是事先知道他点牛肉面，家俊根本听不懂他说什么。坐下来后，两人互相说话则一点也听不懂了，像是说日本话，难道他们是日本人？却又不像。他们好像在商量着什么，对周围的房子指指点点。家俊想，看样子不是业务员，是包工头，要拆房子？

家俊的面条上来了，虽然很饿，但他不想吃得太快，吃慢点才会多一点饱的感觉，照例又要了两次面汤。他喝第二碗汤时，那两人已经吃完付账走了。喝完汤，家俊从口袋里掏钱付账，发现右边的长凳上放着一只皮包。他站起来两边望，刚才没注意那两人往哪边走的。他问过来收钱的店主：“老板，你知道刚才那两个人往哪边走了？这只包是他们的。”

店主看看包，说：“我没注意。”

“那怎么办？”

店主说：“你要是有事先走，就把包放在我这里。他们发现包丢了，肯定会回来。”

家俊点点头，又觉得似乎有点不妥。老板见他犹豫，心里明白，说：“那你就等一会吧。你看包里有什么东西。”

家俊想了想，说：“还是不看吧。”

家俊坐着等了一会，老板又端过来一碗面汤说：“小伙子，你人不错。天热，再喝点汤等着吧。”

汤还没喝完，那两个人就急匆匆地走过来，一人盯着家俊手里的包说：“哎呀，包还在这里。这位先生，谢谢你！这个包是我的。”

家俊把包还给他，说：“不用谢。”

那人接过包，又看看家俊，用难懂的普通话问道：“你没看看包里是什么？”

“没有。”

那人又坐到刚才的位子上：“你就不问我一下，让我说出包里有什么，证明这个包是我的？”

“不用证明。我知道是你的。”

两个人互相看看。身边这人把包放到桌子上，拉开拉链：“我让你看看吧。”

拉链拉开，里面是一扎扎崭新的人民币，全是百元大钞。那人很快拉上拉链，从口袋里拿出钱包，抽出两张100元的票子递给家俊：“这个你拿着吧。”

家俊不接，说：“我不能要。”

“你拿着。这是谢你的。”

“我不要。也不用谢。”

两个人又互相看看。坐在对面的那人问：“小伙子，你是来找工作的吧？”

家俊点点头。

“你是哪里人？”

“安徽人。”家俊不想隐瞒安徽人身份了。

“包里有这么多钱，你就不动心吗？”

家俊反问：“又不是我的，为什么要动心？”

对面那人向他竖起拇指：“有性格。看你样子，是大学生吗？”

家俊摇摇头：“大学没毕业，不读了。”

“为什么？是家里穷了供不起？”

家俊点点头。

“我告诉你一个发财的机会，就看你敢不敢做。”

“什么机会？”家俊心跳几下，又觉得匪夷所思，不相信真有发财的机会。

那人指指周边：“这条路要改造了，你知道吗？”

家俊摇摇头。

“小伙子，要想发财，就得看新闻。这条杨高路，马上要全部改建扩建，是明年上海市政府的重点工程。你知道吗？”

家俊摇摇头，又点点头。他好像在报纸上看到过杨高路改建的新闻，却没有在意。看这马路挺宽的，还是柏油路，在浦东算是很好了，不懂为什么要毁掉重建，是钱多了没处花？他更不知道这和赚钱有什么关系。

右边那人拍拍家俊肩膀，说：“小伙子，你看这条路，它是四级公路，路宽大概有7米。它要连接起外高桥、金桥、陆家嘴三个国家级开发区，改扩建以后，路宽从7米增加到50米，道路中央还要有3米宽的绿化带，你想想，如果扩建后，路边会达到哪里？”

家俊估计一下，说：“我们坐的地方就是路中间了。”

家俊还是不知道赚钱的法子在哪里。右边的人说：“你得了解上海的拆迁政策。这路两边50米以内的房子全部要拆掉。比如，你现在把这位老板的面店租下来，明年拆迁的时候，政府就会补偿你一笔拆迁费。”

家俊恍然大悟，有些明白这两人干什么了："你们就是找这些房子租下来？"

"对呀。我们主要是租一些大的工厂和整栋楼房，不过你可以租几家这样的小门面，就等着赚钱吧，也不需要找工作了。"

家俊摇摇头说："办法是好。可是我没有钱。"

对面那人说："现在的时代不缺钱，缺的是机会和眼光。"

家俊不明白，没有说话。右边那人说："你可以贷款呀。银行不贷，找民间贷款，大不了利息高一点，有钱赚还怕什么？"

家俊说："我没贷过款，也没听说哪里有民间贷款。"

两人互相看看，会意地笑了。对面那人说："也是。你们安徽没有民间贷款。在我们温州，只要你有好项目，多少钱都能借到。"

右边那人说："我们是信用贷款，不用抵押。温州人做生意全靠诚信。"

对面那人递给家俊一张名片，说："山不转水转，也许我们还会见面。你以后有需要帮忙的，就打我电话。"

两个人起身走几步，给家俊名片的那人转身走回来，对家俊说："小兄弟，再给你一个建议。今后至少二十年都是房地产的天下，你只要做跟这个行业有关的生意就不愁发财。"

家俊挠挠头："我怎么从事这个行业？"

"你不是想到建筑工地上找工作吗？这个就算。不过，你当小工可发不了财，至少要当个小包工头。最好学点什么，比如建筑工程预算师、工程师都行，考出证来，保证你吃香。"

两个人走了。家俊仔细看手里的名片，是"温州市均发皮件有限公司董事长钱均发"。他想，温州人的假皮鞋、假皮带全国有名，这个钱董事长也许就是做假皮鞋的，还说"温州人做生意全靠诚信"，谁信呢？他一个做皮件的，跑到上海来投机取巧，想租房子赚拆迁费，是不是不务正业呢？

不过，他想，他们这个办法倒是真的可以赚大钱。人家能想到这点，而且仅从新闻中就发现了这个机会，还真不简单。温州人名不虚传。

但是这个办法他真的做不到。他连饭都没得吃了，家里欠了很多债，还有奶奶和妈妈等着寄钱养活，谁会借钱给他？考个预算师工程师倒可以考虑，但也要先有饭吃才行。

家俊离开杨高路，沿另一条路往东走，还是没有找到工作。这天晚上，他再找一个桥洞睡觉，觉得没有昨夜那么难熬了。他想，人的适应能力是很强的，习惯了在桥洞里睡，也没什么大不了。

次日早晨起来，收拾好被子，他继续往前走。没有遇到卖早点的，他昨天也没有买几个馒头带上，只好饿着肚子往前走。走了三个工地，人家还是不要他。到中午了，可这一带比较荒凉，找不到吃饭的地方。他想，中午工地上都休息了，自己也休息一下吧。他才知道上海这地方水多桥多，往前走一会就又遇到一座古老的石拱桥，桥下阴凉得很，一条清澈的小河从桥洞里静静地流过去。他放下行李，跪到河边，洗一把脸，捧起清凉的河水喝几口，便靠着一个桥墩，强忍饥饿，闭上眼睛。等他忘记了饥饿，便睡着了。

十二、 码头

一觉醒来，估计是下午两三点。夏天的太阳在这时候最强，耀眼地照射着静悄悄的绿色田野和田野上有如衣服上的破洞和补丁一般大大小小的工地。那些工地的脚手架上没有一个人影，吊车、挖掘机都静静地停在那里。胡家俊知道，下午得三点半以后才会开始干活，以避开最热的时段。家俊又到河边喝了一些水。他头晕眼花，已经饿得麻木，不觉得肚子有多难受，只是水喝多了，在肚子里哐当哐当地响。前面出现了一条大河，没有地方过河，他沿着大河的堤坝踽踽独行。堤坝就是一条公路，被载重汽车压出两道深深的辙印，路边不时会有一棵或者几棵柳树，家俊就选这些树荫走，好歹有点阴凉。这条河挺宽，看样子是一条航道，不时有机帆船冒着黑烟突突驶过，激起的浪花直扑岸边，有节奏地拍打堤坝。

前面出现了一个码头，停泊着两艘空船。码头边有一栋三层红砖楼房，看上去有些年头了。家俊走到楼房一个敞开的门口，有气无力地问一声：“有人吗？”

没人回答。家俊走进去，发现是个厨房，他的肚子咕噜咕噜一连串地叫起来。家俊打量一圈，里面没人，对面墙上有一个挂着看不出是什么颜色的布帘的门。他走到门口，提高声音问道：“有人吗？”

还是没有回答，却从里面传出一阵鼾声。家俊轻轻掀开布帘，伸头看见里面一张单人床上，仰面睡着一个健硕的女人，衬衫领口敞开，露出两个硕大的半球。家俊赶紧缩回头，心跳不已。农村妇女喂孩子从来不避人，他见得多了，可从来没有像今天这样看得心跳耳热，又怕又想看。他想，千万不要被当成流氓打一顿，那可太丢人了。他放下被褥，在灶台上拿只碗，从水龙头接满水，一口气喝完，再接一碗水，又一口气喝完。他抹抹嘴，放下碗，四处找有没有吃的。墙角有一个和他家一样的大灶，灶上一大一小两口锅。他揭开大锅锅盖，发现锅底翘起一层烤好的焦黄锅巴，他掰下一块，咕吱咕吱嚼起来。

那锅巴直径有一米大小，家俊吃了一半还想吃，却想起得给人家留一点，便又接了一碗水喝，摸摸肚子有点饱的意思了。他在灶后坐下，竟迷迷糊糊地睡着了。

不知道睡了多久，家俊感到小腿有疼痛感，睁开眼，发现面前有两只脚，还不断地踢着他。

“你是哪里来的？”

家俊抬起头来，见正是里面睡觉的那个女人，双手叉腰，气势汹汹地审问他。他站起来，躬身想道歉，却一眼看到她领口露出高耸的胸，赶紧抬起头说：“我是来找活干的。见你在里面睡觉，不敢打扰。”

“找活干的？”那女人上下打量着家俊，“你才多大？不在家读书出来找什么活干？”

“我高中毕业了。”家俊没敢说上过大学。

“你能干什么？”

“我什么都能干。栽秧、割稻、犁田都干过。”

“废话。这里又不种田，干这些有什么用。”

“我可以扛大包、做小工。”

那女人斜着眼打量他说：“就你这身板，扛不了重活。”

这时外面传来嘈杂的争吵声。一个人冲进来，对女人说：“三嫂，菜刀借我用一下。”

他从砧板上抓起菜刀就要走，三嫂拦住他：“你拿我菜刀干什么？”

那人说：“淮北人来抢码头了。”

“什么，他们又来了？”三嫂说着，拿起另一把菜刀，跟着那人冲出去。

家俊跟着三嫂也跑出去。外面原本空空的货场上，不知什么时候聚集了有上百人，分成两群对峙着，手里都拿着扁担、铁锹、棍棒。看样子一场惨烈的群体斗殴一触即发。家俊跟着三嫂跑到明显人少的一边，见三嫂对一个三十多岁的人说：“大志，他们怎么又来了？”

那个叫大志的汉子说：“来了一条徽远公司的运沙船，他们眼红，要过来卸货，抢我们的活干。”

三嫂把大志拉到一边说：“大志，最好不要打架。要是出了人命，恐怕村里也不会把活给我们干了。”

大志眼一瞪说：“不打就更没有活干了。”

“他们人多，我们会吃亏的。”

“吃亏也要干他娘的。做软蛋就别在上海混。”

这时对面一个剃了光头、敞着胸的汉子大声嚷道：“彭大志，你们再不让开，别怪我不客气了。”

彭大志迎上去说：“这个码头一直是我们的，凭什么让给你？”

“凭什么？”对面那人摸着自己的光头说，“凭我们人多。这年头要凭实力说话。”

彭大志说：“靠人多不算本事。有种你和我单挑。”

“好！”光头一把脱掉敞开的白衬衫，扔到一边，露出一身疙瘩肉，“老子知道你当过侦察兵，练过两下子。今天就叫你知道厉害。”

十三、 斗殴

家俊认出来，这个彭大志是彭家村的，前些年在上海当兵，退伍后没有回老家，一直在上海打工。彭大志走上去，两边人马都往后退，留出一块空地给两人。彭大志也把衬衫脱掉，身上的肌肉也不少。家俊从小就不敢打架，却经常观战，他明白光着膀子是不让对方轻易抓住自己的衣服借到力。

光头比彭大志矮半头，看上去更敦实些，他挥动双拳威胁着彭大志，彭大志冷静地退让躲闪。两人转了几圈，谁都没占便宜。家俊看彭大志不急不躁、神情自若，估计他不会吃亏。他问身边表情紧张的三嫂：“要是彭大志赢了，他们会认输吗？”

“大志会赢吗？”三嫂担心地问。

家俊笑了：“放心吧。他应该不会输。”

“哦！”三嫂稍微松了一口气，看家俊一眼，“你刚才问什么？”

“要是大志赢了，他们会不会认输？”

“认输？不会。他们来了那么多人，怎么会认输。”

“那你们不是输定了？”

“谁说不是呢。要是村干部在就好了，还能从中调解，可这些上海人都是胆小鬼，看见打架早就溜了。”

家俊吃了人家的锅巴，喝了人家的水，而且听口音这边多数是家乡人，自然想帮助他们。他上初中的时候劝过无数次架，而且卓有成效，但都是孩子，规模没有这么大，没有这么吓人，还拿着工具，真能要人命。他看对方那些人，观战时手中的工具都还朝前方举着，没有放下来的意思，似乎随时准备冲上去，知道三嫂说得对。他再朝周围观察一遍，看有没有可以利用的地方，比如类似于彭家村外的点将台可以放一把火。可他知道现在是白天，就是有点将台之类，点着火也不会吸引这些人的注意力。这时他看见对面人群的后面，从坝上开来一辆白色小汽车，停在不远处，下来一个穿白衣白裙的女孩，站在车旁观望。家俊捅捅三嫂问："那边的女孩你认识吗？"

三嫂朝那边看了看："看不清楚。有可能是徽远公司老板的女儿。"

"徽远公司老板和这帮人有关系吗？"

"有没有关系不知道，不过他们都是淮北人，有可能认识。"

"哦。"家俊心里有了主意，对三嫂说，"你跟我来。"

"干什么？这里还没有输赢呢。"

"什么输赢，你们肯定输。我能帮你们打赢。"

"你能帮我们？"三嫂瞪大眼睛看着他，"你怎么帮？"

"你跟我来就知道了。"

三嫂拿着菜刀跟家俊退出人群，远远地绕一个大圈子，悄悄地躲到那辆小汽车不远处的一辆铲车后面。家俊坐到地上，对紧张地伸头观战的三嫂说："坐下来休息一会，还早着呢。"

三嫂回头瞪他一眼："你是来看热闹的吗？你要是骗我，老娘饶不了你。"

家俊看着三嫂手里无意识地舞动着的菜刀，说："你在这里看不见。"

三嫂的视线果然被人群挡住，看不见里面的打斗，只听见双方人群助战的吼叫声一浪高过一浪。不知过了多久，吼叫声变得杂乱起来，家俊站起身，见这边的人群往前涌过去，又退回来，然后逐渐散开，各自捉对或者三五个之间打起来。他对三嫂说："跟我上。"

他们冲到小汽车后面，那女孩正踮着脚紧张地观看，家俊从后边一把抱住她，对三嫂说："拿根绳子捆住她。"

那女孩嘴里大叫，挣扎着想脱身，却被家俊直接抱离地面，双脚乱蹬。三嫂找不到绳子，情急之下，解开系裤子的布带，把女孩的双手捆起来。家俊把女孩塞进汽车后座，说："再把她的脚捆起来。"

三嫂着急地说："我没有绳子了，拿什么捆？"

家俊脱下身上的衬衫，拧成绳子捆住女孩的双脚，对她说："你不要害怕，我们不是坏人，就是想借你平息这些人打架。"

女孩不听他说，依然挣扎着，不停地骂他："流氓！坏蛋！快把我放开！"

家俊想必须让她安静下来，否则无法和人家谈判，便从三嫂手里拿过菜刀，在她的眼前比划着，凶狠地说："你给我老实点，不然我可不客气了。"

女孩看一把菜刀对着自己的脸，立刻安静了。她知道这个凶恶的小子不敢杀她，可这把刀只要在脸上划一下，比杀了她还可怕。

家俊把女孩拉下车，对着混乱的人群高喊："住手！都给我住手！"

人们根本听不见他的声音，依然打斗着，不时传来受伤的惨叫声。三嫂站在家俊身边，双手提着裤子，高声说："你别喊了。按汽车喇叭。"

家俊松开女孩胳膊，女孩双脚被捆了站不住，一屁股坐到地上。家俊拉开车门，伸手不停地按喇叭。

十四、绑架

打斗的人群逐渐停下来，纷纷往这边看，见一个光膀子的小伙子捆住了女孩，手里还拿着一把菜刀，都莫名其妙。那个光头最先明白过来，飞奔过来怒吼道："你是哪里来的野小子，敢绑架苏小姐！"

家俊左手抓住苏小姐的胳膊，右手拿刀贴着她的脸说："你别过来！小心我的手一抖，碰到她的脸。"

光头在不远处站住，喝问道："小子，你要干什么？"

"不干什么。就是看你们打群架，怕死了人你们都要判刑，好心给你们调解。"

"有你这么调解的吗？快把苏小姐放了。"

"你放心，我不会为难苏小姐，只是想借她来调解你们。"

"你用她调解有什么用？你知道我们为什么打架吗？"

"我不知道你们为什么打架，但我不想看你们的热闹，想让你们看我的热闹。你看，现在不是都停下来了吗？"

"停下来又怎么样，我们还要打。"

"打架我比你见得多，都是一时冲动，打过了没有不后悔的。你已经停了下来，再想打起来，恐怕大多数人都不想了吧？再说，不管你们是为什么打架，总要解决问题的，不管打输打赢，打过还是要坐下来谈，不如现在就坐下来谈，大家都少受损失。好不好？"

光头气极反笑："你他妈的算老几，鸡巴还没长毛，就管老子的事了？"

光头身边一个瘦高个子说："你小子是不是彭大志派来捣乱的？打不过就来阴的？"

"不是不是！"家俊摇着脑袋说，"我刚来这里，是找活干的，还不认识什么彭大志。要说我和他们的关系，就是中午偷吃了他们的锅巴，喝了几碗凉水。"

瘦高个子俯身对光头说了几句话，光头指着三嫂说："这娘们是给彭大志烧饭的，你还说不是他的人，谁信？"

家俊说："信不信由你。我可是好心给你们调解的。"

这时彭大志走过来："你是哪里来的？快把苏小姐放了。"

家俊说："现在不能放。等你们双方谈好了我就放。"

大志说："谈什么谈？兵来将挡，水来土掩。谁还怕他？"

光头也不服："就凭你小子还为我们调解？不知天高地厚。"

"不要调解是吧？那好，我把苏小姐带走，明天再来。"

"不能带走！"大志和光头异口同声地高声阻止。他俩互相看了一眼，没想到此刻会意见相同，都忍不住哈哈大笑起来，刚才的仇怨瞬间化解。

大志说："既然这个小子硬要调解，咱们就谈谈吧？"

"谈就谈。"光头就坡下驴，"不过得叫他把苏小姐放了。"

家俊说："你们一边留三个人谈判，叫其他人都回去，我就把人放了。"

大志和光头都同意，双方人群很快就走散了。家俊解开苏小姐的手脚，苏小姐伸手就给他一巴掌。他正把裤带递给三嫂，没提防，被打到左脸，"啪"的一声脆响。他心中一怒，本能地想还一巴掌，却又犹豫起来，对方是个小姑娘，真还一巴掌她能不能承受不说，自己的面子恐怕并不能挣回来。这一愣神，大志和光头忍不住哈哈大笑，三嫂和其他人也跟着笑起来，这一巴掌便打不出去了。

苏小姐却不笑，扬起手还要打，这次家俊不会让她得逞了，伸手抓住她的手腕："对不起！苏小姐，我向你道歉。"

"不行！"苏小姐鼓着腮帮，不依不饶，"你凭什么绑我？我要打得你求饶。"

三嫂笑着说："小子，你就让她打几下解气吧。"

家俊一想也是，说："那我就让你打，就是不要打脸好不好？"

"我就要打脸。"苏小姐咬牙切齿地说。

"好，你要打脸就打吧。"

家俊伸头闭上眼睛让她打。苏小姐狠狠地又打他一个耳光，却不再打，转身钻进小汽车，调头开走了。

家俊摸着火辣辣的左脸，心想这丫头还真用劲，有那么大的仇恨吗？他问三嫂："这个苏小姐的老子是干什么的？"

三嫂指着码头停的一艘500吨船说："那样的小船她爸有一百多条，还有几十条大船，专跑长江和黄浦江。上海水上个体运输几千家，她爸是老大。"

"这么牛？不过上海有钱老板多了，你们为什么都怕他？"

三嫂说："和他搞好关系，我们才有活干啊。他只要说句话，就没人敢在这个码头停船下货，我们喝西北风啊？"

彭大志走到家俊面前，阴沉着脸问："你是哪里来的？叫什么？"

十五、 调解

家俊反问他："你是彭家村的吧？"

"你怎么知道？"

"我是冯家村的。你离家早，当兵去了，不认识我，可我知道你叫彭大志。"

彭大志心里隐约觉得这小子口音有些熟，因心系于打斗，没往这方面想，现在才意识到他说的就是家乡味普通话。"你刚才怎么不说是老乡？"

"人家正怀疑我是你的人呢，跟你认了老乡，不是帮别人的忙吗？"

大志一想也是："你来干什么？"

"我来找活干。"

"找活干？谁让你多管闲事了？"

"我怕你们打不过人家，想帮帮你们。"

"你凭什么说我们打不过他们？我让你帮了吗？"

光头不乐意了，走过来说："彭大志，人家确实是帮了你，别不识好歹。就你那点人，还能打得过我们？"

彭大志说："他倒是帮我得罪了苏老板。要是苏老板怪罪下来，说我指使这小子绑架他女儿，你说我冤不冤？"

家俊说："一人做事一人当。我和苏老板说清楚，是我自己决定的，我绑架他女儿时还不认识你。"

三嫂说："我可以证明。我是第一个看见他的，刚发现他在厨房里睡觉，就听见外面打架了，连他的名字都不知道。"

光头有些不耐烦了："彭大志，别扯这些了，先商量一下怎么谈吧。"

大志有些茫然："你说怎么谈？"

光头也感到茫然，转身对家俊说："你不是要调解吗？你说怎么谈？"

家俊想了想说："谈判要有一个德高望重的人来主持，我肯定不行。"

"那你说谁来主持？"

"我倒想起一个人来，不知道你们同不同意。"

"谁？"

"就是你们说的苏老板。我看你们都挺怕他，为什么不叫他来主持公道？"

"对呀！"光头一拍大腿。

"对个屁。"彭大志说，"你小子刚刚帮我得罪了他，还让他做中人？再说苏老板也是淮北人，你不会是他们派来卧底的吧？"

"你胡说！"光头不干了，"你把老子看成什么人了？老子从不玩阴谋，就喜欢真刀真枪地明着干，靠实力说话。"

三嫂说："大志，这孩子确实是想帮你，就是帮了倒忙也不能怪他。再说，他们本来就人多势众，没必要玩阴的。"

彭大志想了想说："也是。苏老板是个大气的人，名声在外，我相信他。再说，他要是帮你们这些老乡，早就帮了，不会等到现在。我同意让他做中人。走，到我办公室去打电话，和苏老板约一下。"

家俊跟着往办公室走，心想，这个彭大志不简单，也是个大气人。他同意让苏老板主持谈判，也是对苏老板的考验。

苏老板很爽气地同意他们明天上午过去谈判，还说中午请他们吃饭。光头他们回去了，彭大志又开始审问家俊。

“你叫胡家俊，是吧？老实交代，是不是他们派来的？”

“我真不是他们派来的。我才到上海十几天。”

“十几天又怎么样？什么事情都可能发生。再说你怎么证明才来十几天？”

家俊不高兴了。他长这么大，还没有人怀疑过他的诚实。可他来上海坐的是私人客车，没给他车票，无法证明来上海的日期。

“你不信就算了，爱信不信。”家俊虎着脸，起身便往外走。

三嫂拉住家俊：“你怎么还急了？”

她扭头对彭大志说：“这么晚了，你叫他到哪里去？不管你承不承认，他还真是帮了我们，不然现在恐怕你我都在医院了。”

有了三嫂的话，家俊心里踏实了，态度却更坚决：“三嫂，你让我走。我就是他们派来卧底的，小心把你们卖了。”

“胡说。你不要听大志瞎说。就我们这点小生意，还值得派人来卧底？他是间谍电影看多了。”

家俊见彭大志不说话，自己开弓没有回头箭，没有台阶下，只好硬着头皮坚持：“我走。我去找光头去。此地不留爷，自有留爷处。”

三嫂对彭大志说：“明天要和光头谈判，请苏老板主持，这是家俊提出来的。要是明天苏老板问个前因后果，想让他来作证，你怎么办？”

彭大志心想也是，要是他真的跑到光头那边去了，帮他们说话还在其次，关键是显得自己太小气，谈判没开始就已经在气势上输了一截。

“好吧，你今晚先住下来，明天一起去谈判。”

家俊还作势要走，三嫂拉着他说：“好了，你这孩子人不大气性不小。在外面混这样可不行，要受得委屈，该低头就得低头。”

家俊就坡下驴，坐下来。已经挣足面子了，见好就收。要是真的走了，既没饭吃又没地方睡，他还真不知道怎么办。难道真的去投奔光头？那岂不是太没骨气了，比哭着央求留下来还丢人。

十六、 谈判

次日一早，彭大志开一辆桑塔纳轿车，带上家俊和一个叫彭大鹏的小伙子，在工地林立的浦东土路上颠颠簸簸开很久，到了一个集镇，彭大志说这是塘桥镇。徽远公司在一座两层楼里。一楼前台小姐问清他们来意，便拿起电话通知里面。不一会，从楼上下来一个女孩，是苏小姐。她向光头和大志点点头，狠狠地瞪家俊一眼，便领他们上到二楼一间会议室坐下，给他们泡好茶，说："请你们稍等一下，苏总正在接待一位客人，一会就来。"

彭大志说："苏小姐，昨天实在对不起，让你受惊了。这个胡家俊是昨天才到码头上找工作的，他做的事我一点都不知道。"

苏小姐俏脸一红，气恼地说："昨天的事不要提了。我不想听。"

"好。好。"彭大志尴尬地住嘴了，过一会又张嘴想说什么，却硬生生地憋了回去。

会议室的门打开，一个身高体壮、皮肤黝黑、面容憨厚的中年男人走进来，大家都站起来，家俊跟着站起来，知道这就是苏老板了。

苏老板和他们一一握手，然后在长会议桌的一头坐下，光头和彭大志的人分别坐两边。苏老板说："承你们看得起，叫我主持谈判，我不敢说能做到十分公正，但保证不会有私心。"

光头说："苏总，我们就相信你。再也找不到谁能主持这个谈判了。"

彭大志说："对，苏总，我们就相信你。"

苏老板对彭大志说："听说昨天我女儿差点让你的人给绑架了？"

彭大志还没开口解释，家俊站起身说："苏老板，昨天是我绑了你女儿，跟彭大志没有关系，那时我还不认识他。"

"哦？"苏老板看着家俊，"你坐下。说说为什么这么做？"

“我担心他们再打下去会出人命，想劝架又劝不了，就想着绑了苏小姐他们就会停下来。”

“你怎么知道他们会停下来？”

“我也不知道。就是想试一下吧，反正也想不出其他办法。”

“你胆子也太大了。你不知道绑人犯法吗？”

“对不起。我不是真的要绑她。”

苏老板笑了，问：“你多大了？”

“二十一岁。”

“上高中了吗？”

“上了。”

“高中生可以了，比我强。我一个字都不认识。”

“你不识字？”

“圈子里都知道，弄船的安徽老苏是个文盲。”

家俊觉得奇怪，不识一字还能做这么大的老板，怎么做到的？他没敢多问。

苏老板开始主持谈判，叫双方各自把情况讲一遍。家俊这才了解事情的来龙去脉。这个码头叫卫家浜码头，属于卫家浜村，村里派了几个人来管理码头，也就向停泊的货船收租金、向上下货的劳动力收管理费，更多的事他们不管，也管不了。每有货船靠岸，就有好几帮人抢着上下货，为此三天两头打架斗殴。村领导和村民们都胆小，不愿介入纠纷，谁打赢了，就和谁签合同，让他长期承包码头的活。彭大志他们经过多次打斗，赶走一帮河南人，才占有了这个码头。光头他们原来也在这个码头挣钱，后来被雇到黄浦江边一个大码头扛活，那是一次性的活，虽然量很大，但总有干完的时候，他们干几个月才完成，现在没活干了，便杀回码头，和彭大志他们抢活干。

苏老板耐心地听双方把话都说完，才开口：“我听明白了。情况也很简单，就是彭大志和村里签了合同，在这个码头干活合理合法；黄群现在没活干，想在码头找点活。对吗？”

家俊才知道光头叫黄群。黄群说：“我们在码头干活比彭大志还早，是我们走了，他才有机会进来。”

彭大志说：“谁让你走了？苏总都说了，我们是合理合法。”

黄群说：“你也是靠打架打赢了才签合同的。我再打赢你，村里就会和我签合同。”

“好了好了！”苏老板见双方又要争起来，打断了他们，“你们不要吵了。都是老乡，你们就不能合作吗？”

“合作？”光头黄群反问，“是他领导我还是我领导他？”

“看样子要是他领导你，你还不服是吗？”苏老板又问彭大志，“要是他领导你，你愿意吗？”

“不愿意。”彭大志回答得很干脆。

“都想当头，这是我们很多老乡都有的毛病。你们都比我有文化，见识还不如我。我搞船几十年了，才知道船越大越需要合作。我不识字，还懂得和识字的合作；不懂技术，就找懂技术的合作。就你们那点文化，最多初中生，不合作在上海滩能混几年？”

彭大志说：“除非苏总一起合作，你来领导我们。”

“我和你们合作？这我倒没想过。”苏老板又问黄群，“你愿意和我合作吗？”

“当然愿意。只要你参加，我对彭大志也没有什么意见。”

“我就知道你们两个之间没有什么私仇，都是为手下的弟兄能吃上饭。我看你们俩倒挺像的，应该能合作好。就是没想到你们想把我拉下水。”

“这么说你答应合作了？”

“这个我说了不算，要回家和老婆商量一下。”

听他说要和老婆商量，家俊差点没笑出来。怕老婆不稀奇，稀奇的是毫不隐讳地在这种场合说出来。家俊不知道，苏老板的家业是和老婆两个人从一条小水泥船一点一点打拼出来的，老婆好歹还是初中生，掌管公司财政大权，功劳和经验都不比他差。

十七、合作

苏老板请他们到公司食堂吃饭。食堂在一楼，有一个单间。苏老板叫他的司机搬来一箱古井贡，说："今天不请你们喝茅台了，安徽人到一起就喝安徽酒。安徽酒厂多，古井贡酒不敢说是最好的酒，但肯定是最有名的酒。今天谁都不许装孬，不喝醉不要出这个门。"

彭大志指着苏小姐说："她也得喝醉吗？"

"她不算。"苏老板说，"她还是学生，不能喝酒。"

"她不是你公司的员工吗？"

"不是。她才参加了高考，等着出国上大学，就在公司锻炼锻炼。昨天公司有条船靠卫家浜码头，我叫她去见识一下，没想到被这小子给绑架了。"

苏老板说着，看家俊一眼。家俊赶紧低下头，装作没听见这句话。

酒过三巡，苏老板对女儿说："苏晴，你拿开水敬叔叔。"

苏晴端起水杯敬了一圈，却没有敬家俊，苏老板看得清楚："苏晴，还有胡家俊也要敬。"

苏晴翻了家俊一个白眼，不情愿地说："你叫我敬叔叔，他又不是叔叔。"

家俊说："苏老板，昨天是我不好，我敬苏小姐一杯赔罪。"

他端起酒杯，走到苏晴身边说："苏小姐，对不起！你不要喝，我这杯酒干了。"

家俊把酒喝干，苏晴没有理他。坐在她身边的彭大鹏劝说道："他把酒喝干了，你就大人不记小人过，原谅他吧。"

苏晴说："我不叫苏小姐。他这杯酒不算。"

家俊又倒一杯酒，红着脸大声说："苏晴，对不起。"仰起脖子又一饮而尽。

苏老板说："差不多就行了，人家都喝两杯了。胡家俊你回座位吧。你俩差不了几岁，你马上要到国外留学，可人家都出来闯荡了，多不容易。你要懂得理解人。将来你要是不努力，不一定比他强。"

苏晴横她爸一眼，扭过头去，一张俏脸绷得紧紧。她的皮肤洁白如玉，她爸的皮肤比种田出身的在座其他人都还要黑。她除了脸形有点像苏老板却更为圆润和柔和，其他没有一点地方像他。家俊想，她应该像她妈，幸亏不像她爸。

彭大志见场面有点尴尬，打圆场说："行了行了，都不要再说了。这事就过去了。苏总，我敬你一杯。"

苏总警觉地看着他："不对。你已经敬我三次了。这杯酒没有个说法我可不喝。"

"为你有这么个漂亮又聪明的女儿，我敬你。可以吧？"

刚才还严肃地教育女儿，这会儿听到大志的话，苏总高兴得脸上皱褶都舒展开来，端起酒杯喝干，问大志："你知道她为什么叫苏晴吗？"

苏晴不高兴地说："都说三百遍了，也不嫌烦。"

苏总说："他们还不知道嘛。"

大志说："对，我们都不知道。你说她为什么叫苏晴？"

"她是在船上出生，我接生的。那天刮台风，下大雨，她出生以后天气就好了，我没有文化，就给她起名叫苏晴。"

大志颇觉意外："你还会接生？"

苏总摇摇头："谁会呀？没办法，只有我们夫妻俩，船停靠在荒郊野外，连个人都见不到，更不要说去医院了。她妈妈肚子痛得没办法，不接生会死人的，我只好硬着头皮给她接生。"

大志对苏晴说："苏小姐，你真有福气。我敬你一杯。"

苏晴像没听见一样，站起来对她爸说："我走，不要听你胡说八道。"

她推开椅子，转身出去了。

苏总摇摇头，对大志说："不好意思，这孩子被惯坏了，你别介意。"

"没关系，还是孩子嘛。"大志说，"不过这杯酒你代她喝了吧。"

苏总笑指着大志说："还是你厉害，这是第几杯了？你成心要把我喝多。"

说归说，他还是高兴地喝了一杯。

家俊端起酒杯走到苏总身边："苏总，我敬你一杯酒。我可是诚心诚意的，不是想让你喝多。"

苏总问他："小子，你现在工作定了没有？是不是就在大志那里干了？"

家俊看看大志："还没有定呢。"

"是你没有定还是大志没有定？要不你到我这里来，我看好你。"

彭大志连忙说："定了。我早就定了收下他，还没来得及告诉他。"

苏总对家俊说："不管在哪里干，你还要多读些书，高中生可不行。"

家俊说："你不是不识字吗？"

"我创业的时候不识字可以，大志和黄群他们只是初中生也可以创业，可你以后要想创业，书读少了肯定不行。我虽然不识字，但我也会学习。我靠听和看。听新闻联播，看别人怎么做。我走过很多弯路，因为不识字也上过很多次当，你没有必要这样，而且你应该比我们做得更好。"

家俊诚惶诚恐："你太高看我了。"

"高看怕什么？你也要高看自己，不然就不会有出息。"

回到码头，大志觉得让家俊扛活不合适，便和三嫂商量怎么安排他。三嫂说："我正缺少帮手，先叫他帮我做几天饭吧，等有合适的活再叫他干。"

"他愿意干吗？"

"肯定愿意。真要不愿意，就叫他滚。"

大志和家俊说了，家俊一口答应。来上海十几天都没找到工作，他体会到了生存不易，心想先有碗饭吃，再徐图发展，再说做饭可以有空闲读书。他想起温州人说的话，正好趁机考个什么证书出来。

第二天早饭后，家俊和三嫂打声招呼，到镇上的报刊亭买一份《新民晚报》。回到宿舍，仔细寻找有关培训和招生的广告，还真不少。他选择了一个工程造价预算岗位技能培训班，又想，以后要想有发展，高中学历还是太低，即便上了两年大学的知识也不够，不如再报一个什么班。他又选了同济大学夜大经济管理专业本科班。

毕竟上过两年大学本科，工程造价预算岗位技能学习对家俊来说很轻松。每周末上课，一个多月便结束，考试轻松通过，拿到了建筑工程造价预算员资格证书。他不知道这证书有什么用，便放进箱子里，依然天天帮三嫂烧饭。

这天午睡起来，宿舍里其他人还没醒，八九个人的呼噜此起彼伏，声震屋顶，家俊拿一本夜大课本，准备到食堂里看书。彭大志正好从桑塔纳上下来，对他说："家俊，你跟我来一下。"

家俊跟着上楼，彭大志取出钥匙开门，问他："家俊，这些天感觉怎么样？还适应吗？"

家俊跟大志走进办公室，说："适应。"

"还记得我们和苏启昌的谈判吗？"

"苏启昌是谁？"

"就是苏老板，你绑架的苏晴她爹。"

"哦。记得，当然记得。"

"我和苏启昌、黄群签好协议了，决定单独成立一个公司，我是总经理，苏是董事长，黄是副总经理。每一方再派一个人参与公司组建，你跟我过去怎么样？"

"我行吗？"

“你怎么不行？”

“我才高中毕业，什么都不会。”家俊不想去，他现在有时间学习，想多读点书，至少把本科文凭拿到再说。

“我这里初中毕业的倒有一些，你都认识，看看哪一个合适？”

家俊把码头的民工逐个数过来，还真没有合适的。

大志说：“不会就学，边干边学。你脑瓜灵，很快都能学会。你看人家苏总，大字不识一个，生意都做得这么大。”

家俊只好说：“好吧。既然你信任我，我就干。”

“对嘛。在上海没有干不成的事，只要胆子大、有想法。”

“那三嫂这里怎么办？她一个人忙不过来。”

“这个你别管，会有人来帮她的。”

次日一早，家俊坐大志的车，一起到徽远公司。苏启昌把二楼一间大办公室腾给新公司临时办公，彭大志和黄群两张大班台各占一个角，对面靠墙四组办公桌，每两张一组面对面。靠窗的一张桌子坐了一位二十七八岁的长发美女，一身标致的职业套装，面无表情，精干而冷漠。大志给大家介绍，长发美女叫史玉琴，是徽远航运公司的行政总监，兼任新公司行政人事经理。大志叫家俊坐在史玉琴对面。家俊后面背对他坐了一个女孩，叫黄艳，是黄群带来的。黄艳对面是苏晴。还有 4 个座位空着。

彭大志和黄群被董事长苏启昌叫走了，家俊不知道干什么好。他不习惯面对一个女人坐着，抬头不好，低头也不好：抬头就对着人家的脸，总不能整天盯着领导的脸吧；低头又很累，本来就没有什么案头工作。好在每张桌子上配了一台电脑，坐矮一点，再把脖子缩下去一点，显示屏就挡住了对方。可他发现，目光只要离开显示屏，就会射到对方的脸上，不是猝然与领导对视，就是有偷窥美女的嫌疑，而且他根本就不会用电脑。熬了半个上午，家俊终于忍不住，抬头说：“史经理。”

史玉琴的目光从电脑上移到家俊脸上：“什么事？”

“能给我一点事做吗？”

史玉琴问：“你会用电脑吗？”

“不会。”

“打字都不会吗？”

“不会。”

史玉琴问黄艳：“小黄，你会吗？”

黄艳低头小声说：“不会。”

史玉琴沉吟一会，对苏晴说：“苏晴，给你个任务，今天教会他俩用电脑。”

苏晴把椅子拖到黄艳身边坐下，教她如何操作电脑。家俊把椅子转过来，从两个女孩脖子间看屏幕。两个女孩总晃动不停，尤其是苏晴，有时还俯过身把着黄艳的手操作，家俊没看清楚，便求苏晴：“苏晴，你能不能再说一遍？我没看清楚。”

苏晴像没听见一样，继续教黄艳下一步操作，家俊说话走神，又没听见后面的内容。他知道苏晴还恨他，只好转回头，对史玉琴说：“她不教我。”

史玉琴说：“她教了，是你没学好。”

苏晴教了几遍，叫黄艳用拼音练打字，便回到自己位子上。家俊只好自己打开电脑，照刚才听到的部分内容，胡乱地操作。遇到不知道的，就回头看黄艳怎么做。他边弄边对史玉琴说：“把电脑弄坏了可别怪我。”

史玉琴说：“你要是能弄坏它就不叫电脑。”

家俊弄一会，惊慌地叫道：“不好了，电脑真的坏了。”

史玉琴问：“怎么了？”

家俊乱按鼠标说：“这上面怎么不动了？”

“那是死机了，重启一下就好。”

“怎么重启？”

史玉琴说：“苏晴，你给他重启一下。”

苏晴过来，长按主机开关，屏幕黑了。她再按一下开关，屏幕又亮了。

家俊笑着对苏晴说："谢谢你！"

苏晴还是不理他，回到自己座位。

家俊凭着印象，加上不断地回头看黄艳的操作，终于打开一页空白文档，可以用拼音输入文字了。这期间又死机一次，他照苏晴的方法重启成功，继续操作。他拿起史玉琴给的规章制度汇编，一个字一个字慢慢地输入。

这时彭大志进来说："都到会议室去开会。"

十八、 调研

会议由彭大志主持。他简单介绍了新公司的情况。公司名称叫上海徽远港务建设有限公司，已经注册好，业务方向有两大块： 一是港口建设，二是承包码头。大志说："苏董事长认为，上海是国际港口城市，现在这方面的基础设施还很落后，吞吐量不够大，比如宁波的北仑港就比上海的港口规模大。上海将来一定会成为世界航运中心，港口建设大有可为，业务会非常多，我们应提前布局，先进入这一行业，将来机会来了才能够抓住。码头方面，像卫家浜这样的小港口，有很多是安徽老乡经营，但都一样争来斗去，野蛮生长，这样谁都做不大，还有违法风险。现在浦东开发，大搞建设，黄沙、水泥、砖石、钢材这些散货，都需要这些小码头，业务量非常大。苏董事长想利用他的影响力和业务关系，把这些港口整合起来，文明竞争，规范经营，共同发展。同时，因为码头需要大量的劳动力，我们还可以为老家做劳务输出，让更多的乡亲来上海打工致富。大家有什么意见和建议？"

大家报以热烈的掌声。黄群说："别看苏董事长不识字，还真是高瞻远瞩，比我们看得远、想得深。我们是跟对人了。"

见大家没有意见，大志开始布置工作："我的主要精力放到码头建设方面，黄总负责码头整合运营。史总监主内，带着黄艳和苏晴。至于胡家俊，我这边暂时不需要人，你先跟在黄总后面。虽然有苏董的影响力，但是收码头没有那么简单，对付抢码头的事件你挺有办法。大家对分工有什么想法？”

史玉琴说：“人力资源方面，我首先要把彭总和黄总手下员工做个摸底调查，建立档案，黄艳和苏晴明天就过去，请你们那边配合。”

大志说：“这个没问题。”

家俊说：“我不知道怎么收码头，怕干不好。”

大志说：“年纪轻轻的怎么怕这个怕那个的？你绑架苏晴时怎么不怕？”

家俊不好意思地说：“那是着急了没有别的办法。”

黄群说：“这就是很好的办法嘛。幸亏你这一绑，要不我和彭总有得闹，更不可能一起规规矩矩地开公司。”

会议室门开了，苏启昌走进来，大家都站起来。彭大志把会议桌一头的主持位子让给董事长，自己坐到黄群对面。苏启昌挥手让大家坐：“今天徽远建设公司算是正式成立了，我们不搞什么仪式，也不放鞭炮，闷声大发财。具体工作由彭总来安排，我只提两个要求：一个，你们都要给我学习，不停地学习。我不识字，但我手下人必须识字，还要多读书。最好都像史总监一样读个硕士。就怕你不读，读出来了我出学费，还给你加工资。再一个，都给我好好干，该加班加班，该拼命拼命，我不会亏待大家，有财一起发。”

黄群有些心虚地摸着光头说：“苏董，你看我是不是就不用读书了？我从小就读不好书。”

苏董说：“你是初中毕业吧？有这个底子就能读上去，好歹给我读个大专出来。”

黄群不好再说什么了。

苏董对大志说："你们继续开会。"便起身走出会议室。

黄群问大志："苏董自己不识字，怎么对我们要求这么高？"

史玉琴说："千万不要小看苏董，他用的人都有本事。徽远航运公司的总经理原来是一家国营航运公司总经理，硬让苏董给挖过来了。"

大志说："苏董肯定有过人之处，要不他给再多的钱，人家国营公司的总经理也不一定愿意过来。"

散会后，黄群对家俊说："家俊，你别走，咱俩商量一下怎么干。"

家俊说："你说怎么干？我听你的。"

黄群苦笑道："我恨不得听你的。我们不能靠打架，一个一个把码头夺过来吧？"

"那当然不行。没有调查就没有发言权。我们是不是先做调查？"

"对呀。我正感到没有头绪，不知道从哪里下手呢。先做调查好。你看从哪里开始调查？"

"你看这样行不行。"家俊没忘记黄群是顶头上司，客气地说，"拿码头首先要和地主打交道，我们就先找卫家浜村调查，看村领导和村民是什么想法，然后再找一些码头的承包人谈。"

"好。就听你的。"

十九、 卫家浜村

下午，黄群和家俊走进卫家浜村村委会，办公室里有四张桌子，只有一个黑皮肤、身材微胖的中年男子在办公。黄群问："请问村主任在吗？"

男子抬起头说："我就是。你们是哪里的？"

黄群递上名片说："我是彭大志手下的副总经理，叫黄群。您贵姓？"

"免贵姓卫，卫东来。"卫东来取出名片递给黄群和家俊，"你们有什么事吗？"

“是这样，我们想了解一下，你们对码头的管理和运作有什么要求和意见？”

“没什么要求。合同和你们签了，只要按合同把租金交来就行，管理是你们的事。”

家俊说：“卫主任，每次年终要续签合同的时候，都会有好几家争抢，基本是靠打架，谁打赢你们就和谁签。我们想改变这种状况，大家和平相处，互利共赢，就是争也要公平竞争，靠竞标来决定，你说好不好？”

“那当然好。可是你们这些人太野蛮，我们一直是竞标，却让你们搞成打群架了。”

“所以我们来商量解决办法嘛。”

“那要等书记来一起商量。他是一把手，也早就有整顿码头的想法了。”

“书记什么时候来？”

“他中午有接待，差不多该来了。”

正说着，一个身材瘦小、五十多岁的男人走进来，带进一股酒气。他坐到一张办公桌后面，端起桌上的茶杯，一口气喝完里面的冷茶，然后抬起头，瞟着黄群他们，问：“有什么事？”

卫东来说：“卫书记，他们是彭大志的人。”

黄群和家俊递上名片，卫书记反复看了半天，说：“有事明天再说。我不行了，要睡一会。”

说着，他站起身，走进一扇小门。卫东来双手一摊说：“没办法，我们村干部就是这样，不是接待上级就是接待投资人，身不由己。你们明天上午来吧。”

黄群和家俊只好回去。黄群不解地说：“上海人不是不能喝酒吗？”

“也有能喝酒的。我们村的上海知青吴军淮，能喝一斤白酒。”

次日上午，黄群和家俊再走进村委会，卫书记连连道歉：“实在对不起，昨天和一个开发商谈卫家浜村的整体开发项目，喝多了。”

家俊警觉地问：“卫家浜村的整体开发？包括码头吧？”

“当然包括。这个码头虽然创收不多，但是我们村的水上通道，很重要的。”

家俊和黄群交换一下眼神，说：“我们正是为码头的事来的。能问一下你们是怎么规划码头的吗？”

“当然可以。”卫书记取过一张 A4 纸，用圆珠笔在上面画草图，“码头改建以后，还是需要你们来经营，所以应该让你们了解情况。”

看卫书记画的草图，码头要扩大三倍，包括货场、停车场、办公室、食堂、商场、住房、油库等设施，工程不小。家俊问：“卫书记，我们公司也有工程队伍，专做港口建设，能参加这个港口工程吗？”

“当然可以。不过我说了不算，要投资方说了才算，还要参加竞标。”

回到公司，黄群和家俊把卫家浜码头改建情况向大志作了汇报，大志说：“我们的目标是参加大型深水港建设，跟这种小港口不是一回事。听说国家正在论证建设洋山深水港，那可是个世界性的大项目。不过，我们可以通过建卫家浜码头这样的小项目练练手。”

黄群说：“要想拿这个项目，还需要和投资方沟通。”

“投资方是谁？”

“一个从日本回来的中国人。”

大志接过黄群递过来的投资人资料，说：“投标的事交给我。你们继续做调查。”

黄群和家俊走访了十几个有码头的村领导和码头承包人，感觉码头管理混乱的多数与村领导不作为有关。也有的是承包人与村领导有矛盾，换了承包人以后还是有矛盾。少数管理得好的码头，承包人和村领导关系和谐，村领导班子也团结有力。在如何介入码头经营方面，黄群和家俊意见不统一。黄群认为要首先搞定村领导，把合同签下来，就不怕人家动武抢夺。家俊认为最好有办法和承包方面合作，就像大志和黄群一样，才能避免后患。在大志主持的管理层会议上，他俩还争论不休。大志说："你们俩意见不统一，叫我们怎么办？调查这么长时间了，总得有一个结论吧？"

史玉琴说："你们要写一个调研报告。"

黄群说："写报告？那就家俊来写吧。"

家俊说："我不会写报告。"

史玉琴说："胡家俊，你是大学生，就你写吧。谁都有第一次。"

"我大学没毕业。"

"没毕业也是大学生。"

二十、调研报告

其实家俊在中学的作文水平还可以，只是没有写过调研报告，只好请教史玉琴。

史玉琴说："我教你一个简单的办法，先把结论写出来，作为报告的结尾。比如经过调研，我们获得很多码头经营权的设想可行还是不可行，如果可行，前景如何、该怎么做。然后你再逐个倒着推，说明是怎么得出这几个结论的。"

家俊说："这好办，结论我现在就有，可是怎么倒着推呢？"

"说说你的结论是什么。"

"根据上海可以做航运的河流多的特征和浦东开发开放的形势，这些小码头前景非常看好，我们可以拿到一些码头的承包权，就是该怎么做，我和黄总的意见不统一。"

"非常好。领导要的就是这个结论，前面的调查内容和推理过程他不一定看，但你也一定要写好。就是说，不管领导看不看，你的调研和推理过程也一定要科学，给他的结论一定是经得起推敲的。"

史玉琴给他几份其他项目的调研报告作参考。

家俊下班后出去吃碗牛肉面，便回到办公室加班。他先用笔在纸上写，但除了写作文他没有写过文章，字写得慢也不好看，便改用电脑打字。打字也不熟练，有时一个字要反复打几次才打对，却把要写的句子忘记，思路也断了。他还是改用笔写。好歹把报告写出来，也不知道怎么样，他觉得是超水平发挥了。拿着二十几页稿纸，他想不能这样给领导看，看不懂他写的字，便一个字一个字往电脑里输入，等全部打好，外面天已经亮了。

家俊拿电水壶接满水，烧一壶开水，再泡一杯浓茶，翻看着电脑里的文字，简直不相信是自己写的。

他伏在办公桌上想睡一会，却睡不着，便走出办公室，到外面去吃早点。

天已经大亮，他没有手表，估计是早晨五六点。附近的工地上已经开始干活了。吊车旋转着伸出长臂，放下长长的钢索像钓鱼一样把装着材料的吊斗拎上空中。打桩机沉闷而有节奏地把长长的钢桩往地下砸。街上绝大多数店铺都关着，只有卖早点的铺面和摊位在营业。家俊走进公司对面的一家叫“东方独秀”的早点店，要了四只肉包子、一笼小笼包、一碗豆浆，好好地犒劳自己。

店老板是一个满身面粉、圆脸、笑嘻嘻快乐的小伙子，把小笼包端给家俊，对他说：“老乡，你的早点上齐了。”

家俊是第一次来吃早点，奇怪地问：“你怎么知道我和你是老乡？”

“听口音就知道你是老乡。刚来上海不久吧？你的普通话还不标准。”

家俊打量着小伙子说：“我还真听不出来你是老乡。”

小伙子说：“你看我店的名字就知道了。”

“东方独秀。”家俊恍然大悟，“你是陈独秀家乡人？”

“对。陈独秀是我们老乡的骄傲。”

“我知道，陈独秀家乡怀宁县主产稻子，但是出做面点的师傅。”

小伙子指着外面说：“这条街就有好几家做面点的师傅是怀宁老乡。”

“你叫什么名字？”

“丁一江。”

“我叫胡家俊，就在对面公司里上班。”

“那可是一家大公司，你一定是大学生吧？”

“我就是高中生。”

“那你是怎么进的公司？”

“瞎碰的，运气好。”

“真羡慕你。在大公司上班，多体面。”

“我还羡慕你呢。”

“我有什么好羡慕的？天天半夜就起床揉面剁馅包包子，累得半死，也挣不了几个钱。”

“你大小也是个老板。再过十年，我可能会升个经理副经理的，运气好拿多少万的年薪，你有可能是个大老板，手下管着好多经理副经理了。”

小伙子开心地笑起来：“老乡真会说话。但愿有那一天。”

二十一、 真的不识字

家俊回到办公室，史玉琴一进来，便拉她到自己电脑前看报告。史玉琴先用鼠标把报告拉到底，不禁抬头看了家俊一眼，有些意外地说：“不管你写得怎么样，能写这么多字，就不错了。”

她认真地看了一遍，把“调查报告”改成“调研报告”，又改了几个错别字，站起身说：“胡家俊，你太让我意外了。”

“怎么了？”家俊心里还有点忐忑。

“写得不错。一个新手写成这样，未来不可限量。”

彭大志正如史玉琴所说，不关心调研过程，只需要结论。但苏启昌不是。他让秘书把报告从头到尾读给他听，有些地方还要重读一遍甚至多遍。彭大志主持会议讨论，苏启昌也参加了，提出不少尖锐的问题，显示出他对报告的内容已经了如指掌。

报告的结论部分，家俊按自己的观点提出合作方式：与行政村的合作，立足长期，视对方意愿和现状采取租赁和合资两种模式；与其他码头承包人和潜在承包人的合作，采取股份制，公平合作，不简单排斥对方。总的原则是徽远建设公司控股，掌控局面，加强管理，为合作者创收，为当地村民保平安。苏启昌对这个部分十分满意，表示可以投入资金实现目标。

苏启昌接着说："报告里提到卫家浜码头扩建问题，并建议我们和投资方沟通，这个意见很好。大志，你找投资方和行政村沟通，就说我们愿意投入资金建码头，如果有必要，整个村庄改造项目我们也可以投资参股。资金我来解决。"

家俊原本对苏启昌还有些轻视，以为他不过是运气好、能吃苦才做这么大，此刻才知道没有这么简单。他记性好得出奇，连报告里提到的一些并非很重要的数字都记得清楚，这或许是因为他不识字造成的，正如瞎子的听觉好、聋子的视力好，并不稀奇，难得的是他的思路清晰、见解精辟，而且有魄力。家俊想，魄力大是因为他有钱，我要是有钱也可以有魄力，可他一个文盲，从哪里获得这么多知识、观念、见解？他必须学习，可是不读书他怎么学习？家俊怀疑他是否真的不识字。

但很快就证明了苏启昌真的一字不识。

苏晴即将启程去英国，公司同事要为她践行。主要是徽远航运那边的一些年轻人，因为她每个寒暑假都在公司帮忙，相处得不错，甚至不顾苏启昌的反对，力主为她送行，而且要求苏启昌必须参加。苏启昌无奈，只好坚持由公司出钱，不必员工分摊了。他还说，最好不要在经常去的那几家饭店，换个口味。

史玉琴叫办公室秘书在天彩大酒店订了五桌，徽远航运公司总部加上大志这边差不多有五十多人。苏启昌在杭州出差，开车赶回来参加，直接到酒店，秘书便把酒店名称发到他呼机上。他到了大酒店门口，对照呼机上的字，觉得不对。秘书发给他的是“添彩大酒店”，实际上是天彩大酒店，后面四个字都能对上号，但第一个字的笔画差别太大，明显不是同一个字。他不确定是不是这个酒店，便拿起大哥大呼史玉琴的呼机。史玉琴到酒店前台回电话，却看见他在门外，把他领进去。他拿出呼机给史玉琴看，家俊伸头看一眼，才相信他真的不识字。

苏启昌夫人也来了。她比苏启昌大两岁，但看上去像三十多岁，身材结实，略微有些发胖，皮肤微黑，圆脸，长发，在农村算是美女了，可在大上海，一看就是乡下人，不洋气。这几年公司发展得好，她需要照顾两个十几岁的男孩，不大到公司来，说是分管财务的副总经理，但具体事务有财务经理管，只有大的预算开支和投资项目需要她过问。胡家俊今天是第一次见到苏夫人。

苏晴和她“钦点”的一众年轻人坐一桌，今天是她的主场，任他们胡闹去。苏启昌和航运公司高管以及彭大志、黄群坐一桌，苏夫人则坐到家俊这一桌。家俊和黄艳坐在一起，只有他俩互相认识，其他是徽远航运公司财务部和行政部的，都不认识。

苏夫人坐主位。她盯住对面的家俊问：“你就是胡家俊？”

家俊知道她接下来要问什么，只好硬着头皮点头。苏夫人轻描淡写地笑着说：“苏晴可恨你了，说被你绑架是一辈子的奇耻大辱。不过小伙子，那天你能想出这一招还真不赖，免去了一场流血争斗。”

家俊不好意思了：“老板娘，对不起，我那天太鲁莽了。苏晴到现在都不理我。”

“这不怪你。一会你去敬杯酒，向她道个歉。”

“就怕她不接受。”

“接不接受是她的事，道不道歉是你的态度。”

家俊想这个苏夫人倒挺和蔼，也有水平，她应该不是文盲吧。

酒喝到中途，家俊端着酒杯走到苏晴身边敬酒。苏晴扭头看他说：“你是谁呀？”

家俊说：“苏晴，那天的事多有得罪，我再一次向你道歉！”

邻桌的苏夫人见苏晴还坐着不动，高叫一声：“苏晴！”

苏晴勉强起身，端起酒杯抿一口，便坐下了。家俊喝干酒，无趣地回到座位。苏夫人说：“家俊，姑娘被惯坏了，你别在意。我和你喝一杯。”

家俊端起酒杯笑着说：“老板娘，没关系。我是农村人，到上海经常让人看不起，习惯了。”

苏夫人说：“好。在外面闯就不怕别人看不起。我们当初就不知道受过多少白眼。”

第二篇　奋进有路

二十二、 徐春和苏启昌

苏夫人叫徐春，初中毕业，在农村是高学历了。他们家乡淮北平原非常贫穷，男孩如苏启昌从小不读书不在少数，何况她是女孩。她父亲是小学教师，工资微薄，还经常拖欠，比一般农村家庭日子好不到哪里。

家俊的家乡虽然贫穷，庄户人家也勉强能养活一家老小，吃不饱也饿不坏，除非逢灾年，很少有人出去要饭。淮北平原的贫穷，则是江淮之间无法比拟的。冬天缺少柴草，夏天没有蔬菜。淮河几乎年年发洪水，为了保护淮河下游和长江下游的重要城市，苏启昌夫妇的家乡一带是首选的泄洪区。因为是平原，一泄洪则汪洋一片，无边无际，无法阻挡。每年青黄不接的季节，拖家带口逃荒要饭便成为普遍现象。苏启昌和徐春小时候都要过饭。

徐春小学毕业，母亲说不能再读了，再读家里供不起，也少了一个劳动力，下面还有两个弟弟怎么办？父亲说不行，小学毕业只是扫盲，必须读到初中毕业，不管男孩女孩，读了书将来一定有用。母亲说一个女孩子能嫁出去就好，读到初中毕业人家还不敢娶。父亲说农村人不娶就嫁城里人。母亲说你做梦吧？还摸摸父亲额头发不发烧。父亲对家里大事小事从不管，全凭母亲做主，但对女儿读书这件事固执得很。最后还是母亲让步了。

徐春从小就带着小她两岁的苏启昌玩，像个姐姐一样。有人欺负苏启昌，她会出头与人打一架。爸爸周末从学校回家来，都要带两根油条两个馒头，给村里两个五保户老人各半根油条半个馒头，剩下的才给他们兄妹，每人只分到一小段油条或一小块馒头，徐春总是带给苏启昌吃。父母为她读初中的事争论时，她就在一边听。说到她嫁不出去，她心里想，我就嫁给二狗，怎么嫁不出去。二狗就是苏启昌。

苏启昌家和徐春家在一个村子，却祖辈以摇船为业。他父亲子承父业，忙时种田，闲时摇船，弄块儿八角的补贴家用。苏启昌在家中是老三，上面一个哥哥一个姐姐。他六七岁就能摇橹使舵，帮助父亲运沙子、石子，搞短途运输。

小时候苏启昌非常渴望读书，常常一个人坐在船头，两手托腮，看着岸上背着书包上学的孩子们发呆。他九岁时，父亲决计送他上学。父亲说："启昌，你哥没上学，你姐没上学，你弟弟还小，全家人把裤腰带紧一紧，你去上学吧。"

父亲准备暑假刚过就送苏启昌去学校，一场变故却发生了。母亲半夜突发急病，胸口痛得无法忍受，面色惨白，豆大的汗珠从额头滚下，请来赤脚医生无济于事。父亲从村里叫来三个棒小伙，四人轮换着抬母亲到县城医院，走到上午才到，已经来不及了，母亲死在县医院抢救室。这时哥哥十三岁，姐姐十一岁，弟弟七岁。失去了母亲这根顶梁柱，日子过得更艰难，常常是吃了上顿没下顿，常年见不到荤腥。苏启昌的读书梦就此破灭。

苏启昌十四岁时，有一次向父亲建议："爸，俺们买条新船吧，家里这条船还是爷爷留下的，眼看就要报废了，这一大家子没有一条船怎么行？船是俺们吃饭的本钱。那天听隔壁二爷说上海那边的船便宜，我想出趟远门，去看看。"父亲看着一天天长大的儿子，欣慰地笑了，说："你去吧。不过，你长这么大，连蚌埠都没去过，路上可要小心。"

哥哥赶着驴车把苏启昌送到蚌埠，他跳上去上海的火车。

苏启昌身上带了45块钱，交20块钱买船定金，从上海返回时，身上只剩下3块钱。在上海火车站，他狼吞虎咽地吃下两碗面条，还有2块7毛钱，连到蚌埠的火车票都不够，更何况路上还要吃饭。怎么办？他在火车站广场上走来走去想计策。向人借钱，举目无亲无人可借；向人讨要，又丢不下面子。他想起在老家常听人说，坐长途火车买短途的票，上了车就不下来，出站时不走检票口。事到如此，也只好试一试了。于是，他买一张到昆山的票，一下子坐到蚌埠。路上遇到几次查票，他都到厕所躲过去了。下车后沿铁路线走，终于走出蚌埠火车站。摸摸身上，只有3分钱了。

这里离家还有40里路。火车上可以混过去，汽车就不行了。他只好忍着饥饿，步行回到村子。到家时，已经听见鸡叫，他累得一头倒在床上。父亲煮一锅红薯，他一口气吃得干干净净。

二十三、等你到十八岁

一觉睡到下午，苏启昌醒来，看见徐春坐在床边，正看着他。他翻过身躺着，双手放到脑后问："你什么时候来的？"

"有一会了。"

"怎么不叫醒我？"

徐春笑了："我看你打呼噜，好好玩。"

"打呼噜有什么好玩的，又不是唱歌，难听死了。"

"不难听，还变化呢。有时候像打雷，有时候又像吹口哨，还有时候像猪哼。你以前不打呼噜，怎么今天打得这么厉害？"

"那谁知道，可能是累了吧。我连自己打不打呼噜都不知道。"苏启昌往里面挪一下说，"你也躺下来，我们说说话。"

"不躺。"徐春的脸微微发红，"现在我们长大了，不能睡到一起。"

"谁说的？"苏启昌坐起来，把徐春扳倒，两人滚到了一起。

徐春挣脱开，理一下头发说："听你爸说，船买好了？"

"买好了。过些天还要去接船。"

"接船带我去吧。"

"你不上学了？"

"我请假。"

"不行。你不会使船。我要和哥哥两个人去，把船开回来。"

徐春噘着嘴说："那等你把船接回来，咱俩到河上去开一趟。"

"好。"

次日就开始筹钱。先是把家里能变卖的东西全都卖了，不够。又东家30块西家50块，还是不够。徐春回家对她爸说了。两家大人早就对孩子的婚事达成共识，只等年龄到了就办事。徐春爸和她妈商量后，从箱底掏出积攒很久的200块钱，揣到怀里送到苏启昌家。这才凑齐了买船的650块钱。苏启昌和哥哥一道到上海嘉定县接船。兄弟两人经太湖到长江，再入淮河，最终把新船开到家。

快到家时，远远看见有一个女孩，站在岸边踢着脚下的石头，不时抬头往这边看，像是徐春。驶近一看果然是她。苏启昌和哥哥把船靠岸，徐春迫不及待地跳上船，对哥哥说："你快回家去。"

哥哥知道这对小情人分别有日，想说些体己话，便笑着扛起被褥上岸回家了。

苏启昌问她："你怎么知道我这个时候回到家？"

"我知道你这两天到家，就天天在这里等着。"

"你不上学了？"

徐春推他一下："笨蛋！现在放暑假了。"

船有些摇晃，徐春使的劲也大了点，把苏启昌推倒了。她咯咯笑着，伸手拉起苏启昌。苏启昌顺势把她搂在了怀里。

徐春让他抱一会，对岸上望望，便挣脱开说："别让人看见。"

"怕啥？我抱老婆谁敢管？"

"谁是你老婆？"徐春的脸红了，在船上走走看看。

这是条崭新的木船，散发着浓浓的油漆味。徐春摸着船帮，鼻子吸吸说："油漆味真好闻。"

苏启昌说："好闻什么。天天闻你就要吐了。"

走到船中间的桅杆下，白色的帆布横摊着，徐春说："二狗，你教我升帆。"

河面上刮着东南风。苏启昌解开缆绳，把船撑离岸边，然后教徐春抓紧桅杆上一根麻绳使劲往下拉。徐春常干农活，有力气，却没有拉动。

苏启昌说："这要用猛劲。"便抓住麻绳，和徐春一起使劲拉。

船帆渐渐升到桅杆顶，苏启昌把麻绳在桅杆上拴紧，说："我们去后面掌舵。"

船往淮河上游驶去。水流不急，船行驶得也不快，眼看着村庄渐渐离远了，徐春高兴地在苏启昌脸上亲了一口。苏启昌说："你不怕别人看见了？"

"笨啊！离村子这么远，两岸又没有人家，哪有人看见？就是看见了他也不认识我们，怕啥？"

徐春十六岁了，已经发育成熟，浑身散发着健康又娇美的气息。高挺的胸把碎花衬衫第二颗纽扣撑开了，圆脸像苹果一样红润，黑眼珠看人的时候像两柄尖刀一样直刺人的内心。偏偏她看人从不躲避，直视人家眼睛，往往让人心虚而不知所措。她用这种眼神看苏启昌，苏启昌自然从中看到了清纯、直率和爱情。他抱住徐春就吻她的嘴唇，徐春大眼睛微闭，目光柔和下来，伸出舌头，香甜地吮吸苏启昌粗野的舌头。

苏启昌的手从徐春迸开的第二颗纽扣处摸进去，抓住她的右胸。徐春浑身一颤，伸手打开苏启昌的手："你干什么？"

"就摸一下。"

"不行。"

"你是我老婆，怎么不行？我睡你都行。"

"你还没有娶我，就不是你老婆。"

"你迟早是我的人，怕什么？"

"那也不行。你还小，等你到十八岁我就和你睡。"

苏启昌一向都听徐春的，只好作罢，便抱着她说："再给我亲一下行吧。"

也不管她答不答应，舌头便直刺她的喉咙。徐春没有拒绝，舌头像吸盘一样把苏启昌的舌头绞缠住，许久才放开，苏启昌的舌头被绞得发麻。接着，两人的舌头又像打架似的在口腔内追逐嬉戏，情趣无限。苏启昌早就把舵把松开了，船顺着风往上游行驶，幸好这条新船的舵很稳，没有人扶一点没有偏航，也幸好这一段淮河没有转弯，而且天晚了，对面没有船驶过来。不知不觉，苏启昌的手又开始往徐春胸前摸，徐春又一把打掉，说："天暗了，我们掉头回去吧。"

苏启昌搂着她说："我什么时候能睡你？"

"我说了，等你十八岁就行。"

"可我想在船上睡你。"

"行。等你十八岁了，我就在船上和你睡。"

苏启昌满意了，掌住舵打算掉头，徐春说："我来掌舵，你教我。"

苏启昌降下风帆，让徐春在前面，他在后面一起掌舵，把船头掉过来，朝下游驶去。

二十四、阳光下

有了这条小船，家里日子渐渐好过起来。苏启昌带着船加入县航运公司干了几年，虽然要交管理费，却不愁货源，逐渐有了点积累，还清债务，卖了这条给他带来好运的小木船，又买了一条8吨水泥船。这条船没有桅杆没有帆，有一台两缸的295柴油机，力量比帆大得多，突突突地把8吨货物不停歇地往上游拉，再也不需要观察风向、等待风讯了。

苏启昌单干了一年，感到货源不足，没赚到钱。他和父亲商量，想到外面闯荡一下。父亲从小行船，见得多，思想开放，说："去就去吧。说不定到外面能混出个模样来。"

那年苏启昌十八岁，大他两岁的未婚妻徐春早已初中毕业，在家里帮母亲种地。苏启昌到徐春家，和她说了自己的计划，问她愿不愿意一起去，徐春问："就我们俩？"

苏启昌说："当然就我们俩。这条小船只需要两个人。"

"可我们还没结婚呢。"

"等我们赚到钱就结婚，我要风风光光地把你娶过来。"

"那我现在跟你走了算怎么回事？"

"怎么回事？合作伙伴嘛。赚到钱交给你管，咱俩用。"

"我不管钱。你赚的钱你自己用。"

"我不识字，不会做账，怎么管钱？你信不信，我会买很多船、赚很多的钱，有你这个初中生管账才行。"

"你叫我去就是要一个管账的？那我不去，你请别人吧。"

苏启昌急了："我已经十八岁了，你答应我的。"

徐春扑哧一笑："我答应什么了？"

苏启昌说不出口："反正你答应了。不许耍赖。"

"我说什么了？我不记得。"

苏启昌一着急，抱住徐春就吻。徐春使劲挣脱开，看看门外说："在我家你还这么大胆，让我妈看到打断你的腿。"

"我不信丈母娘舍得打断女婿的腿。"

徐春妈真的从院子里走进来了，徐春为掩饰两人的尴尬，抢着说："妈，启昌要到外省去运货了。"

徐春妈说："去就去吧，闯闯也好，窝在家里有什么出息。"

"我要和他一起去。"

"你也去？这像什么话？"

"又不是私奔，大大方方去做生意，有什么不像话的？"

"你也不小了。我和你爸商量一下，先把婚事办了，再出去。"

"拿什么结婚？他在家连间房子都没有，婚房在哪里？"

"也是。"徐春妈说，"就算你们结婚就上船走了，也要有个婚房。要不先把结婚证给开了，婚礼等你们赚到钱回来再办。"

中秋节刚过去，苏启昌和徐春就登上水泥船，告别双方父母，在淮河上顺流而下。苏启昌掌舵，徐春依偎着他，一路上没有说话。夕阳西下的时候，回头看满天云霞，像是起火一样，水泥船也镀了一层金黄色的阳光。苏启昌心里燃烧起来。他把船开到岸边，抛锚上岸，再把锚深深扎进泥土中。徐春站在船头问他："就在这里过夜？太早了吧？"

苏启昌又跳回船上，说："不是过夜，我要停下来办点事。"

"办什么事？"

苏启昌抱住徐春滚到甲板上："我要办你。"

徐春猝不及防，又怕滚到水里去，只得让苏启昌抱住翻滚。苏启昌压到她上面，舌头便抵进她口中。她张开嘴，一口咬住舌头，苏启昌大叫一声，翻身坐起，舌头出血了，顺着嘴角流下来。他用手擦着嘴角，气恼地说："你还真咬啊？"

舌头很痛，也不灵活了，他说出的话有些模糊。徐春喘着粗气，衬衫纽扣都崩掉了，露出两只乳房，颤颤巍巍地像两只乳瓜朝上翘着。她掩上衣襟，到处寻找纽扣，说："谁让你这么粗野了！"

"我哪里粗野了？你答应我的。"

徐春只找到两粒扣子，索性不找了，双手拉着衣襟掩胸："我答应什么了？"

"你答应我到十八岁，就和我睡。还说在船上给我睡。"

"十八岁有一年时间呢，我没说就在今天。"

苏启昌傻了，气恼地说："你骗人！"

徐春扑哧一声笑了，挪过去靠住他说："你就是太粗野了，一声招呼都不打，就把我摔倒了。我不是有意咬你的。让我看看舌头伤重不重。"

苏启昌伸出舌头，血已经止住了，舌头上清晰地留下一弯牙印。徐春轻轻地对着舌头吹气，心痛地说："对不起，我不知道咬得这么重。"

苏启昌收回舌头说："对不起就行了？你要补偿我。"

“好。我补偿你。我们下舱去吧，我让你睡。”

“我不下舱。我要在这里干。”

徐春瞪大眼睛：“你疯了吧？这里大白天的怎么行？”

“你往四周看看，哪里有人？”

徐春往岸上观看，河滩上边很远才是农田，看不见一个人影，也看不见村庄在哪里。在夕阳照耀下，他们像是在一个没有人烟的童话世界里。徐春不放心地说：“河上会不会有船开过来？”

“不会。在这个地点，离上游和下游的码头都有好几个小时路程，没有船在这个时间从这里过，除非他像我们这样在野外过夜。”

徐春往上游和下游都观察好一会，果然没有一条船过来。她横下心说：“好吧，听你的。”

她脱掉衬衫躺到甲板上，一双乳房像两只倒扣的白瓷碗，涂上金黄色阳光，美艳绝伦。苏启昌不懂欣赏这种美，便粗野而慌乱地占有了她。他俩都是第一次，摸索半天才成功，可只有一瞬间就结束了。

二十五、惊涛骇浪

太阳已经落下地平线，他俩赤裸着相拥在甲板上，不觉得冷。徐春有了睡意，闭着眼睛喃喃地问：“我们还走不走了？”

“不走了。到下一个码头要好几个小时，夜里行船不安全。”

“那就睡在这里？”

“就睡在这里吧。不过我们要睡到舱里去。”

“有没有狼？”

“你听说过有狼吗？”

“没听说过。”

“放心吧。我晚上睡觉警觉得很。”

徐春双手放开苏启昌，说："我们进舱吧。"

苏启昌一只手摸到她胸前说："不着急。还早着呢。"

"我们还没吃晚饭呢。我烧饭去。"

"我不吃饭，就吃你。"

苏启昌又兴奋了，翻身压到徐春身上，又一次占有了她。这一次两人搏斗了很长时间，徐春忍不住尖声叫起来，长长的音调在夜空里传出去很远，像狼叫一样。

苏启昌和徐春就这样离开家乡，往返于常州、无锡、苏州、上海的河湖港湾，行船谋生。行船很苦，但是两个相恋相依的年轻人在一起就不感到苦。一个血气方刚，一个如熟透的果子，成天在一条小船上耳鬓厮磨，吃在一起，睡在一起，干活在一起，没有人能干扰他们，更没有人能监视他们，船里船外就是他们的伊甸园，使他俩像原始人一样无所顾忌，没有节制，常常热衷于男女之事。

这年腊月，他们从安徽和县装一船萝卜运往上海，傍晚时分停泊在张家港江营八里港。天气太冷，吃过晚饭他们就躲进舱里。两人都不喜欢多话，天天在一起也没有那么多话，有时也玩一会扑克牌，再没有什么事做了。有时候徐春在蜡烛下翻看一年前的《大众电影》，内容都能背下来，又没有机会买一本新的。实在没事做，便早早钻进被窝里取暖。淮北男人从小睡觉就赤裸裸地不穿衣服，苏启昌嫌徐春的衣服碍事，便脱掉她的内衣，头埋在她的双乳之间睡觉。徐春被他撩得浑身燥热，便抓他的下身，第一次主动找他。船体轻轻地摇晃，似乎为他俩助兴。两人酣畅淋漓，浑身是汗，早把棉被掀到一边。他们只要这样在一起，就不觉得时间像外面的江水一样不停地流走，每次结束才发现几个小时过去了。最终他俩疲倦地相拥而眠，还睡不着，就说悄悄话，比白天话多。苏启昌觉得船的晃动有些不对，不像是停在港湾里，而像是在漂流。他不放心，挣脱开徐春像青藤般缠绕的双臂，披上棉袄，把头伸出舱，发现船真的离开岸，已经漂到江心了。他赶紧穿起衣服，跳上甲板，发动柴油机，扳舵往岸边驶去。谁知江面上的风越来越大，巨浪排山倒海似的朝他的船打来，一浪高过一浪。小船像一片树叶，根本无力往前行驶，只能在风浪中打转。苏启昌第一次遇到这种情况，顿时慌了手脚。浪头不断打进船舱，船内的积水使船体开始倾斜，眼看就有翻船的危险。徐春从舱里爬上来，跌跌撞撞地摸到苏启昌身边。苏启昌冲她吼道："快进舱里去。"

"我不！"徐春抱住舵杆，和苏启昌一起拼命扳舵。

看到女人在身边和自己一起拼命，苏启昌镇定下来，一心想着不能让女人一起送命。他感到胳膊紧紧压住的舵杆和自己的身体连成一体，舵就像是加长的胳膊一般运转如意。凭着十几年的驾船经验，他瞅准风浪的间隙左转、右转、前进、后退。尽管是冬天，他额头上豆大的汗珠直往下掉，身上的衣服被江水打湿，结了一层厚厚的冰。

然而，这条小船的动力太弱，根本无法冲破风浪，在苏启昌的操纵下，只能保持不被巨浪打翻，却望岸兴叹。苏启昌不知道自己这样能坚持多久，也不知道变幻莫测的巨浪什么时候会突然改变力度、方向和旋转，像一只北极熊拍死一条鱼一样把小船拍碎。他觉得已经虚脱，过一会就会松手，任风浪把自己和女人吞噬。他甚至想到，他们会被卷到水下，而那里没有风浪，像夏夜的天空一样宁静而澄澈透明……他以为自己要松手了，却发现还能坚持几秒钟。风浪就在这几秒钟开始缓下来，他便能再多坚持几秒钟。实际上风浪一缓，他的力气就开始恢复，再也不会松手了。随着风浪越来越小，船头开始向岸边移动，苏启昌松了一口气。

靠上码头，他俩惊魂甫定。苏启昌把缆绳扣紧，然后盯着它。他想不通为什么缆绳会松开。自己行船十几年，从没出现过缆绳没扣紧的情况。

他们把舱里的水舀干净，脱掉湿透的衣服，擦干身子，钻进被子里。好在他们睡觉的地方没有进水，否则这一夜就没法睡了。

被窝里冰冷，两人相拥，互相暖着身子。

“真是见鬼了。”苏启昌对徐春说，“缆绳怎么会松开呢？”

徐春说：“还不是你坏，搞了那么长时间。要是早点发现，也不会这么危险。”

苏启昌像是受到启发，说：“不是我，是你。过去迷信，行船有很多讲究，都和女人有关。比如女人来月经不能回家睡，船上不能有女人，更不能在船上和女人睡。”

“照这么说，我上船这么长时间了，不是没事吗？”

“不是今天就出事了吗？”

“你也信吗？”

“原来不信。今天出事就有点相信了。”

徐春不高兴了：“你是怨我了。好，明天我就上岸回家。”

二十六、苏晴出生

徐春真的生气了，第二天一早就上岸要回家去，被苏启昌拉回船上。她三天没让苏启昌碰她，晚上不和他睡一个被窝。苏启昌赔了三天罪，也没有得到原谅。

船到上海浦东卫家浜码头，卸下萝卜，一时没有返程的货可拉，便在码头上等。苏启昌不愿干等，上岸找熟人看有没有货源。他跑一天也没有找到货可拉。晚上回到船上，就着咸萝卜干，吃了三大碗山芋稀饭，放下空碗，偷眼窥视徐春脸色，好像有些缓和，便从包里取出一物背到身后，说：“春子，你脸上有脏。”

“在哪里？”徐春掀起围裙擦脸，“还有吗？”

“你自己看。”苏启昌手里多了一面长方的镜子，对着她。

徐春接过镜子，见脸上很干净，拿着镜子就砸苏启昌：“我叫你骗人！”

苏启昌边躲边接过镜子说：“别把镜子砸碎了。”

徐春一直想有一个镜子，每天梳洗都是把水面当镜子照。不是买不起，而是一直没有时间上街买。她又从苏启昌手里夺过镜子，仔细端详。这个镜子有《大众电影》杂志大小，四角镂暗花，还有金属架子，竖放着，能照清她整个脸和头发。她在舱里转几圈，找不到放镜子的地方。这个船舱太小，除了睡觉的地方，连坐的地方都没有。徐春把镜子面朝下扔到床上。苏启昌拿起镜子说："你怎么不喜欢？"

"没地方放，要它有什么用？就是有地方放，风浪一来还不摔碎了。"

"这还不简单。"苏启昌找几根钉子，把镜架钉到舱壁，徐春坐在床上正好能照到脸，还可以调节镜子的方向和角度。

徐春解开长发，对着镜子梳起来。苏启昌说："都晚上了还梳头干啥？"

"你别管。"徐春美美地梳了一回头，然后狠狠地剜苏启昌一眼，"你知道我为什么生你的气？"

"知道，是我讲迷信。"

"谁管你讲不讲迷信？我是恨你不尊重妇女。"

"我哪里不尊重妇女了？你看我今天多尊重你。"

"你这不是尊重，是心中有愧。"徐春叹了口气说，"也难怪。你要懂得尊重妇女，首先要有文化。"

"谁说我没有文化了？我不识字不一定没有文化。"

"那你告诉我，你有什么文化？"

"我会种田，会看天象，会开船，这些不算文化吗？"

"种田算什么文化？什么看天象、开船也不算。"

"怎么不算？大学里还有教种田的呢，我知道省里有农业大学。公社农科所里的技术员都是大学生，会种田，还向我请教过耙田的技术呢。"

"你这样说好像有点道理。我也不知道算不算文化，被你说糊涂了。"

"我也没想清楚，总觉得只要识字就有文化好像不大对头。孔子有文化吧，我奶奶教我什么孝顺、仁义、诚实、本分，说都是孔子的学说，那我不就也有文化了？”

徐春靠近苏启昌，胸部贴紧他说：“你能想这么复杂的问题，说你没有文化还真是有些冤。”

苏启昌受到鼓舞，一只手便伸进徐春的胸前。徐春抱住他的脑袋，赏他一个长长的香吻。他扑倒徐春，要把几天的损失补回来。

“你轻一点。”徐春把苏启昌往外推。

苏启昌不理会，把她的棉衣脱掉，粗野地压住她。徐春着急地说：“不要压我的肚子，我怀孕了。”

苏启昌停下来：“怀孕了？真的吗？你怎么知道？”

“我这个月没出血。今天早上你刚走，我就恶心，还把早饭都吐掉了。我想应该是怀孕了。”

“是不是怀孕就不能做这事了？”

徐春笑着把苏启昌搂进怀里说：“还早着呢，没事。就是你要轻一点。”

“那我不压你，你到上面压我。”

船上的生活天天一样，没有变化，感觉不到岁月的流逝。当徐春的肚子慢慢大起来，苏启昌便感到日子每天都有变化。到夏天的时候，徐春走路不方便了，在船上颠簸更危险。苏启昌说：“春子，我送你回老家去吧。等孩子生了再来。”

徐春说：“你一个人在船上我不放心，我在好歹有个照应。”

船上有货，正往上海赶，说是回去，也不可能马上就掉头，苏启昌没再提这事。他们从上海返回的时候，船行到无锡太湖的鼋头渚一带正是夜里，台风来了，大雨倾盆而下，徐春突然喊肚子疼。苏启昌听了心里着慌，要将船靠岸，请个接生婆过来，徐春说：“这黑灯瞎火的，又是风又是雨，半夜三更到哪里去请？算了。农村人哪能那么娇。不是有许多都是在做农活的时候生的孩子吗？自个忍着吧。”

苏启昌说：“那也要靠岸。看来你是要生了，我得给你接生。”

好不容易靠上岸，看着徐春凄厉地惨叫，痛苦地扭动身躯，汗如雨淋，席子都湿了，苏启昌止不住落下泪来。他后悔只想着多赚点钱，没有把徐春送回老家。他只能自己来接生，可要是难产怎么办？只能听天由命了。

婴儿终于露出头来，苏启昌一双满是老茧的大手轻轻地抓住小小的脑袋往外拉。“哇”地一声，婴儿哭出来，他一颗心才落了地。

这是一个女孩，浑身红彤彤的，小脸挤满皱纹，闭着眼睛，张嘴大哭，声音洪亮。苏启昌剪断脐带，拿旧布包好婴儿，放到徐春身边。婴儿哭着，小嘴在空中乱摆，徐春扭头看她，说：“她是不是找奶吃？”

苏启昌把婴儿抱起来，嘴对上徐春的左边奶头，小嘴果然叼住奶头吮吸起来，却吸不出奶，吐掉奶头，哇哇地又哭。

“怎么会没有奶？”徐春心痛孩子，带着哭腔说。

苏启昌也不知道，只好安慰说：“可能是奶水还没有出来。等一会再看。”

苏启昌走出船舱，拿毛巾擦汗。风雨早已停了，太阳从东方升起，把湖水染红一片。他转身回到舱里，对徐春说：“今天天气好，大晴天。女儿就叫苏晴。你看行吗？”

徐春高兴地点点头。

看着刚刚诞生的新生命，苏启昌感到生活充满了希望。

二十七、这次是笔大生意

把徐春和孩子送回老家，苏启昌独自开了大半年船。孩子断奶后，徐春又来到船上。两年后，他们的儿子也在船上诞生了。当时船正在太湖上鼋头渚附近行驶，苏启昌便为儿子取名苏元。又过几年，第三个孩子在长江上诞生，当时船在马鞍山采石矶附近临时靠岸，苏启昌为这个儿子接生后，给他取名苏石。

苏石断奶后，徐春再一次回到船上。这些年苏启昌的船已经换过几次，从 8 吨水泥船，到 10 吨、15 吨铁壳船，再到现在的 30 吨铁壳船，经济状况大有好转。登上 30 吨大船，徐春感到和在陆地上差不多，比过去的小船稳当多了。久别胜新婚，在宽大得多的船舱里睡觉，他们激情不减。这次装了一船江沙到上海，船在中午停到卫家浜码头，等候在岸上的搬运工涌上船来下沙子。码头上一溜翻斗车排队装沙。下完货天已经黑透，夫妻俩吃过晚饭，便上床睡觉。每到这时是他们最放松的时候。货安全运到，这一趟的钱已经赚到手，第二天一般都没有货源，可以好好休息一下。他俩上床就折腾，到半夜才安稳下来。

次日上午，他俩还相拥在睡梦中，听见岸上有人喊："老苏！苏启昌！"

苏启昌睁开眼："是丁大明。"

丁大明是他们的一个客户，安徽巢湖人，大专毕业不久，在巢湖一家国营工厂当干部，却办了停薪留职，往返于长江上下游，倒腾各种工业原材料，生意做得风生水起。苏启昌年纪不算大，却比他大一轮，只有他叫老苏。

苏启昌穿好衣服出舱，果然是丁大明在岸上，右胳膊夹一个皮包，左手指间夹根香烟，一副行色匆匆、日理万机的商人相。苏启昌跳上岸，问他："有货拉？"

"有货拉。"丁大明拉着他的衣袖，"走，喝酒去，边喝边说。"

"还没到中午呢，喝什么酒？"

丁大明扬扬左腕的手表说："你看几点了，十点半，说着就到中午了。你恐怕抱着漂亮媳妇还在睡觉吧？老实说，昨天晚上干了几次？"

"别瞎说。谁像你。"

"像我？我倒愿意像你，天天有媳妇抱着睡觉。"

"你是不要媳妇。大上海花花世界，你天天在这里混，不缺女人。"

“女人和女人不一样。我要是有一个像嫂子这样的媳妇，哪个女人都不想。”

“她有什么好？一个农村女人。”

“农村女人才好呢。朴实，本分，能干，不娇气。不像这里的女人，嗲声嗲气，还动不动就大喘气，什么活都不能干。”

“胡说。下放到我们村的上海女知青都很能干。”

“那是到了农村，谁不干就没饭吃。一回到上海她就娇气了。”

“咱不说这个了。你有什么货要拉？”

“这回有一批焦炭要运到巢湖市，恐怕你这条船太小了。我来和你商量怎么运走。”

“那好，我和徐春说一声。”

“叫嫂子一起去吃饭吧。”

“不叫她去。女人家不上酒席。”

“老苏，你还是农村那一套不对的。在上海早就男女平等了，不但平等，上海女的还比男人厉害呢，家里钱都是女人管。”

“我的钱也是女人管。”

“你会烧菜吗？”

“不会。”

“上海男人都会烧菜、洗碗，干家务。”

“上海女人喝酒吗？”

“上海男人都很少喝白酒。”

“那不就对了。你等一下，我就来。”

苏启昌跳上船，钻进舱里。丁大明自言自语说：“我知道你媳妇还在床上没穿衣服呢。”

码头上没有酒店，他们走进卫家浜村，那里只有一家小酒店。

丁大明点了几个炒菜，要了一瓶“神仙酒”。他拧下瓶盖，倒满两只玻璃茶杯，拿起酒瓶晃晃，说："里面还有四两，喝完咱再叫一瓶。"

苏启昌取过酒瓶端详，没见过这种酒，问道："这是什么酒？"

"'神仙酒'。这是本地产的白酒，上海只有这一家白酒厂，离咱们这里不远，在南汇县。"

苏启昌皱起了眉头："上海产的酒能喝吗？"

安徽的酒厂多而且名声大，苏启昌一直喝安徽酒，尤其是他家乡的口子酒，便怀疑上海产的酒好不好喝。

"喝了你就知道。"

苏启昌端起玻璃杯抿一口："不错。没想到上海也能产好酒。"

丁大明说："价钱也不贵。这瓶酒 8 块钱。"

"哪里能买到？我买几箱放到船上慢慢喝。"

"到处都有。你要买多，我认识酒厂业务员，给你出厂价。"

"行。咱们谈谈焦炭的事吧。"

"不急，边喝边聊。来，碰一杯。"

很快一玻璃杯白酒就喝干了，丁大明把酒瓶中剩余的酒分倒进两只杯中。

"老板，再来一瓶酒。"

酒店老板是个四十多岁的瘦小男人，从吧台后面拿一瓶酒过来，搭讪说："两位老板真是好酒量。安徽人吧？"

丁大明问："你怎么知道我们是安徽人？"

"听口音。还有安徽人能喝酒。"

"来这里吃饭的安徽人多吗？"

"多！附近工地的民工有很多安徽人，都能喝酒。"

丁大明把酒瓶打开，把两只玻璃杯倒满，说："老苏，这次是笔大生意，2 000 吨焦炭运到巢湖。"

二十八、组建运输队

“巢湖哪里需要这么多焦炭？”

“巢湖市中埠镇是全国有名的锚链之乡，你知道吗？”

“知道，使船的都知道。”

“含山县林头镇是全国有名的铸造之乡，知道吗？”

“这个不知道。”

“这两个镇需要大量焦炭。还有巢湖铸造厂、安徽维尼纶厂、巢湖水泥厂都需要。这 2 000 吨只是小意思。”

“乖乖！2 000 吨还是小意思？我的船只装 30 吨，得多少趟才能运完？”

“所以我找你商量，你一条船根本来不及。你能否想办法找一些船老板一起运？”

“行啊。我认识不少船老板，船大的有几百吨。”

“几百吨算啥？你就没想过换几千吨的船？”

“谁不想？那得多少钱？”

丁大明抿一口酒，夹一片回锅肉放嘴里咀嚼，推心置腹地说：“老苏，不是我说你，照你这样干不知道猴年马月才能开上千吨的船。你要是听我的，很快就能买得起。”

“你说，我该怎么做？”

“上岸。”

“上岸？不开船了？那我会干啥？”

“只是你自己不开船了。比如这次 2 000 吨焦炭，你找四个 500 吨船一趟就拉完了。我和你结账，你和四个船老板结账。懂吗？”

苏启昌恍然大悟：“我懂了。我赚中间的差价就够了。”

“对呀。你只要在岸上组织货源，让那些船老板给你打工。”

苏启昌端起酒杯：“大明，我敬你。这一下你让我脑子开窍了。”

脑子一开窍，就有了自己的想法。苏启昌没有简单地按吨位来找船，而是按船老板的人品来找船。他不想跟唯利是图、自私自利的人合作。最终他找到一条500吨、两条300吨、八条100吨、十二条30吨的船，加上他一条30吨的船，每条船稍微超载一点点，运力完全达到2 000吨。丁大明嫌他找的船太琐碎，他说这你别管，我保证安全准时给你送到。

二十四条船陆续装船出发，苏启昌最后一个装船。他没有听丁大明的话上岸组织货源，他喜欢水上生活，也舍不得放下这条船。

一路顺利从长江沿裕溪河进入巢湖闸，他这船货要送到中埠镇。船行到巢湖中间时，柴油机突然熄火了。船在水中行驶有三怕：一怕熄火，二怕浪大，三怕撞礁。这熄火是三怕中的第一怕。失去动力的船在湖中漂泊，四面水天茫茫，看不到岸。苏启昌强作镇定，安慰徐春说：“不要怕，我有办法。”

他心里却是七上八下的，不知道机器会不会彻底趴窝。他检查半天，柴油机似乎没毛病，可就是发动不起来。他打开油箱一看，发现里面一半是水。或许是在长江中行驶时有风浪，油箱盖没有盖好进水了。他把下面的水放掉，叫徐春提油桶来，加满柴油，启动发动机，机器“突突”地冒出一阵黑烟，又重新发动起来。他一把抱住徐春，惊魂未定地说：“感谢老天。要是机器坏了，湖上再起风，我们就船沉人亡了。”

徐春说：“原来你怕成这样。你不是说有办法吗？”

他亲一口徐春说：“有你在身边，我就会有办法。”

船到码头，苏启昌忙着交接下货的时候，徐春到不远处的渔船上买一条两斤半重的鲤鱼和半斤白米虾。鲤鱼红烧，白米虾炒青椒，再炒一盘花生米。苏启昌忙完回来，见有这么好的菜，便进舱取一瓶“神仙酒”，对徐春说：“今天你尝尝上海酒。”

徐春能喝些酒，他们经常在傍晚时分，坐到甲板上，伴着水光山色喝几杯酒。今天天气晴朗，湖面落日熔金，渔船点点，天上的云被夕阳点燃。苏启昌呷一口酒说："看天上的红云，就像小晴出生那天早晨一样。这丫头该上学了。"

"是啊。"徐春给苏启昌的酒杯倒满，"我们不在身边，苦了几个孩子。"

"苦什么，不是有我爸妈和你爸妈带吗？"

"那不一样。哪个孩子不想和爸爸妈妈在一起？他们见我还多些，可一年都见不到你一次。"

"春子，如果我们能在上海住下来，把孩子接过去怎么样？"

"你想得美。那是大上海。我们在县城都没有立足之地，怎么可能在上海住下来？"

苏启昌把丁大明的建议向徐春说了一遍："我觉得大明说得对。我们在岸上，租一间房，装一部电话机，就能联系外面了。人家有货也可以打电话给我们，再不用在码头上干等着，饱一餐饥一顿的。"

徐春说："听着有道理。可我们的船怎么办？"

"卖掉。"

"卖掉？不要船了？"

"我想买一条大船。"

"我们不开船了，你给谁开呢？"

"叫我哥来开吧。这些年他在家里种田，照顾家里，耽误了。其实他行船也是把好手。"

"你打算买多大的船？"

"我想买 500 吨的。"

"这么大？得多少钱？"

"钱不够我们想办法。只要能保证货源，船越大就越赚钱。"

“行。”徐春原本是个大胆果决的女人，这些年跟苏启昌行船更是增添了豪气，“为了孩子以后能在上海生活，冒些风险值得。”

二十九、上岸

这一趟运输焦炭，苏启昌赚的钱比过去半年赚的还多。他才知道丁大明所言不虚，这样做生意很快就能买得起上千吨大船。再到上海，他在卫家浜村租了一处民房，共两间，一间办公，一间做卧室，还有一个厨房。电话一装好，他就打给丁大明，请他来吃饭。大明开一辆崭新的桑塔纳进村，一直开到门口，按一声喇叭。苏启昌闻声出来，见丁大明脖子上多了一条金黄的粗链子，说：“这一趟我可帮你赚大了，又买车又买金链子。”

大明说：“你不是也赚了？怎么样，照我说的做不错吧。”

他们到办公室坐下。大明四周看看，说：“地点偏一点就算了，可你这办公室得布置一下。”

苏启昌问：“你看怎么布置？”

“买一张大班台，你这个办公桌太小，不气派。这边放一圈沙发和茶几。办公桌后面放一排书橱。”

“我不识字，要书橱干什么？”

“装门面。客户不知道你不识字，也不要让他们知道。”

“书橱就算了吧。不识字就是不识字，何必要装文化人？”

“你听我的没错，就是人家知道你不识字，书橱也要有。等你布置好了，我请几个老板过来坐坐，他们都有可能成为你的客户。”

“行，就听你的。”

“还有，你公司注册好了没有？”

“正在注册，已经起好名了。”

“叫什么名字？”

“上海徽远航运有限公司。”

“好名字。”

几天后，苏启昌的电话第一次响起来，他知道是丁大明打的，目前只有他知道这个号码。他拿起话筒，大明说：“老苏，明天上午，我带几个人去你那里看看。”

“好。你们过来吃饭。”

次日上午，五辆小汽车一溜开进村，停在苏启昌办公室的门口，其中一辆奔驰车最引人注目。丁大明领着四位客人走进办公室，在沙发上坐下，向苏启昌一一介绍。开奔驰车的是一家建筑公司总经理，叫王铁军，他盯着端茶过来的徐春，问苏启昌：“苏总，你这秘书不错，是刚招的吗？”

苏启昌笑着说：“她是我老婆，才初中毕业，哪里能当秘书。”

丁大明说：“他夫人能干得很，当秘书委屈了。”

王铁军说：“娶到这么漂亮又能干的老婆，苏总有福气。我看好你。”

丁大明说：“苏总一直做船长，在水上跑，刚刚上岸办公司，还要请王总多支持。”

“没问题。都是老乡，互相帮助。”王铁军转头对苏启昌说，“我会安排采购部经理和你联系。我们的江沙、水泥都是从水路运来的。”

苏启昌问：“王总是哪里人？”

“芜湖人。”

丁大明说：“王总在上海有好几个工地同时开工。在深圳和广州更多，他是在深圳起家的。你在新闻里听说三天盖一层楼的纪录，就是他的公司创造的。”

苏启昌在船上整天就听收音机播的新闻，对国家大事了如指掌，自然知道著名的深圳速度。他对王铁军竖起大拇指说：“了不起。我是开船的，知道大家条件都一样的情况下，想提高一点速度有多么难。”

王铁军说：“这没什么。不过是答应了人家，就一定要做到，拼了命也要做到。”

丁大明指着王铁军身边一位健壮的年轻人说：“刘宗伟是合肥老乡，刚调到东方焦化厂做业务科长，这次你拉的 2 000 吨焦炭就是在他手里买的。”

刘宗伟说：“大明告诉我你弄二十四条船拉焦炭，吓了我一跳。我们的焦炭一般都是一条船拉几千吨，没见过二十四条船拉 2 000 吨的。我还替大明担心，只要有一条船出事，他就得亏了。”

苏启昌憨笑着说：“哪能让出事呢。那二十三个船老板都是我千挑万选的，技术好，人品更好，不可能出事。”

刘宗伟说：“苏总，我见你人就觉得踏实。不过，你不能一直用这么多小船搞运输。要长期合作，你还是要买大船。”

“对，大明已经说好几次了。我打算买一条 500 吨的。”

“别买 500 吨的，买 1 000 吨的。”

“买 1 000 吨的？”苏启昌摸摸脑袋，“那我的钱可差太远了。”

“你可以贷款嘛。”

“贷款？我从来没有想过。怎么贷？”

“得有实力强的企业做担保，或者你用固定资产做抵押。”

“那我都没有。”

王铁军说：“这事得找银行。我介绍一位老乡，是工商银行上海分行的一位支行行长，看他有没有办法。”

午饭还是在那家全村唯一的小酒馆里。没有包房，他们几个人劝酒、争论的声音盖过其他所有客人。身材瘦小的老板几次过来叫他们声音小一点，说影响了其他客人，他们抱歉地答应了，可没过一会声音又大起来。隔壁一张方桌上坐了两个喝黄酒的客人，互相说话都听不清，只好不断地摇头以示不满。丁大明看见了，再一次示意大家声音小一点，并朝隔壁桌子努努嘴，说：“你们猜他们嘴里嘀咕什么？”

王铁军说："他肯定在说：安徽人喝酒太不文明，太不文明。"

大家哈哈大笑。

这一餐他们喝了整整一箱"神仙酒"，平均一人一斤。

三十、贷款买船

送走客人回到办公室，苏启昌和徐春商量贷款买船的事，徐春说："那可不是少钱。不光买船，还要雇好几个水手，日常运营开支也不少，要是吃不饱货，亏损不会少，我们承担不起。"

"风险是不小。可是如果不冒点风险，我们的发展会很慢，可能一辈子就是个小船主。我不甘心。"

"你要是实在想干，我们就干。"徐春一向不会干扰苏启昌的决心，只是会把担忧提出来。

苏启昌找到支行行长朱正海。朱行长客气地接待他，说王总已经和他打过招呼。两人谈起来，原来还是淮北老乡。朱行长听了苏启昌的诉求，说："这个问题不难解决。你就拿船做抵押，可以贷到船价百分之七十的款。"

"可是我没有这么大的船来抵押，只有一条30吨的。"

"我说的是拿你准备买的那条船抵押。"

"这样也可以？不是空手套白狼吗？你不会犯错误吧？"

朱行长哈哈大笑："老乡，你太可爱了。放心，我不会犯错误。这是我们行刚出台的政策，绝对合法合规。"

朱行长叫进来一名女助手，说："小田，苏总要买一条船，你帮他办理一下手续，教他怎么填表、签合同。"

听说填表签合同，苏启昌为难地说："那还是下次来再办手续吧，我叫媳妇一起来。"

朱行长问："怎么，媳妇还有不同想法吗？"

“不是不是。”苏启昌不好意思地说，“我不识字，什么表格、合同我看不懂。”

“你不识字？那你今天为什么不带媳妇一起来？”

“我没想到这么简单就能办，只想先过来了解一下能不能贷款。”

朱行长又哈哈大笑起来。

苏启昌到芜湖市江风船厂订了一条1 000吨散装货轮。芜湖市有三个大型船厂，江东船厂是军工，芜湖造船厂属于部级管理，江风船厂级别最低，属于安徽省航运局，但是造一条1 000吨的货轮不算难事。接船的时候，苏启昌亲自到芜湖，把船开了回来。他对这条船爱不释手，对徐春说：“我还是上船干一阵子吧。”

“为什么？”徐春说，“喜欢上这条船了？”

苏启昌嘿嘿笑着说：“还真有点喜欢上了。”

“那我怎么办？”这些年徐春除了生孩子，都陪着他在船上。

“你得在岸上守电话。现在刚开始，生意还不多，你一个人守着就行，两个人就是浪费。我上船赚些钱可以早点把贷款还掉。”

“那你哥怎么办？你答应让他开这条船的。”

“我和他轮换着开嘛。再说迟早会全交给他。”

苏启昌给这条新船取名徽远号，除了他哥苏启文，还雇了三名船员。徽远号第一笔业务是为王铁军的公司从江苏宜兴运石子到上海。连运好几船后，苏启文和其他船员仔细一算账，发现不仅不能赚钱，而且还要亏本。最近油价上涨不少，运得越多，亏本越多。他们把这一意见反映给苏启昌，建议他与货主商量一下，油价上涨是不可预测的客观原因，请货主再加点钱。如果不加钱，就不运了，力争少亏点。苏启昌说：“亏你们想得出来，合同既然签了，就是板上钉钉的事。对于生意人来说，说话算数，诚实守信，有时比赚多少钱都重要。亏了也要坚持把货运完。”

这批货运完，结算的时候，对于苏启昌的损失，王铁军公司的采购经理王玉春心知肚明，便额外多给了 3 000 元。苏启昌说："这是干嘛，是救济还是扶贫啊。"

王玉春说："我仔细研究了，你的报价是最低的，后来油又涨价，你运得越多，亏得越多。都是生意人，我也不能亏了你。我看你人诚实，够处。"

这批货刚运完，徐春就接下一份订单，是一家外贸公司的出口服装，要求在三天之内必须送到武汉。苏启昌皱着眉头说："你这个订单接得有点冒失，三天时间太紧了。天气预报说这两天有台风，怕在路上不会顺利。"

徐春说："好不容易等到一笔业务，我怎么舍得放弃？"

"也是。"苏启昌说，"放心吧，我会按时送到的。"

起初一路顺利，可刚过芜湖，台风就来了。伴随着台风，暴雨倾盆而下，江面上白浪滔天。哥哥苏启文没有开过这么大的船，担心地说："启昌，风太大，恐怕不能再往前开了。"

一边的船员也说："是啊苏老板，不能再开了，浪太大，有危险。"

苏启昌也同样没开过大船，只得硬着头皮说："不能开也得开。明天中午 12 点之前一定要到武汉。合同都签好了，人家等着接货呢。我赔多少不要紧，耽误了别人的生意可是大事。我在大河大江里混了二十多年，还没有失信的记录。哥哥你休息一下，我来开船。"

三十一、 不上岸怎么行

苏启昌亲自掌舵，冒着风雨和惊涛骇浪，往长江上游航行。风雨中能见度很差，有时看不到江岸，也看不清航标灯，好在苏启昌对这条航道了如指掌。只要看见江心洲、岸上的建筑和山势等标志，他就能判断出所在位置，知道位置便知道了江上的航道怎么走。即便这样，他还是小心翼翼，脊背出汗。船员都穿好了救生衣，苏启文帮助正在驾驶的苏启昌穿上救生衣。他们都紧张地盯着江面，其实看也没用，能见度只有几十米，即便看到前方出现礁石，船也来不及躲避，何况除了礁石，还有可能驶离航道在看不见的浅水区搁浅。好在船到九江时，风停了，雨也停了，天上乌云一扫而空，阳光落在江面波光粼粼，令人心情为之一振。大家高兴地脱下救生衣，回到各自的位置。苏启昌把舵轮交给哥哥说："现在要加速前进。"

第二天中午他们准时到达武汉。货主一早就来到码头，焦急地往长江下游张望，不时地走来走去。直到看见"徽远"号进港，他高兴地跳起来。船还没停稳，他就跳上船，一把抓住苏启昌的手说："了不起！苏老板。苏老板，了不起！昨天的台风太大，武汉也是这样，我们以为你不能正常航行，谁知道你们能准时到达，真是太谢谢了。以后我们运货非你苏老板莫属。"

回到上海是傍晚时分，徐春烧几个拿手菜，陪他们兄弟俩喝掉两瓶酒。苏启文醉醺醺地回船上去。徐春关上门，抱紧苏启昌说："那两天可担心死我了。和你一起在船上，遇到什么风浪都不觉得有多危险，可让你一个人在船上，我这心里总是七上八下的。"

苏启昌亲着徐春说："没事，你看我不是平安回来了吗？你在岸上习惯就好了。"

"不行。我这心脏受不了。"

苏启昌一把抱起徐春往卧室走："我让你心脏再受不了。"

徐春用拳头捶他的背："孩子都十几岁了，你还这么不正经。"

苏启昌把她扔到床上："我一见到你就不正经了。"

徐春躺在床上，任他解自己的衣服，说："我要和你说正经事。"

苏启昌把她脱光，扑到她身上说："先干不正经的事，然后再说正经事。"

徐春的双臂和双腿便像青藤一样缠住了苏启昌。

一番激情以后，苏启昌躺到床上说："现在你说正经事吧。"

徐春抚摸着他的胸肌说："还是那件事，你不要再上船了。"

“为什么？你知道我不会有事的。”

“我当然知道。但不是这个原因。这些天我守在这里，接了好多电话，也想了好多事情。我觉得岸上的机会比漂在水上要多得多。你迟早要上岸，迟上不如早上。”

“你说的我懂。我实在是喜欢开船。觉得自己身强力壮的，不在船上干可惜了，就想干几年再上岸。”

“你天天听新闻，不知道形势吗？现在上海发展多快，再过几年恐怕你的机会就失去了。”

苏启昌把脑袋埋进徐春的双乳间，嗅着她身上的汗味，说：“你让我想想。”

徐春像抱婴孩一样抱着他的脑袋，说：“现在咱们有两条船了，一条30吨，一条1 000吨，以后还要买更多的船，你是老板，要管得住这些船老大和水手。还要找货源、拉关系，你不上岸怎么行？”

三十二、 春节回乡

转眼春节就到了。民工们等着拿钱回家，工头们忙着找甲方结账好发民工的工资。这是一年中工头最困难的时候。彭大志和黄群还好，今年公司刚成立，没做工程，码头上下货多数情况是现场结算，只有部分长期客户需要到年底结账，就这样也够他们忙活的，直到大年二十九晚上才结束所有工作，安排好节日值班事宜。次日天没亮，家俊和三嫂坐彭大志的车离开上海，傍晚才到彭家村。家俊拎着自己的行李回到冯家村，走进院门，母亲正拎一桶猪食从厨房出来，一眼看到他，赶紧放下木桶，一瘸一拐地过来抱住他，手上的猪食沾到他崭新的衣服上。家俊拥着矮小的妈妈慢慢走进家门，对坐在太师椅上的奶奶鞠一躬：“奶奶，我回来了。”

奶奶面无表情，抬起眼皮：“发财了？”

家俊有点尴尬地摇摇头。

奶奶脸上露出笑容："嘿嘿！逗你玩的。你要是说发财了我还不信呢。"

妈妈说："发不发财不重要。人没有事就好。"

家俊说："我能有什么事。"

家俊从包里取出两瓶神仙酒，放到桌上："奶奶，这是上海的白酒，您尝尝，要是好喝我再给您买。"

奶奶点点头："有心就好。"

家俊感到哪里不对劲，仔细观察才发现八仙桌已换成粗糙的白木方桌，奶奶坐的太师椅也变成一把普通木椅。他问妈妈："咱家八仙桌呢？太师椅呢？你给卖了？"

妈妈难过地点点头。

这八仙桌和太师椅有年头了。刚解放时，爷爷虽然把家产败了一大半，还是被划成地主，镇上的房产全部收归国有，全家搬到冯家村住，爷爷只带了这张八仙桌和一把太师椅，还有一套能装开水烫酒的锡酒壶。八仙桌和太师椅是金丝楠木的，年头久了，桌面上依然纹理清晰，隐现出一条条金丝线，在灯光下闪闪发亮。爷爷去世后，这把摆在八仙桌正上方的椅子便是奶奶的专座。每天她一早就坐上去，喝茶、吃早饭。她上午、下午各出门一次，或晒太阳，或在村里转圈，一回来便坐到太师椅上发呆，回忆往日的时光。家俊爸在世的时候说过，它们都是老物件，要作为传家宝传下去，可现在只剩一套酒壶了。

"为什么要卖？我不是每个月寄钱回来吗？"

"你爸治病欠下的债不能拖了。奶奶说欠债还钱，天经地义，砸锅卖铁都要按时还。奶奶不让告诉你，怕影响你在外边做事。"

奶奶豁达地说："旧的不去，新的不来。卖就卖了，不要想它。咱们的祖先起起落落不知道多少回，失去的家产无以计数，这两件东西算什么？你记住，咱们家的祖传遗产不是东西，是那些起起落落的经历。”

家俊听得直点头。他又从包里取出一件蓝色羽绒服：“妈，这是给您的。”

家俊妈手上还有猪食，怕弄脏衣服，没有接，家俊便放到桌上。妈妈说：“你浪费钱。我天天干活，这么好的衣服怎么穿。”

“过年穿呀。您今天就穿上。”

家俊还给两个姐姐各买了一条羊绒围巾，给两个姐夫各买了一条香烟，给侄子侄女买了颜色鲜艳的羽绒服，全部拿到妈妈的房间。他又取出两千块钱给妈妈。

年三十的午饭很简单，就是鸡汤下面。饭后，家俊便到桂珍家去。桂珍也刚吃完饭，见到家俊，一下蹦起来，拉着他跑进自己房间。

“你怎么才回来？”桂珍抓一把自家做的花生糖给家俊吃。

“事情多。走不开。”家俊有点不自然，使劲往嘴里塞花生糖。

家俊刚才进门就眼前一亮，发现桂珍突然变成一个漂亮成熟的大姑娘。她从小在男孩堆里混，打架比谁都狠，没人当她是女孩，她也不当自己是女孩。她直到高中都留着齐耳短发，从不留辫子，黑瘦黑瘦的。也许上高中时已经发育了，但家俊没有注意，心中她的形象一直没有变。现在她还是短发，只是在脑后扎个马尾巴，却一下子充满女人味。皮肤虽然还是比城里人黑点，却比过去白得太多了。关键是她的胸突然高耸起来，让家俊不敢往那里看。

“上海好不好？”桂珍和家俊一样，从小就向往大上海。

“不知道。”家俊不知道从何说起。

“你在上海待了半年，怎么不知道呢？”

“我不知道你问上海的哪里。要说玩呢，我一次都没有玩过。除了有一次到火车站，连浦西都没有去过。”

“真的？那你在上海哪里？”桂珍的大眼睛一如既往地清澈、明亮，家俊还发现里面多了一些妩媚。

“我在浦东。”

“浦东是上海哪里？”

“浦东在上海人眼里不算是上海。就是现在，浦东人过江到浦西去，还说‘到上海去’。”

“既然浦东不是上海，你为什么到浦东去？”

“谁说浦东不是上海了？你不读书不看报，也没听说过浦东开发？那里工地多，工作好找。”

桂珍有点失望：“这么说南京路你没有去过？外滩、二十四层大楼也没有看过？”

“没有。”家俊摇摇头。

“那你根本就不在上海。”

“你不知道，现在浦东是上海最热闹的地方。二十四层大楼算什么？以后浦东的大楼会比它还高。”

“真的？”桂珍的大眼睛里充满了向往。

“浦东已经在建一座电视塔，听说是亚洲第一高塔。”

“真的？”桂珍又重复一次同样的问话。

“当然是真的。”

桂珍的五官没有什么变化，家俊却感觉比以前更有女孩子味了。大眼睛、小巧挺拔的鼻梁、红润的嘴唇，活脱脱一个美女，怎么以前一点都没注意到？

家俊突然心慌起来，赶紧低下头，塞一块花生糖到嘴里。桂珍又问他一句话，却没听清楚。

“大妈，桂珍在家吗？”外面传来冯卫国的声音。

冯卫国见到家俊，惊呼一声：“家俊，你什么时候回来的？”

“今天刚回来。”

家俊把手里的花生糖递给卫国。

“我不吃糖。吃这个。”卫国推开家俊的手，朝他扬扬手里夹着的过滤嘴香烟，“你抽不抽烟？”

家俊谢绝了卫国递过来的一支“红塔山”牌香烟：“我不抽烟。”

卫国说：“你这家伙，大学都不上了，胆子比我还大。”

家俊笑笑：“我怎么会比你胆子大？家里情况你知道，没办法。”

桂珍说：“怎么没有办法？在村里村外借一借，大家帮帮你，等大学毕业拿工资就好了。你也是，不和我们商量一下就退学了。”

家俊不想再说这件事，笑笑便低头吃糖。

卫国问：“你在上海干什么？一个月挣多少钱？”

“在码头上干活。一个月几百块吧。”

“扛大包？那是得挣几百块，一般人吃不消。”

“卫国，你现在干什么？”

“包工程。”

“你是包工头了？”家俊有点意外。

桂珍抢着说：“去年发大水，好多人家房子都倒了，他就带人挨家给造房子。”

“嘿嘿，小工程，赚点小钱。家俊，听说上海的大工程多得是，你能不能给我介绍介绍？”

“工程是真多，可我不认识人呀。有工程我自己不做，还给人打工？”

“那你留意着，要是有机会就打电话或者呼我。这是我的名片。”

家俊接过卫国的名片：“你真行，都有名片了。”

名片上是“工程经理冯卫国”，没有个公司名称，一看就是个体。家俊说：“你要真想到上海去接工程，得找一个建筑公司挂靠，自己也要成立公司。”

卫国腰间的呼机响了，他取下来看看，说：“现在也没有电话回，不回了。十有八九是约打麻将的。”

家俊问：“你这个呼机多少钱买的？”

“几百块。好的要一千多，还有三千的呢。”

家俊想，回到上海也得买一个。

“你什么时候回上海？”卫国问。

“初六就要过去。码头初七开工。”

“那初三中午请你到我家吃饭，桂珍也请你。”

家俊感到卫国好像有话要和桂珍说，便告辞出来。他心里有些失落，不知道卫国和桂珍要说什么，难道他俩好上了？桂珍还有一学期才毕业，谈恋爱早了点吧？他心里隐隐地希望他俩不是谈恋爱。

事实是，卫国在追求桂珍，还不知道桂珍的态度呢。见家俊走了，卫国没话找话地聊一会，便从怀中取出一块丝巾，放到桂珍的床上：“我前两天到南京去，给你买了这个，不知道你喜不喜欢。”

桂珍脸上一红，不高兴地说：“你这是干什么？我不能收你的东西。”

“这个不值多少钱，只是小意思。”

桂珍拿起丝巾放到卫国手里：“我用不上。给你妹妹用吧。”

卫国有些尴尬：“我妹妹有，我也给她买了。”

“那我也不要。你给她轮换着戴。”

卫国赔着小心说：“我都带来了，你就给个面子吧。”

桂珍有点不高兴了：“我说不要就不要。你走吧，我要帮我妈做饭了。”

也不知为什么，卫国从小天不怕地不怕，打架斗殴上房揭瓦，就怕桂珍和他翻脸。桂珍脸一沉，他知道不能再惹她了，便把丝巾往怀里塞：“好好，你不要就算了。初三中午到我家吃饭别忘了。”

卫国悻悻地走了。桂珍坐在床上愣半天神。几年大学生活，让她觉得自己与这个山村越行越远，心也越来越大，即便是毕业后当个中小学老师，是村里人羡慕不已的铁饭碗，她也不会满足，怎么可能看上包工头冯卫国！就是胡家俊也不在她的考虑之列。她从小和家俊的感情不一般。家俊开口说话前，她就像姐姐一样带家俊玩，照看他，其实他俩是同年的，家俊还大两个月。家俊没有和她商量就退学到上海去打工，让她很生气，尤其是事后都没有和她说一声，她是放寒假回家，听妈妈闲聊时说起来才知道。她为家俊可惜。好不容易考上大学，要是再让他考一次，十有八九考不了这么高分。将来有个体面稳定的工作，成为城里人，成为干部，前途无量。他怎么就不珍惜呢？桂珍了解家俊的性格，老实人做事总会出人意料地唐突，所以他做这个决定也不十分意外，毕竟家里情况在这里。这几天她天天到家俊家问他回不回来，急切地想了解他在上海的生活和工作情况。

桂珍不想到卫国家吃饭，但是家俊去，她便决定也去。家俊初六就走，想和他深入交流就很难有时间。她尤其想多了解上海，从小在知青那里听说一星半点反而增加了其魅力和神秘感，而且这些上海知青还活生生地在村里演示了上海人的魅力和神秘感。节日里说起来谁都有时间，但是乡下的规矩多，拜年、走亲戚，然后亲戚来访，请客吃饭，细算下来没有多少时间可安排。

三十三、卫国请客

初三上午，家俊到卫国家要经过桂珍家，便叫上桂珍一起去。卫国家在村西头，一栋三层白墙瓦顶，是村里最豪华的人家。

已经有几个人到了，都是本村的。家俊走进堂屋就看见自家的八仙桌，原来是卖给卫国了，想想全村也只有卫国有钱买它。太师椅没看见，不知道是不是卫国买了。家俊和桂珍刚坐下，彭大志和彭大鹏进来了。冯家村和彭家村之间一直因为用水矛盾而少有来往，却并非绝交，在用水以外的时候见面还是互有礼节的，大志他们过来吃饭大家也不以为意，客客气气地让座。卫国爸冯有才是长辈，坐上首主位，彭大志年纪大一点，坐首位，卫国在下首陪坐，其他人就随便坐了。酒过三巡，家俊才弄清楚，卫国今天主要是请彭大志，他也想到上海发展。

大志叫他等一等再去，说："我这里现在只做上货下货的苦力，没有工程，但以后肯定要接工程。等我接到工程了，你把队伍全部拉过去。"

卫国高兴地敬大志一杯酒："大志哥，这事就拜托你了。你放心，到了上海，你说东我不会往西，全听你的。"

大鹏三杯酒下肚，就摆开了龙门阵。说到码头上打架的事，拍着坐他右边的家俊大腿说："那次幸好有家俊在，绑架了苏老板的女儿，让那一场架打停下来。要不然，打死个把人，大志哥恐怕就进去了。"

大鹏说得精彩，桂珍兴奋地说："我就知道家俊有出息。"

"我不信家俊有那个胆子。"卫国说，"以前我们打架，他从不参加，不是躲到后面去，就是做好人拉架。"

大鹏说："我可没有吹牛，不信你问大志。"

大志点点头说："没错。这事是真的。那天把我都吓一跳。"

大家看着家俊，家俊倒不好意思了："卫国说的没错，我真的不敢打架，可那天绑架的目的是拉架，我自然胆子大了。"

大家一想也是，都笑起来。

大志说："以前我不认识家俊，那天我一见这小子就感到有点邪门。平时话不多，看上去也挺老实，可做起事来，一点都不老实。"

大家又笑了。桂珍说："人家好歹是大学生，两年大学也不是白上的。"

大志不认识桂珍，看着她说："你也像是大学生？"

桂珍说："我是大专生。"

"那也是大学生嘛。你们村同时出了两个大学生，是不是风水比我们村好？下次回来我要请个风水先生看看。"

卫国说："彭家村出了你这个大老板，风水也好。"

"我算什么老板。"大志直摇头，指着家俊和大鹏说，"他们就见识过大老板是什么样。不到上海，你就不知道什么是钱多。”

“在我们这一带，你就是大老板。你开一辆轿车回来，多风光！”卫国说。

“这说明我们这里太穷了。”大志叹息一声，“我要是真做了大老板，就回来办企业，让大家都去上班，那才风光。”

这时大门口进来两个人，一男一女。女的是王雅琴，男的是她丈夫蒋承德。所有人都站起来让座。一阵忙乱后，大家又坐好，王雅琴夫妇坐在了首位。

“我们吃过饭了。”王雅琴说，“你们继续喝酒，我俩陪着。”

王雅琴现在担任银湾镇妇联主任。每年春节期间，她都要到过去的大队现在的行政村和知青点所在地冯家村来，给一些老领导、老社员拜年，感谢他们当初对知青的照顾。村里人都评价说，这女孩子懂事。

王雅琴问对面的家俊：“胡家俊，你家里有困难，为什么不告诉我？”

家俊不知道怎么回答。

“你退学太轻率了。在农村出一个大学生多不容易，全银湾镇也没有几个。这几年只有两个人考上本科，一个是彭水玲，一个是你。你是第一个应届生考上本科的。你要知道，上大学不是你一个人和你一家的事，对农村的意义也不是出几个大学生这么简单。它会为农村带来知识，带来信心和希望。”

蒋承德碰碰她的胳膊：“别说了。现在说什么都晚了。”

桂珍说：“王老师，你们当初来这里，也是带来知识和信心希望吗？”

王雅琴说：“我们是来接受贫下中农再教育的。”

“可吴军淮说是来教育贫下中农的。”

大家都笑了。王雅琴笑着说：“贫下中农教育不了，可是教育了你们呀。”

家俊、桂珍和卫国都是她和吴军淮的学生。

吃完饭，卫国留大志和大鹏一起打麻将。王雅琴走出院门的时候问家俊：“在上海有没有困难？”

“没有。”

“需要帮忙告诉我。我家人都在上海，还有一些关系。”

家俊点点头：“好。”

“我哥哥是一家国营建筑公司的经理，对你应该有帮助。我把他的电话号码告诉你，到上海你联系他。”

王雅琴从蒋承德手里接过钢笔和笔记本，写下单位、姓名和电话，撕下来交给家俊：“我准备了一些土特产，麻烦你带给我哥。”

三十四、 到上海人家做客

家俊跟着大志的车一起到上海，其他人还没有到。这几天事不多，他便联系王雅琴哥哥王宝山，约好第二天把土特产给送过去。王宝山告诉他的地址也在浦东，家俊拿一张上海交通图研究半天，才弄清楚要换三趟公交。土特产无非是花生、红薯、麻油之类，大大小小七八个布袋，来上海时放在大志小车的后备厢里倒还方便，可现在怎么拿得下呢？三嫂找来一只大蛇皮袋，家俊把它们全放进去，扛着就走。他在公交车站等了十几分钟，才等来一辆车，还没有上车，一个中年女售票员就把头伸出车窗，用异样的目光看他，催他快点上车往里走，不要挡住别人。他放好蛇皮袋，还没喘口气，售票员便催他：“买票！”

家俊掏出五毛钱递过去。女售票员没接钱，右手上下摆弄着一支圆珠笔，左手拿着票夹，眼角看着他说：“买两张票。”

家俊不明白：“我就一个人。”

售票员指着蛇皮袋说：“这算一个人。它占两个人的位置，多买一张票还便宜了。”

家俊只好掏出一块钱给她。

虽然是冬天，也不是上班高峰，可车次来得少，车上人还是不少，家俊既要站稳，又要照顾蛇皮袋不要让人挤倒，换车还得走不少路，出了一身汗。他找到王宝山的单位门口，放下蛇皮袋喘气，一个保安过来问："你找谁？"

"我找王宝山。"

保安踢踢蛇皮袋，"这是什么？"

"土特产。花生、山芋、麻油。"

"唔。这倒是好东西。乡下亲戚？"

家俊点点头，也不解释。

"进去吧。王经理办公室在二楼。"

保安说话倒和善，可他那种居高临下的态度总让人不舒服，尤其是那夹生普通话，感觉他是有意不好好说，想让人听出来他的上海口音。当初村里的上海知青，也有那么三四个人说不好当地话，总要带着上海口音。

家俊问了两个人才找到王宝山的办公室。王宝山见他扛那么大的蛇皮袋，惊讶地说："这么多东西？你怎么不告诉我，让我开车去拿。快坐下来。这么远扛过来，累坏了吧？"

家俊坐到沙发上，看看墙上的钟，路上整整两个小时。

"你喝茶，休息一下。"王宝山泡一杯茶放到茶几上，便打开蛇皮袋，一一打开小布袋，仔细地察看。每看好一只布袋，再把它的袋口扎紧。

"都是好东西。"王宝山看完土特产，坐到家俊对面的沙发上，"怎么样，休息好了吧？喝茶。你叫胡家俊？"

"是的。"家俊点点头。

"听我妹妹说，你上两年大学就退学了？"

"嗯。"

"太可惜了。不过也没关系，只要你肯干、能吃苦，机会还有。"

“我到上海来，就不怕吃苦。”

“你是在码头上扛活吗？”

“不是。我现在算是坐办公室吧。”

“搞管理？很好。不过书还是要读的。不上大学问题不大，但学习是一辈子的事情。你有什么计划吗？”

“我在读本科。还考了一个建筑预算员证书。”

“你有预算员证？没有实践经验吧？”

“没有。”

“回头我给你介绍几个兼职做预算，锻炼一下。”

“好。”

王宝山抬腕看看手表，热情地说：“快下班了，中午到我家吃饭吧。”

“不用了，我回去吃。”

“你就别客气了。现在还算是过年嘛，家里什么都有，不用特别为你做菜。”

家俊实在不好意思：“我还是回去吃吧。”

王宝山佯怒道：“你这小伙子怎么这样磨不开面子？这么多东西，你不帮我扛回家去，我怎么拿得动？”

家俊无话可说，便扛起蛇皮袋，跟着王宝山走。王宝山反倒不好意思了，想换着扛一会，家俊死活不肯。好在王宝山家不远，就在公司对面的小区。王宝山说，这个小区是他们公司开发的，他以员工价买下来，基本上就是成本价。小区里都是多层楼房，没有电梯，王宝山家住六楼。他叫家俊在前面上楼，他在后面托着蛇皮袋底部，尽量给家俊减轻点重量。家俊心想，上海人还是挺好嘛，不像公交车售票员那样生硬，也不像村里上海知青那样高傲。

王宝山打开家门，先进去换好拖鞋，接过家俊肩上的蛇皮袋，然后叫家俊换鞋。家俊听说过进上海人家里是要换鞋的，所以他是真心不想来吃饭。

他的脚汗重，只好硬着头皮换拖鞋，希望不要让人家嗅出味道。

从厨房里出来一个围着花围裙的中年妇女，问一声："回来了？"便打量着后面进来的家俊。

王宝山说："这就是雅琴说的上大二就退学的小伙子。"

"阿姨好！"家俊有礼貌地说。

阿姨脸上露出和善的笑容，声音轻柔地说："你好。快进来吧。"

王宝山指着门口的蛇皮袋："你看，雅琴叫他带了这么多东西。这不是给人添麻烦吗。"

"不麻烦。"家俊连忙解释，"我们老板是隔壁村子的，我跟他的轿车来，方便。"

王宝山让家俊在沙发上坐下，给他泡一杯茶，打开足有二十多英寸的大彩电说："看一会电视吧，马上就吃饭。"

三十五、上海小囡

阿姨很快就在长餐桌上摆满了菜，招呼他们吃饭，然后用上海话冲着一个房门喊："囡囡，出来吃饭。"

阿姨解下围裙，更显出气质优雅，虽然比村里的女知青年长一些，家俊却感到她更有知识、更有魅力。她说话轻声细语，就是刚才叫孩子出来吃饭，音调也不高，却有穿透力。家俊感到上海话就不适宜大声喊叫，只有轻声细语才好听。

房门开了，走出一个留披肩长发的十七八岁女孩，瞟一眼坐在沙发上的家俊，便走到餐桌边坐下。

"芃芃，"王宝山严肃地说，"有客人来，怎么不讲礼貌？"

芃芃调皮地冲她爸做个鬼脸，笑着说："你也不介绍，我知道叫叔叔还是叫哥哥呀？"

“叫家俊哥。他只比你大几岁。”

“家俊哥好！”芃芃认真地和家俊打招呼。

家俊脸红了：“你好！”

“他就是你姑姑说的那个上大二退学的人。”

“是吗？”芃芃瞪大闪亮的眼睛仔细打量家俊，“你是因为穷才退学的？家里穷成什么样子呢？”

家俊知道大城市的孩子无法理解穷是什么概念，想了想说：“吃不饱饭，连吃饭的桌子、椅子都要卖钱过日子。”

芃芃脸上现出悲悯神态：“那也太可怜了。你们不是种田吗，拿大米换钱呀。”

“自己都不够吃，拿什么换钱？”

芃芃扭头看她爸爸：“农村的米都不够吃，那我们吃的米是哪里来的？”

王宝山拉着家俊坐到桌边，对她说：“你就是十万个为什么，问不完的问题。吃过饭向家俊哥多问点功课，叫他给你说说高考的经验。”

家俊向芃芃解释，他小时候家里的米不够吃，因为那时候是大集体生产，现在分田到户了，绝大多数农家交完农业税，剩下的粮食都吃不完，保证城市吃米没有问题。他家是因为父亲受伤后长期治疗，支付大量医药费，才变穷的。

芃芃扑闪着大眼睛说：“你怎么不跟我爸说？我爸就资助了好几个农村大学生。”

“那时我还不认识你爸爸呢。再说，我的学费自己勤工俭学能解决，但是家里的欠债无法还清，我只能靠自己改变命运。”

家俊陪王宝山喝几杯白酒，脸就红了。吃过饭，阿姨撤掉杯盘、抹干净餐桌，对芃芃说：“你让家俊哥辅导一下功课吧。”

王宝山和阿姨进屋休息，客厅只剩下家俊和芃芃。家俊不知道说什么好。他一个农村学生，勉强考上了大学，怎么能辅导功课呢。聪明的芃芃看出家俊的窘态，问他："你高考时紧张吗？"

"还好吧。我们农村学生考不上正常，考上了是意外惊喜。"

"也是。你能考上大学真了不起。"

"哪里。我考上纯属侥幸。"

家俊告诉她自己考英语时做不出题目，睡了一觉，醒来后灵机一动，将选择题全勾一种选择，逗得芃芃咯咯笑个不停，说："家俊哥，你太好玩了，高考还能睡着。"

"农村孩子笨，考不好也不丢人，所以心里没有负担。"

"你才不笨呢。能想出这么好的点子，居然还考及格了，太聪明了。不过你这个办法我可用不上。"

"你知道怎么选择，当然用不上了。你是学理科还是文科？"

"理科。"

"想考什么大学？"

"我想考清华大学。"

"是吗？这给我想都不敢想。"

"我也只是想想。估计考不上，除非能像你那样灵机一动，产生一个好点子。"

"到你那种程度，我那投机取巧的点子没有用。你只能踏踏实实地把附加题都做对才行。"

芃芃轻叹一口气："不过我考交大希望还是很大。"

"那也很了不起。"

"可要是交大没考上，多丢人。"

"人生的路长着呢，不管考到哪里，上哪所大学，你只要努力，都能做出成绩。"

"你知道吗，在我们上海，最难考的不是清华北大。"

"那是哪里？"

“技校。”

“技校？”

“考上大学就要服从分配，一般都分配到外地工作。可上海人大多数不想离开上海，就想上技校，哪怕当个技术工人，只要在上海就好。”

“这也难怪。我们外地人都想来上海，何况上海人呢。过去我们村的上海知青，把上海说得像天堂一样好，让我们向往得很。”

“所以你就来上海了？”

“是啊。既能看到从小就向往的大上海，又能赚到钱，何乐而不为呢？”

离开王宝山家，家俊觉得这家人才应该是他想象中的上海人。看来要想了解上海，打工也好乘公交也好，都是浮光掠影，根本就不会认识真正的上海。

三十六、兼职

回去路上转车的时候，家俊看见一家卖电子产品的商店，便进去买了一个呼机，花 800 块钱。是王宝山叫他买一个呼机，说有事可以找到他。

家俊回到码头，见大鹏和三嫂来了。这几天三嫂不在，家俊和大志只会下面条吃。工人们陆陆续续地都来了。一个春节，个个吃得红光满面。家俊知道，他们不仅是吃得好，也是把一年中累积的寂寞和情欲尽情地发泄了。

没过几天，家俊腰间的呼机响了，他估计是王宝山，便打过去。

“是小胡吧？我是王宝山。”

“王经理，您好！”

“你有空过来一趟，帮我做一个工程预决算试试吧。”

家俊到王宝山办公室拿到图纸，回到住处吃过晚饭便开始做预算，到 11 点多还没有完成，他想明天还要上班，先睡觉吧。第二天晚上又做到 12 点才完成。早晨到公司，他向史玉琴请了半天假，把预算表给王宝山送去。王宝山翻看一会，点点头说："不错。第一次做预算这样很好了。以后我还会找你。"

不久，家俊又收到王宝山的传呼，说推荐他给同德装饰公司兼职做工程造价预决算。家俊找到这家公司，拿到图纸回来，精心做了三个晚上。同德公司工程部经理看了他的预算表，便带他到董事长办公室，把预算表递给董事长审批。董事长是个女的，三十多岁，叫陈雨虹，看了报表非常满意，对工程部经理说："就照这个做。"

三个月时间里，家俊为同德公司做了五个预算方案。最后一个方案做到后半夜一点钟才睡，第二天上班犯困，史玉琴见了，问他："你昨晚没有休息好？"

家俊没想隐瞒她，便实说："我给一个公司做预算，睡晚了点。"

"家俊，按说你在外面兼职是不应该的，影响本职工作。就是不影响工作，公司没有同意也不能兼职。"

"可我没有拿钱，也算兼职吗？"

"没有拿钱？"史玉琴有些意外，"不会吧？是不是要一次性给你，或者是按月结？"

"我没有问，他们也没说，我想就没有钱吧。"

"你干几个月了？"

"三个月。"

"三个月一分钱没给？"

"没有。"

"那人家是在剥削你，欺负你老实。"

"那也没什么。我是新手，这是学习和锻炼的机会，有没有钱无所谓。"

"我做这么多年人力资源工作，还没见过你这样的。"

“挺傻是吗？我是徽州人，徽商是我的祖先，就靠这种傻做大生意的。”

“我看你小生意都做不起来，没机会做大生意了。”

“我还没打算做生意呢。我的性格不大适合做生意。”

“算你有自知之明。”

三十七、天上掉馅饼

家俊觉得自己还是老老实实地打工好，还要往高级打工者方向努力。他记着刚来上海时两个温州人的话，认定房地产业会有二十年以上的大发展。要想在这一行站住脚，只有一个预算员证书不够。他又报了工程经理资格考试，时间在这个星期天。

星期五下午，家俊又接到同德公司工程部经理的电话，说有一个项目，让他过去拿图纸。家俊骑自行车去，拿到图纸，问经理下周一交预算表行不行？经理说可以。

这几天需要复习迎考，没时间做预算。回到住处，他把图纸放到一边，赶紧看书。

星期天下午考完试回来，家俊铺开图纸，边吃面包边看图，一直干到星期一早上7点，完成了预算报表。他洗个头，刮好胡子，打起精神骑车到同德公司。陈雨虹董事长看了报表，对他说：“小胡，这个工程你拿去做吧。”

家俊还没回过神来，陈董事长已经向工程经理安排了两件事，便转身忙别的事。家俊这才知道，董事长安排的两件事都和自己有关：一是带他去看现场，二是让会计开一张50万元的支票作为预付金。

这是一个办公楼中央空调安装工程，总预算170万元。家俊拿着50万元的支票，还以为是做梦。

在看完现场去公司的路上，家俊盘算着怎么办。首先，得向大志辞职；

其次，要尽快找到工人。可是他到哪里去找这么多工人呢？在上海找一个两个没问题，可这个工程至少要十几个人。最好的办法是叫冯卫国来，他本就想到上海来，而且有现成的人手。

大志听家俊说辞职，愣了一下，然后说：“你自己当老板是好事，我想留也留不住你。去和苏董打声招呼，然后找史总监办离职手续。”

家俊上楼与苏启昌告别。苏启昌听了很高兴：“好。好！我知道你迟早会自己干，没想到这么快。小伙子，尽管去闯，遇到事了就来找我。”

下午，家俊办好离职手续回到卫家浜码头的住处。大志和苏启昌合作后，安排一个小房间给他住。他打开箱子寻找冯卫国的名片，却怎么也找不到。只好到二楼办公室，打电话到冯家村的小卖部，请开小卖部的胖婶叫一下卫国。过了半个小时，胖婶回电话过来，说卫国家没有人。家俊想一下，叫胖婶叫一下桂珍。桂珍大专刚毕业，还没有分配工作，正好在家。家俊说：“桂珍，不给你多说了。你叫卫国马上回我电话，有急事找他。”

桂珍说：“卫国好像不在村里，我回来就没见过他。”

“那他家里人呢？”

“他家里人也没见到。听说他在县城买房了，也许搬到县城去了。”

“那就麻烦了。你能不能想办法找到他？”

“我到县城去找他？那也得有地址啊，至少也要有他的呼机号。他平时牛得鼻孔朝天，村里没人知道他的呼机号。你到底有什么事，跟我说说。”

“跟你说没用。”家俊迟疑一下，“就跟你说说吧。我接了一个工程，需要马上找十几个人，我想叫卫国来。”

桂珍惊喜地问：“你也当老板了？”

“什么老板。就是包了一个小工程，最多是个包工头。”

“那也不错呀。可是找不到卫国怎么办？”

“你打听打听，看谁能找到他。”

“我看够呛。你不就是找十几个人吗？我给你找吧。”

“你？你能找到？”

“哟，到大上海就看不起人了？不记得以前你是跟我屁股后面混的？”

“不是。谁敢看不起你。我是想，你刚毕业，马上要分配工作，没时间。”

“我时间多的是。你说吧，给人多少钱一个月？”

“1 500 块。”

“这么多？我都想过去干了。”

“你还真以为自己是男的？再说你马上当老师，又轻松又是铁饭碗，过来不值。”

“那你上大二就退学值吗？”

“那不一样。”

桂珍嘻嘻笑着说：“我逗你玩的。看把你吓的，是把我当负担了吧？哼！我要真的去了，不但不会拖累你，还会让你离不开我。信不信？”

“信。我当然信。”

次日上午，家俊到浦东劳动力市场去转悠，看能不能找到人。到了才知道今天不开门，要到周末才开。门口的保安说，现在是淡季，很难招到农民工。家俊也明白，农民工和一般企业职工不一样，是一年一结算工钱，没有谁会在七八月份跳槽，也没有谁会在这个时候来上海找活干。他想到一些广场、路口转转，经常看到那里有揽零活的人，在地上放个木牌，写着“木匠”“瓦工”等。这时呼机响了，他看是冯家村小卖部的电话，知道是桂珍呼他。回到住处，他到大志办公室拨通电话。

“家俊，我没想到，现在正是‘双抢’季节，不少已经在外地打工的都请假回家帮忙，这时候要找人出去太难了。”

“对呀。我也没想到。”家俊想了想，说：“桂珍，我马上汇 3 万块钱给你，出双倍工资，3 000 块一个月，并预付一个月工钱，你一定帮我找到人。”

“好。有魄力。你这样做，我这个忙就好帮了。”

下午，家俊到卫家浜附近的工地转悠。这里刚开发，农民工很多，或许能碰碰运气。路过一个工地，几个人正在拌砂浆砌围墙，他问一个大师傅模样的人：“师傅，请问你们愿不愿意到我这来干？我付双倍工钱。”

那人嘴上粘一根没有过滤嘴的纸烟，眯缝着眼正往一块砖上抹泥浆，听了家俊的话，眼角瞟他一下，没说话。

家俊没指望人家会答应，又问：“你们有认识的人要找活干吗？”

这时过来一个满脸络腮胡子的黑胖子，挺个啤酒肚，戴着安全帽，喝问道：“你干什么？想到我这里挖人。谁叫你来的？”

家俊赶紧解释：“没有没有。我就随便问问。”

“随便问问？你蒙谁呢？来人！”

眼看着跑过来三四个大汉，家俊转身就跑，直到跑不动了，回头看没人追上来，才放慢脚步，回到码头上。

三十八、第一桶金

吃过晚饭，家俊在食堂和三嫂聊天。三嫂添了一个助手，叫舒井儿，中等个子，身材匀称，皮肤白皙细腻，不艳丽，却也好看，看着舒服，耐看。井儿正在厨房里默默地洗碗，家俊看着她说：“这个女孩儿是哪里来的？”

“是大志带来的，说是他一个战友介绍的。”三嫂笑道，“做你的女朋友怎么样？我给你说说。”

家俊脸红了：“三嫂你别开玩笑了。”

“我可说真的。你也不小了，脸皮这么薄，到哪里找女朋友去。”

“你再说我可走了。”

“好好。不说不说。说说你吧，干得怎么样？”

家俊把接到工程的事说了，三嫂一拍大腿：“要找民工你怎么不和我说？我介绍到附近工厂的几个工人不想干了，说台湾老板太抠。我让他们到你这来。”

“那太好了。他们现在工资是多少？”

“800到1 000块。你能给这些吗？”

“我给1 500块。这次的活紧，加倍，给3 000块。”

“那没问题。我明天就给你说去。”

家俊的呼机响了，他一看是桂珍呼他，便上楼回电话。

“家俊，我给你找了八个人。我的妈呀，真是累人，嘴都说破了。”

“太好了。你叫他们明天就过来。”

“叫他们过去？那我呢？你过河就拆桥了？”

“你过来干啥？不是要上班了吗。”

“我就不能过去玩吗？看你怎么当包工头。玩够了，就回来上班。”

“那行吗？你有时间过来玩当然好了。”

桂珍嘻嘻笑着说：“我告诉你吧，这几个人没有我带着还真不行。我答应带他们一起到上海。”

隔一天下午，桂珍带着八个人到了。家俊安排工人住下，对桂珍说：“我不能陪你玩了，这个工程时间很紧。你自己到处玩玩吧。”

“谁说我玩了？”桂珍说，“我帮你干活。”

“你不回去上班了？”

“回去呀。等我玩够了就回去。”

“你不是帮我干活吗？”

“是啊。这就是玩呀。”

家俊无奈，只好说：“那行，你帮我采购吧。”

“采购什么？”

“工程需要的工具和材料。你玩好了，想回去就告诉我一声。”

加上三嫂找的五个人，家俊带领十三人的施工队伍开进工地。为赶工期，他们吃住都在工地。家俊的房间正好让给桂珍住。工地也在浦东，距卫家浜码头不算太远，桂珍每天坐公交过去，没事的时候，她就跟在家俊后面帮忙，递个扳手、拿个螺丝什么的。她除了买工具和材料，还买水买冷饮，中午和晚上买盒饭。工人香烟没有了，也叫她去买。她还帮家俊做统计、算账。家俊原不指望她真的干活，没想到她能帮不小的忙。

队伍虽然很小，工程也不大，可家俊在管理上却捉襟见肘。这十三名员工一律没有做过中央空调安装，就连家俊自己也没有做过。好在家俊一直做预算，懂原理，会看建筑图纸。他在大学是机械专业，虽然只上到大二，但学过一些基本的机械和电气知识，包括机械制图和电路图。每天晚上，工人都睡觉了，家俊还要铺开已经看得烂熟的图纸，对照说明书，反复研究第二天的工作细节和进度。

这是七月下旬，气温达到 40 度，虽然是在室内工作，可安装空调管道都在狭小的空间里，闷热异常，工作服整天都是汗湿的，贴在身上很难受。早晨五点便趁凉快开始工作，吃过午饭，躺在水泥地上午睡，起来时地上出现一个湿人印。晚上还要加班到十一点。家俊不仅自己亲自干活，还要指导和监督工人。安装中央空调技术性不算太高，但是这些工人多数只种过田，不懂规范操作和安装标准的重要性，总是得过且过、马马虎虎，必须盯紧盯细了。

他们连续苦干十二天，到八月初，工程顺利竣工，并通过了验收。

工程结算下来，除去全部开销，家俊净赚 70 万元。这是他人生的第一桶金。他拿 5 000 块钱给桂珍："这是你的。"

桂珍瞪大眼睛："给我这么多？"

"不算多。你劳苦功高。没有你我到哪里找人去。"

"还没到发工资的时间呢。工人都没有拿钱。"

"你明天就回去吧，不要耽误上班。"

"我说要回去了吗？"

“还没有玩好？你打算什么时候回去？”

“我不回去了。”

“不回去了？为什么？”

“这里挣钱多呀。我就跟你干好不好？”

“别瞎说。你读的是师范，当老师可是铁饭碗，又轻松，又体面。”

“你读的还是本科呢。”

“你和我不一样。”

“我已经决定不回去了。”

“你就是决定不去教书，也要和家里商量一下吧。”

“我爸妈管不了我。”

家俊知道桂珍的脾气，想做什么事谁都拦不住。他心里还有一点高兴，在春节期间他就对桂珍有了微妙的好感。他不敢想能和她处朋友，却希望能经常看到她。这十几天下来，他感到桂珍还会是一个好助手。

“那你就先留下来，但要给家里打电话说一下。那边一旦有情况，你随时回去。”

家俊不知道，桂珍决定留在上海是另有隐情。

三十九、 触电事故

不久，考试分数下来，家俊成绩优秀，取得了项目经理资格。

早在第一个工程刚开工的时候，家俊就给王宝山打电话，告诉他自己单干了，感谢他的帮助。拿到项目经理资格后，家俊又给王宝山打电话，要请他吃饭以示感谢。王宝山说：“小胡，饭就不吃了，等以后有机会再说。有空你到我这儿来一趟，我正好有个项目给你做。”

见了面，家俊才知道王宝山已经应聘到佳杰建筑集团公司任总工程师，正在负责城隍庙福冀商厦的建设。王宝山告诉家俊，这次手里有工程，交给别人不放心，便想到了他。

这个项目是福冀商厦整体水电及电梯、空调等安装工程，总预算 2 400 万元。

福冀商厦工程浩大，工期虽长，但给家俊的时间很紧。他要配合整体施工进度，部分项目要在几乎所有工程都完成得差不多时才能入场。福冀商厦定于 10 月 1 日开张营业，在九月份的最后一个礼拜，其他所有的工程都已经结束，就看家俊的了。

家俊又招聘了几名有技术的水电工，队伍逐渐成形。员工适应了他近乎吹毛求疵的要求，个别悟性好的进步很快，越来越好用。尤其是桂珍，不仅让他减少了后顾之忧，在紧张时还能上阵，而且做一些有技术含量的活。毕竟是大专生，悟性好，在高中也学过简单的电气知识，什么并联串联一看就懂，比农民工强多了。这一个礼拜，家俊澡不洗、衣不换、鞋不脱，没上床睡过一个安稳觉。

离工期结束还有三天时间，家俊感到按时完工有点紧张，还需要最后拼一把，不能松劲，尽量往前赶。桂珍把晚饭买回来，大家散乱地坐在工地上埋头吃盒饭，家俊趁机开个会，把各人的工作理顺一下，再鼓鼓劲。他特别强调要注意安全，越是紧张越要小心，这时最容易忽视安全。家俊特别点名彭大力，他好奇心强，又不懂，最喜欢胡乱动手，见到开关就想扳一下。家俊发现彭大力不在吃饭，人呢？谁都不知道大力去哪里了，桂珍手里还多一份盒饭，也正找他呢。

有人说看见彭大力进配电房了。家俊一听就放下饭盒站起来。配电房还没有完全安装好，但外电已经通了，如果乱动极易发生危险。他刚站起来，就听见“轰”的一声巨响，配电房如同闪电一样冒出弧光，接着噼里噼啦像爆仗一样连续响起来，门口冒出浓浓的黑烟。大家都惊呆了。家俊伸手拿根木条，大步冲入烟雾中。不多时，电弧光熄了，声音也没有了，烟雾散去，家俊背着被电击伤的彭大力出来。大家把彭大力抬下来，他却自己站住，满脸是黑灰。

“没事。我没事。”大力伸手抹了一下脸，黑脸上出现了五个白色指印，大家都笑起来。

“你真没事吗？到医院去检查一下吧。”家俊不放心地说。

“真的没事。”大力动动手脚，弯弯腰，看上去确实没事。

桂珍走过来，一巴掌打过去，大力的左脸又出现了一个不大的手掌印，很快变成红色：“你他妈的想死到别处死去，还想拉上家俊一起死吗？”

谁都没想到桂珍会来这一手，大力也被打蒙了。大力是桂珍带出来的，对她一直很客气，没想到她这么烈性。只有家俊不觉得意外，他拉住桂珍的手说：

“算了。这事也怪我没管理好。”

桂珍瞪着他说：“当然怪你！他想死就让他死在里面，你也不想活了？”

“这里是我负责，再说我懂电，熟悉配电房的线路，当然我要进去。”

家俊已经参照国企的制度，制定了严格的操作规程，而且反复强调、不断提醒，无奈农民工天生散漫，不是一天两天能改变的，根本就记不住或者没有记他的制度。按说大力违反规定进入配电房，并造成严重后果，应该开除他，可现在一个人当两个人用，少一人肯定没法按时竣工。家俊拿起吃了一半的盒饭，对大家说：“吃完饭赶紧干活。大力的问题，等完工以后再处理。”

电工徐远问彭大力：“都吃饭了，你到配电房去干什么？”

彭大力已经用一块布擦干净脸上的黑灰，嘿嘿地笑，眼角瞟着桂珍，压低声音说：“尿尿。”

他只是稍微压低声音，不过是以示神秘，故意带一些暧昧，而且必须要让桂珍听见。桂珍不觉得尴尬，冲着他说：“这么多空房间，你哪里不能尿？”

“这不是看见你来了吗，慌不择路。嘿嘿，慌不择路。”亏他还想起一个成语，有些得意地重复一遍。

家俊说："我说过多少次，不允许在室内小便。以后再让我看见就罚款。"

这次事故的直接后果是配电房要重新走线，更换所有元器件，没有烧到的元器件也要换。家俊对徐远说："看来你还要更辛苦，再多加班把配电柜赶出来，我给你加钱。"

徐远说："该我倒霉，也只能这样了。不过你最好叫一个人给我做助手，要不来不及。"

"那就叫大力帮你。"

"大力不行。有他还不如没有。"

"那让谁帮你呢？你看就这么几个人。"

"我来帮他。"桂珍说。

"桂珍帮我最好。"徐远迅速接上话，"除了你和电工，就她懂电。"

家俊对桂珍说："行，那就这样。我也给你加钱。"

桂珍说："加钱嘛是应该的。不过这钱不能全让你出。"

"那让谁出？"

"你把大力的钱扣一些下来给徐远，给我加的钱你出。"

家俊听这主意不错，便同意了。

四十、与谁合作

工程终于按时完成，家俊一直紧绷的神经放松下来。他的络腮胡子有两寸长，身上已经馊了，便带大家一起到附近的澡堂洗澡。他脱光衣服走进浴池，坐在池边休息一会，被大池里的热气熏得直犯困，躺倒在池沿上睡着了。

泡在水里的徐远见状，过来推推他："师傅，你醒醒。洗好澡回去再睡。”他动也不动。大力闻声也过来推，他还是不醒。

“怎么办？他太累了，现在叫不醒。”大力说。

徐远说：“这里不能睡，我们帮他洗一下吧。”

他们扶起家俊，给他洗干净，他还没醒，便把他抬出浴室，放到更衣室的长椅上，给他穿上衣服。他依然没醒。大力有些害怕：“他不会……那个了吧？”

“瞎说！他的呼吸这么均匀，就是睡着了。我们带他回去吧。”

他们穿好衣服，背着家俊出去叫一辆出租车，回到卫家浜码头，把家俊放到床上。睡到第二天下午，家俊才醒。

福冀商厦顺利营业的第二天，佳杰集团瞿董事长亲自来慰问家俊，说：“小胡，你辛苦了！这段时间好好休息一下。正好我们在浦东做了两个楼盘，你抽时间去选套房子吧。”

家俊正有此意。几天后，他去看房子，选中一套三室两厅的，127 平方米，预付了定金。

一个月后，瞿董事长派人叫家俊去他的办公室，将定金退给他，说：“小胡，我希望你能正式加入佳杰。我打算任命你为公司经营科科长，那套房子奖励你了。你看怎么样？”

家俊的第一反应这是件大好事，却又隐隐觉得哪里有些不妥，便有些迟疑地说：“瞿董事长，这对我来说太突然了，没有思想准备，容我考虑一下吧。”

家俊没有拿退给他的定金，说等他决定了是否加入佳杰再说。从董事长办公室出来，家俊想这事得听听王宝山的意见，便找到他的办公室。王宝山正在打电话，示意家俊在沙发上坐下。

放下电话，王宝山过来坐到对面：“瞿董事长找你谈话了？”

“是啊。这件事您知道吧？”

“知道。瞿董事长征求过我的意见。我本想和你说一声，没想到董事长行动这么快。”

“您觉得我过来合不合适？”

“如果从我的角度和公司的角度来看，非常欢迎你过来。不过关键在你自己，在你想要什么。”

“我隐隐感到有什么地方不妥，又不知道不妥在哪里。”

“从你的发展状况看，我不建议你过来。”

“为什么？”

“如果你满足于做一个职业经理人，佳杰是难得的好平台，但是你目前的发展趋势不在这个方向。你过来了，有可能会限制了发展空间。”

“您不是过来了吗？”

“你的目标不应该是我，而是瞿董事长。”

“这我可不敢想。能多接几个工程我就满足了。”

“你得想。你如果想做职业经理人，我就是你的终极目标；如果继续创业，瞿董事长才是你的目标，而且不会是终极目标。”

“你是说，我已经在创业的路上了，如果转向就是半途而废？”

“这要看你的心有多大了。你这孩子没有野心，做人或许不错，可是做事就不行了。”

家俊回到码头，还在想着王宝山的话，听见大志在二楼办公室门口叫他。大志和黄群这段时间一直参与卫家浜村整体开发项目，在这边的办公室时间多些。

家俊走进办公室，大志递给他一支烟，说：“家俊，你现在干得不错嘛。”

家俊接过烟，没有点着。他只是偶尔抽抽，没有烟瘾。他谦虚地说：“刚开始干，还不知道怎么样呢。”

“家俊，我就不绕弯子了，跟你商量一件事。”

“什么事？”

“你知道我们的计划，将来要拉一支队伍做码头建设，其实就和你现在做的差不多，不过是土木水电之类，你有没有兴趣合作？”

家俊有些意外，他没想过这一层。他可以拒绝瞿董事长，可是大志的建议他没有理由轻易拒绝。

“怎么合作？”

“你来负责码头建设这一块，以你的队伍为基础慢慢发展。给你和我差不多的股份。怎么样？”

家俊犹豫着说：“你让我想想吧。”

“行。你好好考虑，然后再回复我。”

“这是你的意思吗？苏启昌知不知道？”

“是我提出来的，苏启昌同意了。”

家俊上三楼，先到桂珍房间门口，敲敲门：“桂珍，在吗？”

“在。”

“你过来一下。”

第一个工程结束后，家俊就向大志租下两个房间，他和桂珍各住一间。没有活的时候，工人则在不远的宿舍，和码头工人住一块，家俊也坚持要付房租。

桂珍来到家俊的房间。房间不大，只有一张床、一套桌椅。见家俊坐在椅子上，桂珍便坐到床上，问他：“什么事？”

家俊把大志要和他合作的事说了，并简单解释一下苏启昌、大志和黄群的合作情况，然后说：“你看我该不该答应？”

“和他们合作有什么好处吗？”

“当然有。大志管理方面比我强。苏启昌有实力，还有人脉关系。如果合作，我就不会为业务发愁了，发展起来也更快。”

“这种事我没有经验。”

“我也是没有经验，才和你商量嘛。就说你的看法吧。”

“那要看你怎么想，是想一个人做主呢，还是愿意凡事和人商量，或者凡事都让人管。”

“我就是没想明白这个。如果你是我，你会怎么做？”

“我肯定不会合作。你知道我不愿受人管，自己当老板多自由。小时候卫国是孩子王，我都不听他的，一定要和他平起平坐。”

“我现在好不容易打开局面，对未来心里有些底了。如果合作，心里又没有底了，就怕会前功尽弃。”

“那就不要合作。自己当老板多好。”

家俊手里还拿着大志给的一支“红塔山”香烟。他从抽屉里取出一个打火机，点着香烟。

桂珍伸手说：“给我一支烟。”

家俊翻她一眼：“你抽烟干什么！”

“抽着玩。”

“我没有烟。这是刚才大志给的。”

“那我去买一包来。我请你抽。”

四十一、填水塘

桂珍真去小卖部买了一包红塔山回来，撕开锡纸，抽出一支叼到嘴上，见家俊手里的烟抽完了，便递一支给他。桂珍上初中时就和卫国一起抽烟，也只是好奇，上高中就不抽了。

家俊拿火机给桂珍点着香烟，说：“今天是什么日子，那么多人找我合作。”

“还有谁？”桂珍熟练地吸一口烟，然后徐徐地吐出来。

“佳杰集团的瞿董事长。”

“那可是大企业，和大志不一样。大志搞什么码头建设八字还没一撇呢，现在根本就没有业务，风险很大。你要是跟佳杰合作，没有风险，只会打开上升空间。你也没有答应？”

家俊把王宝山的意见说了，桂珍说：“也是。你去佳杰是打工，再大都是打工仔，和大志是合作，再小也是老板，不一样。”

家俊最终决定和大志合作。他担任徽远建设公司副总经理，并向史玉琴推荐桂珍做行政工作。史玉琴和桂珍谈过后，向苏启昌建议让她担任行政人事主管，逐渐接管建设公司这方面的工作。玉琴可以脱身出去，集团公司那边离不开她。苏启昌听说桂珍是大专毕业，又见她长得漂亮、举止大方，便同意了。

徽远建设公司和卫家浜村合作的整体开发项目开工了。家俊和大志、黄群每天从码头到项目指挥部和村委会，都经过一个大水塘。这个水塘紧挨着工地，却不属于工程范围，有些不伦不类，像是从整体开发项目上剜下来的一个大疮口。家俊有些不解地问：“这个水塘为什么不划进项目范围？”

大志告诉他，这个水塘原本在工程用地范围内，在讨论方案时，合作三方对它产生了异议。水塘加上周边零碎地块，总面积约有150亩，如果做房地产开发，需要大量泥土将其填平。可在上海，尤其是浦东，河湖港汊纵横，不缺水景，只缺土石，要把这个大水塘填平，根本找不到泥土和石块，想花钱买都没有。项目主要投资方不想要这块地，可卫家浜村领导认为这块地与其他土地连成一体，如果放弃，整体规划就缺了一块。双方争执很久，以致影响到了项目的开工时间，最后还是村领导让步，把这块地割弃下来。

家俊说：“这块地可惜了。”

大志说：“不但可惜，还可怕。这里下雨积水，天晴是烂泥，夏天生蚊子，地势低不能种田，这次开发把水的来路和去路都断了，一潭死水，也不能做水塘，还会影响旁边的房产销售。村里要把它打包卖掉是有道理的，现在白送都没人要。”

家俊说：“没人要我们可以要。”

黄群说："我们要它干啥？养蚊子吗？"

"要是我们有办法把它给填平了，你说是不是就值钱了？"

"那当然。"大志说，"可你用什么填？"

"只要你能买下来，我就有办法填。"

"我可没钱买。黄总，你想买吗？"

黄群说："我想买，但也没有钱。"

大志说："你还得有好项目人家才会卖。"

家俊问："苏董愿不愿意买？"

大志说："正好明天我们要去向苏董汇报工作，你可以问他。"

次日，他们走进董事长办公室，苏启昌正和一位戴眼镜、面孔白净、文质彬彬的年轻人坐在沙发上说话。

"你们来得正好，介绍一位老乡。"苏启昌说，"这位是黄山老乡刘伟强，刚从美国回来。伟强，你是什么大学的博士？我说不上来。"

刘伟强推推眼镜说："美国密执安大学化学博士。"

苏启昌说："伟强带着研究成果回来，打算在上海办一个生产工厂。伟强，技术的问题我更不懂，还是你自己说吧。"

刘伟强说："我和另外两名中国留学生在美国硅谷开始合作，开发出世界上折射率最低的紫外光固化特种光纤涂料，后来我们又开发出快速紫外光固化胶。现在，我们又开发出新型通信光纤内外层涂料，打算在国内生产销售，填补国内空白。"

大志问："这个涂料重要吗？"

刘伟强说："中国现在是全球光纤生产和消费的第二大国，光纤涂料是光纤生产的主要原材料之一。我国光缆材料绝大部分已经实现国产化，但光纤涂料还全部为国外厂家所控制。中国市场上光纤涂料的平均价格远远高于国外，如果我们的产品进入市场，可以让光纤涂料价格下降一半以上，为国家节约大量外汇。"

大志说："你说的我一点也不懂，但我还是为你这个老乡而骄傲。"

苏启昌说："你不懂没关系，照样可以帮他的忙。现在他要买一块地做科研基地和生产工厂，你们在卫家浜一带帮他找找看。"

大志说："正巧了，我们今天来正好想问苏董你对一块地有没有兴趣。"

"哦？"刘伟强问，"你说说看。"

大志把那块地的情况说了，刘伟强问家俊："你有什么办法填平它？如果整个填平需要花多少钱？"

家俊说："浦东到处都在建设，建设以前必须要拆旧房子，这些建筑垃圾你们知道运到哪里去了？"

黄群说："这个问题你问过我。建筑垃圾不允许乱倒，否则会罚款的。有专门的地方收建筑垃圾，而且还要交钱，一车多少钱，作为处理垃圾的费用。"

"对呀。这些建筑垃圾都是砖头、石块、钢筋、混凝土，拿来填那块地不是正合适吗？我们先把它作为倾倒建筑垃圾的场所，不但不花钱，还可以收钱。等水塘填平了，刘博士的实验室和工厂不就好办了？"

大志一拍脑袋："我怎么没想到？家俊，你可以。"

刘伟强迫不及待，下午就和大志他们一起去看地，然后找村主任卫东来谈买地。卫东来求之不得，一口答应，并且给予零地价，真的是白送。当然会有条件，对方要是高科技企业，投资密度和投产后的税收都必须达到要求。

四十二、 水泵

土地拿下来后，填水塘的工作自然交给了家俊。首先要把水抽干。水的去路已经断绝，如果直接填水塘，溢出的水会影响到周边工程和村民的生活，村领导要求必须把水抽到卫家浜里去。家俊反复观察地形，这里离卫家浜有好几里路，原有的河道已经被植被和淤泥填平，可是除了开发工程占用的地方，其他河道直到卫家浜都在野外，没有东西阻挡。如果把老河道清理出来，工程量不大，然后把塘水抽到河道里就可以了。

家俊安排工人清理好河道，叫人买来一台潜水泵，日夜不停地抽水。徐远第二天值班时，发现水泵突然不出水了，赶紧拉下电闸，防止电机烧坏。他和大力下水在水泵周边摸索，发现是水草杂物堵住了进水口。清理掉杂物，时间不长进水口又被堵住了。徐远打电话给家俊，汇报了情况。家俊立刻赶过来，见清理出的杂物除了水草烂泥，还有破布、麻绳、蛇皮袋、塑料皮，甚至有妇女用的卫生带。家俊说："可能我们水泵买错了。"

徐远问："为什么？"

"我记得大学里上机械知识课，老师说到水泵有清水泵和污水泵之分，可能我们买的是清水泵。"

大力说："那怎么办？要不再买一个污水泵来？"

徐远说："这台水泵不用太浪费了，其他地方用不上。"

家俊看着满满的一塘水："抽两天了，怎么看不出水明显少下去？"

徐远说："这么大的水塘，一个水泵有得抽。"

"那就再买一台污水泵，这台继续用，两台泵同时抽。"

"这台还能用吗？"

"能用。"家俊说，"现在水这么多，为什么把泵放到水底？想办法让它与水底保持距离，不就可以用了？"

"对呀。"徐远高兴地说，"还是师傅办法多。"

徐远找一根碗口粗的树桩，一头削尖，带着彭大力和彭大鹏，划一只小船到深水处，一人稳住船，两个人挥大锤把树桩砸下去，再用绳子把水泵吊起来。回到岸上，徐远推上电闸，水便哗哗地往上流。这次果然再没有出问题了。

次日又买来一台污水泵，两台泵同时抽水，速度快了一倍。随着水位越来越低，水质也越来越浑浊，那台清水泵到底不适应这种环境，这次是彻底不转了。徐远把水泵吊出水面，搬到岸上检查，电机没有问题，可一接上水泵叶轮就带不动。他不懂机械，只好再给家俊打电话。

家俊过来，盯着水泵看半天，说："我虽然学过机械，可从来没有拆过水泵，要是拆开装不起来怎么办？"

徐远说："不拆怎么能修好呢？"

家俊笑道："拆都不会拆，还指望我给它修好？你太高看我了。"

"那怎么办？要不就用一台污水泵吧，反正水也不多了。"

"那不行。必须要赶时间。我们可以采取一个笨办法。"

"笨办法也是办法。你说怎么做吧。"

"每拆一个零件，就按次序记下来，还要画上零件图和结构图，用文字标上，这样就不会忘了。"

"我不懂机械图。"

"我来画。在大学我的《机械制图》可考了满分。"

家俊和徐远小心翼翼地慢慢拆开水泵，每一个步骤都仔细记录下来。大力在一边负责递工具，并按顺序把零部件放在铺在地上的水泥纸上。水泵全部拆开后，家俊发现它比想象的要简单得多，大致就是泵壳、泵盖、叶轮、轴、轴承这几大件组成，加上一些螺丝、垫片、密封圈，拆装一遍就能记住。不过，它的故障在哪里就费思量了。毕竟从来没修过这玩意，家俊只修过电钻、冲击钻、砂轮机这些工具。他一件件仔细检查零部件，好像都没有问题。他拿起一个轴承用手拨一下，转得还挺欢，应该没有问题。他又拿起另一个轴承拨一下，转得也挺好。他又拿起第一个轴承再拨一下，然后问徐远："你看一下，两个轴承转得是不是不一样。"

徐远分别拨动两个轴承，说："是不一样。有一个间隙大一些，转得响声大，还晃荡得厉害。"

"那就应该是轴承坏了。这是清水泵，密封不好，轴承进水了，细沙子也会进去，可能就磨损了。”

“你说得有道理，但也不知道是不是这回事。两个轴承差别不大。”

“轴承是精密部件，两件之间应该没有差别，能发现细微差别，就证明它们有问题。再说，有可能是两个轴承都磨损了，如果磨损程度完全一样，它们就没有差别了，也不能说它还是好的。”

“那就换两个轴承看看？”

“你拿一个做样子，去买两个同样型号的轴承来。”

五金店里没有轴承，徐远到浦西北京东路上才买到，回来装上水泵，放入水中，推上电闸，水泵果然又工作了。

家俊和徐远组装水泵连图纸都没看，大力在一边拿着手绘的十几张草图说：“纸上看着复杂，谁知道装起来这么简单。胡总，我看咱们也能生产水泵。”

“没你想得那么容易。”家俊从大力手里找出一张叶轮图，“你看这个叶轮，它里面水道的弧线是经过精密计算和反复试验才画出来的，你以为随便撒泡尿出来的弧线就行？水泵是有专门的工程师设计，不是所有机械工程师都会设计它。”

水抽干后，填土的工作异常顺利，因为比收集建筑垃圾的场所近一半还多，附近几个工地的渣土纷纷往这里拉，一个月就把这个大坑填满了。刘伟强非常满意，把工厂建设工程整体交给徽远建设公司。

四十三、 返工

徽远建设公司才成立不久，并没有承接工程资质，家俊便找王宝山帮忙。王宝山所在的佳杰集团不合适，因为家俊拒绝了瞿董事长合作的提议，不好提挂靠的事，免得难堪。王宝山介绍家俊去找他以前工作的国企建筑公司，对方答应了，才算合法合规地接下刘伟强的工程。

但是问题又来了，彭大志虽然在当兵前做过几年瓦匠学徒，退伍后也干过瓦匠，却从没承接过工程。家俊一直做水电、中央空调和电梯工程，也没做过土建。家俊还是找王宝山商量。王宝山答应推荐一个工程师过来。

没过几天，王宝山推荐的工程师便来了。他是王宝山以前的同事，做过工程经理，已经退休了，叫宣子清，上海人。他所属的国营建筑公司原是工程兵部队，在军队百万大裁军时整体转业。

宣子清听大志介绍公司情况，直摇头说："你们胆子也太大了，就这几个人，什么都不懂，就敢承接工程？"

大志说："这不是请你来了么？"

"我一个人就能玩转一个建筑公司了？真不该答应王总来你这里。"

大志知道宣子清说的不假。像他这样国企退休的工程经理，会有多家民营建筑企业请他，能请动他得有实力、有诚意，答应来徽远这个草创的公司还真是王宝山的面子。大志谦虚地问："宣工，您看我们应该怎么办？"

"先把班子建起来。我需要造价师、工程师、检验师等等。回头我给你开个名单，叫人事照名单招人。工程项目还要分解外包，比如土建、水电、装修都要分开。工作量非常大。你这个总经理可要好好学习，尽快成为内行，没有几个证书你做不好老板。"

"您说我需要考哪些证书？"

"造价师、工程经理、工程师、检验师都要，越多越好。"

宣子清确实有军人风格，说干就干。他住到公司里，白天黑夜地做计划、画图纸，最后把一套项目承包施工方案交给彭大志。彭大志说："我看也看不懂，您就直接安排下去吧。"

宣子清不客气地说："看来你这个总经理得让给我兼一段时间了，你在一边好好看着。"

家俊向大志建议："彭总，我们自己来做部分土建工程吧。"

大志说："为什么？你会做吗？"

“以我们的实力，估计十年内不会有总包能力和资质，这次能拿下项目纯属刘伟强和苏董的关系，以后不会再有这种机会了。我们公司的目标是码头建设，迟早要从土建开始做，不如现在拿自己手里的项目锻炼队伍。”

“你说得有道理。不知道宣工同不同意。”

宣子清听了家俊的主意，立刻表示赞同：“这是正道。你自己没有做过工程，要去拿项目、管理项目，是做不好的。”

大志手下的民工多数没有技术，否则不会在码头上出苦力，只有彭大群做过瓦匠、全发叔做过木匠。他把彭大群、彭大鹏和全发叔调过来，再招些泥瓦匠、木匠，加上家俊的十几人，算是把队伍凑齐了。他怕影响进度，没敢承接全部土建工程，只拿宿舍楼来练手。水电方面自然由家俊的队伍做，别的都转包出去。

浇注第一层混凝土就出现了问题。宣子清告诉彭大群，浇混凝土要快，还要不怕麻烦，反复振捣均匀。他原打算亲自盯着浇混凝土，可他需要监管所有建筑工程，正好厂房那边浇顶，请他过去现场指导，他临走还反复叮嘱彭大群。可彭大群他们毕竟没有经验，浇混凝土的时间拖得太长，而且前面浇的混凝土太烂、后面浇的又太硬，来不及在规定的时间内振捣抹平。浇筑完成后，宣工亲自检验，确认不合格，必须敲掉重做。

大志问：“宣工，要是敲掉重做，不仅耽误工期，损失我也受不了。能不能不敲？”

“不能！”

“那能不能只敲一部分？”

宣工冷冷地扫他一眼：“你以为是盖猪圈哪？混凝土是一个整体，一损俱损，哪有只敲一块的？”

大志只好下令敲掉。家俊算了一下，这一返工仅直接经济损失就有50多万。

第二次浇筑宣工亲自监督指导，工人再不敢马虎，按照规程一丝不苟地操作，结果非常成功。

四十四、铺大理石

宿舍的装修还没有结束，宣子清接到王宝山电话，问他徽远建设公司的状况，是否需要介绍点小工程给他们练练手。宣子清说需要，不管是土建还是装修、水电，都需要拿一些小工程来锻炼队伍，同时也需要赚钱来养这支队伍。王宝山便推荐他去给刚落成的裕安大厦贴大理石地面。

裕安大厦是安徽省政府在浦东建的项目，也是第一座由外省市在浦东投资建设的大厦，领风气之先。大理石作为装饰材料是刚刚兴起的时尚，才从南方传入上海，也算是领风气之先，可是彭大志手下没有人会铺。大志说练练就会了，这能有多难？大不了损耗大一点，权当交学费。怕发包方看出他们不会铺大理石，大志叫工人白天休息，晚上工作，对外就说晚上干活凉快，效率高。

晚上等楼里其他工程队都下班走了，彭大群带领两名技术最好的瓦工尝试着铺大理石，大志和家俊也留下来看他们试验。可试了好几天都没有头绪。水泥浆干了以后，原本铺得很平的大理石却变得高低不平，石缝也宽窄不一，难看得很。大理石价格那么贵，大志舍不得再试，何况工期紧，没有时间再慢慢试错了。大志一筹莫展。

家俊说："要不咱们到别的工地上看看？"

大志说："人家不让看怎么办？听说只有广东人会铺大理石，从来不教外地人。"

"我有办法。可是我去不合适，也不懂瓦匠技术。叫大群去吧，我告诉他怎么做。"

"你先告诉我怎么做。"

家俊把方法说了，大志想了想说："大群不会说话，装不来推销员。"

“我想到一个人。”

“谁？”

“桂珍。她和大群一起去，她负责说，大群负责看。”

“你去都不行，桂珍能行？”

“你别小看她。要是她不行，就不会有人行了。再说她是女的，说话方便。”

“行。那就试试吧。”

次日早晨，家俊把桂珍从公司叫过来，教她怎么做。桂珍一听就明白，笑着说：“就这事？放心吧，交给我了。不过，彭总，你把包借我用一下。”

大志的手提包极像推销员常拎的包，桂珍捡两块切割下来的大理石碎块，用水泥纸包好放进包里，和大群找到不远处一栋新建的大厦，里面正在铺大理石。

一个工头模样的人警惕地看着他俩，问：“你们找谁？”

“你好。我们是大理石厂家的业务员，请问你们还需要大理石吗？”桂珍从包里取出水泥纸包，打开给那人看。

那人粗暴地挥挥手：“我们不要大理石。你快走。”

桂珍再把纸包递过去说：“老板，我们的大理石质量是全上海最好的，你看看。”

那人拿到手里随便看看，便还给她：“我们已经买过了，现在不需要。”

“那以后可以合作啊。我们的价格也是最合理的。”桂珍尽量拖时间，让大群看清工人的操作。

“卖大理石你找不着我，要找我的上家。”

“那就麻烦你给推荐推荐，你的上家是谁？”

“他不在。”

“他的单位在哪里？我去找他。要不你把他的电话告诉我好吗？”

“我不能告诉你。你过两天来看看，他可能会过来。”

“明天我就要到外地出差。麻烦你帮我一个忙吧。我们到上海来混都不容易，就互相帮助一下吧。交个朋友，也许有一天我也会帮到你呢。”

那人被缠得无奈，从口袋里掏出一张名片给她：“这是我的名片，你以后打我电话联系。”

桂珍接过名片，大群拉拉她的衣袖说：“我们走吧。”

走出大厦，桂珍问：“你看明白了吗？”

“看明白了。怎么操作我有数了，就是泥浆的成分和比例不知道有没有讲究，回去再试试。”

晚上，大群照葫芦画瓢，按瞟学来的方法，和两名瓦匠师傅一起琢磨。拌泥浆的比例大群只远远看了，不是很清楚，便多拌几样试验，反正原料就那么几种。天快亮时，他们第三次砌好了五块大理石。等砂浆干透，表面平滑如砥，石缝均匀如线。成功了！

大志一挥手：“走，吃早饭去。”

他们走上街头，看见一家“东方独秀”的店铺招牌，家俊率先走进去。大志慷慨地点了包子、油条、花卷、豆浆，叫大家敞开肚子吃。家俊拿根油条，喝一口豆浆，见店主是一个三十多岁胖胖的妇女，便问：“老板娘，塘桥那边有一家‘东方独秀’，和你是一家吗？”

老板娘拿个抹布过来给他们擦桌子，说：“是一家的。那边是我侄子。”

“你这边是第二家店？”

“不是，是第三家。在浦西还有两家。”

“哦？这么说你们是开连锁店了？”

“是的。现在一共五家，今年我侄子打算开到二十家。”

“开这么多？你侄子能管得过来吗？”

“谁不说呢，我也是这样和侄子讲，可他说好管。后面开的店主要是加盟形式，人家自己管自己，只要用我们的招牌，采用我们提供的半成品和其他食材，不允许他私自采购食材，按照我们的要求操作。”

家俊说："照这样做，你们今年何止二十家，二百家也能开出来。"

"我侄子说不能太着急，要一步一步地来，慢慢积累经验。他说要是管不好，店铺多了乱起来也不得了。"

家俊问大志他们："你们觉得这包子、油条味道怎么样？"

"不错。"大志边吃边说。

老板娘说："就为了这个味道上海人和外地人都喜欢，我侄子不知道做了几千几万次试验。人都老了好几岁。"

大群说："大志，今天高兴，喝几杯吧？回去好好睡一觉，晚上接着干。"

大志说："哪有早上喝酒的。"

家俊说："就是要打破传统创新嘛。你看人家一个早点铺都开那么多家，照样赚大钱。喝一点吧。"

瓦匠庄栋才说："我老家有早上喝酒的习俗。"

大志说："那就来一点吧。老板娘，有酒吗？"

老板娘抱歉地说："我这里不卖酒。我把我男人喝的酒拿来给你们喝吧。"

大群说："快点拿来。要照样算钱噢。"

四十五、井儿

裕安大厦的大理石铺好后，大志把队伍拉回到卫家浜村。宿舍工程收尾工作还没完成，码头扩建工程又要开工了。徽远建设公司的业务接连不断，需要的员工越来越多，桂珍和黄艳天天忙着招聘。

这天晚饭后，桂珍来到家俊房间。

"家俊，我打算辞职。"

"辞职？为什么？"

桂珍沉吟一会，说："我怀孕了。"

"什么，你怀孕了？"家俊目瞪口呆，"男的是谁？没听说你谈恋爱呀。"

"男的你不认识，是一个上海人。"

"你们是自愿恋爱的吗？"

"当然是自愿的。"桂珍瞪大眼睛看着家俊，"你以为他是骗了我还是强奸我了？"

"我是以为你没有这么傻。"家俊强忍住心痛，原本在心中萌发的念头被掐灭了，"这个上海男人有什么好？"

"我就是喜欢上海人。从小就喜欢。吴军淮要是愿意，我就嫁给他，可我不知道他在哪里。"

"你真要是嫁给吴军淮，年纪差别大了点我也没话说。可是这个上海男人你是怎么认识的？怎么这么快就怀孕了？"

"他是卖建材的小老板，我给你买材料认识的。"

"你买建材，就把自己送给他了？我怎么说你好！"

"你知道什么！"桂珍的眼里涌出了泪水，"胡家俊，我不是征求你的意见。你也不是我爸，没资格说我。我就是来通知你，我要辞职。"

"好好好！"家俊努力让自己冷静下来，"我不说你。你要辞职？怀孕了也没必要辞职呀。把孩子生下来，再回来上班嘛。"

"我要帮他经营建材店。"

家俊渐渐冷静下来："你从小就有主见，我知道说服不了你。现在公司这么忙，你一走了之，谁来接替你？"

"这是你的事。"

桂珍走了，家俊坐在床上半天不动。他原以为两人青梅竹马，知根知底，只要顺其自然，迟早会走到一起，谁知道桂珍压根就没看上他，一心想嫁个上海人。早知如此，就主动向她进攻，或许还有机会。现在说什么都晚了。但他心里也明白，就是因为太熟了，他根本就无法开口。

桂珍说走就走，不容家俊多考虑。可她的工作叫谁来顶替呢？行政人事部只有她和黄艳两人，黄艳是初中生，勉强做个文员，不可能再加担子了。大志整天在工地上，行政这边一直是家俊负责。

家俊一夜没睡好。早晨揉着惺忪的双眼走进厨房，盛一碗稀饭坐下，三嫂端一盆馒头过来放到桌上，说："怎么了？昨夜没睡好，让女人给甩了？"

家俊拿起一个馒头："桂珍辞职了，我想一晚上都找不到人顶替她。"

三嫂坐到对面："桂珍为什么辞职？"

"她怀孕了。"

"什么？怀孕了？真的假的？"

"是真的。"

家俊把桂珍和上海男朋友的事简单说一遍。三嫂说："我说嘛，你是让桂珍给甩了。"

"我和她没有谈恋爱，怎么会被甩呢。"

"你以为我看不出来？你心里一直有她。现在她和别人都有一腿了，你还不难过得睡不着。"

"我真的着急找一个人顶替她。三嫂，你帮我找找看。"

"算你问着了，我还真有一个人推荐给你。"

"谁？"

三嫂朝灶台呶呶嘴。井儿正在炒咸菜。

"井儿？她行吗？"

"她是高中生，以前还做过前台，会用电脑。"

"做过前台，为什么还愿意做饭？"

"她说那个老板不是东西，老骚扰她，就辞职了，也不敢再做前台了。"

"高中生学历低了。我要的是行政主管，至少也要大专生。"

“你要相信我的眼睛，看人不会错。我一直说她烧饭可惜了。你让她试试看嘛。”

“要是实在找不到人，就让她试试吧。”

“你别找了，就让她试试，要是不行再找别人。”

“行。我听你的。”

三嫂朝灶台叫道：“井儿，你过来。”

井儿端一大盆刚炒的咸菜过来，放到桌上，看着三嫂。

“你坐。”

井儿在桌子另一边坐下。

“你这个丫头，就是不喜欢说话。叫你过来，你就不会问一声为什么？”

井儿腼腆地笑了，左边腮上露出一个小酒窝：“反正你会说的。”

“家俊想要你到他公司干。”

井儿疑惑地看看家俊：“去干什么？”

“做行政人事。”家俊说，“你是高中生？”

“现在是大专了。”

“哦？你什么时候拿到文凭的？”

“昨天才拿到。”

“什么专业？”

“会计。”

“在哪个学院考的？”

“是自学考试。”

“哦。自学考试是最难的。”

三嫂说：“丫头，你考文凭怎么不告诉我？”

“我怕考不好，不敢说。”

“你几次请假，就是考试去了？”

井儿点点头。

家俊说："你愿意过来吗？"

井儿看着三嫂不说话。三嫂说："你看我干什么？我不反对，就是我向家俊推荐你的。"

"我没做过行政人事。"

"那怕啥。你来的时候饭也没烧过，现在不是做得挺好吗。"

"做饭哪能和这个比。"

家俊说："怎么不能比？不但能比，还比喻得非常好。老子说，治大国如烹小鲜。就是说治理国家和烧小鱼一样。国家都能比，比公司还不是小菜一碟。"

"我试试吧。"

"相信你能干好。"家俊说，"能拿到自考大专文凭，证明了你的能力。"

四十六、 桂珍的男朋友

桂珍的男朋友叫周栩，长得瘦瘦高高、白白净净，戴一副近视眼镜。周栩原是国棉二十厂的职工，上海国企改革把棉纺厂都关闭或者迁到中西部，便买断工龄下岗了。他用买断工龄的钱在建材市场租一间门面，开了个五金建材店。桂珍第一次来买工具，见他坐在里面看一本厚厚的书，一下子就产生了好感。上海知青给她的印象就是喜欢读书、有知识，让她从小就心向往之。她买好工具，叫小伙子给送到工地上，不禁好奇地问他："你自己送货吗？"

小伙子眼睛不看她，垂下眼皮说："有时候自己送。"

"用什么送？"

"骑三轮车。"

“你能骑动吗？”

“能。”

“我看你不像是做生意的，为什么开这个五金店？”

“我是国棉二十厂的，下岗了，只好开店赚点饭钱。”

“你这个店的位置这么好，就只能赚点饭钱？你是想闷声发大财吧？”

“真的只能赚点小钱。”小伙子白净的脸红了。桂珍对他加深了好感。

桂珍每次来买材料，都见他在看书，便问：“你看什么书？”

小伙子把书合上，封面露出来，是《围棋手筋大全》。桂珍问：“你喜欢下棋？”

小伙子点点头。

“你老是坐在里面看书，不影响生意吗？”

“可能有影响吧。”

“那你还看书？”

“喜欢。没办法。”

“家里没有人帮你吗？”

“没有。”

“你没有结婚？”

“没有。”

“有女朋友吗？”

“没有。”

“棉纺厂女工多，你就没有谈一个？”

小伙子脸又红了：“没有。”

桂珍扑哧一声笑了：“我知道你为什么没有谈女朋友。”

小伙子抬眼瞟她一下：“为什么？”

“你太害羞，性格内向，女孩子就是喜欢你也怕你不理她，你喜欢谁也不敢说。对不对？”

小伙子红着脸笑了。

“你叫什么名字？”

“周栩。”

“周许？什么许？”

“栩栩如生的栩。”

“哦。我叫冯桂珍。”

桂珍知道周栩的性格不会主动，便经常找他聊天。他平时话不多，但遇到感兴趣的话题，比桂珍还能说。家俊和大志合作后，不需要桂珍买材料了，可她只要有空，就到店里来陪周栩，有时还顺便帮他接待顾客。她发现自己挺喜欢接待顾客，愿意和顾客聊天，尤其是做成了一笔生意，心情便会大好。有一次送走一名顾客，她心里一动：“我要是和他一起经营这个店，肯定能赚大钱。”

她看看周栩，见他又埋头读什么手筋书了。她心里产生了一丝柔情，心想，他真不是这块料，做生意是没办法，我要能帮他就好了。

这时外面刮起风，又下起雨来，而且雨下得越来越大。桂珍说：“看样子一时回不去了。周栩，我请你吃饭吧。”

周栩抬头看看外面，说：“下这么大雨，到哪里吃呢？”

“你店里有伞吧？我买回来吃。”

周栩指指墙角，那里靠着一把长柄伞。桂珍拿起伞问：“你喜欢吃什么？”

“随便。”周栩又埋头看书了。

“炒面行不行？”

“行。”

桂珍心想，你对吃倒不讲究，好服侍。

这把伞不大，还断了两根伞骨，好在路对面就有几家小饭店。桂珍打起伞冲过去，要了两份炒面，又炒两个菜，再跑回来，衣服就已经湿了一半。

这时建材市场里已经很少有顾客了，他们干脆拉下卷闸门。桂珍把装菜的泡沫饭盒盖撕掉，拿一双一次性筷子掰开递给周栩，问他："你这里有没有酒？我们喝点？"

"没有。我去买吧。"周栩放下筷子，又拉起卷闸门，一头冲进雨里，桂珍都来不及拿伞给他。

周栩回来时，搬了一箱啤酒，浑身已经湿透。桂珍接过啤酒说："你怎么不打伞？赶紧把衣服脱了。"

周栩又拉下卷闸门。桂珍帮他脱下汗衫和长裤，问："你有衣服换吗？"

"没有。"

桂珍看着周栩只穿短裤、光着的身体，虽然瘦，但毕竟是一个小伙子，在她眼里还是充满了雄性魅力，她脸红了，心跳加快，赶紧把眼睛移开。

周栩说："我还是穿上吧。"

他拿过汗衫，使劲拧干水，再穿上，然后把裤子也拧干穿上。

桂珍说："可不要感冒了。"

"不要紧。"周栩打开两瓶啤酒，递给她一瓶，"我们喝酒吧。"

他们一人拿一瓶，对着瓶口喝。几口酒喝下去，周栩白净的脸上浮现出红晕，话也多起来。说他是在新疆出生的，父母都是新疆生产建设兵团干部。他三岁时回到上海上幼儿园，从此就很少见到父母，爷爷奶奶把他养大。他从小就很孤独，不愿出去玩，天天躲在家里看小人书。他还有一个姐姐，下放到北大荒，后来嫁给当地一个知青战友，再后来招工到佳木斯一家国营奶粉厂。他们边说边喝，炒面早就凉了，一口都没吃。不知不觉一箱啤酒喝完了。周栩拿着最后一瓶酒底朝天灌进嘴里，扔掉空瓶，还从纸箱里取啤酒，发现没有了，便说："我再去买一箱。"

他已经喝多了，站起来摇摇晃晃走到门口，蹲下去拉卷闸门，怎么使劲也拉不起来。桂珍过去扶他起来，说："你不要去买酒，我们都不能再喝了。"

周栩摇晃着站起来，桂珍的手一松，他一头倒下去，躺在了地上。桂珍蹲下去扶他，他搂住桂珍的脖子，反而把桂珍拉趴在他身上。他便抱住桂珍不松手，桂珍想起都起不来，说："你松手，我们起来。"

周栩捧着桂珍的脸就吻。桂珍又趴在了周栩身上。她顺势抱住周栩，把舌头伸进他的口中。她感到像小时候打架骑在卫国身上一样，有一种胜利的感觉。身下这个大男孩让她怜惜，她要保护他。

不知道吻了多久，他俩的舌头同时停下来。桂珍抬起头，看着周栩的眼睛，周栩的目光却往下移，钻进她的领口，那里已经露出大半个被胸罩兜住的乳房。桂珍坐起身，解开衬衫纽扣，再取下胸罩，一对雪白饱满的乳房弹出来，颤悠悠地上下抖动，说："你想看吧？给你看够。"

周栩以从未有过的敏捷和粗暴，突然起身抱住桂珍，翻身把她压在下面。桂珍被压得喘不过气来，断断续续地说："你别急，地上有东西硌人。"

周栩像没有听见一样，直接扒下她的内裤，侵入她的生命中。

桂珍感到酒往上涌，晕晕乎乎地飘在了半空中。她心里明白会摔下来，却又很享受这种飘浮的快乐……

桂珍发现自己怀孕了，过来告诉周栩。周栩从厚书上抬起头，惊恐地看着桂珍说："那怎么办？"

桂珍反问："你说怎么办？"

"那……我们结婚？"

"废话！不结婚我和你闹着玩的？"

"可是我什么都没有。没钱，没房子，也没有心理准备。"

"那你的意思就不结婚了？"

"我不知道……我听你的。"

"那你就听着。我们登记结婚，不办酒席，也不要新房，我就和你住在这里，帮你做生意。"

周栩愣着半天不说话，桂珍问："你说话呀，同不同意？"

周栩还没反应过来："同意什么？"

桂珍火了："原来你是不愿意和我结婚？不愿意就说呀！这么婆婆妈妈的像男人吗？别以为我上赶着想嫁上海人。我也不怪你，那天是我主动的，自作自受。"

桂珍转身就走，回到自己的宿舍，周栩跟着过来了。她把他挡在门外："你过来干什么？你走。我们以后不认识了。"

周栩把半个身子挤进门说："我没说不结婚。你不要急，我们好好商量嘛。"

桂珍松开手，让他进门："有什么好商量的？就一句话，结还是不结？"

"结。我结婚。"

"你不怀疑我有意勾引你，就想嫁一个上海人？"

"没有。我根本没这样想过，是你这样想的。"

桂珍走到床边坐下，喃喃地说："我还真是想嫁一个上海人。但不是别人想的那样。"

周栩站到她面前问："别人想的哪样？"

"别人一定以为我一个外地人想攀上海家庭的高枝。我从小就喜欢上海知青，不管男女都喜欢。我也不知道喜欢什么。后来长大了，我想可能是喜欢他们的修养和氛围，喜欢上海的神秘，喜欢他们读书、唱歌的生活。反正我说不清楚。我喜欢雅的上海，可是人家一定以为我要的是俗的上海。"

周栩说："我从来没有这样想过。上海人有什么了不起？就比别人高贵吗？其实我觉得你比我高贵，是我高攀了你。"

"我有什么高贵的，一个乡下丫头。"

"你是大学生，聪明漂亮，还是企业白领。要不是你主动，我根本不敢追你。"

"你过来。"桂珍抱住周栩的头，"没有女人主动，你恐怕这辈子都睡不到女人。今晚不走，我要你。"

四十七、 又发生群体事件

码头扩建工程竣工不久，黄群又出事了。

黄群旧习不改，把码头上的业务视作自己的山头，大志作为公司总经理都不能过问。原本合作办公司，是为了解决码头上的江湖气，大家有钱一起赚，可黄群反而强化了江湖氛围。公司的软实力和硬实力都是其他民工头头所无法比拟的，帮助黄群成为浦东一带散货装卸码头界的老大。没有黄群点头，无论哪支装卸民工队伍都别想接到生意，工头们只有贿赂黄群才能有碗饭吃，对他是又恨又怕。

是老大就会有人挑战他的宝座。有几个码头接活的工头不堪忍受，联合起来对付黄群。他们商量着先夺下一个码头作为根据地，慢慢壮大实力，最终把黄群彻底赶走。他们选中的第一个目标就是卫家浜码头。

他们行动那天，黄群不在码头。原来的工头彭大群被大志调走了，新的工头是黄群指定的，实际上等于大志个人无私地放弃了卫家浜码头的控制权，原来他手下的民工也成为黄群的手下。卫家浜码头扩建后，可以同时停泊五条一千吨的船上下货，民工队伍也扩张到一百多人。但是当两百多人把码头围住时，平均两个打一个，很快黄群的队伍就败下阵来，被赶走了。码头上有五条运沙船卸了一半，新来的民工把半船货卸完，和船老板结了整船货的钱。结完账，他们的头头走进村委会，要求重签合同，多交给村委会一成费用，并承诺支付村委会与徽远公司的违约金。村委会别无选择，因为如果不答应，第二天进港的船就没有人卸货，损失得由村委会承担。

黄群的人没有一个坚强的领导者，很容易就被打败，但也有一个好处，就是只被驱散了，没有人受伤。黄群知道后，气得咬碎了牙齿，第二天早晨纠集了几个码头的民工来复仇。这一场争斗就惨烈了。当大批警车开来时，双方已经有十几个人倒在了地下，还有更多的人已经头破血流还在拼命。事后有五十多人被送进医院，六人生命垂危。

黄群只在背后指挥，没去现场。警察在现场抓了双方十几个人。苏启昌得知此事，把大志找去大骂一通，问他是怎么管的。黄群都成黑帮老大了，他为什么不闻不问？管不了为什么又不向董事长汇报？大志没有辩解。尽管他一直负责建筑工程这一块，码头归黄群管，可他是总经理，出这么大的事他有不可推卸的责任。他当过兵，对于上级的批评习惯于不找理由推脱责任，而是积极去纠正错误。

苏启昌骂人的时候从来不坐，在办公室走来走去，彭大志则以立正姿势站在办公室中间一动不动。骂够了，苏启昌坐下来，对大志说："你坐。你看现在该怎么办？"

大志坐下来说："我的主要精力还要放在建筑这一块。码头这块当然要整顿，可是黄群怎么处理要考虑好。他不能做副总经理了，但他还是股东。"

"把他的股份买断，再找一个人来顶替他。"

"你看找谁来顶替？"

"我没有合适的人选。你情况熟悉，有没有人选？"

"你看胡家俊怎么样？"

"这小伙子可以，正好他也是股东。"

"码头现在这么乱，公安和政府还不知道会怎么整顿，以后什么时候能产生利润还不知道，胡家俊愿不愿意管这一块？"

"有多大风险？你放心。我们要相信政府，整顿不是让我们不赚钱，而是要让我们平安和谐地赚钱。胡家俊要是不愿意冒这个风险，这个人以后就不能重用。我相信他会干的。"

大志想了想，又问："苏董，您看黄群的股份给谁？"

"如果没有必要，股份还是不要分散。我看这股份你给拿下吧。"

"我？"

“怎么，你不想要还是没有钱？”

“我当然想，也不是钱的事。我是没想到。如果这样处理，我就和你的股份差不多，成二股东了。”

“这不是好事吗？”

“您不要股份吗？”

“这公司原本就应该是你的，我不过是托你一把。”

胡家俊答应接替黄群。

“不过，”他对大志说，“我有一个要求。”

“你说。”

“黄群不要开除，可以让他管一两个码头。他还是有能力的。”

“你认为他不会判刑？”

“不会。他不在现场，就算平时收点钱欺压工头，也不算犯法。我觉得可以给他一条生路，免得他真的成黑帮了。”

“家俊，还是你看得深。黄群要是明白人，会感谢你一辈子。”

“感谢？我取代了他的职位，他不恨我就不错了。”

“这和你没关系。”

“他要是像你这样想，他就不是黄群。不过你放心，我也不怕他。”

大志拍拍家俊肩膀：“码头现在是个烂摊子，就看你的了。”

四十八、疯狂的王强辉

大志把他在码头二楼的办公室给家俊。家俊首先打电话给史玉琴，请她来帮忙理顺码头的组织机构和管理模式，并带一带井儿。史玉琴说：“正好我找你有事。明天我带一个人过去。”

家俊没有问她带谁来，以为是带一个助手，没想到是王强辉。他和王强辉分手后再没有见过面，甚至连对方的联系方式都没有。他又惊又喜地问：

“强辉兄，你怎么找来的？”

王强辉说：“今天她说带我见一个人，哪里知道见的人是你。”

家俊好奇地问：“你们俩怎么认识的？”

“说来话长。”玉琴说，“我也很奇怪你们是怎么认识的？”

家俊说：“我刚到上海时，他帮过我，是我的恩人。”

“哦。我们曾经是一起租房的室友。”

“一起租房？”家俊眨眨眼，“是同居性质吗？”

“胡说。”玉琴推他一把，“我们是合租一套公寓，一人一间。”

“哦。”家俊意味深长地说，“那太可惜了。我以为你们是恋人呢，看上去还挺般配。”

“你想到哪里去了。”玉琴看看强辉，又对家俊说，“我带强辉来是有事找你，没想到你们认识。”

“找我什么事？”

“强辉在一家IT公司工作，是软件工程师，他正在开发一个产品，想找一个安静的地方闭关几个月。”

“闭关几个月？不上班了？”

“他辞职了。等产品出来，就自己干。”

“到我这里来闭关？”

“你这里偏远，也有房子，看能不能安排一个安静不受干扰的地方。”

“房子有，就是要安静的地方有点难。”家俊想了想说，“这个楼顶有一个阁楼，就是上海人说的亭子间，没有人住，放了些杂物，我让人收拾出来。只要你不下楼，绝对没人打扰。”

强辉说：“那好，你带我去看看吧。不过事先说好，房租我照付。”

“房租？你开什么玩笑？我还欠你房租呢。”

“那才几天房租？我这次要住几个月，也有可能住一年呢。”

“住十年也不要房租，只要我还在这里。你那几天房租对我来说价值连城，给你住十年都无法抵消。”

“那不行。我们在外创业都不容易。你一定要收房租，哪怕便宜点。”

家俊问他：“要是不保密你就告诉我，在研发什么玩意？”

“没什么保密的。我要开发一系列教育网络平台，目前开发的是‘学习生涯规划’，将来还要开发中小学教学评估系统，再扩展到大学本科、研究生，甚至人生职业规划，最终形成一个庞大的个人生涯评估系统，让每一个人从出生到去世都依赖这个系统。”

“这太复杂了，也太庞大了。我怀疑凭你一己之力是否能完成。它应该是由政府来完成的工作，也只有政府才能做成它。”

“但是政府不可能超前来做这件事。一个虚无缥缈的设想，做成了也只是网络空间虚拟的东西，形不成固定资产那种有形价值。只有把它开发到一定的程度，看得见它巨大的潜在价值和影响力了，政府才会花巨资、投入巨大的资源购买它。”

“那你的风险岂不是很大？”

“也不见得。我的每一个小的软件和平台都有实用和市场价值，可以通过市场运作，滚动发展，逐渐完成它。”

“就是说，你现在开发的‘学习生涯规划’也可以单独推出产生效益？”

“当然。每一个小项目都是独立的，却又是大系统中的一部分，互相兼容补充，还可以根据宏观需要不断改进升级。”

“说得挺好。不过，”家俊问玉琴，“你是人力资源专家，觉得他的设想靠谱吗？”

“不敢说他的每一个小项目都能受市场欢迎，但是整体构思太了不起了，这是人力资源的最高境界，或者说是终极理想。”

“这么厉害？可我怎么觉得他有点疯狂？”

史玉琴斜睨着王强辉说：“大发明家都是疯狂的。”

家俊点头同意："也对。我想他也有理性的成分，还考虑到滚动发展，没有想一步到位。"

"他就是想，一步也到不了位。就算到位了，他会死得更惨。"

"这话怎么说？"

"他的设想精妙就在这里。这个庞大的系统是为几十年以后准备的，如果现在就有了，没人相信，也很少有人会使用，会像布鲁诺一样被世俗势力烧死，即便没有烧死，也会被市场经济碾碎。"

"对。"强辉说，"这也是需要几十年时间才能完成的系统工程。它不但需要投入时间、人力开发，还需要在实践中试错、改错、提升，如此循环往复，直至成功。"

"我明白了。"家俊说，"这就好办了。我还是不收你的房租，但是账得记下来，作为我对你这个项目的投资，我另外再投入必要的资金。你看怎么样？"

强辉看看玉琴，不情愿地说："那行吧。也就是你，换谁我都不答应。"

玉琴笑道："强辉和我说，这个项目太了不起了，短期内不接受风险投资，将来就是接受也是有条件的。"

家俊哭笑不得："你牛什么？八字没有一撇就不接受投资了，这时候谁会信你一个疯子的胡言乱语？除了我没人愿意投你。"

强辉说："就是因为还没人看出它的价值来，我才不接受投资。将来风投会排队找我的。"

家俊冲玉琴说："这么疯狂，还这么自信。就冲他的自信，我也要投。"

四十九、数学天才

对王强辉来说，上海是他既爱又恨的城市：他拥有上海的血缘，但上海的文化与他所属的安徽文化之间的冲突，又给了他太多的心灵折磨。他父亲原是上海人，高中还没毕业，就响应号召，辍学到山西太原当兵去了。几经辗转，退伍以后回不了上海，加之认识了强辉母亲，就调到安徽省蚌埠柴油机厂工作。强辉是在蚌埠出生、长大的。几个月大时，被送到上海住了两年。他爷爷奶奶都在上海，他是长孙，奶奶非常喜欢他。当他被接回安徽蚌埠时，上海的幼儿园对他的评价是：能吃能睡，团结小朋友，智力有点不好。原因是他三四岁了，只能从 1 数到 5。

回到安徽，因为妈妈是老师，只有五岁他就上学了。没想到与幼儿园老师的评价相反，他的成绩非常优秀。从小学开始，强辉除了需要死背的课如历史、地理成绩一般，其他课都非常好，尤其是数理化。他转过很多学校，但不管到哪个学校，都要代表该校参加奥林匹克数学竞赛和物理竞赛，从市里考到省里再到全国比赛，为学校争得很多荣誉。

为了让强辉这些学生参加竞赛能更多地取得好成绩，学校特意安排两个老师给他们开小灶，天天上数理化，而且还不按照高中课本学，专做难题怪题。尤其是高中三年，英语、政治等都给他免了，学校承诺要保送他上大学。

学校准备保送强辉上第二军医大学，但没想到体检时，强辉被查出有色弱，不能上理工科大学的绝大多数专业，但是数学专业可以上。强辉的一意孤行性格在那时就显示出来。他原来并不反对学校保送上大学，但是这一折腾让他产生了抵触情绪，坚决不要学校保送，就是上数学专业也一定要自己考。结果，他的高考分数超过全国重点大学分数线 30 分。

以强辉个人的想法，是想到北京上大学，但考虑到家庭因素，他选择了华东师范大学数学系。

那次和家俊分手后，强辉卖了两年水泵，业绩不错，赚了一点钱，但学不到东西，也没有发展潜力，便辞职了。他不喜欢做业务，可一个学数学的，哪里有合适的工作呢？他想来想去，认为做计算机编程适合自己，便决定自学编程，做软件工程师。

他怕父母反对，便住到爷爷家，叫爷爷奶奶不要告诉父母。他买来几本计算机编程书籍钻研，每天编程到夜里十二点以后，奶奶催几次才睡觉。半年以后，他便搬出爷爷家自己找工作。

他没有实践经验，也不是学这个专业的，好在IT行业发展迅猛，到处都缺软件工程师，他很快就找到了工作。新公司是做游戏开发的，强辉不喜欢这一行，一年不到就辞职了。他是一个有想法的人，总想做自己认为有意义的事，便和一位同时辞职的同事合作，开发一个人力资源服务网站。他知道网站烧钱，却没想到烧钱得如此厉害。他费尽心思让网站有了点知名度，广告收入却少得可怜，收费服务也一直没能实现。他把这些年的积蓄都投了进去，却如泥牛入海无影无踪。他又连借带贷款筹了800万元，却像放到火炉里一样转眼就烧完了。预计要达到收支平衡，还得投数千万进去，但没有风投对这个网站感兴趣。合作者心灰意冷退出了。强辉只好关闭网站和运营公司，背负上千万元债务，再次找工作谋生。

为了省钱，强辉决定到偏僻的宝山大场租房子。他转悠一天都没有找到理想的房子，不是租金贵了，就是环境不理想。在一家房产中介门市部，看到一间与房东合住的房子挺不错，房东是大学教授。一位男业务员问他："你是哪里人？"

"安徽人。"

"安徽人？不好意思，房东有一个条件，就是安徽人不租。"

"为什么？"

"他说安徽人没有文化，品性不好，喜欢打架偷窃。"

"他胡说！"王强辉气不打一处来，"这是地域歧视。这种人还配当大学教授？真丢文化人的脸。"

旁边一个身材高挑、长发披肩、皮肤白皙、气宇不凡的女子，冷冷地问业务员："我租这个房间可以吗？"

业务员看她一眼，连声说："可以可以，当然可以了。"

“你怎么不问一声我是哪里人？”

“您一看就是大地方人，不用问。”

“我来的地方当然比上海大，我也是安徽人。”

业务员愣一下，马上又笑着说：“您是女的，没有关系。”

“没有关系？这个教授是男的女的？”

“男的。”

“你告诉他，我怀疑他是禽兽，与他合住不安全。”

趁业务员张口结舌之际，女子对王强辉说：“你还想租这里的房子？走吧。”

王强辉跟着女子走出门市部，高兴地问她：“你叫什么名字？刚才说得痛快。”

女子展颜一笑，伸出右手说：“我叫史玉琴，安庆人。你呢？”

王强辉握住她的手：“王强辉，蚌埠人。”

五十、合租伙伴

他们走到外面马路边站住。史玉琴问：“你做什么工作？”

“我是软件工程师，还在找工作。”

“软件工程师可是热门职业，你怎么还没工作？”

强辉把创业失败经过简单说了，史玉琴说：“难怪。你不适合做生意。”

强辉不服：“我为什么就不适合做生意？”

“你太专业了。搞技术的人多数不够圆滑。”

“做老板的人都很圆滑吗？你这也算是歧视吧？”

“我用词不当。我的意思是变通。”

“你觉得我适合做什么？”

史玉琴端详他一会：“你还是适合做软件工程师。”

“你凭什么这样说？”

“我是外企人力资源总监，看人不会错的。”

“你是搞人力资源的？刚才你说我找工作容易，可我一个月都没有找到。”

“你一定是薪资要求高了。”

“真让你说着了。我要还债，工资低了不行。”

“那你还不如继续创业。”

“你又自相矛盾了。不是说我不适合当老板吗？”

“所以说要变通嘛。你不适合当老板，不能和适合的人合作吗？”

“对呀。”真是一语点醒梦中人，“不过要找到合适的合伙人也很难，再说还有资金问题。”

谈得投机，强辉有点舍不得分手，便说：“我们一起去别家找房子吧，最好住得近一点，我好多向你请教。”

“我有一个主意。”

“什么主意？”

“我找了几个礼拜都没有找到小户型房子，干脆，我们共同租一套两居室，一人一间。怎么样？”

强辉有点意外：“这合适吗？”

“不合适吗？你担心什么？”

强辉知道她是明知故问，笑着说：“你不担心，我还担心什么。”

史玉琴说：“我担心教授，不担心你。”

两人大笑起来。

两居室房源很多，他们到第一家房产中介就找到理想的房子。次日下午，他们都搬了进去。收拾妥当，强辉说：“玉琴姐，为了庆祝乔迁，晚上我请你吃饭。”

史玉琴说：“好啊。我请你。”

“那不行，怎么能让女士请客呢？”

史玉琴乜他一眼说：“为什么不能？就为你叫我姐，我也应该请。”

“那也该是当弟弟的请客。”

史玉琴嘲讽地说：“你有钱吗？好歹我是人力资源总监，拿年薪的。”

这小区外面就有一条小吃街，他们选一家叫“天徽饭店”的小饭店坐下来。老板是个身材敦实、形象憨厚的小伙子，强辉问他：“老板，你这个饭店规模不大，名头却不小。你是安徽人吗？”

老板用围裙擦着手，憨笑着说：“是。我是庐江县人。”

“老乡，坐下来一起吃吧。”

“不不。我还要烧菜。”

“你亲自烧菜？怎么不请个厨师？”

“店小，请不起厨师。再说我就是厨师。”

“你学过厨师？”强辉有些怀疑地瞄着他。

“学过。还会做家乡的特色菜。”

玉琴说：“那就把你拿手的特色菜做几个上来。”

强辉问玉琴：“你喝酒吗？”

玉琴颇有豪气地说：“当然。我请客，能不喝酒吗？”

“怎么喝？”

“先拿一瓶白酒来，平均分配。”

强辉酒量小，有些胆怯地说：“拿一瓶半斤装的吧。”

“不行。拿一斤的。以后咱们喝酒这是起步标准。”

几杯酒下肚，强辉脸就红了，话也多起来。他问玉琴：“你有那么好的工作，怎么就没有地方住？”

玉琴说：“我原来的房东把房子卖了，只好再找地方。”

“你是拿年薪的，有没有打算买房子？”

“当然有了。听说浦东新区要推出一个新政策，买房给蓝印户口。等政策出台我就去买。”

“要上海户口干什么？我偏不当上海人。”

“你这就是意气用事了。上海人是对外地人有偏见，但我们对上海人也有误解。你是没有融入上海，要是融入了，就不会这样说他们了。”

“其实我爷爷奶奶就是上海人，和他们以及他们的邻居在一起没问题。可是一到社会上，在工作环境中，我怎么都无法和上海人融洽相处。”

“我的同事不少是上海人，我们相处得不错，也没有人歧视我。”

饭店老板不知什么时候站在一边听他们说话，插话说：“上海人也有素质好的和素质差的，和安徽人一样。”

强辉说：“老板挺有见识嘛。你贵姓？”

“我叫张然。我开饭店什么人都见过，对上海人比较了解。”

玉琴说：“你忙好了没有？忙好了就坐过来一起聊聊。”

“那我就不客气了。见到你们两位老乡谈得投机，高兴。我拿一瓶酒来。”

“平时来吃饭的老乡多吗？”

“多。来得最多的就是安徽人了。”

张然一加入进来，强辉很快就喝多了。玉琴结完账，问强辉：“你能不能走。”

“能走。”

回到住处，玉琴说：“早点休息吧。在上海混不需要喝酒，可是在安徽人中间混，你必须把酒量练上来。”

五十一、 拆到了自己的求职信

强辉又找了一个月，还是没有找到工作。这天晚上从外面回来，他走进玉琴房间问她：“玉琴姐，你指点指点，我两个月都没有找到工作，是怎么回事？”

玉琴说：“你把薪资要求降低一点，很快就能找到。”

“可我不想降。”

“那就坚持。只要你坚持足够长的时间，肯定能遇到欣赏你的公司。”

“我坚持够久了。”

“两个月算什么。”

“那我要坚持多长时间？”

“只要有饭吃，能坚持多长时间就坚持多长时间。”

“我还以为你有什么高招呢。”强辉失望地说，“我当然知道要坚持了，可不是等着挣钱还债吗。”

玉琴把椅子推过去，示意他坐下来，说：“跟你说说我的经历吧。”

“是你找工作的经历？”

“是的。我刚毕业时和你现在一样，到处跑招聘会、寄简历，也有两三个月没有找到工作，只能咬着牙坚持一天是一天。那段时间我每天都有离开上海的冲动，心想凭我复旦大学的硕士文凭，回到老家安庆市，好单位会任我挑选，何必在这里苦苦挣扎。就是到省会合肥找个好工作也不难。每天早上起床，我就对自己说，再坚持一天，今天再找不到工作，明天就买票回去。可到了第二天，又想，再坚持一天吧。再过去一天，又想，还是等月底房租到期再走吧，不要浪费了。就这样好歹等到了第一个录取我的单位。”

家俊有些不相信：“你是复旦硕士毕业，工作还这么难找？”

“和你一样要求高嘛。我优先考虑外企和国企，民营企业要求是大型的集团公司，而且岗位是人力资源经理，至少是副经理，对工资要求也有底线。”

“那是挺难的。你虽然是硕士，可没有工作经验，谁会让你当经理？”

“是啊，所以后来我降低条件，被一家中等规模的民营企业录取做人事行政经理。上班的第一天，我才知道这家企业一直没有人做人力资源工作，都是一位分管行政的副总兼管招聘员工。我一上班，他就把一大堆信件放到我桌子上，说是几个月积累下来的应聘信，叫我拆开整理。我想，都几个月了，其中大部分人可能已经有工作了。我拆了三天才把信全部拆完，从中选出认为合适的打电话通知面试，果然大部分都说已经有工作了。尤其让我意外的一件事，你根本想不到。”

玉琴停下来，卖了个关子。强辉着急地问：“你快说是什么事？”

“我在这堆信的最下面，发现了我自己的一份求职简历。”

“你不是已经聘用了吗？”

“是啊，我也奇怪。这封信根本就没有拆开过，信封上确实是我的笔迹。我拆开来，才知道是我无意间重复投了简历。”

“你不知道已经投过了？”

“我投的简历太多，根本不记得投过这个公司。而这个公司也是多次发布招聘信息，我再次看到还以为是新单位呢。幸运的是最近这次投的简历被副总拆开看了。”

“你的意思是我投了那么多简历，可能有些根本就没有被用人单位看到？”

“是的。这种情况在外企和国企很少见，在民营企业经常会有。”

强辉长长地吁一口气说：“你这样说我就明白了。看来我的简历只有部分才算有效投递。”

“对。”玉琴看着他说，“是不是信心有所增加？”

“是。”

“其实你还有一条路。”

“什么路？”

“你的工资再高，上千万的债务也得很长时间才能还清，而且极有可能根本还不清。你得设法再创业。”

“找一个给我当老板的合伙人？就算找到了，资金呢？”

“你只单纯地做软件不行，要有创意。比如，与互联网结合，再与传统行业结合，几个梯次结合下来，就会产生好的创意。有了好的创意，你就不缺钱了。”

“你的意思是说，我以前做的项目还是创意不够好？我也在苦恼，怎么才能产生一个绝妙的创意。”

“不急，慢慢想，再找几个人来几轮头脑风暴。总会发现好创意。”

五十二、 史玉琴辞职

裕安大厦建好后，徽远是第一批入驻办公的企业。公司规模大了，苏启昌招了一个助理，叫莫群芳，是哈佛大学工商管理硕士，能力强，人长得也美。她是王铁军介绍给苏启昌的，没有经过人力资源部，苏启昌直接叫史玉琴给她办入职手续。史玉琴很不高兴，认为董事长开了一个非常不好的先例。她凭直觉感到莫群芳不简单，不是一个甘居人下的主。如果用好了当然对公司有利，可是万一有问题，可能会对公司造成重大损失。如果叫她面试肯定不会通过。她知道董事长正是明白这一点才绕过她的，可越是这样越危险。这证明董事长对莫群芳非常有好感，可能还会有进一步的好感。

莫群芳的能力很强，半年不到，就签下了两笔大业务。其中一笔与东方焦化厂的合同，虽然是苏启昌的老关系，但是莫群芳能谈成长期合约，确实不容易。苏启昌对她很满意，已经全权委托她处理日常事务。史玉琴不放心，因为苏启昌不识字，想糊弄他太容易了。她几次提醒，苏启昌都不在意地说，有法律顾问为合同把关，没问题。

莫群芳三十出头，单身，做事风风火火，要求苛刻，颇有男人风格，公司员工都有些怕她。美女工作起来像男人，她的美不但不会减色，反而会平添英气。工作中莫群芳与史玉琴没有什么交集，按说就是谁对谁有意见也不会直接产生冲突，但是牵涉到董事长，就与她俩都有关了。

能力强的人一般个性也强。工作中莫群芳与董事长发生过几次冲突，她直接和苏启昌争辩，丝毫不退让，也不给董事长留面子。最近一次闹得比较凶。董事长出差了，她在电话里和董事长大叫大嚷，史玉琴坐在自己办公室里都听得见。最后听她说要辞职，就把电话挂了。她拿着公司的笔记本电脑走进史玉琴办公室，说辞职了，电脑上交。史玉琴说等董事长回来再说吧。她说不等了，马上就走，你不收电脑还让我带走吗？史玉琴只好收下电脑，说暂时放我这里，你回来时再来拿。

下班的时候，苏启昌打电话进来，问她："你收下莫群芳的电脑了？"

"收下了。"

苏启昌的语气有些不客气："你为什么收下？马上还给她，还要向她道歉！"

史玉琴气不打一处来。作为人力资源总监，她没有做错什么；作为女人，同样是三十出头未婚没有男友，颜值也不遑多让，她怎么可以向莫群芳低头道歉？

史玉琴闭上眼睛靠在椅子上，等自己冷静下来。她到徽远公司几年了，苏启昌从来没有这样和她说过话，今天这样说肯定有原因。不管是什么原因，因公也好因私也好因情也好，以她对苏启昌的了解，这个歉她必须去道。哪怕事后苏启昌发现自己错了反过来向她道歉，她道这个歉也是正确的，不道歉则是大错。

史玉琴拿起电脑，走进莫群芳的办公室。她不明白莫群芳为什么没有走，一直待在办公室里，却也没有去找她拿电脑。莫群芳正在打电话。史玉琴等她放下电话，便把电脑放到她面前，用干涩的嗓音说："对不起。"转身便走。

她走出办公室，泪水已经止不住流出来。这是她在职场上第一次流泪。回到自己办公室，她便决定辞职。

史玉琴早就想成立一个人力资源咨询公司，碍于苏启昌对她不错，也很倚重她，不好意思离职，这件事成为她辞职的最好契机。她此刻不知道，她的预感有一点是正确的，就是莫群芳和苏启昌成了情人。

莫群芳并不是个势利的女人，以她的能力和收入，自然不会去傍大款，她是真的喜欢苏启昌。第一次见到苏启昌，是王铁军带她参加一个宴会，打算向苏启昌推荐她，便安排她坐在苏启昌身边。苏启昌已经是不小的老板了，在民营内河航运企业中无可争议地是老大，可看上去皮肤黑不溜秋，方脸厚嘴唇，一副憨厚相，不像老板，倒像是船夫。这些年改革开放，发财机会多，盛产农民企业家，他这副长相的老板也有，却少有像他这样穿衣不讲品牌，手腕和脖子上也没有金链子，一开口就告诉人家他不识字。对人没有戒心，坦荡得可爱，好像随时挖个坑他就会跳下去。莫群芳心里明白，这样的人居然能做老板，还做得这样大，一定有过人之处。这一想，她的小心脏便一阵狂跳，连以前两次恋爱都没有过。

五十三、 急人所难

成为助理后，莫群芳发现苏启昌真的对谁都没有防范。做老板的多数疑心重，可苏启昌没有，至少她看不出来有。苏启昌用的人学历都很高，来历也不凡。他的副董事长，原是上海一家国营船运公司的董事长；他的总经理，原是某国营海运公司的总经理。还有人力资源总监史玉琴是他从外企挖过来的。这些几乎不可能为他打工的人物偏偏心甘情愿地为他打工，就是折服于他的大度、宽容和信任。

最让莫群芳心动的，是苏启昌身上的豪气和侠气。当然换一种说法是做事缺少精英阶层必有的冷静、精明、稳重、沉着。作为普通人，或者是老板以外的其他精英人士，豪气和侠气自然是难得的优点，可是作为老板则必然是缺点，偏偏莫群芳近乎病态地为苏启昌的这类缺点发狂。

莫群芳到徽远公司不久，正是秋末，一场台风登陆上海，一刮就是数天。大大小小的船舶都下锚靠港，平时忙碌的江面上空荡荡的没有一条船。这时东方焦化厂里的存煤告急了。在西气东输工程竣工前，上海市一千多万人烧的煤气，有百分之五十以上都是这家焦化厂供应。已经点火的炉子是不能停的，一旦停了，经济损失且不说，对民生和政治的影响更大。其实存煤多得很，都在几里外黄浦江东岸的储煤场，远水难解近渴。东方焦化厂分管生产的副厂长刘宗伟急得像热锅上的蚂蚁，电话一个接一个打到几家国营航运公司，对方都说风浪太大，无船敢出港。他又给几家业务来往较多的水上运输大户打电话，他们也不敢出港。

刘宗伟正一筹莫展，苏启昌主动找上门来。他和丁大明通电话时，听大明说刘宗伟正为找不到船敢出港急得火烧火燎，便直接找来了。刘宗伟没给苏启昌打电话，是因为他做东方焦化厂的业务不多，现在找人家帮忙有些不好意思。

苏启昌说："刘厂长，我从十四岁就玩船，玩了三十年，什么样的风浪没见过。你这个忙我能帮。"

刘宗伟大喜过望："太谢谢了！老苏，运费我加倍给你。"

苏启昌说："我不是奔钱来的，说到钱就客气了。"

刘宗伟拍拍他的肩膀说："够处还是咱们安徽老乡。疾风知劲草，路遥知马力。不过风太大，浪太高，这台风没有减弱的迹象，一定要见风使舵，人身安全第一。"

苏启昌出门直奔港口。风越来越大，雨越来越猛，黄浦江边天昏地暗、翻天覆地，地上的落叶被卷到空中，扑到脸上像被鞭子抽到一样，火辣辣地痛。苏启昌扶着栏杆艰难地往船上走，风刮得他东倒西歪。载重一千多吨的货轮驶出港口，像是一片树叶被扔进水中，巨浪疯狂地卷起它在江中打旋。苏启昌努力抓紧舵轮，船随着浪头起伏，嘶吼着颠簸着艰难前进。宽阔的黄浦江上，只有这一条船在航行。莫群芳和刘宗伟躲在室内，从窗口紧张地盯着外面，心脏随着江心这条船倏地飞上空中，又倏地落下谷底。一排巨浪汹涌而来，货船不见了，莫群芳感到胸腔忽然空了，心脏不知道飞到了哪里。只有几秒钟，她感到像过了一辈子，当货船又出现在视线中时，她感到重生一般的惊喜。

刘宗伟不断地和苏启昌通电话："怎么样，老苏？"

"没问题。"

"老苏，怎么样了？"

"还行。"

苏启昌往返三趟，为东方焦化厂送煤五千吨。他终于将船靠岸，跌跌撞撞地走上岸，莫群芳抢在刘宗伟前面冲出门，跑到苏启昌面前，抱住他就吻，把他脸上和嘴里的雨水都吮吸进肚子里。

浑身是水的苏启昌被风浪折腾得麻木了，没有意识到莫群芳的热情，只以为她是以西方方式欢迎他安全归来。

行船几十年连个感冒都没有得过的苏启昌，这次却大病一场。莫群芳在病房里第一次见到苏夫人。徐春凭女人的直觉，知道这个助理是苏启昌喜欢的类型。她不露声色，暗中观察事态发展。刚好苏晴从英国留学回来，也分流掉她的部分精力，没有深入追究。

苏启昌病好后，刘宗伟请他吃饭表示感谢。他带苏晴一起去，让她见识世面。苏晴问："胡家俊这小子现在干得怎么样？"

"这小子？干得不错。十几个小码头让他管理得井井有条，不容易。"

"你叫他一起去吃饭吧。我找他有事。"

裕安大厦附近有一家天徽大饭店，胡家俊走进包厢，一眼看到刘宗伟，十分意外："你怎么来上海了？"

刘宗伟说："我老婆是上海人，就调过来了。"

"你老婆是谈丽茹？"

"不是她还能是谁。"

苏启昌问："你们认识？"

刘宗伟说："我下放在他们村，当然认识。这小子你别看他样子老实，其实是闷坏，知青偷鸡摸狗，他到知青点啃骨头吃肉。"

家俊说："偷鸡摸狗也有你的份。你还把人家女朋友偷走了。"

谈丽茹一直是吴军淮的女朋友，后来和刘宗伟谈恋爱让人很意外，也狠狠地伤了吴军淮的心。刘宗伟哈哈大笑，说："谁偷人家女朋友了？我们是自由恋爱。谈丽茹一个大姑娘，我能装到口袋里偷走？"

苏晴不甘心被冷落在一边，打断他们叙旧："胡家俊，原来你不但会绑架，还会偷鸡摸狗？"

家俊这才注意到苏晴，愣了一下："你是苏晴？"

"你还认识我？"

家俊看着她，摇摇头："不大认识，你又长漂亮了？"

"我以前不漂亮吗？"

"不是。你以前就很漂亮，现在更漂亮。"

"你什么时候学得油腔滑调了？"

"我是第一次夸女孩漂亮。真的。"

五十四、 最后两个知青

王铁军和丁大明进来了，刘宗伟招呼大家坐下来。苏启昌和王铁军坐刘宗伟左右一号和二号位，苏启昌右边是苏晴，家俊挨着苏晴，王铁军左边是丁大明，再下面是王铁军的司机和刘宗伟带来的厂办公室主任、司机。

刘宗伟取出茅台酒，打开瓶盖便酒香扑鼻。苏启昌说："刘厂长，我知道国企财大气粗，可是你不要犯错误。"

刘宗伟倒完一瓶，又打开一瓶，哈哈笑着说："你放心，今天是厂党委书记特批的接待标准，要犯错误他陪我一起打板子。书记说你这次救了我们厂，怎么接待都不过分。"

苏晴悄悄和家俊说话："这几年你在做什么？"

"也就做了几个小工程。现在帮你爸管十几个码头。"

"有没有想过自己干？"

"谁不想自己干。现在没有机会，也没有实力。"

"你错了。创业要什么实力？没听说过白手起家这个词吗？还有，你在上海都没有机会，还在哪里有机会？"

家俊一时语塞，觉得苏晴说的不无道理。

"我在英国学的是金融。我叫我爸给我注册了一个投资公司，打算投几个有潜力的企业，扶持上市。"

"就是说，如果我有企业，你就能投资我？"

"对呀。不过没那么简单，要看你做的是什么行业，企业盈利能力怎么样，有没有创新性和发展潜力。"

"那我这里是没有指望了。不过我可以给你推荐一个不错的项目。"

"你快说说。"

"一个做 IT 的怪人，在码头上闭关几个月了，开发一系列的人力资源平台和软件。"

"好啊。我明天就去拜访他。"

"那不行。连我都不能随便去找他。他不出门，就不能打扰他。每天三餐他都是方便面，保洁阿姨都不准进去打扫，垃圾他就直接扔到门口，让保洁收拾。只有等他想吃肉了，出来到食堂吃饭，才可以和他说话。"

苏晴兴趣更浓："真是怪人。那我就等你电话。"

刘宗伟已经打开第六瓶茅台，端着酒杯摇摇晃晃走到家俊身边说："家俊，我知道你在上海，就是不知道你在苏董这里。怎么样，还好吗？"

家俊开车不喝酒，端起茶杯站起来，和刘宗伟碰一下说："还好。有苏董罩着，事情就好办。你知道吴军淮在哪儿吗？"

"他回上海了，在东海理工大学机电学院当院长。"

“你和他有联系吗？”

“当然有联系。我们知青经常聚。他还向我问过你，可惜那时我不知道你的情况。”

“你联系他，我们一起聚一下。”

“行。哪天我约他。”

家俊一直没有等到刘宗伟的电话。他哪里知道刘宗伟是说大话，他和吴军淮有联系不错，可是谈丽茹不愿和吴军淮见面，也不让他见吴军淮。他和谈丽茹说，过去的事吴军淮早就不介意了，可谈丽茹始终心中有愧，不敢面对吴军淮。

当初知青点最后只剩下一男一女两名知青。女的是谈丽茹，那种孤寂、无助、绝望是无人理解的。她父亲是资本家身份，可被判刑时的罪名是现行反革命，不管是不是冤案，反正在给地主资本家平反时没有轮到他，谈丽茹便只能最后一个返城，甚至返不返城还另说。男的是省城合肥市知青刘宗伟。当初刚来时，刘宗伟在社员大会上公开宣布要扎根农村一辈子，但他最后一个回城与这无关。发过这种誓言的知青多了，在那个每天都发誓下决心表忠心的年代，谁当真呢？他确实放弃了好几次回城的名额，把机会让给别人，他要坚持到最后，其实是因为谈丽茹。他一直追谈丽茹，谈丽茹却和吴军淮好上了。吴军淮调到中学当老师，还经常回来看谈丽茹。可刘宗伟锲而不舍，一直熬到知青都招工或者返城走了，只剩下他俩，这才使孤寂无助的谈丽茹感动并且有所动心。

吴军淮当老师的时候每周日来看她一次，有时候有事还来不了，根本无法排解她的寂寞和悲观心情。她觉得自己在世界的边缘苟活着，被人间抛弃了，没有生气和希望，未来像茫茫黑夜中一条山间小路，只看见十几步远，前面就是深渊般的黑暗。她感到生活就是一支点着的蜡烛，那一点烛光是今天，没有几天蜡烛就烧完了。烧完以后的世界和她怎么样，她想，那大概就是死亡。她死亡，世界也死亡了。

她不止一次想自杀，都下不了决心。她总感到还有一点微弱的希望，像是布满乌云的夜空中一颗隐隐约约闪着微光的星星，随时会灭。她便等这点星光熄灭时，自己也熄灭。但是这点星光虽然苟延残喘，却一直没有熄灭。她心里明白，是刘宗伟让它没有熄灭。

刘宗伟每天清早烧好稀饭，便过来打门，叫她吃早饭。他只打门，不说话，一般打三下便停下来，转身回男知青宿舍，等着谈丽茹过来。农村的清晨很静，打三下足够让谈丽茹听见，如果多打几下，恐怕全村都听见了。谈丽茹进来也不说话，端起刘宗伟盛好的稀饭便吃。屋内只有喝稀饭和筷子夹咸菜时碰碗的声音。吃过早饭，他俩便一起去上工，走到地头都没说一句话，干起活更不需要说话。只有在干活中必须要用语言沟通了，比如刘宗伟要谈丽茹把锄头递过来，或者栽秧时谈丽茹需要刘宗伟扔秧把过来，才会简短地说几个字。只要能表达清楚，绝不多说一个字，就像语言和粮食一样金贵，不敢浪费。事实上他们已经是无话可说。关心也好，抱怨也好，鼓励也好，都互相说过八百遍了，不想再说。他们就像是两个还没有发明语言的原始人，配合默契，交流顺畅，语言就是多余的技能。

只有在吃过晚饭后，刘宗伟洗好锅碗，谈丽茹一直坐在桌边不动，他也坐回到吃饭时坐的位子，没话找话地重复几句已经说过八百遍的话。谈丽茹总说："就剩我们俩了怎么办？"

刘宗伟其实并没多少悲观，他是主动留下来的，只是谈丽茹因为他话多而爆发了几次，歇斯底里地尖叫、长啸，他不敢多说话，只好默默地陪着她。谈丽茹主动说话，他赶紧回答："没关系，任何事都有头。"

这话他也说过无数遍，连他自己都觉得没意思了，可是还要说。谈丽茹可能听了也没意思，便不再说了。

有时候谁家里来信了，或者有了哪个知青的消息，便多说几句，然后还是沉默。似乎他俩都很享受沉默。坐到后来，谈丽茹便起身回去睡觉，也不说话。刘宗伟等她走出院子，听见她关院门、再关屋门，便也关上院门和屋门，上床睡觉。

有时睡不着，谈丽茹便看着窗外的星空，心想，就算刘宗伟是那颗微弱的小星星，可他也随时会消失的。他一消失我便消失。

她无意中已经把自己的未来系于刘宗伟身上了。

只有在吴军淮来看她时，知青点才有生气。可是吴军淮一走更使她感到绝望，她觉得吴军淮还不如不来。

五十五、 求婚

有一次夜里睡不着，谈丽茹走出知青点，走到水库边，差一点就跳进去了。她站了有一个小时，转身准备回去时，被身后不远处站着的刘宗伟吓一跳，尖叫一声绊倒在地。刘宗伟跑过来扶她进屋，让她躺下，倒一碗开水，加一勺糖，搅匀端给她喝。喝完开水，她出一身汗，豁然感到心里有些明白了，便对刘宗伟笑笑，说："其实我很幸福。"

刘宗伟一惊，心想她是不是疯了？没敢答话。她拍拍床沿说："宗伟，你坐下来，我们说说话。"

这已经是她说话最多的一天了。刘宗伟坐下来，听她继续说，说她小时候的事，怎样在学校被人歧视和欺负，说她的家庭，她的资本家父亲和母亲。刘宗伟想试试她是否清醒，便打断她的话，问道："你想听我小时候的事吗？"

谈丽茹看看他，说："想听。"

刘宗伟便说自己的事。谈丽茹躺在床上静静地听，目光澄澈地看着他。最后刘宗伟确信谈丽茹没有疯，放下心来，给她掖掖被角，说："太晚了，我回去睡了。"

谈丽茹目光柔和地看着他，平静地说："你不要走，在这里陪我。"

刘宗伟留下了。以后便天天晚上陪着谈丽茹。吴军淮起初不知道，还在周末来看谈丽茹。谈丽茹也没有找到合适的机会告诉吴军淮。直到有一次被吴军淮撞见两人在床上，他才再也不来了，不久就考上研究生走了。他考到偏远的西北一个大学，就是为了远离下放地和上海，其实是为了远离谈丽茹和刘宗伟。

人一旦想开了，再深重的苦难也容易承受，时间再也不难打发。形势发展得很快，谈丽茹的父亲还没有平反，她已经接到返城通知。回到上海后不久，父亲就平反了，所谓“现行反革命”纯粹是污蔑，不过是说了一句对当时形势不满的话，就被有心的小人给告了。她父亲在新中国成立前是东方焦化厂的大股东，虽然股份早就充公了，但关系和影响还在，便安排她到东方焦化厂上班。

谈丽茹还没走，刘宗伟就参加了中考。他估计录取通知书下来时，谈丽茹就回城了，万一还没有回城，大不了他放弃上学机会，明年再考。他根本不认为自己考不上，选择中考就是为了把握更大。没想到那一年报考中专的人特别多，全县报名近 6 000 人，只录取 120 人，比大学录取率还低很多。而且这一年中专和中技一起考，没有任何区别，甚至有的中技学校录取分数比中专还高。还有他这个非在校考生所不知道的情况，就是应届生成绩最好的上中专，次好的才上重点高中。结果，他被安徽省航运技工学校录取，学校在蚌埠市东郊。他的同学全是中学里的尖子生，都是误打误撞上了这个学校，如果上高中，都是考重点大学的料。正如他所预料，谈丽茹此时已经回上海，他再在农村待着没有意义了，便决定上技校。

即便是与众多尖子生同班，刘宗伟的学习成绩也非常好，加之他更为年长成熟，毕业时便留校当老师。工作稳定了，便考虑成家，但谈丽茹的父母还没有接受他。

谈丽茹精心挑选了一张刘宗伟的相片给父母看，父母却没有看中这个穿两个兜的军装、黑不溜秋、站在一辆红色拖拉机前傻笑的小伙子，关键他不是上海人。谈丽茹在电话中告诉他要有信心，自己在家中最小，最受宠，说话有分量；而且哥哥嫂子是知识分子，较为开明，已经表态说只要小妹看中了就没意见。刘宗伟决定亲自上门求婚。

刘宗伟搭一辆货车，在凌晨4点多进入上海市。天还没亮，他怕吃“闭门羹”后无处可去，便叫司机把他送到谈丽茹家附近，再等他一会，如果真的碰壁就跟车返回蚌埠市。

这时已经5点多，刘宗伟远远看见谈丽茹正在门口起煤炉，拿一把破芭蕉扇使劲地扇，一股白色的浓烟直上青云。他心中踏实了，便叫货车先走。他推开院门，拿过芭蕉扇，帮助谈丽茹扇煤炉。

刘宗伟带的礼物都是土产，花生、红薯等，岳父岳母见了，觉得人还算老实，虽然心里面还是一百个不愿意，倒也没把他赶出门。

结婚后，两地分居好几年。刘宗伟在学校订阅的《新民晚报》上看到，上海市浦东新区面向全国招聘干部，便报名了。几轮笔试面试下来，他以优异成绩被录取，安排在塘桥镇政府办公室，起初没有职务和名分，每天只叫他打杂。

刘宗伟下放在农村和在学校教书都很单纯，也使他养成喜欢干实事、不喜欢清闲而无意义的工作，他觉得自己不适应政府部门的环境，希望能到企业去做点实事。他叫谈丽茹和父亲说说，看能不能调到东方焦化厂。岳父说从机关调到企业不难，反过来才难。

岳父找到东方焦化厂领导，希望能把女婿调进来。岳父过去当老板时，对工人比较仁义，新中国成立后响应号召，第一批主动参加公私合营，最终把工厂完全交公。现在的好几位厂级领导都是老东方焦化厂工人提拔上来的，对曾经的谈老板比较客气，很爽快地答应他的要求，把刘宗伟调进来，安排到销售科当副科长。

虽然刘宗伟和谈丽茹是双职工，可单位房子太紧张，短期内不可能分到房子，他们只好继续住在谈丽茹父母家。好在她父母住的房子不小，“文革”前曾经被没收，平反后又归还了。这种石库门房子里外都没有厕所，每天清晨，便有拉粪车沿街摇着铃走过，家家都有人拎出马桶倒进粪车，然后在院子里自来水龙头下洗刷。

刘宗伟刚调到上海在岳父家住下的第一天晚上，好不容易等到岳父母睡觉了，想好好和谈丽茹亲热亲热。谈丽茹回上海后，很快就恢复了白皙细腻的皮肤，由于在农村劳动几年，原来单薄的身材变得丰满圆润起来，相比其他上海女人别有一种魅力，而且比在农村时更多了些自信，又平添了些大城市女人的高雅和神秘的气质，让刘宗伟爱之更切，心如猫抓，急不可耐。他们这次分别有三个多月了，还是因为考试办调动而见面多些，否则半年才能见一面。刘宗伟脱了衣服躺在床上，等得心焦，不知道谈丽茹在客厅里干什么。

五十六、被女人征服

谈丽茹穿着睡衣推门进屋，手里拿一只痰盂。刘宗伟看着有些扫兴，问道："你拿这东西干什么？"

谈丽茹把痰盂放到床下说："给你小便呀。外面的马桶我怕你不好意思上。"

刘宗伟一想也是，和岳父母没见过几面，不熟悉，半夜里上马桶弄得响声四溅，确实不雅，而且尴尬。他心里一热，起身拉过谈丽茹就动粗。谈丽茹把他推开，轻声说："你轻一点，那边能听见。"

"能听见吗？"刘宗伟有些不信，"这房子满隔音的，比知青点的房子强。"

"那也要轻点。我爸晚上很警醒，有一点动静就会醒，醒了就再也睡不着了。"

刘宗伟想那就轻点吧。双手便深入谈丽茹的睡衣里。谈丽茹又止住他说："你等等。有些话我和你说说。"

刘宗伟等不及了，双手猛揉她丰满的胸说："先干活，有话干过了再说。”

谈丽茹坚决阻止他说：“就一句话，不说我心里有事，做那事也放不开。”

刘宗伟按捺住性子说：“行，你说。”

“明天早晨你要抢着倒马桶。”

“什么？”刘宗伟猛地坐直身子，双手从谈丽茹睡衣里收回来，“为什么要我倒马桶？”

“你要尽快获得我爸妈的好感，就要像上海男人一样，什么活都抢着干。”

“我什么活都可以干，买蜂窝煤、烧饭洗碗、打扫卫生都行，可是让我倒马桶，那太丢人了。”

“丢什么人？这是上海，没人觉得丢人。”

“那我也不能干。我自己觉得丢人。”

谈丽茹生气了：“你不干算了。明天我倒。”

她背对刘宗伟躺下来。刘宗伟看着身边曼妙的身姿，兴味索然，倒头睡下，咬着牙说：“行，我明天倒。”

谈丽茹翻过身，抚摸着刘宗伟的胸说：“这就对了。你记住，这是上海，男人都心细如发的。”

刘宗伟被她一抚摸，原本冷下去的激情又燃烧起来，翻身起来压住她，说：“男人都像女人一样了，你还要男人干什么！”

谈丽茹以前所未有的狂热和放荡迎合他，让他觉得身下这个上海女人，比农村那个女知青美妙得多。那个女知青胆小、自卑、纤弱，需要他强有力的保护，任他粗野地侵犯、蹂躏，他感到自己是征服者，强大而充满柔情。而身下这个女人，热情地放开自己，像阳光一样照耀他、包容他、温暖他，让他无处遁形，不由得渺小起来。他身不由己，不情愿地很快就完事。女人的指甲抠进他背上的肉里，他不敢松手，紧紧地抱住女人，让女人双臂藤条一般缠住他。他觉得自己是被征服者，却小心翼翼地捧着征服了他的瓷瓶一般的女人，生怕摔碎了她。

刘宗伟很快就知道，上海男人确实如谈丽茹说的，做事非常精细，小心谨慎，在家里事事不做主，工资上交，反倒有些上海女人大气果敢，指点江山。他觉得上海人把阴阳弄颠倒了，男的像女的，女的像男的，怎么看怎么别扭。他可以把工资上交，干些家务也无妨，倒马桶也将就吧，就是在床上也可以听任女人主宰，但是叫他什么事都不做主，让女人来操纵指挥一切，他办不到。尤其是自己的命运，他不愿让别人来主宰。

做了两年副科长，也没有多少业务可做，依然比较清闲，更没有机会重用他，刘宗伟觉得国企不过如此，又动了挪挪地方的心思。听说上海财政局招聘干部，便报名应试，竟然考上了。财政局来调档案时，公司才“发现”他是人才，不肯放人。既然不让人家走，总要适当安排吧，于是，公司领导找他谈话，打算调他到二级企业煤制品厂任厂长。刘宗伟知道，煤制品厂有二百多名职工，是一个长期亏损积重难返的单位，叫他这样一个外行、又没担任过领导职务的人去当厂长，也是病急乱投医。他想不管怎么样，过去先给自己分一套房子，便表态说：“我没当过厂长，恐怕难以胜任，先干三个月，要是不称职，你再把我撤了。”他想，我先拿到房子，你撤我的职也值。

煤制品厂已经几个月没有厂长了，由党支部书记邵军代管。一见刘宗伟，邵军长出一口气说：“刘厂长，你来可太好了，要不我非被逼疯不可。”

刘宗伟说：“你不会疯，我恐怕就要疯了。”

邵军哈哈笑着拍拍他的肩膀：“不会，你不会疯。既然领导派你来了，肯定相信你能干好。”

“邵书记，你看我们厂的主要问题在哪里？”

“主要问题？问题可太多了，都是主要的。你不急，过些天熟悉情况就知道了。”

邵军召集中层干部在会议室开会，介绍新厂长。参加会议的有分管生产和销售的两位副厂长、办公室主任、工会主席、财务科长、供应科长、销售科长、车间主任。邵军介绍完刘宗伟，又说了半个小时，然后请新厂长作指示。刘宗伟随便说几句客套话，便直切主题：“大家说说看，我们厂的主要问题在哪里？”

大家互相看看，没人说话。

刘宗伟知道自己还没有获得大家的信任，便说：“既然大家都不说，今天的会就到这里吧。散会。”

众人面面相觑。会议刚开始，怎么就结束了？这个新厂长葫芦里卖的是什么药？

大家正走出会议室，刘宗伟叫住了蜂窝煤生产车间主任邢帮友：“邢主任，你等一下，我和你一起去车间看看。”

五十七、 改革的代价

刘宗伟花了整整一个月时间，在车间和科室调研，开大大小小的座谈会，和工人、班长、车间干部和科室干部个别谈心。这一个月他什么事都不管，干部工人有事还是找邵书记，都感觉这个新厂长不咋地，有权不用，被书记架空了，便在对他失去新鲜感和神秘感的同时，也失去了尊重。他一开口大家就知道他是外地人，乡巴佬，背后便称他“巴厂长”。车间主任邢帮友快言快语地对他说：“刘厂长，你别怪我说话不中听。别人都干不好，你最多干两年就走人。”

刘宗伟很快就知道自己荣获了“巴厂长”的称呼，也不以为意。他瞒着谈丽茹多次去找吴军淮，和他研究工厂改革方案。吴军淮虽然也不懂企业管理，但过去在农村两人合作很多，刘宗伟觉得和他商量就会打开思路。最终，他确定了第一步实施工资、医疗、管理三大制度改革，方案报上去，很快就批准了。这在上海工业系统内还没有先例。

因为改革得罪人多，刘宗伟没敢给自己分房子，只借了两间宿舍，和谈丽茹搬出岳父家，好歹有了自己的家。宿舍是公用厕所，女厕所在二楼，他们住一楼，每天早晨还是需要倒痰盂。可既然离开了岳父母，刘宗伟自然而然地再也不倒痰盂，谈丽茹好歹也忍了，知道让厂长当着工人面倒痰盂确实不妥。

尽管房子是临时借的，谈丽茹也不愿将就，她指使刘宗伟把墙和天花板都刷了白涂料，添置了沙发、床、大衣柜、五斗橱等家具，还有父母给她陪嫁的彩电和音响，这个家便像些样子了。搬进宿舍第一天，刘宗伟有一种扬眉吐气的感觉，再也不寄人篱下了。心情一放松，他就想和谈丽茹来一次高质量的夫妻生活。自从搬到岳父家，他就没有一次是畅快淋漓的，不是匆匆了账，就是酝酿半天才勉强成事，甚至有几次让客厅里的声音吓得半途而废。他知道岳父母不会轻易进他们小两口的房间，况且门还是插上的，但心里总是敬畏岳父母，明目张胆地在他们家睡他们的女儿，他又有点负罪感。他看出来，今天晚上谈丽茹和他有同样的想法。洗过澡，谈丽茹穿上最性感的一件半透明睡裙，里面什么也没穿，清楚地看见胸前两黑点和下面一团黑暗。她慵懒地倚靠在床上看电视，刘宗伟洗好澡便上床坐到她身边。正播放的家庭伦理剧谈丽茹每天必看，刘宗伟一点也不喜欢，只好耐着性子陪她看，双手忍不住伸进了她的睡裙里。谈丽茹聚精会神地观剧，却被他揉得开始走神，继而浑身燥热，翻身把他压到下面。经过一番搏斗，刘宗伟又翻到上面。他们达到了结婚以来从未有过的忘我境界。突然一声巨响，有东西从窗外飞进来，听见玻璃破碎和洒落一地的声音。刘宗伟吓得浑身一抖，瘫在了谈丽茹身上。

“完了。”他想，“恐怕要阳痿了。”

谈丽茹则吓得痉挛起来，话都说不清，嘴里“唔唔”地不知说什么。刘宗伟抱紧她慢慢抚摸，嘴里安慰她说没事没事。她渐渐安静下来。刘宗伟这才跑到窗口往外看，早就没人了。

尽管不知道是谁干的，但刘宗伟很清楚人家为什么要砸他的玻璃。改革其实就是利益再分配，使过去不合理的分配方式趋于相对合理，但不可能有完全的公平，肯定有人怀恨在心。第二天在办公楼前，有两个工人拦住刘宗伟，一人幸灾乐祸地说：“巴厂长，昨天晚上和老婆在床上快活吗？你别瞪我，我可没偷听，玻璃也不是我砸的。肯定有人偷听了，反正现在厂里没人不知道。”

另一人警告他：“巴厂长，你要小心。这次是砸玻璃，下次恐怕就砸你脑袋了。你放心，我不会干的，我是好心提醒你。”

下班回到家里，谈丽茹不在，在桌上留了一张纸条，说她搬回家住了，并叫他周末到岳父家去。

周五一下班，刘宗伟不敢怠慢，立刻赶到岳父家。岳母已经烧好一桌菜，岳父拿出一瓶酒，叫女婿陪他喝几杯。

岳父问他工厂改革的情况，他扼要地介绍一遍。岳父又询问几个细节，然后说：“我是老朽了，跟不上形势，没法给你出主意。我只问你一句话：不改革行不行？”

“不行！不改革必死无疑，改革还有生的希望。”

“既然这样，我支持你。决定了就不要犹豫，更不能停下来，你只能一条道走到黑。”

谈丽茹不高兴了：“爸爸，你不知道阻力有多大。那天晚上是砸玻璃，以后不知道还会出什么事。都有工人警告我了，说下次就是砸脑袋，或者下胳膊断腿。”

刘宗伟不以为然地说：“也有人警告我了。你信吗？反正我不信。这些上海男人说狠话可以，但没人真能做到。当初在知青点我就领教过。”

岳父放下酒杯说：“嘿，宗伟呀，我也是上海男人。你这打击面太大了吧？”

刘宗伟赶紧给岳父的酒杯倒满，然后端起酒杯：“对不起爸爸，我说错了。我罚一杯赔罪。”

岳父笑着说：“我知道你是无意的，开开玩笑。我还是支持你。掌管企业和掌管部队一样，必须说到做到、令行禁止。你的困难不在于设计这些复杂的改革方案，而是方案能否不折不扣地落实。你的前任中不是没有明白人，只是都缺少勇气。这种改革就像逆水行舟，不进则退。哪怕稍微软一点，你都有可能和前任一样灰溜溜地走人。”

岳母担心地说：“要不你别干了，再回总厂当副科长，比这个厂长安全。”

岳父说：“你以为工作像你买菜一样，买过了还能退回去？就算他还能回去当副科长，那也不是一个男人做的事。他一旦回去，这辈子就抬不起头了。”

岳母说：“那又怎么样？做男人也不能只想着事业，还要顾到家。那些工人是光脚的不怕穿鞋的，说不定就能干什么出格的事。要是出事了，你叫小茹怎么办？宗伟，你现在应该多想想小家庭的事，你俩该要个孩子了。”

五十八、刘宗伟名声大振

刘宗伟的调研很充分，知道反对改革的就是最应该被革掉的人，而拥护改革的人之所以保持沉默，是因为既没有享受到改革成果，更没有看出他的决心和魄力，说到底还是对他不信任，担心他遇到阻力就抛下众人溜之大吉。他明白哪怕开始只是以一己之力推着这辆车往前走，只要坚持下去，就一定会有一只手两只手加入，帮助他往前推，渐渐加入的人会越来越多，当大家都看得到成果甚至享受到成果时，这辆车就势不可挡了。这个过程很缓慢，是因为身处其中的当事人感觉时间很慢，其实只过几个月效果就显现出来，企业开始扭亏为盈。这是十几年来第一次出现盈利。年底，刘宗伟被评为工业系统最佳经营者。他曾经在一本西方哲学书籍中看到一个观点，说群众是最健忘的，果然如此。职工们抹去称呼“巴厂长”的记忆，改称“刘有福”了。

煤制品厂改革成功，刘宗伟名声大振。他反而因此在厂长位子上坐不久。很快，一纸调令又把他调到配送公司当总经理，同样是一个积重难返的亏损企业。他花两年时间使之扭亏为盈。接着又先后被派到前些年才成立却无法盈利的房地产公司、运输公司任总经理或董事长，均很快扭转局面，因此他又获得一个新的称呼：亏损企业的消防员。总公司领导原是被动地把他放下去锻炼，没想到收获了一个宝贝，便把他调回总厂任副厂长，分管生产和经营，而且给他一个很明显的暗示：这个副厂长也只是过渡。但是在这个岗位上他受到的考验更严峻，尤其是这次台风事件，高炉差点断煤，要不是苏启昌挺身而出，他这个“副厂长”后面领导口头承诺的“过渡”两个字恐怕就被忽略掉了，如果不给他更重处分的话。

此后，刘宗伟毫不避嫌，给了苏启昌更多的业务量，谁都不敢说他是照顾老乡，因为谁都说不清到底是谁照顾谁。刘宗伟没想到，时间不长，苏启昌又一次救了他，而且这次直接促使他的“过渡”期结束。

受国家宏观调控的影响，东方焦化厂的产品处于过剩状态，焦炭滞销，厂里所有的仓库和露天空场地都堆满了。但是工厂不能停产，居民日常生活不可少的煤气还是需要不断生产，便会不断地产生焦炭。刘宗伟又一次急得团团转。他以为这次与苏启昌的业务无关，他帮不上忙，谁知还是他给出了一个主意。苏启昌凭自己的影响力，动员十几个水上运输大户腾出上百条船当临时仓库。虽然东方焦化厂也付费，毕竟比运输费用低太多，对于船家来说就是亏损，却保证了东方焦化厂正常生产，渡过了滞销难关。挺过一个月后，焦炭行情大变，价格直线上升，所有存货都销售一空。

渡过这一关，刘宗伟对苏启昌说：“老苏，这次你又帮了我大忙，再请你喝酒没什么意思，你说让我怎么感谢你？”

苏启昌说："也是的。要不我叫别人请你吧，这样有点意思。"

刘宗伟也不客气："有道理。你说怎么请？"

"我叫胡家俊请你怎么样？"

"好啊。我早就想到他那去看看了。"

刘宗伟再一次违反谈丽茹的戒律，联系上吴军淮，约好一起到胡家俊那里去。其实他起初和吴军淮见面比谈丽茹还尴尬，毕竟是他抢了人家的女朋友，但男人之间再大的矛盾，只要心胸宽一点都好解决，女人心里如果有一点疙瘩，她会看得比天大。他和吴军淮之间早就一笑泯恩仇，恢复了过去一起参与抗洪抢险时的关系。

码头方面经过公安部门严打，其实并不难管理。家俊闲下来就坐在办公室胡思乱想，觉得没意思透了。现在这种衣食无忧的状况，曾经是他的最高梦想，不经意间实现了以后，他又觉得梦想实现得早了。一生还长着呢，不到三十岁就实现人生梦想了，还有大半辈子干什么呢？他又想到吴军淮的话，要知道自己到哪里去。他想现在是又不知道要到哪里去了。

没想到吴军淮和刘宗伟、苏启昌、苏晴一起来了，家俊又惊又喜。刘宗伟只说要和苏董事长一起来看他，没说吴军淮也来。他握住吴军淮的手说："吴老师，我找你找得好苦，前不久才听刘宗伟告诉我你的消息。"

吴军淮笑着说："你小子跑到上海来偷鸡摸狗，还混出个人样来了。"

家俊说："偷鸡摸狗还不是跟你学的。"

"绑架董事长家千金我可没有教你。"

"我这招叫作烧敌人屁股，抄他的后路，和你当初叫我在点将台上放火一样。还是跟你学的。"

吴军淮哈哈大笑，说："好，像我的学生。"

史玉琴也到了，家俊带他们到码头改造后新建的食堂一个包房坐下。只有桂珍和强辉没到。强辉今天"闭关"结束，但此刻还没有出来。

桂珍一进屋就直奔吴军淮，拉住他的手："吴老师，我想死你了。"

吴军淮斜眼看她说：“你是谁？我可没占过你便宜。”

五十九、 教育了贫下中农子女

桂珍气得冲他前胸就擂一拳头：“都是教授了，你还那么坏！你真不认识我了？”

“要不是事先知道你来，我真认不出你就是桂珍。变化太大了。”

“变丑了吧？”

“好像是变丑了。”吴军淮见桂珍露出愠色，继续调侃她，“不过，女孩子见到你恐怕都希望自己变丑。”

桂珍脸一红，啐他一口，坐到位子上。

家俊说：“这个强辉，看来要我再去请一次他才来。”

“谁要你请了？”强辉正好走进来，“酒没倒上我就不算迟到。”

家俊拉过强辉，向大家介绍他。苏晴向他招手：“王强辉，你到这里坐，我有话问你。”

苏晴身边留一个位子就是给强辉的。强辉不认识她，问道：“我认识你吗？”

“现在就认识了。”苏晴向他伸出手，“苏晴，做投资的。”

强辉握住她的手，立马明白了：“你是对我的项目感兴趣？”

“是啊。我听家俊介绍你的研发项目，想进一步了解一下。”

“我现在不接受风投。”强辉一句话给回绝了。

苏晴柳眉一竖，不高兴地说：“我也没说要投你呀。了解一下不可以吗？”

“那就没有必要了解。”

苏晴脸上有点挂不住，扭头问家俊：“他怎么这样说话？没人教他吗？”

家俊赔笑说：“牛人嘛，都有怪脾气。找他的风投很多，他有些嫌烦。”

吴军淮问："王强辉，你现在手头最成熟的项目是什么？"

"普通高中学生综合素质评价管理平台。"

"是客户请你开发的吗？"

"是的。是区教委。"

"这么说你的企业已经可以盈利了。现在有多少人？其中多少技术开发人员？"

家俊说："现在就他一个人，其他都是兼职。他整天就只知道闭关研发。我和玉琴打算一起成立公司，把架子搭起来。"

苏晴说："你们能投，为什么就不让我投资？"

家俊说："你和我们不一样。风投嘛，都是在企业盈利前景看好的情况下半路杀入的，像我们这样只凭友情和信任就前期投资的，缺少理性和计算，风险更大。"

苏晴说："你错了。风投关键是看人而不是看项目。值得投入的人，没有项目也能开发出来。可如果有项目但是人不对，好项目也会做死。"

"这么说你是看好强辉这个人了？"

"我还没说一定要投资呢，只是想了解一下。"

家俊说："你先观察一下也好，等他需要大投入的时候会考虑与你合作。"

"你能做他的主？"

"不是做他的主，是做我们的主。"

一直和苏启昌说话的刘宗伟见菜上来了，便对家俊说："家俊，本来是我请苏董事长，他建议到你这里来，我就顺水推舟、借花献佛了。你是东道主，先说几句吧。"

"好吧。"家俊说，"今天见到这么多老朋友，真像回到冯家庄、回到知青年代一样。我很高兴能见到吴军淮老师，这些年我一直在找你，又不知道怎么找。记得吴老师刚到农村时，说他是来教育贫下中农的，公社领导狠狠地批评了他，贫下中农也都不待见他。但是，我和桂珍的中小学教育，基本是知识青年完成的。我们学校有一半以上的老师是知识青年。从这方面说，你是教育了贫下中农的子女。这话就没有毛病了。”

家俊的话引起一阵轻松的笑声。家俊继续说：“刘厂长也是教育了贫下中农子女的知识青年，我代你请我的老板苏董事长，也是应有之义。闲话少说，欢迎各位来到徽远公司。干杯！”

酒酣耳热之际，家俊端酒杯坐到吴军淮身边的空座位上：“吴老师，我再敬你一杯。”

吴军淮和他碰杯喝下酒，知道他有事：“有什么话你说。”

“我向你学到的不只是一个烧敌人屁股，还有一招更厉害，让我受益至今。”

“哦？我还有这么厉害的招术？”

“你还记不记得，在你考上大学临走前，和我们说过一句话？”

吴军淮想了想，摇摇头：“不记得了。”

“你叫我经常问自己，要到哪里去。”

“这话挺有水平。是我说的吗？”

“当然是你说的。我大二时想退学，以及退学以后无所适从，就问自己：你想到哪里去？我觉得自己最想到上海来开开眼界，所以就来了。”

“就是说你做出了正确决定？”

“是的。可是最近我感到很迷茫。上海是来了，该有的也有了，梦想也实现了，所以我就问自己：以后还想去哪里？我想不出答案来。”

六十、醍醐灌顶

吴军淮说：“你说梦想实现了却感到迷茫，是因为你的梦想太低，太容易实现了。当然，对于一个普通农民来说，这个梦想绝对值得他奋斗一辈子，但你不是普通农民，你是由我们这些优秀的知识青年教育出来的优秀的农民子弟，你的梦想要远远大于你现在所拥有的一切。所以你现在的关键是自信，相信自己应该拥有更高的梦想。

“要多和优秀的企业家打交道，对你的提高非常有帮助。有一个泰山研究会你知道吗？就是国内顶级的企业家组成的。咱们安徽老乡史玉柱，也是这个研究会的成员。他在最困难的时候，就是巨人公司倒闭、欠债3个亿的时候，还经常参加活动。也没有谁直接给他指点。都到这个高度了，身处不同的行业，谁的招都不好使，只有他自己的招才管用。自助者天助之。他也只是和大家随便聊聊。当他东山再起的时候，包括他自己在内，谁都说不清和这个研究会有什么关系，但谁也不敢说没有关系。”

胡家俊如醍醐灌顶，豁然开朗。

桂珍过来把家俊挤走，说：“你让我和吴大教授说几句话。”

吴军淮看着这个颇有艺术气质的姑娘说：“女大十八变，你变好看了并不意外，但我真是想不到，一个爬树上房的野丫头，竟然出落得这么优雅动人。”

桂珍矜持地笑笑说：“吴教授，我请教你一个问题。”

“我是研究机电的，与这有关系吗？”

“没有关系。”

“那我的观点仅供参考。我再猜猜，是关于个人感情方面吗？”

桂珍点点头。

“我猜对了？”

“你说爱情和事业哪个重要？”

“你这丫头专朝我的软肋捅。对于这个问题，我的意见恐怕连参考价值都没有。”

“说说你个人的意见嘛。”

“那我要先问你，你的事业是什么？”

“我的事业？以前是当老师，可我师范毕业一天老师都没有当，就糊里糊涂来上海了。现在我离开了家俊的公司，还没有工作呢，也没有事业。”

“既然你没有事业，何来爱情和事业哪个重要的问题？”

桂珍又问：“你说上海人好不好？”

“你是说上海男人？那要看你喜不喜欢了。你要是真喜欢，是哪里的男人不重要。”

“我喜欢上海男人。”桂珍的矜持伪装去掉，暴露出率直的本性来。

“喜欢上海男人？不会是喜欢我吧？”

“去你的。”桂珍起身跑走了。

徽远建设公司一直靠十几个码头盈利，大志主抓的建筑方面在拿下刘伟强的工厂项目后，基本上改变了亏损状态，可是自从卫家浜码头改扩建项目竣工后，就再也没接到一个像样的项目，眼看着又开始亏损了。大志开始着急上火，宣子清也天天打电话找关系，却收效甚微。宣子清在建筑行业十几年，从来没有遇到这种状况。他意识到可能是宏观形势出现了变化，可以他的视野，还看不清问题在哪里。

周五下午开例会，苏启昌参加了。他很少参加这边的例会。目前没有大项目，会议内容不多，很快就结束了，主持会议的彭大志请苏董事长讲话。

“没有话讲。”苏启昌一如既往地务实，“我提一个问题让大家探讨，为什么现在拿项目这么难？”

大家都不发言。苏启昌只好点名：“宣工，请你说说吧。”

宣子清轻咳一声：“我们是新公司，拿项目困难算是正常现象，坚持下去，积累到一定的社会资源和项目资源就会有好转。现在最困难的还不是拿项目，是项目竣工以后的结账问题，尾款收不回来是常态。有的带资项目还垫进去大笔资金，不知道什么时候能结到账。”

“三角债是这个行业的老大难问题，”大志说，“甲方不给钱，乙方就只好欠农民工的钱。”

“胡家俊，你说说看。”

家俊也不清楚。最近他的精力都在码头上，对建筑方面的信息不敏感。

“就码头装卸业务来看，最近没有明显的变化，依然很繁忙。如果说项目不多，可为什么建材运输还这么忙？三角债在码头装卸方面也不存在，都是现结的。”

等大家都谈了看法，苏启昌问：“你们谁天天看新闻联播？”

大志举手说：“我不是天天看，但只要有空就看。”

宣子清也说：“我和大志差不多。”

再没有别人举手了。苏启昌说：“兄弟们，你们学习都不如我呀。我每天都看新闻联播，雷打不动。就是有应酬，回来也要看晚间新闻，或者听广播。也难怪，你们都识字，也可以看报纸。但是，你还要从新闻里看出问题来。”

大家面面相觑，不知道苏启昌从新闻联播里看出了什么问题。

“从新闻里看，现在建筑行业还很热闹，但是最热闹的时候已经开始过去，接下来会是什么？不但是建筑行业，我国各行各业已经红火十来年了，总得歇口气吧。三角债越来越严重，我们航运这块也拖欠了很多运费。严重到什么程度？朱镕基副总理亲自抓三角债。这问题就大了，迟早会影响经济发展。我看现在拿不到项目，不全是公司成立时间不长的原因，有可能是大形势出现问题了。”

家俊佩服得五体投地。谁相信说这话的是个文盲？家俊从来不看新闻联播，报纸上的新闻一般也只是扫一眼标题，没往心里放。他对自己有点不满，好歹也是上过两年学的大学生，在学习能力上还不如苏启昌。

苏启昌继续说：“这是我个人看法，大家都说说，公司后面该怎么做吧。”

大志说：“照这么说，我们进入建筑行业不是时候？”

宣子清说：“苏董说的有道理。我觉得趁现在介入还不深，考虑暂时停止建筑业务，等局势明朗了再回来。”

家俊不同意：“停下来怎么办？员工都解散？”

“不是解散。”宣子清说，“但是要裁员。”

“裁多少？”

“留下骨干，其余都裁掉。”

“照这么说，我带来的二十几个人多数要裁掉？”

“怎么，你舍不得？”

家俊确实舍不得。这些人跟他这么长时间，把他们裁掉于心不忍。

会议没有做出裁员的决定，但家俊知道迟早会做决定。

六十一、 情感与理智

裁员的消息在员工中传开了。这段时间活少，大家都很清闲，一闲下来是非就多，各种谣言都会出现，但对于裁员的消息谁都相信是真的。

徐远和彭大力带着几名最早跟家俊创业的工人来找他，希望不要把他们裁掉。家俊反复说公司没有做出裁员的决定，叫大家安心。大家不相信他的话。

“师傅，”徐远和几名最早的员工还习惯这样称呼家俊，“你虽然不管这边了，可你是副总经理，我们跟你这么久，你不能不管我们。”

“不会。什么时候我都不会不管你们。”

大力说：“你要真管我们，就把我们调到码头上来。”

这让家俊有些为难。这几名员工都是技术工种，码头这边活虽然多，却没有几个技术岗位。做装卸工既累挣钱又少，他们不愿意干，也很难干得下来。再说，他这时候调人过来，其他员工和公司上层都会有看法。

“你们放心，我一定会管你们。”家俊只能这样苍白地重复承诺。

劝走他们，家俊感到自己是在敷衍他们，甚至是背叛他们。他的心情沉重起来。如果裁员，说是保留技术骨干，其实只能保留几个人，甚至只保留宣子清一人，像徐远、彭大力这样的技术骨干都不会保留，意味着他的队伍会全部遣散。但是他能有什么办法呢？只能希望苏启昌不要轻易决定裁员，希望形势不会向着苏启昌预料的方向发展。

然而，苏启昌的果决超出了家俊的想象，他很快就做出决定，不仅建筑队伍裁员，码头装卸方面也要压缩，连徽远航运公司都要裁员。这把家俊逼到了墙角。家俊对自己带来的这些员工了如指掌，使用起来也得心应手，他清楚如果重新建一支队伍，很难再找到这些人品、能力、性格和磨合状况都让他满意的人，更难形成目前这种合理的人员结构。关键在感情和道义上他无法放弃这些老兄弟。他想，再困难也会过去的，过去那么多难关不都闯过来了吗？大家一起抱团取暖，或许还更容易渡过难关。而且，只要熬下去，一旦形势好转，手里有一支成熟的队伍，岂不是坐拥先手之利？

经过反复权衡，家俊决定带领队伍离开徽远公司，恢复到过去的状态。他找王宝山聊了一次，王宝山支持他的决定，说现在就可以给几个现成的小工程，不求赚大钱，暂时养活队伍没有问题。

心中有底，家俊便和苏启昌摊牌，放弃徽远建设公司的股份，带着他的队伍走了。

家俊没想到井儿也要跟他走。井儿还住在码头的宿舍里，下班后找到家俊，说要到他这边来。家俊说：“你在那边比我这边好，来干什么？”

“裁员有可能会裁到我。”

“不可能。行政人事部只有你和黄艳，要裁也会裁她。”

“有可能我们两人都会裁掉。”

“不要行政人事部了？”

“听说是这样。公司人少了，就让徽远航运公司的行政部人事部代管。”

“如果这样，你就过来吧。我这里没有行政人事部，你就做会计吧，行政的事也得管。”

王宝山介绍的几个小工程只能勉强糊口，接下来怎么办？他不可能总是依靠王宝山。王宝山也替家俊考虑到了这一层，便介绍一个朋友汪自元和他认识。汪自元是上海人，祖先从婺源到上海经商，做粮食和棉花买卖，说来也是徽商的后代，那时的婺源还属于徽州。凭着父辈的人脉资源和自己的公关能力，汪自元专门从事拿工程项目的业务，转手交给一些小建筑公司，赚一点回扣，视项目规模和性质，一般拿标的的百分之一到百分之五不等。

汪自元接到胡家俊的电话，叫他到家里来谈。家俊拎着礼品到汪自元家，才知道他是在家里办公，有一个房间就是他的办公室。汪自元很热情，从冰箱里取出一个很小的茶叶筒，一层又一层地揭开包裹在外面、用橡皮筋扎紧的塑料袋，小心翼翼地往茶杯里倒一点茶叶，一边告诉家俊，这茶叶如何好、产自哪里、应该怎样保存等等，然后再仔细地盖好茶叶筒，一层一层包裹好，用橡皮筋扎紧，放回冰箱。家俊喜欢喝浓茶，可见汪自元这样爱惜茶叶，便不好要求多放点茶叶。

王宝山已经给汪自元打过电话，介绍了家俊的情况，他便开门见山：“你有资质吗？”

家俊刚注册了“上海邻村建筑工程有限公司”，还没有任何资质，便摇摇头：“没有。”

“那你要找一个有资质的企业，挂靠在它下面，借它的资质来拿项目。如果你找不到，我帮你联系。”

“那就麻烦你帮我找企业挂靠吧。”

家俊才知道项目不是现成的随便拿，而是需要各种操作，汪自元只是提供信息或者指点路径。遇到大项目必须公开招标，家俊还要通过投标才能拿到项目，不过汪自元可以指点他如何投标。只要拿到项目，家俊就支付他报酬。

“你是王总介绍来的，好像他对你还挺器重，我就拿百分之二吧。你看如何？”

“行。没问题。”

“下个月就有一个大项目要招标，你好好准备，我找一家大型企业给你挂靠。”

谈好正事，家俊起身要走，汪自元热情地留他吃饭，说就他一个人吃饭没意思。家俊问：“你夫人呢？”

“她在另一处房子里住。儿子要中考了，照顾儿子。”

家俊便留下来吃饭。汪自元亲自烧菜，一碟青椒炒肉丝、一碟卤牛肉、一碟鸡毛菜、一碟花生米、一碟炒花菜、一盆西红柿鸡蛋榨菜汤，量都不大，却很清爽。汪自元从冰箱里取出两瓶啤酒，倒满两只玻璃杯，举起杯子说：“来，为我们合作愉快干杯。”

吃过饭，汪自元把剩下仅盖住盘底的花生米和花菜各自用塑料袋包好，放进冰箱。家俊对上海人的精细和小气已经见怪不怪，却也没有见过如此精细的上海人。和汪自元合作以后，他先后接下了龙华、浦东高桥、银桥的住宅楼工程，那真是大片大片的工地，动辄就是五万、八万平方米，全是包工包料，他的队伍也发展到了一百多人。

有汪自元的帮助，家俊的业务辉煌现象掩盖了行业的下行迹象，其实苏启昌的预见是准确的。此时不仅三角债泛滥、建筑行业出现颓势，多个行业的经济状况都让人有所担心，日本、韩国和东南亚各国的经济同时出现了状况。整个亚洲的经济冷风习习，步入下行通道。香港股市跌至历史低谷，有崩溃的征兆，据说是西方发达国家的资本刻意打压的后果。领一时风骚的“亚洲四小龙”同时遇到了发展瓶颈。

胡家俊受到的影响并不大。他已经拥有数百万身家，手中有钱、心中不慌。尽管工程已经很难拿了，但他凭实力和积累的资源，能等得起，也总能在关键时刻拿到项目。

这时冯卫国来投奔他了，还带来他的二姐夫郑挺。

六十二、报销出台费

家俊的两个姐夫一直在深圳打工。前些天二姐夫打来电话，说卫国在那边做包工头，做得不好，想到上海来发展。还说他也想过来。家俊说来之前打个电话，谁知他们不打招呼就直接过来了。

卫国头发留长了，梳个大背头，身穿一套灰色西服，不系领带，拎一只黑色皮包，典型的包工头装扮。他们来得突然，家俊还没想好怎么安排，便问："卫国，你觉得在我这里能做什么工作？"

"你这里缺什么？"

"说缺也行，可说不缺也行。"

"这话怎么说？"

"很多岗位都缺人才，可没有人才现在也运转得不错。"

"你说需要什么人？"

"我需要泥瓦工，你干吗？"

"那不干。我十年前就不亲自拿瓦刀了。"

"所以我要问你。你也是做建筑的，看我现在最缺什么人？"

卫国取出一包中华烟，递给家俊和郑挺各一支，给他俩点着，再给自己点着，深吸一口，再慢慢吐出，说："我看你缺一个谈业务的助手。"

家俊觉得有道理，他确实分身无术，也不喜欢谈业务。面对那些或真聪明或装聪明的谈判对手，他自认为能看破对方的所有伎俩，却无法让自己在需要时恰当地显示出聪明或者糊涂。谈业务的唯一目的就是把业务拿到手，过程中是装聪明还是装糊涂都要为目的服务，但他很反感这种拙劣的表演。徐远和彭大力现在都是他的得力助手，可谈业务都不行。徐远能力够，但和自己一样不会装；大力只能管理施工现场，不会谈业务。如果卫国能帮自己谈业务，再好不过了。他酒量不错，会应酬，聪明机灵，这方面又是自己的不足。

“好吧，你先跟我谈几次业务，熟悉一下情况。”

家俊又问郑挺：“二姐夫，你还做木工可以吧？”

郑挺没有马上回答，看看卫国。卫国说：“你是老板，对姐夫还这么小气。让他当个班长不就得了。要是有能力你以后再提拔他。”

“行吧。这个可以安排。”家俊暗自庆幸郑挺的胃口并不高。

卫国毕竟做过包工头，谈业务驾轻就熟，给家俊减轻不少担子。在市场不好的情况下，赚钱不是第一位，稳定队伍才是。只要有活干，队伍就不会散，才会拥有继续赚钱的未来。

家俊现在最头痛的问题是三角债。他欠各种材料费合计 300 多万，外面欠他的工程款有 800 万，还有几项工程的垫资款，加起来有 1 000 万。他所有的积蓄都投了进去，再有新的垫资项目也不敢轻易接了。可是随着手里的项目接近收尾，就算马上拿不到工程款，新项目还必须要接。卫国一直和汪自元联系，希望能拿下一个大项目。汪自元说现在项目都很紧张，竞争越来越激烈，一个好项目有很多人抢，叫他耐心等。卫国没有耐心，请汪自元吃好几次饭，饭后上 KTV 唱歌，还叫小姐出台。卫国拿了一大沓票据找家俊报销，家俊心中不快，从中抽出几张白纸条说：“这些是什么费用？”

“是给 KTV 小姐的小费。”

“小费有这么多？好几千呢。”

“嘿嘿。这个，是出台费。”

“谁让你给他叫出台小姐了？我以前从来没有叫过。”

“现在业务难做，好几家抢一个项目呢。”

“那也要有底线。我们做的是正经生意，打点擦边球可以，但不能过分。”

“好，我知道了。以后不给叫出台小姐了。这次你还是给报销吧，不能让我垫吧。”

“白纸条不能做账。你找些餐饮发票来抵吧。”

家俊不想让卫国下不来台。他心里明白，几千块钱出台费中一定有一半是卫国自己的消费，但他不能说破。卫国心高气傲，从小当孩子王，不轻易向人低头，如今能在家俊手下屈就，已经不易了。他把其他票据给批了，递给卫国说：“下不为例。”

好在卫国的努力见到了成效。汪自元介绍一个西安的工程，三栋高层住宅，卫国把图纸等资料拿回公司，交给家俊。家俊仔细翻看一遍，觉得是个不错的项目，问题是需要交 80 万元保证金。

“我的资金都押在工程里了，实在拿不出钱来。”家俊对卫国说。

“那怎么办？好不容易拿到这个项目，不能前功尽弃呀。再说，后面没活干了，员工会散的。”卫国说。

“我知道。我一直在考虑资金问题，几个快完工项目的甲方我都催过好多次，都说暂时结不到款。”

“再想想办法。比如贷款。”

“贷款需要抵押。”

“你在上海有房子吗？”

“有一套。”

“那不就能抵押吗。”

“房子抵押了，收不回来怎么办？”

“对这个项目你没有信心吗？那你还做它干什么？再说了，我们外地人闯上海，不冒风险能有机会吗？”

这话说服了家俊。他只是一时没有转过弯来。他从大学里退学、到上海找工作、第一次拿工程、从徽远建筑公司退股……哪件事不是冒了不小的风险？

“你说得对。明天你去签合同，我抓紧办抵押贷款。”

签好合同，家俊亲自出马，带一部分人员先期过去开工，同时把机械设备都运到了西安。

六十三、第一张多米诺骨牌

工地在西安市郊区。他们找到那块地，还是一大片玉米地，分不清施工地块和周边的界线。他们在一个山坡下卸下机械，搭起帐篷。家俊打电话和甲方联系，固定电话没人接，手机也关机了。他用手机呼对方的呼机，便等着回电。一连好几天，他呼了十几遍，都等不来回电。大力说："甲方不会是骗子吧？"

"胡说！"卫国不高兴了，"白纸黑字的合同都签了，证照批文资料齐全，怎么可能是骗子。"

等到第五天，终于有电话进来，对方说他是甲方白总的秘书，白总出了车祸，刚抢救过来，现在无法顾到工程这边，不能办理开工手续，叫他们等几天。家俊说："受伤严重吗？我去看望他吧。"

秘书说："你就不要过来了。白总没有生命危险，过些天就会出院的。你放心，他只要清醒过来，肯定会安排开工。"

"能不能叫你们公司的一个副总给我们办手续呢？"

"这个嘛，需要白总授权才行。白总人已经醒了，估计过两天就能在病床上工作了。"

听了家俊转述的情况，大力说："真倒霉。偏偏这个时候出车祸。"

卫国说："好事多磨。拿这个项目我就费了很大劲，现在又遇到麻烦，会过去的。我遇到这种事多了。"

又等一个多礼拜，家俊再呼对方，还是秘书回电话："白总出院了，已经安排好，正等着政府部门拿手续呢。快了快了，再等几天。"

家俊开始担心了，便打电话给汪自元，他叫家俊放心等下去，他和这个公司合作过多次，不会是骗子。谁知一等就等了四个月，到后来再呼都没人回电，固定电话永远没人接。玉米已经收割完，土地翻耕好，又种下了小麦。家俊知道事情不妙。眼看冬天就要到了，上冻以后西北这个地方无法施工，只能等到来年解冻后才行，这个时候不可能再有工程开工。家俊和卫国分头到各部门去询问这家公司和地块的情况，结果发现，公司倒是真的，却已经注销了，地块则是假的，这块地方根本就不在开发计划中。人是肯定找不到了，骗他们在这里等四个月，早就不知躲到哪里去了。再打汪自元电话，却也打不通了。

这四个月中，家俊和卫国返回上海好几次，处理这边几个工程收尾，同时寻求新的项目，没想到根本就没有工程可做，而且到处都有做到一半的工程停在那里，怎么可能会有新工程开工呢？只能寄希望于西安的工程了。十几个人等在那个遥远而陌生的西北城市，天天无所事事，只有出账而没有进账，眼睁睁地看着手里的钱流水一样地消逝。家俊把结到的几笔款子都用完了，没想到最不愿意发生的事情还是成为事实。

家俊无奈地带着队伍回到上海。不仅 80 万元保证金找不到人要，机械设备、人员来回折腾，加起来 200 多万元血本无归。

家俊口袋里只有 1 000 多块钱了，身后却有上百人的队伍等着活干，等着发工资。现在得设法借钱保住队伍，渡过难关。可是找谁能借到钱呢？而且现在哪个企业日子都不好过，谁还有钱借给他？

大志肯定没有钱，只有找苏启昌试试了。

家俊正准备去找苏启昌，王宝山来电话了，为介绍了汪自元这个人向家俊道歉。家俊说："王总，这事也不能全怪汪自元。是我犯了错，这就是对我的惩罚。再说，汪自元帮了我那么多次，不能因为一件事就抹杀他的功劳。"

"你能这样想，我很高兴。但不管怎么说，这次还是汪自元害了你。我知道你现在很困难。我手里有一个小项目，给你做吧，先渡过难关。"

这真是雪中送炭。这个项目是一栋十二层住宅楼工程，虽然不大，对家俊来说意义重大。还有一个更大的好处，就是在队伍进场前，甲方先付了百分之三十的预付款。工程进展很快，眼看就要收尾，可接下来还是没有项目能接上。手里的其他项目全部结束，多数员工停下来没有活干。眼看到年底了，再拿工程更困难。如果年底拿不到工程，开年后势必有相当长的时间没活干，日子更难过。家俊想无论如何要签下一两个项目，才好过年。

可是员工都没有耐心了，有人开始发牢骚。这些牢骚很快就传到家俊耳朵里，家俊觉得他们跟着自己没挣到更多的钱，发些牢骚可以理解。他耐心对他们说："业务不好只是一年，如果大家相信我，我希望过了年再来干。我不会让大家失望的。"

没有人相信他的话。这样饱一顿饥一顿的，收入没有保障，谁不想跟一个稳定的有钱老板。到春节还有两个多月，看样子没有活干了，明年更没有着落，与其等明年熬不下去了再找活干，不如趁现在找好下家，过年才安心。

已经有十几个员工结账走人，好在骨干还没有谁要走。家俊知道如果骨干一动，就会像推倒多米诺骨牌一样不可收拾。他没有想到第一张倒下的多米诺骨牌是冯卫国。

冯卫国以过来人的眼光，看出家俊正在步他的后尘，心里跟明镜似的，迟走不如早走，便毫不犹豫地提出辞职。

为了留住冯卫国，家俊不仅许诺给他大幅度提高工资，还主动提出给他公司的股份，并且将来让他当家。这些都没有留住卫国，他去意已决。放走卫国，家俊知道队伍已经留不住，此后谁走他都不留，二话不说就给算工资。只几天工夫，人基本上走光了，只剩下井儿、徐远、彭大力和郑挺。家俊对他们说："你们也走吧。早点找好工作回去过年。"

郑挺不好意思地说："家俊，你看我也帮不上什么。"

"姐夫，没关系的，你还要养家，没必要陪着我。"家俊转向徐远和大力说，"你们带着我姐夫一起去找彭大志吧，他现在的状况还可以，估计需要你们这样的技术工。”

大力说：“家俊，干脆你和我们一起回大志那边吧。”

“我就不回去了。”家俊笑笑，“我的日子比你们好过，放心吧。”

其实家俊的日子并不好过。工人们结算的都是一年工钱，家俊把最后一个工程赚的钱全用完，又把车卖了，还不够，便找苏启昌借了5万块钱。这个年他倒是能过，可是年后他的日子就没法过了。贷款要还，欠下的材料款也要还，外面倒是还有几笔拖欠很久的应收款，可他已经没有信心收回它们了。而且队伍没有了，明年干什么？

员工都从井儿手里拿到工资走了。家俊看着井儿犯愁：“井儿，你怎么办呢？要不也回彭大志那里？”

“我不去。”

“为什么？他现在难关已经过去了，会要你的。”

“我跟着你。”

“跟着我？我现在公司倒了，也没钱给你发工资了。”

“你肯定还能起来。你没钱我就不要工资，有饭吃就行。”

家俊鼻子一酸，强忍住才没有落泪。他平静一会，问道：“还有多少钱？”

“还有一万二。”

家俊接过钱，数出六千递给井儿：“咱俩一人一半，回家过年吧。”

井儿接过钱说：“过完节我就来。”

“不着急，反正没事干。节后你先在家里待着，有事我通知你。”

“我在家待不住。”

第三篇　创业有成

六十四、 奶奶讲的故事

没有工程做，员工早早散了，应收款要不回来，欠的材料费没钱付，胡家俊干脆关掉手机，回老家过年，腊月二十三就到家了。他天天闭门思过，除了吃饭，就不出房门。妈妈怕他闷坏了，叫他出来帮忙干点活，准备年货，他不理会。中午吃饭，妈妈叫几次他才出来。奶奶说：“家俊，你陪我喝几杯。”

家俊坐到八仙桌下首，拿起酒壶给奶奶的酒杯倒满，然后给自己倒满。这只八仙桌和奶奶坐着的太师椅，原是卖给了村里最早发起来的冯卫国，家俊赚到钱以后，首先想的就是把它们再买回来。幸好冯卫国不知道它们的价值，没有卖掉，只是为了显示他全村首富的身份，买去取代家里的破桌子，太师椅也成为他父亲房间里的专座。后来他在县城买了房，全家都搬到城里，那边家具都是新的，不可能再要八仙桌和太师椅，便放在村中的老房子里。家俊要买回它们时，卫国远在深圳，便开车把他父亲请回村子，打开空着的房子，把它们搬了回来。

家俊站起身，敬奶奶一杯酒，才坐下来吃菜。

奶奶九十岁了，仍然每顿饭都喝二两，喜欢吃豆腐乳和红烧肉，身体硬朗，牙齿一颗没掉，说话清晰，中气十足。

两杯酒喝下去，奶奶的话匣子打开了：“小子，你知道当初的徽商为什么要创业、是怎么创业的吗？”

家俊摇摇头，静等奶奶的下文。

“健妇持家身作客，黑头直到白头回。儿孙长大不相识，反问老翁何处来。”读过私塾的奶奶抑扬顿挫地吟诵一首诗，然后问家俊，“你知道是什么意思吗？说一个徽州人抛妇别雏在外经商，直到白头才回，儿孙都不认识他。你瞧瞧，做生意就这么吃苦，你才吃多少苦？”

奶奶端起酒杯“滋溜”一口喝干，家俊赶紧倒满。

“没有人喜欢吃苦。徽州自古是‘七山半水半分田，二分道路和庄园’，不出去谋生就没有活路。所以，‘前世不修，生在徽州；十三四岁，往外一丢’。这是徽州人的命。他不想死在外头，就得拼命干活、吃苦耐劳，还要百折不挠，不管花多少时间，只有赚到钱了，才能衣锦还乡。”

奶奶停下来喘口气，继续说：“赚不到钱没脸回家，就是赚到钱了，也会好多年不回家。那时候交通不方便，回家一趟不容易，赚不到钱回家也没有用，没饭吃还得出去。”

奶奶喝一口酒，家俊赶紧给倒满。奶奶接着说：“你太爷爷第一次出门才十五岁，推一独轮车山货沿新安江到杭州，遇到阴雨连绵，下了一个多月。你太爷爷按照一位乡贤给的地址，把货送到一个徽商开的货栈。掌柜的验过货说：‘小老乡，你的货没有晒干，回潮了，不能收。’你太爷爷在货栈门外急得哭了。他第一次出门，不知道怎么办。一个货郎见状过来，问明情况，拿起一把干蘑菇仔细看一会，说：‘小老弟，你的货只有一点发霉，没有全坏，能卖掉。’你太爷爷说：‘天不开眼，没有太阳，它们迟早会全坏掉。’货郎说：‘你挑到集市上去卖，很快就能卖完。’你太爷爷说：‘人家买回家会骂我的。’货郎说：‘骂你也听不见了。就是找你也找不到，你早到一边数钱了。’你太爷爷说：‘让人家骂的事我不能干。’货郎摇摇头说：‘这么死心眼，哪里能做生意？你还是回家去吧。’你太爷爷说：‘我家太远，回不去了。’货郎问：‘那你怎么办？有地方吃住吗？’‘没有。’‘在杭州有亲友投靠吗？’‘没有。’货郎想了想说：‘谁叫我心善呢。我来帮帮你吧。你把这一车山货给我，换我的货郎担怎么样？你只要挑上这货郎担，在街上一喊，发不了财，但至少有饭吃。想回家，一路摇着拨浪鼓就到了。’你太爷爷说：‘我不换给你。’‘为什么？’‘你还是要卖给人家，人家还是要骂我。’‘人家骂的是我，不是你。’‘那也是骂我。’货郎挑起担子说：‘说你死心眼，也太死心眼了。活该你饿死。’就走了。”

家俊听得入迷，忘记斟酒了，问道："后来呢？"

"后来……你先给我酒斟上。"

家俊赶紧给奶奶斟满酒。

六十五、不认为自己趴下了

"你太爷爷把山货推到河边，全部倒进河里，然后推着空车，打算就这样一路要饭走回徽州。刚走过两条街，被人叫住了，是前面拒绝他的那个货栈掌柜。他问你太爷爷：'小老乡，你这是要到哪里去？'你太爷爷说：'我要回家。''怎么回家？''走回家。''你不要回家了，就在我的货栈里当学徒好不好？'你太爷爷喜出望外，当然是点头答应。原来那掌柜的听到了你太爷爷和货郎的对话，心里喜欢，就尾随你太爷爷到河边，眼见你太爷爷把一车完全能卖掉的山货给扔了，就决定收他为徒。"

家俊见奶奶停下来，又追问："后来呢？"

"后来掌柜的把女儿嫁给了你太爷爷，就是你太奶奶。再后来，你太爷爷从岳父手中接下那个货栈，很快就把生意做得比原来大十倍，成为远近闻名的大富商。"

家俊问："太爷爷是怎么让生意扩大了十倍？"

"这个问题问得好！家俊不愧是徽商的后代。你太爷爷的岳父生意做到那程度，要想提升谈何容易，何况还扩大了十倍。你太爷爷认为，如果想守住岳父的家业，是守不住的，必须向外拓展，另辟蹊径。他在保持原有生意稳中有升的基础上，开辟了中药材生意，广泛收购药农采的药材，加工以后，供应给城里的中药铺，成为最有影响的徽商药材商之一，在上海、杭州、扬州都有客户。当时胡雪岩的胡庆余堂，就是你太爷爷最大的客户。"

"胡雪岩和太爷爷是一个村的吗？"

"不是。不过有亲戚关系。具体是什么亲戚，已经记不得了。"

家俊听得悠然神往："太爷爷真了不起。"

奶奶说："你太奶奶更了不起。后来你太爷爷生意做亏了，三起三落，都是你太奶奶帮助他东山再起的。"

"他都做那么大了，还能亏？"

"小子，你记住，生意越大风险越大。到后来，他如果不能东山再起，连要饭走回家的机会都没有了，只有上吊一条路。"

"奶奶，太爷爷把山货倒进河里，要是没让人看到，是不是就没有后来的事了？"

"你的意思是山货就白扔了，是吗？你太爷爷是扔给人看的吗？你记住，人在做，天在看。"

这个春节家俊只待在家里，谁都不见。桂珍没有回村，她在上海未婚生了一个女儿，虽然后来办了结婚手续，可这边父母一直不接受，她妈说就当没生过这个女儿。卫国他们倒是回来了，却一次也没来找家俊。只有郑挺在大年初二和二姐拜年来过一次。他本不愿有人来打扰，可是卫国他们真的一次都不来，又让他感到失落。卫国家在县城就算了，当初跟随桂珍到上海的八个人，包括彭大力，也都像消失了一样，过年期间没有在家俊眼前出现过。家俊真实体会到了世态炎凉。

初五上午，家俊还蒙着被子睡觉，听见外面有大嗓门嚷着："拜年拜年啦！老太太新年好哇！给您老磕头了。"

家俊听出是大志的声音，还有三嫂的声音，赶紧穿衣起床，跑到堂屋。三嫂见他笑着说："家俊，新年好！大过年的也不能睡这么晚。打起精神来。"

"新年好！"家俊递给大志一支香烟，打着火机给他点上，"我还嫌睡不够呢。要把一年欠的觉给睡回来。"

大志说："已经欠下的觉你是睡不回来了。我也想睡，可怎么都睡不够，不如起来拜年、喝酒、打麻将。"

"中午就在这儿吃饭吧，下午我陪你们打麻将。"家俊不想玩，可大志来了他应该陪。

“好啊。”大志不客气地说，“还三缺一呀，奶奶和你妈不打麻将，再叫谁来？”

“叫大鹏吧。叫他现在就来吃饭。”家俊不想叫大力等人。

大志取出手机，拨通大鹏呼机的总台，要求往大鹏的呼机发出“马上到家俊家来打麻将”的文字。

大鹏很快就骑一辆摩托车来了，取出一包中华烟撒一圈。三嫂说：“大鹏，去年跟大志后面挣了不少钱嘛，买了摩托，还抽中华。”

“这不是过年吗。平时谁抽得起中华烟。家俊，你也回来吧。我们一起干，没有做不成的事。”

家俊笑着没有回答，大志说：“家俊，你要回来我随时欢迎，还做副总经理。我知道你的心不在这里，没关系，暂时回来过渡一下也行，缓过劲来再出去单干。”

家俊说：“彭总，我想好了，年后回到码头上。但我不当副总经理，还是帮三嫂烧饭。”

“你这是什么意思？”大志有些弄不懂。

三嫂说：“我现在不缺人烧饭。”

“其实我就是想有个住的地方。我那套房子住不长了。”

“这个没问题。你还住原来的房间。”大志说。

六十六、 徽州企业家

第二天是正月初六，家俊跟着大志的车到上海。其实他没必要这么早到上海，这时候不可能有工程项目可谈，何况他还没想好以后干什么，可他觉得在家待着没意思，不如早点过来。来了也没什么正事，便给王宝山和其他朋友、关系户打电话拜年，然后关在房间里看书，主要看小说和历史方面，管理类书籍现在不想看。他还集中看了一些有关徽商的书，对这些辉煌的祖先有了一定的认识。他怀疑自己的能力是否适合当老板，如果再失败呢？徽商祖先往往生意做成了以后去读书，那我现在就去读书行不行？可还有上千万元欠债需要还掉，不做老板，到哪里去弄钱？尽管也有同样上千万的应收账款，可如果从此不做老板了，这些账就会从此收不回来，继续做老板还有可能收回来。再说，这个年纪去读书也只能说说而已。到别人企业打工也可以，以他的资质和经验，当个工程经理绰绰有余，可这更不是他想要的生活，还不如去读书呢。

有时候他在早饭后沿着卫家浜河岸走，或者往上游或者往下游，走一个小时便掉头返回，到码头还没到吃午饭时间，便帮三嫂洗菜。虽然大部分员工也没来，吃饭的人少，但三嫂一个人还是挺忙。

这天他散步回来，见井儿正在后院洗菜，心中一喜，便过去帮忙。

“井儿你来啦？”

“来了。”井儿抬头笑笑，便又低头洗青菜。

井儿一向话少，如果家俊不说话，她再也不会说一个字。家俊从水池里拿一棵青菜，一片一片掰开，也不说话。三嫂走进后院，笑道：“这两个闷葫芦，不是听见水声，我还以为院里没人呢。不说话你们不着急呀？”

“说话才着急呢。”家俊说。

“你嘴笨，可是井儿嘴不笨呀，为什么也不说话？”

“我嘴也笨。”井儿抬头笑笑，“怕说错话。”

“真是一对。不过一个闷葫芦要配个百灵鸟才行，你俩做一家人不合适。”

家俊和井儿的脸都红了，只低头干活。

三嫂又进厨房忙活去了。洗完青菜，又洗萝卜和芹菜，又沉默好一会，家俊问：“你来这么早干什么？”

“在家里也没事。我妈太烦人了。”

“我现在还没有事做。怎么办呢？”

“会有事做的。”

“就算是还有事做，我可能还会失败。”

“失败了再做嘛。”

“说得轻巧。要是再失败了呢？”

“那就再做。”

“可是那就证明了我不会当老板，何必这么固执？”

“不当老板，你干什么？”

这话让家俊一愣。是啊，不当老板，干什么呢？原以为世上道路千万条，现在却发现，除了当老板，他已经无路可走。

井儿停下揉搓一只萝卜，直起腰，一双清澈的眼睛盯着家俊：“我一直认为你是个好老板。”

“为什么？”

“不为什么。”井儿又弯腰在水池里洗萝卜，难得地又多说一句话，“你别担心我。我还在这里帮三嫂忙。”

洗完菜，井儿在围裙上擦擦手，解下围裙，对家俊说：“你到我房间来一下，有事找你。”

家俊跟着井儿到她宿舍，井儿从包里取出一叠钱：“这钱给你。我花了一千，还有五千。”

“这是你的钱，给我干什么？”

“你现在需要钱。”

“你怎么不给爸妈？”

“我爸妈不缺钱。”

“那也不行。你存起来吧。”

“你比我更需要钱。”

家俊既感动，又无奈。这几千元对他只是杯水车薪，可是井儿是个倔人，不收她不会罢休，只好说："那行，我收下。不过是借你的，将来会加倍还给你。"

家俊收下钱，腰上的呼机响了，是一个陌生电话。他想也许是业务电话呢，便到大志的办公室回过去，原来是桂珍。

"家俊，你认识律师吗？"

"有认识的，就是不熟。你有什么事？"

"我表姐在上海做保姆，春节前给东家擦窗户，从四楼摔下去了。"

"人怎么样了？"

"受了重伤在医院里，没有生命危险，但是医药费太贵，没有办法解决。你能不能帮她找一个律师，说要找提供法律援助的律师，听说他们打官司不要钱。"

"我给你问一下吧。"

曾经在一次老乡聚会中，史玉琴介绍家俊认识一个律师，叫王岳。他打电话给史玉琴，请她找一下王岳。史玉琴说你等一会，我联系好告诉你。没一会，史玉琴打电话过来，说明天上午她和王岳一起过来，还在过年，大家都有时间，顺便聚一下。

次日上午，桂珍带着另一位表姐汪黛兰来到志刚办公室，史玉琴和王岳律师随后也到了。史玉琴介绍他们认识后，家俊指着坐在沙发上的一个三十多岁的妇女说："这位是汪黛兰。她妹妹叫汪黛菊，给人家做保姆，春节前在四楼擦窗户时，不小心掉下去了。雇主把她送到医院后，立刻动手术。雇主还算不错，支付了部分医疗费。可是手术费加上接下来的医疗费用是一笔庞大的开支，雇主也不过是收入较好的工薪阶层，无法支付这么多费用。王律师，你看我们能怎样帮他？"

王岳问汪黛兰："她家里还有什么人？"

"她离婚了，有一个儿子在读书，除了她做保姆就没有其他经济来源了。"

“这是符合法律援助条件的。我会指定所里一位律师积极和医院交涉，同时向上海市法律援助中心申请法律援助。这样的话，可以解决部分费用。剩下的嘛，”他转向家俊说：“胡总，你们这些老乡可以捐助一些。”

家俊说：“可以啊。我联系一些老乡给她捐款。”

汪黛兰连声对家俊和王岳说：“谢谢！谢谢！我妹妹全家都要感谢你们。”

汪黛兰千恩万谢地要告辞，家俊说：“吃过饭再走吧。”

汪黛兰说：“现在哪有心情吃饭呢。我得赶快到医院去护理妹妹。”

汪黛兰走了，家俊对王岳说：“王律师，谢谢你。中午我请你们吃饭吧。”

史玉琴说：“那就不客气了。只请一顿饭算便宜你了。”

张家浜村已经今非昔比，虽然还叫“村”，却全然一副大城市的面貌，高楼林立、商铺相连、人头攒动。这里也有一家天徽大酒店，志刚在大堂里遇到长川科技有限公司董事长刘伟强，问他：“刘董，今天请谁呀？”

刘伟强说：“我就一个人，工厂还没开工，食堂没有饭吃。”

“那就和我们一起吃吧，都是老乡。”

在包厢里坐下，家俊说：“介绍一下。这位是王岳律师，也是安徽老乡。”

刘伟强握住王岳的手问：“王律师是安徽哪里人？”

王岳回答：“凤阳人。你呢？”

“徽州人。”

“哦。就是黄山人？”

“对。黄山虽然名满天下，但是在历史和文化中，徽州更有名，也更有内涵和魅力。”

王岳说：“是。徽州不属于黄山，但黄山一定属于徽州。徽州是出读书人的地方，刘总一看就是读书人，请问您做什么行业？”

家俊说："刘总是从美国留学回来的博士，研究和生产光纤涂料，填补了我国这方面的空白。"

"这么厉害？"王岳重新打量刘伟强，"刘总可是代表了新徽商的一个新的领域和新的高度。"

"是啊。"家俊说，"刘总的祖先就是徽商，做茶叶和山货。传统徽商的最大不足就是远离高科技，刘总弥补了这个不足。"

刘伟强说："对。传统徽商以思想开放而发轫，但是他们的衰落除了政治和时代因素，关键还是思想保守了，不愿意接受西方新思想、新事物和高科技。比如胡雪岩，就是栽在电报这一当时的新产品、高科技上。"

桂珍有些好奇："胡雪岩是怎么栽在电报上的？你说说。"

六十七、不务正业的律师

刘伟强看看桂珍说："胡雪岩失败的根本原因是政治斗争，直接原因则是电报。当时李鸿章手下有个人叫盛宣怀，很聪明，掌握了电报业，也是当时的先进技术，就像现在的互联网一样。他凭此窃取了胡雪岩的信息，使胡处于必败之地。胡雪岩私人担保借钱给政府，还款期将到时，钱款实际上也到了，但掌握在上海一位管钱的官吏手中，盛宣怀要他不要着急还，先压几天。他的用意是让胡雪岩失信。当时，胡雪岩垄断了丝市场，花一千万两银子进货。但是，盛宣怀让人家不买他的丝，逼他存不住货，只以一百万两就卖了。这样，胡雪岩便回到杭州郁愤而死。"

王岳说："现在有了刘总这样的知识型、科学家型企业家，不会再有胡雪岩那样的命运了。"

大家谦让一番才都落座。刘伟强和王岳坐在一起，酒过三巡，他忍不住又说起了徽商："传统徽商只是徽州那一块地方的商人，其实现在的新徽商概念范围更大，应该包含整个安徽省，所以新徽商无论是其文化范畴还是经营范围，都更为丰富，企业家的个性也更多彩。比如你们凤阳人，”他看着王岳说，“我接触过不少，觉得普遍都或多或少地带有一种野性。你们的祖先能跟着朱元璋造反并且成功了，是有道理的。凤阳出现敢于冒死率先大包干的小岗村十八村民也是有道理的。所以凤阳籍企业家也是有个性的。”

“我就当你是夸我们凤阳人了。”王岳放下酒杯说，“你的意思是我们身上拥有狼性？”

“我说的野性是一种群体气质，不是狼的那种赤裸裸的侵略性，而是更内敛、更丰富。我举个例子。韩德彩是你们凤阳人吧？”

“是的。”王岳点头。韩德彩是抗美援朝时期志愿军飞行员，著名的战斗英雄，打下过美军王牌飞行员。

“他在原南京军区空军当副师长时，有一次下班回家，路上看到他的儿子和别的孩子打架，他不管，站在一边观战。他的儿子被打哭了，他不仅不安慰，还上去踢儿子一脚，骂一句：‘没出息！’就丢下儿子自己回家了。”

“还有这回事？”王岳都没有听说过。

“安徽文化南北差异很大。皖南是徽文化，皖中受桐城派影响很大，皖北则是诞生老子和庄子的土地。所以当皖北和皖中人都加入徽商的队伍，当然极大地丰富了徽商的文化和实践。比如你们凤阳籍企业家，就为徽商文化带来野性和率性，让徽商群体更有活力。”

史玉琴说：“有道理。就说王律师吧，我看他身上也有你说的野性。”

“哦？”大家都看着王律师。

“知道他为什么会当律师吗？”面对大家疑问的目光，史玉琴问王岳，“我可以说吗？”

王岳挥挥手：“你说吧。没问题。”

“他家兄弟多，在老家打架周边无敌。大家知道，在农村是非常需要这种实力的，否则怎么解释农村人那么热衷于生男孩呢。王岳当时是大学毕业分配到学校当老师，有知识有文化，自然充当军师的角色。在参与、指挥和处理过众多群体冲突事件后，包括许多次在法庭上或输或赢的经历，使他萌生了当律师的想法。”

“高明。”刘伟强说，“打架打到当律师的境界。就是说，把家族、村庄之间的拳脚冲突演化成在法庭内外的智慧较量。王律师，你身上的野性不小啊。”

“哪里。”王岳说，“我感到这是天性。或许真的像你说的，凤阳那片土地上的人都有这种天性。”

“想当律师和能当上律师可有天壤之别。”史玉琴说，“他在大学的专业是政治，居然能考上律师，到上海干得很好，还拥有自己的律师事务所。可是，他或许真的有某种野性，现在又不务正业，成了一名‘岛主’。”

“岛主？”大家都糊涂了。

史玉琴对王岳说：“看来你得请一次客了。”

王岳说：“好。这个周末，请大家到虎啸蛇岛去玩。”

周六一早，刘伟强开车，拉上胡家俊、王强辉、冯桂珍，到了洋山港深处的一个海湾，王岳和史玉琴已经等在那里了。这里没有码头，王岳雇了一条渔船，船头顶着海堤，开足马力以稳定住而不被海浪冲离堤岸，他们从船头爬上去。

渔船离开堤岸往大海中驶去。正逢涨潮，顶着潮水行船约二十分钟，按照王岳的指点，远远看到一座很小的岛。胡家俊想这岛恐怕太小了，涨潮会不会被淹掉？船到跟前才知道刚才看到的一面只是它的宽度，其形状细长蜿蜒像是一条蛇，王岳说本地有一种蛇叫虎啸蛇，和岛的形状很像，所以这个小岛叫虎啸蛇岛。

六十八、虎啸蛇岛

渔船绕过蛇头部的一座白色灯塔，靠在蛇腹部的码头。说是码头，其实就是一堆乱石，渔船依然没法按常规用船舷靠上去，还是船头顶着岸礁，开足马力使其不至于被浪冲走。看得出来，这里原来真是个码头，因废弃时间久了，已经被海浪冲毁。他们爬上一段险峻的巉岩，才有台阶可行。台阶时有时无，往上约行数十米，豁然出现一排石头砌的房子，房前几米宽的平地，被杂乱的树木灌木占得满满的，只有中间的几间房前清理出一点平地。

王岳介绍说，这一排约四十间房，原来是一个连队的军人驻守，现在这里早已不是前线了，所以荒废了很多年。房屋虽然没有门窗，但看上去砌得很结实，废弃掉实在可惜。王岳打算把这些房子全部改造装修，利用起来。

他们站到平地上往海面观看，这里还只是山腰，就已经感叹不虚此行。海的宽阔让人一吐胸中郁积多年的浊气，心肺都扩展得无边无际。今天多云，没有蓝天，正涨潮的海面颜色也不同，远处略有些蓝的意思，往近则一层青一层绿一层黄一层浑浊地不断变化。近到岸边，浪花如同无数双有力的大手，反复揉搓着礁石。一层层似乎永不停息的涌浪携着无尽的能量，推动着浪花，让人暗暗心惊。这些涌看似不高，移动也缓慢，但是让人感到海有多大多深，它的力量就有多大多沉。即便台风也不过是一时之猛烈、局部的疯狂，远远没有这涌的力量之深远和厚重。

略事休息，王岳开始带他们上山。王岳边走边介绍，说岛上过去曾有过环岛小路，应是军人巡逻走出来的，但多年没有人走，早已荒废了。王岳带了一把柴刀开路，这样他们依然爬得很艰难。大汗淋漓却心情舒畅，腿脚疲累反筋骨通透。一路穿过茅草、荆棘、灌木、树丛，攀越乱石、沟壑、山梁、高坡，终于登上山顶。四面环视，全是大海，那种心胸开阔的感觉远非山腰可比。王岳说，其实这个岛海拔只有八十三米，还没有上海的佘山高。但是其风景和攀越的心境却不可同日而语。

山顶有一座岗楼，里面两层，周围开了数个八字形朝外的射击孔。岗楼周围还挖了很多堑壕，早已被树丛草丛占领，成了他们行路的障碍。岗楼的东面山坡是一片开阔地，茅草齐腰深，王岳说：“这里可以开发出来，让游客露营，早上看日出。”

家俊极目往东方看去，想象着海上日出的壮观与美丽，感到内心躁动不安，神往着那一刻自己站在这里的感觉。他朝远处望去，此时的海面，已看不见浪花的手了，连涌浪也看不清楚，只看见大海浑然一体，颜色的层次也不那么分明，好似它把自己的真面目隐藏了起来。一艘远洋货轮从海面缓缓驶过，远远看去好像不动，只有船后两条八字展开的浪迹才暴露出它的动向。

下山也不容易，时有荆棘挂住裤脚、划破小腿皮肤，或有陷坑隐于草丛，让人跌坐地下。下到一半，沿山腰隐现出一条小路，应该就是当年军人巡逻的环岛小路，路边见到有好几个坑道口，用钢板和水泥浇铸的门有半尺厚，而且一个洞口有两道门，家俊想这是防辐射、防核战的设施了。王岳领头从一个半开的洞口钻进去，他们鱼贯而入，里面干燥、平坦，无异味，也没有不透气的感觉，其通风设施应是很好的。王岳带了一只手电，却只能照往前面看路，后面的人在黑暗中拉着前面人的手往前走。大约走了数里路，才从一个洞口出来，正是营房一侧他们出发上山的地方。

一出洞口，就发现天色变了，风更大、海浪好像更高，拍到下面礁石上的声音骇人而且清晰可闻。

王岳观察着天色，担心地说：“不知道我们今天能不能回去了。”

海浪还在渐渐加大，风呼呼地越吹越响。王岳给船老大打电话，对方说天气变坏，风浪太大，天也快晚了，不敢再出来，只有等明天风浪小了再过来接他们。

王岳的担心证实了，家俊却心情大好，他喜欢在旅游中有这种意外的经历，每次碰到意外他都心情愉快。

王岳说：“这里有五个房间已经整理好了，有床，有被子，还有蚊帐，晚上我们可以住的。”

已经是下午两点多，大家都饿了。王岳早有准备，带了很多吃的，烤鸭、卤牛肉、猪头肉、花生米等等，还有橘子、苹果和梨子，房间里储存了以前带来的神仙酒、矿泉水等，应有尽有。王岳搬出一张折叠圆桌和几张折叠椅，在门前平地上摆开，大家坐下来。王岳把熟食放到碟子里，打开一瓶酒分倒在大家的碗里，端起碗说："难得有机会在大海上喝酒。来，干杯。"

大家端起碗，喝了一大口酒。

家俊说："这里可比水泊梁山还有气势。"

喝完两瓶酒，王岳取出面包当饭给大家吃，说："既然住在这里，晚上我要煮饭了，再炒几个菜，好好喝几杯。"

桂珍惊喜地问："还能自己煮饭？"

"当然可以。"王岳说，"这里有过去部队烧饭的大灶，还有瓶装液化气，米也早就运上来了。你看那里还有几畦菜园。"

众人看屋角那头果然有菜园，里面种了南瓜、青菜、茄子、辣椒等蔬菜。

六十九、生命之源

吃过饭，大家爬不动山了，便在周边走走。放眼望去，岛上有一百多只山羊散布在各处，星星点点地在陡峭的岩壁灵巧地攀上攀下，也有一群羊排成一列走在小道上，像一串白色的项链点缀着绿色山坡。这些羊是王岳放的，只是把种羊放上来，就任其自生自灭，自由发展。王岳还雇了一个小伙子在岛上放羊，其实也不管它们，他的职责只是不让外人上岛把羊偷走。有怀孕的母羊，也是任其生下小羊羔，只要不死，小羊羔就跟着母亲在险峻的山岩上攀爬。

家俊和桂珍在路上碰到了放羊的小伙子，看上去二十四五岁。家俊和他攀谈起来，知道他是四川人，拥有的唯一现代化工具就是手机，唯一的娱乐也就是玩手机。他有一只蓄电池可以给手机充电。家俊问："你晚上睡在哪里？”

小伙子说：“到处都可以睡。经常是睡在树上的吊床上。”

桂珍问：“没有蛇吗？”

“没有。”

和小伙子分手以后，他们继续往前漫步。桂珍感叹道：“真难以想象，每天晚上伴着海风海浪，沐着星光，他是怎样耐得住寂寞的。”

“是啊。”家俊说，“如果他以这惊人的耐力和定力来做一件事，还有他做不成的事吗？在这充满大自然的能量和张力的环境中，无论是谁，只要能活下来就是一个非常有力量的人。而我们到这样的荒蛮之地来游玩，或许就是要寻找这种力量之源，甚至是生命之源，只是我们没有意识到而已。”

桂珍说：“看不出来，你还想得这样深。”

晚饭后天已经黑了，海面吹来的风更大，海浪冲刷礁石的巨大响声更加骇人。回到平房前，他们又坐下，让海风吹在身上，感受从未有过的畅快。直到天完全黑下来，四周一片漆黑，浓云密布的天上也不可能有星星。他们聊到十二点才回屋睡觉。

一夜听着屋外呜呜的风声和巨浪打在礁石上的轰鸣声，也不知道睡没睡着。次日上午八点渔船过来了，载着他们离开。家俊看着后面越来越小的海岛，对强辉说：“你有没有感觉到，在这个岛上住一夜，能获得新的生命能量。”

强辉同意：“我也有同感，觉得今天浑身都有劲，像是充了电一样。”

家俊说：“我觉得，城市是消耗生命力的地方，住得久了，我们会觉得疲倦、厌烦，对生活缺乏热情与新鲜感，所谓亚健康等，都是城市病，其根源就是生命力在不知不觉地流失了。时间久了，竟会不知道自己来自哪里，要到哪里去，更不知道自己要干什么、能干什么。于是，人们就创造了黄金周以到处旅游，想找回自己。然而，当人们扎堆在各著名景点如成群的甚至如裹挟成堆的无头苍蝇时，都没想到实际上是把城市的喧嚣和拥挤带到了乡村，是找不到真正的田原牧歌式的宁静与古朴的。就像是背着火炉寻找清凉之处，到哪里都不会有凉爽。”

史玉琴说：“这个岛要好好开发。我想企业做拓展活动可以上来。”

刘伟强说：“还可以做国防教育、爱国主义教育基地。”

从虎啸蛇岛回来，家俊觉得胸中块垒一扫而光，连走路都轻快了，思路也大开。他觉得，无论是经济形势还是运气不好，都不是失败的原因。再恶劣的环境下，都会有企业生存下来，为什么他不能生存？简单说，就是没有人家做得好。往深层想，是没有战略思维、管理不行，以及其他很多方面都不行。这几年他虽然管理着一百多人的公司，也看了一些管理类书籍，但一直忙于业务，没有时间静下来思考。他以为自己懂很多理论，其实能有效运用在管理中的并不多。至于战略思维，他想到苏启昌在经济形势还没有明显下行迹象时果断裁员，实在佩服之至。人家还不识字。纸上得来终觉浅，有些东西是要靠自己悟的。

家俊到现在才觉得自己有了底气。正月十五以后，估计所有单位都恢复了日常工作状态，家俊才开始打电话联系业务，或者上门拜访一些业务关系。现在业务很难拿，他有打持久战的心理准备。

七十、 进军洋山港

彭大志终于要带队上洋山岛了。

能参与洋山港建设绝非易事，不是仅凭苏启昌的关系就能做到的。胡家俊退出以后，他的股份由彭大志和宣子清两人共同认购，大志的股份进一步扩大，已经绝对控股。苏启昌最初持股是百分之五十，后来胡家俊进来，他让出一些股份，持股百分之三十，现在是二股东。他也想退出股份，彭大志不同意，问他为什么要退。他说：“这个公司是你一手搞起来的。你是个能力和独立性都很强的人，不需要我站台了。”

“我当然需要你。再说你也不需要这点钱，何必退股呢。”

彭大志和宣子清都是军人出身，两人观点相似，队伍管理严格、作风硬朗，这些年已经参与建设了不少码头工程，而且受到甲方高度称赞。军工路码头是李嘉诚投资50亿建设的，后来有一个改建工程，就是由彭大志带领徽远公司完成的。同时他还参与了石洞口码头工程建设。浦东外高桥镇码头从第一期到第七期工程他都参与了，船载从2万—4万吨到现在的4万—10万吨级。徽远建设公司成为码头建设行业最有闯劲、最能吃苦、最能啃硬骨头的民营工程企业之一，有难做的工程，甲方首先会想到彭大志。

六月底已经进入台风季。在这一年第4号台风和第5号台风之间，彭大志带领第一批捆装组八人坐船登上了洋山岛。放眼四周，一片汪洋，一个个荒岛孤立于东海海面。

彭大志带领工程队连续奋战48小时，打下了洋山深水港码头的第一根嵌岩桩。洋山深水港区一期工程的主体工程设计桩基共2 819根，其中嵌岩桩104根。这种钢桩长69米、直径2.2米，需打入海底岩石4—5米深。这里水深五六十米，深水作业工程量和技术难度极高。每天看着“洋山”号打桩船重达12.5吨的铁锤举重若轻地一次次击打着钢桩，彭大志就感到热血沸腾。他知道自己参与的是一项了不起的工程，是一次难得的机遇。

上岛没几天，第5号台风“威马逊”就来了。彭大志和宣子清商量，决定把队伍撤回到上海这边陆地，找一个宾馆住下来。彭大群说：“这样来回折腾，耽误时间不说，住宾馆要花多少钱？”

彭大志说：“安全第一。我带你们过来，就要一个不少地带你们回去。”

“没这么玄乎吧？我们躲在屋里，等风过去再出来。这里的百姓这么多年不都是这样过的吗？”

他们住的是租渔民的房子，在半山腰，大志指着屋顶说：“就这破房子，台风稍微强一点，就把屋顶给掀了，你还能在屋里待得住？百姓每年来台风都有损失，你没听过新闻？”

宣子清说："大志说得对，不能有侥幸心理。公司破费一点换来安全，值得。"

他是工程兵出身，对安全问题有清醒的认识。

站在宾馆房间窗前，看到外面肆虐的台风把民房顶上的卫星天线吹走，把巨大的广告牌掀倒，彭大志庆幸做对了，对彭大群说："你估计在这么强的台风里，咱们那破宿舍能抗住吗？"

彭大群咧嘴笑着说："嘿嘿，要不怎么你是头呢。我听你的就是了。"

台风过去后，大志他们回到洋山岛上，房子虽然没有倒，屋顶却吹走了，床上的被褥全被淋湿。大志说："我们要加固房子，要不下次来台风就吹倒了。"

尽管是夏天，在岛上晚上没有被子盖还是很冷的。他们在房间里点起柴火取暖，能穿的衣服全穿上身，好歹睡到天亮，彭大志起来伸伸胳膊屈屈腿，大声问："有没有感冒的？有就赶快吃药。"

彭大群看看大家说："没有。种田人没那么容易感冒。"

"不能掉以轻心。"彭大志说，"全发叔，你烧些姜汤给大家喝。"

"好。"正在煮稀饭的全发叔说，"姜汤管够，就是没什么蔬菜吃，找渔民买的菜又贵又不新鲜。要是能自己种菜就好了。"

宣子清说："现在没工夫，等安定下来了，我们就种些蔬菜。我看岛上种菜还有地方，可要是不下雨，淡水就成问题。"

七十一、成立党支部

宣子清一语成谶。第5号台风过去后，天气好得出奇，每天高温无雨。下班回来，衣服早就汗湿多少回，却没水洗澡。岛上打井出来的都是海水，唯一的淡水来源是不远处的山上有一个洞，从洞顶和四壁渗出水来，在地面一个岩石坑里积满了便往洞外流，成为一条小溪，细得像筷子。全发叔弄一些毛竹剖开，把水引到住房前，再砌一个水池。池里水从来没有达到一半，只够吃喝。

彭大群弄来海水洗澡，高兴地说："你们试试，海水洗澡没有那么可怕。"

"那不是越洗越脏？"全发叔说。

"不脏。最多身上起一层盐。"大群伸出舌头舔舔胳膊，"吃饭可以省点菜了。"

彭大志斜眼看着他说："等你身上的海水干了看看。"

彭大群说："好像有点痒。"

全发叔哈哈大笑："告诉你，海水越洗越痒。"

"没事，习惯就好了。总比一身汗水舒服。"

有几个工人也跃跃欲试打算洗海水澡，大志严肃地说："不许下海洗澡！都拎水回来洗。"

宣子清也强调："对，不许下海！谁下海处分谁。"

由于台风的影响，第一根桩一个月时间才打到位。洋山港工程总承建单位组织工程技术人员研究如何改进工艺加快进度，彭大志和宣子清也参加研讨，使打好第二根钢桩快了一个多星期。第三根钢桩打下去的第一天下午，海面忽然刮起大风，顷刻间风急浪高，水流每秒达四米，大志立即把人员撤回到岸上。他们眼看着一条抛锚停泊在海面的大船被暗流无情地割裂。船上有十二人，海事局海上巡逻船赶来营救，不幸被沉船的船舷撞翻，八名工作人员也落水了。彭大志登上一艘工程船，看着跟上来的员工，高声喊道："不要都上来。大群你带头先下去，不要拖拉。我点到谁就是谁。"

彭大群带人下去，然后举起手说："大志，我是党员。让我上吧。"

后面又有几个人举手说是党员。大志点了六个人上船。狂风一点没有减弱，工程船在浪里随时有倾覆的危险，彭大志小心驾驶，尽量躲避横风，费尽周折，才抵近底朝天的巡逻船。甲板上没法站稳，彭大群拿根绳索绑在身上，另一头系到船上，然后扶着船舷慢慢走出去，把救生圈扔给还在水面沉浮的人。其他人都仿效大群，用绳子绑好再摸索着走到船边，回收连着救生圈的绳索。最后，他们救了八人上船，水面再也找不到人影了。

一个月后一个傍晚，大家端着饭碗在外面山坡上吃饭，忽然一阵风起，看到海面一艘正航行的货船被巨浪打翻，十分钟不到，就只剩下桅杆露在海面。他们赶紧放下饭碗奔到海边，上船的还是上次六个人和大志，最终救起九个人，还有四人无影无踪了。

把救起的人交给随后赶来的救援队，大志他们浑身湿透回到宿舍，天已经黑下来。换下衣服，全发叔把饭菜烧热，他们继续吃饭。宣子清说："大志，我们天天在海上作业，等于和死神打交道，安全方面要加强措施。"

彭大志说："我也这样想。制度都有了，但是还不放心。大家再出出主意，有没有更多更好的办法。"

彭大群说："建筑工地有安全网，我们也可以在打桩区域拉安全网，就是难度大些。"

彭大志说："这是个好主意。难度再大也要拉。"

全发说："可以准备一些长绳子，每个班组抽两个人做安全员，专门监督安全工作，看见有人不小心落水，马上放绳子施救。"

大志说："好！这个主意也好。抢救落水人员就是和时间赛跑，稍微晚一点都不行。"

宣子清说："每周一次安全例会，雷打不动。还要严格进行安全评比和奖罚。"

大志说："都很好，我们就这样做。还要成立一个抢险突击队，这两次参加救人的都算在内，另外再增加几个人，平时加强训练，分工明确。遇到事情要像一支军队一样，召之即来，来之能战。"

这些措施实施后，尽管大志还是提心吊胆，但一直没有出过事。其他工程队却时有事故出现。

随着工程的展开，上岛的工程队越来越多，总人数已经过万。宣子清说："大志，岛上工人越来越多，不光是安全问题，还有喝酒打架、赌博偷窃等等问题，需要重视起来。"

大志说："我也这样想，必须加强管理。你看怎么做？"

"过去我们只完善了安全制度，现在该把所有管理制度都建立起来，严格执行，像在国企一样。"

"好。这件事就麻烦你了。我们都没读多少书，就你是秀才。"

"我哪里是什么秀才，当兵前也就读过初中，都是在部队和公司学的。不过写制度没问题，我把国企的规章制度拿来改一下。"

"你看还需要做什么？"

"我看可以成立党支部。"

"好。这个我赞成。我们工程队有四百多人了，足足一个加强营。按照我军把支部建在连上的传统，都能成立四个党支部。"

大志和宣子清都是党员，工程队里还有二十几名党员，成立党支部没有问题。问题是支部设在哪个党委下面？在民工中建立党支部还没有先例。大志准备回一趟老家购买建材，打听一下这件事。

洋山港一期工程包括港区工程、东海大桥、芦潮港辅助配套工程三个部分。彭大志主要承担一期码头工程部分的建设，接着又承担了岛上四百万工程量的第一期职工宿舍建设。工程量大增，所需建材都得去上海市和外地购买，还要费尽周折才能运到岛上。东海大桥尚在建设中，只能靠船运，运到岛上还得自己卸货。从外地买来的水泥等材料却进不了码头，不得不经过几次车船倒腾才运到。大志一趟趟地跑，累得疲惫不堪，有时都产生了放弃的想法。

他这次回老家买水泥，便到镇党委询问能否成立一个在上海的民工流动党支部。镇党委书记彭家水听了大志的想法，摇头说不好办。

大志说："这是件好事，从哪方面看都没有任何不利的地方，为什么不好办？”

彭加水还是摇头：“党组织的事要按党的原则来办。镇党委没有这个权利，这事要请示县委组织部。”

“那你现在打个电话请示吧。”

彭加水瞟他一眼，不紧不慢地说：“打电话怎么行？这么大的事要走流程。要写一个报告交给组织部，然后等待批复。”

“那我现在就写报告。”大志坐到另一张桌子边，拿过一张纸、一支圆珠笔就写。

“你现在写什么报告？给县委组织部的报告要我们写，等我们的报告批下来，你再写报告给我们。”

“那就请你尽快把报告交上去。”

“行啦，你忙去吧。报告批下来我会通知你。”

大志回到洋山港，等了两个月没有消息，打电话给彭加水，他说最近忙着抓双抢，没时间写报告。大志说现在不是人民公社时代，双抢是各家各户的事，跟你书记有什么关系。彭加水说我们要做好保障工作，农民要买化肥、种子、农药，没有钱还要贷款，农科院还推广优良种子和新技术，除了农业还有城镇建设、招商引资、环保治安、文化教育等等，都需要管。大志知道他是推托，镇党委这一关是走不过去了，只有直接找到县委组织部争取一下，可组织部他不认识人，这样越级上报还会被推到镇党委。最好找到一个说话算数的。

他想到王雅琴已经是县委书记了，组织部长的顶头上司。就算王雅琴把他推给组织部，他也是带着尚方宝剑去的。再一次回去买材料时，他找到县委，王雅琴正在主持会议，他等到中午十二点才散会，在会议室门口拦住了王雅琴。

“彭大志，你怎么来了？”王雅琴下放的时候，彭大志还没有当兵，刚初中毕业回乡务农，和她很熟。

“王书记，我找你汇报一件重要的工作。”

“是关于上海的还是银山县的？”

“上海的，跟党组织有关。”

“那你跟我到食堂去吃饭吧，边吃边谈。”

“别到食堂了，我请你在外面吃吧。”

“没必要。还是到食堂方便。”

大志不再客气，边走边把在上海打工的民工情况，以及相当数量的党员无法过组织生活、也无法发挥作用的情况详细介绍一遍，王雅琴听完，想了想，说：“照你这样说，成立流动党支部是好事，而且是一个创举呢。”

“这么说你支持了？”

“我支持。不过彭书记说得也对，流程还是要走的。”

“我知道要走流程，那就快走啊。我等彭书记都等几个月了。”

走进食堂，正好看见组织部长朱良臣端着餐盘在找桌子，王雅琴说：“朱部长，你找个位子，我和彭大志有事和你商量。”

七十二、礼品生意

眼看中秋节要到了，大志打电话给家俊，说中秋节搞联欢，需要一些小玩意做抽奖的奖品，他在岛上忙得出不来，叫家俊给买一些。

大志叮嘱说：“你叫人到人民广场地下的迪美购物中心去看看，听说那里的小礼品不错。”

家俊有半年多没做工程了。能接到的工程他都看不上。如果没有合适的项目，以及可控的未来发展路径，他觉得不值得再重新拉起一支队伍。这几个月他主要是收收旧账，再还掉欠债，日子还能过，他便有心情读一些过去想读又没时间读的书。他想，给大志买礼品没必要叫别人去，自己去逛逛也不错，这些年还真没有逛过上海。

迪美购物中心只有一半的店面开着，小部分是卖礼品的，也并非如大志所说有不错的礼品。家俊问了几个店主，说这里是由地下防空洞改造的，前期进驻一些服装、鞋帽、箱包、化妆品等品牌商家，忍受不了2—3个月的萧条，纷纷撤离，剩下的是本钱小的非品牌商品和礼品店。

家俊逛遍了这里的礼品店，一件满意的礼品都没有。他想，要是我卖礼品，绝不卖这些破玩意，千篇一律，粗糙俗气，没有创意。他突然心里闪出一个念头：我为什么不能卖礼品？

礼品虽小，但生意不会小。从迪美购物中心里最多的礼品店就可以看出，他们卖这种破东西还能生存，可见其市场不小，而且经营者的个人素质、经营理念、产品开发等方面都很原始，竞争力不强。

家俊随便买一些礼品回到码头，还想着经营礼品的事。首先需要做一个市场调研和项目评估，他觉得自己一个人有些吃力，便想着找一个助手。经过三嫂的办公室，他便走进去。

三嫂现在已经不做饭了。井儿回到她身边后，见她还是经常介绍人到企业上班，这些企业的人事和她熟了，需要什么员工便委托她去找，还付报酬，她自得其乐，便向她建议："三嫂，你可以开一个劳务公司。"

"我开公司？"三嫂有些愣神，"我能开公司？"

"你当然能开公司。"

"不行不行。我就是个初中生，干不好。"

"彭大志就是初中生，苏启昌还不识字呢。"

"你真认为我能干？"

"你现在不是已经有钱赚了？要是不烧饭了，专门干这个，肯定赚得更多。"

"那是当然的。可是我真的能开公司？"

"真的能开。"

"那你要帮我。"

“好。我帮你。”

三嫂向大志要码头上的两个房间做办公室，井儿帮她注册一个公司，叫上海兰朵劳务有限公司。三嫂叫陈兰花，取自己和女儿名字中各一个字做公司名。井儿在徽远建设公司行政人事部经过史玉琴指点，对人力资源和行政相关业务和政策都非常熟悉，成为三嫂的得力助手，让三嫂放心地在外面跑业务。

办公室里只有井儿一个人，家俊问：“井儿，三嫂呢？”

井儿从电脑前抬起头：“陈总到江南造船厂去签合同。那边需要几十个钳工、电焊工和冷作工。”

“你们生意都做到江南造船厂去了？在哪里找的技术工人？”

“在安徽几家技工学校招来的毕业生。”

“这些学生有用吗？”

“理论知识他们都懂，就是实践弱一些。只要做几年，他们就能超过没有上过技校的工人。”

家俊在井儿对面一个座位上坐下：“三嫂什么时间回来？”

“恐怕要到吃饭时才能回来。”井儿说话不卑不亢、不紧不慢，轻柔又清晰，听着舒服。家俊喜欢和她说话，不仅因为她说话好听，还因为她领悟力强、善解人意，有时别人话说一半，她就明白了，却并不抢人的话头，总是耐心地听人说完，才从容对答。和她对话聊天，感觉轻松愉快。

见家俊坐下来，井儿不好再看电脑，便问：“你找陈总有事吗？”

“有件事想和她商量。”

“能和我说说吗？”

“行啊。我需要找一个助手。”

“找一个助手？你要做什么？”

家俊把迪美购物中心的状况和自己的想法和她说了：“我需要一个得力的人，不但能做好市场调研，还要参与经营管理。”

“这类人才没有，我们只有工人、司机、保姆。”

“你们就不能招些这种人才吗？”

“那就不叫劳务公司，该叫猎头公司了。”

“井儿，你说我的想法怎么样？”

井儿沉吟一会说：“我觉得不错。如果有创意，你卖的就不是礼品，而是文化了。”

“你和我想到一块了。”家俊有些惊喜，“没想到你也有这样的想法。”

井儿白皙的脸上出现了一抹红云。

“井儿，干脆你还过来帮我吧。”

“我不会做调研，更不会管理。”

“你现在不是管得很好吗？”

“这公司只有两个人，我就是管我自己。”

“不会可以学，能学会的东西都不是问题。问题是有没有自己的思路，这可很难学会。我看你有思路。”

“陈总恐怕不会放我。”

“我来和三嫂说。”

“你要和我说什么？”三嫂正好走进来。

家俊又说一遍他的想法，三嫂说：“看上去是个不错的生意。不过井儿我不能给你。”

“三嫂，你就支持一下吧，我实在找不到合适的人。”

“找不到人你就挖我墙脚？井儿，你愿不愿意过去？”

井儿红着脸说：“我听陈总的。”

“听这意思是想去。也好，在我这里你出息不大，跟着家俊能学到东西。不过，”她转向家俊，“我有一个条件。”

“你还有条件？”

“怎么了？就是嫁女儿还要有彩礼吧？我把井儿当女儿看，不能便宜你。”

“你又不是真把她嫁给我。再说你才大她几岁，就当她妈了？”

“不行吗？你说答不答应吧。”

“你还没说是什么条件呢。”

“你要让我入股。”

“你不怕我把你的钱亏掉？”

“只要你不是有意亏的，或者卷钱跑路了，我就不怕。”

“你是知道我现在没有钱，有意帮我吧？”

“不是。我是认为你能帮我赚钱。”

“行，我答应你。”

七十三、 好礼嘉年华

家俊和井儿跑遍上海大大小小的礼品市场，对于礼品的供货渠道也深入调查，很快调研报告便出来了，得出的结论是礼品市场大有可为。

作为尝试，家俊在迪美购物中心租下了 80 平方米的摊位。说是尝试，家俊心里清楚，他现在也只有这个实力。

预付半年租金，家俊就捉襟见肘了。后面还要支付装修、进货和人员工资等费用，进货和人员工资他有预算，就是装修费用他无论如何也拿不出来。只能绞尽脑汁地节省。家俊知道大理石生产厂家有废弃的边角料，如果有人把它们拉走，厂家还会支付运输费。他虽然做过建筑公司老板，却不会做瓦匠，也不想找过去的手下来做，便到镇中心广场的角落去找。那里有一些打零工的农民工，在地上放个牌子，上面写着木工、瓦工、电工等。家俊从那里请来一位瓦匠师傅铺地砖，用大理石厂家给的运输费付工钱。而拌水泥、搬材料等体力活，就自己干。井儿也帮忙搬砖、递泥浆，家俊不让她干，却拦不住她，没想到这丫头还挺倔，也能吃苦。他们干了两个通宵，双手被大理石割得鲜血淋漓，地砖终于铺好了。家俊自己懂电工，便又到镇中心广场上找来一个木匠。木匠师傅见老板如此吃苦，便自愿地收集旧木料为他省钱，还回老家去帮他找便宜的材料。工程结束时工钱不够，家俊说：“给我一点时间，一定把工钱给你们。如果我亏了付不出钱，就去打工还你们的债。”

家俊对井儿说：“井儿，你要是不急着用钱，你的工资暂时也不发，可以吗？”

“可以。我不用钱。”

井儿正往墙上刷涂料，头上顶个报纸叠的帽子。家俊拿起刷子一起刷墙，问道：“这个店就叫‘嘉年华’怎么样？”

井儿说：“我看可以。我们的顾客以年轻人为主，‘嘉年华’是年轻人喜欢的概念。”

由于经过周密的调研，家俊预料刚开业会有一个生意清淡的阶段，而且即便是过了这个阶段，如果不主动出击，生意也不会好到哪里去。

家俊策划了一系列活动。他在商场走廊内举办云南红陶艺术展、率先推出七夕情人节概念、把广西的绣球作为情人节礼品推出、率先引进电子宠物和大头贴等，不断地推陈出新、吸引路人。没多久，“好礼嘉年华”的名声就从地下传到了地面，双休日很多男孩女孩专门从远处找来购物。后来，连在附近的市政府机关也来选购商品，作为市领导出访兄弟省市的礼品。

成功举办了云南红陶展之后，家俊发现迪美商场中厅特别适合做小额的过路消费。他决定包下整个中厅走廊，经过整改后再分租给商家。征得商场同意后，他反复推敲，画了几十张草图，设计了各种陈列商品用的花车。

家俊首创的“走廊花车”经营模式，却在推广时遇到了困难。经销商都认为这一经营模式十分新颖，却不敢尝试，担心收不回成本。家俊费尽口舌，向他们讲解操作方式及流程，把自己的经营和盈利模式毫无保留地告诉他们，他们还是犹豫不决。一个叫肖莉的女孩指着图纸说：“我好喜欢这些花车，就是不知道顾客喜不喜欢。”

家俊说：“你就把自己当作是一个顾客，设身处地地想，愿不愿意在这些花车旁流连？”

“我要是顾客，就是不买东西，也想转一转，欣赏这些花车。”

“那我的目的就达到了。你开店时间也不短了，应该明白，只要人家愿意在店里驻足，就会有生意的。”

肖莉听了直点头，其他经销商也点头。家俊坦率地说：“打个比方，如果生意成功，我赚 100 元，你就能赚 40 元；如果生意失败，那么你亏 1，我赔 10。你干不干？”

肖莉扭头看看其他经销商，咬咬嘴唇，对家俊说：“我干。”

肖莉是第一个签合同的，一边观望的经销商见状也纷纷签合同。半个月不到，五十几部花车就全部租出去了。

眼看春节到了，“走廊花车”必须在年前布置好，以赶上节日消费。家俊把徐远从大志那里调过来，又招了几个员工，大家一起没日没夜地干。

直到大年三十下午，五十几部花车，上万种稀奇古怪的礼品、饰品、化妆品、生活用品等等，都布置停当。已经是下午五点多，大家松弛下来，欣赏着一系列漂亮的“走廊花车”，谈谈笑笑，等着家俊来开会，布置开张事宜。

徐远说：“我们在地下，外面肯定有很多人家放鞭炮吃年夜饭了。”

井儿说：“胡总怎么还不来？”

“是啊，胡总呢？”

都不知道家俊在哪里。徐远说：“我去卫生间看看。”

徐远走进卫生间，发现家俊坐在马桶上睡着了。他叫道：“师傅。”

家俊没反应。徐远拍拍他的肩膀，他才惊醒，看看两边，才知道是在卫生间，问徐远：“我睡着了？”

徐远说：“我们忙了九天，你总共才睡十多个小时。”

“大家还在吗？”

“都在。等着你开会呢。”

他们走到中厅，家俊说：“对不起，我在厕所睡着了。大家再坚持一会，开完会吃年夜饭。”

十几个人挤在办公室里开会，凳子不够，家俊坐到地板上说：“都坐下吧。”

会议开始，家俊说了几句话，又横在地板上睡着了。醒来时，他全身酸痛，发现身上盖了十几件衣服。

家俊走出办公室，员工们都在中厅等他。他的眼睛湿润了：“你们快把外套穿上，当心着凉。我们吃年夜饭去。”

“到哪里吃？现在有饭店开门吗？”徐远问。

井儿说：“有。我下午上去看过，已经订好桌子了。”

家俊摸摸口袋，只有三百块钱，问井儿：“你身上带钱了吗？”

井儿说：“我只有两百块。”

徐远说：“我有一百五。”

大家都把口袋里的钱掏出来交到家俊手里。家俊把钱递给井儿：“就照这么多钱点菜。”

这顿年夜饭还算丰盛，该有的菜都有了。家俊被员工们灌了足有半斤酒，伏在桌子上又睡着了。井儿打一辆出租车和他一起回到卫家浜码头。

大年初一，“走廊花车”成为迪美商场的最大亮点，吸引了众多年轻人来欣赏、购物。很快就有别家商场模仿这种模式，接着便迅速红遍了整个上海滩。

不久，上海开始出现大卖场的模式，家乐福、乐购、易初莲花等接连跟风出现，人气旺，生意好做。家俊觉得如果“嘉年华”礼品不进大卖场，都对不起这么好的人气。可是，传统的礼品经营方式没有这样做的，也没有哪家大卖场愿意接受一家经营不起眼小礼品的小企业。家俊想，如果联合起众多商家，形成规模，向大卖场提出整合营销概念，希望还是很大的。可是要联合这些没有雄心和远见、只会打自己小算盘的个体户绝非易事。这和投入小、见效快的“走廊花车”不一样。他想到了肖莉。“走廊花车”是她第一个签约，带动其他人纷纷签约，家俊看出来她在圈子里还是有影响力的。

他到城隍庙去找肖莉。城隍庙寸土寸金，肖莉居然租了上百平方米的店面。如果是卖金银珠宝这个面积不大，可是卖礼品则找不出第二家。一般礼品店都是十几平方店面。肖莉见家俊走进店里，有些喜出望外：“胡总怎么有空过来？”

家俊说：“随便看看，顺便和你聊聊。”

“好啊。我也一直想和你聊聊呢。‘走廊花车’让大家都赚到钱了，我就想着你一定还会有新的奇思妙想。”

“我就是想和你聊聊一个新想法。”

“我请你到外面去喝茶吧。”

“你这里没有茶吗？”

“有是有，就是来来往往的人多，不好谈事。”

他们找一个茶室坐下。肖莉从随身带的精致的包里取出一包烟和一个金属打火机，抽出一支细长的女式香烟，问家俊：“胡总，我可以抽烟吗？”

“当然可以。”家俊说，“我们乡下人抽烟从来不这样问人。”

“你早就不是乡下人了。”肖莉把香烟递给家俊，“你抽吗？”

家俊摇摇手：“不抽。”

肖莉“叭”地打着火机，点燃香烟，深吸一口，一缕淡淡的白烟从涂了口红的樱桃小嘴中徐徐吐出。

七十四、 小心女人

肖莉是安徽合肥人，属于那种长相说得过去、身材火辣、富有魅力的女人，三十出头，单身，却从不缺少追求者。她听了家俊的想法，说：“我就知道你会有新想法，可你的想法还是让我觉得意外。这个主意太好了。你需要我做什么？”

“我需要一个主要合作者，负责联系商家，还要能镇得住他们。你知道这些小店主最难合作，就是答应了也随时会变卦。他们要是反悔了，或者又出别的主意，自己内部闹起来，我还怎么和大卖场谈？”

“这个你找我就对了。谁要是敢反悔我还不带他玩呢。”

他们一拍即合，正事谈完，才过去半个小时。肖莉问他：“胡总成家了没有？”

“没有。”

“那我猜你也没有女朋友。”

“你怎么知道？”

“女人的直觉。”

“太可怕了，像巫婆一样。”

“有什么可怕的。女人多数是凭直觉做事，不讲逻辑，也不愿伤脑筋去思考的。”

“你做生意也是凭直觉吗？”

“当然。当初我租这么大的门面，谁都说我肯定亏，可我就觉得一定赚钱，而且比他们赚得多。比如有五家店面加起来和我一样大，可我赚的钱比他们五家加到一起都多。事实证明就是这样的。”

“这也有道理。他们五家的人力资源、进货和营销成本加起来肯定比你一家多。”

“还是你厉害，一眼就看出来了。我一开始自己都不明白为什么，后来慢慢地才想明白。”

这时从隔壁卡座里出来一男一女两个人，家俊看女的是苏晴，苏晴也看到他，叫男的先走，过来看看肖莉，问：“胡家俊，这是你女朋友吗？”

家俊脸一红，否认道：“不是。我们谈工作。”

“是吗？”苏晴调皮地对他眨眨眼，下巴朝门外一甩说，“我也是谈工作。你就不要再问了。”

“我没想到问你。”家俊一点没给她面子，“你是谈投资项目吗？这小伙子看着可不像是有潜力的未来企业家。”

“你能看出来还要我这样的投资专家干什么？”

“哦，忘了你是海归专家。我现在有个项目你看怎么样？”

苏晴在他身边坐下，把他挤得往里面挪了挪：“你说说看。”

家俊把联合礼品商家打入所有大卖场的想法说一遍，苏晴想都不想说：“这个我不会投资的。”

“为什么？”

“我要看行业的技术含量、市场潜力、未来的发展空间和企业的创新性，当然也包括人的领导力和创造力。你这个想法很有创新性，但是这个行业不行，没有核心技术，天花板太低。以你的能力，很快就会摸到天花板，根本不需要吸引投资。我倒是很想投资你这个人，不过目前你还没有找到让我感兴趣的项目。”

“我知道这个项目太小，也太传统，你不会感兴趣。我就是想听听你的意见。我有一个感觉，有一天你一定会和我合作的。”

“真的吗？我也有这种感觉，而且很强烈。”苏晴看看对面不语的肖莉，“我不打扰了。你送送我吧。”

家俊和她走到门口，苏晴说：“这个女的喜欢你。”

“是吗？别逗了。我和她认识时间不长。”

“你不了解女人。喜欢一个男人不需要时间，有时一眼就够了。”

“我现在了解了，你们女人都是巫婆。”

“她也是吗？”苏晴灿烂地一笑，故作神秘地指着他说，“小心女人！”

说完，她一扭身走进了阳光里。

家俊回到里面，还有些耀眼的感觉，不知是被外面的阳光还是苏晴的笑晃的。

家俊果然没有看错肖莉。她精选的一些礼品店主既有实力、人品也好，这方面家俊一点都没烦神。不过也有一点不足，就是女性太多，整天叽叽喳喳，聒噪得很，好在家俊可以不理，让肖莉对付她们。有几个长得不错的女店主想多接近家俊，明显有所图谋，自然也被肖莉给挡住了。

很快，家俊带着精心制作的效果图和详尽务实的经营计划书，找到家乐福超市。家乐福上海区总裁对他的方案十分满意，当场拍板合作，并迅速推广至各区家乐福门店，开小礼品进大卖场之先河。此后，乐购、易初莲花、法国欧尚相继看中并引进家俊的礼品经营店，使它们成为各卖场超市不可缺少的亮点。

家俊把小礼品做到近乎极致，被苏晴言中，已经触摸到行业的天花板。可已经被激发起来的思维和创意的欲望，却无法平息。他想选择一个更富挑战性的行业试试。

不久，肖莉告诉他一个信息，长寿路亚新广场地下室 1 000 多平方米的商铺刚空下来，正在招租，问他感不感兴趣。

长寿路是一条东西横向连接上海火车站和中山公园的主干道，北边是中山北路内环线，南边离北京路、南京路和静安寺不远，与著名的玉佛寺更是近在咫尺，亚新广场的人气不会差。家俊和肖莉过去看了看，觉得 1 000 多平方米不大不小，风险也不大不小，可以尝试一下自己的创意。

准备签约时，肖莉拦住了他。

家俊问："怎么了？"

"胡总，这次咱俩一起签。"

家俊有些意外："你想和我合作？"

"我看好你，想搭个便车，跟着你赚大钱。"

"那要是亏了呢？"

"亏了我认。又不是亏不起。"

家俊想了想："还是算了吧。这次我的把握也不大，等成功了，下次你再投。"

"等你成功了，下次我再投还有意思吗？我知道你现在实力还不够，该不是想让那个女人投吧？"

"哪个女人？"

"就是上次在城隍庙遇见，搞投资的那个。"

家俊明白了，她说的是苏晴："她呀！她不会投，我也不会去找她。"

"那除了我还有谁和你合作？"

家俊还真没想到这个，他只是觉得这个项目可以做，资金并不很担心。他想了想，说："行吧，既然你愿意合作，我没意见。"

家俊并没有在装修上下大功夫，只稍加改动，然后大部分租出去。他这次的创意是首次引进服装销售，并为这种模式起名"流行线"，打出自己的牌子。

招商工作刚开始，家俊接到苏晴的电话："胡家俊，我要投你那个'流行线'项目。"

家俊有点意外："这个项目不大，不值得你投。"

"这次不算是风投，就是我个人想入股和你一起玩玩。"

"这个好玩吗？你要是喜欢赌博就到澳门去。"

"我觉得好玩。你说答不答应吧。"

"你真要入股玩玩，那就让你玩玩吧。"

"但我有一个条件。"

"又不是我求你，还提什么条件？"

"你干不干？"

"你说是什么条件？"

"你让肖莉撤股，我和你合作。"

"为什么？你进来可以三方合作嘛。"

“我不愿意。你答不答应？”

“这个不大好吧？她已经和我签约了，资金也到位了，我怎么能把她给蹬了呢？”

“我就这个条件，你好好想想。想好了告诉我。”苏晴不等家俊回答就挂了电话。

家俊莫名其妙，苏晴这是抽的什么风？

七十五、 静观其变

第二天一早，家俊开车在路上，又接到苏晴的电话：“胡家俊，你在哪里？”

“我在路上。”

“到亚新广场的路上？我中午过去，你请我吃饭。”

“你也不问我有没有时间？”

“又不占用你上班时间。我找你有事。”不容家俊分说，电话就挂了。

十点钟苏晴就来了，家俊和肖莉正在办公室里和几个商户沟通，苏晴说：“你们忙，我走走看看。”

她背着手，在空空的商场里转悠好几圈，然后回到办公室，静静地听家俊和商户说话。眼见这几个商户签好租赁合同走了，已经十二点多。她对家俊说：“情况不错嘛。租出去多少了？”

“刚开始招商，没多少。”

“中午在哪里请我？”

“哪里都行，就看你想吃什么。”

苏晴对肖莉说：“肖小姐要不要一起去？我说的事情不是秘密。”

肖莉说：“我还有别的事，就不去了。你们去吧。”

看着肖莉的背影，苏晴说：“还算知趣。是个聪明人。”

家俊带苏晴到长寿路对面叶家宅路上一家叫“独秀新家”的酒店。还没进门，家俊指着两侧门柱上镌刻的对联说：“你看这副对联怎么样？”

苏晴驻足细看，对联是“独秀堂下话乡情，黄浦江畔立新家。”她说：“老板是安庆人？”

“对，安庆怀宁县人，和陈独秀是老乡。他叫史一松，上海比雷福国际贸易有限公司董事长，这副对联是他拟的。”

“这个史一松还挺有文采。”

“桐城派的发源地嘛，随便指一个人都可能有文采。他的公司在松江，平时是他夫人打理这个酒店。”

他们走进酒店，前台小姐认识家俊：“胡总好！请问几个人？”

家俊说：“两个。你安排一个小包房，我要谈点事。”

前台小姐和家俊很熟，带点暧昧的笑容看看苏晴：“好的。请跟我来。”

前台小姐带他们走进一个能坐四个人的小包房就出去了。一个服务员进来泡茶，问：“胡总今天吃什么菜？”

家俊对苏晴说：“你来点吧？”

苏晴问服务员：“你们这里最贵的菜是什么？”

“最贵的菜是臭鳜鱼，88 元一份。”

“这么便宜？”苏晴看着家俊，“你知道我要宰你，才带我到这来的？”

“不是。这里是我的定点饭店。要知道你宰我，就带你吃大排档了。”

“你敢！”苏晴对服务员说，“你看着安排几个特色菜吧。”

服务员出去了。家俊说：“你要什么花招？怎么看上我这个小项目了？”

苏晴一双杏仁眼看着家俊，笑着说：“我没看上你这个项目。”

“你是什么意思？”

“我是看上你这个人了。”

家俊心里乱跳几下，故意开玩笑说：“你什么时候喜欢上我的？”

苏晴瞪他一眼："谁说我喜欢你了？"

她的杏仁眼大小适中，瞪也瞪不太大，家俊喜欢看她瞪眼："你刚才自己说的。"

"我是从投资的角度看上你了，不要自作多情。"

"那也差别不大。你看上我值得投资，当然也值得让你喜欢。"

"你就别自恋了。今天找你不是这件事。"

"那又为什么事了？"家俊猜不透她又要出什么幺蛾子。

"你知道我爸的助理莫群芳吧？"

"当然知道。她特别能干，苏董也特别信任她。"

"何止是信任！她和我爸都上床了。"

"真的？你可不要乱说，那是你爸。"

"公司里都知道了。他们根本就不隐瞒。那个莫群芳就像小姑娘追未婚男孩一样追我爸。"

"为了钱吗？"

"你说呢？不为钱还能为什么？"

"那也不一定。没准她就是爱上你爸了呢。"

"我宁愿她为了钱，这样不难解决。她真要是没皮没脸地爱上我爸，那我妈怎么办？"

"要是这样你就不该管，也不该找我商量。"

"为什么？"

"我们是晚辈，对于长辈的个人感情问题，还是少干涉为妙。"

"你不算晚辈。你以前是我爸的下属、同事，关心他是应该的。"

"你妈对这事是什么反应？"

"她还蛮淡定的，说不管真假，都不要听别人说。"

"你妈都这样，你着什么急？"

"我妈这辈子都不管我爸。可这种事能不管吗？她不管我管。"

“你管不好。”

“我知道，所以才来找你商量嘛。”

“那我就给你一个锦囊妙计。”

“你快说。”

“四个字：静观其变。”

“那不是和我妈的态度一样了？”

“所以我佩服你妈。她很聪明。”

服务员端菜过来了。有臭鳜鱼、鸡蛋炒地皮、山粉圆子烧肉、油渣炒白菜，一份萝卜排骨汤。家俊说：“喝点酒吧？”

“我开车，不喝酒。”

“难得一起吃饭，喝点酒，好好聊聊吧。回头我叫人开你的车给你送回去。”

“你真想喝酒？行，那就喝白的。”

“哟，看来我得小心了。你喜欢什么酒？”

“茅台五粮液看来店里没有，就喝家乡酒，古井贡吧。”

几杯酒喝下去，苏晴白皙的皮肤像抹了胭脂一样红了，娇艳无比。她轻轻叹一口气：“我妈遇到什么事都自己扛。她从来都不指责我爸。”

“我说长辈的事你最好不要掺和，当心添乱。”

“好吧，我听你的。观察一阵再说。我担心我的耐心有限。”她话锋一转，“现在和你谈入股的事。你和肖莉说没有？”

“说什么？让她撤资？”

“对。”

“没说。”

“为什么？”

“说不出口。”

“有什么说不出口的？要不要我来说？”

“你也不要说。”

苏晴怒视着家俊：“是你不愿意让她撤吧？”

“也可以这么说。”

“你喜欢她了？”

七十六、诱惑

“别扯远了。和这无关。我没有理由蹬掉她，你也没给我一个充足的理由。你以为是过家家呢？”

苏晴端起酒杯，和家俊碰一下，一饮而尽：“好，我让步，不让她撤了。不过我的股份要比她多。”

“这又何必呢？你和她一样多不是很公平吗？”

苏晴盯着他说：“你心里我和她的分量是一样的，是吧？”

家俊深深叹一口气：“你这又说到哪里去了？女人真是不可思议。”

“你才知道？女人和男人之间本来就没有道理讲。”

“那男女之间做生意怎么做？”

“做生意就没有性别了，都是中性人。”

“我们合作，不就是做生意吗？”

苏晴扑哧一声笑出来：“胡家俊，你是第一个我说不过的男人。”

“别人不是说不过你，是让着你。”

“那你为什么就不让着我一点？真不像个男人。”

“好，我承认错误。”家俊夹一个圆子给她，“吃一个我家乡的特色菜。”

苏晴看着碗里暗黑半透明油光发亮的东西，问：“这是什么东西？”

“山粉圆子，用山芋粉加工的，和五花肉一起红烧，比肉还好吃。”

苏晴夹起来咬一小口，再一口把剩下的圆子全吃下去。

“这山粉圆子真好吃。你会烧吗？”

“我不会，我妈烧的比这个还好吃。下次请你到我家去，叫我妈烧给你吃。”

“真的？”苏晴端起一杯酒和家俊碰一下，“你可说话算话。”

“保证算话。”家俊喝下一杯酒说，“酒是不是少喝点？下午还有事呢。”

“你能有多少事？今天我想喝酒，你陪我。”

“我陪你没问题，就怕你喝多了。”

“有能耐你就把我喝多。”

家俊摇摇手中的酒瓶说：“这里酒不多了，喝完为止。”

“不行。再拿一瓶。”

“再拿一瓶喝不完。”

“喝不完也拿。”

正好服务员进来上菜，接上话说：“胡总，您还有半瓶酒存在这里。”

家俊说：“你这丫头不会来事，看不出来我不想让她喝了吗？”

服务员吐吐舌头，转身往外走，苏晴叫住她：“别走，就把半瓶酒拿来。胡家俊，你太小气了吧，半瓶酒都舍不得？”

家俊想自己多喝点，苏晴不干，非要两人一样。拿来的半瓶酒喝完，苏晴就真多了，头伏在桌上不起来。家俊问她：“你怎么样，能坐车吗？”

苏晴摇摇手：“我想吐。”

“你别吐，找个地方休息一下吧。”

服务员说：“隔壁就是快捷酒店。”

家俊说：“你照顾她一会，我去开房间。”

家俊开好房间，过来扶苏晴起来。苏晴全部重量都压在他身上，他想不到一个女孩还挺重，气喘吁吁地把她连搀带抱地弄进房间，放倒在床上。

他把苏晴的高跟鞋脱掉，双腿放到床上，犹豫着要不要给她脱外套。苏晴坐起来，自己脱下上衣，接着把裤子也脱下来，只穿了一件三角内裤，还要解衬衫。家俊赶紧按住她的手说："别再脱了，小心受凉。"

"我热。"

"热也别脱。"

"你管不着。"

苏晴推开家俊，把衬衫脱掉，暴露出里面的胸罩。她的身材匀称得完美无瑕，皮肤洁白似玉，胸部饱满而精致，让家俊看得目瞪口呆。苏晴一把拉住家俊，把他拉到床上。家俊一接触她的肌肤，像烫手一样缩回来，挣开她的手臂，下床站住，回头看看房门，一颗心扑通扑通地猛捶胸腔。如果此刻有人冲进来，就是跳进黄浦江也洗不清了。他不相信苏晴会喜欢自己。这丫头让自己绑架过，还说过狠话，会不会弄个恶作剧报复自己？这念头一起，起初对这美丽的胴体产生的冲动，瞬间就被吓没有了。

他断定苏晴没有醉，赶紧跑出客房，下楼跑出大门。一出大门他就后悔，这么好的机会怎么能放弃？他眼前出现了苏晴穿三点式的样子，犹豫着想回去，可现在已经晚了，没有房卡怎么进去呢。他心里挣扎着，拖着沉重的脚步在马路上来回走动，走着走着又回到了快捷酒店。他到底不放心，便在大堂坐下，等苏晴下来。如果时间长了，他就打算再上去看看。

苏晴没有真醉。听到家俊关门的声音，她的泪水流了出来。

那次被家俊绑架，她确实从心里面恨家俊，让她大大丢了一次面子。她自己都不知道，这个粗鲁又聪明的男孩已经进入她心里。

她在英国读五年书，本科毕业接着读硕士。在异国他乡感到孤独的时候，总是情不自禁地想家人，想母亲最多，有时候也想父亲。让她意外的是，竟然会经常想起胡家俊这个坏小子，而且想到他的次数不比想父亲的少。她想可能是因为胡家俊给她造成的心理伤害太深了。直到回国后再见到胡家俊，她只得承认自己是真的喜欢上他了。可胡家俊对她没有表现出多少意思，让她心里有些踌躇。她不缺少自信，身后众多优秀的追求者也让她无法不自信，可她毕竟没有谈过恋爱，拒绝追求者是一回事，倒追一个态度不明的男孩则又是一回事。尽管心里没底，她还是认为，只要稍微施展一点魅力，胡家俊自然会缴械投降。没想到面对自己精心设计的局面，胡家俊竟然拒绝了她。

苏晴痛哭一阵，心情好多了，便到卫生间洗把脸，再补上妆，收拾一下，便离开房间。在大堂看到胡家俊还在等她，瞬间心中又宽慰不少。

七十七、 留学英国

苏晴在伦敦也有几个玩伴，来往最多的王文，是王铁军的儿子，比她早几年留学，也是金融专业，正在攻读博士学位。王文是个学霸，一路凭自己的努力考到伦敦大学，还拿到了奖学金。他不仅学习好，还是个领袖人物，十几个来自全国各地的中国留学生都唯他马首是瞻。他们经常在周末聚会，逢年过节还举行大型活动。活动地点主要在马鸣的别墅里。马鸣的老子在安徽省和贵州省茅台镇各有一家白酒厂，在澳洲也有一个葡萄酒庄和几座铁矿，按说他应该到澳洲留学，他说澳洲是英国的殖民地，在资本主义阵营里不是孙子也是儿子辈，一片荒蛮之地，如果不研究袋鼠和土著文化就不要去。他学经济学，说得到资本主义的祖宗英国去学，在大英图书馆说不定还能冥冥中受到马克思的点拨和启发，创造出自己的政治经济学来呢。做老板的老子说不过他，正好在伦敦买了一座别墅，反正不缺钱，只好任他胡闹去。

其实马鸣只是胡说，却不是真的胡闹。只是他有点眼高手低，凭成绩想上伦敦大学还差点意思，但有老爸花钱，还是被录取了。他对老爸说，我是学经济学的，将来一定能证明你对我的投资是你所有生意中回报率最高的。老爸照他后脑勺抽一巴掌说：“娘的，你以为老子哪座矿比你值钱？”

在留学生中，马鸣最服王文，却又不愿总处于下风。他们这个圈子里不会比钱多——大家谁都有钱，有什么好比的？再说王文愿意相处的人不可能是纨绔子弟。成绩也没有什么好比的，大家的专业和学校不一样。马鸣所能与王文一较上下的是追女孩子，正好他俩都看上了苏晴。

由于都是安徽人，他们三个来往更多一些。马鸣一直想说服王文和苏晴搬到他的别墅来住，那两位都不愿意，宁愿租房，但每周末总要过来一起吃顿饭，每人烧两个菜。别墅里有一个酒窖，放满了葡萄酒，全是欧洲各地的名酒庄产品，却没有马鸣家在澳洲酒庄的酒。马鸣说，澳洲酒庄是欧洲酒庄的孙子，在欧洲他绝不喝新世界的酒。王文说，他家在澳洲产的酒是骗中国人的，自己都不喝。每次吃饭，苏晴喝葡萄酒，王文和马鸣喝他家的茅台酒。王文说是假茅台，还是骗中国人的。总之，在他嘴里马鸣的老子就是一骗子，而且专骗中国人。马鸣也不和他争辩，反正他心里对老子的评价也好不了多少。

每次吃过午饭，他们都要畅谈一下午，主题永远是两个：忧虑世界未来，畅想个人未来。身处欧洲，而且是在大英帝国的首都，总感觉是站在世界的制高点上，至少是美国以外的制高点。美国是啥？不就是个暴发户吗？哪能与历史悠久、文化深厚的欧洲大陆相比。于是，他们便不由自主地忧国忧民，当然，忧的是全世界的“国”和全世界的“民”。三人的观点各不相同。马鸣是典型的“大陆派”，觉得欧洲虽然近些年发展迟缓，但历史悠久、文化深厚，从上帝的视角来看，现在不过是发展过程中的一个低谷，走出去还是要引领人类方向的。王文则认为欧洲已垂垂老矣，美国是如日中天，还会在世界巅峰上屹立数百年。而他之所以来欧洲学金融，是认为欧洲这个老人好歹是美国的先辈，见多识广、诡计多端，枕头下面或者是墙角里说不定会藏有“武功秘籍”。苏晴一点都不忧国忧民，她就是想回到父母身边，如果在海外长期生活，结婚、生子，一辈子与父母天各一方，她想都不敢想。当然她也看好中国的发展，而且坚信未来世界的制高点在中国，未来的全球主流文化是东方文化——她没有逻辑分析和判断，全凭直觉。

也有其他中国留学生在周末来马鸣的别墅，参与他们的讨论，自然地形成一个沙龙。

苏晴对两位追求者采取等距离外交的策略，让两人既心如猫抓又不敢造次，只能亦步亦趋地跟着她，揣摩她的意思。关键是两人都没敢表白，既然没有表白，也就没有拒绝，希望自然就不会破灭。

苏晴拿到硕士学位后，也没和两位商量就买了回国的机票，然后通知他们来帮她整理行李。其实她随身的行李已经整理好，但五年间积累下满屋子的东西，叫他俩给搬到马鸣的别墅放好，不允许扔。马鸣和王文租一辆厢式小货车跑两趟才搬完，连一个布娃娃都不敢拉下。

苏晴回国不久，马鸣就辞去在一家位列世界100强公司经济研究院做助理研究员的工作，追踪到上海。他老子在上海没有产业，他便在浦东买了一套公寓房，先有个窝再说。随即王文也放弃了再到美国镀金的计划回到上海。

七十八、 徽二代的合作

苏晴的上海晴天投资有限公司办公室也在裕安大厦，但和她爹的徽远航运公司不在一层楼。她既要独立，不受父亲干涉，又不想刻意拉开距离。她叫彭大志派人来装修，彭大志说抽不出人手，洋山港的工程太紧张了。苏晴说我不管，你一定给我安排人装修。虽然彭大志已经独立，控股徽远建设公司，可对这位大小姐的蛮横也很无奈，便派全发叔带几个工人来了。

苏晴对装修的要求严苛到每一条砖缝都必须按她的设计来，涂料的颜色要调到她点头认可，那种颜色连油漆工都说不上来。她每天都盯在工地上，因此马鸣过来一下就找到她。

马鸣走进来时，苏晴正在指点工人铺地砖。苏晴见到他很奇怪：“你怎么回来了？”

马鸣手里拿着一只比枕头还长的穿连衣裙的布娃娃：“我专程给你送布娃娃来了。”

苏晴接过布娃娃：“你别说，我还真的想这个小娃娃。”

“我怕你晚上睡不着觉，就给你送来了。”

“你怎么知道？”

“很简单。在英国我去你的寝室，她总是躺在你的床上，我就知道你晚上睡觉肯定习惯抱着她。”

当初离开英国时，塞得满满的行李箱再也无法腾出空间了，苏晴下了狠心才放下这个布娃娃。苏晴为掩饰心里的感动，拿着布娃娃想找一个地方，却没有一个干净之处。马鸣从包里取出一张报纸铺开，把娃娃放上去。苏晴说：“看不出来，你倒挺细心嘛。”

“嘿嘿。细节决定成败嘛。”

“走，我请你吃饭，为你接风。”

“还是我请你吧。”

“这是上海，我家在这里，轮到你请吗？”

苏晴带马鸣走进街边一个小饭店，在一个卡座坐下，苏晴点菜，马鸣打量着四周问：“是你家亲戚开的？”

“不是。”

“我刚从国外回来，你就这样请我？”

“正因为你刚从国外回来，才请你吃正宗的中国菜。”

“你欺负我智障吗？在国内哪里吃不上中国菜？”

“就是在国内，越是大酒店的中国菜也就越不正宗。只有这种小店里不是厨师出身的农村妇女烧出来的菜才最正宗。”

马鸣想了想，点点头：“也许你说得有道理。”

“知道为什么吗？”

“不知道。”

“是食材问题。大上海再好的厨师也做不出农村妇女自己养的鸡鸭、种的蔬菜味道。”

“可这里也是在上海，她在哪里养鸡种菜？”

“这个老板也是安徽人，老家在大别山里，每天都通过客运班车从老家把鸡鸭鱼肉、新鲜蔬菜运过来，你说他的食材好不好？”

“好是好，可是成本就增加了。”

“老家的物价便宜，加上运费和人工，成本增加不了多少。”

“这倒是个不错的思路。”马鸣心里一动，说，“你说，要是按这种模式打造连锁店，我们投资支持，能不能培养上市？”

“那得看食材能不能保证供应了，像他这样到处收购肯定不行。”

“这样当然不行。可以建立自己的供应基地。”

“对了，我还没问你。你回来干什么？是度假还是不去了？”

“不去了。”

“那边的工作辞了？”

“辞了。”

“回来干什么？”

“不知道。还没有找工作呢。”

“你打算干什么？”

“你搞投资公司，不需要一个高水平的经济学家吗？”

“我可请不起你。”

“我帮你请呀。”

“什么意思？你帮我请你？”

“是啊。我投资做股东，给我自己发工资，不是帮你请我吗？”

“我为什么要和你合作？”

“我刚说了，你需要一个经济学家呀。”

苏晴确实觉得自己一个人有些势单力薄，心中没底，有马鸣合作是再好不过了。

“你打算投多少？”

“比你少点。你做董事长，我当总经理。”

“你不适合做总经理。”

“那你说我适合做什么？”

“做董事兼高参。把握经济形势，研究发展方向，提供参考方案，参与重大事务决策。”

“那当然是我的优势。可我怎么就不能做总经理了？”

“我也不知道。就是感觉你做不好总经理。”

“那我先试试，做不好就辞职。”

“怎么试？先亏你的钱？”

“没问题呀。我造成的亏空我来填。”

“那还是一个公司吗？从这点就证明你不能当总经理。”

服务员开始上菜了。苏晴问：“想喝点什么？这里可没有你家的酒。”

“我带来了。”马鸣从一个拎袋里取出一瓶干红和一瓶白酒，“喝哪瓶？”

“假茅台就算了。喝干红吧。”

吃过饭回去，还没走进办公室，就听见里面有人争吵。马鸣说：“好像是王文的声音。”

“他也回来了？”

“有可能。我回来的时候他说很快也回来。”

他们走进办公室，果然是王文，正在和工人争论办公室隔断的布局。见他俩走进来，也不打招呼，便直接质问：“苏晴，你为什么不给我隔一间办公室？”

苏晴很奇怪：“我为什么要给你留办公室？”

“我要做你的股东。”

苏晴看看马鸣："你俩倒是想到一块了，可为什么不一起来找我？"

王文说："我回来才知道你开公司了，还没和马鸣商量呢。"

"既然你们这么看得起我，就坐下来商量商量吧。"

马鸣说："我们到一楼喝咖啡。"

他们准备出门，工人问："老板，我们继续干吗？"

苏晴说："继续。"

王文说："不用干了。今天你们回去吧，耽误的时间算我的，我给你们补偿。"

七十九、 谁当董事长

他们到一楼咖啡厅坐下，马鸣买来三份咖啡。

苏晴问："你们为什么要入股我的公司？"

马鸣说："我说了，你缺少一个经济学家。"

王文说："还需要一个金融学博士。"

"我凭什么要和你们合作？"

"你还说呢。"王文不满地说，"回国开公司，都不跟我和马鸣说一声，太不够意思了。你不觉得我们三个一起能干一番大事业吗？"

"我只想玩玩，没想搞大。"

"既然做，就必须要做大。没有野心，你的公司很快就会关门。"

"对。"马鸣附和着，"凭我们三家的实力，合作起来肯定能在上海滩搞出点动静来。"

"就你？"苏晴撇撇嘴，"这可是大上海。咱们三家的产业加起来也只是一滴水。"

"四两拨千斤嘛。大上海怎么了？父辈能从一无所有挣出现在的家产，我们就不能超越他们？"

“对。”王文说，“论知识、能力、财力、机会，我们比前辈强太多了，没理由不做得更好。”

“你为什么不接你爸的班呢？”苏晴问王文。

“搞房地产？那我怎么能超越我爸？我学的东西再多，在房地产这一块也没有信心能赶上我爸，他在这一行都成精了。我是扬长避短，避开房地产业。”

“那你呢？”苏晴又问马鸣。

“我？我要向老爸证明不靠他我也能干出名堂来。”

王文说：“别问我们，你为什么不接你爸的班，自己开这个公司？”

“我妈太厉害了，我玩不过她。再说，她和我爸再干二十年没问题，我可不想二十年后才当董事长。”

“二十年后你才四十多岁，当董事长委屈你了？”

“和你们一样，我也想靠自己干出点名堂来。”

马鸣说：“自己开一个公司，你现在就能当董事长。”

王文说：“她不能当董事长。”

“为什么？”苏晴瞪大眼睛。

“你做总经理，董事长我来当。”

“我的公司，凭什么让你当董事长？”

“是我们的公司。我可以占股百分之五十一。”

“我不同意！”马鸣说，“不能让你一个人说了算。”

“我也不同意。”苏晴说。

“那就四三三，我占四。”

“为什么你要占四？我才是公司发起人。”

“不敢说我家比你家有钱，可是做投资，无论知识还是经验，一个金融学硕士能比一个金融学博士强吗？”

苏晴无语了。沉默一会，说：“那行。反正我和马鸣加起来比你多，不会让你胡来。”

“我在英国可没有学过胡来。你学过吗？”王文转脸问马鸣。

“没有。”马鸣摇摇头。

“好了，不要胡说了。”苏晴严肃起来，“既然合作，我们好好商量一下怎么做吧。”

王文说：“你公司都成立了，一定已经想得差不多了。你先说说。”

“我没有成熟的想法。我想还是要多关注高科技、互联网类公司。”

公司启动后，王强辉的项目进入视线，三个人的意见却不一致。苏晴非常看好它。王文和马鸣则认为这个项目过于超前，即便将来如预想的那样成功了，兑现时间也太久，不符合风投要求；何况这么长时间里，无论是项目自身的合理性、现实性、可行性，还是竞争对手的成长性和侵略性变化都会非常大，完全无法掌控，同样背离了风投的基本原则。马鸣完全反对投这个项目。王文则认为，如果王强辉能再开发出更现实一点的项目，足以支持到未来核心项目兑现的时候，倒是可以考虑投他。毕竟风投的对象首先看人，其次才看项目本身。

这时王强辉连公司都没有，只是借助一个朋友的互联网公司，接了一些教育部门的开发项目，找几个高手合作，赚到了第一桶金。苏晴催他赶快注册一个公司，他才如梦初醒，把这事直接就委托给苏晴代劳，他仍然扎进编程世界里不出来。苏晴说，你能不能把朋友那家公司买过来？这样省事。他说不行，那个朋友的公司虽然赚不到大钱，小钱却不断，小富即安，不会卖公司的。苏晴说如果入股合作呢？他说虽然是朋友，偶尔合作一次没问题，可如果长期合作这个人一定有问题。苏晴说，你整天只知道编程，看人还这么准？强辉说，他和我从小一起长大，知根知底，错不了。

苏晴帮王强辉注册好公司，股东有王强辉、胡家俊、史玉琴。办公室和“流行线”总部在一层楼面，有二百平方面积，是家俊在亚新广场附近租下来的一个搬迁了的工厂厂房。公司一成立，员工就有二十多人，多数是编程工程师。苏晴对王强辉说：“你不能整天埋头干活了，要跳出来管管公司。

你要是不会做管理，我给你找一个总经理。”

“谁说我不会管理？等我把大的框架设计好，就分解开交给他们做，我只做管理。”

“那就好。你现在是什么计划？有几个人做短平快的项目？”

“至少有一大半力量在做短平快，重点是政府和大型企业项目，也不限于教育领域，足以养活公司，还可以持续盈利。还有一小半力量其实都是高手，他们代表了我的理想。”

苏晴展颜笑了：“没想到你真的有管理才能。我以为你是书呆子呢。”

“你太小看我了。我可是能文能武，能拦路打劫也能入书斋读书。”

“这样我就放心了。我一定把你送到上市公司CEO的位子上。”

但是这个项目在董事会还是没有通过，主要是公司规模和盈利能力还差了点，有待进一步努力。

马鸣对苏晴的追求也加强了，但苏晴这人和一般女孩不一样，怎么关心她都无动于衷。她不喜欢花，办公室里的发财树、吊兰等都视若不见，如果秘书不浇水，枯死了她都不会浇水。她也不喜欢别人拍马屁。你夸她漂亮，她便面无表情地说：“我知道。不用你提醒。”送她礼物倒是会笑纳，却连句谢谢都懒得说。不算在英国送的礼物，马鸣回国后送她的口红、香水、葡萄酒都是最好的品牌，他不心疼钱，却心痛自己的一片心意。他感到对这个姑娘是狗咬刺猬——无处下口。只要有机会，马鸣就请苏晴吃饭、喝咖啡，这个苏晴倒不拒绝。毕竟在英国交往数年，现在又共事，话题不少，也需要沟通些工作上的事，但是他们的关系仅限于此。

马鸣终于绷不住，有一次喝酒故意多喝了些，趁着酒劲问她：“苏晴，你到底想找一个什么样的男朋友？”

苏晴也喝了不少，脸蛋白里透红，双眼水汪汪地盯着马鸣：“我不知道。反正碰到什么样的就是什么样的。”

“那就是还没碰到了？我和王文整天在面前晃也碰不到你的眼光？”

“我只把你们当朋友，从来不往深处想。”

“那你现在就想一想，我能不能做你的男朋友？”

“你不行。”她一点也不给马鸣面子，“王文也不行。”

“那谁行？你指一个差不多的类型让我见识见识。”

“我真不知道。反正谁叫我心跳就行，可我还没有碰到这样的人。”

这句苏晴没有说真话。其实她被胡家俊绑架时就心跳了，以后每次见到他都心跳不已，可胡家俊对她没有一点反应，她不愿意承认自己先动心。

她无论如何想不到，胡家俊在面对她的身体时还能把持住。她怀疑胡家俊是否性无能，否则怎么可能视她如无物？她更不相信自己的魅力不够。

八十、桂珍离婚

桂珍生孩子时没敢告诉父母，周栩的父母又远在新疆，只好在周栩的爷爷家坐月子。周栩在那里有一个小房间。爷爷奶奶不喜欢这个外地乡下来的孙媳妇，但好歹为他们生了一个重孙女，便默许了她在家里坐月子。周栩忙不过来时他们也帮一把手，洗洗尿布，炖炖鸡汤。女儿满月后，桂珍不愿忍受爷爷奶奶那自命不凡居高临下的神态，便搬到店里住，每天抱着孩子接待顾客，周栩则负责送货。

时间长了，桂珍发现周栩是个长不大的孩子，整天就想着围棋。他还有一群棋友，天天晚上不是人家找他下棋，就是他到人家去下棋，一下就到深夜。他早晨起不来，店里的事就靠桂珍照料，生意却越来越好。有的顾客见桂珍态度好，对她产生了信任，便问她做不做装修工程，如果做就让她装修。问的人多了，桂珍觉得是一个商机，便和周栩商量能否开一个装修公司。周栩想都不想一口否决：“你以为开公司是闹着玩的？你会做装修吗？做亏了你赔得起吗？”

桂珍被他说得哑口无言。想想孩子还小，又没有长辈帮忙带，只好作罢。

有一天夜里女儿发烧了，小脸通红，桂珍量了体温有41度。周栩在外面下棋还没回来，她打电话过去，周栩说这盘棋下完就回来。桂珍等不及，便把女儿包裹好放到三轮车上，自己骑到医院去，边骑边流泪。到医院挂急诊、排队等号，医生看了说要挂水。等挂完水，骑三轮车回到店里，桂珍看周栩在床上睡得正香。她把孩子放到小床上，一脚踹到周栩的床沿，他还不醒。桂珍掀起他的被子，顺手端起脸盆，把半盆水全倒到他身上。周栩浑身湿淋淋地从床上跃起，揪住桂珍的头发就打她。谁知他遇到对手了，桂珍小时候不知道多少次被人抓头发，都能战而胜之。结果他被桂珍打得又躺倒在床上直喘粗气。

周栩乖了几天，没有出去下棋。几天后，又有人来找他下棋，很快就恢复了原样，还变本加厉，有时白天也不管店里的生意，出去参加什么棋友活动，一去就到晚饭后甚至半夜才回来。有一次周栩不在店里，一个顾客买了很多货，要求下午就送上门去。桂珍打电话给周栩，周栩说赶不回来。桂珍说你必须回来，不回来怎么办？周栩说那就明天送货。桂珍说不行，今天一定要送到。周栩说不就是装修么，又不是救命，没有那么着急，明天送货也死不了人。没等桂珍再说，他便挂了电话。

桂珍无奈，便自己装好车，把女儿绑在背上，关好店门，骑上车送货。货比较多，有水管、下水管、油漆、阀门、龙头、水池等等，尤其是水管很长，拖在后面，骑车转弯要特别小心。骑进一个新小区，道路上堆满了装修垃圾，她转弯时左边轮子撞上一堆水泥块，往右边翻倒了。为了不使女儿受伤，急切中桂珍还来得及让自己先落地，跌了个嘴啃泥，右脸擦破一块皮，鲜血直往下流，右胳膊肘痛得钻心。女儿哇哇大哭。她坐起来，赶紧放下女儿检查，没有发现受伤，才松一口气。她的泪水也随之如泉水般涌下来。她索性就坐在地上，一手抱着女儿，一手掏出手机给顾客打电话，告诉他自己在小区里翻车了，问能不能叫人来帮一把。顾客说工人正在家里干活，马上打电话给他们。

没一会，两个工人跑过来，一个帮她把三轮车扶正，再骑到楼下，另一个扶桂珍起来，叫她带着孩子在楼下等着。两个工人一会儿就把货卸完了。

桂珍骑着空三轮车回到店里，周栩还没有回来。她流着泪，写一份离婚协议书，放到桌上，然后拿一只包，装上女儿的尿布、衣服，以及自己的几件换洗衣服和日用品，背上女儿，锁上卷闸门，便走了。

桂珍到码头上找三嫂，哭诉了整个过程，三嫂气愤地说："离婚！这种男人不是个东西。早离早好。"

桂珍说："三嫂，这段时间麻烦你了，我要住在你这里。"

"你别说见外话，尽管住下来。明天我找大志再要一间房给你住。这里就是你的娘家，我看谁敢欺负你。"

晚饭后，周栩过来了，跪在地上痛哭流涕，请求桂珍原谅。三嫂冷冷地看着他说："你早干什么了？男儿有泪不轻弹。这样像什么话。"

"三嫂，我求求你。"周栩抹着眼泪说，"你帮帮我。桂珍听你的，劝她不要离婚。我们都有孩子了。"

"日子是你们过的，我劝也没有用。"

桂珍说："周栩，你知道我不是喜欢闹事的人。我做的决定没人能改变。你走，明天上午九点到民政局。"

周栩还是不依不饶地哭闹。桂珍不耐烦了，厉声说："周栩，你还是不是男人？你的女儿要睡觉了，不要再闹。闹也没用。"

听桂珍这样一说，周栩安静下来，狠狠地说："冯桂珍，你真是铁石心肠！好，离就离。你有多了不起吗？！"

看着周栩走了，三嫂问桂珍："你真的下决心了？"

"当然。你看这种男人能要吗？"

"这种男人还不是你自己选的。"

"三嫂，你就别说我了。"

三嫂搂住桂珍说："好，我不说了。快带着孩子睡觉去。"

八十一、创办装修公司

离婚也是一波三折。为争女儿抚养权，桂珍和周栩上了法庭。最后法庭把抚养权判给周栩，理由是桂珍没有能力抚养孩子。在财产分割方面，他们很容易就达成共识。桂珍不要财产，唯一的要求是继续帮周栩站店，但不要工资，她在店里接装修业务，如果有了业务还给周栩交提成。

桂珍想注册一个公司，去工商所咨询了，需要两个股东才行。她拉上三嫂，取各自名字中的一个字，成立了上海兰桂装潢有限公司。办公室临时设在三嫂那里，周栩的建材店作为临时一个业务窗口。

桂珍没想到，她的第一笔业务就是上次帮她的装修工人带来的。那位扶她的工人叫吴帮怀，是个木匠，过来买两管乳胶，见店门口立了一个牌子，写着承接装修业务，便对桂珍说："大姐，我可以帮你拉业务。"

桂珍问："你天天干活怎么拉？"

"我在业主家干活，经常有邻居来询问，我可以推荐给你。"

"你为什么不推荐自己的公司？"

"什么公司，我们就是一个工程队，在人家公司下面承包工程。你要是拿到工程，我们也可以为你干。"

这正符合桂珍的想法，她还盘算着到哪里找工程队呢："是这样。那好啊，接到工程我给你提成。"

很快，吴帮怀真的拉来一笔业务，桂珍有些措手不及，她还不知道装修是怎么回事呢。她对吴帮怀说："小吴，你可要帮我把这个工程做好。"

吴帮怀说："大姐，你放心交给我。"

吴帮怀索性不干木匠了，直接做工头。他带着一帮工人按部就班地干，桂珍则整天跟在后面学习。她跟家俊干活时只安装过中央空调、电梯，没有接触过装潢业务。工人砸开地面铺水管，她问为什么这样做；工人做卫生间防水，她也问是怎么回事。工人有时不愿意讲，说告诉你你也不懂。她买几只西瓜，招呼工人们休息一下，边吃西瓜边请教心中的疑问。建材店没空过去，她干脆告诉周栩不过去了，让他自己经营。

开工没几天，就有楼上楼下的业主过来打听，询问价格。桂珍不敢再接，怕来不及做，吴帮怀说："大姐，你尽管接下来，这才多少业务？你放心，交给我就不要管了。"

桂珍壮着胆子又签了两家。吴帮怀带人过去，乒乒乓乓先把两家的卫生间隔墙砸掉，便回来继续在第一家干活。桂珍问他："你把两家的墙都砸了，又不开始干活，是什么意思？"

吴帮怀说："先把墙砸了，是告诉业主我们开工了，让他不会反悔又去找别的公司。"

"你这不是欺骗人吗？"

"大家都是这样做，不能说是欺骗人。大姐，做生意可不能太老实，会吃亏的。"

桂珍说："不行，在我这里就是欺骗。你赶紧再找些人手，快点把那两家干起来。"

"行。你是老板，我听你的。我这边瓦工的活快完了，过两天就过去。然后木工活进来。等木工活干完了，那边第二家的瓦工也干好了，到第三家去，木工就到第二家去。这是流水作业，效率高。"

吴帮怀的话点醒了桂珍，她想我也不能只抓住他这一支队伍不放。这时她又接到业务电话，这家房子在浦西长宁区，她赶过去看房后，当即签了协议。她打电话给家俊求援。家俊说："你开装修公司怎么不早说。我叫一个人来帮你，什么问题都能解决。"

家俊叫徐远过去帮桂珍。徐远随便打几个电话，就召集了一支队伍，立刻在长宁区这家干起来。桂珍没有了后顾之忧，便接二连三地接业务。徐远像变魔术一样，业务开展到哪里，他就立刻在哪里凑齐一支队伍，一点不耽误开工。

桂珍买一部长安面包车，天天跑工地。每到一个工地，她还是问这问那。有时工人半真半假地说她：“老板，你挡住我干活了，站远一点。”她也不生气。

她很快就学到了想学的东西。家庭装修工程所有环节、流程她都了如指掌。一个门套需要多少板材多少钉子、墙面每平方米需要多少斤涂料，她张口就能说出来。她知道，只有成为内行，对各个细节都了解透，才能控制成本，才能见效益，否则是无法管理好企业的。

有时晚上回到码头上，她才想起好久没去看女儿了。女儿由周栩爷爷奶奶带着，已经能说一口流利的上海话，桂珍都很难全听懂。这天她从浦东一处工地出来，见天还早，便直接开车到周栩爷爷家去看女儿。

孩子出生前，周栩就起好了两个名字：男孩叫周天元，女孩叫周元元。两个名字都和天元有关。天元是围棋术语，是位于棋盘正中的一个点。周元元已经三岁，继承了周栩的白皮肤和桂珍的漂亮脸蛋，张着嫩藕一样又胖又白的一对胳膊扑到桂珍的怀里。桂珍捧起女儿白里透红像苹果一样的小脸，心想太爷爷和太奶奶在她身上花费了不少心血。

元元奶声奶气地说：“妈妈，你怎么不来看我？”

桂珍说：“妈妈这不是来看你了吗？”

“我要你天天来看我。”

“妈妈工作忙，不能天天来看元元。元元乖，妈妈过几天就来看你。好吗？”

元元地用手摸着桂珍的脸说：“妈妈，你脸上好不干净，怎么不洗脸？”

桂珍天天开着没有空调的面包车到处跑，她原本皮肤就有点黑，现在晒得更黑。她抓住元元的小手在脸上抚摸，说：“妈妈脸不脏，是晒黑了。”

“我不要妈妈晒黑。”

“你为什么不要妈妈晒黑？”

“晒黑就洗不干净了。”

桂珍被女儿逗得哈哈笑起来。她从包里取出一只毛绒娃娃和几包儿童食品放到桌上。太奶奶过来说：“毛绒玩具最不卫生了，孩子会拿到床上玩，容易生病。这些膨化食品一点营养都没有。你要是想给她买吃的，把钱给我，我来买。”

八十二、 女儿在哪里

桂珍说：“我不是给抚养费了吗？”

“抚养费是起码的生活费用，不包括买玩具、买零嘴的费用。”

桂珍不想和她争，便说：“太奶奶，我带元元出去吃饭好吗？”

太奶奶说：“晚饭都做好了，还出去吃什么？”

元元高兴地蹦起来：“我要吃肯德基。”

“不许吃肯德基。”太奶奶严肃地说，“肯德基是垃圾食品，吃了不好。你带她去吃馄饨或者小笼吧，有营养。”

桂珍牵着元元小手走出小区。外面就是闹市区，什么吃的都有。元元拉着妈妈的手直奔不远处的肯德基，桂珍不忍心让孩子失望，心里说，去他妈的垃圾食品，又不是毒药，吃一次还能怎样。便跟着元元走进肯德基。

看着元元津津有味地吃完一只汉堡、四只鸡翅，拿一根薯条，蘸上番茄酱，放嘴里小口地咬着，然后吸吮着一大杯可乐，一双大眼睛骨碌碌地乱转，桂珍浑身的疲劳瞬间消失。她想，不管生活如何失败、婚姻如何不幸，能换来这样一个小精灵，都值。

从肯德基出来，元元走不动了，要妈妈抱。外面已经灯火璀璨。元元伏在妈妈肩上睡着了。

把元元送到太奶奶家，桂珍回到码头，想找三嫂聊聊。其实三嫂只是挂名股东，不要股份，但桂珍有事还是找她商量，没事也找她谈心。好在三嫂是一个人在上海，晚上也希望有个人说话。

三嫂家彭三哥在他们结婚后第二年，有一年夏天晚上，把竹床搬到稻场上乘凉，睡到半夜，一只野狼悄悄溜过来，一口咬下他的右臂，他痛得醒过来，狼已经叼着胳膊跑远了。从此是少一个胳膊的残疾人，不能出来打工。三嫂一直打算让三哥到上海来做点事，没有胳膊和没有文化都没有关系，在码头或工地上看个门没问题，可是三哥不愿意，说家里孩子小，老人年纪大了，身体不好，也需要有人照顾。他虽然少一个胳膊，但照顾老人和孩子没有问题。三嫂说把老人和孩子都接到上海来。三哥说老人不愿意离开村子，再说孩子还要上学。三嫂只好作罢。她知道男人真正的原因是自尊心受伤了，不想到外面来靠女人生活。

她们在办公室喝菊花茶，正聊着，家俊走了进来。

“你们在说什么呢？让我听听。”

他们三个都住在码头，却各忙各的，很少能凑到一起。家俊在沙发上坐下，三嫂说：“你自己泡茶吧。”

家俊又起身泡了一杯绿茶，问：“你们刚才说什么？”

三嫂说：“女人嘛，还不就说些家长里短，儿女情长。你没有孩子，跟你说了也没用。”

“三嫂又要逼我结婚了？你比我妈还唠叨。”

“那是你妈不在身边，听不见她唠叨。我要是你妈，非让你气死不可。”

家俊赶紧转移话题，问桂珍：“听说你的生意不错？”

“是不错。可是烦恼也不少。”

“幸福的烦恼？说给我听听。”

桂珍没想到装潢业务出乎意料地好做。哪怕只在报纸的中缝刊登一小块广告，顾客也会蜂拥而至。每天，顾客都是排着队等着签约，而兰桂公司每天只能签十个合同，有的人等到晚上十点还签不到，只好第二天再来排队。

公司的业务员和设计师每天都加班，累得吃不消了。一个合同的金额基本上在四五万元，桂珍创办公司的第一年，营业额就达到800多万。

随着业务量的不断加大，质量问题、管理问题纷纷出现。尽管桂珍是个勤奋好学的人，很快就成为装潢的内行，但毕竟经营的时间短，对一些质量问题还是搞不清底细。比如，墙开裂了，就不知道是什么原因。好比一个医生看病，头痛不会只医头，而是要看出病根，对症下药。眼看着因工程质量而投诉的顾客不断增加，桂珍眼下最大的烦恼是找不到解决的办法。

家俊听了，说："你不是有质检部吗？"

"有是有，但是质检部对内没有权威，工人素质不高，成分也复杂，不听他的；对外因为是公司的质检部，说的话客户不相信，没有公信力。我是想能不能找到一个办法，既能彻底解决工程质量问题，又能让作为外行的客户信服。"

家俊说："你这个思路很对。我建议你找房屋质量检测站谈一下，请他们监督验收你公司的每一个工程，你支付他们为此而产生的费用。"

"对呀！这真是个绝妙的主意。质检站的工作人员不仅是内行，而且是权威，由他们认可的工程质量，毫无疑问具有极高的可信度。不过质检站是有投诉才来检查，不知道他们愿不愿意合作。"

"你不问怎么知道人家愿不愿意呢。"

桂珍第二天就到质检站谈合作，双方一拍即合。质检站原本就是收费提供检测服务，兰桂公司一次性提供那么多业务，何乐而不为呢？

兰桂公司成为上海市第一家与质检站签约的装潢企业，知名度和美誉度直线上升，媒体还做了报道。此后，员工面对的是陌生而冷漠、一丝不苟的第三方质检员，再也不敢打马虎眼，兰桂公司的工程质量一下子就上去了；业主听说是由第三方检验，自然增加了对工程质量的信任感，签约率不断上升，投诉率直线下降。

桂珍蕙质兰心，经此一指点，一下子开悟了。当环保概念在媒体上刚一露头，她就敏锐地发现这是一个潮流的开端，便又率先推出环保装修理念。她又率先和环保检测中心合作，请其监督兰桂公司工程的环保问题。桂珍要求员工大胆地对外宣称，兰桂公司装修的工程，从原材料开始就把关，哪怕刚完工就立即检测，其环境指标也没有问题，马上就能住人。根本不需要像许多家庭所做的，工程完工后要开门开窗几个月后才搬进去。

公司规模越来越大，码头上的办公室早已容不下了，桂珍在浦西漕宝路一座写字楼里租了一层楼面做总部办公，她也搬进自己买的公寓里住。她赶上了上海户口政策的末班车，买房达到一定面积就有蓝印户口，此后不久这项政策就取消了。她竟然也成了上海人！这是她小时候做梦都不敢想的。她一直觉得那些高雅的上海知青是文明人，远非自己一个农村小丫头能比。她羡慕他们，崇拜他们，向往他们，所以到上海后，认识了第一个上海人，就嫁给了他。现在上海人的神秘感在她心里早已消失，反而让她看到一些上海人的不少缺点，比如胆小、气度小、格局小等，但是对上海人的好感还在，她认为是自己的圈子问题，难以认识优秀的上海人。她很客观地想，农村人也有优秀的和很差劲的，拿差劲的上海人和优秀的乡下人对比，不公平。

星期六上午，桂珍去看元元。太奶奶坐在门口拣鸡毛菜，见她就说："元元不在。"

"到哪里去了？"

"小栩接走了。"

"什么时候回来？"

"不回来了。"

"不回来了？他自己都没地方住，带着元元住哪儿？"

"那我就不知道了。"太奶奶眼皮都不抬，"你们之间的事自己解决去，不要烦我。"

桂珍打周栩的手机，他不接。桂珍找到建材店，周栩不在，站店的小姑娘说他几天都没来了。

桂珍失魂落魄地回到公司，想不通周栩要干什么。是怕失去抚养权而躲桂珍吗？他能躲得过去？

周末公司里冷冷清清的，只有两个人值班。桂珍在办公室坐一会，便又锁上门，开车到浦东去找三嫂。

三嫂的办公室很热闹，胡家俊、史玉琴、苏晴都在。见桂珍神情不对，三嫂迎过来问她："桂珍，你怎么了？"

桂珍泪水止不住地流下来，瘫坐到沙发上，带着哭腔说："周栩把元元不知道带到哪里去了。"

三嫂说："我没听明白。是周栩把元元藏起来了？"

"他和元元都找不到了。"

"他为什么要躲起来？和你吵架了？"

"他前几天找我借钱，还带着元元到公司闹事，我威胁他说把元元的抚养权收回来。我想他可能是怕了。"

"怕他就躲了？这是什么男人。"

家俊说："你不要担心，周栩是元元爸爸，不会让元元受委屈。"

桂珍说："他连自己都照顾不好，怎么能照顾好元元？原来在太爷爷家我还放心，现在不知道在哪里，我怕他把元元弄丢了。"

"别自己吓唬自己。"三嫂说，"你是神经太紧张了。今天来得正好，一起放松放松。"

"你们怎么都来了？"桂珍四周看看大家说。

"天意。"家俊说，"今天不约而同地来了。中午我请客，到天徽大酒店去。"

八十三、你想要什么

跟苏启昌久了，能了解别人不知道的事情，以至于了解到一个成功男人内心的成熟和大智若愚的魅力，使莫群芳对他越来越倾心，而至于无法自拔。在她眼里，一个文盲能做到如此境界，绝非凡人。

此时的苏启昌是“黑白通吃”。“黑”是煤炭运输，“白”则是粮食运输，两者都关系到民生大事，让一家民企占到其业务量的一半以上，是不可思议的。

浦东开放以后，粮食部门受市场经济的冲击，很不景气，时常拖欠运费。很多船主不愿和粮食部门打交道，苏启昌却从中看出了商机。他认为，不管是计划经济还是市场经济，人总是要吃饭的，只要有生意可做，跟谁打交道都是一样。至于临时拖欠一下运费，那也正常，迟早是要给的。阎王还能欠小鬼的钱吗？运费的结算一拖就是半年，他不催要；运费算得低一些，他也不计较。和他打交道的粮食储备库领导都说老苏这个安徽人厚道，把货交给他放心。

渐渐地，苏启昌和上海市十区（县）的国家粮食储备库的人都混熟了，而且深得这些储备库领导的赏识。似乎在不经意间，苏启昌牢牢地占领了这一块市场。他要是有个风吹草动，上海的“黑白两道”都会动荡不安。

莫群芳加入徽远公司后，不仅增加了公司的业务量，还理顺了业务管理和财务管理，经她统计，才知道徽远的运输能力、经营效益都占到上海水上运输“散货”市场的三分之一，成了上海滩内河运输的“散货大王”。

一家民营企业做到这个地步，基本上已经接近内河航运的“天花板”了。来自国企的副董事长和总经理两年前就建议开拓海运业务，苏启昌一直在犹豫，莫群芳以清晰的数据让他真实地触摸到“天花板”，并对海运业务的风险控制和无限前景有了信心，便决定成立徽远海运公司。

莫群芳经过深入调研，并与副董事长、总经理以及公司内外的技术专家、市场专家多次沟通，初步确定三条航线：两条近海航线，一条无限海域航线。一是天津航线，从上海出发，经连云港、青岛、大连、秦皇岛到天津；一是广州航线，从上海出发，经宁波、厦门、深圳到达广州。一条无限海域航线，是从上海出发，经马来西亚、泰国到新加坡。

苏启昌亲自到芜湖江风造船厂去接第一艘海轮——“徽远一号”，排水量 8 500 吨。这次莫群芳和他一起去。晚上造船厂设宴招待，分管业务的副厂长和销售科长等领导亲自陪酒，苏启昌来者不拒。莫群芳知道他酒量虽然不小，但这种场合一定会醉，替他挡了不少酒，他还是醉了。一起来接船的船长和轮机长把他扶进宾馆房间，对莫群芳说：“莫助理辛苦，照顾好董事长。”便走了。

苏启昌一觉睡醒，发现莫群芳和自己睡在一起，赶紧坐起来。莫群芳也醒了，起来问：“苏董，您要喝水吗？”

苏启昌问：“你怎么在这里？”

莫群芳说：“你昨天喝多了，我不放心，就没走。”

她穿一件吊带睡衣，半个胸以上全裸露，没戴胸罩，洁白如象牙般的两波山峰间幽谷深邃，让苏启昌有在台风中行船的感觉。他继而感到目眩神迷，这又是在行船时从来没有过的感觉。他扑倒莫群芳，似乎返回到精力无限的十八岁，在阳光灿烂的甲板上，扑倒了他的未婚妻徐春。

莫群芳猝不及防。她没想到这个老男人如此直接、如此迅猛。她有过两个男朋友，却从没有如此被动、如此不堪一击，又如此充满激情。

狂风暴雨以后，苏启昌酒完全醒了。他起身点一支烟，深深地吸一口，盯着莫群芳的眼睛问：“说吧，你想要什么？”

他这些年也遇到过投怀送抱的女孩，知道这些女孩要什么，可是莫群芳要什么他不知道。

八十四、得罪了谁

莫群芳毫不回避地直视他：“我什么都不要。”

她越说不要，他就越不踏实：“你以为我信吗？你是聪明人，就不要绕弯子了。”

“我真的什么都不要。”

“你年轻、漂亮、聪明，追你的优秀男孩多的是，随便挑一个都比五十多岁的老文盲强。”

“可是这个老文盲比我见过的所有男人都优秀。”

“我优秀吗？抽烟喝酒，满嘴脏话，不读书不看报，在农村这样的人到处都是。”

莫群芳沉吟一会说：“比如一个房间里堆满了精致、唯美、艳丽、纤巧的瓷器，在我眼里都是一副面孔，让我产生不了激情。如果中间混杂一个出土的拙劣粗糙的陶碗，我偏偏喜欢它，觉得它是最美也最有内涵的艺术品。这是没有办法的事。”

“就算你不想要我的钱，也不想嫁给我吗？”

“想。你会娶吗？”

“不会。”

“我不会强人所难。我会让你知道我对你人生的意义，主动要娶我。”

“你就这么自信？”

“一个三十岁的女人想嫁一个五十岁的男人，会缺少自信吗？”

苏启昌被她说笑了。莫群芳一直没有穿上睡衣，坐在床上稍有动作，一对春笋般挺拔的乳房便颤颤悠悠地在苏启昌眼前晃，他忍不住又扑上去。莫群芳没想到他还能如此迅猛，再一次猝不及防。她脑中闪过一个念头：这个老男人总是出人意料。如果一个人被对手接连两次以同一手法击倒，是不是愚蠢了点？

她还是低估了苏启昌。这一夜他都没有让她睡觉。

“徽远一号”出海后，“徽远二号”和“徽远三号”也接连下单，吨位都比“徽远一号”大，达到万吨了，公司原本充裕的资金状况瞬间紧张起来。好在公司的信誉好，银行支持一向给力。“徽远二号”即将出厂时，需要支付 3 000 万元的尾款，与此同时，有一笔 9 000 万贷款到期。按照以往惯例，借一笔过桥资金把贷款还清，不到一个礼拜就能再贷出来，然后把过桥资金连本带利还掉。苏启昌吩咐莫群芳依然如此操作。过桥资金一般是找民间资本，利息高点，也只有一周多时间，还能承受。这次莫群芳找一家新的民间融资渠道，利息比过去合作的那家少 5 个点。

一个礼拜过去了，银行贷款却没有下来。过桥资金只有一周期限，只要拖几天，莫群芳省下来的 5 个点就消耗殆尽，再拖下去损失不可估量。苏启昌问莫群芳："这是怎么回事？"

"我也不知道呀。"莫群芳也是百思不解，"银行方面说得很清楚，不到一周新贷款就下来。"

"你去问银行是怎么回事。我们多付点利息事小，可失信事大。"

莫群芳问过银行，向苏启昌汇报："银行说我们的资信出了问题，不能再贷款给我们。"

"怎么可能！我们的资信一直很好，哪里会有问题？"

"银行说我们去年有两笔贷款还晚了。"

"我怎么不知道？晚了多长时间？"

"都晚了一天。"

"为什么会晚一天？那去年他们为什么还贷给我们？"

"这两件事我知道，是财务部打款出现一点问题，款子晚到一天，我和银行沟通，他们说下不为例，就又贷给我们了。"

"为什么这次就不贷给我们了？"

"他们说去年两次违约已经自动进入征信系统，今年显示出的资信就有问题了，贷款的申请通不过。"

"我不管什么原因，你一定给我想办法。款子要是贷不出来，就不是信誉问题，而是生存问题了。"

没想到这次银行方面态度出奇地坚定，说再贷款是不可能的，他们没有权力做。莫群芳搞不定，苏启昌亲自找行长朱正海，朱行长也爱莫能助，说总行方面过问了这件事，他已经无权签发这笔贷款了。他话里有话地暗示，可能有人做了手脚，而且能量不小，不发这笔贷款合理合法，没有任何问题。

苏启昌想不出来得罪了谁，居然下此狠手。以他的为人，不可能产生如此强大的对手。曾经有过一些同是搞水运的老乡在背后做小动作，向东方焦化厂和粮食部门造谣，编织苏启昌的坏话，想联合起来把苏启昌挤走，他们指望多分得一杯羹。东方焦化厂和粮食部门领导不约而同地都把这些话告诉了苏启昌，表示对他的信任。这些同乡都或多或少地接受过苏启昌的帮助，最差也是为其介绍过业务。可以说他们在业内都是被苏启昌罩住的，有些人全靠他才能吃上这碗饭。尽管他们的行为让苏启昌心寒，他却从没放在心里，该照顾他还依然照顾。他知道这些人没有那么大的能量，除此他再无对立面了。

但是无论如何，过桥资金必须尽快还清，否则他将连利息都付不起。他想来想去，只有卖船这一条路。旧船不值钱，只有卖即将出厂的“徽远二号”了。苏启昌叫莫群芳发布信息，尽快找到买主。谁知船还没卖出去，又接到外省一家银行通知，说有一笔 3 000 万的贷款即将到期，提醒他不要误了还款日期。

八十五、 徐春归来

这笔款是建造“徽远一号”在当地银行贷的，苏启昌记得很清楚，对莫群芳说：“我记得去年这笔贷款还掉以后就没有再贷了，怎么还叫我们还款？”

莫群芳查过以后说，这笔贷款确实是贷出来了，但是没有进公司账户。

苏启昌问：“那钱到哪里去了？”

莫群芳说："当时是全权委托当地的鼎立金融公司办理贷款手续，要是真贷出来了，一定是进了鼎立的账上。"

"你快去找鼎立查。"

莫群芳调查回来说："鼎立公司已经注销了。"

苏启昌脑袋"嗡"的一声："钱就追不回来了？"

"可能追不回来了。就是能追回来也不是一天两天时间。"

还不出贷款，那家银行一纸诉状递到法院，当地检察院来人把苏启昌带走了。

老板被抓，又欠了一亿多元债，还有两艘船在船厂里需要继续花钱，公司没人主事，一时人心惶惶，有人已经在偷偷地上网看招聘启事了。过去因为有苏启昌的强势存在，从国企挖过来的副董事长庄建军主要负责政府和国企方面的大宗运输业务，总经理魏刚的职责是负责船舶的管理、调度和货物代理业务，反而董事长助理莫群芳更能掌控公司大局，但是聪明能干如她也无能为力。

这时，徐春来到了公司。

苏晴上小学以后，徐春接连生了两个儿子，这时公司业务蒸蒸日上，她便回到家里潜心照顾儿女，名义上是分管财务的副总经理，却再也没管公司的事。这次男人被抓，公司里群龙无首，她不得不重新出山。

会议室里，徐春坐在苏启昌惯常坐的位子上，向在座的高管宣布："从现在开始，我代理董事长。大家有没有意见？"

会场沉默良久，开始响起稀稀拉拉的掌声。

徐春不多废话，直接进入角色："董事长蒙冤，背后肯定有阴谋，这件事由莫群芳负责调查和应对官司。今天的主要议题是公司如何摆脱困境。我问一个问题，现在公司的困难严重到什么程度？"

会场还是沉默。徐春点名财务经理："王晶，你把财务状况说一下。"

"财务账很简单。"王晶说，"应付款有贷款 3 000 万、民间融资 9 000

万，还有‘徽远二号’尾款3 000万、‘徽远三号’除首付款已付，还有8 000万在半年后需要支付，总共2.3亿应付款。目前公司账上只有1 000万元周转资金，业务收入每月2 000万元以上，如果‘徽远二号’和‘徽远三号’投入运营，可以达到每月3 000万元以上。”

“就是说，不吃不喝不发工资，也要一年才能还清债务？”

“是的。”

“我们该怎么应对，你有什么建议？”徐春盯着王晶问。

“只好把‘徽远二号’和‘徽远三号’卖掉，再不够就卖‘徽远一号’。”

“壮士断臂，也只好这样了。‘徽远一号’和‘徽远二号’好卖。‘徽远三号’才在船台上铺好龙骨，不好卖。”徐春对业务的熟悉和情况的了解程度让大家吃惊，“其他人还有什么意见？”

徐春的目光看向莫群芳。莫群芳说：“我同意卖船。不过就是全卖掉了，也只能够还9 000万民间融资，还有3 000万银行贷款无法还清。”

徐春说：“先把民间贷款还上，那是颗定时炸弹，要及早解决。至于银行贷款，我们是受害者，有钱也不能还。”

莫群芳说：“那董事长一时就出不来了。”

徐春皱皱眉说：“出不来就让他在里面待着。他是文盲，又不是眼盲，更不是心盲。自作自受！”

众人面面相觑。这是徐春第一次在公开场合发表个人看法，也是第一次和大家心目中的“小三”莫群芳公开交锋。

徐春目光冷静地扫过副董事长庄建军、总经理魏刚和其他高管，大家纷纷表示没有意见。

“大家没有意见，就这么定了。”徐春开始布置工作，“庄副董事长，您在业内熟人多，卖船的事还请您来主持好吗？”

庄建军点点头：“没问题。我保证尽快把船卖掉，先度过危机。”

“魏总，”徐春看向魏刚，“运输和货代业务方面就拜托您了。我们需要一个不但能保持稳定，还要不断增长的业务量来度过危机。”

“好。”魏刚点点头，“不过，如果‘徽远一号’可以不卖，就尽量不要卖，现在的业务量海运这块占比不小。而且一旦海运这块停了下来，就前功尽弃，将来缓过劲来再想开拓海运业务，又要从头来，无论是人才的积累、业务关系的保持和航线的开拓，都要花双倍的成本和时间。”

徐春点点头说：“你说得对。这一条船留下来，就是留下一颗种子。”

会议结束后，徐春对莫群芳说：“小莫，你到我办公室来一下。”

大家目送着莫群芳走进董事长办公室，明白这才是两个情敌之间真正的交锋。

莫群芳走进董事长办公室，心里有些忐忑。她不怕和徐春正面交锋，怕的是徐春至今不和她交锋，而且她根本不知道徐春会怎么对付她。

“你坐。”徐春指指沙发，然后坐到对面，“你对董事长被抓这件事怎么看？”

“我和公司法律顾问反复沟通，都认为这是一个阴谋，而且来头不小。我们正在深入调查，准备材料，研究应对方案。”

“你以后不要找这个律师了。我重新请了一个法律顾问，叫王岳，我把他的电话给你，回头你直接找他。”

“为什么？”莫群芳有些吃惊，“原来的法律顾问了解案情，也了解公司情况，换一个新律师不容易进入案情。”

“你不觉得这个律师有问题吗？起码他没有发现公司在贷款操作方面的风险和漏洞，更没有及时提醒和警示。”

莫群芳不得不折服，感到这个女人是劲敌，无论于公还是于私。两个情敌还没有交锋，她就已经败了一场。

“小莫，”徐春的语气缓和下来，却依然直截了当，出人意料，“你爱苏启昌吗？”

莫群芳对这个问题早有准备，她直视着徐春锐利的目光，毫不回避：“是的。我爱他。”

“这不是错。”徐春说，“我不是责怪你。爱上一个优秀的男人没有错。我的意思是，你真的爱他，就要全力去救他出来。”

“我会的。”莫群芳不卑不亢地说。

八十六、创意无限

亚新广场的商铺在两个月时间里就全部租完了。家俊大受鼓舞，开始寻找更具挑战性的楼宇。他想，最好是别人头痛或者已经做死了的项目，让其起死回生，这才刺激。他正考察一座新加坡开发商的楼宇，却接到了井儿的电话，说有商户在办公室闹事，非要见说话算数的大老板。

家俊知道“流行线”的生意好几个月都没有起色，这在他的预料中。他相信只要坚持下去，生意会越来越好。可是租他商铺的商户等不及了。

家俊开车赶过去，远远就听见井儿办公室的吵闹声。一个中年妇女见家俊来了，对井儿说：“我不和你说，找你的老板说去。”

她是做服装的商户，叫吴月明，不等家俊坐下来，就拉住他诉说。她说话语速快，家俊好一会才听明白，她想提前退租。她说你们事先说得天花乱坠，可她把商铺租下来后，不是那么回事，她上当受骗了，要求赔偿损失。

家俊说：“吴大姐，你先坐下来，喝口水，我们慢慢聊。”

吴月明说：“你不解决问题，我哪里坐得下来。”

家俊说：“吴大姐，我听懂你的意思了。开业以来生意不好，也出乎我的意料，你说我们骗你当然是气话。我们有合同，你刚才说的赔偿损失不现实。我们可以商量解决办法嘛。”

吴月明的口气缓和一些：“你说有什么办法？”

“不是我说，是我们商量。我相信没有解决不了的问题。”

井儿给吴月明搬来一把椅子："吴大姐，你坐。"

吴月明气呼呼地坐下来，情绪平静了些。家俊说："我相信这里的生意一定会有起色，你信不信？"

吴月明说："我也相信。当初决定过来，就是看好这里的潜力。"

"好，这一点我们达成了共识。其实我正在考虑这个问题，怎样让大家减少损失，坚持到生意好起来。"

"你有什么办法？"

"也没有什么好的办法。我想大家都让一步，共同承担损失，你看怎么样？否则，你坚持不下去，我也好不了；我坚持不下去，你也好不了。"

"怎么让？"

"我给你们免两个月租金怎么样？"

一线喜悦的光芒在吴月明的眼中一闪而逝："只免两个月，我还要亏好几个月。"

"我们共同承担嘛。如果让我全部承担，我受不了关门，大家都得关门。对吧？"

"你让我想想。"

"就不要想了，我们越早达成协议，大家就越早踏实。再说，我不是给你一家免租金，要免就全部免，你想想我有多大损失？大家也都会感谢你的。"

吴月明想想说："免三个月！"

"好，就三个月。我答应你。"

吴月明欢天喜地走了。

为尽快改变局面，井儿按照家俊的思路，带领团队帮助商户制定商业规划，并提供硬件支持和服务培训。井儿还带领商户到全国各地的批发市场考察，以获取更多的实战经验。几个月下来，他们为培训商户编发的文件达一百多个，内容涉及规章制度、经营诀窍等等，不一而足。

水到渠成，“流行线”的生意悄然有了起色，并且越来越好。无意之中，“流行线”与商户们结成了亲密的联盟。

第一个“流行线”成功了，井儿便照方抓药，把“流行线”布局到上海很多地方。

家俊回过头来研究那座让新加坡开发商头痛的楼宇。他现在最喜欢这种地方。别人一筹莫展，只能说明创意不够。他苦思冥想，最终提出的方案，是把寻常可见的商铺简单买卖过程，深入演绎成一出造城计划。开发商看了他的方案，眼前一亮，拍案叫绝，指定家俊负责以后的经营管理。

家俊召集团队开会，商量具体实施计划。肖莉有些担心地说：“胡总，这次咱们玩得有点大。我们的设想是不错，可是如果真的叫人家掏钱买这些商铺，还是有点玄。”

家俊说：“这年头玩的就是心跳。从‘嘉年华’到‘走廊花车’再到‘流行线’，咱们哪次玩得不大？我们事先做过调研，这个地段还是有很大潜力的，不过是让商家超前一点购买商铺，将来他们一定会感谢我们。”

井儿说：“广东、香港在这方面比较超前，可以去考察考察。”

“对。”家俊说，“我们把南方经济发达地区的理念学过来，肯定有用。但是要认真深入地学，不能浮光掠影。”

家俊亲自带队，多次南下广东、香港等地，带回来厚厚的资料。经过深思熟虑后的销售计划启动时，商铺现场人头攒动，火爆异常，甚至发生“抢铺”现象。购房的业主对销售方把自身利益与今后经营捆绑的方式大加赞赏。300 余家商铺 15 天售罄。这是上海第一个产权分割出售的零售类型的分租式商场——位于普陀区的新西宫服饰礼品城。

家俊找到了自己最擅长的成熟模式，即通过租赁大面积商场然后整体规划定位、总体设计装潢、商场化管理和促销推广，再采取分租招商与自营结合的方式经营。他发现，很多在他的商场经营的商户，随着发展的需要，对办公室的需求逐步产生。他们需要的办公室只是很小的空间，但是对会议室、会客室、仓储等其他公共功能设施又有一定要求，而且这些商户有年轻、个性明显的共性。他想到做小面积、个性化、公共配套服务式办公室的概念。

家俊想到在亚新广场附近租下的老厂房，除了“流行线”和强辉公司办公，还有一大半空着。因为房租便宜，他原打算请几个关系不错的朋友过来一起办公，现在他想利用起来，转租给需要办公室的商户。他为此专门注册了“上海邻村文化发展有限公司”，起初与“流行线”是一套班子两个牌子。他在办公场所设计方面花了不少心血，但是成本控制得很低廉。他把建筑物厚重的砖墙、林立的管道、斑驳的地面保留下来，使整个空间充满了工业文明时代的沧桑韵味，同时又加入了许多现代时尚和创意元素，体现了建筑价值、历史价值、艺术价值和经济价值的统一，给人一种处处皆惊喜、却又在情理之中的感受。改做客梯的货运电梯很宽大，近 10 平方米，而且速度慢，家俊在里面放了沙发和茶几，挂上风景画，让客人可以小憩片刻，甚至可以直接在里面洽谈业务。其实它的价值不在于能休息那几分钟，而是那种巧妙的空间布置和氛围给人的心理调节。

家俊对这个项目招商的定位是小公司，结果应招而来的并不都是他想象中的小公司，也有不少大公司，还有外资企业。因为他的整体设计很有个性，还招来了很多设计、影视公司，无意中形成了文化创意产业集聚的局面。

此后不久，上海市经委提出了建设创意产业园区的构思，与家俊的概念正好相符。

家俊体验到了创意的快乐，并且一不小心成了创意产业界的名人，便有很多记者采访他，无意间使他梳理了思路，提出了一些独特而新颖的观点，并记录下他由于各种原因而没有实现的很多精彩创意。

关于政府大力推进创意产业发展问题，家俊认为，创意产业的范围很广，机会一直都是存在的。政府目前只是提出一个概念，一个大的框架，而具体的内容要靠大家来填充。

比如现在，大家都在做创意产业园区，政府所做的是提出概念，承诺在税收上优惠，而开发商看到的只是一个物业价值提升的契机，因为原来的房屋租金靠上了这个概念就可以大幅度提升。尽管自己也是可以从中获益的开发商，但家俊认为这是一个误区。他认为，中国的创意产业最需要的是培育，培育的基础是什么？说坦白点就是低成本，那样才能真正地促进创意产业的孵化和发展。西方发达国家的创意产业做得好，是因为政府不但给你地方，还给你启动资金，但是我们的思路还没有跟上。

莫干山路为什么发展起来了？家俊认为是那里的初始房租便宜，如果跟其他地方一样贵，那里照样发展不起来。现阶段我们的创意产业还处于起步阶段，只能承受这样的价格。莫干山路给城市带来的不是多少“收益”，而是多少“效益”。

家俊认为，现在市场上部分正在筹划的创意产业园区，或多或少存在着定位的偏移，因为总是先筑巢再招商，有时就会产生一些不必要的浪费。很简单，比如装修方面，如果莫干山路先请一些画家来把墙画成固定的图案，画家们也许会收取高额的费用。而如果直接把毛坯房租给他们，他们同样会把墙面画得非常漂亮，但是不需要政府和开发商出一分钱。因此，家俊提出建议，现在还搞那些先筑巢再招商的运作模式是有问题的，应该先考虑定位，看可以招来什么样的“凤”，然后再有目的地筑适合他们的巢。

淮海路城市雕塑中心项目，长宁区本来计划在凯旋路上做一个多媒体走廊，把上钢十厂带进去，但是那一带其他的房子整体回收有点困难，后来就单独把上钢十厂做了城市雕塑中心。那里第一次搞展览的时候，家俊去看，觉得他们只利用了一个楼很可惜。后面还有大片厂区空地，要是可以利用起来，完全能带动餐饮、商业等很多方面，那么又一个新天地就起来了。

家俊认为，上海绝对的创意产业园区做得好的，只有登琨艳的杨树浦路2200号，但是你跟他聊聊，就知道他做这个项目有多少难处。政府在审批一个项目时，也必须考虑各种的声音，有时需要妥协，有时就会被搁置。

几年时间里，家俊无意间带动了很多市场，也“搅乱”了很多市场。但是很快，就有商家发现了其中的模式和利益，纷纷效仿。他意识到，得做别人轻易效仿不了的项目才行，而且还要把项目做大，一般人不敢跟进来。他开始规划近万平方米的流行服饰礼品零售分租式商场，一般人就不敢随意效仿。

创意固然快乐，然而，随着企业的发展，家俊没想到他和井儿、肖莉之间会产生矛盾。

八十七、 公司转型

家俊的创意多而奇，以至于公司高管都跟不上他的思路，而且要落实他的想法更困难。

家俊结合上海市政府决定建设推广“标准化菜场”的方案，把一些概念叠加起来，成为新的概念，构思了一个突破传统模式的规划设计。在董事会上，他把这个新设想拿了出来。

家俊说：“现在我们所见到的菜场一般都在底楼，楼上要么闲置，要么作为民工宿舍，很不规范，而所谓的标准化菜场大家也都见过。我想做的不是单纯传统的标准化装修、让所有的摊主都穿上统一的制服这么简单，而是要通过一系列创新提升，推出整合菜场及相关邻里生活服务设施的新概念。我的设想，是使社区服务品质提升、便利程度提升的一站式解决方案，同时提升了整个建筑物的综合价值。在标准化菜场的基础上，引进各式特色品牌餐饮、便民早点，再将社区家政服务、便民药房、净菜加工配送、洗衣店、宠物店、花店、冲印社、网吧、棋牌室、社区医疗中心和社区敬老中心、社区家庭旅店等等便民措施引进，统一整合规划，把传统的菜场做成邻里生活中心的模式。”

家俊说得激情四溢，没想到大家并没有立刻表示赞同，而都沉默不语。

肖莉打破沉默说："胡董，你这个设想很好，真的很好。不过，我们的'流行线'刚刚展开，还不是很稳定，还有几个创意园区需要管理，没有精力再上新的项目。"

井儿说："我同意肖总的意见。'流行线'目前面临着人才紧缺、管理混乱、规范化不够的难题，要集中精力尽快解决。创意园区的管理也需要提升、需要创意，否则我们就是普通的二房东了。"

苏晴说："我也同意。'流行线'是很好的项目，做得也不错，但还远远没有达到它应该达到的盈利高点，如果以影响这个为代价上新项目，哪怕这个新项目再好，也得不偿失。"

家俊心里有点恼火，没想到这么好的项目受到这么多董事反对，好一会说不出话来。

苏晴毫不留情地再给他一刀："当初进来我就说是和你一起创业，不是风投。如果是风投，你总这样标新立异，我会考虑撤资的。"

"好吧。"家俊恼火地说，"既然你们都反对，这个项目就算了。"

苏晴说："我建议讨论一下公司转型的问题。"

"转什么型？"

"公司创办以来，一直都以胡董事长为中心，或者说以胡董事长的脑子为中心。他有一个突发的奇想，就有可能改变公司的发展轨迹。这不是科学决策，存在着不小的风险，可能一不小心就让公司走进死胡同。所以首先，要改变决策程序，变个人决策为董事会集体决策。"

家俊不快地说："这个已经改了。刚才讨论项目不就是集体决策吗？"

苏晴丝毫不照顾家俊的个人情绪，继续说："第二是改变股权结构。首先高层都要持股，现在井儿没有股份，我建议给她股份。接着要中层持股，最终是员工持股。"

几个股东只有家俊管事，苏晴和肖莉都有自己的公司，而家俊把很多心思放到了创意策划上，不愿意多管其他烦琐事，他把徐远推荐给桂珍后，下面员工找他请示工作，他就推给井儿。井儿虽然只是行政人事经理，实际上什么事都管，已经相当于总经理了。

董事会通过了苏晴的提议，并正式任命井儿为流行线和邻村文化两个公司总经理；通过了企业转型的决议，要求办公室尽快出方案。以家俊的本意，并不想让企业转型，因为现在这种模式他太熟悉而得心应手了，而且是他的兴趣所在，他可以尽情地享受想象世界的奇妙和创意的快乐。他选择项目，最喜欢那种富有挑战性的：或者改造难度特别大，或者给人想象的空间大，或者是很多人没有做成功的楼盘……这些都能激起他的兴奋点。他这种模式虽然新颖而绝不会重复过去，但是，每一个新创意总会有风险相随。真正赚钱而又安全的模式，是固定一种模式而简单复制，比如连锁概念，这样成本才最低，风险也最小。家俊明白这点，他知道企业的使命很简单，就是利润最大化，所以应该选择相对安全的模式来运作。

公司转型以后，如果家俊看好一个项目，他会做一个方案，说明自己的想法，往什么方向最好，第一方向、第二方向等，然后集体评估并给予理论支撑。大家讨论可以做就做，不可以就不做。

家俊清楚自己的兴趣和长处在于开拓，对日常管理缺乏热情，既然井儿能管好，他便很少去公司。他知道，如果他去了会干扰公司的正常秩序：高管们必然要请示汇报，而他又不能不作“指示”，既影响效率，又未必能做出正确的决定，还浪费他和大家的时间。他不在的时候，大家会干得更好。

家俊却又迷茫了，不知道自己下一步要做什么。

八十八、 收购还是不收购

苏晴的公司投了几个不痛不痒的项目，虽然已有盈利，却不过瘾。她一直想遇上一个富有挑战性的项目，又不知道怎么找到这个项目，便打电话给胡家俊："家俊，你请我吃饭吧。"

"想吃饭了你怎么不请我？"

"你怎么一点风度都没有？"

"好，你过来吧。我给你展现一下绅士风度。"

浦东的交通已非昔日可比，从裕安大厦到卫家浜码头半个小时就到。

苏晴的脚步声清晰而利落，和她的性格一样毫不含糊。家俊听见她与隔壁办公室的三嫂打招呼，话音未落人便进来了。她一边脱下米色风衣一边说："家俊，你怎么不把办公室搬到浦西去？我看井儿在'流行线'的办公室挺好。"

家俊给她倒一杯茶："浦西太拥挤。在浦东待惯了，感到心胸都开阔。"

"你最近有没有好的项目？"

"好项目经常有，'流行线'你不也是股东吗？就是都太小了，没有你感兴趣的。"

"我说了对你这个人感兴趣，可你一直没有好项目，没办法投资。"

"我最近也有这个烦恼，感到又摸到天花板了，有点迷茫。"

"我觉得你的眼光应该再看远一点、再高一点。"

"怎么说？"

"你现在做得风生水起，而且多有创意，事事创新，你做的事都没有人做过。可是归根到底，你不过就是一个二房东，是所有二房东中间的老大而已。这可能就是你的天花板。"

"说得对。所以我正想着怎样跳出来，只是还没有想好。"

"你慢慢想吧。我知道这是个极其痛苦的过程，别人帮不了你。"

"不说我了。你爸现在怎么样了？"

"还在关着。事情调查没有一点进展。"

"你为什么不同意大家凑上 3 000 万把贷款还掉，先让你爸出来？"

"我爸要的是清白，不是还钱。要是把贷款还了，人是出来了，可事实就再也查不清了。只有人在里面，给方方面面都产生压力，他们才会努力去调查。”

“你的律师是什么意见？”

“律师说也只能这样，就是我爸吃苦了。”

“是啊。你爸也没意见？”

“就是我爸不要还钱的。他没事。他什么苦没吃过。他说人活着就是吃苦，就是外面的苦和里面的苦不一样而已，尝尝也不错。”

“我怎么一直都不相信你爸是文盲？他做的事、说的话，倒像是一个睿智的学者。”

“我也是经常忘记他不识字。不过不识字不一定没文化，我爸可是很有文化内涵的一个人。”

“你这话说得深刻。”

三嫂和井儿进来了，三嫂说：“家俊，你今天请客是吧？不早了，赶紧走吧。”

他们到卫家浜村的天徽大酒店‘合肥厅’坐下。家俊对苏晴说：“我正好也有事咨询你。”

“你说。”

“王宝山给我提供一个信息，说上海第二十六机械厂改制，建议我参与竞标。我想听听你们的意见。”

苏晴说：“机械属于传统行业，我们做风投一般不考虑进入。”

家俊问：“你为什么不投传统行业？”

“说白了是不投实体企业。因为这类企业的特点是投资大、见效慢，一般都不受资本待见。比如这个第二十六机械厂，我不了解，但也能肯定，它是重资产型企业。它的生产加工设备非常密集，生产工人也非常密集，而且不是一年两年才能积累到的。但是肯定绝大多数设备已经落后了，人员技术自然相应也落后，如果要更新设备，即便不缺资金，也不是一年两年能买到的，买到也不一定能用好，因为还需要培训操作它的工人。资本讲究的是快进快出，如果拿多数投资去买大量设备，哪怕再先进的设备，一旦经济形势有变化，资本抽不出来，就是死局。”

家俊说：“有一句老话，叫‘实业兴邦’。如果现在资本都不待见实业，那中国的实业岂不是迟早会萎缩？”

“这很正常。”苏晴说，“现在是全球大合作时代。比如你想生产一架飞机，理论上没有任何问题，可以全球采购部件，组装起来就成。”

“不对。”家俊说，“你这里有忽悠的成分。如果是美国，或者是西方任何国家，全球采购没有问题，可是中国不行。”

“为什么？”

“因为体制不同，人家不希望咱们好。你说的大飞机就是现成的教训。中国早在二十世纪七十年代就成功试飞运十飞机了，可随着和美国关系的缓和，与人家合作，分工生产麦道飞机，我们的大飞机下马了。结果你们都知道，中国至今生产不出大飞机，麦道却倒闭了。”

苏晴说：“你说的我不懂，但资本没有国籍，运作的技术和原则是通用的。比如美国的实业基本上空心化了，多数转移到了其他国家。”

“美国没有谁能制裁它，可一旦美国制裁中国，中国就难受了。”

玉琴说：“你说得有道理。但是资本没有必要也不可能有这种国家使命感。”

“资本没有，但是资本家要有。”

苏晴说：“这么说你愿意收购这个机械厂了？”

“我可不是资本家，连企业家都不算。我只是个策划人。”

“上海到处都有你的‘流行线’，还有创意园区，你不算企业家还有谁敢是？”

“我充其量也就是二房东，算不入流的企业主。其实要说使命感，也不是一定要做点什么。我们没必要去主动承担国家或者民族的使命。我们没有那么伟大，也没有那么强的实力。我说的有使命感，是存乎此心，万一真的有关使命的事落到头上，才不至于手忙脚乱或者惊慌逃避。抛开使命，国企改制对我们民企来说是难得的机会，过了这个村就没有这个店了。但是，不是谁都可以做这件事。比如，我虽然学过机械专业，但大学两年只学了一些基础课，对机械懂得不多，也没有实践经验，更不了解这个行业，所以必须谨慎出手。”

三嫂对这些不关心，直催服务员上菜，问家俊：“喝什么酒？”

“神仙酒。”家俊说，“你们知道吗，这家酒厂也被安徽人买下来了。”

“是谁？”

“他叫李国柱，是安徽和县人，在马鞍山做酒水批发生意，完成了资本积累，就把神仙酒厂买下来了。”

三嫂问服务员：“有神仙酒吗？”

“有。”服务员说，“这是上海产的酒，当然有。”

“先拿三瓶来。”三嫂豪气干云。

苏晴说：“安徽人厚积薄发，看来徽商振兴有望了。”

“恐怕还没有那么乐观。”家俊说，“无论是实力还是影响力，现在的新徽商都不能跟传统徽商比，尤其是在理念和创新方面，还没有超越传统徽商。我的徽商祖先为什么会衰落，原因之一就是摸到天花板了，没有打开更大的空间。比如股份制、吸引投资、引进先进科学技术、涉足制造业、拥抱西方先进的理念等等，徽商都做得不好或者直接拒绝。现在很多新徽商虽然继承了传统徽商的精华，但同时也继承了传统徽商的缺点，比如过于求稳、不敢冒险、不善于合作、不喜欢借贷等等。如果不突破这些传统的痼疾，新徽商永远超越不了传统徽商，也就谈不上振兴了。”

苏晴说：“说得也是。我接触的一些安徽老板，他们往往最得意的地方，就是从来不借钱、不贷款。动不动就说：‘我一分钱贷款都没有，全靠自己的钱来发展，不像有的企业，看着风光，其实已经资不抵债了。’所以我在徽商中搞投资，难度比在浙商、苏商中要大。”

家俊说：“这一点从观念上，我们就被浙商甩开了。浙商为什么发展这么快，就是处处超前一点。说起来也算是资本的原罪，最早做假货的是浙商。温州最初的货假到什么程度？当时的一位浙江省副省长花5块钱买个新皮带，打一个喷嚏就断了，拿出来一看断面，里面全是草纸。也难为制造厂家有本事把外表做得那么光亮，像真牛皮一样，成本又控制得那么低。但是后来别人学会造假时，他们却开始做品牌了。现在的皮带、皮鞋品牌很多都是浙商的。再然后呢，浙商又率先借助资本的力量加快发展，总是走在前面。如果我们再不更新观念，抬高眼界，就只能跟在人家后面吃些残羹剩饭。”

三嫂被家俊说得有些糊涂：“那你那个机械厂是收购好还是不收购好？”

“我想再等等看。”

八十九、迂回

王文不知道马鸣在苏晴那里碰了钉子，但他明白目前状况是落花有意、流水无情，在英国那么多机会都没戏。他决定走迂回和上层路线。苏启昌被关进去后，他比苏晴操心还多，不仅操心苏启昌的案子，还操心徽远航运公司。他经常去找徐春，帮她出主意，商量公司如何走出困境。公司出售的三艘船——徽远一号、徽远二号，包括起初在船台后来已经下水出厂的徽远三号，都是他说服父亲给买下来的，然后还是交给徽远公司运营，并以此入股公司。王铁军原本不愿意买船，不介入房地产以外的业务是他的原则，就算是帮助老苏，他也愿意借一个亿而不是买船入股。他被儿子说动的理由只有一个，就是为了能娶到苏晴作儿媳妇。

“娶不到怎么办？”王铁军问儿子，“我看苏晴这丫头很有主见，不会听她妈的。”

“娶不到你也不吃亏。以徽远公司的能力，你的三条船还怕不赚钱？”

王铁军想想也是，心里说这小子已经超过老子了。

王文成为徽远公司的董事、副总经理，分管行政和公关危机处理。他的成熟老练和仗义、聪明深得徐春的赏识。公司在遭到厄运时能得到此一人中龙凤，让徐春感到是天不灭徽远，而且还会有更好的前景。

王文把主要精力都放到徽远航运公司这边了。只要没有外人，他便不叫董事长，总是徐阿姨长徐阿姨短的，让徐春心里像熨斗熨过一般舒服。冰雪聪明的徐春自然知道王文的醉翁之意，能得到这样一个金龟婿她求之不得。她原本和女儿一样看好家俊，可是家俊好像没有此意，况且王文无论是形象还是才华都比家俊犹有过之，更不用说他的家庭背景和海外博士学位了。虽然她做不了苏晴的主，可苏晴也没理由拒绝条件这么好的王文吧。

度过财务危机的徽远公司，原本浮动的人心稳定下来，在徐春的领导下发展势头更猛，苏启昌制定的近、远海发展战略很快就全面实施，比计划的还快。徐春心情轻松下来，便叫王文周末到家里吃饭，她叫苏晴也回来。

苏晴回国后就没有和父母住在一起，也不常在周末回家。接到母亲电话，她第一反应是有事，便问：“是不是爸爸的事有眉目了？”

“也算是吧。你也好长时间没回来了，过来陪我吃吃饭。”

苏晴了解母亲没有这样矫情，神神秘秘的，一定是有事。周六上午，她回到家里，见到王文，就明白妈妈的意思了。可妈妈很少直接干涉她个人的事，最多是问问，关心一下。她知道一定是王文做的手脚。

苏晴的两个弟弟都上大学了，徐春在厨房忙活，家里没有其他人。坐在客厅沙发上，苏晴说：“你要请我吃饭就直接说，没必要绕这么大弯子。”

王文说：“不是我安排的，真是你妈请我来吃饭。”

“我妈请你就来呀？脸皮真厚！”

“你妈就是我妈，有什么好客气的。”

“谁是你妈？别自作多情了。”

“等我娶了你，就是我妈了。不过就早叫了几天。”

“我答应嫁给你了？”

“我希望你答应。”

“我不答应。”

“那我就等到你答应。”

“要是等到我答应别人了呢？”

“那也算是一个结果，我就死心了。”

“你现在就死心吧。我肯定会答应别人。”

“只有你结婚了我才会死心。”

徐春把菜端上餐桌，招呼他们：“你们过来吃饭吧。”

苏晴和王文坐到餐桌上。徐春问：“小王，你喝白酒还是红酒？”

王文说：“随便。听苏晴的吧。”

“我不喝酒。”苏晴板着脸说。

“那就喝红酒吧。”徐春取出一瓶法国葡萄酒，“这酒还是小王带来的。”

王文接过酒瓶，用开瓶器拔出木塞，倒进一只大口醒酒器。苏晴看着他操作，问：“这酒不是从马鸣的酒窖偷的吧？”

在英国的时候，王文和苏晴经常从马鸣的酒窖里拿酒带回去喝。王文说：“不是。这酒是我专门为叔叔和阿姨买的。你看标签，马鸣没有这个酒庄的酒。”

王文拿起醒酒器给徐春和苏晴倒上酒：“还没有醒好，先慢慢喝吧。”

“对。先吃菜，慢慢喝酒。”徐春说，“小王，老苏的事多亏你往外省跑了那么多趟，又找关系又找领导，还在当地投资以获得他们的好感，我敬你一杯。”

王文赶紧站起来：“阿姨，您是长辈，又是领导，我先敬您。”

苏晴问王文："我爸的事现在怎么样了？"

九十、 成熟还是衰老

"快了。"王文放下酒杯，"今天刚接到省里一个领导的电话，说快查清了，目前掌握的证据是倾向于受冤枉、被人骗了，就等最后的定论。"

"这个定论是迟早的事。可是有了定论以后又怎么样？是赔礼道歉还是赔钱赔物？把我爸关了两年，是超期非法羁押，执法犯法，他又怎么赔偿？"

王文说："用辩证法的观点说，这个世界没有绝对公平；用历史辩证法的观点说，每一个时代都会有被牺牲的群体或者阶层，个体就更不用说了，都是历史车轮下的铺路石。所以无论是历史还是现实中，肮脏、罪恶都不会缺席，却都被风驰电掣的历史甩在了身后。人们只会记住、史书也只会记载列车而忽略铺路石。"

"那对铺路石来说岂不是太不公平了？谁愿意做铺路石？"

"芸芸众生谁都有可能是铺路石，不管你愿意还是不愿意。但是谁能为了一颗铺路石的冤屈而去拦飞驰的列车呢？谁又能拦得住呢？"

"那如果我成了铺路石，就逆来顺受，认命了？"

"你得认命，但不能逆来顺受。尽自己的能力，往最好处努力，铺路石的人生也会精彩。"

"都成冤魂野鬼了，还精彩什么。"

"我同意小王的看法。"徐春说，"我和你爸过去开几吨的小船，只要风浪大一点，就会沉到江底喂鱼。这种可能性每天都有。但只要不沉，我们就在江面上运载希望和未来。只有极少数人真的沉下去了，但我们每一个人都随时有可能成为极少数中的一个，所以更多的人上岸了，还有极少数人像我们一样坚持下来而且幸运地没有沉底。我不觉得比沉底的人更了不起，只是比他们幸运罢了。”

王文说：“阿姨的比喻比我的更贴切。”

苏晴不想继续这个话题：“如果说我爸是冤枉的，是谁冤枉他？我爸虽然不识字，但不是好骗的，是谁能让他上这么大一个当？”

王文和徐春对视一眼，说：“我和阿姨都怀疑一个人，只有她最有条件陷害你爸。但还没有证据。”

“谁？”

“莫群芳。”

“我爸的助理……”苏晴看看徐春，“兼小情人？这怎么可能？”

徐春说：“公司的章在她手里，也只有她能骗到你爸按手印。”

“她为什么这样做？”

王文说：“这就不知道了。反正女人做事总叫人看不懂。”

徐春说：“不难懂。因为她爱老苏。”

“这也太荒唐了。”王文说，“这不是爱他，是害他。”

苏晴若有所思。她是女人，似乎有点了解莫群芳的用意了。

“还得多长时间我爸才能出来？”

“不知道。”王文说，“司法部门的领导说，可能还要一年或者两年才能查清。”

“他们是真查还是假查？效率也太低了。”

“不管真查还是假查，我们只能等。要相信司法部门，现在已经闹得满城风雨、尽人皆知，就算以前有问题，现在也不敢再徇私了。”

苏晴不满地说：“王文，你怎么变得这么软弱？”

王文笑笑，没说话。徐春说：“他不是软弱，是成熟了。你以为靠发发小姐脾气就能解决问题？”

苏晴不以为然：“这不是成熟，是衰老。”

王文也不生气，笑嘻嘻地说：“你的公司太年轻，正需要一个老年人掌舵。”

“我正要找你算账。你天天到我妈那里上班，这边的董事长该让出来了吧。”

“我是大股东，为什么要让？”

“可是你不作为。你要是不让，我可以开董事会罢免你。”

“行行，我让给你吧。免得你惦记着你妈的这个董事长位子。”其实王文已经打算辞掉董事长了，他认为目前还是徽远更需要他。

“恐怕是你惦记我妈的位子吧？”苏琴毫不让步。

“我就是惦记也不是坏事，要求进步嘛。”

“哼！没见过这么皮厚的。”

“好了，还是说正事吧。你任董事长，是不是马鸣做总经理了？”

“他不做。”

“敢情你是想董事长、总经理一肩挑？”

“是又怎么样？”

“没见过你这样的控制狂。”

“实话跟你说吧，马鸣要回安徽了。”

“为什么？”

“他爸突然中风，半身不遂。他妈是农村妇女，不懂管理，而且还要照顾他爸。公司没人管，他只好回去接班。”

“他爸怎么早点不培养接班人？”

“废话。他爸才五十多岁，身体好着呢，不着急培养接班人。再说他爸一直希望他接班。”

“这事我怎么不知道？”

“你整天不在办公室，谁告诉你？”

“那我还是继续做董事长吧。”

“别想！你已经辞职了。”

“口头说的不算。”

“君无戏言。在企业里你就是君。别想耍赖！”

王文无奈地看着徐春，苦笑着说：“您看，办企业像小孩过家家一样。”

苏晴还是不示弱：“你要是出尔反尔，才像过家家呢。”

九十一、 打不打官司

桂珍终于在建材店里逮着周栩了。

周栩不可能永远不去建材店。她每天都要到建材店附近转悠，也不进去问小姑娘，只是远远地观察。周栩走到店门口时，还左右看看，防止桂珍在附近。桂珍等他走进去，才快跑到店门口，让他无处可逃。

周栩见到桂珍并不惊慌。他知道迟早会面对桂珍的。

“元元呢？你把元元放到哪里了？”

周栩淡定地说：“元元在我的一个亲戚家。你放心，她很好。”

“我要看元元。她在哪里？”

“亲戚家在外地。等她回来让你看。”

“她什么时候回来？”

“才过去没几天，怎么也得过几个月吧。”

“你就放心把她放在别人家不管了？不行，我一定要看到她。到底在哪里？”

周栩坐到桌前，拿起一本围棋杂志，摆开棋盘，开始打谱。桂珍气极了，一脚把桌子连周栩一起蹬倒在地，棋子哗啦啦满地乱蹦。

桂珍回到公司，把自己关在办公室里思考对策。一直想到下班，她排除了所有的想法和念头，认为首先要确定元元在不在上海。她叫办公室文员姚倩倩进来：“倩倩，交给你一个任务。你开上那辆新买的面包车，每天下班时到建材市场去，远远地监视周栩。他只要一出门，就远远地跟着他，看他到哪里去。记住，跟丢了不要紧，第二天再跟，千万不要让他发现了。”

姚倩倩笑嘻嘻地说：“冯董，都离婚了，你还这么关心他？”

“谁关心他。是他把元元不知道放到哪里了，我要查出来。”

“哦。我明白了。要是他在下班时间不去建材店呢？”

“不去你就天天等他。这个时间去的可能性最大，他要收一天的营业款。给你一个月时间，白天可以不来上班，只做这一件事。”

姚倩倩跟踪一个月，发现周栩的行迹很简单，除了回他爷爷家，就是到几个棋友家下棋，也有几次到饭店和棋友聚餐。桂珍断定，元元不在上海。

周栩会把元元放到哪里呢？桂珍只知道他父母在新疆生产建设兵团、姐姐在佳木斯，只有先从这两处寻找。就是走到天边，也要找到元元。她想，周栩最有可能把元元放在哪里？放他爸爸妈妈那里可能性最大，可是他知道我会想到这点，会不会放到他姐姐家？

她决定先到佳木斯，如果找不到元元，再到新疆去。要是两处都没有，回来再和周栩打官司，要回抚养权。她想在动身以前，找一个律师咨询一下。便打电话给家俊，问他是否认识比较好的律师。家俊说你就找王岳吧，为你表姐提供法律援助的岛主王岳。桂珍说就是，怎么没想到找他。

桂珍找到位于曹杨路地铁站附近的上海国畅律师事务所，王岳如约在办公室等她。桂珍第一次见王岳是在家俊那里，陪表姐汪黛兰找他帮忙，第二次是在虎啸蛇岛上，这是第三次。桂珍好奇地问：“王律师，你在海岛上花费大量精力，又在这里律师事务所做得风生水起，会不会人格分裂？”

王岳笑道：“那怎么会。我只在周末两天是岛主，工作日是律师，互不干扰。”

“说得轻松，可我觉得没有周伯通左右互搏的本领，根本无法做到互不干扰。”

王岳哈哈大笑：“真的没那么神奇。我不过是把上岛当作休闲度假。”

“真是羡慕你。我连家庭和工作的关系都是剪不断、理还乱，别说再多个什么岛主身份了。”

“说说你的情况吧。”

听了桂珍想打官司的想法，王岳说：“打官司是最后的底线，能不打就尽量不打。最好是先沟通，说服你前夫把抚养权让给你。”

“没法沟通。他为了保住抚养权，把女儿都藏起来了。”

“他把女儿藏起来不让你看望，本身就违法了，更不可能保住抚养权，相反还会因此而失去抚养权。我认为打官司你的赢面很大，但他毕竟是孩子的生父，将来父女还要相处，你也会为了女儿和他相处，不到最后最好不要打官司。”

“可他真的无法沟通。”

“这个世界最缺的就是沟通，比沟通还稀缺的是沟通方法。绝大多数矛盾都是因为缺乏沟通和沟通不当而产生的。如果你和他真的无法沟通了，可以委托律师和他谈。如果律师还是谈不好，可以给他发一份律师函，类似于最后通牒，警告他。再不行才考虑对簿公堂。”

桂珍奇怪地说：“律师不是靠打官司赚钱吗？你老是劝我不打官司，能赚什么钱？对别的当事人你也是这样吗？”

“当然是一样的。老少咸宜，童叟无欺。律师也是人，是人就有个性和特点，不可能千篇一律，也不是都见钱眼开。我必须要站在当事人的角度考虑问题，并且尽最大努力彻底解决问题。如果只帮人打赢官司，解决眼前的问题，却使当事人将来又产生更多的问题，这样的律师最多算三流律师。”

“我看你那个虎啸蛇岛产生效益不会很快，投入不会少，你肯定缺钱，就不想赚点快钱？”

“你看，我刚说了工作日和周末互不干扰，你倒把它们牵扯到一起了。”

“佩服。”桂珍对王岳竖起拇指，“我想所有的律师都能分清它们，但是很少有律师愿意这样分清。”

“冯董，我发现你的思维方式有问题。”

“有什么问题？不知道我这是在夸你呢？”

“律师这个群体没有你说得这样不堪。你是圈外人，只靠自己的本能感觉来猜测，准不准就不说了，问题是你以这样的思维方式来考虑家庭关系和女儿抚养权的官司，就难怪和前夫不好沟通了。”

“你的意思是我有惯性思维，先入为主，所以很难和他沟通？”

“聪明。所以难沟通的不是他，而是你自己。”

“行，我暂且听你的，先和他沟通。反正我只要女儿的抚养权，打不打官司无所谓。不过，要是抚养权要不回来，哼哼，你干脆工作日也去当岛主算了。”

九十二、 看上房子和人了

家俊接到肖莉电话，说舒井儿和她意见不同，请家俊去主持公道。家俊一向对井儿很放心，这次不知道她和肖莉产生了什么矛盾。他放下手头的事，开车到“流行线”总部去。

在井儿办公室的外面，就听见肖莉的声音，像是和井儿争论什么。家俊推门进去，见肖莉在屋内走来走去，还不停地说话，井儿坐在办公桌后面不说话。见家俊来了，肖莉拉着他的胳膊说：“胡董，这件事你看怎么办。”

家俊说：“不管什么事，你们做决定就行了。”

“这事你得管。”

“什么事还非得我管？”

“你有一个老乡叫丁大明吧？”

“有。他到这里来过？”

“何止来过。差点把门槛都踏破了。”

“他来干什么？”

肖莉瞟井儿一眼，说："他看中房子，也看中人了，一门心思要把公司搬进来，可是我们没有那么大的空闲面积，他就天天来缠着井儿，要她想办法。"

井儿的脸红了："你别瞎说。"

"我瞎说你脸红什么？老实说，你是不是也看上人家了？我看这个丁大明不错，那么大一个老板，还是大专文化，长得也挺帅，低声下气来求你，是真心喜欢你。你可要把握住机会，过了这村就没有这店了。"

井儿一拍桌子说："你闭嘴。"

肖莉冲家俊吐吐舌头，不说话了。井儿平时话很少，对员工再生气都没有发过火，这一发火肖莉真有点害怕。

"就这事？"家俊有意缓解一下气氛，"这事该我管。你叫丁大明找我谈。"

"找你谈也得给他解决问题。我和井儿正商量呢。他要租我们这个园区A栋的一层楼面，现在哪里有那么大的地方呢。"

正说着，听见有人敲敞开的办公室门，面向着门的肖莉扑哧一声笑了，说："讲人人到，讲鬼鬼到。你怎么这么不经提？"

丁大明夹着一只皮包走进来说："你怎么说话的？我是人还是鬼？"

肖莉毫不留情："那要看你心里有没有鬼了。"

家俊有一年多没见丁大明，见他手腕上又多了一根粗链子，说："丁总，你又发财了？"

"嘿嘿，你发大财，我发小财。"

"听说你要把公司搬到这里来？"

"是啊。"丁大明指着外面的开放空间说，"你太有创意了。旧物利用，又省钱又有文化。我喜欢这里。"

这个创意园区是由三栋高大的旧厂房改造的。厂房被改成三层楼，有些地方还做成四层，空间绰绰有余。厂房里面的布局是敞开式的，一进大门会感到空间很大，其实里面分割的办公室并不大，很适合创业型小公司办公。家俊一开始就没有考虑谁会租一整层楼面。院子里有一个旧锅炉，家俊把它和连接它的管道一起除锈刷漆，作为一个景点。一条水泥路穿过绿地从锅炉旁边绕过，路边还有几个露出地面约有50厘米的树根作板凳，还有工厂原来的阅报栏也保留了下来。

由于第一个创意园区空间太小，其运营公司邻村文化发展有限公司和“流行线”总部以及强辉教育科技有限公司发展都很快，需要更大的面积，便一起搬过来，占了A栋三楼一层楼面。室内的墙面就像旧工厂室外的砖墙一样，粗糙而凹凸不平，天花板也没有，头顶上吊着一些不知通往哪里的铁管子。这些都是家俊的得意之作。他问大明：“你喜欢哪些方面？”

“都喜欢。在上海见到太多精致的地方。上海这些年变化太大，越变越精致，而它沧桑而厚重的历史却被人淡忘、被精致淡化了。你保留下来的不是表面的工业尘埃，而是工业文明的丰富内涵。它是旧上海的痕迹，但也是新上海的分量。”

家俊拉拉大明脖子上的粗链子说：“你一个土豪，还有这样的审美，不简单嘛。”

“你别看不起土豪，你也是不戴金链子的土豪。”

家俊哈哈大笑：“说得对。我们都是土豪。其实绅士都是土豪蜕变的。所谓三代才培养出一个绅士，那么两代以上都是土豪，甚至还有土匪。”

“我们这一代人，哪怕戴上一千度的近视眼镜，怀揣几个博士证书，也很难摆脱土豪的心态。”

“所以你干脆不装，让那些不承认自己是土豪的土豪说去。”

“对。说明我活得真实，反而距离绅士比别人更近。”

肖莉说：“你们就别再谈哲理了，我听不懂。说现实的吧。”

“对。”家俊问大明，“你想要一层楼面？”

“是啊。土豪嘛，公司大了，办公室小了装不下。”

“你现在做什么生意这么赚钱？”

“做外贸。现在浦东的政策好，出口产品能免税。我在外高桥保税区注册了一个外贸公司，生意好做得很。建议你也办一个外贸公司。”

“我可不懂贸易。”家俊问井儿，“现在有多大空余面积？”

井儿说：“最多 1 500 平方，而且已经有几家看过，口头约定要来签约，再晚就没有了。”

家俊说：“大明，这还是新园区，要不早就没有了。”

大明说：“我要 2 000 平方，你想想办法，调剂调剂。”

“都租满了你让我怎么调剂？”

大明环视着井儿的办公室说：“你们自己委屈一下，让点面积给我。”

家俊问井儿：“这样行吗？”

“不行。”井儿说得干脆。

九十三、 找到元元了

大明说：“肖总说可以商量。”

家俊看看肖莉，她坏笑着说：“既然都是朋友，可以联合起来办公嘛，既亲密，又节约。何乐而不为呢？”

“我不同意。”井儿一如既往地固执。

家俊朝大明摊开双手说：“你看，我夹在两个美女中间有多难？还有一个美女更厉害，幸好今天不在。你就不要火上浇油了好吗？”

“我不浇油，给你们加点油好不好？现在到吃饭时间了，我请客。”

家俊看看井儿。井儿说：“我不去。你们去吧。”

家俊知道井儿是真不想去，对大明说：“今天就算了吧，你欠我们一顿，下次再补回来。”

大明挠挠头说：“不管谁请，总得吃饭吧？”

家俊说："今天叫肖总请你吧，喝点酒。你是客嘛。我要和井儿谈一件重要的事，就吃工作餐了。"

等肖莉和丁大明走开，井儿对家俊说："别让他搬进来。"

"为什么？"家俊知道，三楼办公室为公司今后发展预留了空间，目前还空置一小半，可以为丁大明腾出来。

"这个人图谋不轨。"

"你看不上他？"

"你说呢？"

"我看他也不合适。"

下午，肖莉回到办公室，一张俏脸喝得白里透红。家俊把她叫进自己办公室，问她对丁大明租房的事是什么想法。她说："我们和强辉两家可以搬到二楼，1 500 平方够了，把三楼给丁大明。能多赚些钱为什么不干？"

"井儿不同意怎么办？"

"我现在能让她同意了。"

"你有什么办法？"

"保密。"肖莉神秘地一笑，扭身走出办公室。

桌上的电话铃响了，家俊拿起话筒，是桂珍打来的："你在这里呀？我就在附近，马上来找你。"

桂珍一会儿就到了。家俊问："你女儿有消息了？"

"还没有。我打算到佳木斯周栩的姐姐那里去看看。"

"你不要盲目地乱找。为什么不设法查他的电话记录？他至今没有去看女儿，一定会打电话的。"

"对呀！"桂珍看着家俊，"你提醒我了。家俊，这次要是找到元元，我怎么感谢你？"

"简单。让我当元元的爸爸。"

"滚蛋！"

“我说是当干爸。”

桂珍回家翻箱倒柜，找到一张不很清楚的周栩身份证复印件，拿着它和自己的身份证到移动营业厅要求查询通话记录。工作人员没有多问，便在电脑里给她打印。看着纸条从打印机里慢慢吐出来，工作人员想起来什么，问她：“他是你什么人？”

“前夫。”

“前夫？”

工作人员迟疑一下，桂珍手伸到柜台里一把扯断纸条便往外走，好在工作人员也没有追究。她在门口站住，见纸条上几乎每天傍晚五点半左右都要打同一个手机号码，属于江苏昆山。她等到五点一刻，拨通了这个号码：“喂，您好！我是周栩的姐姐，他正参加一个围棋比赛，还没有结束，叫我打电话问你一下，元元还好吧？”

“元元很好。”对方突然意识到什么，“你是周栩什么人？”

“我是他姐姐。元元很好就行了。再见。”

桂珍确定元元真的在昆山！可是怎么找到她呢？桂珍打电话给王岳，问他有没有办法查一个江苏昆山电话的主人。王岳很快就查出来，电话的主人叫王义明，在昆山一个水产市场卖大闸蟹。桂珍又打电话给家俊，说次日一早到昆山去。家俊说：“我和你一起去。”

“不用。又不是去打架，我一个人就行。”

“你一个女人，我不放心。”

“有什么不放心的。就算打架，你去有用吗？”

家俊不说话了。从小就是他看着桂珍打架，对桂珍这方面实力无可置疑，便说：“那我们保持联络。有事你就打我电话。”

第二天家俊整天都担心桂珍，什么事都做不成，只好在宿舍里看电视。傍晚时分，桂珍终于来电了：“家俊，我找到元元了。”

“太好了。现在你们在哪里？”

“在回上海的路上。”

“我晚上请你和元元吧。给元元接风洗尘。”

“我要先回家给她洗个澡。脏得像泥猴。”

“那我就到你家去。”

家俊开车到桂珍家，她和元元也刚到。桂珍平时就回家睡觉，基本不烧饭，家里连开水都没有。她叫家俊用电水壶烧水，自己泡茶。她给元元好好洗了一个澡，穿上她买的新衣服。元元又长高了，和她估计的差不多，衣服正合身。她用干毛巾把元元的长发擦干，披在身后，小脸蛋圆圆的，白皙透红，从邋遢孩子瞬间变为一个小美人。她迟疑着走到家俊身边，一只手放进嘴里，奶声奶气地说：“家俊叔叔，你在我家吃饭吗？”

家俊蹲下身亲一口她的小脸蛋：“元元要是请我吃饭，我就留下来。”

“元元请家俊叔叔吃饭。”

桂珍说：“家里什么都没有，怎么请你吃饭？”

“那你们也要吃饭呀。”家俊对元元说，“家俊叔叔请元元到饭店去吃饭好不好？”

“好！”元元拍着手跳起来。

桂珍不忍扫孩子的兴，只好说：“那就吃快点，元元要回来睡觉。”

他们牵着元元下楼，到小区门口一家小饭店坐下，家俊问：“元元，你想吃什么？”

元元咬着手指迟疑地说：“我不想吃大闸蟹。”

家俊心里一酸，和桂珍互相看看，说：“就点大闸蟹？”

桂珍说：“孩子不能吃，大闸蟹性寒。”

“没那么严重。偶尔吃一点有什么关系？不过元元还小，吃不了大闸蟹，我们来一份蟹肉小笼包好不好？”

“好！”元元拍手叫好，桂珍只得同意。

家俊又点了一份鲜肉小笼包、两碗小馄饨。“慢点吃，不要烫着。”桂珍把一只小笼包吹凉给元元，然后对家俊说，“家俊，这次真要好好谢你。要不是你，我还不知道要找多长时间。”

家俊咬一口小笼包：“谢什么？从小你就帮我，我可从来没有谢过。”

“那也该谢你。”桂珍吃下一只馄饨，“说正经的，你该结婚了。”

“和谁结婚？除了你还有谁？”

“苏晴多好。谁都看出来她在追你。”

“别人不理解，你应该理解。你为什么不愿意嫁给我？”

“我也说不清楚。这么说吧。你现在变化再大，哪怕成为首富，成为大科学家、大学者，在我心里面还是泥猴一样的小家俊，成天不说话，默默地跟在我屁股后面，永远不会有神秘感，更不可能崇拜你。你知道我小时候最崇拜谁吗？是上海知青，是养大了他们的上海文化和大白兔奶糖。哪怕是周栩这样扶不起来的阿斗，他是上海人，在我眼里就有神秘感，就想亲近他。你能懂我的意思吗？”

家俊看了她半天，说：“我当然懂。我从小也崇拜上海知青，也觉得他们很神秘，但是我不想盲目相信他们的神秘，而是设法破解他们的神秘。”

“你不要偷换话题，我们说的是苏晴。”

“那很简单，你对我的意义，就是你眼里的上海人。”

“那也简单。你要是和我结婚了，最终就是我现在的结局。”

九十四、 徽远建设的企业文化

把桂珍和元元送回家，家俊的手机响了：“是家俊吗？我是彭大志。”

“大志哥，你有什么事？”

“你认识长海医院的医生吗？”

“怎么了？”

“全发叔掉到海边悬崖下受伤了，左腿骨折，送到长海医院，医生说耽误时间长了，骨头坏死，需要截肢。你说一个靠力气吃饭的农民工，要是没有了一条腿，以后怎么生活？你看能不能找个专家，想办法把他的腿保住？”

“我认识一个老乡是长海医院的医生，不是很熟。我联系看看。”

家俊从手机里找出郭新海医生的电话，用座机打过去：“郭医生吗？您好！我是邻村文化公司的胡家俊，在老乡聚会中见过你，还记得吗？”

“记得记得。胡总，您有什么事吗？”

“我有个老乡，在洋山港工地上受伤了，送到长海医院，医生说要截肢，你能不能帮忙找专家看看，设法保住他的腿？”

“没问题。你把患者姓名和病房号发短信给我，我请骨科主任亲自看。他可是国内著名的专家。”

家俊和三嫂去长海医院看全发叔。躺在病床上的全发叔，头上身上缠满了绷带，正吊着水，精神却很好，见家俊和三嫂进来，高兴地说：“你们咋来了？不要耽误工作。”

三嫂说：“出这么大的事，我怎么能不过来？你感觉怎么样？”

全发叔的头固定了不能动，便转动着眼珠说：“还行。就是有时痛得厉害。”

家俊问：“全发叔，你是怎么出事的？”

“最近工地上不断有材料被偷，大志的综合治理联防队日夜巡查。我在夜里巡查时发现有两个人偷水泥，他们见被发现了，放下水泥就跑，我追他们到海边，不小心就摔下去了。”

三嫂说：“你这是因公受伤，大志要管你。大志呢？”

全发叔笑着说：“大志当然管我。他说要管我后半辈子呢。他现在回去处理小偷的事。两个小偷被他们后来的人给抓住了。”

“小偷交给派出所就行了，还要他管什么？”

“大志说小偷是我们一个县的老乡，要对老乡负责，去派出所要保他们出来。”

“这个大志，做什么滥好人！老乡多了，他能管过来？”

彭大志当然不是做滥好人。他创建的徽远建设公司企业文化，最初的出发点就是为了照顾好跟他创业的员工，其中多数是老乡。现在的洋山岛已今非昔比，仅大型集团公司就有 12 个，各分公司有 200 多家。大志在岛屿上修建了第一个职工篮球场，建起了第一个职工活动中心和阅览室。并经常性地组织开展有益于职工身心的活动，丰富职工生活。大志还欢迎岛上其他单位前来借用他的场地，与其共同举办联谊活动，比赛篮球。就连企业文化比较好的大型国企都经常来参观徽远公司的文化建设。

徽远建设的企业文化始于在岛上过第一个春节。当时党支部已经成立了，但是党支部不是万能的，对普通群众的影响力也不是立竿见影。眼看春节快到了，大志犯愁这个春节怎么过。他敏锐地预感到，如果这个春节过不好，节后会有大批员工流失。

工期长，难度大，劳动强度大，生活艰苦，这些对于习惯吃苦的农民工来说，也不是能无条件接受的。他们可以忍受到年底，但是到了来年，谁都希望有更好的选择。至于长期打算和契约精神，距离他们的农民意识还很遥远。

要说这类以农民工为主的民营企业，人员流动性大是常态，也是其留不住人才、上不了规模的重要原因之一。绝大多数企业都安于现状，老板小富即安，但是彭大志不想这样。距年底还有三个月，他就想着怎样过这个春节。

有钱没钱，回家过年。一般的建筑工程，春节期间肯定要停工，好让农民工回家过节，可这是洋山港开工建设后的第一个春节，工程停不下来，人就不能回家过年。如果勉强留人，人心涣散，反而影响工程质量。

腊月里，大志亲自回老家杀猪宰羊，然后开车走访每个家在本县的职工家庭，留下十斤八斤猪肉。他押运一整车鸡鸭猪肉和家乡的土特产回到岛上，办公室按照他的吩咐已经在上海买好足够多的瓜果点心。大年三十到正月十五，职工的伙食比一般家庭丰盛得多。办公室还组织开展下棋、扑克、拔河比赛，发奖品，发红包，总之要让员工不想家，春节过得开心。

畅玩三天，年初四大志就带领骨干到工地上观察进度、商讨开工事宜，也是开工前的预热。初五，各支队伍就进入工地开始干活。他们是开工最早的队伍。员工们既然接受了不回家过年的事实，也就不愿意在外面太安逸，都主动要求开工。大志吩咐各队领导，这几天干活悠着点，下午早点收工，回去参加文体比赛。慢慢过渡到正月十六，再恢复到正常工作量。

此后，徽远公司就形成一个制度：逢年过节，根据工程需要和职工意愿，分批次回家探亲。实在不能走的，就在岛上过年过节。后来，许多职工都宁愿留在岛上了。

这次春节后，大志又成立了工会，主要工作是扶贫帮困。谁家有困难，根据工会了解的情况，大志主动送去钱物；谁家孩子考上大学了，他亲自送去奖励金 2 000—3 000 元不等。每年九月，是职工孩子们开学的日子，根据职工报名申请的额度，大志会提前预支职工的工资，并亲自送到老家他们家人的手中。他担心个别员工乱花钱，耽误孩子上学。这是有先例的。

大志始终认为，一个对家庭不负责任的人，也不可能做好工作。为了让职工安心工作，让家人放心，公司设了一条热线，专门保持与职工家属的紧密联系。有一个员工，年收入在 2 万以上，但通过了解，每年给妻子不超过 3 000 元。大志认为这里面有问题。公司是包吃住的，除了抽烟，连日用品都不用买，没有其他开支。他花掉这么多钱，不是赌博就是有女人。大志找这位谈话，要求他至少每年交 10 000 元给家人，他不得不答应。

徽远公司给自己员工建的宿舍，比为其他单位建的宿舍标准更高，条件也更好。职工生活区的宿舍整齐有序，白墙蓝顶，清洁舒爽。员工不仅吃住免费，床铺、日用品，以及工装等全部免费。大志还特别投资 13 万元，修建了一幢双职工宿舍，在岛上所有的大小公司中是第一幢。

徽远公司在洋山岛上第一个建立安全联防队，也是唯一一支配合公安洋山分局进行岛上综治管理的联防队。为了增强职工思想安全意识，他每年都请老家银湾镇和小洋山两地派出所民警来公司，为职工举办法制教育讲座，用血淋淋的案例让他们心有敬畏。正是基于这些，大志才向警察夸下海口，能把两个小偷“炼成好钢”。

九十五、已经结婚了

眼看又要到年关，大志的资金出现了问题。他刚接一个新项目，垫进去手头所有的资金还不够，正在施工的三个项目已经垫了不少资金进去，要明年才陆续竣工，只能指望年底结到一部分钱发工资。偏在这个时候全发叔又出事了，治疗费不会少，他是因公负伤，大志必须承担所有费用，而且还要对他的未来生计负责。大志从来不愿意向别人开口借钱，现在百般无奈，想来想去，只有向家俊借了。

家俊接到电话，听清楚借钱的原因，问他：“你需要多少？”

“50万。”

“没问题，今天就叫人来拿支票吧。”

大志正好到上海市区办事，便亲自去拿支票。家俊叫财务经理开张50万元支票给大志，说：“晚上不要走，我和桂珍、三嫂他们说好了，聚一下。”

大志说：“是好长时间没聚了，可是我事情太多。”

“谁的事不多？要刻意聚一次不容易，今天这么好的机会再不聚，我们一年都聚不到一次了。”

“说得也是。那我就不走了。你叫财务明天一早再把支票给我吧，免得晚上给弄丢了。”

家俊叫上井儿，一起到卫家浜村的天徽大酒店徽州厅坐下。不一会，三嫂和桂珍一起进来了。三嫂见到大志就数落他："大志，听说你把两个小偷给保出来了？"

"是啊。不但保出来了，还安排在我的公司里上班呢。"

"你不要滥做好人。小偷都是好吃懒做，在你的公司不会干长。当心他把你财务室的保险箱给撬了。"

"他俩都是银湾镇人，我就是不念老乡情，也不能任由他们糟蹋安徽人形象吧。"

"你管得过来吗？"

"能管一点是一点，比不管好。"

"你连小偷都安排了，给我安排两个人吧？"

"三嫂，你还说我滥做好人，这些年你给多少不认识的老乡介绍工作？"

"那是以前。现在我介绍工作是做业务，让打工的有活干、企业能招到好员工、我也有钱赚，三全其美。你说要不要吧，我现在就有两个人。"

"没有技术的我可不要。"

"你放心。我介绍的员工都是技校和技术学院毕业，科班出身。"

这时史玉琴和吴军淮一起进来了。桂珍悄悄地对家俊说："你注意没有，吴军淮和史玉琴之间好像有点事。"

"有什么事？"家俊有些迷惑，"他俩不就是一起来的吗，你怀疑他们谈恋爱？"

"他俩还真是一对。学历都很高，年纪都不小了，吴军淮更大，再不成家孩子都生不出来了。"

苏晴和王强辉一起走进来，桂珍说："又是一对一起来的。"

"你别胡说。他俩更不会的。"

"嘁！难怪你到现在没结婚，一点也不懂。男女这种事总是让你想不到的。"

“说得对，你的事我就没想到。”

桂珍白他一眼：“你是讽刺我？有意见你就说，别这样阴阳怪气的。”

“我是实话实说，哪里敢讽刺你，连意见也不敢有。”

“不敢有，就是有意见。”

家俊说不过桂珍，便站起来安排座位。他坐主位，吴军淮坐他右边，史玉琴坐吴军淮右边。他问苏晴：“你妈来不来？”

“我妈不来了。她说我们都是晚辈，她在场会让我们拘束，让我们放松一些。”

家俊指着左边的位子说：“你就坐你妈的位子吧。”

苏晴已经和王强辉坐到一起了，说：“我不坐我妈的位子。”

家俊有些尴尬。上次从昆山回来，他放下对桂珍的想法，才意识到对苏晴有些过分，也有点后悔。这么好的姑娘，自己怎么就轻易拒绝了？他今天想让她坐身边，弥补一下歉意，也是向她示好。想想自己快四十了，该现实一些了，就是再挑，还能挑到比苏晴更好的女孩吗？却没想到被苏晴给闪了。

吴军淮对苏晴说：“我也是长辈，你妈的意思是我也不该来了？”

苏晴说：“谁说你是长辈？教授就该长一辈吗？”

桂珍抢着说：“吴教授当然是长辈，苏晴得叫叔叔，我也该叫叔叔，就是不知道玉琴怎么叫。”

玉琴笑骂道：“小妮子，就你聪明。我也不瞒你们了，我们已经结婚了。”

众人大吃一惊。桂珍得意扬扬地对家俊说：“怎么样，你服不服？”

家俊真的服了她，问吴军淮：“你们结婚怎么不办婚礼？”

吴军淮淡然地说：“这把年纪，住到一起就行了，搞那么热闹不习惯。”

家俊估计是谈丽茹让他太伤心了，至今没有全放下。他看看苏晴和王强辉，越看越觉得桂珍对他俩的怀疑也有点像。

家俊示意服务员上菜，举起酒杯说：“人算不如天算。今天是个好日子，我们先为吴军淮大哥和史玉琴大姐新婚大喜干杯！”

大家纷纷响应，端起酒杯一口喝干。

家俊倒满酒杯，又端起来：“第二杯酒，祝贺桂珍找到了女儿，祝你的女儿健康成长，越长越美丽。”

桂珍高兴地站起来，和大家一饮而尽。

“第三杯酒，祝苏启昌董事长早日回家。苏晴代表苏董喝这杯酒吧。”

放下酒杯，苏晴说：“我提议咱们再祝贺一个人。”

家俊问：“谁？”

苏晴笑吟吟看着身边的王强辉，家俊心里一咯噔：“难道他俩真的有情况？”

“祝贺强辉获得1亿元人民币的投资，即将进入上市流程！”

家俊心里放松下来，端起酒杯说：“这个值得祝贺。”

强辉说：“应该祝贺我们大家。家俊和玉琴都是股东。”

“对了。我也是股东。”家俊想起来了，“可我怎么不知道你获得投资的情况？”

“不是现在通知你了吗？马上要办手续，没你签字不行。”

苏晴说：“一切都只是口头承诺，没来得及告诉你们。不过我这边的投资决定是董事会正式通过的。”

女人的直觉真是出奇的准。桂珍说得没错，苏晴对家俊失望以后，开始把一颗心转移到了王强辉身上。

九十六、综合素质管理平台

王强辉把公司百分之六十的研发力量放在承接政府部门、学校、机构的教育软件，以及政府、机关、企业的网站制作、软件外包、硬件提供等方面，很快实现了盈利，拥有了养活另外40%研发人员的能力。他组织这部分人员，先是把市场上出现的零散学习类软件模式统合起来，建立起“个人学习成长评估平台”，这个平台下面又分成数个独立运行的子平台：“高中生学习成长评估平台”“职校生学习成长评估平台”“大学生学习成长评估平台”“自学者学习成长评估平台”。将来，还会往前向初中生、小学生甚至幼儿园延伸，往后向直至退休以后的人生延伸，最终覆盖每个人的一生。这些各自独立又互相兼容、最终可以融合为一个总平台的系统，是着眼于四十年后教育状况而设计的，完全可以解决当前教育方面的许多弊端。史玉琴看到王强辉的方案，建议把“个人学习”改为“综合素质”。她认为，现在人们最关注的是学习成绩的取得和评估方式，但是在不久的将来，人们的关注点必将会聚焦到综合素质上。其他的子平台也相应把“个人学习”改为“综合素质”。她还建议把高中以下的子平台统一为一个平台：“义务教育综合素质管理平台”，将来只要向上延伸直至人生终点，再改称为“人生成长评估平台”。王强辉采纳了她的建议。

王强辉的公司和苏晴在“流行线”的办公室在同一层楼面。苏晴主要在裕安大厦的晴天投资公司上班，很少过来，最近却来得多了。她经常到强辉办公室聊天。强辉把项目的总体设计完成后，分解给其他工程师来做，他自己主要做指导和协调整合工作，空闲时间多了，过去古怪的脾气也少了很多。他们从强辉的网上平台聊到教育改革，越聊越投机。这天下午，强辉在电脑里为她演示了已经有了雏形的“义务教育综合素质管理平台”，苏晴觉得项目已经成熟，但是怎样说服投资公司董事会还是个问题。她问强辉：“有没有办法让董事们看到一个简短的东西就感兴趣？”

强辉不解：“为什么要这样？”

“你这个平台是网上的，他们看不见实物，心里就没有分量。如果演示给他们看，需要较长时间，他们没有耐心。最好有办法让他们先产生兴趣，然后主动要看演示。”

“这个要问史玉琴有没有办法。”

“你现在打电话问她。”

“这么急？”

“我想到的事情就要马上做。”

强辉拿起电话，拨通玉琴的手机：“玉琴姐，关于我这个平台，你有没有办法弄一个简短的说明，让投资公司的董事们一看就感兴趣？”

“我这里有一个教育专家的书稿，是关于四十年后教育状况的设想，我主要是根据这部书稿内容来修改你的平台的。我摘一段内容发到你邮箱。”

稍等一会，强辉打开邮箱，把玉琴发来的文件打印出来。苏晴取过打印文件，坐到沙发上看起来。

这是一个中学语文老师和他一个学生的职业生涯介绍，时间是现在到四十年后。

“孔维松老师在执教初期，人生成长评估平台刚出现不久，那时还不是这个名称，叫‘义务教育综合素质管理平台’，功能也没有现在（2055年）完善，主要针对在校学生，很少有老师使用它。孔老师敏锐地发现了这个平台未来的发展方向以及对整个人生阶段的适用性和重要性，而且平台上也有教师档案建设功能，他便为自己建设了档案。后来平台改版升级为‘人生成长评估平台’，他和他的学生们一起成为平台最早的使用者和受益者，并且相伴终身。当他退休时，正是在平台上较为完整的人生评价数据（学生时代缺失，那时还没有这个平台），使他很顺利地获得独立执教资质证书。

“孔老师并没有就此罢手。他仔细研究了人生成长评估平台对自己的分析评估，觉得自己需要在两个方面做重大调整：一、他已经具备一个哲学家和史学家的能力和水平，并处于总共五个层次的第二层（第一层是国内最著名的几位大师级专家），应该著书立说；二、以他的知识面和学术水平，不应该只带高中学生，而更适合带哲学、史学和文学专业的硕士和博士研究生。

“一个教了一辈子高中的语文老师，竟然有可能成为教授并且还是博导，这在四十年前还是天方夜谭的事，四十年后已经不稀奇。只是还要凭借人生成长评估平台提供的‘从事高等教育能力与素质测评报告’和‘学术水平测评报告’，上报国家高等教育资质评定委员会，获批后即可获得资质和证书。

“孔老师教的最后一届高中生、刚刚就读北大哲学专业二年级的颜超，成为孔老师的第一个研究生。孔老师可没有开后门，在所有报名学生中，人生成长评估平台对颜超的入学测评指数最高。颜超放弃北大的本科学籍，而来读个体户老师的研究生也不是感情因素，因为孔老师在学术上的名气和能力已经不次于北大的名师了。”

九十七、 不像女人

苏晴看完后，对强辉扬起文件说：“这就是你的平台未来的情景。字数不多，却说得很清楚，具有说服力。”

强辉过来拿起文件，坐到沙发上看完，说：“不错。这正是我要做的。可是凭这点文字你的董事能理解吗？”

“你能不能把它转化成动漫视频形式，让我能在董事会上放投影？”

“可以做到，但需要时间。”

“需要多长时间？”

“一个月吧。”

“太长了。给你一周时间，行不行？”

“不行。”

“那就十天。不能再长了。”

“好吧。你工作起来真不像个女人。”

“你骂我？”

“不是。是赞美你。”

“你当我是涉世未深无脑的小姑娘？你请我吃饭吧，还要喝酒。”

“为什么？”

“你要向我道歉。不行吗？”

“行。当然行。不早了，现在就去吧。”

天已经暗下来，外面办公室早就没人了。他们到附近的小吃街，在一个露天大排档坐下，点几个菜，要一瓶神仙酒，倒进两只玻璃杯，瓶里酒就少了一半。他们边吃边聊，一来二去一瓶酒就喝完了。

“老板，再来一瓶酒。”苏晴高声嚷道。

强辉说：“不要再喝了。”

“我要喝。今天高兴。强辉，我有把握让公司投你的项目。”

“再喝下去，我可没把握把你送回家了。”

“谁要你送回家？”

苏晴接过老板拿过来的第二瓶酒，打开瓶盖，倒满两只玻璃杯，端起自己的就喝了一口。强辉只得陪她喝。这杯酒还没喝完，苏晴就不行了，伏在桌上干呕。强辉结完账，搀起苏晴说：“我叫出租车送你回去。”

“我说了不要你送回家！没听见吗？”

“你喝多了。我一定要送你。”

“送我可以，我没让你送回家。”

“那送到哪里？”

“送到你家。”

“我在上海没家。”

“我说的是你宿舍。”

强辉只好搀着苏晴往回走。他的宿舍就在园区里，不远。他打开宿舍门，扶苏晴到床上睡下，自己坐在床边喘气。他犹豫着是留下来，还是到别处去睡觉，苏晴一翻身，拉住他的手说：“我不走了，你也别走。”

“你没醉？”

“谁说我醉了？我问你，愿不愿意娶我？”

“你问得有点突然，我没想过。”

“那你现在想。”

“不用想了，当然愿意。”

“那好。你去准备牙刷、毛巾，还有你的一套睡衣，我要洗澡。”

“好。”强辉没有动。

“去呀。”

“不着急。现在我有准备了，不来点仪式吗？”

苏晴莞尔一笑，起身搂住强辉，给他一个长长的香吻。

强辉准时在第十天把视频交给苏晴。苏晴把马鸣从安徽叫过来，和王文一起在邻村文化公司会议室看视频。视频里孔维松的卡通形象很有趣，故事也吸引人，王文和马鸣没看过瘾就结束了。

“怎么这么短？”马鸣问苏晴。

“你别看这么短，强辉的团队加班加点十天才做出来，还是让我逼的。这东西成本很高，对外是按秒收费。”

“难怪他需要那么多投资，真看不出来。”

王文说：“他的平台现在是什么状况？我想看看。”

“我这就叫他过来。”

强辉一会儿就捧着笔记本电脑过来，演示给他们看。包括苏晴在内，三人问了很多问题，强辉都操纵鼠标轻松解决。

“如果有问题解决不了，可以留言，后台看到后，会立刻上报，团队在最短时间内给予解决。”强辉说。

“就是说，这个平台不怕有缺点，只要发现就能解决？”王文问。

“是的。它可以自我生长、自我完善。”

王文问苏晴和马鸣：“你们怎么看？”

“我看好它。”马鸣说。

“我当然也看好它。”苏晴说。

“那就通过了。”王文拿起桌上的融资方案，交给做记录的秘书，“走程序吧。”

全发叔的腿还是没有保住，从膝盖处锯掉了。手术后，大志安排他到卫家浜码头住下，这里各方面都比岛上方便。全发婶也从老家过来照顾他。三嫂安慰他说：“这下好了。我把彭老三叫过来，你俩一个缺胳膊、一个少腿，凑起来是一个整人。以后看门的事就交给你俩。”

大志的资金问题还没有完全解决。按照目前进度，在建的三个工程到春节前达不到结算前期工程款的要求，但是必须要结算到工程款他才能缓过气来。大志召集支部委员开会，说明必须要在元月中旬达到的目标，商量该怎么做。

大群说：“没别的办法，加班加点呗。”

宣子清说：“加班加点是必须的，但是还不够。不能蛮干。想办法重新组织一下，提高效率。比如两班倒或者三班倒，这样场地和工具的利用率高。”

大群说：“成立一个党员突击队，重点突击难点急点。”

大家又提了一些好建议。大志高兴地说：“党支部的战斗堡垒作用这就体现出来了。大家的意见非常好，散会后办公室整理出来执行。我补充一点，很重要，就是安全。每一个安全员都负起责任，严格执行规范。事情越急越要规范，这是红线，不能越过。快过年了，不能再让任何一个人像全发叔那样过节。”

工人加班加点赶进度，后勤保障得做好。大志考虑完成任务后可以提前给员工放假，现在就要准备开年会、吃年夜饭等事宜。他叫大群带一个人开车到上海去一趟，把工人加班、年会和吃年夜饭、抽奖活动需要的东西全部买好。他还叫办公室抓紧为员工买回家的车票，就按照预计完工后结到工程款第二天的日期买。办公室和工会每年这个时候都把所有人撒出去，到不同的火车站和汽车站排队买到不同地点的票，费用全由公司出，让员工心无旁骛，安心工作。

元月中旬，三个项目都达到了目标。大志赶紧办理手续，找发包方结款。他叮嘱彭大群他们几个项目经理，尽管提前了不少工期，在放假以前还要抓紧干，赶到前面肯定没有坏事，赶得越多越好。工程款结得很顺利，他还掉家俊的50万借款，把员工全年工资发下去，该给的红包也给了。吃完年夜饭，就开始放假，让他们早点回家过年。今年任务完成得好，大志打破了往年留三分之一员工保持开工的惯例，除了留几个值班的，全部放他们回去。这时才是腊月二十五。员工们欢天喜地背着大包小包年货回家，里面有自己买的，也有公司发的。

大志和几个项目经理还不能回去，有不少善后工作需要安排，还要参加建设集团公司的年终总结大会。在大会上，徽远建设公司和公司党支部都受到了表彰。公司被评为上海市精品项目部，党支部被评为优秀职工之家和全国优秀基层党组织，三名员工被推荐为上海市优秀外来务工人员。集团领导还通报了一个关于徽远建设公司的好消息，他们前一年完成的一项工程，通过了交通运输部重大工程综合文明质量检查。这是洋山岛唯一的一家，全上海市也只有三家。

九十八、苏启昌获释

元月下旬，传来一个好消息：苏启昌被放出来了。

案件已经彻底查清，董事长助理莫群芳和合作企业、银行三方勾结，私吞了徽远公司的3 000万贷款。莫群芳被抓起来后，爽快地承认自己是主谋，但是她一分钱都没拿。她是想让苏启昌经受挫折，然后帮他东山再起，让他知道自己的价值。另外两个主谋却说她拿了1 000万。警方查到一个她的账户，里面正好有 1 000 万，入账日期与案情相符。莫群芳痛哭流涕地说，她不知道有这个账号，是另两人栽赃陷害她。她说她只想要苏启昌，不要钱。说苏启昌是她认识的唯一男人，比多少钱都重要。但是铁证如山，她没法证明那个账号不是她的。

检察官到看守所通知苏启昌，案件查清楚了，他是冤枉的，并向他道歉。苏启昌很淡定，对两位检察官说："把我关了三年，我失去人身自由，经济损失至少以亿元计算。你们这样轻描淡写地道歉就完了？"

一位年长的检察官说："经济赔偿问题你可以让律师和我们商量。你还有什么要求？"

"既然是你们的错，我要求你们登报道歉，恢复我的名誉。"

"这个……我们再协商吧。"

专程来接他的律师王岳说："苏董，手续办好了，我们先出去，其他的慢慢商量。"

苏启昌似乎有点不情愿地跟着王岳走出看守所。

苏启昌很低调地回到上海。听到消息的老朋友纷纷过来看他，刘宗伟坚持要为他接风洗尘。苏启昌推不过去，说："一定要低调！就安排一桌，几个人聚一下。否则我不去。"

刘宗伟订了天徽大酒店最大的一个包房安徽厅，一张桌子坐二十人还绰绰有余，既不违反苏启昌的要求，只安排一桌，又让一些关心苏启昌的朋友不至于受冷落，否则刘宗伟不知道请谁不请谁。

二十多人推推让让半天才排好座位坐下。家俊发现徐春没有来，问刘宗伟："徐董怎么没来？"

"我上门请她，她都不给面子，说你们好好聚一下，我去了你们会扫兴的。"刘宗伟看看苏启昌，"我想她这还是没有原谅老苏。"

"没事。"苏启昌说，"她是在人前给我面子。回家我跪搓板。"

刘宗伟说："嫂子了不起！我叫她徐董，她说她只是代董事长，苏董一出来，她就不再代理了。”

“好女人！”王铁军说，“苏董，我不怕你不高兴。这几年徽远公司在苏夫人的领导下蒸蒸日上，比你领导得好。尊夫人是大才，更了不起的是她只在公司危难时站出来，危难过去又退到幕后，宁愿被埋没。”

苏启昌说：“你们就不要再夸她了，让我这张老脸往哪儿搁？”

“好，不说了。”刘宗伟说，“上菜，喝酒。”

酒过三巡，众人纷纷向苏启昌敬酒。丁大明过来敬酒说：“老苏，我是看着你怎么做大的，也看你这些年起起伏伏，不容易！这次大难不死，必有后福。”

苏启昌和他喝干杯中酒说：“农村种田，今年丰收了，明年最有可能受灾。我们行船也最讲究一个‘运’字。我这些年发展太快，心里总觉得不对劲，老想着有大灾临头，有时夜里都惊醒了，不知道哪一天会到。进去的时候反倒松了一口气，心想这一天终于到了。”

史玉琴也过来敬酒：“苏董，知道你最幸运的是什么吗？一是娶了一个好女人，二是生了一个好女儿。”

苏启昌有点搞不懂：“我女儿又能做什么？她还是孩子，昨天还和我耍脾气呢。”

“她未来一定能超过你。”史玉琴对着苏启昌的耳朵说，“看见她身边的小伙子吗？他是你女婿，未来的比尔·盖茨。”

九十九、自己看不起自己

苏晴正往这边看，知道是说她，便拉着王强辉过来：“老爸，介绍一下，这是王强辉，做教育网络平台的，我刚投了他的公司。”

“哦？”苏启昌高兴地打量着王强辉，“小伙子，你是什么学历？”

“本科。”

“不低了。还要继续读书。”

“老爸，你不懂。他现在的水平比教授都强。”

苏启昌看看女儿：“好！只要能比自己的学历水平高，你就是人才。”

王强辉说：“苏董说得精辟。”

“我是粗人，不识字，精辟不了。”

刘宗伟敬完一圈酒坐回到苏启昌身边，问他：“老苏，出来以后有什么想法？”

苏启昌看看刘宗伟：“还是你了解我。是有一些想法。”

“说说看。”

“我想退休了。”

“为什么？以你的年龄和身体，至少还能干二十年。”

“这个我知道。我不是不干事了，我是在水运行业退下来不干了。”

“那你打算干什么？”

“陪老婆。”

“你多抽点时间回家，照样可以陪老婆。”

“天天下班回家，在老婆眼前晃？那只能让老婆厌烦，不算是陪老婆。”

“那你是怎么陪老婆？”

“我们一起到老家安徽买一块山地，盖几间房子，种满山果树。每天傍晚从山上下来，端一张小桌放到门口，对着群山和夕阳，老两口喝上几口，是不是神仙过的日子？”

“这就是你在里面三年想到的？”

“不是。这是我小时候答应老婆的。”

“你这个承诺的含义是让老婆过上好日子，你早就做到了。”

“好日子就是有钱吗？你不了解行船的人。在水上讨生活，就是在龙王嘴里寻饭吃，不安全。弄船人最大的愿望，就是能上岸过上安稳日子。”

“老苏，不瞒你说，我现在的心情和你有点像。”

“你都是国企老总了，想上市也不是难事，还有什么不满的？”

“跟你一样，好日子就是有钱吗？我现在天天练书法，觉得这就是神仙过的日子。我还读古文古诗，也写格律诗。我有一本诗集快出版了，出来就送你一本。”

“我是文盲，你送我书有什么用？”

“你可以放到书橱里做个纪念。现在最牛的礼物是送一本自己写的书，再签上名字。上可送国家主席，下可送田间老农，不要再为买什么东西送人烦恼。”

“你这个礼物是好，可惜我不行。等我种出最好的水果来，也是上可送国家主席，下可送田间老农。”

两人相视大笑，端起酒一饮而尽。

坐在刘宗伟另一边的刘伟强听见他俩的谈话，说：“两位老哥，你俩是典型的传统徽商思维。发财了以后不思进取，只想回归传统生活，或者从商人再成为文人。传统徽商的衰落跟这种心态有很大关系。”

刘宗伟说：“你说对了，我还真的有这种情结。我祖父是桐城人，做过私塾先生，受桐城派影响深。我父母这一代到了合肥市。他们都是中学教师，父亲教语文，母亲教历史。我小时候他们就灌输读书多么好，说人一辈子都要不间断地读书。后来我上山下乡，他们没办法，但还是叫我读书学习。恢复高考后，我瞒着他们考上中专，父亲知道了大发雷霆，说我没出息，不敢接受挑战考大学。其实那一年的中专比大学还难考。后来我经商，父亲还是说我没有出息。到现在成国企董事长了，到哪里都受人尊敬，回到家乡政府领导都请我吃饭，可父亲还是斜眼看我，说不读书就没出息。我一直抗拒他们的教育，谁知到快退休了，却不知不觉还是接受了他们的观点。”

刘伟强遗憾地摇摇头说：“可惜了。你们两位都是商界奇才。徽商的振兴只有放在下一代身上了。”

刘宗伟说："也放在你身上了。你还年轻，也做得很好嘛。"

刘伟强苦笑着摇摇头："我不行。也不瞒你们，我的骨子里还是文化人，整天想着徽文化，对企业的兴趣大不如前了。"

苏启昌说："我不懂徽商是什么，也不知道我们这些人怎么老是在自家门口绕来绕去走不出来？我想做文化人做不到，宗伟想做文化人快要做到了，你是文化人却做了商人，反过来又想回到文化人里。做商人都做得很好，但是内心里根本就不想做商人，只想做文化人。这就是徽商吗？"

刘伟强兴奋地说："苏董，你了不起！你说到徽商的骨子里了。"

"那不是自己看不起自己吗？"

"对。徽商就是自己看不起自己。"

刘宗伟说："伟强，你老说要振兴徽商，我们是指望不上的。振兴徽商，要看苏晴、王强辉、胡家俊他们。"

胡家俊正坐在那里郁闷。苏晴和王强辉双双到苏启昌面前挑明了关系，让他彻底失落。井儿在一边提醒他："胡董，你还没有敬苏董酒。"

"哦。"家俊打起精神，对井儿说，"我俩一起敬。"

苏启昌看着家俊和井儿过来，问道："家俊，这漂亮娃娃是你女朋友吗？"

井儿的脸红了。家俊笑道："苏董，你说是就是。我们要是结婚，请你当证婚人好不好？"

"好啊。你说要是结婚是什么意思？对这个女娃娃不放心，怕她跑了？"

家俊顺水推舟："是啊，就怕她跑了。"

"你放心！她跑不了。"苏启昌和他俩碰杯，一饮而尽，"你俩是天生一对。错不了。"

苏晴说："爸，你别听家俊的，他整天胡说八道。井儿是他手下的总经理。"

“哦？小姑娘还是个企业家？真是了不起。难怪宗伟说要指望你们。”苏启昌又对家俊说，“不过也不影响她是你女朋友嘛。”

井儿说：“苏董，我都三十多了，不是小姑娘。”

“都三十多了？”苏启昌对家俊说，“你赶紧娶回家。还等什么？”

井儿的脸越发红了。

一〇〇、徽州文化园

刘伟强把家俊拉过一边，说：“家俊，我有一件事要请你帮忙。”

“什么事？”

“我的公司几年前就搬到张江高科技园区了，又在老家建了一座生产工厂，卫家浜村那块地就空了下来，我一时冲动，把它建成了一个徽州文化园。建好了我才考虑用它做什么，却想不好。你帮我想想办法盘活它。我倒不指望让它赚钱，只想让它能发挥作用。”

这种事家俊有兴趣，只是现在没有时间和精力，但忍不住还想了解一下，便说：“过两天我抽时间去看看再说。”

家俊叫井儿一起到徽州文化园去看看。井儿现在兼任上海流行线品牌建设有限公司和上海邻村文化发展有限公司总经理，负责“流行线”品牌和创意园区两块，几年下来进步不少，在创意方面家俊想听听她的看法。家俊有一段时间没有到卫家浜村了，才注意到这里崛起一大片青砖黛瓦马头墙的徽派建筑。他开车跟着刘伟强的车从牌坊式的大门驶进去，停在一座同样是徽派建筑的办公楼前。

刘伟强的办公室在三楼，大得离谱，里面除了一张像乒乓球桌似的大办公桌、三面墙的书橱、七八个沙发，还有一小块高尔夫球练习区和一个小型会议桌。家俊环视一圈说：“伟强，你这个办公室也太奢侈了。”

伟强说：“这里就是房间多。其实我不常来，这个办公室大多数时间是没有人的。”

“你怎么想起建这么多徽派建筑？”

“我先是建了这个办公楼，当然不是做办公用，是想做一个展览中心。谁让我是徽州人呢，自然是按徽派建筑来设计。建好以后我越看越喜欢。很多老乡和家乡政府领导来看了，也赞不绝口，都建议我把园子里全部建成徽派建筑，搞一个徽文化园。我想这是个好主意，就成了现在的样子。”

家俊问：“你就没有想过它的盈利模式？”

“我想过，也试过，但都不成功。虽然我对徽文化知道不少，但是对文化产业却不熟悉，所以也想不出什么好主意来。”

“你现在做了哪些尝试？”

“我设了一个美术馆，把我几十年收藏的字画古董都在里面展出。还设了大师工作室，请上海市和国内著名的画家、书法家来创作。现在不时会有画展、书展和相关的大型活动在里面举办。”

“能产生效益吗？”

“每次活动不让我贴钱就不错了。事实上，大多数活动都是我花钱办的。如果靠出售字画来创收，恐怕几辈子都收不回成本。”

屋角还有一个喝工夫茶的区域，他们在那里坐下。伟强动手烧水。家俊说：“喝茶不急，你先带我们转一下吧。”

伟强带他们下楼，在园区里转了一圈。这些建筑整体布局还算规整，大致分几个功能区，只是没有一个核心区域，也没有明显的特点。转到园区的西北角，一片陈旧的老宅却让人眼前一亮。家俊问：“这个老宅子是从徽州搬过来的？”

“是的。这是明朝一个商人的住宅，我们进去看看。”

他们走进大门。大门左右有门房、耳房，里面的院落大得可以跑马。穿过院落走进正屋，中堂是朱熹的画像，画像下面是古色古香的书几，上面摆着香炉和一个景泰蓝花瓶。屋内一张红木八仙桌，配八张雕花红木椅。伟强说："堂屋里的家具陈设都是原件，按原样布置。"

家俊说："这个旧宅子有点意思。"

回到办公室，伟强说："你们说说看法吧，不要客气。"

家俊说："这么大一片徽派建筑出现在上海，具有极强的震撼力。它将会有两种命运：要么是无人知晓，一直这样孤寂地维持，最终会被拆掉，因为这块土地不可能连同上面的建筑长期地被闲置；要么就盘活它，使之产生聚集效应，让它成为安徽人的聚集地甚至是精神归宿，同时成为周边人群休闲购物消费的场所。"

伟强说："冰火两重天？要么我就大亏，要么就大赚？"

家俊点点头。

伟强说："你们看，哪种可能性大一点？"

"不好说。"家俊看看井儿说，"就看我们能不能碰撞出一个好的创意来。"

井儿说："现在上海各处都有类似的文化园、创意园，没有几个能盈利。文化产业不好搞啊。"

家俊说："其实，这些文化园、创意园的问题分为两种相反的因素：一种是文化太多太深，过于自恋，无法走向市场；另一种是文化太少，其实质是房地产、二房东等业态，只是披了一层文化的外衣。"

"你看我这里属于哪一种？"伟强对家俊愈加信服。

"你属于第一种，就是太文化了。你是徽州人，容易走入这种误区。我接触过很多黄山市的企业家，他们都以来自文化传统深厚的土地为荣，往往不由自主地把家乡文化盲目地推向市场，却收效甚微。其原因是他们所做的产业文化元素远大于市场元素。比如'徽州三雕'，就是木雕、砖雕、石雕，在建筑装饰上都能用上，你这里也用了很多。我认识一位黄山当地的企业家就从事'徽州三雕'的生产，雄心勃勃地做了个扩张计划。但是，我请一位专家帮他做市场预估，其市场潜力只有数千万元的规模，连一个亿都不到，他怎么能扩大？我建议他开发一个或者数个别的产品，把‘徽州三雕’作为其组成部分融进去，这样才能既提升其他产品的文化层次，又为‘徽州三雕’打开市场空间。”

伟强竖起拇指：“高见，一语中的，让我茅塞顿开。我还真是有你说的这个问题。我总觉得，徽文化这么好的东西，这么深厚的历史积淀，不怕没有人识货，所以不怕没有市场。看来这想法是错的。”

一〇一、 文化高端和市场末端

“市场的高端，远远不能等于文化的高端，甚至只能是文化的末端。就是比文化更容易走向市场的科学技术，也面临着同样的问题。比如航天技术，确实开发出很多新的市场空间或者产品，像尿不湿、太空植物种子、电子产品等等，但是还有更多的科学成果离市场很远，那才是冰山在水下的部分。再比如，日本的光学技术强吧？它的照相机是全球顶级产品的同义词。但是，这是从光学产品的市场化来衡量的，它不过是性价比最高的光学商品。其实中国在卫星上使用的光学仪器，其技术远高于日本的，甚至日本都没有这种技术，但是它目前无法小型化用到家用照相机上，就算小型化了其成本也无法降低到人们能接受的水平。”

家俊一口气说这么多，有些渴了，端起小小的工夫茶盏一口喝干。伟强给他倒满，他端过去又一口喝干了。伟强又给他倒满，说：“你慢点喝，这工夫茶可不是这么喝的。”

家俊笑了：“说起茶文化，我就是农民水平了。”

“说说我这个文化园吧，你现在有没有好主意？”

“没有。”家俊实话实说，“以后有没有我也不敢保证。但我一定会努力寻找它。我没有好主意不代表这个好主意不存在，它一定躲在某一个地方，就看能不能找到它。”

“那你就帮我找到它。需要我怎么配合你尽管说。”

“靠我一个人不行，要我们共同来碰撞，说不定什么时候产生一点火花，就点燃了一个创意。”

“敢情这就像写诗一样，需要灵感才能出好诗？”

“对。我要找的就是灵感。”

家俊一口又喝干了盏中的茶水。伟强说：“这茶没味了。我们吃饭去吧。”

这里离天徽大酒店很近。门口迎宾小姐认识刘伟强，远远地打招呼：“刘总来啦！您订的房间是徽州厅。”

迎宾小姐把他们引进二楼的徽州厅。这个房间墙上都是徽州的人物照片和徽州文化介绍。家俊仔细观看照片和说明，有朱熹、胡适这样的大学者，也有胡雪岩、江春这样的大商人。

刘伟强问：“你的祖先也是徽州人，又姓胡，和胡适、胡雪岩同宗吗？”

“听我奶奶说是同宗。我太爷爷做药材生意，胡雪岩是他的大主顾。”

迎宾小姐又引进两位客人，家俊都认识：一位是徽学专家吴成才，另一位是同济大学教授马庭玉。家俊问：“吴教授，你是什么时候到上海的？”

“刚到。”吴成才说，“伟强的车刚把我从虹桥火车站接过来。”

家俊说：“伟强，你今天是有意要开一个‘徽州文化园’研讨会了？”

伟强笑着说：“吴教授是‘徽州文化园’的始作俑者。就是他第一个建议我在上海建一个徽州文化园。马教授则是‘徽州文化园’的设计者。”

家俊说：“按说有两位教授，开一个研讨会没有问题，但是，你要探讨的是‘徽州文化园’的市场开拓问题，恐怕还需要一个市场方面专家，或者经济方面、规划方面专家吧？”

“我可没说要开研讨会，是你说的。不过你的建议倒是可以考虑。”

“我突然有了一个想法。”家俊说，“我们到虎啸蛇岛上住一天，开一个真正的研讨会，把两位教授，还有其他几位学者都请过去。你看怎么样？”

“太好了！”伟强兴奋地说，“就这么定了，这个周末，两位教授有没有时间？”

马庭玉说：“我没有问题。吴教授远在合肥，周末再赶过来行不行？”

吴成才说：“这个周末我没有其他安排，可以来。乘动车很方便。”

家俊说：“好，那就这么定了。我负责请几位其他方面学者来。周末的活动得有个说法。你们看叫什么好？”

伟强说：“岛上已经有个‘洋山研究会’，我们也叫什么研究会怎么样？”

家俊说：“叫研究会太正式了，也有些拾人牙慧。能不能起个休闲点的名字？”

“叫‘海岛沙龙’怎么样？”

家俊说：“‘海岛’可以，‘沙龙’似乎和海岛的氛围有点不搭。”

“那就叫‘海岛夜话’吧。”

家俊说：“这个有点意思。你们看呢？”

伟强说：“我看可以。”

马庭玉和吴成才都点头同意。

星期六上午，家俊请来了经济学家潘家辉和东海理工大学机电学院院长吴军淮。他们和刘伟强、马庭玉、吴成才、史玉琴、肖莉、舒井儿分乘两部车开到东海大桥的尽头小洋山岛，王强辉和苏晴、冯桂珍、陈兰花随后也到了，王岳已经租好一条渔船等着他们。

正准备开船，岸上又有一辆小汽车飞驰而至，停下来时被身后卷起的灰尘追上掩盖了车身。丁大明和一个中年女人从灰尘里钻出来，冲船上喊道：“等我一下！”

一〇二、海岛夜话

家俊伸手拉两人上船，问他：“你怎么知道今天上岛？”

“好险，差一点就赶不上了。”大明擦去额头的汗说，“你有活动不通知我，就以为我不知道？”

“这活动跟你没关系，你来干什么？”

“谁说跟我没关系？家俊，你做什么事都瞒不过我，以后小心点。”

“我这里有你的卧底？是谁？”

“你慢慢猜吧，迟早能知道。介绍一下，这位是中医大学彭教授。”

家俊一看彭教授，认识，是原来大队的赤脚医生彭水玲，握住她的手说：“水玲姐，我知道你考上大学了，可不知道你也在上海。”

“我一直在安徽中医大学，去年才作为学术领军人才调到上海中医学院。”

王岳叫渔船先开到大洋山岛，把大家带到岛上一个农庄。这是他新租下的地方，原本也是一座军营，是团部所在地，管辖周边所有小岛上的连队。这里有四排营房，比虎啸蛇岛上多，还有一个篮球场、一个露天游泳池、一大片菜地。

潘家辉问王岳：“你又增加了这么大一块地方，有多少精力用在律师工作上？还真不务正业了？”

王岳憨笑着说：“这里没有花多少精力，就是周末过来。我的所有工作日可都是做律师工作。”

家俊说：“他必须要干好律师。这里现在还是投入阶段，他要靠做律师赚钱投到这里来。”

“那可真不容易。”潘家辉说，“这两个岛上你投了多少钱？我又怀疑了，你当律师能挣这么多钱？”

王岳说：“幸好我不是政府官员，否则你这一怀疑，我晚上就睡不着觉了。”

吴军淮说：“潘教授，你研究的是宏观经济，恐怕一个律师的收入这种微观经济现象，你还是缺乏研究吧？”

潘家辉仰头大笑说："不错，我还真是没研究过这种微观经济学。"

已经是中午，王岳带他们走进食堂，菜已经摆上餐桌。他们互相推让一会才都坐好。王岳打开两瓶神仙酒，在面前摆好一排玻璃小酒壶，逐一倒满。每一个酒壶可以装三两酒，两瓶酒不够，他又开了一瓶，边倒酒边说："今天的蔬菜是自己种的，鱼是自己钓的，鸡鸭是自己养的，味道怎么样你们吃了就知道。不管是谁都要喝酒，至少一壶。"

吃过饭，王岳安排他们在客房里午睡。三点钟叫醒他们，围绕着大洋山岛走一圈。这里已经是开发好的旅游景点，只是没有推广开。一圈走下来有一个多小时，所有人都明显晒黑了。苏晴和史玉琴戴了遮阳帽也不管用，脖颈上都脱皮了。井儿的皮肤好，晒得白里透红，就是不黑。其实今天的太阳并不烈，天上还有云彩不时地遮住阳光。

大洋山岛上有码头，他们登上一条渔船，驶向虎啸蛇岛，登岛时已经夕阳西下，染红一大片海水，像是炼钢炉里流出的铁水一样。

这次上岛，家俊发现岛上已经焕然一新。营房都改造成客房，水、电等生活设施一应俱全。营房前面平地上的杂草、杂树都已经铲掉。旗杆上还升起了一面五星红旗。

吃过晚饭，家俊拿起粉笔，在黑板上写下四个大字：海岛夜话。下面又写一行小字：如何激活"徽州文化园"？

潘家辉看着家俊写字，说："一定要找到一个点，就像是一篇文章的'文眼'、一块围棋的'棋眼'。有了'眼'就满盘皆活。"

吴军淮说："这个文化园要有较为齐全的功能，以形成一个相对完整的生态，产生聚集效应。同时，还要虚实结合，既务虚，又务实。务虚是文化，务实是购物消费。比如，设一个徽州老街，仿照屯溪老街，专卖安徽土特产；建一个黄梅戏大剧院，使园区拥有大型会务功能；还要有写字楼、酒店、宾馆等。总之，以现有的规模来看，这些功能都必须有。"

家俊和伟强已经带着潘家辉和吴军淮看过"徽州文化园"现场，所以他们是有的放矢。

家俊说："黄梅戏大剧院不需要建，里面有一个现成的剧院，改个名字就行。虽然黄梅戏不属于徽州，但属于安徽，是安徽的文化符号之一。我觉得现在的设计有些局限于徽州这一块了，不能代表整个安徽。我们要把皖南、皖中、皖北的文化元素和土特产都引进来，扩大徽文化的外延。敞开胸怀，以开放的心态与时俱进嘛。"

吴军淮说："这里不属于城市中心，也不是交通要道，目前还不通地铁，需要不断地搞活动以保持活力；要想安徽老乡愿意驱车来消费或者休闲，就要以他家乡的名义来搞活动。比如在徽州老街，借鉴农村集市的模式，逢某日赶某集。和全省各市、县合作，一天一个城市的集日，在集日里展示该城市的文化历史、民间歌舞艺术、土特产、工业产品等，再举办同乡聚会、论坛。这样轮一遍下来，一个月时间都排不过来。"

刘伟强说："这个主意好。在这些常规的集市活动之外，每个月还要承办一些大型会务活动。比如，创办一个新徽商论坛。"

胡家俊说："集日可以不限于城市，一些社会团体也可以设集日，比如商会、基金会。"

潘家辉说："主意都很好。意见会越来越完善，只是'文眼'还没有找到。"

家俊问吴成才："吴教授，你最近有什么研究成果吗？"

吴成才说："我最近在研究胡雪岩，还没有什么成果。你也姓胡，祖籍也是徽州，和胡雪岩是一宗吗？"

"可能是一宗吧。最近老家在修谱，我还资助了10万元，也许能知道和胡雪岩的关系如何。"

彭水玲有些迟疑地举手："我可以说说看法吗？"

"当然。"家俊看着她说，"我们是讨论刘伟强的一个园区的策划方案。"

“我刚才听出一点意思了。我觉得大家对徽文化的思维有局限性。能不能另辟思路呢？”

“你有什么想法吗？”

“很多人不知道，‘新安医学’是徽文化的重要组成部分，能不能把这个‘徽州文化园’的核心放到传统中医方面？”

“这倒是个新鲜主意。”家俊说，“我们说徽文化，总是忽略新安医学。”

吴成才说：“我赞成以新安医学为核心。大家前面提的想法都离市场有一定距离，很难盈利，可是医学天然地接地气、有人气，它有良好的市场想象力。胡雪岩就是一个成功的榜样。”

彭雪玲说：“上岛的时候，我看见路边有几棵珍稀的草药，不知道这岛上有多少，还有没有别的珍稀品种，明天我要好好看看。如果珍稀品种多，一来可以在徽州文化园里建一个中医药研究中心，二来找一块土地把这些珍稀中药品种扩大种植，无论是造福人类还是市场前景，都不可限量。”

“有意思。”家俊若有所思地说，“我觉得有意思，或许‘棋眼’已经找到了。”

夜已经深了，海风呜呜地从窗户钻进来，海涛有节奏地撞击岩石，发出巨大的轰鸣声。王岳张开双臂伸个懒腰说：“我们出去看看吧。”

他们走出食堂。天上繁星闪烁，那些大一些的星星都亮得像宝石，细小的星星则像金沙，再细微的星星则像是云雾了。

“几十年没有见过这样的夜空了。”刘伟强说，“小时候在山区的家乡，夏天乘凉的时候，每天都有这样的星空。”

周围也不是想象中的一片黑暗。西边的大、小洋山上灯光灿烂地连成片，与天上的星星相映生辉。东边、南边和北边远处也有或多或少的灯光。海面也有像卫星一样移动的灯光，那是行驶的轮船。王岳说：“那边连成片的灯光是浙江的嵊泗群岛，那些零星的灯光是离我们不远的岛。”

家俊说："原以为这个孤岛周围是无边的黑暗，原来不是。我们并不孤独。"

苏晴说："我怎么感觉更孤独了？比看不见灯光还要孤独。这些灯光对我们没有任何帮助，只能提供一点虚幻的心理安慰。"

"对。我有身处星空的感觉，好像是在一颗小行星上。外星文明看不见我们反而是安全的，一旦让他们看到我们的存在，或许就是我们毁灭的时刻。"王强辉说。

"不早了，都睡觉去吧。"潘家辉说，"自然规律告诉我们，生命蛰伏期越久，生命的强度和张力就越大。"

一夜涛声相伴。家俊总觉得没有睡着，却又做了几个梦，当他睁开眼时，看见从窗口射进一缕阳光，意识到已经错过了观看日出的机会。

所有人都错过了观看日出。早饭后，他们沿着环岛小路走一圈，回到食堂里继续座谈。家俊的笔记本记了三十多页纸，一个较为完整的框架方案已经在他脑子里形成。他想，这个方案将会石破天惊。

下午，乘渔船回到陆地，辞别王岳和专家教授，安排司机送吴成才到虹桥火车站，家俊和井儿依旧坐刘伟强的车返回上海。肖莉不上车，说她坐丁大明的车。家俊恍然大悟："我明白了，你就是卧底。"

肖莉笑而不语，和彭水玲一起上车走了。

家俊说："这两天收获不小，不过还不够。"

伟强问："你还有什么想法？"

"我想下周再来个第二期'海岛夜话'，专请一些有想法的企业家来。"

"这个主意好。听了专家的创意，再听企业家不一样的思路，会打开更广阔的空间。这样做策划方案就更有底了。"

要做方案，家俊已经离不开井儿了，何况现在有竞标第二十六机械厂和徽州文化园两个大型方案要做。家俊问井儿："徽州文化园可以往后放放，机械厂虽然还没有决定是否竞标，但我要早做准备，需要一个得力的人来主持调研和标书制作，只有你合适。你愿意离开‘流行线’和邻村公司吗？”

井儿说：“我听你的。这边工作怎么办？”

“你觉得谁接替你合适？”

“肖莉。但她必须要专职来做。就看她愿不愿意放弃城隍庙的店铺了。”

“我也觉得她合适。我来和她谈吧。”

一〇三、“棋眼”

井儿负责做机械厂的情况调研和竞标方案，家俊则把精力放在了“徽州文化园”的策划方案上。这个项目对他是个很大的挑战，好比是写命题作文，可发挥的空间有限。过去他做的创意园区，都是先看中建筑形态和周边环境，有了灵感才拿下来，没有灵感就放弃，好比是选题作文，甚至是自己命题。而且这个项目所涉及的范畴，没有深厚的文化底蕴和深刻的哲学思想则无法驾驭它。好在有众多专家和企业家帮忙，出了那么多主意，他需要消化掉，才能形成自己的思路。

家俊花一个月时间泡图书馆，恶补徽文化知识。为了方便工作，他干脆住在卫家浜码头的宿舍里，晚上看从图书馆借来的书，白天在“徽州文化园”里兜圈子，整理思路，寻找灵感。两次“海岛夜话”中收集到的创意都美不胜收，却像一堆散落的珍珠，成不了一个完整的艺术品。他需要寻找一根金线，把这些珍珠给串起来。然而，无论他如何绞尽脑汁，都找不到这根线。

在文化园里兜圈子的第五天上午，他感到苦恼无比，甚至有些灰心，产生了实在不行就放弃的想法。无可奈何之下，他打电话给井儿：“我这边撞墙了，思路打不开，你过来一下吧。”

家俊在园里转悠一会，便坐在办公楼前的花坛上等井儿。他习惯和井儿一起商量策划方案，希望井儿来能对他有所启发。一个小时后，井儿开车到了，家俊说：“先不上楼，我们在园子里转一圈。”

现在家俊几乎是半个徽学专家了。井儿虽然来过这里，可是对它与徽文化的关系并不了解。家俊领着井儿从大门口的牌坊开始，一步步地讲解。关于徽州的传统习俗，关于传统徽商诚信经营、艰苦创业的故事，他信手拈来，讲得妙趣横生。井儿听得津津有味，还不时地提一些问题。走到那座古宅的门口，上次来没到这里，井儿好奇地问：“这是谁家的宅子？”

“谁家的宅子已经考证不出来了，但肯定是个徽商人家。”

他们走进宅子，家俊一一向井儿介绍房子的布局，并讲解这样有哪些好处。走进堂屋，面对朱熹的画像，他又介绍了很多关于朱熹的知识。

“既然是徽商人家，为什么不贴胡雪岩像？”井儿问。

“徽商最崇尚文化，家里供的一定是文人像。再说那时候商人地位不高，像胡雪岩这样的大商人比比皆是，要供也不一定供胡雪岩。不过要让现在的新徽商选择的话，或许会供胡雪岩。”

家俊想再说些关于胡雪岩的轶事，突然想到前不久吴成才教授在虎啸蛇岛上说过，他的祖先或许与胡雪岩很近，脑际灵光一闪，感到已经抓住了什么关键的东西。

井儿向朱熹画像恭恭敬敬地鞠躬，然后对家俊说：“胡总，你也向朱大师鞠一躬吧，说不定他能保佑你想出好的创意。”

家俊看着井儿鞠躬，突然大叫一声：“哈！我有了。”

井儿被吓了一跳：“你有什么了？”

“我有主意了。井儿，我说，你快点记下来，我怕过一会儿就忘记了。”

井儿从包里取出笔记本和笔，坐到八仙桌边记录。她以前做助手经常这样记下家俊突现的灵感。

家俊说："我要把胡雪岩和他的胡庆余堂作为'徽州文化园'的一个核心亮点，一切创意都围绕'新安医学'做文章。首先，改为中医药产业园，可以叫'新安中医药产业园'，确定其特色和内涵。其次，从皖南绩溪县胡家祠堂里请来一座胡雪岩雕像，供在这座老宅中，在开业那天举行隆重的纪念仪式，参加者主要是徽商企业家。以后每年的这一天都要在此祭奠胡雪岩，形成一个传统而隆重的徽商节日。第三，通过文化活动和立体宣传手段，把胡雪岩打造成徽商的精神领袖和文化符号，让每一个徽商都有认同感，达成共识。让这座老宅成为有影响的胡雪岩纪念馆，让徽商企业家经常来此祭拜胡雪岩，获取灵魂的安慰和精神力量。第四，加强徽商理论建设，一方面形成以朱熹及程朱理学为源头的理论体系，另一方面要开辟新的理论空间，以总结出徽商在新时代的发展理念和发展方向。要把徽文化和徽商的范畴扩大到全安徽省，不局限于皖南，融入产生于皖西的桐城派文化和产生于皖北的老庄学说。第五，引进全国与中医、生物医药等相关的顶尖人才，打造一个创新发展、融汇中医和生物科学的医药基地。"

井儿记录时也感到少有的激动。记完家俊的话，她说："胡总，这个'棋眼'终于被你找到了。"

家俊拉着她的手说："走，去改方案。"

他们坐到井儿的车上，开到卫家浜码头，跑上二楼的宿舍。家俊打开门，扔掉钥匙，直扑电脑。井儿跟在后面进屋，从地上捡起钥匙，轻轻地放到茶几上，然后取出笔记本，摊开放到电脑边。

家俊打几个字就停下来说："我打字太慢，还是你来吧。"

井儿坐到电脑前说："我要先看一遍你写的方案才能修改，不一定比你快。"

"那你就看一遍。有你在我就习惯这样。"

改好方案，家俊看看表，已经是下午两点。他问井儿："你不饿吗？"

井儿笑了："我才感到好饿。"

"现在饭店厨师都休息了，我叫食堂下两碗面吧。"

井儿点点头。家俊给三嫂打电话："三嫂，你在码头上吗？"

"不在。我在外面办事。你有什么事？"

"我饿死了。你打电话给厨师下两碗面来吧。"

"你就懒吧。自己下去说一下不行吗？"

"我在写方案，走不开。"

"下两碗面？还有谁？"

"还有井儿。"

"你叫井儿别走，等我回来。我想她了。"

很快厨师就亲自送两碗青菜肉丝面进来，说："胡总，你吃好碗就放这里，回头我叫服务员来取。"

家俊说："谢谢你，钱师傅。碗我吃晚饭时带过去给你。"

钱师傅带上门走了。家俊见面条上面卧一只煎得金黄的鸡蛋，夹起来就咬一大口，烫得嘴直咧，里面还没有煎熟的蛋黄从嘴角流出。井儿说："你吃慢点。"

家俊伸直脖子吞下鸡蛋，说："这个老钱，害我。"

井儿扑哧一声笑了："是你自己性急，怎么能怪老钱呢。"

见家俊吃得香，井儿把自己碗里的鸡蛋夹给家俊，家俊又夹还给她："这个你吃。一个鸡蛋营养足够了，再多吃是浪费。"

井儿又夹些面条给家俊："我吃不下，面条给你一点。"

吃完面条，家俊有些犯困。井儿知道他有午睡的习惯，说："胡总，你休息一会吧。"

"那你呢？"

"我出去走走。"

"你不要出去，我还不想睡呢。"

一〇四、我一直喜欢你

家俊看着井儿纤细的身材和高耸的胸脯，心想她在身边不少年了，不显山不露水，却做到了总经理，不容易。她对自己的帮助比想象的大得多。她的美是内敛的，却越看越美，时间越久越感到她的魅力深不可测。记得她的胸没有这么高，什么时候发展的？家俊觉得喉咙发干，心跳加速，他才发现，只有面对井儿时才充满自信，也不会有任何戒心，像面对另一个自己一样。他突然抱住井儿就吻。井儿猝不及防，双唇微张着，被他的舌头侵入。他这时才想到，井儿会生气地推开他，甚至有可能咬他舌头。没想到井儿顺从地瘫在他怀里，让他的舌头肆无忌惮地在嘴里乱来，还伸出自己的舌头与之纠缠，贪婪地吮吸。

家俊原本产生的犯罪感瞬间消失。他感到世界就是自己，眼前这个美丽的女人也是自己。他抱起井儿放到床上，粗暴地脱她的衣服。她却出人意料地往外推，力气很大。家俊有点恼火，停下来看着她。她莞尔一笑，说：“不着急。我迟早是你的。”

井儿一件一件地脱衣服，直至褪下最后一件内裤，如一件羊脂玉艺术品横陈眼前。家俊激情难抑，迫不及待地要融化这块玉。

他觉得自己瞬间被闪电击中，劈成碎片。片刻以后，又获得了新生。

井儿不断地亲吻家俊说：“你知道吗，我一直喜欢你。”

“我不知道。你怎么不告诉我？”

“这些年我不离不弃，你就想不到？”

“我是不敢想。我做什么都没有自信，尤其是对女人。”

怀中抱着柔软温暖的胴体，家俊又兴奋起来，门却不合时宜地被敲响，外面传来三嫂的声音：“家俊，你在吗？”

家俊努力让声音平静下来：“我在午睡。”

“都什么时间了，还在睡。井儿呢？”

家俊冲井儿笑笑，井儿羞得拿被子盖住头。家俊说：“不知道。吃过饭井儿就走了。”

三嫂在外面竖着耳朵听一会，会心地笑了，大声说：“我在办公室等你们。”

井儿掀开被子说：“不得了，她知道我在里面。”

“知道又怎么样？咱俩结婚吧，免得你怕这怕那的。”

“结婚？”井儿瞪大眼睛看着家俊，“太突然了，我没有心理准备。”

家俊坏笑着说：“现在咱俩不突然吗？比结婚更突然。”

井儿又用被子蒙住头。

他们穿好衣服，井儿整理一下头发，便到三嫂的办公室去。三嫂笑吟吟地看着他们进来，也不说话，看得井儿心里发毛，满脸通红，连脖子和领口露出的皮肤都红了，双手捂脸坐到沙发上，直把头埋到双腿上。三嫂偏要找井儿说话：“井儿，你这个小丫头，我说那么多次把你介绍给家俊，你都摇头，原来你自己和他搞上了。什么时候好的？”

井儿不回答。家俊说：“刚好。”

三嫂瞪他一眼：“刚好是什么时候？”

“嘿嘿！就是刚才。”

“刚才？这么快就……”三嫂没再说下去，井儿的头埋得更深了。

家俊为井儿求情：“三嫂，求你别再说了。”

“好了好了，开个玩笑都受不了，小丫头脸也太薄了。都三十多了，还这么害羞，想当老处女啊？幸亏遇到家俊这个皮厚的，要不你到哪儿找男朋友去？”

家俊也被说得脸红了，冲三嫂拱拱手说：“三嫂，你饶了我吧！”

三嫂过去抱住井儿说：“傻丫头，我为你高兴！你和家俊是我的两块心病，一服药都治好了，我太高兴了。”

井儿转身把头又埋到三嫂的怀里。

家俊此刻才想到反击："三嫂，你整天惦记着给这个找对象、给那个找工作，三哥又不到上海来，我给你找个临时的吧。"

"呸！"三嫂啐他一口，"浑小子，井儿是我最爱护的小姐妹，你要是欺负她，我把你阉了。"

家俊知道三嫂什么都敢说，便转移话题："三嫂，你的劳务公司怎么样了？"

三嫂也正经起来："目前还不错。不过今天到两家国企去遇到问题了。都是老客户，我提供的工人是技术院校毕业的，他们很欢迎，可是今天这两个企业都说上次签的一批技术工人暂时不要了，什么时候要得看形势发展再说。"

"这是不妙的信号，而且不只这一个信号。我的'流行线'和创意园区出租率也下降得有些厉害，有些租户直接退租了。"家俊说，"最近美国发生了次贷危机，肯定会影响全球，恐怕已经波及中国了。"

一〇五、 洋山研究会

受金融风暴影响，上海市绝大多数建筑工地都停工了。"流行线"和创意园区也呈现出萧条景象，账上资金捉襟见肘，目前的租户数量很难维持运营，何况还在继续萎缩，出现亏损在所难免。

家俊把手头的盈余资金全投进"流行线"和邻村文化公司，却只能维持几个月，资金耗完后，已有两个月没发工资，第三个月工资依然没有着落。家俊召集董事会，研究怎样渡过难关。

家俊问苏晴："你的投资公司有没有余钱？"

苏晴说："我是投资公司，不是贷款公司，有钱也帮不上你，何况还没有钱。我们投的企业大部分都受到影响，资金同样紧张。"

家俊说：“你们谁认识民间贷款机构？”

大家都摇头。苏晴说：“现在这个时候谁还有钱往外贷？”

“那不一定。”肖莉说，“温州人做贷款的多，手里一定有钱。”

苏晴说：“温州人只贷给温州人，不会轻易贷给外人。”

天已经黑了，会议只好结束。家俊叫大家回去积极想办法，一定要渡过难关。

“流行线”租户的生意直线下降，几乎全线亏损，不少租户已经提出退租，宁愿支付违约金。肖莉尽力安抚他们，表示今后几个月免租金，生意一天不上来，就一天不要租金。租户说，不交房租他依然亏钱，连进货本钱都赚不回来。肖莉希望大家一起扛下去，才能等到生意好转的一天，而且肯定会有这一天的。

正一筹莫展的时候，家俊接到吴军淮电话：“家俊，周六去参加一个活动吧。”

家俊想推辞：“吴老师，我现在焦头烂额，还是不参加你的活动了。”

“我知道现在很多企业都遇到问题了，建议你还是参加。就算是对你现在没有帮助，对你和企业的未来一定会有好处。”

“这么玄乎，是什么活动？”

“洋山研究会的一次活动，在虎啸蛇岛。”

“好，我参加。”

家俊和吴军淮一起上岛，把行李放进房间，便走进食堂兼会议室，里面已经有七八个人，家俊竟然认识一大半，不过他们多数不认识家俊，因为他们是名人。只有一位认识家俊，就是著名经济学家潘家辉。吴军淮把家俊一一介绍给那些商界大佬。

又有一条船靠上码头，几个人下船沿着台阶上来，家俊看出来其中有史玉琴和彭大志。等他们上来，他问：“你们怎么来了？”

玉琴看看吴军淮，笑着说：“他请我来的。”

吴军淮说："玉琴是人力资源专家，她的视角对企业家很有帮助，何况她同时也是企业家。"

彭大志则神秘地笑着说："我比你更有资格来这里，回头再说。"

活动很随意，大家喝茶、吃点心，随意聊，聊什么都行。家俊看到有一位企业家在向一位五十多岁戴眼镜的学者模样的长者请教什么问题，其他几位重量级企业家在一边出谋划策。但没一会，他们就都散开，只有一位企业领袖和那位企业家单独聊。

家俊才知道这个活动虽然叫研究会，却并不具体研究什么课题，活动是务虚不务实，在一起随便聊。当然，这些人物随便聊的东西，如果披露出去都会是非常有价值的商业情报。家俊认出来的几位企业家，都和巴菲特一样以慈善的名义拍卖共进午餐的机会，金额都在两三百万元。家俊想，今天这个机会恐怕得价值千万以上了。可惜他没有准备，不知道提些什么问题好。

吴军淮似乎看出他的心思，对他说："不要紧张，洋山研究会的活动非常随意，你想说什么都行，只有两个再简单不过的要求：第一不要谦虚，第二不要说空话。所以，你肯定会有收获的。"

一位年长的企业家过来对家俊说："小伙子，我见你有些面熟，好像在哪里见过。"

一〇六、抗风险秘诀

家俊见他也有些面熟，听他说一口难听懂的普通话，想起刚到上海时在杨高路上遇到的两个温州人："我想起来了，您是温州人，姓钱，钱董事长？"

钱董事长还是一脸茫然："不错，我是钱均发。我还是想不起来在哪里见过。"

"十几年前，浦东刚开发的时候，你是两个人，沿杨高路从南走到北，专租路边的大型房产，我们中午吃牛肉面坐在一起。”

钱均发握住家俊的手：“哦。对对，想起来了，你拣到我装钱的提包，在面店等着我们。”

吴军淮说：“你们还有这样的奇遇？家俊，钱董是投行的大股东，投资圣手，你多向他请教。”

钱均发说：“请教不敢说。当初我就看好这小伙子。记得你当时在找工作，后来找到了？”

“找到了。很快就找到了。我还记得您说过一句话，让我受益至今。”

“哦？我说什么了？”

“您说今后二三十年是房地产的天下，建议我在这个行业发展。”

“你现在做房地产？”

“我先从事建筑行业，现在做创意园区，算是二房东吧，都和房地产有关。”

“你叫……”

“胡家俊。”家俊取出一张名片递过去，钱均发也递给他一张。

看着名片上“上海均发投资股份有限公司”，家俊说：“我还保留着二十年前您给的名片，记得您以前是做皮件的。”

“对。做皮鞋出身，不过我可没做过假皮鞋。”

家俊和吴军淮大笑起来。

中午吃自助餐，喜欢喝酒的可以自己倒点葡萄酒喝。氛围还和上午一样，随便聊，随便和谁聊，大范围小范围都行。家俊找到钱均发，碰一下酒杯，说：“钱董，谢谢您当初的指点。我这辈子至今受益两个人的两句话，您是其中一个。”

“还有一个是谁？”

“吴军淮。他下放在我们村，是我的中学老师。他考上研究生以后，临走以前告诉我们，人要知道自己到哪里去。我就是想着他的话，来到上海；

听了您的话，进入房地产有关行业。”

“那是你学习能力强。小伙子，我们这一代温州人读书不多，但是学习能力不差，不学习当不了老板，更走不到今天。”

家俊想到了苏启昌，心中产生一个问题：“钱董，我有一个问题请教您。”

“你说。”

“这次世界金融风暴和九八年的亚洲金融危机，我都受到影响，可是我发现有一些像您这样年纪的企业家受影响不大，是不是有什么秘诀？”

“好小子，这个问题可有点难度。”钱均发边想边说，“我们这一代老板不是不受影响，其实淘汰率比你们还高，跑路的也多，你没看到而已。你看到的是淘汰剩下来的，当然都厉害。要说秘诀我好像没有，我觉得搞一点实业，抗风险能力会强一些。”

“您这个观点和我认识的几个投行年轻人不一样，他们不愿做传统行业，重点做高科技、互联网、服务业。”

“你说的这几个行业比较新，确实容易出好企业，但是更多被淘汰的企业你看不到。互联网企业只有几个点的生存率，比传统行业低得多。小胡，要以自己的思维考虑未来，不要听别人的，尤其是不要听所谓专家的。传统行业是面临着生存危机，因为它太老了，可是，如果把它和高科技、互联网、服务业结合起来，它不就年轻了？”

家俊茅塞顿开：“对呀！如果只做传统行业，生命力有限；可如果只做新兴行业，风险会更大。把它们结合起来，无论是发展潜力和抗风险能力都不会差。”

钱均发拍拍家俊肩膀：“不错。你反应很快。你说这次金融风暴受到影响了，困难大不大？”

“就是资金出现问题，赶到一块了。”

“做企业的，所有问题都会归结到钱的问题。不过，现在的时代不缺钱，缺的是机会和眼光。回去我们约个时间谈谈，看我能不能给你出出主意。”

“那可太好了。”家俊隐约记得他十几年前也这样说过。

下午，大家沿着环岛小路散步，也是三三两两地松散无序。家俊和吴军淮、史玉琴、王岳、彭大志一起。

上一次上岛，家俊就发现岛上到处都是桑树，枝叶茂盛，但桑椹已渐凋零，所剩无几，虽可采摘，却远不过瘾。这次来得正当时，满山的树上果实累累。沿环岛小路有采不尽的桑椹，均紫红肥硕、汁液饱满、甘甜爽口、回味无穷。

家俊对王岳说：“我总感觉这个岛应该有很多故事发生过。”

吴军淮说：“这个岛一定有故事。我甚至感到它们就在岛上的每一块岩石缝里。”

王岳说：“真让你们说对了。我以前也有这个感觉，就是不知道去问谁。这个岛上没有居民，只驻扎过解放军，那是几十年前的事了。但是去年秋天，知道故事的人来找我了。”

“是谁？”

王岳指着彭大志：“他。”

一〇七、海岛之魂

“我当兵就在这里。”大志说。

“是吗？”家俊只知道大志在上海当兵，没想到是在这里守岛。

去年九月，大志联系到八名上海、浙江籍老战友，约好一起再上虎啸蛇岛，等最远的浙江战友到达小洋山岛，不巧 16 号台风来了。他们在大志公司宿舍等了两天，台风一过去，就迫不及待地于清晨乘渔船登上虎啸蛇岛。

他们属于上海警备区最前沿的守备部队之一，当时驻守虎啸蛇岛的是十团十连，大志在一排三班。看到熟悉的码头，石块铺成的路面，还有路边的花草，老兵们倍感亲切，勾起了很多回忆。当时，连队任何物资都要通过码头上一条长长的山坡，挑水、背米、扛武器弹药……通往训练场的台阶口上，老兵们在“提高警惕，保卫祖国”八个大字前面再一次合影，说要拿回去和当年的留影对照。

经过连部、电台、指挥排、一排和二排营房，看到过去的蓄水池现在开了扇门，变成住房。当年他们就用雨天蓄的水，洗脸刷牙洗衣，把洗脸水集起来用于浇菜。

食堂还保留了原貌，是那种当时农村人家用的柴灶，但两口供全连人吃饭炒菜的锅要大得多。1976 年 5 月，十连驻地从虎啸蛇岛迁移到了大洋公山，仅留下数名人员守岛，大志也在其中。连队撤离不久，新排长汪昌怀来了，为改善伙食，他拿枪在猪圈旁打下五六只乌鸦。开午饭时，战友们看到炊事员王金夫烧的鸟肉都很高兴。然而，鸟肉吃到嘴里，无论怎样撕咬都无法咬碎下咽，而且气味难闻。排长说没烧透，晚上再烧。晚饭时一盆鸟肉又端上来，谁也不敢吃了。

都是年轻人，物质生活艰苦不怕，就怕精神生活单调。看见岛外来船，官兵们兴高采烈，可以看到报纸的旧闻、远方的家信，也许是电影队来了。

走进连队饭厅，大志回忆起，1976 年春夏，就在这个饭厅里，十来个兵发扬连续作战的精神，七个晚上观看同一部电影《牛角石》。开始还新鲜，后几晚也腻了。那是因为有台风，两个放映员无法下岛。

部队撤离后，虎啸蛇岛荒置二十多年，直至王岳成为岛主。经过五年的经营，或许找回了过去面貌之一二，却永远无法恢复原貌了。起床号声、熄灯号声、操场上的口令声、食堂前排队等待时的拉歌声，曾经是岛上的主旋律。那是一百一十二名官兵青春的回声，然而何止是一百一十二个军人的青春岁月。俗话说“铁打的营盘流水的兵”，驻守海岛的数十年间，十连迎来多少茬新兵，又送走了多少名老兵，怕是有上千人之多。

上千名军人，每人在这里留下了两三年的汗水和青春岁月，还准备在战争来临时流血牺牲。二十年以后，这些汗水和青春还在吗？这些勇于牺牲的意志还有吗？

王岳说，他近两年请了一对当地的老夫妻看岛。老兵们刚登上岛，就被老夫妻看到，说这个岛不接待外人，叫他们再上船返回。他们解释说原是守岛的军人，想回来看看。老人打电话给王岳，王岳一听说太好了，要让他们随便走动，随便参观，要什么给什么，不允许收费。

从此，王岳就做了一个新的规定，凡在虎啸蛇岛和附近岛屿上当过兵的，一律欢迎，热情接待，不收任何费用。

吴军淮说："王岳，我赞赏和敬佩你，不仅是因为这个决定，而是你发现和延续了虎啸蛇岛的生命和它的情感。你想，一个仅有0.4平方公里的小岛，承纳了上千名军人的青春岁月和如火激情，这个岛就绝不是普通的海岛，它是上千名军人生命的聚集和延续，因而它便有了强大的生命力。如果不是你的开发，它的生命力就还会在这里沉睡，不知道什么时候才会有人来发现它，那么我们也就不会来承接这么强大的生命意志而受益无穷了。"

家俊说："你尽早把这里建成爱国主义和国防教育基地。"

吴军淮说："我建议把'洋山研究会'的永久会址设在这里，就是这个原因。企业家最需要的是什么？创业最需要的是什么？就是这种生命意志。自古以来，军人都是最受尊重、最无私地以生命来保护其他生命的年轻人。当士兵们的汗水落进泥土，这种荣耀的青春便随着汗水渗入树木的根系。他们的生命力异常强大，所以岛上最为茂盛的树木，就是以他们的汗水为汁液、以他们的青春为青春，决定了这个岛的气质、统治着这个岛的生命。"

吴军淮指着身边的桑树说："这个岛上数量最多、最为茂盛的树木，就是桑树。桑树的根系很发达，所以台风来时吹不倒、风雨侵袭它们反而越生长。我想，只有在恶劣的自然环境中融入了青春、顽强、乐观、高尚的人类精神，才是人类得以永续的生命之源。在虎啸蛇岛，这个生命之源就是海岛之魂、军人之魂。”

一〇八、 与家国情怀无关

吴军淮问家俊：“这次金融风暴，你受到不小影响吧？”

“是啊。你有什么建议吗？”

“我不懂你这一行，能有什么好建议？不过就你的情况，我觉得寻找项目要眼界高一些，不要再进入动不动就能摸到天花板的行业了。你虽然还年轻，但每个人真正的机会并不多，甚至只有一次，不能再浪费选择的机会。”停了一会，他又补充道，“要多研究浙江人的发展模式。”

“我研究过浙商模式，但我不想全盘照搬他们的模式。我觉得应该学习他们的精神，走自己的路。”

“这就对了。走别人的路是看别人摸天花板，自己连机会都没有，还不如你以前做的呢。”

“是的。我有一个困惑，你说现在做实业是不是太传统了，也太落后了？”虽然上午受到钱均发的启发，可这段时间听到对做实业的诟病太多，家俊还想听听吴军淮的意见。

“谁说实业就是传统和落后？”

“可是做实业投资大、见效慢，风投不愿投，企业家不愿意做，都一窝蜂地往高科技、IT 行业中挤。”

“你是想做实业吗？”

“我没有想好。本能告诉我，别人都蜂拥而上的事，再想去做就已经晚了。现在别人都纷纷离开实业，可能反而是我进入的机会。但是，时机更重要，现在进去是不是早了？还有，‘实业兴邦’，如果都不做实业，国家的工业基础会不会动摇？当然了，就算我做了实业，如果没有头破血流，如果有幸活了下来，对于国家来说也是无足轻重的。”

“一个人做什么是无足轻重，但是一个人想什么就未必无足轻重了。作为企业家，有家国情怀，就是有境界。这也是我刚才说要眼界高一些的意思。我赞成你的思考。如果说还没有思考出成果，那就是思考得不够，一直想下去，直到有结果为止。”

“我一直自我怀疑，一个做企业的，首先要考虑赚钱生存，怎么一想就想到国家民族上面了，这样对不对？会不会连自己兜里的钱都输掉？”

“有可能会把自己的钱都输掉，但是输钱与家国情怀无关。你有具体的项目吗？”

“有倒是有一个。不过眼下的难关还不知道能不能过去呢，顾不到考虑新项目。”

“你的难关怎么过我帮不到，但我相信你一定会过去。可过去以后再考虑新项目，恐怕就来不及了。我觉得你总是在危机来临时中招，是不是就因为考虑得不够远？”

“你这话提醒了我。可能就是这个原因。”

“所以你就说说你的新项目吧。我可能出不了多好的主意，可随便聊聊也许会有启发呢。这正符合洋山研究会的模式。”

“上海第二十六机械厂改制，可能是个机会，但也可能是个陷阱。”

“通常情况下，国企改制是很好的机会。当然具体到上海第二十六机械厂，你要先做好调研，至少要知道这个厂是干什么的，你拿过来后又能干什么。”

“我调查过，这个厂过去主要是为其他大型国企和军工企业做配套的，没有自己的拳头产品，人家需要什么就生产什么。我国第一颗人造地球卫星和长征火箭、神舟飞船上都有他们的产品。说起来高大上，事实上是靠国家给饭吃。”

“这个厂的技术水平怎么样？”

“技术水平还不错。别看它没有自己的产品，可正因为经常接一些难度大的散活，培养出了一些工种，比如钳工、车工、翻砂工，都在全市职工技术比赛中拿过第一名。”

“这就是它的价值所在。如果它有自己的产品，就是流水线生产，很难产生技术高超的工人，反而不如现在这样有价值。除非它的产品现在还有很大的市场，这又不现实，因为如果是这样，它就不会被列入改制名单。”

“你说得对。不过就算它有很好的技术工人，没有自己的产品还是没法盈利。而且这个产品还要有技术含量、有市场、有未来。”

“你要是决定参与竞标，而且中标了，我可以给你推荐一个产品。”

“什么产品？”

“我有个同学是交大一个特殊材料研究所的所长，研究出一种强度非常高、能耐2 000℃高温的合金材料，而且强度高、密度低、重量轻，如果能批量生产，是飞机发动机叶片的极好材料。中国航空制造业的痛点是发动机。其实我们能设计出来，也能做出来，但是使用寿命只能达到人家的三分之一，推重比只能达到人家的三分之二，关键因素是耐高温金属材料不过关。”

家俊来了兴趣：“怎样才能拿到它？”

“这个材料虽然研制出来了，可是它的加工性能很不好，难以加工成零件，尤其是航空发动机零件的加工需要高精度。现在面临的问题是：如果解决了加工问题，前程似锦；如果解决不了，就会被打入冷宫。你要想拿到它，可以投钱给研究所，成为它的专利权拥有者之一。”

“这么说还有一定的风险。如果不成功，钱就打水漂了？”

“是的。”

“需要多少钱？”

“先期需要2 000万，最终需要1亿。”

“这还只是研发费用。收购第二十六机械厂还需要好几个亿呢。”

“对。什么时候竞投标？”

家俊说："受经济形势影响，可能会推迟。我会跟踪下去的。"

"明天你有没有时间？"

"有。什么事？"

"我带你去见一个老乡，他那里好像不受经济形势影响。"

一〇九、反弹琵琶

第二天上午，家俊开车去接吴军淮，然后按吴军淮的指点，开到位于松江的漕河泾开发区新经济园发展有限公司。他们走进二楼会议室，里面已经坐满客人，吴军淮把家俊介绍给一位穿藏青色西服、四十多岁、身材颀长的男士："这位是上海邻村文化发展有限公司董事长胡家俊。"

他又向家俊介绍："这位是漕河泾开发区新经济园发展有限公司董事长王振富。"

家俊挨着吴军淮坐到会议桌上，还不知道今天是什么活动，直到一位被称为秘书长的人介绍与会嘉宾，才知道是上海庐江商会的一次活动。王振富董事长是安徽省庐江县人，邀请这些同乡来参观、沟通交流。听介绍，上海庐江商会会长叫叶丛，人称上海安徽人中的石化大王；副会长江守诚，人称混凝土大王；副会长江光能，人称钢铁大王。还有一位房地产大王，今天没来。这四人号称"四大天王"，在上海安徽人中举足轻重。家俊低声和吴军淮说："没想到庐江人这么厉害。"

吴军淮朝王振富坐的方向摆摆头说："他也很厉害。"

"哦。他哪里厉害？"

吴军淮从家俊面前的资料袋中取出一本书，是《创业上海——巢湖人在上海》，递给他说："这里面有写他的文章。你看看。"

看文章介绍，王振富的经历颇有传奇性。他是大学教师出身，后来停薪留职南下海口，出任一家房地产开发公司副总经理、总经理。1997 年，下海五年并取得了不俗业绩的王振富，一个华丽转身，考取了上海社科院博士研究生。鉴于东南亚的金融危机，王振富未雨绸缪，针对我国潜在的金融风险，策划并编写了《金融监管》一书。此书强化了金融系统的风险意识和防范措施，具有重要的理论意义和实用价值。当这次起源于美国的金融风暴席卷全球时，此书已经问世十年之久。

2002 年，隶属于上海市委组织部的厂长经理公司找到王振富，请他出任上海漕河泾开发区新经济园发展有限公司总经理。

王振富上任的时候，上海漕河泾开发区新经济园区由于长期停顿未开发，园区长满了草，一片荒芜，累计亏损五六百万，人才严重流失，成为漕河泾开发区领导的一块心病。

王振富上任不久，就展开了大规模开发，公司起死回生。2002—2004 年，公司净资产由三四千万增长到一两个亿。到 2004 年底，总资产超过 3 个多亿，经济效益由原先系统内八个企业中倒数第一变为第一。2004 年初王振富由总经理转任董事长。

尽管活动内容与家俊不相干，却也不能太过无礼，他只粗粗地翻一篇文章，便放下书，打算带回去细看。

会议室窗外，大片新建厂房正在施工，一片热火朝天的景象。大家纷纷议论，这可能是上海市唯一还在施工的开发项目了，都为王振富如此冒险而捏一把汗。王振富轻松地说："大家放心，我分析过可能的最坏结果，没有那么可怕。首先，因为发展阶段不一样，中国经济所遇到的困难，与金融风暴中心的西方国家不一样，中国发展才十来年，还不到与世界一荣俱荣、一损俱损的地步；其次，上海是中国经济发展的龙头，艰难时刻最多两三年；第三，要化危机为机遇、化挑战为动力，此时正是土地成本和开工成本最低的时候，也是获得政府等各方支持的大好时机。"

一番话说得大家纷纷点头。吴军淮说："你这叫逆向思维、反弹琵琶。"

家俊心中豁然开朗。苏启昌和钱均发或许能意识到一些却说不清的道理，被王振富分析得透彻明白。他问："王董，现在很多企业都出现资金缺口，你怎么解决呢？"

王振富笑道："这是我面临的最大困难。现在需要投入六七个亿，可公司账上只有一两亿。我刚才说了，现在是建设成本最低的时候，只要能弄到钱，哪怕代价高些也值得。当然我们是国企，有政府支持，资金可以解决，但是，政府不可能盲目支持我，我的压力可比民营企业家大多了。不要以为我搞砸了拍拍屁股就能走，没那么简单。我得说服决策层和上级领导，所以最大的压力还是统一思想过程。"

下午回到公司，家俊越想越有信心，便给钱均发打个电话，约好见面时间。

一一〇、举一反三

均发投资公司在陆家嘴金贸大厦三十六楼，窗外可以看到黄浦江在陆家嘴拐弯处全貌，对面外滩上万国建筑群和江面的大型船舶像是模型一样历历在目。漂亮的女秘书给家俊泡上一杯龙井茶，看着玻璃杯中片片精致的茶叶缓慢地向下沉落，他的心情渐渐趋于平静。他想，和优秀的企业家一起喝上这样一杯茶，对自己也会有帮助。

钱均发从外面进来，快步走到沙发边，握住家俊的手说："不好意思，我来晚了。"

"没有没有。我也刚到。"

听了家俊的情况介绍，钱均发说："我最佩服安徽人的地方就是有想法，总是在别人想不到的地方赚到钱。你的创意让我耳目一新。这么好的项目，我相信一定是有生命力的。"

"钱董客气了。当初第一次遇见您，我就佩服您太有想法了，谁能想到沿着杨高路租房子呢。"

“我那不算什么，投机取巧而已。你做的事才当得起‘创意’两个字。”

“浙江人难道不是很有创意吗？上海的多少要素批发市场都是浙江人发起的，像轻纺市场、钢材市场、皮革城等等，都是。”

钱均发直摇头：“不是不是。这些都不是首创，而是规模和资本的力量。不能说浙商没有创意，但是浙商最擅长的是上规模、简单复制和资本运作。你说的这些大型批发市场虽然规模都很大，但都属于简单复制，和做皮鞋一样，除了胆子大，或者说有魄力，没有多少创意的。”

“把简单复制皮鞋的模式放大到简单复制大型市场，这本身就是创意呀，而且是能够简单盈利的创新，最符合市场规律，所以成功概率也最大。”

“你说得也对。不过，现在浙商的发展势头虽然很猛，我们也不认为自己什么都行。就像做品牌一样，你不可能面面俱到，让所有人都成为客户。你的核心竞争力只能是有限的几个地方。浙商做规模、简单复制是优势，它的背后有民间融资和善于合作的传统支撑。你可能不了解，虽然浙江的大老板多，可这些大型批发市场的创始人，多数并没有多强的实力，他们就是靠胆大、合作、敢于上规模、能融到资这几点干成的。”

“您说得有道理。一个商帮或者商群也好，企业也好，关键是能找到自己最擅长的地方，让它成为优势。也好比一个人，现在不是说要找到自己吗，一样的道理。”

“是的。所以说浙商虽然也常有不错的创意，但不能把它作为群体特征。徽商就不一样了。我认识的安徽人多数学历都很高，企业也做得不错，知识结构比较合理，做事更有创意是自然的。所以这一点可以作为徽商的标志，不能贴到浙商头上。”

“就是说各有各的优势，也各守各的优势，不必掠人之美？”

“对呀。你就很聪明嘛，我说一你就能说二。有一个成语叫什么？”

“举一反三。”

“对，举一反三。”

“谢谢钱董。每次和您见面我都有收获。我突然又想通了一个道理。”

“你又举一反三了？”

“我记得第一次和您见面，和您一起的那位说，温州人靠诚信做生意。我不以为然，那时候温州假货多，能叫诚信吗？而徽商的传统就是诚信为本，怎么能让浙商抢去呢？我现在明白了。”

“你怎么明白了？我反而不明白了。”

“温州的民间借贷主要靠诚信，多数是不需要抵押品的，对吧？”

“对。这就是诚信。”

“所以说，历史发展到今天，诚信已经是所有经商者的自觉要求和必备素质，再把它作为自己独特的标签，不合时宜，也做不到了。”

“说得好。商帮文化也好，企业文化也好，都要与时俱进。”

“所以新徽商要有自己的特点，不能全搬传统徽商的，也要有别于其他商帮。”

“好小子，你今天也给我上了一课。”

“不敢。我是来学习的，是您给了我启发。”

“现在说你的企业吧。资金缺口有多少？”

“2 000 万。”

“要在平时，2 000 万我随时可以拿给你，不过现在是非常时期。你放心吧，我会帮你挺过去的。回头我叫人去你那里考察一下，看以什么方式解决好。”

“那就太谢谢钱董了。”

“你不用谢。我帮你很简单，可如果只帮你一下，没有下文了，就像酒喝到中途没菜了，是不是有点没意思？”

“那您是什么意思？”

“问题有几种解决方法。首先，我可以介绍一家民间融资企业借钱给你，利息可能高一些，但这是救命钱，你会付利息的。对吧？”

“当然。我知道利息会高一些，能借到就万幸了。”

“如果我看好你这块，直接投钱进去，成为股东，也是一个方法吧？”

“那我也欢迎。”

“还有，你可以牵线，让我入股一家安徽人开的投资公司，支持你打过去，也是一法吧？”

“是。不过这个有必要吗？”

“你想想，如果我想和安徽人做生意，在安徽人中间做投资，是不是就有必要了？”

家俊恍然大悟：“您实在太高明了！和您比我根本算不上是生意人。”

“所以我不是帮你，是帮我自己。”

“你们浙江人团结合作、互相扶持，就是这个原因吗？”

“这是一个重要原因。当然，帮人的时候没有这么功利。人家需要钱的时候，你提什么条件他都会答应，可是你不能提。帮过他以后，他会主动拿出资源和你共享。”

“其实传统徽商也是这样互帮互助的。”

“所以我没有把它作为浙商的独有特色。抱团取暖也应该是所有商人必备的心态。做得越大，越要这样。”

一一一、心慈手软

回到邻村公司总部，家俊叫肖莉和均发投资公司的一位投资经理联系，尽快安排他来考察。肖莉说：“董事长，资金有着落了，你看是不是研究一下裁员的问题？”

“你的意思还是要裁员？”

“当然。就算不缺钱了，现在的生意不景气，也不需要这么多员工。还可以趁机把员工队伍整理一下，让不合适的人走，再招几个能力强的来。”

“你让我考虑一下吧。”

“胡董事长，你还考虑什么呀？你总这么心慈手软，让我们不好办。”

“那你们先讨论个方案吧。”

这件事家俊确实还没有想好。他以前做建筑时就不愿意辞退员工，总觉得到上海来打拼都不容易，砸人家饭碗于心不忍。只要是跟他时间长的人，犯点小错都能容忍。遇到犯大错必须辞退的情况，哪怕是高管他都不愿亲自办，总叫别人去谈话。他知道心软对于企业管理来说，几乎是致命的弱点，但他从小就这样，改不掉。为此他还自圆其说，认为每一个人都是人才，只要你把他放对位置。苏晴经常讥讽他：“过去有360行，现在已经远远不只了，你有这么多位置安排你的人才吗？”他无言以对。

眼看难关渡过有望，他心情轻松下来，便考虑是否把婚给结了。

他和井儿虽然确定了恋爱关系，可自从那次以后，井儿再也不让他碰了。倒不是井儿不愿意，而是她认为没有条件。她太害羞，也太胆小和敏感了。家俊最近又买一套住房，没有交房，还是住在卫家浜码头宿舍，在井儿隔壁，按说很方便，可井儿死活不肯，说三嫂也住隔壁，肯定隔墙听着呢。家俊说三嫂住你隔壁，到我房间她哪里能听见？井儿说你那边隔壁也住了人。家俊说我们去宾馆开房。井儿说那更不能去，专为这件事去开房，太丢人。自从第一次被三嫂撞见，她就一直有心理负担，认为三嫂的眼睛天天在身后盯着她，如芒刺在背。

家俊无奈，心想不把她娶过来，看样子就没机会碰她了。自从有了第一次，他每天都激情难耐，晚上睡不着觉，才理解当初全发叔说的结过婚的男人更难熬。井儿很怪，和他同处一室工作或者研究问题再长时间都没问题，可家俊一动邪念她就紧张。

傍晚回到码头，家俊对井儿说：“叫上三嫂，我请你们到大排档去喝酒。”

井儿说：“叫食堂炒几个菜不行吗？”

“食堂不行，大排档有气氛。”

码头和卫家浜村之间的商铺已经连成一片，附近的路边就有一连串大排档。他们在一家安徽人开的大排档坐下，三嫂问：“家俊，今天有什么好事？”

“资金问题有希望解决了。”

家俊把见钱均发的经过说了，三嫂说：“这是大好事啊。你应该在天徽大酒店请客，来这里太便宜你了。”

“三个人去天徽太浪费。再说我更喜欢这里。”

“多叫几个人就不浪费了。”

“可我只想和你俩喝酒，多一个人气氛都不对。”

“怕是也多我一个人吧？”

“不是。我和井儿在一起从来不喝酒。”

“行。井儿，今天咱俩把他灌醉。”

井儿抿嘴笑。三嫂扭她腮帮说：“你笑什么？想当叛徒，和他合伙把我灌醉？”

井儿脸红了：“三嫂，你一人就能把他灌醉。”

“那你呢，帮我还是帮他？”

“我谁都不帮。”

家俊说：“我还有一件事要商量。”

“什么事？”

“我想和井儿结婚。”

“这有什么好商量的，结吧。”

“三嫂，这件事还得请你来操办。”

“当然。我义不容辞。”

“我和家里通电话了，我妈说奶奶希望回村办婚礼。”

“你奶奶快 100 岁了吧？”

“今年 98 岁。”

“应该听她的，回村去办。”

“把这边的客人都请过去？”

“怎么，你舍不得？”

“不是，我是怕不好住。”

“住县城的宾馆，有什么不好住？”

“他们要是没时间呢？”

“你想这么多干啥？没时间就不去嘛。谁能保证结婚时所有亲友都有时间？”

“行，就听你的。”

“你们把日子定下来，我好做筹划。”

“就国庆节吧，大家都有时间。”

“那就只有一个月时间了。”

“所以要请你来张罗嘛。”

“臭小子，现在着急了。早干什么了？”

点的几个菜都上桌了，家俊打开带来的一瓶神仙酒，井儿不让他给自己倒酒，说今天她不喝。三嫂问她：“你是做好人，不帮我和家俊任何一边？”

井儿脸又一红，笑而不语。

吃过饭回到码头的办公室，三嫂先回屋了，家俊轻拉井儿的手，企图趁婚事已定的机会让她顺从，她却把手抽回去：“不行。我可能怀孕了。”

“真的？几个月了？”

“我是说可能怀孕了，还没有检查呢。”

“那明天我陪你去医院。”

一一二、 婚礼

几乎所有接到通知的朋友都决定远赴家俊老家去参加婚礼，除了王宝山一家早已定好出国度假。家俊怕人家为难，只通知了少数在上海的朋友，即便这样，还是形成了一支浩浩荡荡的车队，十月一日凌晨从上海出发，一路驶往安徽方向。苏启昌信守诺言，为家俊和井儿证婚，夫人徐春和他一起去。

车队导致银湾镇到冯家村的道路堵车了。这条路前几年修成水泥路面，勉强能容两辆车错车，现在农村车辆也多起来，多为货车和农用车辆，免不了迎面遇到上海来的车队，而且在这里不受交规约束，通行缓慢不奇怪，有点争论和纠纷导致双向停下来也正常。

婚礼就等上海的客人到达才开始，不过结婚流程在天不亮就开始了。

家俊和井儿几天前就回来了。三嫂回来更早，带领两个村的媳妇们筹备婚礼。井儿爸妈也从芜湖赶过来，和井儿住在彭家村三嫂家。十月一日凌晨，天还不亮，冯家村的接亲队伍就抬一顶花轿，敲锣打鼓，吹着唢呐，放着鞭炮，一路吵闹着朝彭家村来。井儿由表弟背着，从床上到外面上花轿，脚不能沾地，以免把家里的财气带走。花轿抬起，吹吹打打地离开彭家村，却不往冯家村去，要绕一大圈，经过三个村庄，走一个多小时，才到冯家村胡家门前。

接亲的队伍过来了，一番热闹过后，新娘被送进新房，两个村庄的客人纷纷找好位子坐下，只等上海的客人来。

县委书记王雅琴和镇委书记彭加水也来了，负责引导座位的彭大力赶紧请他们坐主桌。三嫂知道上海客人还有一会才到，过来说："大力，请王书记和彭书记先到家里坐吧，陪奶奶聊聊。"

王雅琴说："好。我们看看奶奶。"

奶奶坐在太师椅上喝茶，王雅琴进门就说："奶奶，恭喜恭喜！您教育了一个好孙子。"

"不好！"奶奶冲她翻着眼说，"他不读书，没有出息。"

王雅琴笑了："这样还说没有出息？您说得什么样才算有出息？"

"经商他要泽被乡里，读书也得经国济世，他哪点做到了？"

"您这要求太高了。不过家俊还年轻，以后会做到的。"

奶奶看看左边坐的彭书记，又看看右边坐的王书记，对王雅琴说："我知道你，上海来的知青娃娃，扎根农村，造福乡亲。有出息。"

"哈哈。奶奶，我可没有家俊读的书多，我只是高中生。"

"我看你读书比他多。上不上大学不重要，重要的是自己读书。"

"奶奶说的真精辟。照您说的，家俊退学这件事，就不要再怪他了，事实证明他是有学习能力的。"王雅琴知道奶奶一直为家俊退学而耿耿于怀。

奶奶的目光锐利地盯向王雅琴："我 90 岁了，第一次说话中了别人圈套。"

过 90 岁以后，奶奶每年都说自己是 90 岁，从不多说一岁。

王雅琴哈哈笑着说："奶奶，我可不敢给您设圈套。"

大力进来说："奶奶，王书记、彭书记，上海的客人到了，请你们入席吧。"

王雅琴站起来："奶奶，我扶您入席。"

在主桌坐好，王雅琴问家俊："准备到哪里度蜜月？"

"哪里都不去，就在家里陪奶奶，也重温一下乡村生活。"

"过几天上班了，你抽时间到县里来，我和你聊聊。"

"好。"

本地风俗，婚礼要吃两顿，热闹一天。午饭后多数客人先回家了，少数人干脆就在路上打起麻将来。晚饭前再来坐好继续吃，饭后闹一会儿洞房，才渐渐散去。

一一三、 这才是上海

家俊始终不忘今天的身份，没敢多喝酒。等家人都睡了，看着新娘子脸色红润娇嫩，明艳不可方物，压抑了很久的激情再也无法控制。他想，今晚看你能有什么理由拒绝。没想到，井儿的理由更充分：怀孕在这两个月期间最容易流产，不能同房。

家俊的激情转化为怒火，却又没理由爆发，只得长叹一声，悻悻地说："那就睡吧。过几天我们一起到县委去。"

家俊和井儿走进县委大楼，秘书把他俩引进王雅琴办公室沙发上坐下，泡好茶，说王书记正在开会，请他们等一会。

等了半个多小时，王雅琴拿着笔记本进来，抱歉地说："对不起，打扰你们度蜜月了。"

家俊说："没关系，反正我们天天闲得慌。"

王雅琴在对面沙发上坐下，把笔记本放到茶几上，看着含羞带笑的井儿说："新娘子真漂亮。听说也是个厉害的企业家？"

"她是我最得力的助手。可以说没有她就没有我的今天。"

"那我应该叫舒总了。"

"你就叫她井儿。公司高层都这样叫。"

"看来井儿做新娘子还很害羞呢。好，我们说正事吧。省里批准在银湾镇建一个直管的开发区，规模大、起点高、要求严，是一个正处级单位，省里的意思让我兼任开发区主任。招商工作是重中之重，我想和上海的企业界加强联系，多走动。一方面请一些企业家来考察，另一方面我们到上海去开招商会。"

"好啊。这对家乡的经济发展大有好处。需要我做什么你尽管说。"

"我想在上海设一个招商联络处，你帮我找一个合适的办公地点，可以吗？”

“那还找什么，我的创意园区就有办公室，免费提供。”

“那不合适。你得收房租，优惠些就行。在你那里更好，便于联系老乡。等你上班以后，我派人去找你。”

“好。”

“我还想了解一件事。上海的商会多吗？”

“省一级商会都成立了，地市一级商会上海市民政局还不批，一般都是在原籍地注册，在上海活动。”

“有没有县级商会？”

“有一些。和地市级商会一样，在原籍地注册。”

“如果成立一个上海银山商会，你看能搞起来吗？”

“我认识银山籍的老板不少，成立一个商会没问题。”

“如果成立商会，你看谁当会长合适？”

“彭大志。”

“你不行吗？”

“我不行。还是彭大志合适。他是流动党支部书记，有威望。”

“行。我打算明年到上海去办一次招商会，还希望得到你们的帮助。”

“好啊。最好在五月以后去，顺便参观世博会。”

“我也是这么想的。”

说是度蜜月，在家里住十来天家俊和井儿就想走了。奶奶说：“下次给我生一个重孙子带回来。”

家俊差一点把井儿已经怀孕说出来，却没好意思开口。

回上海没几天，便接到王宝山的电话，向他祝贺，并为没有参加婚礼道歉，然后说：“家俊，为表示祝贺，我请你们小两口看一场演唱会吧。”

家俊觉得很新鲜，心中感叹，上海人就是与众不同，以请看演唱会的方式祝贺新婚，既高雅又体面。他经常在报纸上看到各种演唱会、音乐会的消息，却感到距离很遥远，和自己无关，从来没想过体验一次。

他们看的是著名男高音歌唱家戴玉强个人演唱会，在上海大剧院演出。家俊夫妇和王宝山夫妇从人民广场地铁站出来，沿人民大道往上海大剧院走去。这么大的一座建筑，家俊知道它有多厚重，可在晚间看去，它似乎很轻盈，有凌空欲飞的感觉，又像一座闪闪发光的水晶宫殿，晶莹剔透。他感到这座宫殿是魔幻世界的一个入口，又像是一个舞女不经意间扬起一角面纱，让人惊鸿一瞥，窥见其绝世容颜。他感叹道："这才是上海。我来二十年了，今天才感到从来就没到过上海。"

王宝山问："你没进过剧场？"

"岂止剧场，我只到过一次外滩，也是晚上。感到外滩和陆家嘴的灯光是上海脸上涂的脂粉、画的眉毛，是给外人和游客看的。这个大剧院，那个博物馆，才是上海的真面目，是让上海人享受的。"

"上海的真面目可不止这些，你到多伦路和淮海路，走进石库门，会发现更多真实的上海。就在离这里不远的地方，还有一个上海音乐厅，有近百年历史了，音响效果最佳，你可以去看一场新年音乐会。"

找到座位坐下，翻看着在大厅取的节目单，家俊才知道戴玉强人称中国第一男高音，是世界第一男高音帕瓦罗蒂的关门弟子。他从未欣赏过美声唱法，只在民工中听说中国人唱歌用真嗓子，外国人唱歌用假嗓子。他向王宝山请教。王宝山简单告诉他，什么是美声唱法和欣赏方法，并指着坐在另一边的夫人说："她就是教声乐的，以后有机会让她告诉你。"

中场休息的时候，家俊挽着井儿站在高大而光线柔和的前厅门口，看着外面璀璨的城市灯光，感到生活本该如此，今天才站到人生的一个高度。

第四篇　创新有缘

一一四、 我反对这个方案

从上海大剧院回到家里，家俊意犹未尽，觉得时间还早，精神也很好，恨不能还做件什么有意义的事情。要在平时这时间他们已经睡觉了。他说："井儿，我们要努力成为上海人。"

井儿笑道："你不是最在乎安徽人的身份吗？"

"当然在乎，但不影响我们做上海人。上海的城市精神是海纳百川，我们也应该心胸开阔一些，格局大一些。不是有一种说法叫'新上海人'吗？我们就做新上海人，既是安徽人，也是上海人。"

"你不排斥上海户口了？"

家俊第二次买房时有一个蓝印户口指标，他不要，怕失去安徽人身份，便给了井儿，为此还在房产证上加了井儿的名字，那时他俩还没有恋爱。后来因企业注册在浦东，投资超过 100 万元，又有一个蓝印户口指标，他给了肖莉。

"不排斥了。不过也没必要着急办上海户口。不管户口在哪里，我的情感、思维和行为都不会受限制，这比形式重要。"

金融风暴对上海的影响很明显，但是中国及上海走出来的速度也出人意料。邻村公司在钱均发的帮助下走出来以后，上海的经济形势已经开始回暖，在迎接世博会的热潮中，似乎已经抚平了一道浅浅的伤痕。

邻村公司也在走出危机后，召开董事会再次讨论并购第二十六机械厂的议题。

井儿说："受金融风暴影响，竞标推迟了，我们有足够的时间修改完善方案。"

"我反对这个方案。"苏晴说。

"我也反对。"肖莉说。

“说说理由。”家俊说。

苏晴说：“这个厂没有核心产品，也没有核心技术，拿下来后凭什么盈利？恐怕生存都很困难。我们并购一个项目，如果看不见未来，不是找苦吃吗？”

家俊翻开方案说：“这里面考虑到未来的发展。比如吴军淮提到他一个同学是交大教授，研究一种新材料，用处很大，可以合作。”

“关于这个新材料，方案里说得太简单了。如果对它寄予厚望，还要加深了解。”

“也对。”家俊转头对井儿说，“看来我们该去交大会会这个教授。”

在吴军淮的同学、上海交通大学钛基合金材料研究所所长白扬办公室的书桌上，他们看到了那块只有香皂大小、像纸一样薄的合金，毫不起眼，色泽黯淡，扔到地上会以为是块锈铁片。白扬说：“这是含铝、镍的弥散强化型钛基合金，目前全世界只有这么一小片。如果能加工出航空发动机的涡轮叶片并达到量产，将填补国内空白，让国产发动机一举赶上甚至超过西方国家的发动机。”

家俊问：“需要我们做什么？”

“简单说，就是让它成形，成为叶片的形状。”

“这很难吗？”

“很难。比我发明这个材料容易不了多少。”

刘宗伟问：“需要采取什么方法加工？”

“这个材料硬度高，普通的金属切削加工很难实现，就算实现了效率也很低。我设想用铸造法一次成形，不需要再切削加工了。”

家俊说：“这应该算是精密铸造了。听说很难。这种铸造难在哪里？”

“这个材料的熔点高，所以要求炉温比一般的高炉高。铸造工艺要求高，要能达到精密机床加工的精度。”

家俊指着桌上的合金问：“你这个是怎么做出来的？”

“我是用试验用的小高炉浇铸的，只能做出这么大一块合金。所以首先要建一座高标准的高炉，可不是简单放大就行。它的加温方式、温度控制、安全措施都需要反复试验。”

一一五、 为什么要做实业

从交大出来，井儿说：“这个项目风险相当大。”

家俊说：“我知道风险很大，但是它的诱惑力也同样大。”

“也对。你说过，外地人在上海创业，如果不冒比别人更大的风险，就不可能成功。”

“我们下一步要好好研究第二十六机械厂，看能不能和白教授这个材料衔接上。”

“要是能衔接上呢？”

“那就是天意。”

家俊深入调研过第二十六机械厂后，印象深刻，对井儿说：“不知你注意到没有，这个厂最强的是铸造技术。虽然和白教授的精密铸造不是一回事，但好歹都属于铸造门类，还是有相通地方的。比如说金属模具钳工技术，在两者就是相通的。”

“这个金属模具钳工很重要吗？”

“非常重要，尤其是精密铸造，对模具精度要求极高。”

“这不就是你说的两者衔接上了，是天意吗？”

“好像还真是天意。我还发现了一个有利因素。”

“是什么？”

“我先问你，如果我们收购了这个厂，同时拿下白教授的项目，你估计什么时候能产生赢利？”

“那就难说了。最悲观的是永远不会赢利，乐观的估计也需要 5 年以上。”

“所以，我们不能为了做白教授的项目而拿下这个厂，那样会血本无归。必须要让它本身赢利，才能支撑起白教授的项目。”

“问题就是它没有核心产品，很难赢利。”

“虽然没有核心产品，但是它还有一个产品。”

“你是说水泵？”

“对。”

“那是在改革开放以后，这个厂不能靠国家给饭吃了，才想到生产水泵走市场，可是并不成功。它生产的‘丰都’牌水泵虽然质量很好，但销路不佳。”

“这是国企的通病。你想过没有，为什么它的水泵质量好，反而卖不过民营企业？”

“没想过。”

“因为国企过去都是朝南坐，等着人家来求他，没有主动营销概念。我建议咱们调查一下水泵市场，然后再决定是否竞标。”

通过调查，家俊发现市场对水泵的需求是与日俱增的，全国到处在开发房地产，消防、楼顶自来水箱都需要水泵，还有工业、矿业、农业、渔业、水利等等都有大量需求，出口也有不小的市场空间。一些浙江生产水泵的企业把总部和工厂都搬到上海来了，在全国卖得风生水起。

第二十六机械厂的“丰都”牌水泵开始卖得还可以，尤其是消防泵。消防许可证最难拿，可机械厂是国企，得天独厚，加之水泵质量确实过硬，很快就拿到了消防证。当时正赶上全国第一波房地产开发的高潮，产品很受欢迎。可是好景不长，随着民营企业纷纷抢占市场，“丰都”牌水泵的市场份额逐渐被蚕食，以致现在产品积压严重。细分析原因，竟是因为质量太好，导致成本高了，价格方面没有优势。但最重要的是朝南坐惯了，放不下架子去求人，不重视营销，没有一个强有力的销售队伍。

这个问题调查清楚，机械厂将来的生存问题就解决了，大不了放下身段去和民营企业竞争，况且并购后它就是民营企业了。并购方案修改完成后，在董事会上还是没有通过。这次井儿投了赞成票，苏晴、肖莉和三嫂还投反对票，三嫂的股份是当初投嘉年华转化过来的。

家俊有些沮丧，不过好在竞标无限期推迟了，有足够的时间再说服董事们。没想到这一推迟就是两年多，更没想到的是，当再次收到竞标通知时，董事会还是没有通过竞标方案。

家俊不得不重新考虑并购的想法是否有些冲动？他想起钱均发说过要做实业的话，却只是点到为止，没有深谈，便想找他聊聊。

钱均发在办公室里泡工夫茶接待家俊。他递给家俊一张报纸，问道："这个漕河泾松江园区的董事长你认识吗？"

家俊接过报纸，是2011年12月28日的《解放日报》经济版，头条文章是《造厂房的速度赶不上招商速度》，说的是漕河泾松江园区在世界金融风暴势头正猛时逆势而上，建造了很多厂房，等金融风暴在中国的影响基本过去时，这里一房难求，很快就租售一空。文中提到园区董事长王振富的烦恼：要求落户企业众多，园区却没有厂房可供。甚至有多家大企业拿着定金要求预订"图纸上的厂房"。

"我认识他，是安徽老乡。在金融风暴最严重时，就是我第一次拜访你的前几天，我到他那里去过，见到热火朝天的建筑工地，我真为他捏一把汗。没想到这才两三年，他那些厂房就供不应求。"

"你说你们安徽人多厉害。"

"我也很佩服他，怎么对经济形势看得那么准。有一篇写他的文章，标题是《把握经济发展的脉搏》，很恰当。"

"好，现在说说你的事吧。"

钱均发帮助家俊渡过难关，采取的是他说的第三种方法，即入股一家安徽人的投资公司，以公司名义向邻村公司注入2 000万资金。这是非常小的一笔风投，纯属帮忙性质。他入股的是苏晴的晴天投资有限公司，成功进入安徽人的业务圈。

听了家俊介绍的情况，他问："你是希望我帮你做决定吗？"

"不是。这个决定只能我自己做。我想了解的是，关于实业问题，它的必要性和发展空间到底有多大。记得您以前和我说过要做实业，可以一定程度规避经济风险。"

"对。实业在什么时候都是需要的。你别看现在什么互联网、IT、股票、期货很热，它们的风险也很大，不是人人都可以玩的。市场风气和时尚潮流差不多，各领风骚三五年。做生意最忌跟风。"

"我看你们温州人不都是做贸易吗？"

"那是你不了解温州。温州人卖的都是温州货。在那么多做贸易的温州人背后，还有更多的温州人在做实业。就是这些做贸易的，绝大多数都属于前店后厂的模式，我以前的皮鞋厂就是这样。温州人把打火机、袜子卖到全世界，它的背后是能满足全世界需求的产能。"

一一六、 工程师方进波

"我明白了。做实业是背后的无名英雄，做贸易是冲在前面炸碉堡的英雄。"

"是的。其实浙江有名气的实业不少，包括机械、电器、纺织、服装等等方面，你自己就能数出很多品牌。"

家俊细想不错，日常见到的很多品牌都是浙江生产的。

"钱董，您让我对实业有了新的看法。具体到收购第二十六机械厂，我怎么样才能规避风险？"

"这个我就不能教你了，能教的都是一些知识和见识，智慧没法教。家俊，你已经达到很高的境界了，到这个高度没人能教你，只能靠自己。"

家俊坚定了竞标第二十六机械厂的信心。他叫井儿单独做一个水泵市场调研报告，供董事们参考。报告显示，仅凭水泵销售，不仅能养活机械厂，还能作为长期盈利项目，甚至做到上市。就是说，水泵完全可以成为机械厂将来的核心产品，以前没有做到，是企业本身的原因，不是市场原因。看到这份报告，董事们多数改投赞成票，只有苏晴一人坚持反对。

井儿开始做标书，家俊着手解决资金与合作问题。

这件事仅凭邻村公司一家肯定拿不下来。他拟的名单上有王铁军、苏启昌、丁大明、刘宗伟、刘伟强，最后答应合作的股东只有丁大明和刘伟强。

竞标过程倒是很平淡，波澜不惊地拿下了标的。他们能中标的最重要因素，是承诺接收所有在册职工，不得无故辞退一人。其他参与投标企业没有一家敢如此承诺。

机械厂原有 800 多人，风闻改制以后有一部分人调走或者买断公职了，接手的时候还有 300 多人。井儿接手人事档案就发现，人才多数都走了，留下来的至少一半是企业不需要的，还有少数是必须清除的。这个人力资源工作就伤脑筋了。

家俊最关心技术人才还留下来多少，便找到唯一留下来的厂级干部、副厂长芮常胜的办公室。

芮常胜是翻砂工出身，从工人、班长、调度、车间主任到主管生产的副厂长，一路干上来，德高望重，经验丰富。他没有离开机械厂的原因，是快退休了，没有必要折腾。

家俊问："芮厂长，你觉得我们的水泵还有没有戏？"

"水泵从立项到试制再到批量生产，是我一手抓起来的，当然有戏。"

"为什么我们卖不过民营企业？"

"如果不考虑出口和高端产品，水泵的技术含量不高，所以竞争对手多。我们主要是缺少营销理念和人才，还要降低成本。"

"技术人才有没有留下来的？"

“没有了。技术科剩下的几个小青年，毕业不久，没有经验，不能独当一面。”

“以前的工程师里，谁的技术最好？”

“方进波。合工大毕业，学机械的，今年四十多岁，正是技术最成熟的年纪。”

“他现在在哪里？”

“听说在一家民营企业，也是做水泵。其实他是机械工程师，不是水泵设计工程师，这是有差别的。”

“你能不能联系上他？”

“可以。我有他的手机号码。”

“拜托你，约他一下，我请他吃饭。好吗？”

“没问题，他和我关系不错。不过，你要想请他回来可不容易。”

“我知道。和他谈谈再说嘛。”

家俊在天徽大酒店请方进波，只有芮常胜作陪。家俊开门见山：“方工，今天主要是请你一起聊聊，请教你几个问题，你不要有压力，我不会强求你什么。”

方进波也很爽快：“没关系。有什么话你尽管说。”

“你觉得‘丰都’水泵怎样才能和别人竞争？”

方进波推推眼镜，说：“加强销售队伍，降低成本。”

家俊看看芮常胜说：“你和芮厂长的看法一样。怎样才能降低成本呢？”

“这个很难。”

“为什么？我现在也是民营企业了，人家能做的我也能做。”

“你知道我现在工作的这家企业是怎么做的吗？从外地民营小铸造厂买来的铸件，相当一部分不合格，主要是气孔太多，在咱们厂肯定要报废的，他们却用电焊把气孔焊填起来，再加工为成品。这要节约多少成本。”

芮常胜说："这个我们做不到。我们的检验体系非常完善，首先在铸造分厂那里出不了厂，其次在水泵分厂这里验收不合格，还有在金加工车间检验员和成品检验员那里，有焊接的地方都不会通过检验。民营企业不可能设这么多质检环节、养这么多质检人员。"

"我问一句外行话，为什么有焊接的地方就不合格？它不是已经补上了吗？"

"应力不均匀，强度就不够，很容易破碎。"方进波怕家俊听不懂，解释道，"简单说，焊条填补的地方韧性高，铸件的硬度高，它们接触的地方是融化连接的，可两边硬度不一样、韧性也不一样，受的外力大一点，就会断裂。"

家俊在大学也学到一点材料力学，虽然忘得差不多了，但对于应力、强度还是能听懂的。

"就是说，只要气孔大了，就应该报废，补好也不行？"

"对。所以我不希望你也这么做。"

"我肯定不会这么做。你觉得还有哪里不一样？"

方进波犹豫一会，说："就和你说说吧，反正你不认识我的老板。说实话，我在国企干了半辈子，非常不适应民企。有些做法简直匪夷所思。比如，有一个车工，老是加工不出来符合公差要求的零件，竟然要求我改图纸，把公差放宽。一个工人要求工程师改图纸，而且是无理且外行的要求，简直是对我的侮辱。更为不可思议的是，老板竟然同意他的要求，也叫我改图纸。"

芮常胜说："简直不可想象。"

家俊问："你改了吗？"

一一七、 如何盘活机械厂

"当然不改，这是原则。老板不高兴我也不改。"

“那怎么解决这个问题？”

“简单。老板绕过我，让检验员放松标准就行了。”

芮常胜也奇怪地问：“他为什么加工不出来呢？是技术不好？”

“他当然不能跟咱们厂的工人比。咱们的车工要三年学徒，出师了才能独立操作。他原是农民，不知在哪里学会了开车床，就进工厂干了多年，算是老师傅了。可是以他的技术，也应该能加工出来符合公差的产品。”

“那是车床太旧了，磨损得厉害？”

“我也是这么以为的，就到现场去看。车床是新的，才安装好一个多月，他的操作也没有问题。”

“那就奇怪了。”

“是啊。到底是怎么回事呢？我后来发现问题时，简直想象不到。”方进波转向芮常胜，“你肯定也想象不到问题会出在哪里。”

“出在哪里？”

“这个车床没有装地脚螺丝，运回来直接往水泥地上一放，简单校一下平衡，就生产了。”

芮常胜惊呼道：“我的妈呀，开玩笑吧？”

“不是玩笑。这是真的。”

“那他们的水泵扬程能上去吗？”

“上不去。我去以前，消防泵最多只达到35米扬程，可是标准要达到50米。”

“那怎么解决？”

“很简单，就当是50米扬程的卖。”

“那能通过消防认证吗？”

“通过了。”

“怎么通过的？”

“这个也简单。一是打通关系，主要是花钱；二是拿别人的水泵贴上他的商标去检验。”

“这太危险了。要是用上他们的水泵，起火了怎么办？这可是要命的。”

“在使用年限内，发生火灾的概率非常低，几乎为零。这些年你见上海的高楼发生过火灾吗？胶州路是唯一的一次，也可能用不上消防泵，或者没人注意到消防泵是否起到作用，人们关注的是逃生和起火原因。”

家俊说：“但这总是非常危险和不道德的。”

“好在我把问题找出来了。加工精度达到要求，扬程自然就上去了。”

芮常胜说：“对。要是再上不去，就是设计有问题了。”

家俊端起酒杯说：“方工，我敬你一杯。”

喝干酒，家俊放下酒杯：“方工，你是否可以考虑回来干？我欢迎你。有什么要求你尽管提。”

方进波看家俊一眼：“说实话，在民企干了几个月，我确实有离开那里的意思，但是回来又能怎么样呢？这里现在也是民企了。你有什么好的产品来救活机械厂吗？还是仍然生产水泵，却总是竞争不过别人？”

“新的产品肯定会有，但是需要你回来和我们一起开发。”

方进波又看看家俊，没说话，端起酒杯和家俊碰一下，一饮而尽。

告别方进波，家俊说：“我以前总以为国企的问题一大堆，没想到民企的问题也很严重。看来是各有所长。”

芮常胜说：“民企我不了解，我想可能是比国企更灵活些吧。国企的条条框框太多。从好处说，是管理规范、制度健全、质量保证；从坏处说，是人浮于事、效率低下、成本居高、市场难做。”

“对。虽然很多国企竞争不过民企，但是它的优点也是民企所缺少的，如果我们取长补短，那么民企是竞争不过我们的。”

“谈何容易。单成本这一项，我们就无法做到和其他民企一样。”

“会有办法的。民企也会不断提高自己，如果都像方进波说的那样，迟早会自绝后路。”

家俊反复思考，机械厂问题多多，哪件是最主要的、纲举目张的问题?

最主要的是钱。如果有足够的资金，就能从容地安排所有员工，就能聘请到更多更好的人才，就有时间来寻找合适的产品……

但是他们不可能有这么多资金。那么钱从哪里来?贷款还是拆借?还是有其他办法?他找苏晴交流过，苏晴说:“家俊，我可以帮你找别的风投公司，不过这个过程不简单，人家是否认可也很难说，毕竟这是个非常传统且没有一点新概念的企业。”

看来寻找风投是远水不解近渴，而无论是借钱还是贷款都有限，难以持续，最好的办法是盘活机械厂现有的资源，让其产生效益。目前唯一可以产生效益的产品，就是水泵。结论是：加强销售队伍，打开水泵市场。只要这招有效，那就满盘皆活。

谁来负责销售?机械厂虽然有销售部，却从来没有主动出去推销，都是坐在家里等客户上门来买，所谓的业务员比客户架子还大，而且人员早已流失。必须从零开始，重组队伍。关键的关键，是寻找一个销售经理。他请史玉琴过来临时担任人力资源经理，整合员工队伍。史玉琴说，销售经理这样的人才可遇不可求，想从人才市场招聘或者从别处挖一个来，想都不要想。

家俊想遍了认识的人，桂珍、肖莉倒合适搞营销，但都有企业经营管理，抽不开身。他问玉琴和井儿:“你们看还有谁能管销售部?”

史玉琴说:“你先把部门名称改一下吧。销售部这个名称不好，不如叫市场部。”

“关于部门设置，”家俊对井儿说，“你做一个方案，把机械厂的所有部门重新设计，增加和撤掉一些部门，然后拿到董事会上讨论。”

“好。”井儿接着说，“关于市场部经理，我有一个想法。”

一一八、 员工培训

“你说。”

“我回到邻村，把肖莉换过来。”

“这倒是个办法。不过，你快要生了，还不是需要找人替你？”

“邻村那边很成熟了，我离开一段时间问题不大，副总们都可以担起来。”

除了家俊，眼下压力最大的是玉琴。机械厂的岗位设置、人员安排都很敏感，没有她不行。她和家俊商量，目前有一半的员工比较清闲，天天无所事事，会影响有活干的员工，不如把他们分批集中起来学习，按照公司今后发展所需要的岗位重新培训他们的技能。

第一批培训的员工有 80 人，没有合适的地方，只能在礼堂上课。这个礼堂是开大会用的，能容纳 1 500 多人，80 人稀稀拉拉地散坐在后面几排，玉琴新招的人力资源助理于晓菲招呼他们往前排坐，他们不理不睬。于晓菲气恼地看看家俊，家俊向她摇摇手，走到大家面前坐下，史玉琴和芮常胜只好也跟过去。家俊说：“既然大家都喜欢坐在后面，我们就在这里开会。史经理，开始吧。”

史玉琴说：“大家好！你们是老员工，我是新员工，可能还不认识我。自我介绍一下，我叫史玉琴，主要负责人力资源。这两天叫各车间报学习的名单，听到不少议论。有人说要搞整风了，专整落后分子；也有人说培训就是为难大家，考试不及格的都要解聘；还有人说参加培训的都要安排到最差的岗位。等等。我先跟大家解释一下，现在企业处于转型期，会取消一些岗位、增加一些岗位，组织培训是希望大家能适应新的岗位，同时也适应新的企业文化。因为你们现在比较空闲，所以安排你们先参加培训，并不是因为你们落后才培训你们。现在是学习型社会，不学习就要被淘汰，所以学习不是坏事，以后所有员工都要轮训，所有的岗位也都要培训后才能上岗。今天上午先请胡董事长讲话，然后由我来给大家上课；下午分组学习和讨论。好，我们先点名，让胡董和我也认识一下各位。小于，你来点名。”

于晓菲点完名，有 12 人没到。芮常胜低声对家俊说：“没来的人肯定是住在厂宿舍区的，趁机回家做家务了。”

史玉琴说：“这么多人没有到，既没有请假，也没有其他说法，大家说该怎么处理？”

一位三十多岁的男工人说：“不知道现在是执行过去的制度还是新的制度？”

史玉琴说：“现在是过渡期，过去的制度依然有效，不要以为能钻空子。”

“可是没人告诉我们呀。”

芮常胜说：“他叫肖玉亮，是技术最好的金属模具钳工。”

家俊问：“技术最好的钳工也没活干吗？”

“现在只生产水泵，不需要这么好的技术。要是还能接到像卫星、神舟飞船配件生产任务，他是不可或缺的。”

“他为什么没有出去给民企打工？”

“他心高气傲，一般民企他看不上。不过我感觉他迟早会被人挖走。”

史玉琴盯住肖玉亮说：“没有告诉你，就说明制度没有更改。我问你，按照过去的制度，今天没来的人该怎么处理？”

“不知道。”

“那我再问你，没有记住考勤制度，应该怎么处理？”

肖玉亮没想到处罚会落到自己头上，只好说：“不知道。”

玉琴取出一本员工手册翻开到一页：“我告诉你，按照上海第二十六机械厂员工手册总则第 56 条，记不住规章制度的扣除当月效益工资，须重新参加培训，直至考试通过，才恢复效益工资。考勤制度第 7 条，无故不参加车间以上组织的学习、培训等活动，扣除当日工资。听清了吗？”

肖玉亮说：“没听说过。也从来没有执行过。”

“有制度不执行，比没有制度还恶劣。从今天开始，在新的制度没有出来前，我们学习和执行机械厂原来的制度。现在请胡董事长讲话。”

会场响起稀稀拉拉的掌声。胡家俊站起来说：“我一听掌声，就知道你们不愿意鼓掌，那就不要鼓掌了。我说得好不好、重要不重要，或者说你们是否尊重我，跟你们鼓不鼓掌没有关系。大家心里一定在想，你不就是一个农民出身的暴发户吗，凭什么管我们国企员工？我告诉大家，我的底气很足，但不是我的钱，也不是我现在拥有的权力，是这个时代给我的底气。那么，我们现在所处的是什么时代？是一个农民可以做原来不可能做的事，实现原来不敢想的梦想的时代；是一个国企工人可以超越身份局限，成为管理者、技术专家、企业家，实现个人价值的时代。可如果他仍然自得于国企员工的身份，不敢想敢做，那就错过了时代给予他的机会，可能连农民工都不如。”

胡家俊停顿一下，会场一片寂静，大家被他的话吸引住了。从来没有哪个领导这样和他们说话，也从来没有领导和他们说这样的话。

“刚才史经理和大家谈到制度。现在是过渡时期，大家无所适从，这可以理解。我今天宣布一个新的规定，这个学习培训大家来去自由，不愿意学的继续在车间上班，如果愿意来学习，就得遵守纪律，不能迟到早退，更不能以学习为借口跑回家去做家务。但是我要强调一条，就是刚才史经理说的，今后所有工作岗位都必须经过培训才能上岗。这一条在我们厂原来的制度里就有。”

肖玉亮又问：“我们已经在岗的还需要培训吗？”

一一九、女工打架

“需要。”家俊看着他说，“以后所有的岗位都要重新设定、重新培训上岗。不过，我更改一下刚才的一个说法：我不是来管你们的，是和你们共事的。谢谢！”

胡家俊讲话简明扼要、句句实在，倒是获得了一些真实的掌声。接着史玉琴开始讲课。快结束的时候，12 个没有到场的员工陆陆续续地进来了。史玉琴停下来，等他们钻进人群中坐好，问道：“你们几位能告诉我是从哪里过来的吗？”

只有一个人回答：“从车间来。”

“从车间来？好，你们回去叫车间主任写个证明来，如果没有证明，今天上午就算你们旷工。下课。”

回到办公室，玉琴气恼地说：“家俊，你怎么能让他们学习来去自由呢？”

“怎么了？”

“我们刚接手这个企业，必须一开始就立规矩，才能让他们信服。你一来就破坏规矩，以后就很难管理了。”

“为什么要管理他们？让他们自觉自愿不好吗？”

“不管理那还叫企业吗？就是生产队也需要队长来管理吧。”

“我不是说不要企业管理。我觉得管理管理，还是理大于管。只要理顺了，就不需要管了。好的管理是不着痕迹的。”

“说得容易。你就是孔子，也有不听话的学生。”

“孔子不听话的学生可是很少的。你知道为什么吗？”

“为什么？”

“因为孔子是启发式和互动式教学，比现在学校里灌输式教学可先进多了。”

“你的意思是企业管理也可以这样互动？”

“对。”

“太玄乎了。我不认可。”

“不认可没关系，也许你是对的。以后我们再交流吧，现在吃饭去。”

他们还没走到食堂，于晓菲从后面追了上来：“胡董、史总，装配车间有两个女工打架。”

胡家俊站住问：“严重吗？”

“说不上来严重还是不严重。”

史玉琴说：“这是什么意思？有人受伤吗？”

“没有。她们的打法，没人受伤。”

“她们是什么打法？”

“她们是行车工，开着行车在空中互相碰撞。”

家俊大吃一惊：“这还得了？行车掉下来不伤就是死。”

他们赶紧往装配车间跑。这个车间原来是为装配大型装备而建造的，空间大、高度高，有两个由人在空中操作的10吨行车。虽然现在装配水泵用不上这么大吨位的行车，可两个行车工一直没有减少。

家俊他们赶到装配车间，两个女工已经被劝了下来，各自被几个人拉住，还不依不饶地互骂。家俊问车间主任李万水：“怎么回事？”

李主任说：“她俩经常吵架。今天我叫曲玲开行车，把车间中间的一个船用离合器吊到一边去，腾出地方来，谁知边芸爬上另一架行车，两个人就在天上撞起来。真是胆子太大了，下面还有人呢。”

家俊问玉琴：“这种情况怎么处理？”

“她俩都不能再开行车了。至于怎么处理，要和车间主任一起研究后再定。”

家俊对李主任说：“就这么办。”

家俊回到办公室没一会，两位女工就一前一后进来了。曲玲在前面，劈头就问家俊：“胡总，你为什么把我的工作也停了？”

家俊说：“你难道不知道为什么吗？”

“我在正常工作，是边芸开行车撞我的。”

跟在后面的边芸说："你就没撞我吗？"

"是你先撞我的，还不让我还手了？"

"好了，好了。"家俊打断她们，"你们不要在我这里吵架了，停工的问题找你们车间主任好不好？"

边芸说："她不要脸，勾引我老公。"

曲玲毫不示弱："你有脸吗？没本事看住老公，你怪谁？"

"好了好了！"家俊提高了声音，"你们的家事，去找工会、妇联好不好？"

井儿闻声进来，连哄带拉把两个女人弄到工会去了。史玉琴和芮常胜也闻声进来。胡家俊问芮常胜："这里的工人怎么会这样？我公司的农民工都不会在上班时为这些家庭破事吵架。"

"没办法，都是闲的。在国企习惯了，以为你不能把她怎么着。"

"是不能怎么着。"史玉琴说，"我们签过协议，不能随便辞退企业原来的员工。"

家俊说："也是的。不像我自己的公司，就算我有什么不公正的地方，员工也会忍气吞声，因为我一句话就能叫他走人。"

玉琴说："我们得尽快想出办法来，把多余的员工安排好，免得他们无聊。这种事已经出现好几起了。"

"看来你已经有想法了，说说看。"

玉琴说："技术好、有门路的员工大多数都走了，留下的有一半是问题员工，不是技术不行，就是态度不好，或者身体不行。我想，这一类人在经过培训以后，给安排到其他企业去，比如你的和桂珍的企业，说不定有些人会找到他们的定位。"

家俊问芮常胜："是这样吗？"

"是的，像肖玉亮这样技术好的也有，但这样下去迟早会走光。"

"你俩研究一下，玉琴做一个方案出来，然后报董事会批准。"

一二〇、员工抗议

史玉琴很快把方案拿出来，报董事会批准。这个方案分两步：第一步是向接受分流员工的几家企业了解所需要的岗位及技能要求，同时各车间统计上报分流员工；第二步是按照要求定向培训员工，合格后安排上岗。

方案和名单公布后，被分流的员工不干了。他们集中到办公楼前的空地上静坐抗议，还有人请来几个记者拍照。家俊很快就接到政府领导的电话，要求他一定处理好事件，安抚工人情绪，更要和记者沟通，这事绝对不能上媒体。

家俊不敢怠慢，和玉琴、肖莉、芮常胜商量处理办法。

史玉琴说："这些员工是蹬鼻子上脸，不能理睬他们，否则以后工作更不好做。"

胡家俊问芮常胜："芮厂长，以前发生过这种情况吗？"

"发生过。有一次新盖了几栋宿舍楼，没有分到房子的工人也是这样闹事。"

"后来是怎么处理的？"

"后来重新分房了，改为抓阄，谁都没意见了。没有抓到的只能自认倒霉。"

"抓阄的结果呢，公正不公正？"

"哪里会公正呢。有抓阄资格的人本来情况就不一样，没抓到的有可能是最需要房子的。"

工人静坐了一上午，到午饭时间，人群有所松动，有人离开了。家俊在窗口往下看，说："人少了一点，会不会下午就走完了？"

"不会。"芮常胜说，"他们是回家吃饭了，吃完饭还来。"

"要是下班了怎么办？"

"下班他们也下班，明天早晨上班时再来。"

胡家俊叹一口气："这是和我们耗上了。"

吃过午饭，果然工人又三三两两地回来了。胡家俊说："玉琴，你跟我下楼和工人谈谈。"

他们走到办公楼前面的草坪上，工人们都席地而坐。胡家俊说："大家好。我是董事长胡家俊，你们有什么要求和我说。"

"凭什么叫我们下岗？"

说话的是肖玉亮，家俊问他："你怎么也在名单里？"

"车间看我不顺眼，就把我踢出来了。"

家俊坐到肖玉亮身边，说："你们不是下岗，也不是把你们踢出来，是给你们安排更合适的工作。"

肖玉亮说："我们就在机械厂最合适，除此哪里都不去。"

"为什么不愿意离开？这里连工资都发不出来了，哪里好？"

"我们在这里生活工作了半辈子，就是不愿意离开。"

有离得远的工人走过来听他们说话。家俊站起来，对大家说："我们安排一部分员工分流到其他企业去，大家可能想不通。我先介绍一下这几个企业。一个是在洋山港建码头的徽远建设公司，需要的岗位是工程经理、质量检验员、统计员和保安。放心，不会叫你们去做泥瓦工和小工，你想干人家还不要呢。建筑公司农民工多，正因如此，才需要相对文化程度较高的国企职工，尤其国企员工的觉悟、纪律性和执行力，是农民工所缺乏的。你们也不要看不起建筑公司，大上海最漂亮的楼房都是他们建造的。你们在国企干了半辈子，可机械厂已经不是国企了，要接受这个现实。现在是国退民进时代，如果不能顺应时代，总是看不起民企，会落伍的。但这只是个面子问题，你们的收入不但不会少，还会增加。我问大家一下，在这次补发工资之前，你们有几个月没有拿到工资了？"

肖玉亮说："拿倒是拿了，就是基本工资，一个月几百块钱，不够打酱油。"

“在徽远建设公司，最低的保洁基本工资 1 500，保安是 1 800，还有满勤、效益工资和奖金，你们愿不愿意干？”

工人们不说话了，在心里盘算着这些工资是否能抵消失去的面子。

肖玉亮问：“还有其他几个公司需要什么人？”

“邻村文化发展公司、流行线品牌建设有限公司、兰桂装修公司，需要主管、策划师、业务员、营业员、文员、保安、司机等等，你们都可以根据自己的兴趣选择，只要培训考核通过就可以上岗。如果你对这些岗位都不感兴趣，我们还有一个兰朵劳务公司，专门向国企、外企和民营大型企业输送技术工人，你们如果有技术，而且还想在国企上班，没问题，像江南造船厂、上海减速机厂都可以去。”

史玉琴说：“人挪活，树挪死。你们分流到其他企业不是坏事。比如，在这里的员工多数是工人，但是我相信，你们有些人并不适合当工人，也不是都喜欢当工人，多数人会适合做更有价值的工作。是时代和命运让你们成为工人，而国企的光环又让你们觉得当工人也还算体面。现在有机会让你们自己顺应时代、改变命运。只有在流动中才能发现人才，发现自己的优势。你们中一定会出现优秀的管理者、经营者，甚至会出现企业家，如果当一辈子工人，岂不是可惜？”

看得出来大家的思想有所松动，互相交头接耳，悄悄地商量。肖玉亮低头想了一会，抬头说：“让我们回去想一想吧。”

人群渐渐散了。回到办公室，家俊对玉琴说：“这个肖玉亮要留下来。”

“你看上他了？”

“他不仅技术好，还是这群人的头，或许是个好的领导者。”

一二一、 上海音乐厅

眼看年底到了，井儿的肚子越来越大，家俊叫她不要再上班，可自己工作忙，也没法照顾她，井儿父母把她接回芜湖老家养胎，让家俊心无旁骛，专心工作。

王宝山又送家俊两张新年音乐会门票，说是在上海音乐厅，由往年都在维也纳金色大厅演奏的维也纳爱乐乐团演奏，机会难得，一票难求。拿到票，家俊有些踌躇，井儿不在，不知道该请谁一起去。公司这些人，多数听音乐会都会睡着，请他等于是折磨他，认识的企业家朋友也一样。苏晴和史玉琴倒是可以，可她们已为人妻，只有一张票，请出来不大合适。只有桂珍最合适，她在师范学院还是学音乐的，肯定乐意。

桂珍果然很高兴。她离家前嘱咐保姆照顾好元元，并监督她做作业，然后精心打扮一番才出门。家俊在地铁站出口等到桂珍，一见她便怦然心动，赞叹道："你今天看上去既高贵又漂亮，像公主一样。"

桂珍难得地羞红了脸："我得对得起传奇的上海音乐厅和维也纳爱乐乐团。"

"对得起。完全般配！看来请你是请对了。"

桂珍自然地挽起家俊的胳膊往上海音乐厅方向走去："我都忘记自己学过音乐了。来上海也有二十年了，怎么没想到看场音乐会？"

"我第一次在上海大剧院看演唱会，和你现在的想法一样。我们到上海来，不只是为了赚钱，实在是因为从小的梦想。可是，这二十年只知道赚钱，连上海的模样都不知道，更不要说好好看看真实的上海，或者体验一下上海的生活了。"

"是。我才觉得我们根本没看懂上海，更没有融入上海。如果不融入上海，我们在这里过一辈子，哪怕和上海人一起生活，都还是一个乡下人。即使腰缠万贯回到乡下，村里人问我，桂珍，上海人什么样子啊？我回答说，我就是上海人。人家肯定会嗤之以鼻说，我还是北京人呢。"

"记得上大学时看中国足球队比赛，解说员宋世雄总是说，中国队在对方禁区边缘倒脚，就是不说进入禁区，更别提射门和进球了。我突然想到，我们这些年不就是在上海的禁区外围倒脚吗？”

远远看见上海音乐厅了，它是一座具有欧洲古典风格的建筑，与上海大剧院风格迥异。从入口处走进大厅，十几根高大的罗马式立柱廊柱，让人感觉到自己的渺小，像走进了古罗马斗技场。桂珍站在一根廊柱边说：“你给我拍张照片。”

家俊从不同角度拍了好几张。他们从欧洲古典建筑风格的楼梯走上二楼长廊，欣赏四周精巧美观、富有层次的装饰构图，桂珍惊叹道：“真是太美了。在大学里上过西方艺术史课，现在置身其中，感到一种从未有过的心情，激动也好，愉悦也好，反正说不清楚。”

家俊说：“你知道吗，这里的音响效果是世界上最好的。很多世界著名的乐队和歌唱家都非常喜欢上海音乐厅。”

“真的吗？你怎么知道的？”

“我搞过建筑，还能不知道。这座建筑有 5 000 多吨重，2002 年，它整体被顶起 3 米多高，从现在的高架西藏路匝道口处向东南方向平移到现在的位置，一共走了 66.46 米。”

“太了不起了。”

他们找到座位，王宝山夫妇已经先到了。家俊向他们介绍桂珍，又向桂珍介绍王夫人洪老师是上海师范大学音乐学院教授。桂珍高兴地说：“洪老师好！我就是学音乐专业的，不过是大专生。有机会向您请教，让我提高一点在 KTV 唱歌的水平。”

家俊说：“你太没礼貌了，让大教授教你唱 KTV？”

“没关系。”洪老师笑着说，“我也经常去 KTV。”

“是吗？”家俊惊讶地说，“那别人还敢唱吗？”

“敢唱。那里高人多着呢。”

两个小时的音乐会很快就结束了，告别王宝山夫妇，桂珍意犹未尽地说：“我现在不想回家，有什么地方可去呢？”

“酒吧呀。这里有上海最好的酒吧，当然也是最贵的。”

“那就走吧。欣赏西方最精美的音乐以后，再体验西方风格的酒吧，有意思。以咱俩的财力，多贵的酒喝不起？”

“你没进过酒吧？”

“没有。我根本就没有在上海好好消费过，净知道赚钱了。”

“真是一个乡下丫头。不过我也只进过一次，还是请客户谈业务。”

酒吧里的灯光、音乐甚至嘈杂的人声都让桂珍痴迷。她和家俊边喝边聊，不知不觉已到下半夜。家俊看看手表，说：“不早了，我们回去吧。”

桂珍已有醉意，家俊扶着她，拦下一辆出租车，说：“先送你回家。”

桂珍现在住的是独栋别墅，只有她母女俩和一个保姆住。她买下别墅时打算把父母接过来，可父母不愿意。他们虽然接受了桂珍结婚又离婚的事实，心疼外孙女元元，却依然心有芥蒂。家俊帮桂珍脱下外套，扶她在客厅沙发上坐下，说：“你早点休息吧。”

桂珍说：“我不想睡。你也不要走，我们再聊一会。”

“天都快亮了，还聊什么？”

“管他呢，我就想聊。”

“好好。听你的。我给你烧水泡茶。”

“你泡茶。我去洗澡。”

“你还洗澡？那我走了，你洗澡睡觉吧。”

“我身上难受死了。地铁里空调太热，我挤一身汗。你别走，我一会儿就好。”

家俊只好烧水泡茶，边喝茶边等桂珍。桂珍说的“一会儿”是半个小时。她穿一套较为保守的睡衣出来，靠到沙发上，说：“真舒服！你要不要也洗个澡？天快亮了，就不要回去，我这里有好几间客房。”

尽管睡衣较为保守，可毕竟是睡衣，让家俊强烈地感受到桂珍的妩媚和性感，甚至可能有的暧昧的暗示。他的目光在桂珍胸前逡巡，露骨地说：

“要是睡在你的卧室里，我就去洗澡。”

桂珍慵懒地靠着，目光柔和地看他，举起食指轻轻地摇晃：“不可以。你不要破坏我的心情。活了四十多年，我才开始想人应该怎样活着。”

一二二、推销水泵

肖莉和丁大明结婚后，两人都不缺钱，便不想太累，把城隍庙的礼品店关了。她和井儿换岗很简单，邻村那边工作她俩都熟悉，可以无缝过渡，同时她俩都是机械厂的董事，在机械厂这边也没有什么好交接的。

肖莉到机械厂这边任副董事长兼市场部经理，不必亲自做业务，完全可以招一批业务员，然后像放鸭子似的放他们出去，广种薄收，总能推销出产品。很多民企都这么做，尤其是水泵推销最合适这种模式。但是她明白，如果自己不熟悉业务、没有业绩，也就当不好这个市场部经理。

她冒着酷暑，在一个多月中跑遍了上海市使用水泵的单位，重点是水利、化工、环保、造船、房地产，却处处碰壁。人家拒绝的理由，要么是已经买好了，要么是有长期合作品牌，有的干脆说不需要。还有说是设计图纸上标明了品牌，不能随便更改。

肖莉想，这样蜻蜓点水不行，要重点攻关。但是攻哪里呢？最好是往源头找。不是说图纸上指定什么品牌水泵，就不能随便更改吗？那就找设计院。她不知道哪里有设计院，就采用笨办法，在大街上看单位牌子。找两天没见到一家设计单位，这个办法不行。怎么办呢？经过邮局门前，她想查电话号码簿吧。便走进去，柜台上有一本翻卷了边的黄页，她翻开查找设计院，还真有很多，不但有电话号码，还有地址。她掏出小笔记本，抄了两页纸，后面有人催她才罢休。

第二天，肖莉一早就去找头天晚上选定的上海市第五十九设计院。她没想到这个单位很大，门口的保安不让她开车进去，问她：“你找谁？”

肖莉说："您好大哥，我找设计师。"

保安说："你找哪个设计师，叫什么名字，预约了吗？"

肖莉急中生智，说："名字我忘记了，他是男的，戴眼镜，高高的白白的，昨天我们约好的。"

她想，设计师中肯定有很多这种相貌的，不会有错。

"你不记得名字怎么找？这里有几百个设计师。"

"大哥，您让我进去找吧。他说在十二楼，我就到十二楼去找。"

"你是哪个单位的？"

肖莉想起昨天去过的一个单位："绿地房地产公司。"

看样子这个公司名气不小，保安一听便"哦"了一声，说："你登记一下就进去吧。下次要把人名字记住了再来。"

肖莉停好车，走进大楼，不知道往哪里去了。她想，不能在一楼待久，让门口保安看见就麻烦了。这时有一个人走进电梯，她跟进去。那人揿亮十五楼。肖莉见他戴着眼镜，像是知识分子，便问他："请问，您是设计师吗？"

那人看她一眼，说："是的。你有什么事吗？"

"我是上海第二十六机械厂的。"

"是推销水泵的吧？"

肖莉点点头，看样子有门。

"美女，你找设计师没有用。我们不会在设计图纸上指定水泵品牌的，外面的道听途说不可信。"

"啊？"肖莉傻眼了。

电梯到了十五楼，那人走出电梯，肖莉跟着他。那人说："你跟着我也没用，还是回去吧。"

"老师，您能指点我一下吗？我是新手，没有卖过水泵。"

那人见这美女既真诚又矜持，和以前见过的业务员不同，也愿意和她多说几句："美女，我知道你是新手，你跟我来吧。"

那人领她走进办公室，给她一瓶矿泉水，让她吹吹电风扇，消消汗，问她："你是刚来上海吧？"

肖莉喝一大口水，说："不是。我来上海二十多年了。"

"你是哪里人？"

"安徽人。"

"哦？安徽哪里？"

"合肥市。"

"合肥市哪里？"

"长丰县。"肖莉想，难道遇上老乡了？听他口音也不像啊。

"哦。我在长丰县下放过。看你不像农村人，家在县城吧？"

"是的。"

"你叫什么名字？"

"肖莉。"

"我叫于承雨。"

"于工好。"

于承雨取过桌上的便笺本，写了几行字，撕下来递给肖莉："你去找这个人，或许能帮上忙。"

肖莉接过便笺，上面写着：长域房地产开发有限公司，沈振云。后面是手机号码。

肖莉问："我和他说是您推荐的？"

"可以这样说。不过我和他只是认识，算不上交情有多深，能不能帮上忙就看你的造化了。"

"谢谢于工！"

于承雨和沈振云的关系并不像他说的那样浅，肖莉一和沈振云接触就能感觉到。

沈振云是长城房地产开发公司副总经理，分管设计与施工。他看到便笺上于承雨的字迹，把它递还给肖莉，笑着说：“老于从来不找我麻烦，你和他是什么关系？”

“没有关系。”肖莉实话实说，“就是昨天才认识的。”

“真的？”沈振云怀疑地看着肖莉，不相信萍水相逢于承雨会帮她这么大的忙。

“不信您给他打电话。”

这件事得弄清楚。沈振云打通了于承雨的电话，听他说了一会，问了几个问题，笑着挂上电话，对肖莉说：“你是好运气，老于一般不会帮人这个忙的。”

沈振云拿起内部电话：“朱经理你来一下。”

不一会就听到敲门声，一个三十多岁的精壮男人走进来。

沈振云说：“朱经理，第二十六机械厂的‘丰都’牌水泵好像我们用过吧？”

“用过。”

“质量怎么样？”

“质量肯定比民营企业的好，就是价格贵一点。”

“贵多少？”

“比民营企业贵百分之二十左右。”

“如果他们把价格降下来，我们能不能用？”

“当然能用了。”

沈振云对肖莉说：“听到了吧？如果你们把价格降百分之二十，我们就用。”

肖莉喜出望外：“谢谢沈总！”

“不用谢。要谢就谢你的于老师吧。你跟朱经理去吧，以后就直接和他联系。”

一二三、出现残次品

肖莉跟朱经理到了他的办公室。朱经理问她："价格问题你能不能做主？"

"不能做主。"

"你打电话给能做主的，他要是同意，我们就签合同，正好需要订一批水泵。"

肖莉打电话给家俊。家俊想了一会说："你签下来吧。"

肖莉回到机械厂，直接到家俊的办公室。家俊正和芮常胜、史玉琴商量水泵如何降低成本，见她来了，高兴地说："祝贺你订了个大单。"

这一单确实不小，能消化掉仓库部分存货，释放出近百万元资金。

肖莉说："我不知道价格降了百分之二十，还赚不赚钱。"

"我们正在商量这件事呢。"

芮常胜说："我们在铸件和金属加工方面并不吃亏。铸件是自己生产的，比民营企业从外面购买成本低，可他们如果把不合格品当正品用，我们就没有优势了。"

家俊说："我们铸件的合格率是多少？"

"大概百分之八十六。"

"能不能再提高？"

"理论上是可以的，但很难做到。"

"那就设法做到。合格率上去，成本就会下降。我的理解是，浇铸一件废品和一件成品的成本是一样的，对吧？"

"对。"

家俊说："你叫丁经理过来。"

芮常胜把财务经理丁虹叫过来，家俊问她："丁姐，你看水泵的成本哪里有降低的空间？”

丁虹说：“材料和加工方面我不懂，要问车间领导，我这里算下来人工成本最大。”

玉琴说：“仅装配车间的人工就可以压缩。比如两个行车工就不需要。”

家俊说：“行车工不是为装配水泵准备的，是否保留还要看我们大的战略，不应算进水泵的成本。”

芮常胜说：“要降低成本，必须从整个生产过程的每一个环节来考虑，我想能够降下来，不过需要实际操作的工人和车间领导参与攻关。”

家俊说：“芮厂长，你牵头成立一个降本增效攻关小组，要求每个相关车间主任和生产环节的工人代表参加。”

芮常胜当天就把攻关小组名单交给家俊。芮常胜是组长，成员有铸造车间主任黄明、金属加工车间主任周志勇、装配车间主任李万水和三名技术员。家俊看过名单，说：“再增加一个人吧。”

“谁？”

“肖玉亮。”

攻关小组的方案还没有出来，肖莉又接连签了两个大单，三分之一库存都销掉了，回笼资金200多万。家俊高兴地请肖莉喝酒，史玉琴和芮常胜作陪。他们在机械厂大门对面一家小吃店坐下，点几个家常菜。

酒过三巡，芮常胜说：“照这样下去，仓库要保持一定的库存量，还要加快生产进度。”

玉琴说：“家俊、肖莉，我给你们泼点冷水吧。”

家俊说：“你说。”

“一、现在是生产越多，亏得越多。所以攻关小组的方案要尽快出来。”

家俊点点头：“是的。你们要抓紧，争取月底出来。”

“二、 肖莉你的营销方法不对。”

“为什么？”

“你的身份不是业务员，而是市场部经理，现在该做的是建立起营销队伍，然后把这支队伍带起来。”

“对。”家俊说，“我也在考虑这个问题。肖莉，你要赶紧招人，对内对外都可以招，然后培训，把人撒出去。起初可能是广种薄收，没有几个业务员能达到你的水平，但你要放手锻炼他们，只要涌现出几个好业务员，就成功了。”

“还有，”玉琴说，“整个营销模式也要建立起来。比如，上海市场分几个区域，几个小组分别负责；全国市场分几个大的区域，或者按省份来管理，设办事处，寻找和培养办事处负责人或者经销商，快速在全国铺开。”

家俊问：“你还有三没有？”

“有。三、 就算是肖莉营销做好了，销路打开了，我们的资金困难还不会彻底解决。回款太慢，需要花钱的地方太多。”

“第四？”家俊微笑着看她。

“第四，我们的长远方向是使白教授的合金产业化，但是我觉得只做一个航空发动机叶片还是风险太大。不说有没有竞争对手了，就算没有对手，我们自己成不成功还不知道呢。从市场来说，这个产品还是太高端。我在想，能不能寻找一个相对比发动机叶片要低端一点的产品？这样成功的概率要高得多。”

“太好了。”家俊说，“我们下一步就解决这些问题。第一个问题攻关小组正在解决。第二个问题玉琴帮助肖莉来做。第三和第四个问题，需要开董事会研究，尤其是第四个问题，要广开思路、慎重决策。”

芮常胜说：“我们是在吃饭，不是开会。喝酒吧。”

“好。”家俊说，“不管怎么说，肖莉还是功劳不小，值得祝贺。我敬你一杯。”

这时金工车间主任周志勇匆匆跑进来，对家俊说："找几个饭店才找到你们。"

家俊问："有事吗？"

"金工车间一批泵体加工报废了。"

芮常胜问："是什么原因？"

"钻工把螺丝孔位置打偏了。"

"打偏了多少？"

"这个不知道。"

"有多少个泵体打偏了？"

"今天上班到现在，所有产品都打偏了，大概有几百个。"

芮常胜对家俊说："我去看看。"

家俊说："我们一起去。"

一二四、 残次品解决方案

金工车间一排摇臂钻床都停了下来，其他机床仍然轰隆隆地工作。技术员范兵和钳工肖玉亮等几个人正围着一个大型污水泵泵体讨论。芮常胜问："怎么回事？"

范兵说："昨天一个钳工划线划错了，今天所有装配孔都钻偏了5毫米。"

芮常胜仔细观看泵体上的孔，整体偏到了一边，距孔基边缘最薄的地方大约有10毫米，他问："这样强度够吗？"

技术员范兵说："不知道。"

"你不会计算？"

范兵摇摇头："只有方工能计算。"

范兵是去年才毕业的大专生，找关系才进到机械厂当技术员，算是捧上了国企“铁饭碗”，没想到一年不到就改制，“铁饭碗”变成了“泥饭碗”。

芮常胜又问：“是哪个钳工划的线？”

“李存运。已经暂停他的工作了。”

“是谁发现问题的？”

“是肖玉亮。”

“这些孔偏得这么明显，你们几个钻工就没有一个人发现？”

“他们习惯了照着样冲眼就钻，钻头不越线就行，而且每天要钻那么多孔，没时间也想不到孔会不会偏。”

家俊问：“有办法解决吗？”

芮常胜说：“就看现在装配孔边缘的强度是不是够，需要请方工来计算。”

“那就请他过来一下吧。该给钱就给钱。”

“好。我马上联系他。”

家俊问肖玉亮：“你是怎么发现的？”

“起初我也没注意，可看了一眼觉得不对，仔细一看就看出来孔明显偏了。”

“你看有办法解决吗？”

“那要等方工计算结果出来了才知道。”

“先不管计算结果，以你的经验看呢？”

“要我看没问题。”

“为什么？”

“就这么薄的边缘，也比有些其他企业的螺丝孔边缘厚，何况我们的铸件质量好，硬度和韧性都很强，所以我估计强度够了。”

“我明白了。等方工过来，商量解决方案时你也参加。”

方进波第二天上午过来了。经过仔细计算，他认为强度足够：“就这样，比市场上多数的产品强度还高。”

家俊说："肖玉亮和你说的一样。"

方进波说："这小子还没走？"

"怎么，你认为他应该走吗？"

"那倒不是。我就是奇怪怎么没有企业挖他。"

"怎么没有，"芮常胜说，"是他心高气傲，不愿意屈就。"

方进波感叹道："这小子比我强。"

芮常胜说："后悔了？说实话，你到民营企业我没意见，就是要挑个好企业，真正好的民企，我们这样的国企是不如的，那你才算是'高就'。"

"嗐！要不是家里有事缺钱，谁愿意到那样的企业去。"

"那你就回来吧。"家俊说，"你现在拿多少钱，我再增加百分之五十，另外年底还有创新奖、质量奖、销量奖等各种奖项，将来还要持股。你看怎么样？"

方进波说："上次和你谈过以后，我想过了，打算有机会就回来。机械厂现在也是民营企业了，刚才你说的这些待遇人家也说给，不过我相信胡董事长的人品和能力。"

"太好了！你回去马上就和单位谈，不要着急，要在那边交接好再过来，不过这期间你要帮我们把这个问题解决掉。"

"好。你找几个人来，我们现在就商量解决办法。"

"你比我熟悉，你看叫谁来？"

"周主任、小范和肖玉亮来就可以了。"

他们到车间主任办公室研究解决方案。芮常胜说："既然强度够，就简单了，把配套的泵盖照泵体上打偏的孔也给打偏就行。"

家俊说："我要的是彻底解决问题，避免以后再出现类似情况。"

方工说："过去我们生产水泵只是权宜之计，没有长期生产的打算。如果今后打算长期生产，就必须建流水生产线，既降低成本，又提高效率。"

肖玉亮说："对。比如这些摇臂钻床，可以方便灵活地钻各种不同部位不同大小的孔，根本不适合只钻一种泵体这样简单的工作，是大材小用，又成本高、效率低下。”

家俊问：“如果流水线生产，怎么钻这些孔？能买到设备吗？”

“买几台立钻来改装就行。立钻的成本只是摇臂钻床的零头。”

“那怎么解决成批地打偏孔的问题？”

肖玉亮说：“也很简单，做一个4孔或6孔的模板，用夹具把模板和泵体固定到一起，再把单钻头的立钻改成4个或者6个钻头的，一次就能钻成全部4个或6个孔，不需要钳工划线，也不会钻偏。”

“这样不但效率提高了，生产成本也会降低不少吧？”

“当然。”

家俊问芮常胜：“这么好的办法，你们以前为什么想不到？”

芮常胜笑着说：“不是想不到，我们这样的企业做这个是小菜一碟，只是因为没打算长期生产水泵。如果这样做了，有一天领导决定水泵项目下马，反而成本上去了。”

“那也是。你们降本增效研究小组要把这个内容写进方案里。另外，请方工也进小组，任副组长。”

问题解决了，家俊高兴地要请方工吃晚饭，方工说不行，要回去准备一下，明天就向单位提出辞职。

水泵销售问题基本解决，家俊想把投资钛基合金的项目提上日程，没想到在董事会上，绝大多数股东都反对。

一二五、 核心竞争力

丁大明反对最强烈：“我们能在上海闯出这么大的产业，早就该知足了。人贵在知足。如果过于贪心，就离失败不远了。我不想失去好不容易创下的基业。”

肖莉觉得项目太尖端，风险太大，成功希望渺茫，不值得冒险。井儿缺席。刘伟强觉得风险和收益并存，如果成功则有可能轻松上市，融到更多发展资金，将在上海的徽商群体中脱颖而出，成为数得上的几家徽商巨头之一。但是，他觉得成功的概率不到五成。

刘伟强认为，这种材料的加工手段和使用对象都太过高端，如果能发现相对低端一点的使用对象，打开市场相对容易些，倒是可以考虑。

家俊则认为这是难得的好机会。如果安于现状，大家稳步发展，确实不需要这个机会。但是我们到上海来，不仅是为了有饭吃、有钱花、为家乡争光，还要设法摸到我们所能触及的天花板，说好听些，就是承担了振兴徽商的使命。他觉得风险固然大，但是没有比这更好的机会了，何况还是可控的，不至于输到失去一切。他说："到上海来的时候，我们都是一无所有，大不了再次归零，从头再来。我们这些年创造的最重要财富，不是我们的财产，而是创业经历。失败了可以失去财产，但是我们的历练反而会增加。有了这些历练，没有财产可以创造财产；可如果没有这些历练，财产才是最重要的，一旦失去就不会再有。"

董事会没有通过，家俊很郁闷。别人反对他估计到了，却没想到是一边倒的反对。他想，难道是我想错了？这个项目到底值不值得上？如果失败了怎么办？上会是什么结果，不上又是什么结果？他想找个人商量一下，可是找谁呢？最想商量的人都在董事会里，算是已经商量过了。他感到前所未有的孤独。

是不是放弃算了？又不甘心。他预感到这是一辈子最好的时机。他不甘心冒那么大的风险收购机械厂，只生产水泵，虽然可以赚到钱，但对于企业和个人都不算有提升，只能算是在原地打转，又何必如此大费周章呢。可不放弃又能怎么样？董事会通不过就无法干。

家俊走出办公楼，信步走进金工车间。里面只有一半的设备在运转，轰鸣声震耳欲聋。数量最多的是车床，主要加工叶轮、隔离套、泵盖、支架、螺栓等。车间里相对精密的设备如加工中心、磨床、镗床、线切割机等都静静地停着。家俊了解过，这些精密设备对于生产水泵来说太过精密，现在用不上；将来如果生产更精密的产品还是用不上，因为它们不够精密了。比如钛基合金，要是用到航空发动机上，别说加工设备的精度跟不上，就是目前车间里所有的刀具，恐怕没有一个能切动它。而且，更有可能会采用一种全新的加工工艺，比如不用切削法、而用精密铸造法加工一次成型，这种方法考验的不仅是加工设备，更重要的是人，是从事精密金属模具加工的钳工师傅。他想到厂里最好的模具钳工肖玉亮，便问一个车工："肖玉亮在哪里？"

车工往另一边摆摆头，家俊看到在那边几个人正在试验一个形状怪异的钻床类机器。他走过去，看到肖玉亮在里面，便叫他："肖师傅！"

肖玉亮直起身，见是家俊，问道："胡董事长，找我有事吗？"

"没事，就是来看看。你们在做什么东西？"

"我们在制造一个泵壳专用钻床，钻 4 个孔一次成型。"

"成功了吗？"

"基本成功了。这不正在试验呢。"

"它能提高多少效率？"

"放到流水线上它的效率是最高的。"

家俊竖起大拇指："真了不起。你现在能不能走开？我想和你聊聊。"

"可以。"肖玉刚向其他工人打个招呼，便和家俊走出车间。

家俊问："你知道有一个钛基合金项目吗？"

"知道。厂里都传遍了。"

"工人们都怎么说？"

"说你们胆子太大，什么项目都敢接。"

"还有吗？"

"还说反正你们亏的是自己的钱，可我们就惨了。本指望改制以后能过上平稳日子，谁知道很快就要没饭吃了，还不如国企平稳。"

“你也是这样看法吗？”

“我不是。”

“说说看。”

“我要是你，我就干。”

“为什么？”

“你知道外面请我的很多，但我为什么不离开这个厂呢？就是希望有机会把这身本事用上。如果去民企我会很轻松地赚大钱，但我不甘心。人一辈子能做多少想做的事呢？”

“我们现在就是民企。”

“我知道。不过国企的底子在，知名度也在。过去我们厂是专门接困难任务的，比如人造卫星、长征火箭、神舟飞船的配件，不是上边给我们饭吃，是没有人做，只好交给我们来做。”

“还有这么回事？我以为机械厂没有核心竞争力呢。”

“在硬件设备和产品方面是没有，我们的核心竞争力是人，包括人的勇气和技术。”

“为什么你们有这个优势呢？难道别人就没有？”

“这有历史原因。这个厂最早属于军工，创建者是一群军人，什么都不懂，就是敢想敢做，硬是闯过来了。那时国家对我们厂的定位就是配套和保障，作为预备队使用，正是这样的定位，让我们没有自己的产品，但是习惯了接手陌生产品、研制新产品、做别人没有做过和不敢做的事。可以说我们的技术最全面、人才也最全面。可惜现在流失得差不多了。”肖玉亮惋惜地摇摇头。

家俊说：“这么说，试制钛基合金产品我们厂是最合适了？”

“没有再合适的了。”

“如果我们做这件事，恐怕你的担子比谁都重。”

“我知道。只要能干想干的事，怎么都值。”

晚上回到家里，打电话和井儿说到这件事，井儿说："你要是想不好，为什么不去问问那个发明了钛基合金的白教授？"

"问他有什么用，他肯定劝我干。送上门来的投资他还会拒绝？"

"不一定。他如果是个认真的人，不是谁投资都可以的。"

一二六、风险有多大

星期一上午，家俊带着肖莉去拜访白扬教授。

白教授听了家俊的来意，淡淡地说："如果你一直犹豫不决，我建议你不要投资。"

家俊有些意外："为什么呢？"

"从决策的心理上说，在犹豫不决时不冒风险，多数情况下是正确的。因为你犹豫了，就证明你的潜意识里觉得风险比较大。"

"我知道，您是需要有人投资的，否则您这个发明无法产生价值。可是您为什么建议我不要投资？"

"我不是为你想，是为我自己着想。我需要的不仅是投资，还需要一个坚定的伙伴。金属工艺的特性决定了全靠试验才能达到合适的状态，无法像原子弹一样用理论推导出来再试验。原子弹有可能一次试验就成功，新金属则不可能。我发明钛基合金，就做了 1 002 次试验才成功，而它的应用加工试验也将是非常困难的，肯定会有很多次失败，我不希望合作伙伴中途退出。"

"您认为成功的概率有多大？"

"我认为百分之百会成功，但不一定是你，也不一定是我。"

"这怎么说？"

"这不算是首创的技术，在美国类似的产品早就用到航空发动机上了，虽然他们的是镍基合金，但和我的钛基合金理论途径是一样的。所以说，世界上肯定存在一种或者多种它的实际使用加工方法，就看谁能找到这个方法。”

“就是说，如果投资了，我的风险还是很大的。”

“不错。但是我的风险更大。”

“这我就不懂了。您的研究费用是国家的或者是其他财团的，您还有什么风险？”

“你以为只有亏钱才是风险？我问你，一个教授一生的工作时间值多少钱？或者说他的生命值多少钱？”

家俊无法回答这个问题。

“钱亏了你还可以再赚。哪怕你亏得连翻本的机会都没有了，你还有生命，还可以做你想做的工作，去创造新的价值。可我这一辈子就研究这一个项目，如果不成功，我无法从头再来。你说谁的风险大？”

家俊折服了：“看来您的风险大多了。”

“所以我需要一个坚定的人合作。如果你稍有一点不坚定，我不会接受你做伙伴。”

返回的路上，家俊问肖莉：“你觉得白教授说得对不对？”

“说得对。他的风险就是比你大。”

“可要是我亏了呢？”

“白教授说了，从头再来嘛。”

“虽然我有创业经验，但是从头再来要吃多少苦，想想都不堪回首，我可不想再经历一遍。”

“胡董，我建议你再问一个人。”

“谁？”

“吴教授。”

“吴军淮？他是研究机电的，不懂金属，问他有什么用。”

“这事是他介绍的，白教授又是他的同学，他可能会有好的建议呢。再说，也许他以局外人的角度会给你启发呢。”

“说得对。我们现在就去。”

家俊把车停在路边，给吴军淮打电话。

“吴老师，我有一件重要的事想请教您，请问您现在有时间吗？”

“快到中午了，我肯定有时间吃饭。你过来一起吃吧。”

家俊直接把车开到东海理工大学中心食堂门口，吴军淮已经在等他们。

吴军淮领他们打好饭，找一个没人的角落坐下来。吴军淮边吃边说：“有什么事你说吧。”

家俊把董事会一致反对投资和上午与白教授交谈的情况说了，吴军淮说：“既然有这么大的风险，如果是我就不干。但是我不劝你不干，你得自己做决定。”

“我就是又怕失败，又怕失去一个好机会，没办法做决定。”

“患得患失，这可不是你的风格。你觉得有几成把握？”

“原来五成不到，今天和白教授谈过后，感到把握超过五成。”

“只要不患得患失，你就能成功，哪怕只有五成把握。这件事你已经有五成以上把握了，如果再心无旁骛地埋头干，把握会不会有八成？”

“或许有。”

“行了，我不和你多说。主意还是要你自己拿。我只能告诉你，身在高处的人都是孤独的，没人能教你怎么做。如果不想孤独，你只能放弃高空别人呼吸不到的新鲜空气，放低身子，和众人一起争抢污浊的空气。”

家俊点点头，若有所悟。

吴军淮说：“家俊，不管你怎么决策，将来你的发展空间都会很大，而对你的发展最大的障碍，可能就是你自己。”

“是吗？我怎么会妨碍自己？”

“具体的也说不清楚，这只是我的一个感觉。你现在面临的，是许多到上海创业的老乡共同面临的一个瓶颈，绝大多数人是过不去的，但是你有可能过去。你得小心翼翼，如履薄冰、如临深渊，低调再低调，才能闯过这个瓶颈。一旦过去，会打开广阔的天空，那时候你面临的就是没有同伴的寂寞、少有对手的孤独和高空滚滚的寒流，以及怀疑自我的迷茫。”

家俊倒被他说得迷茫了：“这些我没有想过。”

“你现在得想。”

一二七、 大明的外贸生意

告别吴军淮，肖莉说：“胡董，既然这么多董事都反对，你为什么还想干？”

“如果不干点什么，我收购机械厂干吗？”

“那也不能一条道走到黑呀。这个钛合金明明就是无底洞，你还不相信？”

“大家都认可有机会，其实已经没有机会了。只有大家都看不出来的机会才叫机会。”

“你说得太玄了。我想起一个人，说话比你还玄，要不要见一见？”

“是什么人？不会是骗子吧？”

“怎么可能。他是太极拳大师，祖传的拳术。”

“我又不学拳，见他干吗？”

“他懂易经八卦呀，可以帮你做决策。”

“占卜？算了吧。决策是科学，占不出来结果的。”

“易经也是科学，是祖先的智慧。”

“肖莉，我读过《易经》，虽然不完全懂，但我把它当作哲学著作来读，很受启发。它的占卜功能我不感兴趣，也学不会。”

“没读懂，你就没有资格反对它。”

“可没读懂，我也没有理由相信它呀。”

肖莉说的太极拳大师叫吴南起，现在就住在她家里。她和丁大明结婚后，一直不怀孕，到医院检查多次，医生都说两人身体没有问题，要放松心情，锻炼身体，增强体魄，自然会有结果。丁大明从小崇尚武术，却因家贫没机会接触到真正的武术。忙忙碌碌几十年，现在钱有了，家也有了，关键是时间也有了，正好医生建议他们多锻炼身体，便想着学太极拳最合适，刚柔相济，夫妻俩都能学。于是，他独自一个人，从少林寺到武当山，经过一个多月的寻访，最后在皖南的齐云山找到一位武当传人吴南起。齐云山是道教名山，却因为距黄山太近，受黄山盛名所累，不为人所关注。

他把这位大师请到上海，住在自己家中，教他和肖莉打太极，已经一年多了。他们每天坚持至少两个小时的练习，不仅强健了体魄，更是从中悟出了许多做人做事的道理。只是肖莉的肚子还没有动静。

丁大明刚到上海的时候，利用上海与内地的信息差、资源差、价格差，做起内贸生意，赚到第一桶金。那时像他这样的生意人，总是拎一只黑皮包，里面装着公司的公章和相关证照，匆匆忙忙地出入于各部门、各单位，奔走在大街上，人称“皮包公司”。浦东开发开放以后，在保税区里做外贸生意既方便成本又低，他便注册了上海大明贸易有限公司，做起外贸生意来。他只是一个大专生，外语虽然学过，但基本不会，可他还真有一股狠劲。做内贸生意时与上海人打交道，他不会上海话，连听都听不懂，经常被上海人奚落，还耽误做生意。他便下了狠心，每天早晨到公园里，和晨练的老头老太闲聊，一个月就会说上海话了。以后越说越好，半年以后，连上海人都听不出来他是外地人。有一次他骑摩托车超速，被警察拦下来，同时拦下的还有一个人，他张口就是上海话：“啥哩事体？”警察一听他是上海人，便对他挥挥手，让他走，叫另一个人把驾照拿出来。他肚子里狂笑着一踩油门绝尘而去。学外语也是如此。他听说上海有很多外语角，便找到这个地方，每天与人对话，也不管人家是否嫌他水平太低、愿不愿意与他对话。有一点水平后，他就敢到外滩去直接和老外对话。

丁大明的外贸生意起初做得很杂，后来逐渐集中到做灯具出口。经过两年的市场探索，他发现中国的灯具市场非常混乱，鱼龙混杂，产品质量层次高低不平，出口这样的产品，利润很低，业务也不稳定。于是，他便把目光转向了做品牌灯具类的出口贸易。

丁大明的第一个外贸客户是在广交会上认识的。当时，他在广交会上展示自己刚注册的品牌“大明”牌灯具，对于灯具行业，他还不是非常熟悉。有一位沙特阿拉伯客商，对进口中国灯具很感兴趣，但是自己也没有做过，路过大明的摊位，两个对灯具都不是很懂、同时对对方的语言也不懂的人，用夹生的英语连说带比画，竟然沟通得相当细致而深入。几年下来，通过相互学习、相互沟通，合作不断加强。由于和大明的合作，该公司已成长为沙特最大的灯具进口公司。

亚洲金融危机以后，外贸业务报复性地反弹，丁大明的年营业额很快就过亿元，员工队伍也急速膨胀，便把办公室迁到邻村公司的创意园区。公司每天都能接到几十个外国客户的来函来电，有些是他们本国最大的灯具商，有些是他们本国独家进口商。与大明建立起长期合作关系的国内几十家工厂，也都因为与大明的合作，几年之间从名不见经传的小厂，发展成为实力雄厚上规模的企业，这一点丁大明没有想到。现在，大明的品牌灯具已经销往世界三十多个国家大大小小几百个公司。

公司上规模以后，大明有意识地培养骨干员工，渐渐放手让他们独立决策，这才有了时间练习太极拳。现在，他只亲自参加一些大型外贸活动，或者处理国内供应商遇到的紧急问题时才出差。吴南起每次到上海来，都在他家住两三个礼拜到一个月不等，每天指点他们夫妻的拳术，带他们打拳。大师的指点固然重要，可带他们一起打拳更重要。指点是被动学习，跟师傅后面打拳是主动而精确地学习和领悟，收获更大，使他们的拳术日渐精进。

肖莉上任机械厂副董事长兼市场部经理后，再也没时间打拳了，这一搁就是好几个月，直到吴南起又一次到来，发现她拳术生疏了，狠狠地批评了她一顿。丁大明次日要动身到德国去参加一个大型展销会，便拜托吴南起好好指点肖莉，督促她拳术恢复到应有水平。

一二八、疼痛难忍

吴南起每天清晨五点起床，到院子里打拳。肖莉知道师傅起床了，不得不起来，跟着师傅练拳。可她只坚持三天，第三天晚上有应酬回来太晚，次日清晨起不来。吴南起也不叫她，只管自己打拳。

吴南起打完几套拳便回屋，见肖莉还没起来，他便独自吃早饭。保姆根据他的喜好，早已熬好稀饭，从街上买回油条、生煎包子等点心。练武之人饭量极大，吴南起吃三碗稀饭、五根油条、二十个生煎包。早饭后，他便出门到公园里溜达，和一些认识和不认识的晨练者交流，高兴起来也会指点别人几下。他在上海的熟人很多，有时白天出去找朋友玩，有时中午和晚上都不回来吃饭。这天肖莉起床后，把梳洗时间压缩到十分钟，便赶紧抓起几个生煎包子，开车上班。

肖莉一出小区就感到小腹隐隐作痛，知道是月经要来了。她素有痛经的毛病，痛得厉害时躺在床上打滚，要丁大明给她揉小腹，很久才有所缓和。尤其是第一天痛经，最好及时用热水袋敷几个小时，疼痛会好很多，可今天上午要到浦江造船厂去见供应部经理洪军，打过无数个电话，好不容易约好了，不能不去。

在造船厂办公楼前停好车，她忍着疼痛走上三楼，洪军却不在办公室。隔壁办公室一个女孩告诉她，洪经理有急事出去了。肖莉打电话给洪军，他叫肖莉在会客室等一会。

肖莉知道洪军是客大欺店。这些国企采购人员个个牛气冲天，正眼都不瞧一般的销售人员，求他的人太多了，没有关系根本就见不到他。等了一个小时没等到，她又给洪军电话。洪军连声道歉，说被事情绊住了，一时赶不回来，请她先回去，再另外约时间。肖莉生气了，冲着手机大声说："洪经理，我今天一定要等到你。"

挂上电话，肖莉想，既来之则安之，便忍着腹部持续不断的疼痛，靠在沙发上闭目养神，不知不觉睡着了。一觉醒来，已经是中午。隔壁办公室的女孩走进来问她："小姐，我去食堂吃饭，给你带一份吧。"

"好。谢谢你。我给你钱。"

"不用。"

肖莉想，这还差不多。反正我今天赖在这儿了，见不到你就不罢休。她不再打电话催，只耐心地在会客室等。

直到下午两点，洪军才从会客室门口走过去，又回来往里面看，见到肖莉很意外："你还在这里？我以为你早就回去了。"

肖莉说："我说了一定要等到你。"

"不好意思不好意思。"洪军连声道歉，递给她一支香烟，"我现在什么事都不做，今天的时间都给你。"

"你知道我来的目的，只要你一句话我就走，不会浪费你的时间。"肖莉取出打火机，为洪军和自己点着香烟。

洪军深吸一口香烟，靠到椅背上说："你倒是挺直率。你们厂的水泵我这里有资料，是你们以前邮寄的。接到你的电话，我看过资料，才答应见你。"

"那你还让我等这么长时间？"

洪军哈哈笑着说："也不是坏事。不让你等等，我怎么能了解你呢。第二十六机械厂是老国企了，质量没有问题，我们需要的水泵品种也都有。我就是不放心改制以后能不能保持原来的质量。"

"你知道我们改制以后上马了一个航空材料项目吗？"

"不知道。"

肖莉取出钛基合金资料放到洪军面前："我们能上马这个项目，在生产质量的标准和管理上要求肯定比水泵更高。”

洪军仔细翻看资料，点点头说：“嗯。这个有说服力。行，我就给你一句话：要你的货。”

肖莉有些意外：“你太爽快了，我都不相信是真的。”

“我要不爽快点，你再等我几天几夜，还不是得答应你。”

肖莉高兴地开车驶出浦江造船厂。她想幸亏今天带了钛合金资料。其实那不是为客户准备的，是昨天开董事会发给董事的资料。钛合金还没有上马，以后上不上马还不知道呢，她是急中生智，把资料拿出来给洪军看，没想到产生了奇效。今天签的单有200多万，包括普通型水泵和各式特种泵，而且同时还签了一个长期供货合同。洪军还打算向其他船厂的同行推荐她，说：“你等了我四个小时，我让你加倍补偿回来。”

肖莉起身告辞，洪军说：“你别走。为了表示歉意，我请你吃饭吧。”

肖莉说：“你是骂我吧？怎么也得我请客。你把办公室几位都叫上。”

肖莉知道今天在劫难逃了。痛经第一天没有及时热敷，晚饭还要喝酒，这次不痛死她也得脱层皮。

晚饭结束时，肖莉已经疼痛难忍，她带客人到KTV要了一个豪华包间，对洪军说：“洪经理，实在对不起，我身体不舒服先走，账已经付过了，你们玩尽兴。”

洪军见她脸色煞白，知道她没骗人，便关心地说：“你脸色太难看，赶紧回家休息，不要管我们。”

一二九、新安医学传人

肖莉回到家里，连楼都上不去，便坐在一楼客厅沙发上，蜷缩成一团，忍不住痛苦地哼出声来。住在一楼的保姆闻声披衣出来，知道她是老毛病犯了，便倒杯热水给她喝，又灌了一只热水袋给她敷到小腹上。

吴南起住一楼的客房，闻声出来，对肖莉说："我用针灸给你扎几下看。"

肖莉不知道吴南起还懂医术，问道："你会针灸吗？"

吴南起笑道："我还有一个身份，在业内的名气比在武术界还大，就是新安医学的传人。"

"你真的懂中医？"

"你试试便知。"吴南起对保姆说："你休息去吧，把她交给我。"

吴南起叫肖莉趴在沙发上，他回屋取出一个布包，打开是一套大小长短不一的亮锃锃的银针。他取出一根银针，在肖莉腰骶部的八髎穴上缓缓扎下，扎到一定深度停下来，右手拇指和食指轻捻银针。一种酸胀的感觉在针扎的地方生起，随着吴南起的捻动不断扩张增强，让肖莉咧嘴吸气，却又感到酸溜溜的痛快。

吴南起停止捻动银针，让它留在穴位上，又依次在肖莉两手的合谷穴、两脚的太冲穴上扎下银针。他让好几根银针留在肖莉身上，问她："现在感觉怎么样？"

肖莉说："感觉明显疼痛好一些，可还有些痛。你能不能给我根除掉？"

"你如果总是在经期喝酒抽烟，我也没办法根除。"

"今天陪一个大客户，没办法。以后我会注意的。"

"明天再给你针灸，再辅助以按摩和热敷腹部，有利于促进血液循环和疏通经络，至少这次会完全消除疼痛。以后经期饮食要以清淡和温热为主，短时间之内避免吃生冷寒凉性的食物，可以适量地吃红枣和枸杞，起到食补气血的效果，有利于防止身体出现铁元素流失较多，对身体健康有较大好处。"

肖莉说："我知道了。谢谢师傅！"

早晨醒来，肖莉觉得浑身轻松，像是睡足了十几个小时一般。她见吴南起已经在院里打拳了，便走出门。吴南起说："你今天不要练拳。"

"我现在感觉很好。"

“你今天还会痛的，最好不要上班。”

“那不行。我还有重要的工作呢。”

“我不明白，赚钱比身体还重要吗？”

“赚钱本身没那么重要。可赚钱要是你的事业，它就重要了。”

肖莉到办公室便把合同交给秘书，叫她把货准备好，一旦财务部确认定金到账，便马上发货。这200多万元收入很及时。眼看年底到了，正需要这笔资金。不过水泵的盈利问题还没有彻底解决。虽然有资金回笼，生产成本也降下来了，可是价格降低了20%，利润还是不高。回笼的资金大多数马上就要再投进去，买原材料、发工资、支付日常费用，没有多少可以用到新项目里。肖莉到胡家俊办公室，想和他商量一下这件事，如果不尽快再降成本，她和市场部的努力都白费。

胡家俊见到肖莉就说：“我正要找你呢。”

“你找我什么事？”

“你把市场部经理放下吧，还有更重要的事需要你做。”

这段时间，肖莉已经配齐了市场部的人员，并且颇有成效，与此同时，全国各省市的办事处也都成立了。她凭一己之力就把库存销售一空，车间紧赶慢赶抓紧生产，都不够她手下业务员拿货。

“还要我做什么？”

“你忘了你是副董事长了？”

“没忘呀。可现在除了卖水泵，我还能做什么？”

“生产成本降不下来，你卖再多也是白忙。”

“我找你也正是想说这事。你有办法解决了？”

“你记不记得玉琴说过一个想法？”

“她思维活跃，想法多了。你说的是哪个想法？”

“她说最好再找一个相对好做的项目，让机械厂能以自身盈利支撑白教授的项目，甚至仅凭这个项目就能上市，哪怕白教授的项目最终失败了。”

“哪有那么多好项目？你找到了？”

“可以找白教授要这个项目。”

“我还是不明白。”

“他做了那么多次试验，目标是找到最高标准的材料。我想，在他眼里是失败的东西，说不定是我们需要的呢。真正能在市场畅销的未必是最高的科技。”

“对呀！他一定有。但是，市场在哪里呢？”

“我接触过几个汽车制造行业的高层，都说轮毂的重量如果能减轻，会大有市场。”

“轮毂？那玩意儿能减轻多少？本身就没多重。”

“你别小看这点重量，对于高速运动的载体来说很重要。中国的汽车制造行业方兴未艾，未来空间不可限量。哪怕只有一两家品牌汽车用上我们的轮毂，都足以养活机械厂和钛合金项目。”

“既然你调研过了，我们就找白教授问问。他那里没有，还可以找别人。”

“我找你就是去见他。”

白教授见到他们就说：“这是最后一次。下次来再不下决心，我就不接待了。”

家俊说：“白教授，决心我已经下了。如您同意，本周就可以签合同。这次来是为了另一件事。”

“哦？还有什么事？”

“我们需要一种新材料做汽车轮毂，要求强度胜过现有的所有轮毂材料，重量也要明显轻于所有的轮毂材料，还有韧性等方面也有要求。”

“这个不难。我失败的试验中有很多适合你们的条件，可以挑一个最合适的。小王！”

应声进来一个穿白大褂、身材苗条、清纯漂亮的姑娘，家俊见她面熟，心想这不是芃芃吗。

芃芃也认出了家俊，高兴地说："家俊哥，原来是你！"

白教授有些奇怪："你们认识？"

家俊说："她爸爸是我的贵人。"

"哦。王芃是我的助手。小王，你配合胡总他们，在失败的试验中寻找一种适合做汽车轮毂的材料，要求重量轻、强度高、加工性能好。"

"还有两条：工艺尽量简单，成本尽量低。"家俊补充道。

"好的。那要花不小的功夫。"王芃说，"家俊哥，您安排两个人过来，和我一起来做这件工作。"

也许是心情好，也许是针灸的作用，肖莉一天肚子都没有痛。她心情愉快地回到家里，保姆已经把饭菜端上桌，三人坐下一起吃饭。肖莉说："师傅，您喝点酒吧。"

吴南起说："算了，不喝了。我不喜欢一个人喝酒。"

吴南起喜欢喝点酒，都是丁大明夫妇陪他喝，从没有独自喝过。肖莉身体不适，自然不能陪他喝酒。吃过饭，吴南起说："我再给你针灸一次。这几天每天治一次，自然会好。"

由于腹部按摩多有不便，吴南起便教肖莉和保姆腹部按摩手法，让她们每天按数次。新安医学传人果然神奇，直至这次生理周期过去，肖莉果然再没有痛过。她问吴南起："师傅，我下次还会再痛吗？"

"有可能。"

"学针灸难不难？要是不难，你教我吧，我自己扎也就不痛了吧？"

"说难也不难，只是需要多练。我可以教你。"

一三〇、承兑支票

家俊把寻找新材料的工作交给总工程师方进波。方进波带着肖玉亮，每天泡在白教授的资料室里，和王芃一起从电脑资料和纸质资料中翻阅试验记录。这件事做起来比想象的困难多了。他们花三个月时间，筛选出三种备选材料。再重新做试验，提炼出这三种材料，拿到机械厂去加工，最终确定用钛铝合金，各方面的数据都非常理想。

和白教授签合同也推迟了几个月，但是增加了一个生产轮毂材料的合同。

合同签好后，第一件事是付 1 600 万给北京一家央企订购高炉。一般的高炉温度不够，无法融化钛基合金，必须在这家企业定制一种高温高炉。

白教授委派王芃代表他到机械厂来负责合作项目。王芃与那家央企打过交道，家俊便叫她乘火车带着承兑汇票到北京去，直接把高炉签订下来。考虑到安全，家俊叫肖莉安排一个男的和她一起出差。肖莉叫技术员范兵去。王芃把夹着支票的本子交给范兵，开玩笑地说："范大保镖，这就是你的生命。"

范兵把本子放进旅行包最下面，说："你放心。我在它就在。"

看着范兵郑重其事的模样，王芃扑哧一声笑着说："要是真有人抢它，还有点意思。"

为给公司省钱，王芃只买两张二等座票。上车后，范兵把旅行包放在行李架上，两个人互相依赖，以为对方会看好旅行包。快到徐州时，王芃发现包没了，赶紧打醒正在睡觉的范兵："你看见谁拿包了吗？"

范兵睁开惺忪的双眼，愣一会才说："包？什么包？"

王芃指着行李架："我们的包没有了。"

"啊！"

范兵完全清醒过来，起身到处找，大声地问："谁见到我的包了？"

所有旅客都摇头表示没见到。有的还关心地问包里有什么，重不重要。

家俊早晨接到王芃的电话时还在床上。听到芃芃在电话里哭，他安慰道："芃芃，没有关系，你不要着急，事情肯定会解决。你等我电话。"

家俊马上给财务经理丁虹打电话，叫她通知银行，说汇票丢了。他看看手表，已经七点钟，便穿衣起床，准备洗脸。这时手机响了，是开户银行的行长田薇，问他：“胡董，你在干嘛呢？”

家俊说：“我在家正准备洗脸呢。”

田行长说：“有一件事你知道吗？”

“什么事啊？”

“你一千多万的承兑汇票丢了。”

“知道啊。”

“你怎么不着急呢？”

“田行长，我们俩是同时得到这个信息的，我不是不着急，而是在思考处理方案。首先是想怎么把损失降到最低。”

“你是怎么处理的？”

“先按正常程序做。第一，在各大银行报挂失；第二，到法院申请冻结。现在才七点钟，法院和银行九点上班，你着急也没有用。再一个，赶快在沿途报案，通过车上警察争取查到线索。”

正常程序安排好后，家俊已经想好了非正常手段。他再打电话给王芃，叫她迅速找个复印机，不管花多少钱，打一个告知书，能复印多少复印多少。他断定那个小偷不敢兑现汇票，一千多万他见到肯定害怕。他对王芃说：“告知书一定要放上你的联系电话和公司的电话、地址，还告诉小偷可以把钱留下，汇票得寄给我，否则他拿回去也没用，银行已经冻结了。如果他给送回来，不但不追究，还奖励 5 万元。你拿出几千块钱来，沿途找民工散发、张贴。”

家俊走进办公室，芮常胜就进来了：“胡董，我见丁经理一上班急急忙忙地拿了印章就走，出什么事了？”

“王芃带的 1 600 万承兑汇票丢了。”

“啊？那怎么办？”

家俊冲他笑笑:“没事。我都处理好了。”

“能找回来吗?”

“不知道。该做的都做了,现在只能等。”

第二天上午,家俊正和肖莉、芮常胜商量成立轮毂车间的事,丁虹进来了:“胡董,我刚接到一个电话,对方说你别着急,汇票已经给你们寄回去了。然后就挂了。”

家俊说:“可能是小偷打来的。”

肖莉说:“是不是假的?也许他想要拿提供线索的奖金。”

丁虹说:“我也怀疑是假的。”

家俊说:“丁经理,你去看看来电显示,电话是从哪里打来的。”

丁虹说:“我看过了,是从山东淄博打来的。”

家俊问肖莉:“我们在山东有水泵代理商吧?”

“有,在济南。”

“你马上打电话,请他们迅速联系淄博方面,是熟人也好客户也好不管什么人,找快递公司查有没有寄给我们的快递。”

肖莉回办公室打电话。直到快下班了,那边才回电话,说没有查到。

两天后,汇票收到了。结果是虚惊一场,小偷也不敢来拿5万元奖金。

芮常胜长长地松了一口气:“胡董,虽然这事跟我一点关系都没有,可是这两天我都心里慌慌的,毕竟有一千多万哪,如果没有了,对企业的影响有多大。你心里真的不怕?”

“怕什么?我知道这方法肯定有效,而且能根本解决问题。你记住,出再大的事都不要慌,然后想好有哪些有效的解决办法。如果通过银行冻结,当然是最基本手段,但是冻结后三个月时间内如果被别人使用了或支付了,银行和法院不承担任何责任。三个月后解冻,人家就可以背书,刻个假章把钱取走就完了。”

肖莉说:“还是要接受教训,以后送承兑汇票要乘飞机。”

丁虹说："现在网上支付已经成熟了，我们可以办理一个网上银行账户。"

家俊还是有些保守："网络天上地下的，四通八达，鼠标一点就把那么多钱转出去，太不放心了。"

丁虹说："没那么可怕。既然现在银行推广开了，肯定经过评估是安全的。"

家俊说："那也不着急，等等再看。我们商量轮毂车间的事吧。芮厂长，说说你的想法。"

"现在金工车间生产水泵任务很重，要分出一半的力量来不容易。"

肖莉说："至少要分一半出来。将来轮毂的工作量肯定比水泵大。"

家俊问肖莉："你估计什么时候能拿到轮毂订单？有多少？"

一三一、费心

肖莉说："市场部已经和江苏一家轮胎厂谈过，对方对我们的产品很感兴趣，叫我们尽快拿出样品，只要检测符合我们设计的标准，他们就长期订货。"

家俊高兴地说："没想到市场部的工作做到前面去了。既然形势这么好，就要抓紧，哪怕水泵生产受到影响也在所不惜。我还有一个想法，干脆一步到位，把轮毂和钛基合金项目独立出来，成立一个公司，将来好培养上市。"

"我赞成。"肖莉说，"这样做反而会降低成本。"

家俊对肖莉说："尽快拿个方案出来，在董事会上研究通过。"

肖莉问："轮毂项目谁来牵头？"

家俊说："芮厂长要主管水泵项目，抽不出精力。我看就你牵头吧。"

"没问题。"肖莉也不谦虚，"首先请芮厂长支持，要人给人，要设备给设备；另外，我希望即将成立的新材料攻关小组先做轮毂试验，成功以后再做钛基合金试验。”

芮常胜说：“我尽力吧。水泵的流水线已经成功了，需要的就是熟练的操作工，技术好的钳工、车工，肖总可以挑一些。至于攻关小组，还没有正式成立，先试验哪个还是胡董决定吧。”

家俊问：“水泵流水线效率怎么样？”

“肯定提高很多。不过还有不足，就是全靠人工操作，有几个节点是瓶颈，影响了整体效率。”

“有办法解决吗？”

“肖玉亮提了一个建议，我觉得有点意思。”

“你说，什么建议？”

“他建议在关键节点上采用数控自动加工和装配。”

“就是说在一条流水线上，人工操作和自动操作互相结合？”

“对。肖玉亮说有些东西适合机器做，有些东西反而适合人工做，这样我们的流水线可能比发达国家的全自动生产流水线效率还高。”

“那就试试吧，还有什么困难吗？”

“有困难。需要找一个编程高手和肖玉亮配合。”

肖莉说：“编程高手找王强辉呀。”

王芃出差回来，直接找胡家俊检讨：“家俊哥，对不起，我太没用了。”

家俊笑着说：“事情都解决了，没有造成损失，你还检讨什么？你一个博士后都没用，那我这个大二退学的岂不是人渣了？”

王芃被他说得笑起来：“我学的东西对付小偷没用。”

“这事就过去了，你不要放在心上，把工作做好就行。”

“我爸说这就是积累社会经验，怎么能不放在心上呢。哦，我爸请你星期六到我家去吃饭，说要感谢你。”

“不要感谢。回去跟你爸说算了，不给他们添麻烦了。”

“那不行。你要是不去，我没有完成任务，又得向我爸作检讨。”

“行，我去。不让你为难。”

周六上午，家俊拎些礼物到王宝山家。王宝山给他开门，责怪他不该带东西来，便高声喊道：“芃芃，你出来，胡董事长来了。”

芃芃从房间里出来，叫一声“家俊哥”，便给他泡茶。

王宝山说：“在单位你要叫董事长。”

芃芃调皮地说：“在单位我也叫家俊哥，不过是在没人的时候。”

王宝山对家俊说：“这孩子，三十多岁了，还像孩子一样没正形。”

“这是在家里，在单位她是技术权威，威严着呢。”

“还技术权威？给你惹了这么大麻烦。”

“这不算什么。做企业您知道，总是一个麻烦接着一个麻烦，没完没了。”

“她虽然读博士后了，社会经验还是空白，你以后多教她。”

“没关系，多经历一些就好了。”

洪老师开始上菜，芃芃帮她妈放碗筷、端菜。家俊说：“洪老师，给您添麻烦了。”

洪老师笑道：“我这个麻烦小，可不值一千多万。”

大家都笑起来。

王宝山取出一瓶茅台酒：“在家里没人陪我喝酒，今天你陪我喝点吧。”

家俊说：“我开车来的。”

“车就放在这里，下午芃芃开车送你回去。”

把酒杯倒满，王宝山端起酒杯说：“家俊，今天请你来，一是表示感谢，再一个是和你说说芃芃这孩子。”

“别说我别说我！”芃芃连声抗议，“你又要叫家俊哥给我介绍男朋友了。”

“我没说，你自己倒说了。我就是这个意思。”王宝山对家俊说，“她整天就读书、做试验，一点都不着急。我的同事说就不该让她读这么多年书。可我们这样的家庭，她能读上去，怎么可能不让她读？”

家俊说：“王总，洪老师，你们也不要太着急，我会留心的。不过这事要看缘分。只要缘分到了，山都挡不住。”

洪老师端一杯白开水说：“家俊，我敬你。小囡让你费心了。”

芃芃拿白眼翻她爸说：“爸，你还是说正事吧。”

“还有什么正事？哦。”王宝山想起来了，“家俊，是有一件事拜托你。”

“您说。”

“我资助的一个孩子大学毕业了，正在找工作，你能不能给安排一下？”

“这个不难。他是学什么专业的？”

“机械电子。”

“我正好需要这方面人才。你叫他过来吧。”

一三二、回乡考察

继世博会期间在上海成功举办一次招商会后，时隔三年，王雅琴又一次率领银山县一众局委领导到上海举办招商推介会。

胡家俊全程接待家乡领导一行，安排他们走访徽远海运公司、徽远建设公司、邻村创意园区、长川科技有限公司、第二十六机械厂等企业。在机械厂的水泵装配车间里，看到流水线上人工操作和无人操作无缝衔接、优势互补，王雅琴钦佩地说：“家俊，我参观过很多国内外的工厂，你这样的流水线是独一份，不但有特色，还有效率。”

家俊说：“这个流水线启动后，我们的产能就基本满足了全国市场需求。如果需求增加，我们再复制一个同样的流水线就行。”

“家俊，我有一个建议。”

“您说。”

“如果你需要扩大产能，可以考虑把它建到银山县吗？”

“您提醒了我。现在我们上马一个汽车轮毂项目，生产场地有些拥挤，正考虑水泵生产线是否转移到什么地方呢。”

“那就转移到银山县来，我给你最优惠的政策。”

“可以考虑。下周在董事会上议一下这件事。”

“别等下周了。明天的招商会上，我们草签一个协议。”

“万一董事会没有通过呢？”

“我们签的是意向协议，不会全部都落地，最终有一半落地我就很满足了。”

“行啊，那就签一个吧。就算它只是个意向，我既然签了，就不会反悔，要不在老家人面前太丢脸了。我要说服董事会通过它。”

银山县招商推介会在陆家嘴的上海国际会议中心七楼举行，三百多名企业家参会。家俊邀请了吴军淮、潘家辉、苏启昌、王铁军、王宝山、钱均发、刘伟强等嘉宾，其中钱均发、刘伟强和胡家俊与银山开发区签了投资意向合同。这次招商会总签约额达到 18 亿元。

在会后的招待宴会上，王雅琴到家俊这桌敬酒，举着酒杯问他：“既然合同签了，你什么时间回去考察？”

“尽快吧。”钱均发和刘伟强也坐这桌，家俊指指他俩，“我们约个时间一起去。”

由于大家都忙，家俊和钱均发、刘伟强很难同时有时间到银山县考察，直到两个月后才凑到一起成行。家俊和芮常胜开车于傍晚到达银山县，钱均发和刘伟强各自带着随从人员也差不多同时到达。和钱均发同来的一位家俊认识，正是当初和钱均发一起在杨高路一路租房的人，叫钱均财，两人是亲兄弟。家俊握着他的手说：“你们兄弟俩，一个均发，一个均财，都给别人带来好运。”

钱均财哈哈笑着说：“咱们一起发财。”

王雅琴已经在国际大酒店订好酒席，为他们接风洗尘。

宴席很丰盛，多数为本地菜，王雅琴说银山县有“十大名菜”，今天就上了八道，什么泥鳅下面条、泥鳅钻豆腐、土鸡蛋炒地皮、粉蒸排骨、猪肉烧山粉圆子等，钱均发、钱均财、刘伟强和芮常胜几个外地人连说好吃。家俊说：“这个肉烧山粉圆子没有我妈烧得地道，有时间到我家，叫我妈烧给你们吃。”

银山开发区副主任冯长根离开座位过来向家俊敬酒：“胡董，你们的‘丰都’牌水泵很有名啊。”

“怎么，你都知道‘丰都’牌水泵？”

“当然知道。这里农村家家有‘丰都’潜水泵，田间浇水、清理水塘、打井取水都用得上。”

家俊和芮常胜疑惑地对视一眼，问道：“你说的是一只手就能拎动的小型家用潜水泵？”

“是啊。这种泵最适合农村家庭生产使用了。”

“冯主任，实话跟你说，我们没有生产这种小型潜水泵。我们有潜水泵，但都是两个人都抬不动的大型泵。你说的这种泵是哪里生产的？”

“县通用机械厂生产的，说是经过你们授权，特许生产。”

家俊看看芮常胜。芮常胜说：“我分管水泵生产，肯定没有授权任何一家企业生产。”

冯长根也疑惑地说：“是吗？那我要调查一下。这个厂还创了不少税收呢。”

家俊说：“冯主任，明天能带我们去这个厂看看吗？”

冯长根为难地说：“明天的行程都安排好了，恐怕不好变动。”

“那就等你们这里的活动结束，我们再去。”

次日的考察活动很密集，他们重点参观省属银山开发区，还参观了银山县开发区和几家有些规模的外来投资企业。下午回到下榻的国际大酒店，在会议室里就土地面积、价格和相关条件作了深入洽谈。三家所要的土地都在100到300亩之间。钱均发是帮钱均财签的合约，要建一座服装厂，生产外贸服装。刘伟强则要新建一个光缆涂料生产工厂。洽谈下来，大家都觉得满意。

晚上的招待宴会上，王雅琴要求他们再留一天，游览一下本地风光。家俊说："王书记，谢谢您的热情招待！明天就不耽误你们时间了，我打算回家去看看奶奶和母亲。"

王雅琴问钱均发："那你们几位呢？"

"我们到胡董家去看看老人家，还想吃他妈烧的菜呢。"

一三三、仿冒"丰都"牌水泵

次日上午，家俊叫钱均发和刘伟强他们先在酒店休息，便和芮常胜开车到城北的通用机械厂。门卫见是上海的车牌，问他们找谁。家俊说："我是银山人，在上海就听说你们厂搞得不错，来找厂长谈合作。"

门卫没有多问，放他们进去了。家俊对芮常胜说："先往里开，到车间看看。"

芮常胜开车绕过办公楼，到后面一个车间门口停下。他们走进去，发现这正是水泵装配车间。没有流水线，工人们各自把一堆零件装配成水泵成品。这种模式效率自然不高，但是供应一个县的市场没问题。工人们见两个陌生人进来，抬头看几眼，便不理他们。家俊在一个装配好的水泵前蹲下身子，见铭牌上果然印着"丰都"名字和商标，和他们的商标一模一样，下面的生产厂家竟然也是上海第二十六机械厂。这时过来一个车间管理人员，问他们："喂，你们是干什么的？"

家俊站起身，那人惊讶地叫道："家俊！"

家俊抬头一看，竟然是大姐夫彭海洋："姐夫，怎么是你？"

"我是这个车间主任。你怎么到这里来了？"

"你们生产我的品牌水泵，我早就该来了。"

彭海洋嘿嘿笑着说："这都是卫国干的。"

"卫国就是你们厂长？"

彭海洋点点头。看来他们知道侵权，明目张胆地干，就倚仗着姐夫和家俊的关系，估计他知道了也不会怎么样。家俊问："我猜二姐夫也在吧？"

"他是法人代表，副厂长。"

"卫国为什么不当法人代表？"

"这个我就不知道了。"

家俊知道卫国的小心思，是让二姐夫郑挺站在前面承担风险。

"他现在在厂里吗？"

"在。"

"你带我去见他吧。"

冯卫国见到胡家俊并不意外。他知道家俊正在银山县考察，县电视台的新闻节目播了。他请家俊和芮常胜在沙发上坐，叫秘书泡茶，并吩咐她去请郑副厂长来。

郑挺见到家俊也不意外，掏出中华烟散一圈，说："家俊，中午就在这吃饭吧。"

"饭就不吃了。"家俊问卫国，"你把这个厂买下来了？"

"是我们。郑挺也有股份。"

"你明知道冒我的牌子违法，为什么还这么做？"

"我正打算和你商量呢，正好你来了。"

"我要是不来，恐怕你就不想和我商量了吧？"

"不会。我肯定要找你商量。"

“卫国，这事你光和我商量没用，还要说服我的董事会。”

“董事会你说一下嘛。”

“你得先说服我，我才有理由说服其他董事。”

“我可以向你交品牌使用费。”

“董事会不在乎这点钱，他们考虑的是企业形象受损了。”

“哪里受损了？我是给你的企业增光了。”

“你侵犯了我的知识产权，还说为我增光了？”

“事实是这样嘛。‘丰都’水泵的知名度在银山县更响了。”

“这么说我还要感谢你？你就不要交使用费了，我还得给你广告费。”

卫国向郑挺使个眼色，郑挺又散一圈香烟，说：“家俊，你就通融通融吧。”

家俊严肃地说：“卫国，姐夫，你们了解我，要是能通融，一定通融。可这不是我一个人的事。我现在正式向你们提出，马上停止生产‘丰都’牌水泵。以后怎么做，等董事会研究以后再说。”

卫国说：“停止生产工人就没饭吃了。我们还是好好谈谈吧。”

“谈当然是要谈的，但前提是你们马上停产。”

“我们先谈判不行吗？”

“当然不行。如果要董事会做决议，一定是向工商局举报，勒令你先停产再说。”

家俊再一次拒绝留下来吃饭，和芮常胜开车走了。到国际大酒店叫上钱均发他们，一起到银湾镇冯家村去。家俊昨天已经向家里打过电话，叫妈妈今天烧一桌菜。他们到家时，菜都已经烧好。家俊向奶奶介绍几位客人。客人把带来的大包小包礼物放下，钱均发代表大家给奶奶一个厚厚的大红包，说：“老太太，祝您活两百岁。”

老太太看着他说：“我今年九十了。”

其实她已经九十八岁。

宾主围着八仙桌坐好。钱均发抚摸着桌面，问家俊：“这是金丝楠木？”

“是的。是我家祖传下来的。”

钱均发一只手从桌面抚摸到桌腿，赞叹道：“真是好东西。家俊，如果是在别人家，我一定要问个价钱。”

老太太说：“这是无价的。你要，就送给你。但是不卖。”

“不敢不敢！”钱均发连声说，“我喜欢收藏旧家具。像这样的非卖品，只能是有缘者得之。”

家俊帮妈妈把菜端上桌。客人纷纷向奶奶敬酒。老太太精神矍铄，来者不拒。当然，她每次只喝小半杯，就这样也有二两酒喝下去了。家俊夹一块红烧肉给奶奶，她吃得满嘴流油，说：“再给我一个山粉圆子。”

家俊赶紧夹一个山粉圆子。

钱均发吃一口山粉圆子，说：“太好吃了。比昨天在国际大酒店的还好吃。”

奶奶嚼着山粉圆子，说：“孩子，我知道你们是来办厂的。当初徽商行商坐贾，很少有办工厂的，所以就衰落了。”

钱均发很惊奇：“老太太很有见识嘛。”

家俊说：“我奶奶读过私塾，也做过大生意，见识高着呢。”

奶奶转而对家俊说：“重孙子有五个月了吧？你把他带来给我看。”

“好。我明天去芜湖把他接来。”

家俊的儿子满月后，带来给奶奶看过一次，便一直在芜湖井儿娘家。

次日钱均发和刘伟强他们先返回上海，家俊则到芜湖把井儿母子和井儿妈接到冯家村，住一天以后，一起到了上海。

一三四、肖莉怀孕

董事会对把水泵生产搬到银山县没有异议，但在如何处理假冒“丰都”

水泵事件上产生了分歧。

家俊反对把冯卫国告上法庭，认为还有更合适的处理办法，但是他的意见没有说服力。冯卫国不但把他大姐夫彭海洋、二姐夫郑挺拉到身边，连大姐、二姐都在通用机械厂上班，一个是会计，一个是车间统计员。如果上法庭，被告是法人郑挺。家俊明知道坚持不上法庭会有徇私之嫌，但还认为这样做是正确的。

丁大明问：“家俊，你说更合适的处理办法是什么？”

“我还没有想到，但肯定有。”

肖莉说：“董事长，你处理问题太感性了，迟早会为企业带来危机。实际上已经带来危机了。”

董事会投票结果，以 3 比 2 同意走法律程序。连井儿都投了赞成票，和家俊一起投反对票的是丁大明。

会后，丁大明拉住家俊说：“家俊，我想和你谈谈。”

他们走进家俊办公室。家俊说：“你同意我的意见，是有合适的处理办法了吗？”

“没有。我是想知道你有什么好的处理方法，能启发我如何处理家事。”

“你家里怎么了？是和肖莉有问题了？”

“这事我找不到人说，只能找你了。肖莉怀孕了。”

“这是好事啊。有什么问题吗？”

“说起来丢人，孩子不是我的。”

“别瞎说。”

“是真的。我们结婚几年她都没怀上，这次我出差一个多月，回来时间不长，她就怀上了。”

“你有怀疑对象吗？”

“有。是教太极拳的武当大师吴南起。”

“肖莉承认吗？”

“她不承认，说我再不相信她就和我离婚。我正犹豫离不离。”

“看来你是舍不得离婚。那能不能把孩子打掉，你们重新开始？”

“她这个年纪，好不容易怀上了，她舍不得打掉。医生说如果堕胎，以后有可能再也怀不上了。”

家俊也没有主意了：“走，我们喝酒去。有些事需要放一段时间，自然会有办法解决。”

丁大明喝得醉醺醺地回到家，倒在沙发上，叫保姆倒水喝。等他喝完水，肖莉和保姆把他架到一楼客房，放到床上，脱下外衣，他已经睡着了。肖莉对保姆说：“你晚上注意一点，当心他吐。”

一夜无事。早晨醒来，丁大明洗漱完毕，到餐厅吃早饭，肖莉已经在吃了。保姆一直与他们一起吃饭，可最近他俩经常在吃饭时吵架，保姆便躲在厨房里吃。

肖莉冷眼看着丁大明：“你不要和我卖惨，要离婚就果断些。”

丁大明嚼着一根油条说：“你想离婚吗？”

“你不认这个孩子，我就离。”

“我就是奇怪，结婚几年没怀上，这次为什么就怀了。”

“我要是告诉你，是吴南起治好了我的不育症，你信吗？”

“我信。是我有毛病，他让你怀上了。”

“你混蛋！”肖莉放下碗筷，取出一支烟点着。丁大明从她嘴里抢过香烟，掐灭放到烟灰缸里：“怀孕不能抽烟，你不知道？”

肖莉又抽出一支烟点上：“不是你的孩子，你操什么心。”

丁大明又夺过香烟：“不管是谁的孩子，都要为他负责任。”

肖莉双手抱在胸前，看着他说：“要不是冲你这份善良，我早就离婚了。”

“你是同情我吗？你从来都没爱过我，对吗？”

肖莉眼圈一红，说："吴南起是新安医学传人。他说你和我都可能没大问题，主要是心理上的。他给我吃了一个月中药，还说这药不能包治不育症，只能起辅助作用，能不能怀上就看我俩的造化了。"

"巧的是你正好有这个造化。新安医学？我还是李时珍呢。"丁大明嘴里嚼着最后一口油条，上班去了。

肖莉上午要到医院做产检，她有点紧张，便打桂珍电话，叫她陪着去医院。桂珍说："丁大明呢？又出差了？"

"我不让他陪。"

"怎么了，又闹别扭了？"

"见面再说。"

桂珍开车过来接肖莉。肖莉问："桂珍，一个人带孩子辛苦吧？"

"那还用说。不过辛苦还在其次。孩子缺少父亲陪伴，问题很大。"

"你后悔吗？"

"后悔什么？是离婚还是结婚？"

"离婚。"

"不后悔。"

"那结婚呢？"

"也不后悔。你问这些干吗？想离婚了？"

"不是想离婚，是有可能离婚。"

"是丁大明想离？他外面有人了？"

"不是。这个说不清楚，以后再告诉你。"

"我看你俩挺和谐的，尽量不要离。"

"你凭什么劝我不离？"

"我是必须要离的，你俩还没到那程度。"

"你怎么知道没到那程度？你必须要离，可为什么当初要和他结婚，还不后悔？"

“当初是一时冲动。可如果一辈子不冲动这一回，我不甘心。”

“你冲动一回，付出一辈子辛苦的代价，值得吗？”

“值得。换来一个女儿，怎么都值。”

“可你如果找一个对的人结婚，同样会有孩子，还很美满。”

“你说的是如果，再美好都是空的，无法体验到。你可以想象出无数个美好的如果，可我的女儿是唯一的、实实在在的，能和她相守，怎么都值。”

肖莉摸着肚子说：“你说得有道理。我能理解。”

一三五、 有人送钱

官司是在银山县法院审理。第一次开庭休庭后，芮常胜和律师王岳回到上海，向家俊汇报情况。芮常胜说：“我拜见了王雅琴书记，她希望我们能庭下和解。”

“王律师，你看呢？”

王岳说：“我的建议也是庭下和解。这个官司虽然不会输，可赢了也没多少油水。还有可能赢了官司，输了人缘。毕竟你还要在那里生产水泵。”

家俊说：“我已经有了解决办法。”

“什么办法？”

“我们先庭外和解，然后把这个通用机械厂买下来，不就不存在侵权、又让工人有饭吃了？”

“为什么要买下来？”芮常胜问。

“首先是王律师说的，要和当地官民都搞好关系；第二，我们没有农村家用水泵产品，买过来正好填补空白；第三，这个厂的工人多数有技术有经验，更重要的是有企业意识，在当地可是难得的财富，比现招的农民好用；第四，通用机械厂的位置在县城北门外，现在城市扩张这么快，我们收购时提出把土地转性，做房地产是不错的选择。”

芮常胜高兴地说：“你这样一算账，这笔买卖真不错，大家共赢，还做个顺水人情。”

上海丰都泵业（银山）有限公司董事会由胡家俊、舒井儿、丁大明、肖莉、刘伟强、冯桂珍、芮常胜组成，胡家俊任董事长，芮常胜任副董事长兼总经理。董事会顺利地通过了庭外和解并收购银山县通用机械厂的提议。

收购银山县通用机械厂后，丰都泵业公司董事会研究决定，原通用机械厂股东均转为丰都泵业股东。郑挺任副总经理、厂长，主管生产，彭海洋继续担任车间主任，吸纳冯卫国为董事。成立银山邻村房地产开发公司，股东由丰都泵业公司股东组成，芮常胜任董事长，冯卫国任总经理。对冯卫国的安排是家俊提出的，他认为卫国熟悉建筑行业，又有企业管理经验，能力和责任心还是可以信赖的。有老法师芮常胜掌舵，不会有问题。大家基本同意家俊的意见。

处理好返乡投资的两个公司，家俊便把精力放到钛合金公司这边。

公司叫上海远创钛合金股份有限公司，董事会由胡家俊、王芃、刘伟强、舒井儿、丁大明、肖莉组成，胡家俊任董事长，肖莉任总经理。

高温高炉安装完毕，试验紧锣密鼓地展开。他们选中的材料虽然相对符合要求，但毕竟当初不是为了制造轮毂而发明，所以在加工性能与硬度、韧性以及经济性等方面还需要改进。第一炉就不成功，由于填料的程序和时间有误，炼出来冷却后的材料太硬，普通车刀切削不动。一周后又炼出第二炉，炼出的材料竟然产生了气孔。虽然很快找出了原因，但要找出解决办法却非易事，三个月都没有开第三炉。

家俊没想到试验进度如此慢。原以为造汽车轮毂比造航空发动机叶片要简单得多，谁知还是这么难。他想，将来要试验发动机叶片得多少年才能成功？时间就是金钱，这句话非常直观地在账本上体现出来。随着时间的推移，账上的资金流水般不断减少，眼看就要断粮了。

半年过去，倒是烧了十多炉，结果依然是失败，而且看不到成功的路径和希望。如果继续试验下去，钱从哪里来？股东们多数不愿意再投钱，况且有部分股东已经拿不出资金了，能贷的款也贷过了，现在唯一的希望是风投。家俊不止一次想找苏晴，都咬着牙忍住了，他不想自找没趣。虽然钱均发已经是晴天投资的股东，说过可以投实体企业，可至今没有动静，不知道他的真实想法。再说他在晴天董事会只有一票，另外三票都是不重视传统行业的海归。家俊找潘家辉、吴军淮帮忙，他们交际广，看能不能找到感兴趣的投资公司。

苏晴却主动来了。家俊和肖莉在铸造车间与王芃等攻关小组成员商量下一炉的试验方案，肖莉用胳膊碰碰家俊，向车间大门努努嘴，家俊回头看见苏晴穿一袭白色衣裙，像一朵白云飘过来，吸引住车间里几乎所有的目光。

家俊迎上去："你怎么来了？"

苏晴好奇地东张西望，边回答他："我不来，你恐怕永远不去找我吧？"

"有事吗？"

"废话。这么远跑到你这么脏的工厂来，当然有事。"

"公事还是私事？"

"公事。"

家俊回身叫道："肖莉，你一起过来吧。"

"不用。"苏晴对肖莉说，"我想和家俊单独谈。"

走进办公室，家俊问："你喝什么茶？"

"有咖啡吗？"

"对不起，没有。"

"那就喝工夫茶。"苏晴看见办公室有一套工夫茶具。

"我泡不好工夫茶。那套茶具是朋友送的，我很少用。"

"我会泡。"苏晴坐到茶具边，熟练地烧水泡茶。

家俊坐在对面，看着苏晴眼花缭乱的动作，问道："你到底有什么事？"

苏晴瞟他一眼："给你送钱。"

"哦？你决定投了？"

"还没有决定，那要董事会讨论，但我这一票已经投给你了。"

"就你一票有什么用。"

"我今天来就是找你要方案的，一个能说服董事们的方案。"

"好吧。你告诉我方案怎么写？"

"我问你，这个项目要达到最佳效果需要多少资金？"

"我测算过，有3个亿成功把握最大。"

"你就照3个亿做方案。"

肖莉带领王芃等人做的方案有一个最大的缺陷，就是轮毂项目还没有盈利，甚至材料试验都没有成功，盈利的预期还较远。家俊叫肖莉实话实说，但是要让投资人感到成功就在眼前，而且还会有航空发动机叶片项目在后面，未来不可限量。他知道这样玩文字游戏骗不了投资人，尤其骗不了对情况了如指掌的苏晴。当苏晴再次来，告诉他董事会通过了他的项目，决定投资3亿元，他有点不相信是真的。

"怎么这么顺利就通过了？"他问苏晴。

"因为我知道你已经山穷水尽，再不投钱你的项目就死了，我们赚钱的机会也没有了。"苏晴笑眯眯地说。

"你是等着我双手扒在悬崖边，然后来和我谈价钱？"

"你这样理解也行，反正协议还没签，想反悔还来得及。"

"那要看你给的条件会不会让我宁愿松开双手掉下去。"

"小人之心。"苏晴从包里取出协议书，放到桌上。

家俊取过协议书仔细看一遍，抬头看看苏晴，又从头看一遍。

"看仔细了，可别高兴得一松手掉下悬崖了。"

"你这个条件很优厚。看样子我掉不下去了。"

"那就马上签吧，免得夜长梦多。"

“你越催我就越不放心。你们不是慈善机构，有这么好心吗？”

苏晴一把抢过协议：“你不干就算了。好心当成驴肝肺。”

“你别急呀，让我再看看。”

“你说吧，什么时候能签？”

“我明天就开董事会，上午通过下午就能签。”

“你的董事会能通过吗？”

“有人送钱谁不愿意？”

“好。那我等你电话，明天下午来签。”

一三六、 试验成功

次日上午的董事会就是走过场，有人送钱确实没人不愿意，何况正是要钱救命的时候。下午苏晴过来签合同。家俊签完字盖好章，手机响了，是潘教授：“家俊，钛合金融资的事，我找了一家国内有影响的风投公司，他们非常感兴趣，叫我约你见面。”

家俊有些不好意思：“谢谢您潘教授！我刚刚和一家投资公司签好了合同，还没来得及告诉您。真是给您添麻烦了。”

放下电话，家俊高兴地说：“要么就没有人看上，让我焦头烂额，差点跳楼；要么就有两家上赶着要投，让我左右为难……”

家俊停下来，看苏晴脸上挂着有点得意又有点嘲讽的笑容，突然醒悟过来：“你知道潘教授在帮我找投资，怕被人抢了生意？”

苏晴拿过她那份合同，放进包里，双手拍拍包，得意地说：“我不但知道潘教授在帮你，还知道他找的是哪家公司。你这人不仗义，我多少年前就看好你，说想投你，还是差点让你放了鸽子。”

“我以为你不感兴趣。”

“可是钱董感兴趣呀。他不是和你说过吗？”

“他只是一个董事，怕说服不了你们三个。”

“好了，我原谅你。晚上庆祝一下吧。”

“当然。把你的董事都叫来，我请客。”

“他们来不了。钱董在温州。还有一个在安徽接盘他爸的产业，一个在我爸公司当副总，恐怕也要接盘我爸的产业了。”

“接盘你爸？怎么不让你接？”

“我没兴趣。我爸也说女孩不要搞船。”

“这几年你妈不是搞得很好吗？”

“我妈？她是女中豪杰，谁能比得上！”

“你妈确实了不起。我听说你爸妈要退休，回老家去种果树，是真的了？”

“是真的。我不明白，都是赚钱，种果树又辛苦，见效又慢，肯定比不上徽远公司，他们为什么要去。”

“我有点明白了。徽远公司做得再大，在他们眼里都是为了糊口。回老家种果树，是他们的梦想。这与钱无关。”

家俊桌上的内部电话机响了，他拿起听筒：“什么，成功了？好，我马上来。”

挂上电话，家俊说：“你运气真好。刚和我签合同，试验就成功了。”

“那你带我去看看。”

他们走进车间，肖莉和方进波、肖玉亮、王芃等攻关小组成员正等着。方进波说：“胡董，我们冲压出来最新的轮毂检测数据出来了，完全符合标准。我们成功了！”

家俊问：“这么说，轮毂就可以量产了？”

“还没那么快。我们自己的高炉不可能满足生产需要，还要找一家金属冶炼企业合作，为我们生产原材料。”

“那就找宝钢嘛。”

“宝钢太大了，未必看得上这笔生意。我们会多找几家的。”

家俊对肖莉说：“你们抓紧吧。这段时间大家都辛苦，肖总，给他们放三天假怎么样？”

“好啊。”肖莉说，“我正考虑是给他们发奖金还是放假更划算呢。”

“肖总太小气了。”肖玉亮说，“我们要放假，也要奖金。”

王芃抢着说：“还要肖总请客。”

肖莉看看家俊。家俊说：“这可是群众的呼声。”

“行。”肖莉摸着已经有点鼓起的肚子说，“我就不参加了，你们去吧。”

他们走到附近一家天徽大酒店，家俊接到彭大志电话：“家俊，我在你的机械厂附近，你在吗？”

“你来得真及时，有人请客，你到天徽大酒店来。”

彭大志一会儿就开车过来了。家俊问：“大志哥，你怎么来了？”

“谈一个项目，谈好出来没有饭吃，才发现离你很近。”

“你谈了个什么项目？”

“浦东一个老建筑需要整体平移，这活我可没干过。合同签了，心里还打鼓呢。”

“你那个难度肯定不能和平移上海音乐厅比。找一个参与过上海音乐厅平移工程的技术人员就行了。”

“我也这样想，可到哪里找去？”

家俊指指王芃：“找她爸呀。”

大志看看王芃，不认识：“她爸是谁？”

“王宝山。”

“哦，你是王宝山的女儿？”

“是啊。”

“愿不愿到我这里干？”

王芃笑而不语。家俊说："你请她去一点用处都没有。"

"为什么？在你这里就有用？"

"她是学金属专业的。"

"那就算了。"

吃过饭，大志喝酒了不能开车，便在机械厂招待所住下。他对家俊说："晚上没事，我们到三嫂那里喝茶去。好长时间没见她了，怪想她的。"

一三七、村民闹事

三嫂家在浦东世纪公园附近的一个高档小区里，为他们开门的是三哥彭三旺。大志在地上找拖鞋，三哥说："不换鞋，就这样进来吧。"

"那怎么行，这可是在上海。"

三嫂在后面说："大志你别假模假样了。都是村里人，换什么鞋。回头我再拖一遍就是了。"

走进客厅，三嫂已经泡好茶放在茶几上，数落他们："你俩倒好，把三嫂忘记了，喝酒都不叫我。"

家俊说："大志哥是临时来的，叫你来不及。"

大志说："这不是来看你和三哥了。"

"来看我？带礼物了吗？"

"带一颗心来了，比什么礼物都贵重。三哥你说是不是？"

三哥取出一包软中华，抽出两支递给他俩，自己也点上一支，深吸一口："你们来了好。在家里她不让抽烟，憋死我了。"

三嫂大声朝里屋喊道："朵朵，叔叔来了，快出来。"

房里走出来一个漂亮姑娘，长得全像三嫂，比她苗条，年纪和王芃差不多。她对大志点点头："大志叔叔。"

她又看看家俊："这位是家俊哥吧？"

家俊笑道：“不是家俊哥。”

朵朵疑惑地看看她妈。

家俊又说：“是家俊叔叔。”

朵朵也笑了：“家俊叔叔好！”

大志对三嫂说：“这么大的丫头放在家里你不着急？怎么还不结婚？”

三嫂说：“不是回国时间不长吗。今天我还为这事和她吵了一架。她自己不当回事。”

家俊问：“朵朵是从美国回来吧？学什么的？”

“生命科学。”

“生命科学是什么科学？”

“简单说就是研究生命现象的科学。”

“研究成果有什么现实意义吗？”

“家俊哥，”她还是叫家俊哥，“你是问它的市场意义吧？”

“市场意义只是现实意义的一种。你要是只说它的市场意义也行。”

“生物医药就是它的市场意义。比尔·盖茨说，未来超过微软的公司会在生物医药领域。”

“这么厉害？你的研究方向是生物医药吗？”

“是的。”

“你在哪里工作？”

“中医药大学。”

“你学生命科学，和中医药有关吗？”

“中医不是科学吗？既然是科学，它就属于广义的生命科学范畴。”

家俊没想到朵朵说话如此犀利：“对对。说得对。你需要和资本合作吗？”

“当然需要。不过投资这一块风险不小，收益周期也比较长。”

“有机会你给我上上课，看能不能搞点合作。”

三嫂说："家俊，你老毛病又犯了，吃着碗里的还看着锅里的。刚拿下机械厂，还在老家投资建厂，你有钱再投资吗？"

"只要有好项目，就不缺钱。"

"对了，今天你二姐夫给我打电话，说他招不到工人，镇上净塞些老弱病残给他，找我要人。你说我在上海招人、培训人，给送到老家去上班，谁去？"

"这倒是个问题。年轻一点的都出来打工了，留下的肯定不行。三嫂，这件事恐怕还真要你帮忙。"

"我怎么帮？"

"我们可以探讨一个办法出来。要不你和我一起回去一趟，和芮总、郑挺他们商量商量。"

"行啊。大志你回不回去？"

"我可没时间。你们找工人，我要找专家。"

家俊说："三哥也一起回去玩玩吧。"

彭三旺说："我就不回去了，这边公司一大堆事，我们俩不能都走。"

兰朵劳务公司已经有两千人了，员工主要是集卡司机、技术工人、家政人员，还有一些海员。公司对他们的培训，都是与专业学校合作。三嫂实在忙不过来，又招不到好的管理人员，便生拉硬拽把三哥弄了过来。他只管行政和后勤，抛头露面的事绝对不干。

次日家俊还没安排好回去的时间，那边电话却来了，芮常胜说，当地村民到厂里闹事，发生了冲突。家俊给三嫂打个电话，立刻开车去接她，驶出上海。

他们于傍晚时分到达银湾镇，直接驶入新建的丰都水泵厂。芮常胜和郑挺在办公室等着他们。

水泵生产线迁过来后，上海那边的工人绝大多数不愿过来，再说轮毂生产线也需要人手，只好就地招人。银山通用机械厂的一百多名工人全部转移过来，却多数不适应新的生产要求，需要重新培训上岗。当初签投资协议时，开发区承诺提供充足的劳动力，副主任冯长根夸下海口说，银山县什么都缺，就是不缺劳动力。谁知他们推荐的劳动力，不是年纪大，就是身体不好，还有智障和身体残疾的。到厂里来面试，却以为是直接上班，叫他们回去等通知，便说哪天来上班你直接说就行，等什么通知。几乎没人有被工厂拒绝的心理准备。几天等不到通知，便又到厂人事部，问什么时候上班。人事说没有通知就是没有被录取，他们不干了：敢情你是骗乡下人来了。接着便三五成群地来人事部，见椅子就座，没椅子了便坐到办公桌上，拿起别人的茶杯就喝，抽烟吐痰，弄得办公室乌烟瘴气、一片狼藉，声称不安排工作就不走。到下班时间，便和员工一起离开，顺手把桌上能拿的东西都拿走：计算器、圆珠笔、纸张、台历等。有人没拿到东西，便下楼乱找，把扫帚、畚箕也带回家。门口的保安根本拦不住他们。发展到后来，有人到车间里找东西，电钻、钢锯、扳手、榔头等工具和一些短钢筋、小块钢板等好拿的材料，都拿了就走。郑挺天天训斥保卫科长，叫保安负起责任。可保安都是在附近招的，不愿意得罪乡亲们。郑挺打算报警，被芮常胜拦住，说：“我们要想在这里做下去，就不能和老乡对着干。”

一三八、 招工外包

“那你说怎么办？他们不是偷，是抢。”

“会有办法的。你看其他几家工厂不是没事吗？”

“你不懂。在我们这里这叫‘杀熟’，欺负老板是本村人，不敢对他们太无情。要是外地人反而好办。”

“那就更不能和他们闹僵了。”

“你放心，我了解他们，都是一帮怂蛋，有本事的都出去打工了。”

“那也不能来硬的。我们不能欺负弱者。”

郑挺不以为然，可芮常胜是一把手，只能听他的。背后他和彭海洋说，上海人就是胆小，怎么能管好一个厂呢？要告诉家俊，换一个本地人当一把手。

彭海洋知道郑挺自己想当一把手，但他也同意郑挺的说法，认为芮常胜太软，对付不了这些老乡，自然也不会管好一个工厂。

芮常胜的软弱果然让村民产生了错觉，认为胡家俊不会对老乡怎么样，昨天下午便有上百人冲进工厂，把车间里的切割机、钢材、氧气瓶、电焊机、电缆等，还有基建的水泥，以及很多装配好还没有入库的家用潜水泵，甚至只装一半的水泵都搬上板车，推出厂分掉。芮常胜只得同意报警。

事件很快就调查清楚，警察把三个领头的带走，多数村民把分到的东西送回来了。

家俊和三嫂到的时候，事件已经平息。下一步该怎么走，芮常胜和郑挺的意见依然相左，当着家俊和三嫂的面争起来。芮常胜认为和村民硬来是治标不治本，郑挺则认为这些人都是刁民，你退一寸他会进一尺，只能和他们针锋相对。

家俊说："二姐夫，你为什么不怕得罪他们？"

"我不怕。既然做这个厂长我就要负责。"

"我怕。"家俊说，"得罪他们我于心不忍。我们来投资是为了什么？就为了赚钱吗？那我不会回来投资，到一个没人认识我的地方投资，就不会有这些麻烦事。回来投资就是让他们有班上、有钱赚，能照顾到家中老小，让在外面打工的家人心安。"

"那你说怎么办？"

家俊问三嫂："三嫂，你看呢？"

三嫂问郑挺："来面试的人都填了表格吧？"

"填了。不识字的也叫人代填了。"

"明天你叫人事把表格都拿来。"

第二天，三嫂把人事拿过来的招工表格粗粗翻一遍，问芮常胜："你们不要女工吗？"

"女工我们招得少。"

"为什么招这么少？她们不能干吗？"

"女工难管，在能力上确实比男工差。"

三嫂对家俊说："现在的农村，留守妇女可是主力军，比那些留守的男人强太多了。我们多招些妇女，就能解决问题。"

家俊说："这倒是个好主意。不过妇女的文化素质普遍差一些，体力和见识也差，培养难度大。"

"那也比老弱病残的男人强。再说这么多女人，肯定能挑出不少素质高的，就是比那些在上海打工的男人也不差。"

家俊问芮常胜："芮总，国企一向是主张男女平等吧？"

"是啊。不过在生产中也做不到完全平等，体力活和技术活很少让女人上。"

"我们的流水线技术性高吗？"

"不高。新手经过培训就能上岗。"

"需要很强的体力吗？"

"个别位置需要。比如大型水泵。"

"力量大的女人能干得动吗？"

"应该没问题，还有起重设施辅助嘛。"

"我们招的绝大多数是流水线操作工人吧？"

"是的。"

"那你看能不能多招女工，让她们挑大梁？"

"我看可以。"

郑挺说："这些老娘们可不好管。"

三嫂说："好管还要你干什么？你要是管不好，我招一个妇女来替你管好不好？”

郑挺摸着头嘿嘿地笑。

家俊说：“三嫂，你现在赶上人力资源专家了。”

“什么专家，人家玉琴才是专家。”

“我把招工工作外包给你怎么样？”

“不怎么样。你招的操作工太简单了，没必要到专业学校培训，你们自己培训就可以，还省钱。”

“我要的是合格的员工，不是只能在一个岗位做操作工。我想让她们都经过比较完整的职业培训，无论是知识、能力还是职业精神都要合格，以后如果需要转岗，或者提拔某一个操作工，能够很快胜任新的岗位。这样员工队伍会相对稳定。如果从这方面考虑，花的钱值得。”

“还是你考虑得周到。”三嫂说，“这对员工也有利，一旦有了工作就不会轻易失去。”

家俊问芮常胜：“你看呢？”

“我同意。”

家俊又看看郑挺。郑挺说：“我也同意。”

“那就这么办。三嫂，拜托你了。”

三嫂说：“这样你的人力资源成本上升了。”

“对我们这样的民企来说，人力资源成本达到一定比例，是企业整体实力提升的标志。”

“既为村民造福，又提升企业软硬实力。家俊，三嫂要跟你好好学习。”

“三嫂，你的学习能力也不差。要知道我是大学生，比你学习轻松。”

“大学没毕业，你牛个什么？”

家俊嘿嘿笑几声，说：“我看昨天的事件还是尽量淡化，不要追究了。芮总，你去把那三个领头的保出来好不好？”

“好。”芮常胜本来就希望大事化小，自然同意。

郑挺问：“没有还回的东西也不要了？”

“他们愿意还就还，不还就算了。”

“他们要是再闹事怎么办？”

“不会了。你把他们的老婆妹子招进来，他就不会闹了。”

一三九、 流水线事故

吃过晚饭，家俊开车回到家里。冯家村和彭家村都划归开发区了，位于银湾镇的搬迁小区已经建好，村里多数人家都搬走了，家俊妈和奶奶没有搬。奶奶舍不得，说要多住几天。家俊说：“奶奶，你和妈妈搬到上海去住吧。我那里房子大。”

奶奶说：“你想把我这把老骨头扔到外面去？等我死了，把你妈接去住。”

家俊说：“奶奶，你还要活到一百五十岁呢。”

“活不到那天了。家俊，今年国庆节放假你回来，我在那几天走。”

“奶奶，你别乱说。你想走就能走啊？”

“我知道，就在那几天。”

妈妈说：“家俊，你就答应回来吧。”

“好。奶奶，我到时回来。”

家俊在家里睡一晚，第二天早上开车到原通用机械厂厂址去，那里已经是建筑工地了。冯卫国的临时办公室是原来工厂的招待所，两层小楼。一个漂亮的本地姑娘给他泡茶，他问：“你叫什么？”

姑娘长个娃娃脸，甜甜地笑着说：“我叫蒋红梅。”

家俊想起了蒋红艳，和她长得像。

“你是蒋家村的。”

“嗯。我妈是彭家村的。”

“你妈是彭家村的？叫什么？”

“彭水玲。”

“哦。你妈在上海，你怎么没去？”

“她刚去上海，我已经工作了，没必要去。”

蒋红梅走出办公室。卫国详细向家俊汇报工程进展和销售计划，说：“我们是全县最高档住宅，售价会超过一万。”

“会吗？”家俊不相信，“你不要卖不出去，资金回笼不了，还不上银行贷款。”

“你放心，我经过调研，我们县房价是周边最低的，高铁站已经在建了，房价上涨空间很大。”

“还需要我做什么？”

“不需要。你就等着数钱吧。”

“我可不数。这些年你净折腾了，好不容易成个家，又让你弄离了。现在有人了吗？”

“嘿嘿，有了。”

“我认识吗？”

“认识。”

“认识？”家俊脑子里把认识的适龄女子过了一遍，想不出来会是谁，“谁不长眼还愿意嫁给你？”

卫国点支香烟，说：“就是刚出去的这个。”

“你开什么玩笑，她才多大？你娶她妈差不多。”

“她妈比你还大十来岁，你娶呀？”

“当然人家愿意也不错，老夫少妻，你要好好珍惜，不要再折腾了。你把我这个工地折腾坏了没事，可把人家小姑娘再折腾没了，你连孩子都没有，谁给你养老？”

“你放心，我让她明年生个大胖小子。”

回到上海，第二天是星期六，家俊习惯性地到工厂上班。办公楼里没有人，他见行政部门口的书报架上有一本刚到的《计算机世界》，封面用铅笔写了肖玉亮的名字，便拿起来，往车间去。

肖玉亮和王芃正在车间加班。家俊把杂志递给肖玉亮说：“你还订了这么专业的杂志？”

肖玉亮说：“计算机发展很快，我必须时刻关注最新的行业信息，才能跟上步伐。”

王芃说：“这和我们做科研一样，不了解世界最新行业动态，就有可能把别人已经有成果的课题当新课题来研究，白费时间。”

“我哪里能和你们做科研相比。”

“论在本行业达到的高度，你不比我差。”

胡家俊说：“我同意芃芃的观点。顶级钳工就是行业的专家。”

胡家俊在车间转一会，便回办公室了。王芃走进她的实验室继续工作。白教授和家俊签的协议里，包括共同成立一个新材料实验室。白教授还为实验室申请了博士工作站，可以培养博士，具有授予博士学位的资质。在企业设博士工作站，是国内首创。轮毂材料生产和加工问题解决后，王芃在配合服务生产以外，还接着做新的研究和试验，包括制造飞机发动机叶片的试验。

肖玉亮加班是调试轮毂加工生产线，以在要求的时间内投产，他叫一个刚从兰朵劳务公司派遣来的年轻人做助手。这男孩叫沈扬，在职业学校学习两年钳工专业，有理论，也有一点实习经历，刚走上工作岗位，见什么都跃跃欲试。肖玉亮对他毛手毛脚的不放心，不断地吩咐他做事慢点，看准了再下手。肖玉亮叫沈杨把自动生产线上需要试验加工的轮毂半成品用手工固定到工位上。这条生产线从输入板材、冲压成形、工件固定、翻身到车、刨、钻、铣各道工序，全程由计算机控制、自动加工。前面几道工序昨天已经试验过了，今天试的是后面金属加工部分，所以需要手工固定轮毂。沈扬固定好轮毂后，问是不是马上试车。肖玉亮说不急，他再检查一遍。他花了半个多小时，沿生产线慢慢走一圈，没有发现异常，便叫沈扬开车。沈扬放下手里的一把小梅花扳手，按下启动按钮。生产线平稳地运行，到达固定工位，便停下来，然后该刨平的刨平、该钻孔的钻孔、该铣削的铣削、该车削的车削，各自加工好后，又往前移动，到达下一个工位再停下来，重复同样的加工，如此脉动前行。肖玉亮和方进波为设计这条生产线倾尽心力，经常通宵达旦地工作，现在看着它顺利运行，心里很欣慰。分段试验成功后，再整体试验，然后进入试运行，联调联试，才能正式使用。现在一切出乎意料地顺利，看来直到联调联试都问题不大。肖玉亮看着他精心设计的夹具固定在流水线上的轮毂，从眼前一个一个移过，突然发现一个轮毂上多一个东西，仔细一看，是一把梅花扳手，眼看这个轮毂就要进入钻床下面，他心中一惊，知道大事不妙，可他离启动开关太远，只好大喊："快停车！"

沈扬没听见他喊什么，竟从启动开关那边跑过来。肖玉亮知道来不及了，迎着沈扬把他扑倒，与此同时，那把梅花扳手已经随着轮毂在钻床下停住，钻头直往扳手钻下去。扳手被冲击得蹦出来，被冲断的钻头也蹦出来，击中肖玉亮的眉骨，他感到一阵剧痛，和沈扬一起倒在地上。

王芃听到外面的喊叫声和机器异常的冲击声，急忙跑出实验室，发现肖玉亮和沈扬倒在地上。车间里只有他俩，流水线因为情况异常而自动停下了。王芃跑过去扶肖玉亮起来，被压在下面的沈扬自己站了起来。肖玉亮眉骨上还不停地往外流血，整个脸都是血，看上去很恐怖。王芃跑回实验室取一包纸巾出来，抽出几十张纸都止不住血，又取一条新毛巾捂住伤口，对沈扬说："赶快送到厂医疗室。"

沈扬蹲下背起肖玉亮就往医疗室跑，王芃跟在后面跑。

一四〇、 都是新上海人

厂医给肖玉亮清理好伤口，雪白的骨头都露出来了，缝五针才封闭住。王芃叫沈扬回车间去，她扶肖玉亮回宿舍。肖玉亮是老员工，又是技术骨干，一个人拥有一间宿舍。王芃发现他的宿舍收拾得异常整洁，一切井井有条，清爽舒适，比女工宿舍都干净。她扶肖玉亮坐到床上，给他倒一杯开水，说："你休息一下，我去食堂给你把饭打回来。"

"我没事，可以去食堂。"

"你流了那么多血，不要乱动。"

王芃打两份饭回来，两人边吃边聊。王芃和肖玉亮都属于新材料攻关小组，天天打交道，在工作中虽然也有冲突，但王芃不生气，何况他俩一个理论知识深厚、一个实践经验丰富，互为验证，相得益彰，与攻关小组其他人相比，共识反而更多。他们聊到小时候的事，聊到当初中考时的选择。肖玉亮说，他父亲开了一辈子车床，希望他当技术工人，说只要你钻研进去，比干什么都上瘾。他中考的时候想上高中，以他的成绩可以进上海中学，他父亲硬让他改上技校。王芃问："你完全可以考上名牌大学，上技校后不后悔？"

"不后悔。我后来知道父亲说得不错，钻研技术让人上瘾。不过刚进厂的时候，我师傅不愿意带我。"

"为什么？"

"他的大徒弟，就是我的大师兄，在'文革'的时候背叛了他，把他平时无意中说的话报告给造反派，他因此被打成反革命，还坐了一年牢。他出来后就发誓再也不教徒弟了。"

"那他为什么答应带你了？"

"我爸和他是老朋友了，关系特别好。我爸是八级车工，他是八级钳工，都是全厂最好的技术骨干。我爸求他，他才答应。”

王芃说到，从小父亲就把她用过的课本和穿旧的衣服捐给农村贫困家庭的孩子，还动员她把过年的压岁钱和平时的零用钱拿出来捐助贫困学生。她从小学五年级开始，就和被资助的孩子通信，一直保持至今，只是现在通电话代替了通信。她说：“我爸让我懂得，悲悯心比什么都重要。做人做到最高境界，他就具有菩萨情怀。”

肖玉亮说：“你家条件好，从小就能做公益，我想所谓女孩要富养，说的就是这个。”

“不是。做公益不在有没有钱，悲悯心也不是同情心。你去做一个志愿者，或者平等地对待一个乞丐、体谅地安慰一个犯错误的孩子、给陌生人一个和善的微笑，都是做公益。”

“这么说，我也在做公益。”

“是吗？”

“说起来也可怜。后来我师兄的儿子长期卧病，老婆下岗，孙女儿长到八岁没穿过新衣服。我怎么说也是师弟，看不过去，每个月发工资就给他家送点钱，给女孩买衣服、买吃的。”

“你这样做多久了？”

“从他孙女 8 岁开始，现在上初中了。”

“想不到在上海还有这么穷的人家。不过你这样做，家里人不反对？”

“我没结婚，谁管我？爸妈早就管不着我了。”

吃完饭，王芃把餐具清洗干净，坐下来继续聊天，可又接不上前面话题了。沉默一会，她问：“玉亮，你怎么还不结婚？”

“没有合适的。”

“是你要求太高了吧？”

“不高，只要看着顺眼就行。”

“还不高？你能看顺眼的女孩恐怕还没有吧？”

“是还没有。”

“你看我也不顺眼吗？”

肖玉亮抬眼看看她：“你是专家，我要仰视你，无所谓顺眼还是不顺眼。”

第二天肖玉亮没有休息，到车间检查昨天出事的设备，认为没有问题，便继续试运行生产线。一个月后，轮毂生产线投产，预计半年后即可盈利。接着就要运作上市问题了，可要达到上市条件，必须连续三年盈利，就是说最快也要三年半以后才能上市。与之相比，泵业公司或许还能更快上市，如果独立核算，它已经盈利两年多了，但是它的改制工作还没有完成，需要增资扩股，有大资金投入以扩大产能，可是苏晴对它不感兴趣，多数投资公司都不感兴趣。

家俊给钱均发打电话：“钱董，周六中午有空吗？好久没聚了，我们聚一下？”

“可以呀。能带夫人吗？”

“当然可以。你夫人我还没见过呢。我也带夫人，两家人小聚一下。”

家俊心想，只要他是真的看好丰都水泵，就算说服不了晴天投资的股东，他也会有其他融资渠道。

周六中午，家俊和井儿提前到天徽大酒店订好的房间，点好菜，钱均发和夫人进来了。钱均发正要介绍，家俊却惊喜地和他夫人握手了：“陈董，好久不见了。”

钱均发有些诧异：“你们认识？”

原来钱夫人是同德装饰公司董事长陈雨虹，家俊的第一个工程就是她给的，可以说是家俊的恩人。

陈董说：“我不知道老钱常说的小伙伴就是你。看来我们俩的眼光差不多，都看好你。”

陈雨虹向钱均发和井儿介绍了当初给家俊项目的事，说：“我不是有意不给钱，是忘记了，下面工程经理只管叫你干活，不管发工资的事。后来我有一次审批工资时发现没有你，问过会计才知道你几个月没拿工资。你也不找我问一下。我就想，这小伙子做事踏实，就是太老实，得帮他一把。也是临时起意，就顺手把你做预算的工程交给你了。”

钱均发问夫人：“你就不怕他太老实，做不好工程吗？”

“他老实，但不笨。他做的预算我很欣赏，既为我考虑，也为客户考虑。我们做生意什么人没见过，聪明人太多，就是聪明又老实的人稀少。我相信他不会让我失望。”

老夫妻俩夸得家俊不好意思，便催服务员上菜，说：“两位董事长，今天不喝你们家乡的酒，也不喝我们家乡的酒，就喝上海酒，怎么样？”

钱均发指着他手里的酒瓶说：“刚刚还夸你老实，就和我耍心眼。别以为我不知道，上海只产一种白酒，被你的安徽老乡收购了。说是上海酒，也有一半算安徽的吧？”

家俊一边倒酒一边笑着说：“我们都是新上海人。”

一四一、不拘一格

两个家庭聚会，气氛很轻松。聊到丰都泵业，钱均发说：“还是让晴天投吧。”

“我担心你说服不了董事。”

陈雨虹说：“这项目不错呀。你不投我投。”

“你就别捣乱了。”钱均发说，“我不能和晴天抢业务。”

“晴天要是不投呢？”

“会投的。”钱均发轻描淡写地说，“家俊，现在晴天看好一个德国的制药企业，希望和你合作。”

“怎么合作？收购它？”

“收购它。这是欧洲老牌企业，体量不小。”

“为什么你们不自己收购？”

“我们只投资，不经营，需要一个实体出面收购。”

“我自己还缺钱呢，哪能收购这么大一个外企？这不是蛇吞象吗？”

“钱不是问题。这类西方老牌企业也不是你想象的那么大、那么强。经过这次金融风暴，西方世界相当一些大企业都在衰落，有的甚至难以为继，这是百年难遇的机会。”

“我不懂制药，收购这个公司有多大利益？”

“我们的目标，是以远低于它有形资产的价格买下来，它的无形资产还远大于有形资产，等于白送。”

“有哪些无形资产？品牌价值吗？评估过没有？”

“品牌价值只是其中之一。它所拥有的药品加工技术和专利等知识产权，以及研发团队才是大头。老产品可以继续热卖，它的新药专利储备也很可观。”

“这么好的企业，它为什么卖掉？”

“陈年痼疾、效率低下、尾大不掉，是这类名企的通病。其实和国内以前的很多国企差不多，不改革必然死，改革死得更快。趁现在还有口气，出售是不错的选择。”

“我明白了，真是好机会。可我这边没有懂医药的人。”

“没人就找呀。人才多的是，只要你有钱。”

“可我还是没钱。”

“你看，又说回去了。有人、有项目就有钱。”

“我明白了。说白了就是空手套白狼。”

“别说这么难听。这是一个闭环，看似无从下手，其实你只要抓住一个环节，比如人、项目、钱三者有一个，就能有其他两个。对你来说可能是空手套白狼，可晴天这边是真金白银投给你的。”

“对对。你让我考虑考虑吧。”

“快做决定。现在是合作的时代，不懂合作的企业离关门就不远了。”

家俊问陈雨虹：“陈董，您怎么不参与进来？”

“我和他从来都是各做各的，互不干涉。”

“那您最近做什么？不会一直只做装修吧？”

“当然不会。我还有外贸公司、服装厂。现在老了，打算让女儿接班，我就做做公益。”

家俊和井儿送走钱均发夫妻，准备离开酒店，在大堂遇到了刘伟强。刘伟强拉住家俊和井儿，一起在大堂沙发坐下，说：“我正有事找你。”

家俊问：“是徽州文化园的事？”

“你怎么知道？”

“我们开董事会经常见面，工作的事你不会在这里说，只能是徽州文化园了。”

“就是这件事。我想把它卖掉。”

“为什么？你缺钱了？”

“不是缺钱。那里已经空置十几年，我的兴趣已经消耗殆尽，不想玩了。”

“卖掉太可惜。要不是全球金融风暴，那里都重新开园有十年了。”

“当初看到你的整改方案，我激动得热血沸腾，恨不得马上动工，可是这一耽搁，我冷静下来，觉得自己太不务正业了。还是卖掉好，免得心里总惦记它。其实我明白，人一生只能做一件事，就是没有抵住它的诱惑。”

“我要是有钱，就买下来。”

“我就是希望你买。没钱不要紧，以后再给。”

“可我也应该只做一件事呀。”

“这个一件事是个大概念。对你来说，无论是‘流行线’还是创意园区，和徽州文化园一样，都属于创意产业，就是一件事嘛。”

“这个诱惑太大了。我要好好想想。我的创意园区和‘流行线’都是租的场地，我太想有一个完全属于自己的核心园区了。”

“所以说只要你买，我必须卖。”

告别刘伟强，家俊问井儿：“你怎么看？”

井儿说：“我知道你无法抵抗住这个诱惑。可是现在到处缺钱。钛合金公司只能自保，还有可能需要二轮融资。水泵就算融到资了，也不能用到别处去。你拿什么投入？”

“资本运作嘛。我不打算以公司来运作，我想个人来做这件事。”

“你是怕董事会通不过？”

“不是怕，是肯定通不过。”

周一早晨，家俊就接到苏晴的电话：“家俊，你带我到银山县走一趟吧。”

“怎么，你愿意投丰都泵业了？”

“我没说过不愿意啊。你总是以小人之心度人。”

“行。我陪你去一趟。”

丰都泵业已经满负荷投入生产。新产品家用小型潜水泵也改在流水线上生产，产量大幅提升，已经成为销售最好的一个型号。不过这种小型泵的利润空间不大，这也是以前公司没有生产它的原因之一。在装配车间，苏晴看着运转的流水线和忙碌的操作工人，奇怪地问：“怎么都是女工？”

家俊说：“农村劳动力只剩下妇女了，我不招她们招谁？”

“她们行吗？”

“亏你是个女性，潜意识里还是看不起妇女。她们怎么不行了？厉害着呢。”

“我这只是惯性思维。毕竟除了玩具厂和服装厂这些轻工业，几乎所有的机械类工厂都以男性为主。”

家俊指着远处正走过来的一个妇女说：“她是装配车间主任，彭大群的儿媳妇，叫李存梅，还是三个孩子的妈，比我们上海那边的车间主任都强。”

“她来上班，孩子谁带？”

“大的上学了，小的婆婆和她爸妈带。她们只是不能出远门打工，在家门口工作非常合适。”

李存梅走过来：“胡董事长来了。这位是？”

“这是苏董，投资公司老板。”

李存梅热情地握住苏晴的手：“欢迎苏董。对我们厂满意吗？你要是投了我们公司，肯定能上市。”

苏晴意外地问：“你也知道这些？”

“知道。你不要小看我们留守妇女。她们最差的也在技校学了半年，每个人能适应好几个岗位。”

家俊说：“李主任是自学考试大专毕业，很厉害的。”

“家俊，就冲你不拘一格的创新精神，我也愿意投这一块。”

一四二、有困难找商会

下班时间到了，所有机器都停了下来，车间里立刻充满了女人叽叽喳喳的吵闹声。家俊习惯了大空间的车间里机器停下来的寂静，偶有人声也压不住寂静，可这里女工的世界颠覆了他的认知。她们打扫好工位、收拾好工具，便拎着式样不同的包三三两两往外走。苏晴问：“她们上班带那么大个包干什么？”

李存梅说：“里面装的内衣和外衣。她们先去澡堂洗澡，然后穿得漂漂亮亮地去食堂或者回家吃饭。”

苏晴说：“哪里的女人都一样，下班回家那点路上也要臭美一番。”

家俊说：“这个厂还有与众不同的地方，就是澡堂和厕所都是女的比男的地方大。”

郑挺从车间门口走进来说：“胡董、苏董，我们吃饭去吧。”

苏晴说：“家俊，我要到你家看望老太太。”

郑挺说：“我们这里的风俗，看望老人要上午去。”

“还有这个风俗？我还想吃家俊妈做的山粉圆子呢。”

家俊说：“现在去也来不及做了。我打电话回去，叫我妈明天中午做。”

在回上海的路上，家俊接到三嫂的电话，说找他有事，要见面说。家俊说：“看来不是小事。你明天过来谈吧。”

次日上午，三嫂和女儿朵朵走进家俊办公室。家俊看看朵朵：“是朵朵有事？”

“家俊哥，我要离开学校了。”

“辞职了？为什么？”

“和领导翻脸了。”

“你怎么得罪领导了？”

“理念不同，科研路径不同，无法调和，我只有离开。”

“真是年轻气盛，一言不合就走，叫人家怎么领导你。”

“所以我不让他领导了。”

“你打算怎么办？”

“我有几个专利，还有新的研究成果，投入市场会很快见效。家俊哥，你能不能牵头成立一个生物医药研究中心，我主持，保证让你赚大钱。”

“还有这么好的事？可我不懂你这行。一个机械厂，做轮毂水泵的，成立一个生物医药研究中心，两者也不搭呀。”

“研究中心是独立的，跟工厂无关，成果可以卖给各大制药企业，要是利润大也可以自己办厂。”

“我想起一件事，对你有帮助。”

“什么事？”

“晴天投资打算投一笔资金给我，让我并购一家德国老牌医药企业，这样你的研究中心不就有着落了？”

“这种并购要特别当心有陷阱。我帮你和他们谈判吧。”

“我还没答应晴天呢。”

“为什么不答应？”

“我什么都不懂怎么谈判？当时没想到你。”

“现在你可以答应了。”

“嗯。你做首席谈判代表。如果收购成功了，这一摊就交给你，反正我不懂。”

家俊牵头成立了新安生物医药研究中心，并注册了上海新安实业有限公司，作为并购主体。公司和研究中心地址就设在原徽州文化园里一栋徽派建筑里，彭朵朵任主任，与晴天投资沟通和并购海外资产谈判事宜由她全权负责。

家俊仔细研究了苏晴送过来的资料，坎博公司是德国一家上市公司，创始于 1867 年，业务主要在欧美，近几年才进入亚洲市场，但还没有进入中国。由于其在全球市场从欧洲向亚洲转移的进程中失去先机，加之由技术向市场转换中决策失误，导致连年亏损，销售收入从四年前的 20 亿欧元下滑到去年的 13 亿欧元。坎博公司的大股东 DK 公司是一家以生产轴承为主的工业集团，坎博公司属于其非核心业务，所以 DK 公司考虑出让其持有的坎博公司股权。家俊叫彭朵朵率领团队先去德国洽谈。

在家俊的构想中，把徽州文化园买下来后，还要设立一个中医药研究中心，创建一个中药交易中心，并在安徽省选一个合适的地方做中药种植生产基地，这样，文化园就改成“新安中医药产业园”了。目前他面临的问题是如何把徽州文化园买下来。这是又一次不留后路的冒险，但他认为是最值得做的一次冒险，即便轮毂和水泵两个公司都上市了，再加上“流行线”和邻村文化两个公司，在他心中都没有“新安中医药产业园”重要。可是钱从哪里来？除了买土地和这些徽派建筑的资金，还需要筹足两个研究中心、中药交易中心和中药种植基地的资金，总投资至少需要10亿元，初期投入也要5亿元才行。目前，只有新安生物医药研究中心不缺资金，除了晴天投资的资金，大家都看好生物医药这一块，几乎所有熟人都愿意认股，三嫂也拿出500万认股。此外其他项目都只存在于方案中，风投不会感兴趣。家俊的几个公司都像是才长到三四十公斤的小猪，未来不可限量，眼下却不能抽血。他又一次想到钱均发说过，这个世界不缺钱，只缺好项目。“新安中医药产业园”这么好的项目，该从哪里弄钱呢？

家俊在机械厂自己的办公室里，再一次翻看已经修改完成的“新安中医药产业园”策划方案，肖莉敲门进来，挺着肚子小心地坐到办公桌对面：“胡董，你的‘新安中医药产业园’股东算我一个。”

“你？丁大明同意吗？”

“不需要他同意。”

“你俩是夫妻，他不同意不好吧。”

“我用自己的钱，跟他有什么关系。”

“用你自己的钱也该和他商量一下。”

“商量什么，也许不等你的‘新安中医药产业园’开业，我们就不是夫妻了。”

“这么严重？我想问你一件事，不知你是否介意。”

“不介意。你不就是想问这孩子是谁的吗。实话告诉你，在认识丁大明以后我就没有过其他男人。”

“那你和大明说清楚不就行了，怎么弄到这地步？”

“说了他也不信。你们男人都这样。”

“这话打击面太大了吧？起码我相信你。”

“你真相信？”

“真相信。我了解你的性格，如果孩子是别人的，你不会不承认。”

“还是你了解我。按说大明应该更了解我。”

“他是当局者迷。你把孩子生下来，做一个亲子鉴定不就得了？”

“哼！他要真我和离婚，我不会去做亲子鉴定，他不配做父亲。”

“这又何必呢。不过你为什么要投这个项目？”

肖莉指指自己的肚子：“就因为这个。”

“什么意思？”

“我怀上这个孩子，就是中医给看好的。说起来很是神奇，所以难怪大明不信。”

“你说说有多神奇。”

肖莉把吴南起为她治痛经到治不育症说一遍，说吴南起认为她的痛经和不育有一定的关系。家俊对吴南起产生了兴趣：“你说他是新安医学的传人？”

“是啊。”

“能不能让我和他见一面？”

“没问题啊。你见他干什么？”

“我的项目叫什么名称？”

“新安中医药产业园啊。噢，对了，你要是把他请来坐诊，再好不过了。”

“我会在园中留一块区域，引进中医诊所、按摩、养生等，但是吴南起不一定要坐诊。”

“那你要他做什么？”

“我要成立一个中医药研究中心，请他来做副主任。”

“为什么不做主任？”

“主任已经有人了，上海中医学院的彭水玲教授。”

“吴南起回安徽了，我打电话请他来一下。”

“你不怕大明生气？”

“这是正事，谁管他那小心眼。”

“好。这件事就这样定下来。不过，你我才两个股东，资金还差远着呢。”

“需要多少？”

“五到十个亿。”

“我有一个想法。”

“你说。”

“咱俩不是都参加商会了吗，可以找商会想办法。”

“这倒是个办法。不过我虽然是副会长，却很少参加商会活动，现在有事了就找上门，有些不好意思。”

“有什么不好意思？商会就是做这事的。再说事情成了对商会也有好处。”

一四三、控股权之争

胡家俊和肖莉到上海安徽商会秘书处，一位汪姓副秘书长接待他们。汪副秘书长在笔记本上记下他们的想法，说这事他做不了主，要向会长汇报，请他们回去等消息。胡家俊问：“我能和会长当面谈吗？”

“当然没问题了。会长的电话大家都有，你是副会长，可以直接联系他。不过他现在出国考察，不在上海。”

“那就算了。我还是等你的消息吧。”

一周后，胡家俊接到汪副秘书长电话，说会长表示支持他的项目，不过商会没有实体，只能介绍几家有实力的企业与他洽谈。汪副秘书长给的名单中几位老板家俊都见过面，都是商会常务副会长，也有电话，只是不熟悉。他挨个登门拜访，却一个都没谈成。这几个老板的想法一样，投资可以，但要求控股。家俊既然苦心孤诣地经营这个项目，自然不愿意把控股权让出。

“这样合作不行。”家俊对肖莉说，“只介绍几家企业和我洽谈，根本体现不出商会的优势。商会应该联合有实力的会员企业，共同做一些有潜力的项目，这样才有号召力。虽然没有实体，但可以注册一个公司，不是难事。”

肖莉说：“就算商会能按你的想法合作，如果也要控股呢？”

“不会吧。商会只是整合资源，为会员创造商机，为会员服务，有钱赚就行，而且这钱还得用在商会事务上，不是像私人资本那样总要利益最大化。”

“你有想法，你去竞选会长吧。商会有七八年没有换届了。”

“我当会长？不行不行。我实力不够，影响力也不够。再说我自己的事还忙不过来呢。”

“看来商会这条路走不通了。还能有什么办法？”

“说到控股倒提醒我了，以我现在的资金量，无法做到控股，所以要先解决自有资金，再寻求合作才是正道。”

“你怎么解决？”

“我把其他公司的股份卖掉。”

“那多可惜啊！你别卖，把股份拿出去抵押嘛。”

“公司还没有上市，到银行肯定很难贷到款，要抵押也只能从民间借贷。”

“那也比你卖掉好。”

胡家俊抵押股份贷款的想法，先在钛铝轮毂公司董事会透露出来，刘伟强说：“你资金紧张，我的土地和房产就算入股吧。”

家俊说：“那是你的股份。我要解决我的股份问题，而且要绝对控股。”

苏晴说：“轮毂和水泵两家的股份你不能抵押，我是冲你个人投的，你把股份一抵押，万一资金投到新安中医药产业园那边一时收不回来，就增加了我的投资风险。”

家俊说："那我剩下的两个公司全卖了也不够。"

苏晴说："我给你推荐一个人，或许能帮到你。"

"谁？"

"马鸣，晴天公司的董事。他现在回安徽继承老爷子的资产，在国内外又有矿又有酒庄酒厂，有这个实力。"

马鸣在安徽的酒厂近日正开发一款滋补养身的药酒，听苏晴在电话里介绍新安中医药产业园的情况，非常感兴趣。他认为如果有新安中医药产业园或中医研究中心作背景，他的药酒一定会畅销。为此他专程来一趟上海。胡家俊没想到，马鸣投资的条件也是要控股。

"这是安徽人的通病。"和马鸣分手后，家俊对苏晴说，"都想做老大，没有合作精神。"

苏晴说："你不也是一样吗，为什么就不能舍弃控股权呢？"

"我和他们不一样。他们是想利益最大化，我是把中医药产业园看作这辈子最后的事业。"

"别往自己脸上贴金了。哪个成功的企业家不是干事业？如果他只是想赚钱，不会坚持这么久。"

这话说得家俊无法反驳，沉默好一会才说："也是，合作不成就指责别人，是我不对。可是不让我抵押两个公司的股份，你也不对。"

"谁说不让你抵押？你把我的投资还了，随便你抵押还是卖。"

"我抵押给你行不行？"

"我只做风投，不贷款。"

"那我卖给你。"

"做风投一般不控股，而且很少长期持股。你要是等我赚到钱退出了再卖不迟。"

"到那时黄花菜都凉了。"

"我再给你提个建议。"

“你说。”

“两个公司抵押给马鸣，但是有一个条件，万一你真的还不上钱，公司是马鸣的了，你必须还继续担任董事长。”

“马鸣愿意吗？”

“我来做他的工作。”

苏晴找马鸣商量，马鸣只愿意买股份，却不愿意借钱。这两个公司眼看都上市了，他看了眼红，宁愿卖矿山和酒厂，也想得到它们，并且控股。苏晴却不愿意。她让双方承诺胡家俊在失去股权后还继续任董事长，只是一种保险，而不希望眼下就出现这种局面。

家俊的资金无法解决，“新安中医药产业园”就无法落地，甚至会胎死腹中。

一四四、并购坎博公司

家俊下班回到家里，井儿也刚回来。保姆把菜端上桌，井儿从房间里拧着儿子胡天的耳朵出来，气恼地说：“整天胡天胡地打游戏，你爸怎么起了这么个名字。”

胡天已经五岁多，上幼儿园大班，长得五官像井儿、脑袋像家俊，俊俏而不失男孩相。他的性格不像老子也不像娘，除了玩游戏就没有安静的时候。玩游戏也不时地弄出动静来，不是大喊大叫，就是拍桌子跺脚。家俊一度怀疑他有多动症，井儿说：“别胡说，男孩子调皮好动很正常。”

井儿把胡天按到餐桌边，令他吃饭时不要说话、不要乱动。胡天吃几口饭，忍不住说：“爸爸，我们班小朋友玩的游戏都比我的高级。”

“住嘴！”井儿厉声喝道，“再说话连低级游戏都不给玩。”

胡天低头吃饭，双脚乱踢，踢得桌腿响，井儿又说：“不许踢腿！”

家俊一般不管孩子，也不干涉井儿管教孩子。好不容易等胡天吃完饭，再看一会动画片，便让保姆带他睡觉去。洗完澡走进卧室，家俊说：“井儿，你说心里话，愿不愿意我投新安中医药产业园？”

“不愿意。”井儿坐在床上看书，抬头看着家俊说，“我不是个有大志向的人，对现在的生活很满足，不希望受到冲击。”

“就算投资失败，也不至于影响到生活。”

“工作也是生活，影响到工作就是影响生活。如果失败了，你的几个公司都会失去，你还算是壮年，就这样养老了？”

“我还可以重新创业嘛。”

“创业有那么容易吗？现在不是三十年前，无论是社会环境还是知识结构，你都不适合重新创业了。”

“这么说你反对了？”

“你做什么决定我都不会反对。我就是很担心，比以前你做任何冒险的事都要担心。”

“你这样担心会影响我状态的。”

“担心归担心，我会一如既往地帮你。就算最终影响到生活了，我也会陪你扛下来。”

“既然你反对，为什么还帮我？”

“因为你想做这件事。”

家俊抱住井儿亲一口，说：“可是资金还没有着落。”

井儿说：“坚持住。我相信你会有办法。”

“唉！男人都会为自己的女人说这句话而无法后退的。”

家俊放在床头柜上的手机响了，是彭朵朵从德国打来的：“胡董，我和DK公司高层谈了几次，也见了一次董事长，看来他们急于出售所持坎博公司的所有股份，董事长嫌我职位低了，希望和您见面，用他的话说，要‘像快刀切奶油’一样解决问题。”

“你的意思是我马上飞过去？”

“是啊。”

“可是我办签证恐怕也要半个月时间吧？”

“这个我预计到了，对方说您什么时候来都和您谈。”

“我明天就办签证。你在德国等我过去，继续和对方高层谈，趁机多了解一些情况。我到的时候，你要提供给我一份最多三页纸的谈判要点。”

放下手机，家俊说：“看来新安中医药产业园项目要先放一放了。”

“你要到德国去？”

“是的。对方董事长指名要见我。”

“这么快就要见你，看来是有希望了？”

“应该是吧。反正看这意思是要加快节奏，不管成不成，很快会见分晓。”

家俊没想到，事情发展并非他想的那样，这一趟根本就没谈到核心问题。他回来以后，不到一个月又带着彭朵朵飞到德国，虽有进展，却还是没有签约。四个月里他飞了五趟，把所有能谈的问题都谈透。最后剩下一些技术性问题，让朵朵留在德国继续交涉。

家俊腾出手来，精心修改新安中医药产业园的策划方案，考虑如何解决资金问题，却依然无解。这天早上他刚进办公室，苏晴就来了，径直靠到沙发上，跷起二郎腿。

“家俊，跨国收购成功在望，第一功臣应该是我吧？”

“是你吗？我还以为是彭朵朵呢。”

“我不提供机会，谁认识彭朵朵？”

“是你又怎么样？真正的考验在后面呢。”

“我就是和你商量这件事的。你打算让谁去负责这个项目？彭朵朵吗？”

“彭朵朵主要负责技术，CEO 你有合适的人吗？”

“有一个人选，不是最合适，但是他可以为你带来一系列的良好反应，甚至连新安中医药产业园的资金都能解决。”

“这么神奇？是谁？”

“马鸣。”

“我看不出来他有多神奇。”

“他虽然不是最合适的CEO人选，可也差不了太多。他懂英语和德语，学的是经济学，了解欧洲的社会和文化，而且他还可以入股参与收购坎博公司。我相信他对此比对水泵公司和轮毂公司以及新安中医药产业园都更感兴趣。”

“你的意思是作为同意他入股坎博公司的条件，让他借款给我投入新安中医药产业园？”

“对。”

“这是个好主意。你能肯定他对坎博公司兴趣很大？”

“这一点我和他交流过，已经证实他非常有兴趣。只是作为交换条件我没和他谈。你和他接触过，你觉得他会不会同意？”

“除了控股权问题，我和他的分歧并不大。如果加上这么大一个砝码，我想他没理由不同意。不过我不打算让他做CEO。”

“为什么？”

“你不是说了吗，他不是最合适的。”

“那也是相对合适，除非你能找到更合适的。”

“我已经找到了。”

“谁？”

“坎博公司现任CEO。”

“他把公司都弄没有了，你还让他干？”

“坎博公司犯的错误是战略上的，在他上任以前就已经决定了，不应该让他承担后果。我去了德国五次，又叫彭朵朵做了详细调查，认为现任CEO还是有能力的，也是称职的。”

“你放心吗？”

“我只能放心。而且我不打算对坎博公司管理层大换血，要把他们全部留下来。”

“你这样做太冒险了。”

“不。我这样做是相对最为保险的。”

“我先不和你争论这个。你不让马鸣做CEO，我给你出这么好的主意岂不可惜了？”

“你的主意还可以用啊。我想让马鸣做执行董事，带一名销售管理人员进驻坎博公司，参与公司领导，基本维持原管理团队，保证骨干的稳定。虽然他不是CEO，可是责任重大。”

一四五、 平移老大洋房

家俊这一决定，是基于对坎博公司和德国社会文化的深入研究而做出的。他很清楚，虽然新安实业即将完成收购坎博公司的全部法律手续，但要让坎博公司复苏还有更多工作要做，因此，这时还不能说收购完全成功。

中德之间除了文化差异，两国公司的生产技术、管理水平等也有巨大差异。技术领先、管理先进、经济发达的德国人自以为高人一等，发展中国家在他们的眼里不值一提。中国人作为股东老板要领导他们，不是件容易的事。况且，新安实业收购坎博公司与其他的跨国收购有所不同，复兴坎博品牌、维持坎博的研发能力是应有之义。因此，家俊预感到前面还充满荆棘。

坎博公司管理层最担心的，就是新安实业会像其他中国企业一样，收购只是冲着企业的技术和品牌去，这两者到手以后，就直接把企业破产了事，而不是真心地把企业经营下去。

此外，坎博的员工也有一定的傲慢心理存在。在他们看来，新安实业是个新公司，无论是对医药行业还是大型企业管理都缺少经验，能不能管理经营好坎博公司值得怀疑。

马鸣果然如苏晴所料，对坎博公司展现出巨大的热情，一定要入股并参与管理。他接手父亲的产业后，觉得其要么是落后的传统产业、要么是粗糙的矿产业务。他家在澳洲的矿产主要是煤矿，只有一家小型铁矿，其品质均不如人意，虽然赚钱，前景并不看好。他一心想把父亲的产业全部卖掉，转而投资更好的项目。他和胡家俊很快达成协议：入股新安实业和新安中医药产业园，家俊以所持水泵公司、轮毂公司和“流行线”、邻村公司股份抵押给马鸣获得所需资金。

资金问题解决了，家俊对新安中医药产业园就不担心了。目前最不放心的还是坎博公司的收购与改造。他把对“徽州文化园”的整改和新安中医药产业园筹备开业工作交给井儿，便和马鸣飞到德国，与 DK 公司签下收购协议。接着，他与坎博公司的管理层多次沟通，还逐个和中层管理人员谈话。初步稳定人心后，他让马鸣、彭朵朵继续接收坎博公司，并完成所有法律手续，便回国了。

井儿主持修改后的新安中医药产业园整改方案受到各方面的高度称赞。方案定于 10 月 20 日举办开园仪式，包含三项内容：一是“新安中医药产业园”暨新安生物医药研究中心、新安中医药研究中心挂牌仪式；二是胡雪岩纪念馆开馆仪式；三是举办第一届“新徽商论坛”。

现在是 8 月中旬，“新安中医药产业园”整改的工程不小，时间很紧张。家俊想这个工程给别人怕完不成，只有交给彭大志才有把握。彭大志接到他电话，却想推辞：“家俊，你知道我刚拿下一个老洋房的平移工程，抽不出人手来呀。”

“这个工程给别人我不放心，你克服困难帮我一下吧。”

“好吧。我再从洋山港调一些人过来。”

彭大志拿下的是浦东江海北关老大洋房的平移工程。老大洋房是英国人设计的，有一百多年历史，国家文物保护建筑，轨道交通 14 号线正好穿越这座洋房，唯一的办法就是把洋房平移走，为14号线让路。可是，一百多年的风雨使这座老洋房已经很脆弱了，能不能经受住这番折腾？

彭大志几经周折，找了一个多月，才联系上一位参加过上海音乐厅平移工程的专家。他找到专家，是一位戴眼镜、面孔白皙的年轻人，三十多岁，叫苏元。两人交换了名片。他把情况说一遍，苏元没有答应，慢腾腾地靠在椅背上，扶扶眼镜，说："彭总，我太忙了，抽不出时间来。"

"苏教授，这个项目也是国家文物保护建筑，我不能随便动它，只能找你帮忙了。你可以周末和晚上来帮我，我们全体陪你加班。"

"真的抽不出时间。周末我经常要到全国各地讲课，晚上时间太短，恐怕做不出什么事情。"

"求求你了。你不帮我，再也找不到别人了。"

"对不起，真的不行。"苏元文质彬彬的，话却说得不容置疑，让人如撞到一堵墙。他几次端起茶杯喝茶，彭大志看出来这是送客的意思。

彭大志无奈，却又不甘心这样就走。他看着手里的名片，觉得苏元这个名字好像听说过。这个行业是冷门，他就是搞建筑的也应该没有听说过这个名字，那是在哪里听过？他姓苏，跟苏启昌有没有关系？彭大志尝试着问："苏教授，我冒昧地问一声，你认识苏启昌吗？"

苏元没有马上回答，反问道："你认识苏启昌？"

"他是我公司的股东之一。"

"哦。"苏元停顿一下，"他是我爸。"

彭大志大喜："那可太好了。你看，我们不是外人，这个忙你要帮吧？"

苏元轻轻摇头，略微有点苦笑："我要是不答应，我爸会不会亲自来找我？"

"你看呢。"大志笑吟吟地看着他。

"看来我只能答应了。要是我爸来可不是好事。"

苏元周末到现场考察，和彭大志、宣子清反复探讨研究，制定出详细的平移方案。他把方案交给彭大志，反复强调，叫工人们小心谨慎地严格按照要求施工，有问题随时打电话问他。工人们花两个月时间，中间苏元五次来到现场指导，终于把老大洋房整体顶起来，平移的轨道也按标准铺好。预定平移的那天，苏元一早就来到现场，对彭大志说："我再仔细检查一遍。"苏元绕着老大洋房上上下下细细地观察，走一圈下来，花了一个多小时。彭大志看出来，他心里很紧张，表面上是故作镇静，便对宣子清说："难怪他当初不答应我，你看他压力不小。"

"那是。"宣子清说，"万一失败了，他名誉受损事小，这幢建筑受损可不是小事。"

苏元终于下定决心，过来对彭大志说："开始吧。"

这些天在彭大志的要求下，工人都经过严格培训，所有操作要领都烂熟于心，反复演练了无数遍，已经驾轻就熟。平移的过程云淡风轻，老大洋房静静地移动 34.7 米，在新的地基上稳稳站住。

这一工程成为继上海音乐厅后，上海市又一文物保护建筑整体平移成功案例，徽远建设公司也成为上海滩上有能力解决建设工程疑难杂症的少数公司之一。

与此同时，"新安中医药产业园"项目已经开工快一个月了，只是进度慢些。老大洋房那边还在收尾，彭大志就把大部分人调到"新安中医药产业园"工地上，加紧施工。家俊要求他尽量在 10 月 10 日前竣工，10 月 20 日举办开业仪式，10 天筹备时间已经很紧张了。

国庆假期到了，家俊正好闲下来，便和井儿带着儿子回老家去。奶奶和妈妈还住在冯家庄老房子里。老人的身体一如既往地好，说话清晰有力。家俊每餐饭都陪奶奶喝二两。

10 月 5 日清晨，一向起早的奶奶没有起床。家俊妈推开奶奶房间门，见奶奶躺在床上，已经平静地离开了。

奶奶活了 105 岁，做的是白喜事。按照风俗，家俊买整整一货车瓷碗，以送给前来吊唁的人。货车还没进村，上面的碗已经被沿途村民抢光了。这也是当地风俗，抢到碗的人及其家人都会长寿。家俊只得又买了一车碗。

办完奶奶的后事，两个姐姐和姐夫都希望妈妈住到他们家，家俊没有听他们的，执意带妈妈回到上海。

一四六、 减薪与否

家俊到机械厂的办公室上班，在电脑上看“新安中医药产业园”进度报告，看到有一封邮件提醒。他点开邮件，是马鸣转发过来的坎博公司工会给董事长的一封信。信中除了表达工会将带领德国员工继续努力做好各项工作的意愿外，还提出，为了帮助公司解决流动资金紧张的状况，德国员工主动削减百分之十五的工资，等公司正常生产并产生利润后，再补发给员工。但有一个前提条件，就是不能削减公司的员工……

家俊对着电脑沉思良久。觉得此事非同小可。他立刻草拟了一份回信发给马鸣，让他和彭朵朵看看，如果没有意见，就发给工会主席。信中婉言拒绝了工会的提议，并表示他要到德国去当面沟通。

家俊飞到德国，先和马鸣和彭朵朵交流看法，没想到他俩都反对家俊回信中的做法。马鸣和彭朵朵认为，德国的人力成本非常高，一个德国人的工资相当于东欧国家五个人的工资，尤其是坎博公司有一支较庞大的销售队伍，使销售费用占了企业三项费用的40%。因此，工会主席提出的临时减薪百分之十五，是一种障眼法，他们没有什么损失，而保住饭碗才是他们真正的目的。马鸣认为，减薪百分之十五可以接受，但不是临时的，而是永久的。如果有人因此而离开正好，减员是必须的。他计算过，至少要裁减150人，薪资支出和销售费用才能趋于合理。

家俊说：“正因为必须要减员，才不能答应工会的要求。”

“为什么？”

“你计算过裁减以后员工的工作能动性和效率吗？”

马鸣一愣：“这个没法算。”

“是啊，这个没法算。可正因为没法算，它可大可小。大可以凭员工的热情就救活一个企业，小可以很快就毁掉一个企业。”

“可是裁员以后企业的管理经营效率肯定会提高。”

“这是纸面上的提高，只要少数员工消极怠工就能抵消。”

“您认为这百分之十五的工资会有如此大的影响？”

“为省下这点工资，我们会付出部分主动权、信誉度和亲和力，后面裁员和管理工作会增加难度。我们在一个既陌生、文化差异又非常大的地方，要处处小心，如履薄冰、如临深渊，才会不犯或者少犯错误。”

马鸣此前多少有点小看胡家俊。在他的眼里，他父亲一辈企业家都是粗放型的，运气的成分大于个人能力。胡家俊虽然比他父亲小，年龄介于他们父子之间，在他看来也归类于长辈了。现在心里不得不承认，胡家俊说的他没有考虑到，但还是觉得只是雕虫小技。他有些不服气地说：“就凭这一招，就能把减员 150 人的人力资源损失弥补上？”

“靠这一点当然不行。我来就是想和你俩商量一下公司发展战略。比如，精简西欧的销售机构，增强东欧和亚洲的销售队伍，充分依靠当地总代理、经销商的能力，这就达到了减少开支、降低成本的目标。再比如，把德国的开发中心作为全球开发中心的本部，对现有产品进行合理的生产布局，把现有的生产工厂转移到人工成本较低的罗马尼亚和捷克，并在上海建立合资生产公司，打造一个全球最大的生产基地。你们觉得怎么样？”

家俊的想法与马鸣不谋而合。马鸣本想据此写一份报告，让胡家俊认识到自己的能力，没想到胡家俊轻描淡写地说出来了。他想到的，胡家俊想到了，他没想到的，胡家俊也想到了。他心中自然而然地少了些傲气、多了点尊重。

和马鸣、彭朵朵达成共识后，胡家俊亲自与工会有关人员坦诚地交流沟通，在很多问题上获得理解与支持。他发现马鸣和彭朵朵的工作效率很高，公司已经恢复生产。在忙碌的生产车间，家俊对陪同的CEO说：“托马斯先生，我不希望你追求收购后第一年销售收入的大幅增长。一切有风险的业务暂时都不要做，我只希望能把应收账款收回来，追求真实的销售。”

托马斯说：“董事长先生，您让我肩上的压力和内心的压力都减轻了很多。我原本计划第一年销售收入增长百分之五十。”

“你有把握做到吗？”

“说实话，没有。”

“那你能达到我的要求吗？”

“一定能做到。”

家俊放心地飞回国内，“新安中医药产业园”开业的日子临近了。

一四七、中医药产业园

“新安中医药产业园”改造项目充分体现了彭大志队伍的战斗力，在10月10日准时竣工交付。

10月20日上午，胡雪岩纪念馆落成揭牌仪式隆重举行。在由宋代古宅改造成的纪念馆里，一座胡雪岩半身石像已经安放在堂屋正中位置，所有参会嘉宾均进来点燃一支香，然后向胡雪岩像鞠躬。揭牌仪式在院子里举行，早已准备好的铜牌蒙着红布，放在主席台中间。著名经济学家潘家辉、东海理工大学机电学院院长吴军淮、徽学专家吴成才、建筑设计大师马庭玉、新安中医药产业园董事长胡家俊共同揭开红布，鞭炮和烟花便热热闹闹地响起来。

简短的胡雪岩纪念馆揭牌仪式后，众人转移到黄梅戏大剧院，第一届“新徽商论坛”正式开始。论坛由上海安徽商会主办，新安中医药产业园承办。

参加论坛的徽商及其他企业家有200多名，包括苏启昌和徐春夫妇、钱均发和陈雨虹夫妇、丁大明和肖莉夫妇、王强辉和苏晴夫妇，王宝山、王铁军、刘宗伟、史玉琴、彭大志、陈兰花、冯桂珍等，还有东方独秀餐饮连锁有限公司董事长丁一江、天徽大酒店总经理张然，以及上海安徽商会的会长、副会长、理事，还有一些地市商会的会长、副会长。王雅琴率领安徽省宜州市党政官员队伍从安徽赶来参会。此外，还邀请了各省上海商会会长，以及政界、学界领导和嘉宾，共约300人。

论坛分两部分。第一部分是揭牌签约仪式，请来一位上海电视台的美女主持人主持。首先是“新徽商研究院”揭牌仪式，潘家辉、吴军淮和吴成才揭牌。接着是签约仪式：胡家俊代表“新安中医药产业园”和数十位企业家签入驻协议；胡家俊、彭水玲与安徽省宜州市签购买数千亩山地使用权协议，作为从虎啸蛇岛上采集的珍稀药材种植基地。最后，主持人请安徽省宜州市常务副市长王雅琴讲话。王雅琴简单介绍了宜州市的投资环境和人文优势，并以上海人和安徽人双重身份表达了两地人民的感情，以及两地的历史因缘和现实的互相融合、互相支持。

第二部分是论坛主体，由东海理工大学机电学院院长吴军淮主持，徽学专家吴成才、经济学家潘家辉和新安中医药产业园董事长胡家俊作主旨演讲。

吴军淮的主持风格独特，以其学者的敏锐、博学和深刻，把自己的观点巧妙地贯穿进主持词中，并有机地串联起每一位嘉宾主讲的内容和观点，让家俊庆幸自己否决了继续让电视台美女主持的提议。他想，吴军淮的主持词本身就是一篇绝佳的关于新徽商与经济发展、城市建设和社会关系的论文。

吴成才从徽商精神说起，概括了传统徽商的创业历程和经商理念，并提出新徽商如何继承徽商精神、如何超越传统徽商。他把传统徽商精神概括为下面几点：徽商的兴业之路——宗谊结合的敬业精神；徽商的发展过程——兢兢业业的“徽骆驼”精神；徽商的经营艺术——贾而好儒的重教精神；徽商的经商理念——以德治商的诚信精神。

潘家辉的演讲，从传统徽商对国家经济的贡献和在国家政治经济发展中的地位说起，然后说到新徽商的崛起之路及其在当下政治经济发展中的贡献和地位，重点谈到新徽商如何从全球视野、人类高度和未来发展等方面开疆拓土，承担历史责任。

胡家俊这些年读了很多徽商和徽文化的书，近来为刘伟强策划“徽州文化园”和将其改造为新安中医药产业园，对新安医学等徽文化内容又深入研究，已经算是多半个徽学专家了。尤其是他经商多年，与不同地域的商人交往，有心研究他们之间的异同，因此对新徽商的研究无人能出其右。他的演讲内容便以新徽商之“新”为核心，纵向与传统徽商、横向与其他商帮相比较，精辟地概括出新徽商的主要特征。

演讲的最后一部分，胡家俊提出开展新徽商和商会组织理论研究的重要性：“徽商作为具有悠久历史和文化传统的商帮，已经被研究得不少了，然而新徽商还很少被研究。新徽商从改革之初的年广久、张巨声、宣中光，到现在的史玉柱、王传福、吕向阳、王文银、张敬东、祝义才，已经经历了至少三代企业家的薪火传递，而且第四代新徽商企业家已经崛起，其专业性、前瞻性、国际化都是前三代新徽商所无法比拟的。四十年间，新徽商已经积累了相当丰富的精神和文化资产，如果再不加以整理和研究，这些鲜活的文化资产将会逐渐消失，那将是非常遗憾的事。”

胡家俊说：“随着前些年经济发展高潮的出现，各商会组织也纷纷兴起并且异常活跃。然而，目前各商会已经相继呈盘整之势，大家都很迷茫。作为有着悠久历史和文化传统的徽商，理应率先进行理论研究和文化整合，形成新的核心文化特征，领风气之先，为商帮和商会的发展探索出路。同时，无论是作为传统的还是现代的商帮，新徽商都是最值得研究的商帮之一。因此，新徽商论坛的创办是非常必要的，是大势所趋，也是新徽商义不容辞的职责和使命。”

论坛的气氛热烈而庄重，论坛结束之后的酒会则热烈而奔放。企业家们轮番到主桌敬酒，真诚地祝贺论坛成功举办，赞扬他们做了一件意义深远的工作。次日，媒体上新闻发布以后，又产生了更为广泛的影响。

突如其来的疫情，带给新安中医药产业园意料不到的发展机缘。

2022 年 11 月 1 日第 5 次修改

图书在版编目(CIP)数据

闯上海：新徽商成就史 / 张建华著. —上海：文汇出版社，2023.1

ISBN 978-7-5496-3945-8

Ⅰ.①闯… Ⅱ.①张… Ⅲ.①长篇小说—中国—当代 Ⅳ.①I247.5

中国版本图书馆 CIP 数据核字(2022)第 240012 号

·文汇新观察丛书·

闯上海
——新徽商成就史

作　　者 / 张建华
摄　　影 / 燕凤鸣
插　　图 / 王震坤

责任编辑 / 黄　勇
特约编辑 / 高　逸
封面装帧 / 王　翔

出版发行 / 文匯出版社
上海市威海路 755 号
(邮政编码 200041)
经　　销 / 全国新华书店
排　　版 / 南京展望文化发展有限公司
印刷装订 / 上海颛辉印刷厂有限公司
版　　次 / 2023 年 1 月第 1 版
印　　次 / 2023 年 1 月第 1 次印刷
开　　本 / 720×1000　1/16
字　　数 / 450 千字
印　　张 / 31

ISBN 978-7-5496-3945-8
定　　价 / 79.00 元